सूरसागर सार

सटीक

सूरसागर सार

सटीक

सम्पादक

डॉ. धीरेन्द्र वर्मा

साहित्य भवन प्रा. लिमिटेड

की ओर से

लोकभारती प्रकाशन

साहित्य भवन प्रा. लिमिटेड
की ओर से

लोकभारती प्रकाशन
पहली मंजिल, दरबारी बिल्डिंग, महात्मा गांधी मार्ग
प्रयागराज-211 001

वेबसाइट : www.lokbhartiprakashan.com
ईमेल : info@lokbhartiprakashan.com

शाखाएँ : 1-बी, नेताजी सुभाष मार्ग, दरियागंज
नई दिल्ली-110 002
अशोक राजपथ, साइंस कॉलेज के सामने
पटना-800 006 (बिहार)
1, अनमोल सोराबजी संतुक लेन, मरीन लाइंस
मुम्बई-40002

प्रथम लोकभारती संस्करण : 2019
पुनर्मुद्रण : 2025

आस्था पेपर कन्वर्टर
प्रयागराज द्वारा मुद्रित

SOORSAGAR SAAR
Edited by Dr. Dhirendra Varma

ISBN : 978-93-89243-95-6

मूल्य : ₹ 700

भी रहा कि इसे भागवत् का रूपान्तर माना जाता रहा और इस रूप में यह ग्रन्थ अत्यन्त शिथिल और असम्बद्ध दिखाई पड़ता है। 'सूरसागर' का कृष्ण-लीला सम्बन्धी रूप, जो वास्तविक 'सूरसागर' है, द्वादशस्कंधी रूपरेखा में छिप जाता है। यही कारण है कि प्रस्तुत संग्रह में कृष्ण-चरित्र को ही प्रमुख स्थान दिया गया है। 'सूरसागर' की यह परम्परा अत्यन्त प्राचीन है इतना निश्चित है।

महाकवि सूरदास की जीवनी तथा कृति की आलोचना से सम्बद्ध प्रचुर साहित्य उपलब्ध है, किन्तु सूर की काव्यकला का सच्चा मूल्यांकन अभी नहीं हुआ है। इसमें सन्देह नहीं कि ऐसे सहज कलात्मक रूप में इतनी रसानुभूति कहीं भी अन्यत्र नहीं मिलती। सहृदय पाठकगण स्वयं रसास्वादन करके इस मत के तथ्य की परीक्षा कर सकते हैं। 'सूरसागर' वास्तव में 'रससागर' है। आशा है कि प्रस्तुत चयन के द्वारा सूरदास की कृति का अधिक परिचय हिन्दी के पाठक तथा विद्यार्थी दोनों ही को सुलभ हो सकेगा। इसके फलस्वरूप वे जो आनन्द प्राप्त करेंगे उसी में मैं अपने परिश्रम की सफलता समझूँगा।

मूल 'सूरसागर सार' के द्वितीय संस्करण के प्रारम्भ में 'महाकवि' सूरदास तथा उनकी रचनाएँ शीर्षक संक्षिप्त कवि-परिचय बढ़ाया गया था तथा अन्त में दो उपयोगी परिशिष्ट दिए गए थे। परिशिष्ट (ख) में आई हुई प्रमुख अंतर्कथाएँ संक्षेप में दी गई थीं। अन्त में संकलित पदों की एक पदानुक्रमणी बढ़ा दी गई थी।

इन दोनों परिशिष्टों के तैयार करने का सम्पूर्ण श्रेय मेरे प्रिय सहयोगी डॉ० ब्रजेश्वर वर्मा को है। श्री नर्मदेश्वर चतुर्वेदी ने पदानुक्रमणी तैयार करने का कष्ट उठाया था, इसके लिए मैं उनका आभारी हूँ।

प्रस्तुत विशेष संस्करण में समस्त पदों का अनुवाद दिया गया है। इस प्रकार का प्रयास लगभग पहली बार हुआ है। 'रामचरितमानस' के सैकड़ों सटीक संस्करण उपलब्ध हैं जिनके कारण उस ग्रंथ के समझने में पाठकों को बहुत सहायता मिलती है। 'सूरसागर सटीक' न मिलने के कारण उसके अनेक स्थलों को विद्यार्थी, अध्यापक तथा सूर-प्रेमी समझ नहीं पाते हैं। इस पद संग्रह में इस प्रकार की कठिनाई पाठक को नहीं मिलेगी।

इसका प्रारम्भिक अनुवाद मैंने हिन्दी विभाग के रिसर्चस्कालर श्री विद्याकान्त तिवारी को रखकर करवाया था। उन्होंने पूर्ण परिश्रम के साथ इसे पूरा किया। इसके उपरान्त मैंने एक-एक अध्याय अपने पुराने शिष्य-सहयोगियों को दिए कि वे अनुवाद को मूल से मिलाकर ध्यान से देख लें। इसमें मुझे पं० उमाशंकर शुक्ल, श्रीगणेश प्रसाद, डॉ० रघुवंश, डॉ० रामस्वरूप चतुर्वेदी, डॉ० राजेन्द्र कुमार तथा डॉ० योगेन्द्र प्रताप सिंह का पूर्ण सहयोग प्राप्त हुआ। अन्त में मैंने सम्पूर्ण अनुवाद स्वयं देखा और अपने दृष्टिकोण से यत्र-तत्र परिवर्तन किये। जो हो अनुवाद का अन्तिम उत्तरदायित्व मुझ पर है। इतना परिश्रम करने पर भी अनेक स्थल अस्पष्ट

वक्तव्य

सूरदास हिन्दी साहित्य के सूर्य माने जाते हैं, किन्तु इस महाकवि की प्रसिद्ध कृति 'सूरसागर' का पठन-पाठन रसास्वादन उतना नहीं हो पा रहा है जितना होना चाहिए। इसके अनेक कारण हैं। एक तो यह ग्रन्थ बहुत बड़ा है। दूसरे इसमें अनेक स्तरों की सामग्री मिश्रित रूप में पाई जाती है। तीसरे इसका कोई अच्छा संस्करण कुछ वर्ष पूर्व तक उपलब्ध नहीं था। अब सभा का सुन्दर संस्करण दो खंडों में प्राप्य है, किन्तु उसका मूल्य १२५) है, जो साधारण पाठक अथवा विद्यार्थी की पहुँच के बाहर है।

उपर्युक्त कठिनाइयों के कारण 'सूरसागर' के अनेक संकलन प्रकाशित हुए थे, किन्तु ये प्रायः वेङ्कटेश्वर प्रेस के संस्करण के आधार पर तैयार किए गए थे, अतः वे बहुत संतोषजनक नहीं थे। इसके अतिरिक्त इन संकलनों में पदचयन पर जितना ध्यान दिया जाना चाहिए था उतना नहीं दिया गया था। 'सूरसुषमा' में ये दोष नहीं हैं, किन्तु यह केवल सवा-सौ पदों का संग्रह है जो 'सूरसागर' का ठीक परिचय कराने के लिए अपर्याप्त है। अतः 'सूरसागर' के एक अच्छे प्रतिनिधि संग्रह की आवश्यकता बनी ही रही। 'सूरसागर सार' के द्वारा इस आवश्यकता की पूर्ति का यत्न किया गया है।

प्रस्तुत संग्रह में 'सूरसागर' के लगभग ५००० पदों में से ८३१ अत्यन्त उत्कृष्ट पदों का चयन है। संग्रह का आधार सभा का संस्करण है। विनय तथा भक्ति के पदों के उपरान्त कृष्णचरित सम्बन्धी पदों को निम्नलिखित छह शीर्षकों में विभक्त किया गया है:—१. गोकुल लीला, २. वृन्दावन लीला, ३. राधा-कृष्ण, ४ मथुरा गमन, ५. उद्धव-संदेश और ६. द्वारिका चरित। एक प्रकार से कृष्ण-जन्म से लेकर राधा-कृष्ण के अन्तिम मिलन तक का सम्पूर्ण कृष्णचरित क्रमबद्ध रूप में इस चयन में मिल सकेगा। प्रत्येक शीर्षक के अन्तर्गत अनेक उप-शीर्षकों में पद-समूह विभाजित किया गया है। ये उप-शीर्षक भी कथाक्रम के अनुसार हैं। परिशिष्ट (क) में रामचरि सम्बन्धी कुछ पद भी दे दिए गए हैं।

इस संकलन के सम्बन्ध में यह दावा तो नहीं किया जा सकता कि सूरसागर के समस्त उत्कृष्ट पद आ गए हैं, किन्तु इतना निश्चित है कि जो प हैं वे अत्यन्त सुन्दर पदों में से हैं। केवल कुछ साधारण पद कहीं-कहीं कथा की जोड़ने के लिए रखने पड़े हैं। जो हो, प्रस्तुत चयन में संग्रहकर्ता के 'सूरसागर' के पठन-पाठन और मनन का अनुभव सन्निहित है, तो भी रु के लिए बराबर स्थान रहेगा। 'सूरसागर' के लोकप्रिय न हो सकने

रह गए हों आश्चर्य नहीं । कुछ स्थलों के अनुवाद के सम्बन्ध में मतभेद हो सकता है यह स्वाभाविक है । इन त्रुटियों के दूर करने के सम्बन्ध में सुझावों का मैं स्वागत करूंगा ।

संग्रह के प्रकाशक साहित्य भवन (प्रा०) लिमिटेड को मैंने सलाह दी है कि मूल 'सूरसागर सार' का संस्करण भी छपवायें । यह सटीक संस्करण अतिरिक्त विशेष संस्करण के रूप में प्रकाशित करें ।

परिशिष्टों में परिशिष्ट (ग)—'शब्दार्थ' को सटीक संस्करण में अनावश्यक समझ कर छोड़ दिया गया है । शेष दो परिशिष्ट, अर्थात् परिशिष्ट (क)—'रामचरित' तथा परिशिष्ट (ख)—'अन्तर्कथाएं' रहने दिए गये हैं । संग्रह के अन्त में मूल 'सूरसागर-सार' के समस्त पदों की अनुक्रमणी भी दी गई है ।

प्रयाग
दीपावली, सं० २०२८ वि० ।

—धीरेन्द्र वर्मा

महाकवि सूरदास और उनकी रचनाएँ

महाकवि सूरदास (लगभग १४७९-१५८२ ई०) के पूर्वार्ध जीवन के विस्तार श्री हरिराय जी ने 'चौरासी वार्ता' की 'भाव प्रकाश' नाम की अपनी टीका में दिए हैं। इन्हें हम कवि की मृत्यु के लगभग सौ वर्ष बाद की अनुश्रुति कह सकते हैं। 'भाव प्रकाश' के अनुसार सूरदास का जन्म दिल्ली के निकट सोही नाम के गाँव में एक निर्धन सारस्वत ब्राह्मण परिवार में हुआ था। वे जन्म से ही सूर थे किन्तु सगुन बताने की अद्‌भुत शक्ति रखते थे। पद-रचना तथा संगीत की प्रतिभा भी इनमें लड़कपन से ही थी। परिवार के लोगों से कुछ मतभेद हो जाने के कारण ये घर छोड़कर एक निकट के गाँव में रहने चले गए थे। अट्ठारह वर्ष की वय में इन्हें पूर्ण विरक्ति हो गई और ये मथुरा-आगरा के बीच गऊघाट पर आकर रहने लगे। 'भाव प्रकाश' में सूरदास जी के सम्बन्ध में अनेक चमत्कारपूर्ण घटनाओं का भी उल्लेख है।

सूरदास की उत्तरार्ध जीवनी के विस्तार गोकुलनाथ के नाम से प्रसिद्ध 'चौरासी वैष्णवन की वार्ता' में दिए हुए हैं। इसका संकलन भी कदाचित् श्री हरिराय जी ने किया था। सूरदास विरक्त स्वामी के रूप में गऊघाट पर रहते थे और उनके अनेक सेवक बन गए थे। पद-रचना और संगीत सम्बन्धी उनकी ख्याति अब दूर-दूर तक फैल चुकी थी। किन्तु उनकी भगवत-भक्ति का दृष्टिकोण दास्य भाव का था। गऊघाट पर ही इनकी महाप्रभु वल्लभाचार्य से भेंट हुई और उनकी वात्सल्य तथा सख्य भाव की भक्ति-भावना से वे इतने प्रभावित हुए कि पुष्टिमार्ग में दीक्षित हो गये। इसके उपरांत सूरदास गऊघाट छोड़कर गोवर्द्धन आकर रहने लगे और गोवर्द्धन में प्राय: नाथ जी के मन्दिर में और कभी-कभी गोकुल में श्री नवनीत प्रियाजू के समक्ष पद बनाकर कीर्तन करते थे। उनका शेष समस्त जीवन इसी प्रकार भगवान् की सेवा में कटा। सूरदास जी की मृत्यु बड़ी आयु में श्रीकृष्ण की रासभूमि परासोली में महाप्रभु वल्लभाचार्य के पुत्र तथा उत्तराधिकारी श्री विट्ठलनाथ जी के समक्ष हुई थी। इसका आँखों देखा सा वर्णन 'चौरासी वार्ता' में सुरक्षित है।

'साहित्यलहरी' के प्रसिद्ध पद के आधार पर कुछ आलोचक सूरदास को ब्रह्म भट्ट और महाकवि चन्द्र का वंशज मानते थे। ये सात भाई थे, नेत्रहीन थे और भगवान् ने इनकी एक बार रक्षा की थी, तब से ये भगवद्‌भजन में ही अपना सारा समय लगाने लगे थे। गुसाईं विट्ठलनाथ ने इनको वल्लभ-सम्प्रदाय के आठ सर्वश्रेष्ठ कवियों में स्थान दिया था। सूरसागर के पदों में कवि ने अपने अथवा अपने वंश के सम्बन्ध में कोई भी महत्वपूर्ण बात नहीं कही है। इस प्रकार के साधारण उल्लेख अवश्य अनेक स्थलों पर आए हैं कि वे नेत्रहीन थे, अत्यन्त दीन-हीन थे, और भगवान्

को ही अपना एक मात्र सहारा मानते थे। वास्तविकता यह है कि महाकवि की प्रारम्भिक जीवनी के प्रामाणिक विस्तार उपलब्ध नहीं हैं। उत्तरार्ध जीवनी से सम्बन्ध चौरासी वार्ता के उल्लेखों को प्रामाणिक माना जा सकता है। किन्तु ये जीवनी सम्बन्धी कोई विस्तार नहीं देते थे।

महाकवि सूरदास की रचनाओं में सबसे प्रमुख और प्रसिद्ध रचना 'सूरसागर' है। अन्य समस्त रचनाएं अत्यन्त गौण हैं। 'सूरसारावली' ११०७ पदों का खंडकाव्य सा है, जिसमें भागवत् की कथा को ही संक्षिप्त वर्णनात्मक रूप में दिया गया है। इसमें कोई काव्य सम्बन्धी सौन्दर्य भी नहीं है। 'साहित्य लहरी' ११८ कूट पदों का संग्रह है, जिसमें किसी अलंकार, नायिका या भाव का उल्लेख करके कूट शैली में उनके उदाहरण दिये गये हैं। अधिकांश आलोचक इन दोनों ग्रंथों को सूरकृत मानते हैं, यद्यपि कुछ विद्वान् इस सम्बन्ध में संदिग्ध भी हैं। नागरी प्रचारिणी सभा की खोज रिपोर्ट में सूरदास के नाम से लगभग १०, १२ अन्य ग्रंथों के नाम मिलते हैं, जैसे ब्याहलो, पदसंग्रह, दशमस्कंध, टीका, नागलीला, भागवत, सूर-पचीसी, गोवर्द्धनलीला, सूरसागर सार, रामजन्म, एकादशी माहात्म्य आदि; जिनमें कुछ प्रकाशित भी हो चुके हैं। इन ग्रंथों में कुछ तो कदाचित् महाकवि सूरदास की रचनाएँ नहीं हैं और सूरसागर में ही विशेष कथाओं अथवा लीलाओं से सम्बद्ध पदों के संग्रह मात्र हैं। इस प्रकार महाकवि की एकमात्र प्रामाणिक और महत्वपूर्ण रचना सूरसागर ही रह जाती है।

सूरदास की हस्तलिखित पोथियों की दो परम्पराएँ मिलती हैं। एक में श्रीकृष्ण के केवल ब्रजचरित सम्बन्धी पदों का लीला-क्रम के अनुसार संकलन है। सूरसागर की यह परम्परा कदाचित् अधिक प्राचीन है। नवल किशोर प्रेस का सूरसागर इसी परम्परा की पोथियों के आधार पर प्रकाशित किया गया था। सूरसागर की दूसरी परम्परा में पदों तथा खंडकाव्यों के रूप प्राप्त महाकवि की लगभग समस्त रचनाओं को एकत्रित तथा श्रीमद्भागवत् के द्वादशस्कंधी क्रम के अनुसार क्रमबद्ध किया गया था। यह परम्परा वेंकटेश्वर प्रेस तथा नागरी प्रचारिणी सभा के संस्करणों से मिलती है। सूरसागर की इस परम्परा में भी श्रीकृष्ण के ब्रजलीला सम्बन्धी पद ही प्रधान हैं। भागवत् के अन्य स्कंधों से सम्बन्धित सामग्री अत्यन्त संक्षिप्त है तथा काव्य-स्तर की दृष्टि से भी महत्वपूर्ण है। द्वादशस्कंधी सूरसागर की निम्नलिखित विषय-सूची से यह स्थिति स्पष्ट हो जायेगी :—

स्कंध	विषय	पद संख्या
१. व्यास अवतार (१),	विनयपद (२२३)	३४३
२. चौबीस अवतारों की सूची		३८
२. सनकादि, (२) बाराह, (३) तथा कपिलदेव, (४) अवतार		१३

४. दत्तात्रेय, (५) यज्ञपुरुष, (६) हरि अथवा ध्रुववरदेन, (७) तथा पृथु (८) अवतार	१३
५. ऋषभदेव (९)	४
६. अजामिल उद्धार अवतार (१०)	८
७. नृसिंह (११), नारद (१२)	८
८. गजमोचन (१३), कूर्म (१४), धन्वन्तरि (१५) वामन (१६), तथा मत्स्य (१७), अवतार	१७
९. राम (१८), परशुराम (१९)	१७४
१०. कृष्ण अवतार (२०)	४१६०
पूर्वार्ध : ब्रजचरित	
उत्तरार्ध : द्वारिका चरित	१४९
११. नारायण (२१), हंस (२२)	४
१२. बुद्ध (२३), कल्कि (२४)	५
	४९३६

ऊपर चौबीस अवतारों की सूची में दस मुख्य अवतार मोटे टाइप में दिये गए हैं। इस प्रकार सूरसागर की इस परम्परा के लगभग ५००० पदों में ४००० से अधिक पद श्रीकृष्ण की ब्रजलीलाओं से सम्बद्ध हैं; तथा शेष १००० पदों में श्रीकृष्ण का द्वारिका चरित, विनय पद, राम अवतार सम्बन्धी पद तथा २२ अवतारों का अत्यन्त संक्षिप्त वर्णन है। यहाँ इस बात का उल्लेख कर देना भी अनुचित न होगा कि सूरदास ने लगभग सवा लाख पद लिखे थे, इस किंवदंती का कोई भी प्रामाणिक आधार नहीं है। कवि की पद-रचना पाँच छह हजार पदों के बीच ही रही होगी, जो लगभग प्राप्त है। वास्तव में यह संख्या भी कम नहीं है।

जैसा ऊपर की सूची से स्पष्ट है, द्वादशस्कंधी परम्परा के सूरसागर में दशम स्कंध के पदसमूह के बाद अधिक संख्या में प्रथम स्कंध के विनयपद तथा नवम-स्कंध के राम-अवतार सम्बन्धी पद पाए जाते हैं। विनयपदों में दास्य भक्ति तथा दैन्य भावना प्रधान है। बहुत सम्भव है कि इस पद समूह में कवि की कुछ प्रारम्भिक रचनाएँ हों, जब वे गऊघाट पर रहते थे और महाप्रभु वल्लभाचार्य के सम्पर्क में नहीं आए थे, तथा कुछ की प्रौढ़ शैली को देखकर ऐसा मालूम होता है कि वे कवि की वृद्धावस्था की रचनाएँ होनी चाहिए। रामावतार का विस्तृत वर्णन होना स्वाभाविक है क्योंकि कृष्णावतार के अतिरिक्त भगवान् के अवतारों में यह मुख्य है। सूरदास ने द्वारिकावासी श्रीकृष्ण का चरित भी संक्षेप में ही दिया है। आकार तथा स्तर दोनों ही दृष्टि-कोणों से यह स्पष्ट है कि श्रीकृष्ण की ब्रजलीलाओं के गान में ही कवि की वास्तविक अभिरुचि थी।

इसमें संदेह नहीं कि सूरसागर में वर्णित श्रीकृष्ण की लीलाओं का मूलाधार

श्रीमद्भागवत दशम स्कंध पूर्वार्ध है, किन्तु इस आधार के कारण सूरसागर को श्रीमद्भागवत का उल्था अथवा स्वतन्त्र अनुवाद मानना भारी भूल होगी। महाकवि ने अपनी असाधारण प्रतिभा के द्वारा परिचित लीलाओं के वर्णनों में अनेक मौलिक कल्पनाओं का समावेश किया है, इसके अतिरिक्त अनेक नई लीलाओं तथा चरित्रों को भी बढ़ाया है जो भागवत में नहीं मिलते। उदाहरण के लिए श्रीमद्भागवत में राधा के नाम तक का उल्लेख नहीं है, जब कि सूरसागर में राधा-कृष्ण प्रेम का प्रारम्भ, विकास तथा परिणति का बहुत ही सजीव, आकर्षक और महत्वपूर्ण चित्रण है। इसी प्रकार 'भ्रमर गीत' अथवा 'उद्धव गोपी' संवाद वाले अंश में श्रीमद्भागवत में उद्धव श्रीकृष्ण का संदेश गोपियों को सुनाते हैं और वे उसे शिरोधार्य कर लेती हैं। सूरसागर का भ्रमरगीत सगुण-निर्गुण वादों और कर्म, ज्ञान तथा भक्ति मार्गों के सिद्धान्तों के शास्त्रार्थ के साथ-साथ प्रौढ़ ध्वनि काव्य का एक अत्यन्त उत्कृष्ट उदाहरण है।

रस की दृष्टि से सूरसागर में प्रधान रूप में केवल शृङ्गार रस के संयोग और वियोग पक्षों का चित्रण है, किन्तु इस रस की जिस बारीकी और गहराई में कवि की पैठ है वह उसकी असाधारण प्रतिभा का परिचायक है। मुख्य रस के चित्रण के साथ-साथ अनुभावों तथा व्यभिचारी अथवा संचारी भावों के भी सैकड़ों सजीव उदाहरण सूरसागर में बिखरे पड़े हैं। सब मिलाकर कवि की रचना का क्षेत्र प्रत्येक दृष्टि से सीमित कहा जा सकता है—श्रीकृष्ण की व्रज-लीला, शृङ्गार रस तथा पदशैली, किन्तु इस सीमित क्षेत्र में महाकवि के समकक्ष क्या निकट भी तो कोई अन्य कवि नहीं पहुँच सका है।

सूरसागर की भाषा व्रजभाषा है, यद्यपि एक संग्रह ग्रंथ होने के कारण उसमें इस भाषा के अनेक स्तर मिलते हैं। किन्तु सूरसागर के मुख्य भाग की भाषा-शैली अत्यन्त प्रौढ़ तथा साहित्यिक है। सूरदास जी के लगभग एक शताब्दी पहले से व्रजभाषा में साहित्य रचना होने लगी थी, किन्तु व्रजभाषा को साहित्यिक भाषा के उच्च सिंहासन पर आसीन करने का श्रेय इस महाकवि को ही प्राप्त है।

वल्लभ-सम्प्रदाय में सूरसागर एक महत्वपूर्ण धार्मिक ग्रंथ माना जाता है। किन्तु कवि की रचना में संकुचित साम्प्रदायिकता का पूर्ण अभाव है। वल्लभ-सम्प्रदाय के शुद्धाद्वैतवाद दर्शन के विस्तार भी 'सूरसागर' में नहीं मिलते। धर्म अथवा दर्शन के कुछ मूल सिद्धान्तों को कवि ने अवश्य माना है, जैसे श्रीकृष्ण को साक्षात् परब्रह्म अथवा उनका अवतार मानना, राधा को परब्रह्म की शक्ति के रूप में समझना, गोपियों को आत्मा का प्रतीक मानना, श्रीकृष्ण अथवा परब्रह्म की प्राप्ति के उपायों में प्रेमभक्ति के मार्ग को सर्वश्रेष्ठ समझना इत्यादि। किन्तु इन मूल सिद्धान्तों की अभिव्यक्ति कवि ने उत्कृष्टतम काव्य के रूप में की है। यही कारण है कि भावुक कृष्णभक्तों तथा सहृदय काव्य-रसिकों, दोनों ही की पूर्ण तुष्टि करने में महाकवि की यह असाधारण कृति समान रूप से पूर्णतया सफल हुई है।

———

विषय-सूची

सूरसागर सार

सटीक

विनय तथा भक्ति

मंगलाचरण

चरन-कमल बंदौं हरि-राइ ।
जाकी कृपा पंगु गिरि लंघै, अँधे कों सब कछु दरसाइ ।
बहिरौ सुनै, गूँग पुनि बोलै, रंक चलै सिर छत्र धराइ ।
सूरदास स्वामी करुनामय, बार-बार बंदौं तिहिँ पाइ ।।१।।

अर्थ—मैं भगवान् के कमलवत् चरणों की वन्दना करता हूँ, जिनकी कृपा से लँगड़ा पर्वत लाँघ जाता है [तथा] अन्धे को सब कुछ दिखाई पड़ने लगता है, बहरा सुनने लगता है, गूँगा बोलने लगता है तथा अत्यन्त निर्धन भी छत्रधर (सम्राट्) बन जाता है। सूरदास कहते हैं कि ऐसे कृपालु स्वामी के उन चरणों की मैं बार-बार वन्दना करता हूँ।। 1 ।।

सगुणोपासना

अबिगत-गति कछु कहत न आवै ।
ज्यौं गूँगैं मीठे फल कौ रस अंतरगत हीं भावै ।
परम स्वाद सबही सु निरंतर अमित तोष उपजावै ।
मन-बानी कौं अगम-अगोचर, सो जाने जो पावै ।
रूप-रेख-गुन जाति जुगति-बिनु निरालंब कित धावै ।
सब विधि अगम बिचारहिं तातैं सूर सगुन-पद गावै ।।२।।

अर्थ—[भगवान् के] अव्यक्त (निर्गुणस्वरूप) की कुछ रीति कही नहीं जा सकती। जैसे गूँगे को मीठे फल का स्वाद मन-ही-मन अच्छा लगता है, वैसे ही निर्गुण ब्रह्म की प्राप्ति का आनन्द भी अत्यन्त उच्चकोटि का है तथा निरन्तर असीम सन्तोष प्रदान करने वाला है। [निर्गुण ब्रह्म] मन वाणी के द्वारा दुर्बोध एवं अग्राह्य है तथा इन्द्रियातीत है, जो उसे प्राप्त कर लेता है वही उसे जान पाता है (उससे उत्पन्न आनन्द तथा ज्ञान की अनुभूति मनुष्य अभिव्यक्त नहीं कर सकता।) [निर्गुण ब्रह्म] रूप, आकार, गुण, जाति तथा तर्क से रहित (अव्यपदेश्य) है। इस प्रकार निरवलम्ब होकर [मन निर्गुण ब्रह्म के ध्यान में] कहाँ दौड़े ? अतः (निर्गुण ब्रह्म) को विचार की दृष्टि से सब प्रकार से पहुँच के बाहर (अगम) जानकर सूर अपने पदों में (ब्रह्म के) सगुण रूप का गायन कर रहा है।। 2 ।।

भक्तवत्सलता

बासुदेव की बड़ी बड़ाई ।
जगत पिता, जगदीस, जगत-गुरु, निज भक्तनि की सहत ढिठाई ।
भृगु कौ चरन राखि उर ऊपर, बोले बचन सकल-सुखदाई ।
सिव-बिरंचि मारन कौं धाए, यह गति काहू देव न पाई ।
बिनु-बदलें उपकार करत हैं, स्वारथ बिना करत मित्राई ।
रावन अरि कौ अनुज विभीषन, ताकौं मिले भरत की नाई ।
बकी कपट करि मारन आई, सो हरि जू बैकुंठ पठाई ।
बिनु दीन्हैं ही देत सूर प्रभु, ऐसे हैं जदुनाथ गुसाईं ।।३।।

अर्थ—वासुदेव (श्रीकृष्ण) की महत्ता अवर्णनीय है। वे सम्पूर्ण संसार के पिता, स्वामी तथा गुरु हैं और अपने भक्तों की धृष्टता सहन कर लेते हैं। भृगु के चरणों [के आघात] को अपने हृदय पर सहन कर उन्होंने सबको आनन्दित करने वाले वचनों का प्रयोग किया। [इस प्रकार की सहनशीलता के अभाव में] शिव और ब्रह्मा [अपना अपमान करने वाले भृगु को] मारने दौड़े। इस प्रकार की गति कोई भी देवता नहीं प्राप्त कर सका। [जैसी विष्णु भगवान् ने दिखलाई] प्रतिफल की इच्छा के बिना वे उपकार करते हैं। [तथा] स्वार्थ रहित सौहार्द का भाव रखते हैं [उनकी इस उदारता का एक अन्य प्रमाण यह है कि] शत्रु रावण के छोटे भाई विभीषण से वे भरत की भाँति [अर्थात् भाई के समान निश्छल रूप से] मिले। बकी कपट [रूप धारण] करके भगवान् को मारने आयी थी, उसे उन्होंने [कृपा करके] स्वर्ग भेज दिया। सूर के प्रभु भक्तों से बिना कुछ प्राप्त किये ही [बहुत कुछ] दे डालते हैं। यदुवंशियों में श्रेष्ठ (श्री कृष्ण) इस प्रकार के [उदार तथा महान्] स्वामी हैं।। 3।।

प्रभु कौ देखौ एक सुभाइ ।
अति-गंभीर-उदार-उदधि हरि, जान-सिरोमनि राइ ।
तिनका सौं अपने जनकौ गुन मानत मेरु-समान ।
सकुचि गनत अपराध-समुद्रहिं बूँद-तुल्य भगवान ।
बदन-प्रसन्न कमल सनमुख ह्वै देखत हौं हरि जैसें ।
बिमुख भए अकृपा न निमिषहूँ, फिरि चितयौं तो तैसें ।
भक्त-विरह कातर करुनामय, डोलत पाछैं लागे ।
सूरदास ऐसे स्वामी कौं देहिं पीठि सो अभागे ।।४।।

अर्थ—प्रभु (भगवान् श्री कृष्ण) का एक स्वभाव [विशेष रूप में] दिखाई पड़ता है। भगवान् सागर की भाँति गंभीर तथा उदार हैं। ज्ञानियों में सर्वश्रेष्ठों के राजा हैं। अपने भक्त के तृणवत् (अल्प) गुणों को वे सुमेरु पर्वत के समान (महान्) हैं तथा समुद्र तुल्य [बड़े-बड़े] अपराधों को बूँद के समान छोटा मानते हैं। [भक्त के] भगवान् के समक्ष (शरण में) जाने पर जिस प्रकार वे

कमल की भाँति प्रसन्नमुख दिखाई पड़ते हैं, (भक्त के) विमुख हो जाने पर भी वे [वैसे ही प्रसन्नमुख तथा कृपालु रहते हैं और] उसके ऊपर एक क्षण के लिये भी क्रोध नहीं करते। भक्त जब फिर उनकी ओर झुकता है तो वे पूर्ववत् ही [कृपालु] हो जाते हैं। भक्त के विरह में व्याकुल भगवान् उसके पीछे लगे घूमते रहते हैं। सूरदास कहते हैं कि ऐसे कृपालु स्वामी से मुँह मोड़ने वाले बड़े ही अभागे हैं।।4।।

राम भक्तवत्सल निज बानौं।

जाति, गोत, कुल नाम, गनत नहिं, रंक होइ कै रानौं।
सिव-ब्रह्मादिक कौन जाति प्रभु, हौं अजान नहिं जानौं।
हमता जहाँ तहाँ प्रचु नाहीं, सो हमता क्यौं मानौं?
प्रगट खंभ तैं दए दिखाई, जद्यपि कुल कौ दानौ।
रघुकुल राघव कृष्न सदा ही, गोकुल कीन्हौं थानौ।
बरनि न जाइ भक्त की महिमा, बारंबार बखानौं।
ध्रुव रजपूत, बिदुर दासी-सुत कौन कौन अरगानौ।
जुग जुग बिरद यहै चलि आयौ, भक्तनि हाथ बिकानौ।
राजसूय मैं चरन पखारे स्याम लिए कर पानौ।
रसना एक, अनेक स्याम-गुन कहँ लगि करौं बखानौ।
सूरदास-प्रभु की महिमा अति, साखी बेद पुरानौ।।५।।

अर्थ—भक्तवत्सलता ही भगवान् का निजी स्वरूप, बिरद (बाना) है। [भक्त के प्रति वात्सल्य भाव रखने में] वे जाति, गोत्र, कुल तथा नाम (आदि) की गणना (भेद) नहीं करते, न इस बात का कि वह रंक है या राजा। हे प्रभु, शिव ब्रह्मा आदि की कौन जाति है—मैं अज्ञानी कुछ नहीं जानता। अहंकार की भावना जहाँ होती है वहाँ प्रभु [का सान्निध्य] प्राप्त नहीं हो सकता, तो ऐसे अहंकार की भावना को हम प्रश्रय क्यों दें? यद्यपि [प्रह्लाद] दैत्यवंश में उत्पन्न हुआ था [तथापि उसकी रक्षा के लिये] स्तम्भ से प्रकट हुए। [भगवान] [रघुवंश में रामचन्द्र जी के रूप में प्रकट हुए तथा] श्रीकृष्ण के रूप में गोकुल को [उन्होंने] अपना स्थान बनाया। भक्त की महिमा का [आसानी से] वर्णन नहीं हो सकता [इस कारण मैं] बार-बार उनका बखान कर रहा हूँ। ध्रुव राजपुत्र थे किन्तु विदुर दासी पुत्र थे तथा और भी किसका किसका भेद करूँ (तफसील दूँ) [जिनके उद्धार में भगवान् ने भेद-भाव नहीं रखा] युगों से भगवान् का यह गुण या सुयश (बिरद) प्रसिद्ध है कि वे भक्तों के हाथ बिक चुके हैं। [महाराज युधिष्ठिर के] राजसूय में भगवान् श्रीकृष्ण ने अपने हाथ में जल लेकर [अपनी महत्ता का विचार न करके राजाओं के] चरण धोये। जिह्वा एक है किन्तु श्याम के गुण अनेक हैं उनका बखान कहाँ तक करूँ? सूरदास के प्रभु की महिमा असीम है, वेद तथा पुराण इसके साक्षी (समर्थक) हैं।।5।।

काहू के कुल तनन विचारत।
अविगत की गति कहि न परति है, व्याध अजामिल तारत।
कौन जाति अरु पाँति बिदुर की, ताही कैं पग धारत।
भोजन करत माँगि घर उनकैं, राज मान-मद टारत।
ऐसे जनम-करम के ओछे, ओछिन हूँ ब्यौहारत।
यहै सुभाव सूर कें प्रभु कौ, भक्त-बछल प्रन पारत ॥६॥

अर्थ—भगवान् [भक्तों का उद्धार करने में] किसी के कुल की ओर ध्यान नहीं देते। [उन] अविज्ञेय की लीला कही नहीं जाती (अकथनीय है) वे व्याध और अजामिल [जैसे अधम पापियों] को भी तारते हैं। विदुर की जाति तथा श्रेणी कौन बड़ी ऊंची थी, किन्तु उनके यहाँ (भगवान्) पधारे। उनके घर उन्होंने माँगकर भोजन किया [और] (दुर्योधन के) राजमद पूर्ण सम्मान को अस्वीकार किया। इस प्रकार जो जन्म तथा कर्म से हीन, (ओछे) हैं, उन छोटों (ओछनि) के साथ ही वे सम्बन्ध रखते हैं। सूर के प्रभु का यही स्वभाव है। [इस प्रकार] वे अपनी भक्त-वत्सलता के दृढ़ निश्चय (प्रण) का पालन करते हैं।। 6।।

सरन गए को को न उबारयौ।
जब जब भीर परी संतति कौं, चक्र सुदरसन तहाँ सँभारयौ।
भयौ प्रसाद जु अंबरीष कौं, दुरबासा कौ क्रोध निवारयौ।
ग्वालनि हेत धरयौ गोबर्धन, प्रकट इन्द्र कौ गर्ब प्रहारयौ।
कृपा करी प्रहलाद भक्त पर, खंभ फारि हिरनाकुस मारयौ।
नरहरि रूप धरयौ करुनाकर, छिनक माहिँ उर नखनि बिदारयौ।
ग्राह ग्रसत गज कौं जल बूड़त, नाम लेत वाकौ दुख टारयौ।
सूर स्याम बिनु और करै को, रंग भूमि मैं कंस पछारयौ ॥७॥

अर्थ—भगवान् ने [अपनी] शरण में आये हुए किसका-किसका उद्धार नहीं किया ? जब-जब सन्तों [भक्तों] पर विपत्ति पड़ी भगवान् ने तत्क्षण सुदर्शन चक्र सँभाला। भगवान् अंबरीष पर प्रसन्न हुए तथा दुर्वासा के क्रोध का निवारण किया। ग्वालों के (हित के लिए गोवर्धन) [पर्वत] को धारण किया तथा प्रकट रूप में (निस्संकोच) इन्द्र के गर्व को नष्ट किया। भक्त प्रह्लाद पर कृपा करते हुए (भगवान् ने) खम्बे को फाड़कर हिरण्यकश्यप का संहार किया। कृपालु स्वामी ने नृसिंह रूप धारण कर क्षणमात्र में ही उसके हृदय को नखों से विदीर्ण कर डाला। ग्राह द्वारा ग्रस्त गजराज के [भगवान का] नाम लेते ही भगवान् ने उसके कष्टों का निवारण किया। [उन्होंने] रंगभूमि (समारोह के स्थान) में कंस को मार डाला। (पछारयौ)। सूर के श्याम के बिना ऐसे कार्य और कौन कर सकता है ? ।।7।।

स्याम गरीबनि हूँ के ग्राहक।
दीनानाथ हमारे ठाकुर, साँचे प्रीति-निबाहक।

कहा बिदुर की जाति-पाँति, कुल, प्रेम-प्रीति के लाहक।
कह पाँडव कैं घर ठकुराई ? अरजुन के रथ-बाहक।
कहा सुदामा कैं धन हौ ? तौ सत्य-प्रीति के चाहक।
सूरदास सठ, तातैं हरि भजि आरत के दुख-दाहक ।।८।।

अर्थ—श्याम (श्रीकृष्ण) निर्धनों के ही चाहने वाले हैं। हमारे प्रभु दीन-हीनों के स्वामी तथा सच्चे-प्रेम का निर्वाह करने वाले हैं। बिदुर की जाति, श्रेणी, तथा कुल किस गिनती के थे किन्तु भगवान् ने उन्हें ग्रहण किया, [क्योंकि वे] प्रेम तथा भक्ति को [ही] ग्रहण करने वाले (लाहक) हैं। पाण्डवों के पास स्वामित्व कहाँ था ? किन्तु वे अर्जुन के रथ के सारथी बने। सुदामा के पास धन कहाँ था (हौतौ) ? [जिससे वे भगवान् में मित्रता स्थापित कर पाते] किन्तु भगवान् तो सच्चे प्रेम के ही चाहने वाले हैं। सूरदास कहते हैं कि इस बात को समझते हुए इस कारण (तातैं) हे शठ [मन] तुम भगवान् का भजन करो, [क्योंकि] वे आर्तों के दुःख को दूर करने वाले हैं।।8।।

जैसें तुम गज कौ पाउँ छुड़ायौ।
अपने जन कौं दुखित जानि कै पाउँ पियादे धायौ।
जहँ जहँ गाढ़ परी भक्तिन कौं तहँ तहँ आपु जनायौ।
भक्ति हेत प्रहलाद उबार्‌यौ, द्रौपदि-चीर बढ़ायौ।
प्रीति जानि हरि गए बिदुर कैं, नामदेव-घर छायौ।
सूरदास द्विज दीन सुदामा, तिहिं दारिद्र नसायौ ।।९।।

अर्थ—[हे प्रभु,] जैसे तुमने गज के पैर को [ग्राह्य से] छुड़ाया, [तथा उस अवसर पर] अपने भक्त को दुःखी जानकर पैदल ही दौड़ पड़े, [वैसे ही] जहाँ-जहाँ भक्तों पर विपत्ति पड़ी वहाँ-वहाँ आप प्रकट हुए। भक्ति के ही कारण [भगवान् ने] प्रह्लाद की रक्षा की तथा द्रौपदी का चीर बढ़ाया। [अपने प्रति निश्छल] प्रेम को जानकर ही भगवान् विदुर के घर गये तथा उन्होंने नामदेव का घर छाया। सूरदास कहते हैं सुदामा निर्धन ब्राह्मण था, उसका भी दारिद्रय उन्होंने विनष्ट किया।।9।।

जापर दीनानाथ ढरै।
सोइ कुलीन, बड़ौ सुँदर सोइ, जिहिं पर कृपा करै।
कौन बिभीषन रंक-निसाचर, हरि हँसि छत्र धरै।
राजा कौन बड़ौ रावन तैं, गर्वहिं-गर्ब गरै।
रंकव कौन सुदामाहूँ तैं; आप समान करै।
अंधम कौन है अजामील तैं, जम तहँ जात डरै।
कौन बिरक्त अधिक नारद तैं, निसि-दिन भ्रमत फिरै।
जोगी कौन बड़ौ संकर तैं, ताकौं काम छरै।

अधिक कुरूप कौन कुबिजा तैँ, हरि पति पाइ तरै।
अधिक सुरूप कौन सीता तैँ, जनम बियोग भरै।
यह गति-मति जानै नहिं कोऊ, किहिँ रस रसिक ढरै।
सूरदास भगवंत-भजन बिनु, फिरि फिरि जठर जरै ।।१०।।

अर्थ---जिस पर दीनानाथ द्रवित होते हैं तथा कृपा करते है वही [वास्तव में] अच्छे कुल वाला तथा बड़े सुन्दर रूप वाला है। विभीषण कौन [बड़ा सुन्दर तथा कुलीन] था, निर्धन राक्षस मात्र ही तो था, किन्तु भगवान् ने प्रसन्न होकर उसके सिर पर छत्र रखा (उसे सम्राट बना दिया)। रावण से बड़ा राजा कौन था किन्तु वह गर्व ही गर्व में गल गया। सुदामा से अधिक निर्धन कौन हो सकता है जिसे उन्होंने अपने समान [ऐश्वर्य सम्पन्न] बना दिया। अजामिल से अधिक अधम कौन हो सकता है किन्तु [भगवान् की कृपा से] यमदूत उसके पास जाने से डरने लगे। नारद से अधिक विरक्त कौन हो सकता है किन्तु वे रात-दिन भ्रमणशील रहते हैं। शंकर से बड़ा योगी कौन है किन्तु उन्हें भी काम ने छला (वे कामासक्त हो गये)। कुब्जा से अधिक कुरूपा कौन (हो सकती) है किन्तु वह भगवान् जैसे पति को प्राप्त करके तर गयी। सीता से अधिक रूपवती कौन है किन्तु उन्हें वियोग में जीवन बिताना पड़ा। भगवान् की वह प्रवृत्ति तथा स्वभाव (गति-मति) कोई नहीं जानता कि किस रस में वे रसिक ढल जायेंगे। (अर्थात् भक्त की किस विशेषता पर वे रीझ जाते हैं)। सूरदास जी कहते हैं कि भगवान् के भजन के बिना बार-बार जठरागिन (पेट की ज्वाला) में जलना पड़ता है। (गर्भ-वास की सांसत में पड़ना होता है, अर्थात् जन्म-मरण के चक्र से छुटकारा नहीं मिलता)।। 10।।

अविद्या माया

बिनती सुनौ दीन की चित्त दै, कैसेँ तुव गुन गावै।
माया नटी लकुटी कर लीन्हेँ, कोटिक नाच नचावै।
दर-दर लोभ लागि लिए डोलति, नाना स्वाँग बनावै।
तुम सौँ कपट करावति प्रभु जू, मेरी बुधि भरमावै।
मन अभिलाष-तरंगनि करि करि, मिथ्या निसा जगावै।
सोवत सपने मैँ ज्यौं संपति, त्यौँ दिखाइ बौरावै।
महा मोहिनी मोहि आतमा, अपमारगहिं लगावै।
ज्यौँ दूती पर-बधू भोरि कै, ले पर-पुरुष दिखावै।
मेरे तो तुम पति, तुमहीँ गति, तुम समान को पावै ?
सूरदास प्रभु तुम्हरी कृपा बिनु, को मो दुख बिसरावै ।।११।।

अर्थ--- हे प्रभु, आप [मुझ] दीन भक्त की विनय ध्यान से सुनें [कठिनाई यह है कि] मैं आपका गुणगान कैसे करूँ ? [क्योंकि] नटी माया [लोभ रूपी] लकुटी हाथ में लेकर मुझ [कपि] को करोड़ों प्रकार से नाच नचाती रहती है। मुझ लोभ-ग्रस्त को द्वार-द्वार फिराती है और [मुझ से] नाना प्रकार के तमाशे (स्वांग) कराती है। हे प्रभु यह आपके साथ कपट [पूर्ण

व्यवहार] करने के लिए प्रेरित करती है, तथा मेरी बुद्धि को भ्रमित कर देती है। मन में अनेक [प्रकार की] अभिलाषा रूपी तरंगें उत्पन्न करके भ्रम रूपी रात्रि में जगाती है सोते समय स्वप्न में प्राप्त समप्त्ति की भाँति [अनेक प्रकार की सम्पत्तियों का] प्रलोभन देकर मुझे बावला (अर्थात् विवेकहीन) बना देती है। [मोह (अज्ञान) में डालने की अत्यन्त प्रबल शक्ति वाली यह] महा मोहिनी [माया] [जीव रूपी] आत्मा को मोहित कर अनेक कुमार्गों की ओर (उसी प्रकार) प्रवृत्त करती है जिस प्रकार दूती दूसरे की वधू को भुलावा देकर पर पुरुष से मिलाती है। सूरदास कहते हैं कि हे प्रभु, आप ही मेरे पति हैं, आप ही मेरे प्राप्य (आत्म-निवेदन के पात्र हैं); आपके समान मैं और किसे प्राप्त कर सकता हूँ ? [जिसको निवेदन करूँ] आपकी कृपा के बिना कौन मेरे इस दुःख को (संकट को) दूर कर सकता है ? तात्पर्य यह है कि आप की कृपा से ही मैं उपर्युक्त माया-जनित संकट से मुक्त होकर आपके प्रति वास्तविक आत्म समर्पण करके सच्चे भक्ति भाव से आपका गुणगान करने का अधिकारी बन सकता हूँ।। 11 ।।

हरि, तेरौ भजन कियौ न जाइ।
कह करौं, तेरी प्रबल माया देति मन भरमाइ।
जबै आवौं, साधु-संगति कछुक मन ठहराइ।
ज्यौं गयंद अन्हाइ सरिता, बहुरि वहै सुभाइ।
वेष धरि धरि हरयौ पर-धन, साधु-साधु कहाइ।
जैसे नटवा लोभ-कारन करत स्वाँग बनाइ।
करौं जतन, न भजौं, तुमकौं कछुक मन उपजाइ।
सूर प्रभु की सबल माया, देति मोहि भुलाइ ॥१२॥

अर्थ—हे भगवान्, तुम्हारा भजन किया ही नहीं जाता। क्या करूँ ? तुम्हारी प्रबल माया मन को भ्रमित कर देती है। जब मैं सत्संग में आता हूँ तो मन कुछ स्थिर होता है। किन्तु उसका फिर वही [चंचलता वाला पहला] स्वभाव हो जाता है, जैसे गजेन्द्र नदी में स्नान करता है [किन्तु फिर] अपने अंगों पर सूँड़ से धूल डालने का पुराना स्वभाव ग्रहण कर लेता है। साधु-संतों के वेश धारण कर-करके तथा सन्त कहला-कहला कर मैं दूसरों का धन [उसी प्रकार] लूटता रहा जिस प्रकार नट [केवल] धन-प्राप्ति के लिए (लोभ-कारन) सजकर [अनेक प्रकार के] स्वांग रचता है (अभिनय करता है)। मैं [तुम्हारे भजन के लिए] तत्पर तो होता हूँ, किन्तु तुम्हारा भजन कर नहीं पाता, [वैसा करने की चेष्टा करते हुए] मन में [सांसारिक मोह के] कुछ और ही भाव उत्पन्न हो जाते हैं। सूरदास कहते हैं कि प्रभु की माया [बड़ी] बलवती है, मुझे भुलावे में डाल देती है।। 12 ।।

गुरु बिनु ऐसी कौन करै ?
माला-तिलक मनोहर बाना, लै सिर छत्र धरै।

भवसागर तैं बूड़त राखै, दीपक हाथ धरै।
सूर स्याम गुरु ऐसौ समरथ, छिन मैं ले उधरै ।।१३।।

अर्थ—गुरु के बिना ऐसी [कृपा] कौन कर सकता है ? [वे] माला और तिलक से युक्त मनोहर रूप धारण कर शिर पर छत्र धारण करते हैं। संसार-सागर में डूबने से बचाने के लिए [वे] (ज्ञान रूपी) दीपक [शिष्य के] हाथ में देते हैं। सूरदास कहते हैं कि हे श्रीकृष्ण, गुरु, इतने समर्थ हैं कि एक क्षण में ही सहारा देकर [इस संसार-सागर से] उबार लेते हैं।। 13।।

नाम महिमा

हमारे निर्धन के धन राम।
चोर न लेत, घटत, नहि कबहूँ, आवत गाढ़ैं काम।
जल नहिँ बूड़त, अगिनि न दाहत, है ऐसौ हरि नाम।
बैकुँठनाम सकल सुख-दाता, सूरदास-सुख-धाम ।।१४।।

अर्थ—निर्धनों के धन राम ही हमारे धन हैं। [यह धन ऐसा है कि] इसे चोर नहीं ले जा सकते, यह कभी घट नहीं सकता तथा कठिन परिस्थितियों में काम आता है। वह जल में नहीं डूबता, आग में नहीं जलता। भगवान् का नाम ऐसा [धन] है। वैकुण्ठधाम के स्वामी [विष्णु भगवान्] सब सुखों के देने वाले तथा सूरदास के सुखों के भण्डार हैं।। 14।।

बड़ी है राम नाम की ओट।
सरन गऐं प्रभु काढ़ि देत नहिँ करत कृपा कैं कोट।
बैठत सबै सभा हरि जू की, कौन बड़ौ को छोट ?
सूरदास पारस के परसैं मिटति लोह की खोट ।।१५।।

अर्थ—[रा]म नाम की आड़ (शरण) बहुत बड़ी है। शरण में जाने से भगवान् भगा नहीं देते वरन् [शरणागत की] कृपा रूपी गढ़ में सुरक्षा करते हैं। भगवान् की सभा में सभी [समान रूप से] बैठते (आश्रय पाते) हैं [वहाँ के लिए] कौन बड़ा, कौन छोटा ? सूरदास कहते हैं कि पारस के स्पर्श से लोहे का दोष (कुधातुत्व) मिट जाता है, [वह सोना बन जाता है]; अर्थात् राम नाम में मन लगाने या भगवच्छरणागति से बड़ा से बड़ा पापी भी साधु या भक्त बन जाता है।। 15।।

जो सुख होत गुपालहिँ गाऐं।
जो सुख होत न जप-तप कीन्हैं, कोटिक तीरथ न्हाऐं।
दिऐं लेत नहिँ चारि पदारथ, चरन-कमल चित लाऐं।
तीनि लोक तृन-सम करि लेखत, नँद-नँदन उर आऐं।
बंसीबट, वृन्दावन, जमुना, तजि बैकुंठ न जावै।
सूरदास हरि कौ सुमिरन करि, बहुरि न भव-जल आवै ।।१६।।

अर्थ—जैसा सुख गोपाल (श्रीकृष्ण) के गुण गाने से [प्राप्त] होता है, वैसा सुख जप, तपस्या तथा करोड़ों तीर्थों में स्नान करने से भी नहीं [प्राप्त] होता। भगवान् के कमलवत् चरणों में मन लग जाने पर चारों पदार्थ (अर्थ, धर्म, काम, मोक्ष) को कोई देने से भी नहीं लेता। नन्द-नन्दन श्रीकृष्ण के हृदय में निवास करने लगने पर भक्त तीनों लोकों [की अखण्ड सम्पत्ति] को तृणवत् समझने लगता है। वंशी-वट (वह बरगद का पेड़ जिसके नीचे श्रीकृष्ण वंशी बजाते थे) वृन्दावन तथा यमुना को छोड़कर वह विष्णु-लोक भी नहीं जाना चाहता। सूरदास कहते हैं कि भगवान् का स्मरण करते रहने पर फिर [इस] संसार सागर में नहीं आना पड़ता (जन्म-मरण के चक्र से छुटकारा मिल जाता है)।। 16।।

बिनती

बंदौं चरन-सरोज तिहारे।
सुंदर स्याम कमल-दल-लोचन, ललित त्रिभंगी प्रान पियारे।
जे पद-पदुम सदा सिव के धन, सिंधु-सुता उर तैं नहिं टारे।
जे पद-पदुम तात-रिस-त्रासत, मन-बच-क्रम प्रहलाद सँभारे।
जे पद-पदुम-परस-जल-पावन, सुरसरि-दरस कटत अघ भारे।
जे पद-पदुम-परस-रिषि-पतिनी बलि, नृग, ब्याध, पतित बहु तारे।
जे पद-पदुम रमत बृन्दावन, अहि-सिर धरि, अगनित रिपु मारे।
जे पद-पदुम परसि ब्रज-भामिनि, सरबस दै, सुत-सदन बिसारे।
जे पद-पदुम रमत पांडव-दल, दूत भए, सब काज सँवारे।
सूरदास तेई पद-पंकज, त्रिबिधि-ताप-दुख-हरन हमारे ।।१७।।

अर्थ—हे कमल के दलों के समान नेत्रों वाले श्याम सुन्दर [वंशी-वादन के समय] रमणीय त्रिभंगी (गरदन, कमर और दाहिने पाँव में तीन जगह बल वाली) मुद्रा वाले प्राण-प्यारे आपके कमलवत् चरणों की वन्दना करता हूँ। जो कमलवत् चरण शिव की शाश्वत सम्पत्ति है तथा जिन चरणों को लक्ष्मी जी अपने हृदय से नहीं हटातीं, जिन कमलवत् चरणों ने पिता के क्रोध से मन वचन कर्म से संत्रस्त प्रह्लाद की रक्षा की। जिन कमलवत् चरणों के स्पर्श से पवित्र जल वाली गंगा जी के दर्शन [मात्र] से बड़े-बड़े पाप कट जाते हैं। जिन कमलवत् चरणों के स्पर्श ने [गौतम] ऋषि की पत्नी (अहिल्या), बलि, नृग, व्याध आदि बहुत से पतितों को तार दिया। जिन कमलवत् चरणों से [भगवान् ने] वृन्दावन में विचरण किया और जिन चरणों को कालिय नाग के शिर पर रख कर असंख्य शत्रुओं का विनाश किया। जिन कमलवत् चरणों का स्पर्श कर व्रजांगनाओं ने [भगवान् को अपना] सर्वस्व देकर अपने परिजन तथा घर को भुला दिया, [तथा] जिन चरण कमलों से घूमते हुए [भगवान् ने] पाण्डवों के दूत बन कर [उनके] सभी कार्य सम्पन्न किये। सूरदास कहते हैं कि भगवान् के ऐसे जो चरण कमल हैं वे हमारे त्रिविध (दैहिक, दैविक और भौतिक) तापों तथा दुखों का हरण करने वाले हैं।। 17।।

अब कैं राखि लेहु भगवान !
हौं अनाथ बैठ्यो द्रुम-डरिया, पारधि साधे बान।
ताकैं डर मैं भाज्यौ चाहत, ऊपर ढुक्यौ सचान।
दुहूँ भाँति दुख भयो आनि यह, कौन उबारै प्रान ?
सुमिरत ही अहि डस्यौ पारधी, कर छूट्यौ संधान।
सूरदास सर लग्यों सचानहिं, जय जय कृपानिधान।।१८।।

अर्थ—घोर संकट में पड़ा हुआ पक्षी प्रार्थना करता है कि हे भगवान् इस बार (इस संकट से) बचा लीजिये। मैं अनाथ वृक्ष की शाखा पर बैठा हूँ, बधिक ने मेरे ऊपर बाण का सन्धान किया है। उसके भय से मैं भागना चाहता हूँ [किन्तु] ऊपर बाज [मेरे लिए] ताक लगाये हुए है। दोनों ओर से यह [प्राणों का] संकट आ पड़ा है, कौन [इससे] प्राणों की रक्षा करे ? [इस प्रकार भगवान् का] स्मरण करते ही व्याध को साँप ने डस लिया और [पक्षी को मारने के लिए चढ़ा बाण छूट गया] [और] सूरदास कहते हैं कि [वह] बाण बाज को जा लगा। ऐसे कृपालु [भगवान्] की जय हो, जय हो।। 18।।

आछौ गात अकार गार्यौ।
करी न प्रीति कमल-लोचन सौं, जनम जुवा ज्यौं हार्यौ।
निसि-दिन विषय-बिलासनि बिलसत, फूटि गई तब चार्यौ।
अब लाग्यो पछितान पाइ दुख, दीन, दई कौ मार्यौ।
कामी, कृपन, कुचील, कुदरसन, को न कृपा करि तार्यौ।
तातैं कहत दयाल देव-मनि, काहैं सूर बिसार्यौ।।१९।।

अर्थ—[मैंने यह] सुन्दर [मानव] शरीर व्यर्थ में ही नष्ट कर दिया। कमल नेत्र [भगवान् श्रीकृष्ण] से प्रेम नहीं किया [तथा इस दुर्लभ मानव] जीवन को जुए [के दाँव] की भाँति हार गया (जीवन व्यर्थ में ही समाप्त कर दिया) रात-दिन [सांसारिक] विषय-सुखों की आसक्ति में लीन रहा। उस समय [मेरी] चारों आँखें फूट गयी थीं (मेरी बाहरी दोनों आँखें तो फूटी हैं ही, विषयान्ध होने के कारण भीतरी-ज्ञान की दोनों आँखें भी फूटी थीं)। [परिणाम-स्वरूप]अब दीन-हीन बन कर भाग्य (दई) का मारा हुआ दुःखी होकर पश्चात्ताप करने लगा हूँ। कामासक्त कृपण मैले-कुचैले वस्त्रों वाले (गये बीते) तथा अपवित्र दर्शन वाले [पापियों] में भगवान् ने कृपा करके किसे नहीं (संसार सागर से) तारा ? इसीलिए हे दयालु देव-देव [भगवन्] आप से फरियाद करता हूँ कि [इस] सूर को क्यों भुला दिया ? (मुझे भी कृपा करके तारिये)।। 19।।

तुम बिनु भूलोइ भूलौ डोलत।
लालच लागि कोटि देवन के, फिरत कपाटनि खोलत।
जब लगि सरबस दीजै उनकौं, तबहीं लगि यह प्रीति।

फल माँगत फिरि जात मुकर ह्वै, यह देवन की रीति।
एकनि कौं जिय-बलि दै पूजे, पूजत नैंकु न तूठे।
तब पहिचानि-सबनि कौं छाँड़े नख-सिख लौं सब झूठे।
कंचन मनि तजि काँचहिं सैंतत, या माया के लीन्हे।
चारि पदारथ हूँ को दाता, सु तौ विसर्जन कीन्है।
तुम कृतज्ञ, करुनामय, केसव, अखिल लोक के नायक।
सूरदास हम दृढ़ करि पकरे, अब ये चरन सहायक ॥२०॥

अर्थ—हे प्रभु, प्राणी जब तक आपकी शरण में नहीं आता [तुम बिनु] वह निरंतर भ्रम में पड़ा हुआ [विभिन्न योनियों में या इधर-उधर] भटकता रहता है, लोभवश करोड़ों देवताओं के दरवाजे खटखटाता फिरता है। जब तक उन्हें (देवताओं को) सर्वस्व देते रहें तभी तक उनका प्रेम रहता है किन्तु फल की याचना करने पर वे मुकर जाते हैं (देने को तैयार नहीं होते) यही देवताओं का नियम है (अर्थात् वे लेना जानते हैं, देना नहीं)। कुछ देवताओं की जीवों की बलि देकर पूजा की गई, किन्तु पूजा करने से वे बिल्कुल संतुष्ट नहीं हुए। इस प्रकार सभी देवों को पहचान कर मैंने छोड़ दिया [समझ लिया कि] वे नख से शिख तक झूठे हैं। इस माया के वश में होकर मैं [भगवान् रूप] स्वर्ण तथा मणि का त्याग करके [देव-रूप] काँच को समेटता रहा, चारों पदार्थों (अर्थ, धर्म, काम, मोक्ष) के दाता भगवान् का परित्याग कर दिया। हे केशव, आप कृतज्ञ (भक्तों का उपकार मानने वाले या मनसा, वाचा, कर्मणा की हुई बातों के जानने वाले) कृपालु तथा सम्पूर्ण लोक के स्वामी हैं। सूरदास कहते हैं कि हमने भगवान् के चरणों को दृढ़तापूर्वक पकड़ा है, अब ये ही मेरे सहारे (सहायक) हैं।। 20।।

आजु हौं एक-एक करि टरिहौं।
कै तुमहीं, कै हमहीं माधौ, अपने भरोसैं लरिहौं।
हौं तो पतित सात पीढ़िनि कौ, पतितै ह्वै निस्तरिहौं।
अब हौं उघरि नच्यौ चाहत हौं, बिरद बिन करिहौं।
कत अपनी परतीति नसावत, मैं पायौ हरि हीरा।
सूर पतित तबहीं उठिहै प्रभु, जब हँसि दैहो बीरा ॥२१॥

अर्थ—[हे प्रभु] आज मैं यह निपटारा करके ही मानूँगा कि [हम दोनों में] किसकी जीत होती है। मैं अपने [पातित्य के] भरोसे मुकाबिला करूँगा, [और] हे माधव या तो मैं ही [पतित] रह जाऊंगा, या तुम ही [पतित-पावन] रह जाओगे। मैं तो सात पीढ़ियों का (खानदानी) पतित हूँ [और] पतित रहकर ही [आप द्वारा भव-सागर से] उद्धार पाऊंगा (निस्तरिहौं) अब मैं निरावरण होकर (निर्लज्ज होकर) नाचना चाहता हूँ, [जिससे] तुम्हें विरुद्ध, अर्थात् पतित-पावनता की कीर्ति से विहीन, कर दूँगा। हे हरि,[मेरा उद्धार न करके भक्त-समाज में व्याप्त] अपना विश्वास क्यों नष्ट कर रहे हो ? मैंने तो [तुम्हारी

पतित-पावनता में वज्रवत् सुदृढ़, न टूटने वाला, विश्वास रूपी] हीरा पा लिया है। हे प्रभु, यह पतित सूर तभी उठेगा जब हँसकर उसे बीड़ा देंगे अर्थात् प्रसन्न होकर उसे अपनी सेवा में ले लेंगे।।21।।

प्रभु, हौं सब पतितनि कौ टीकौ।
और पतित सब दिवस चारि के, हौं तौ जनमत ही कौ।
बधिक अजामिल, गनिका, तारी और पूतना ही कौ।
मोहिँ छाँड़ि तुम और उधारे, मिटै सूल क्यौं जी कौ।
कोउ न समरथ अघ करिबे कौं, खैंचि कहत हौं लीकौ।
मरियत लाज सूर पतितनि में, मोहूँ तैं को नीकौ।।२२।।

अर्थ—हे प्रभु, मैं सब पापियों से बढ़कर हूँ। और सभी चार दिन (थोड़े दिनों) के ही पापी हैं [किन्तु] मैं तो जन्म भर का पापी हूँ। आपने बधिक अजामिल, गणिका को और पूतना को भी तारा। मुझे छोड़कर आपने जो अन्य पापियों का उद्धार किया मेरे हृदय की यह कसक कैसे मिटे ? मैं लकीर खींचकर कह रहा हूँ [मेरे बराबर] पाप करने की सामर्थ्य किसी में नहीं है। सूरदास कहते हैं कि मैं इस लज्जा के मारे मरा जा रहा हूँ कि क्या पापियों में कोई मुझसे भी बढ़कर है (जो पातित्य के आधार पर मुझसे पहले तारे जाने का अधिकारी हो गया)?।।22।।

अब मैं नाच्यौ बहुत गुपाल।
काम-क्रोध कौ पहिरि चोलना, कंठ विषय की माल।
महामोह के नूपुर बाजत, निंदा-सब्द-रसाल।
भ्रम-भोयौ मन भयौ पखावज, चलंत असंगत चाल।
तृष्ना नाद करति घट भीतर, नाना बिधि दै ताल।
माया को कटि फेटा बाँध्यौ, लोभ-तिलक दियौ भाल।
कोटिक कला काछि दिखराई, जल-थल सुधि नहिँ काल।
सूरदास की सबै अविद्या, दूरि करौ नँदलाल।।२३।।

अर्थ—हे गोपाल [माया के वश में होकर] मैं बहुत नाच चुका। [नृत्य के साज के रूप में] मैंने काम तथा क्रोध का जामा तथा कंठ में विषय वासनाओं की माला पहन रखी है। [मेरी इस गति से] महामोह के नूपुर बजते है, [जिनसे] निन्दा का रसीला शब्द निकलता है (जो माया से भ्रमित होने के कारण आनन्दप्रद जान पड़ते हैं)। भ्रम रूपी भौयन (आटा जो पखावज पर ध्वनि में ठनक उत्पन्न करने के लिए लगाया जाता है) से युक्त मन रूपी पखावज (मृदंग) से शरीर के अन्दर तृष्णा रूपी नाद उत्पन्न होता है, जिसके विविध प्रकार के तालों पर बेमेल (विसंगत) गति से नाचता रहा हूँ। मैंने कमर में माया रूपी फेंट बाँध लिया है तथा मस्तक पर लोभ का तिलक दे रखा है। [इस प्रकार माया के वशीभूत होकर] मैंने जल तथा स्थल में स्मरणातीत

काल से करोड़ों [प्राणियों के] रूप धारण कर (बहुरूपिये के समान कितनी) कलाएँ दिखाई हैं। हे नन्दलाल, [इस-कौशल प्रदर्शन पर प्रसन्न होकर पुरस्कार स्वरूप] सूरदास की सारी अविद्या को दूर कर दीजिये अर्थात् उसे माया-मुक्त कर दीजिए।। 23।।

हमारे प्रभु, औगुन चित न धरौ।
समदरसी है नाम तुम्हारौ, सोई पार करौ।
इक लोहा पूजा मैं राखत, इक घर बधिक परौ।
सो दुबिधा पारस नहिँ जानत, कंचन करत खरौ।
एक नदिया इक नार कहावत, मैलौ नीर भरौ।
जब मिल गए तब एक बरन ह्वै, गङ्गा नाम परौ।
तन माया, ज्यौ ब्रह्म कहावत, सूर सु मिल बिगरौ।
कै इनकौ निरधार कीजियै, कै प्रन जात टरौ ।।२४।।

अर्थ—हे प्रभु हमारे दोषों पर आप ध्यान न दें। आपका नाम समदर्शी है, इसलिए [अपनी इस विशेपता का ध्यान रखते हुए हमें भवसागर से] पार कर दीजिए। (जिस प्रकार) एक लोहा पूजा [गृह] में रखा जाता है [तथा] दूसरा बधिक के घर में पड़ा रहता है [जिससे वह पशु-बध करता है] किन्तु पारस उनमें भेद-भाव नहीं रखता, उन्हें शुद्ध सोना (समान रूप से) बना देता है। [अच्छे जल से भरी] एक नदी तथा मैले जल से भरा एक नाला दोनों मिलकर (गंगा जी में) एकाकार [एक रंग के] हो जाते हैं तो उनका नाम [अभिन्न रूप से] गंगा पड़ जाता है। सूरदास कहते हैं कि शरीर माया तथा जीव ब्रह्म कहा जाता है, वह [उससे] मिलकर [उसके बाहरी दोष] से बिगड़ गया है। हे प्रभु, उपर्युक्त न्याय के अनुसार या इनका [शरीर और जीव का] न्याय कीजिये [और इन्हें शुद्ध कीजिये] या नहीं तो [आपका समदर्शिता तथा पतित पावनता का] प्रण टला जाता।। 24।।

भगवदाश्रय

मेरो मन अनत कहाँ सुख पावै।
जैसैं उड़ि जहाज को पच्छी, फिर जहाज पर आवै।
कमल-नैन कौं छाँड़ि महातम, और देव कौं ध्यावै।
परम गंग कौं छाँड़ि पियासौ, दुरमति कूप खनावै।
जिहिँ मधुकर अंबुज-रस चाख्यौ, क्यौं करील-फल भावै।
सूरदास-प्रभु कामधेनु तजि, छेरी कौन दुहावै ।।२५।।

अर्थ—मेरा मन (भगवान् को छोड़कर) अन्यत्र कहाँ सुख प्राप्त करे? जैसे [बीच समुद्र में फँसे हुए] जहाज पर से उड़ाया हुआ कौआ (अन्यत्र आश्रय न प्राप्त कर सकने के कारण) उड़कर पुनः उसी जहाज पर वापस आ जाता है वैसे ही कमल नेत्र भगवान् श्रीकृष्ण का माहात्म्य छोड़कर अन्य देवताओं का ध्यान कौन करे? परम पवित्र गंगा का परित्याग करके

दुर्बुधि प्यासी ही (प्यास बुझाने के लिए) कुआँ खोदने जा सकता है। जिस भौंरे ने कमल के मकरंद का स्वाद पा लिया है उसे करील के (कसैले) फल क्यों अच्छे लगेंगें ? सूरदास कहते हैं कि प्रभु, कामधेनु का त्याग करके बकरी कौन दुहावेगा ? अर्थात् सुलभ तथा आनन्दप्रद हरि-भक्त को छोड़कर कष्ट कर तथा अवांछित अन्य देवों की भक्ति के चक्कर में पड़ने से बढ़कर कोई मूर्खता नहीं हो सकती।।25।।

हमैं नँदनंदन मोल लिए।
जम के फंद काटि मुकराए, अभय अजाद किये।
भाल तिलक, स्रबननि तुलसीदल, मेटे अंक बिये।
मूँड़यौ मूँड़, कंठ बनमाला, मुद्रा-चक्र दिये।
सब कोउ कहत गुलाम स्याम कौ, सुनत सिरात हिये।
सूरदास कौं और बड़ौ सुख, जूठनि खाइ जिये।।२६।।

अर्थ—हम नन्द पुत्र (नन्द को आनन्दित करने वाले) श्रीकृष्ण के क्रीत दास हैं। यम के बन्धनों को काटकर उन्होंने मुझे निर्भय तथा स्वतंत्र कर दिया है [जैसे कोई उदार हृदय धनी किसी दास-व्यवसायी लुटेरे से उसके बन्धन में पड़े हुए व्यक्ति को मोल लेकर अपने यहाँ सुखी रूपी में रखता है]। उन्होंने यमराज रूपी दास-व्यवसायी द्वारा अंकित चिह्नों को मिटाकर मुझे अपने दास के चिह्न के रूप में] भाल पर तिलक, कानों पर तुलसी-दल और कंठ में वनमाल धारण कराया, [मेरा] सिर मुँड़वा दिया [तथा भुजा आदि पर] चक्र की छाप अंकित करवा दी। [मुझे] सब श्याम [सुन्दर] का दास कहने लगे [जिसे] सुनकर हृदय शीतल होने लगा। सूरदास को एक और बड़ा सुख यह प्राप्त हुआ कि [आपकी] जूठन खाकर जीने लगा।।26।।

राखौ पति गिरिवर गिरि-धारी।
अब तौ नाथ, रह्यौ कछु नाहिन, उघरत माथ अनाथ पुकारी।
बैठी सभा सकल भूपनि की, भीषम-द्रौन-करन व्रतधारी।
कहि न सकत कोउ बात बदन पर, इन पतितति मो आपति बिचारी।
पांडु-कुमार पवन से डोलत, भीम गदा कर तैं महि डारी।
रही न पैज प्रबल पारथ की, जब तैं धरम-सुत धरनी हारी।
अब तौ नाथ न मेरौ कोई, बिनु श्रीनाथ-मुकुंद-मुरारी।
सूरदास अवसर के चूकैं फिरि पछितैहौ देखि उघारी।।२७।।

अर्थ—(कौरव-सभा में दुःशासन द्वारा निरावरण की जाती हुई द्रौपदी) अनाथ होकर पुकारने लगी है। गिरिधर (श्रीकृष्ण), मेरी लाज रख लीजिये। हे नाथ, अब और कोई सहारा नहीं रह गया है, सभी राजाओं की सभा बैठी है, जिसमें भीष्म, द्रोण, कर्ण जैसे [न्याय के] ब्रतधारी उपस्थित हैं [किन्तु इनमें] कोई [अन्यायी दुर्योधन के] मुँह पर [उचित] बात नहीं कह पा रहा है। इन (दुर्योधनादि) पापियों ने मुझे निर्लज्ज करने का विचार कर लिया है। पाण्डु पुत्र

(पाण्डव) हवा की तरह काँप रहे हैं, भीम ने [अपनी] गदा हाथ से छोड़कर पृथ्वी पर डाल दी है। जब से धर्म-पुत्र (युधिष्ठिर) (मुझ) पत्नी को [जुए में] हार गये हैं, पराक्रमी पार्थ की संकल्प शक्ति भी नही रह गयी। हे नाथ, अब [आप] लक्ष्मी पति मुकुन्द मुरारी के बिना मेरा कोई (सहायक) नहीं है [आपके बिना मैं सर्वथा अनाथ (असहाय) हूँ, अर्थात् अब मुझे केवल आपका भरोसा है] सूरदास कहते हैं कि हे नाथ अवसर के निकल जाने पर, मुझे निर्वसना हुई देख लेने पर तो आप पछताते भर रह जायेंगे।। 27।।

भावी

करी गोपाल की सब होइ।
जो अपनी पुरुषारथ मानत, अति झूठौ है सोइ।
साधन, मंत्र, जंत्र, उद्यम, बल, ये सब डारौ धोइ।
जो कछु लिखि राखी नँदनंदन, मेटि सकै नहिँ कोइ।
दुख-सुख, लाभ-अलाभ समुझि तुम, कतहिँ मरतहौ रोइ।
सूरदास स्वामी करुनामय, स्याम-चरन मन पोइ ।।२८।।

अर्थ—गोपाल (श्रीकृष्ण) का ही किया हुआ सब कुछ होता है। जो अपना पुरुषार्थ मानता है (अपने पौरुष में विश्वास करता है) वह बड़ा झूठा (मिथ्या गर्व वाला) है। युक्ति, मन्त्र, यन्त्र, परिश्रम, तथा शक्ति इन सबको (जो भरोसा तुम्हारे मन में है उसे) धो डालो। जो कुछ भगवान् ने (भाग्य में) लिख रखा है उसे कोई नहीं मिटा सकता। दुःख-सुख, लाभ-हानि का विचार करके तुम क्यों रो-रो कर मर रहे हो ? सूरदास कहते हैं कि भगवान् कृपालु हैं, उन्हीं श्याम के चरणों में अपना मन पिरो दो, लगा दो, ।। 28।।

होत सो जो रघुनाथ ठटै।
पचि-पचि रहैँ सिद्ध, साधक, मुनि, तऊ न बढ़ै-घटै।
जोगी जोग धरत मन अपनैँ सिर पर राखि जटै।
ध्यान धरत महादेवऽरु ब्रह्मा, तिनहूँ पै न छटै।
जती, सती, तापस आराधैँ, चारौँ बेद रटै।
सूरदास भगवन्त-भजन बिनु, करम-फाँस न कटै ।।२९।।

अर्थ—भगवान् जो कुछ निर्धारित करते हैं वही होता है। अनेक सिद्ध साधक तथा मुनि प्रयास करते-करते थक जाते हैं, किन्तु कुछ भी [उसमें] घटा-बढ़ा नहीं पाते। योगी सिर पर जटा रखाकर मानसिक योग धारण करते हैं और शंकर तथा ब्रह्मा भी ध्यान में लीन होते हैं किन्तु उनसे भी उसमें क्षीणता नहीं आती। सूरदास कहते हैं कि भगवद्भजन के बिना संन्यासियों, निष्ठावान् महात्माओं की आराधना तथा चारों वेदों के पाठ से भी कर्म-बन्धन नहीं कटता, शिथिल नहीं होता।। 29।।

भावी काहूँ सौं न टरै ।
कहँ वह राहु, कहाँ वै रवि ससि, आनि संजोग परे ।
मुनि बसिष्ट पंडित अति ज्ञानी, रचि-पचि लगन धरै ।
तात-मरन, सिय हरन, राम बन-बपु धरि बिपति भरै ।
रावन जीति कोटि तैंतीसौ, त्रिभुवन राज करै ।
मृत्युहिँ बाँधि कूप मैं राखै, भावी-बस सो मरै ।
अरजुन के हरि हुते सारथी, सोऊ बन निकरै ।
द्रुपद-सुता कौ राजसभा, दुस्सासन चीर हरै ।
हरीचंद सो को जगदाता, सो घर नीच भरै ।
जौ गृह छाँड़ि देस बहु धावै, तऊ वह संग फिरै ।
भावी कैं बस तीन लोक हैं, सुर नर देह धरै ।
सूरदास प्रभु रची सु ह्वै है, को करि सोच मरै ।।३०।।

अर्थ—भावी किसी से टाली नहीं जा सकती। कहाँ वह राहु है तथा कहाँ वे सूर्य तथा चन्द्रमा (किन्तु सूर्य-ग्रहण तथा चन्द्र-ग्रहण के रूप में) उनका संयोग आ ही पड़ता है। वशिष्ठ मुनि अत्यन्त ज्ञानी पंडित थे और उन्होंने खूब सोच समझ कर [राम-जानकी के विवाह का] लग्न निर्धारित किया, किन्तु पिता (दशरथ) की मृत्यु हुई तथा सीता-हरण आदि के रूप में राम को वन में वनवासी वेश धारण करके कष्ट उठाना पड़ा। रावण तैंतीस करोड़ (देवताओं) को जीतकर तीनों लोकों पर राज्य करता था। [और उसने] मृत्यु को बन्दी बनाकर कुएँ में [डाल] रखा था; किन्तु भावी वश उसे [मनुष्य के हाथों] मरना पड़ा। भगवान् [स्वयं] अर्जुन के सारथि थे किन्तु (पाण्डवों को) वनवास करना पड़ा, और द्रौपदी का [उनकी पत्नी] दुश्शासन ने [भरी] राज सभा में चीर-हरण किया। हरिश्चन्द्र के समान संसार में कौन दानी होगा किन्तु उन्हें भी नीच के घर भृत्य बनना पड़ा। यद्यपि मनुष्य घर छोड़कर अनेक देशों में दौड़ता है [भ्रमण करता है] तथापि भावी उसके साथ-साथ ही जाती है। भावी के वश में तीनों लोक [के प्राणी] हैं, चाहे देव-योनि-धारी हों या नर-योनि-धारी। सूरदास कहते हैं कि प्रभु ने जैसी व्यवस्था कर रखी है वैसा ही होगा [इसलिए भवितव्य के विषय में] चिन्ता करके कौन मरे ?।।30।।

तातैं सेइयै श्री जदुराइ ।
संपति बिपति, बिपति तैं संपति, देह कौ यहै सुभाइ ।
तरुवर फूले, फरैं, पतझरैं, अपने कालहिँ पाइ ।
सरवर नीर भरै, भरि उमड़ै, सूखै खेह उड़ाइ ।
दुतिया चंद बढ़त ही बाढ़े, घटत-घटत घटि जाइ ।
सूरदास संपदा-आपदा, जिनि कोऊ पतिआई ।।३१।।

अर्थ—यदुराज श्रीकृष्ण ही इसलिये सेव्य हैं, क्योंकि उत्कर्ष तथा सुख की स्थिति से अपकर्ष तथा दुःख की स्थिति को प्राप्त होना और अपकर्ष तथा दुःख से उत्कर्ष तथा सुख की स्थिति को प्राप्त होते रहना शरीर धारियों का स्वभाव है। [जैसे हम देखते हैं कि] वृक्ष काल पाकर [समयानुसार] फूलता है, फलता है, (उसके) पत्ते झड़ते हैं। जलाशय पानी से भरता है, भर जाने पर उमड़ता है, फिर सूख जाता है, और उसमें धूल उड़ने लगता है। द्वितीया का चन्द्रमा बढ़ते-बढ़ते पूर्ण चन्द्र बन जाता है और [फिर] घटते-घटते समाप्त हो जाता है। [इसीलिये] सूरदास कहते हैं कि उन्नति, अवनति, सुख-दुःख पर किसी को विश्वास नहीं करना चाहिये, तात्पर्य यह है कि परिवर्तन-शील संसार की सभी स्थितियाँ अस्थायी, विनश्वर हैं; अविनश्वर स्थायी तत्व तो एकमात्र भगवान् हैं, अतएव उनकी प्राप्ति ही हमारा ध्येय होना चाहिए।। 31 ।।

वैराग्य

किते दिन हरि-सुमिरन बिनु खोए।
पर-निंदा रसना के रस करि, केतिक जनम बिगोए।
तेल लगाइ कियौ रुचि-मर्दन, बस्तर मलि-मलि धोए।
तिलक बनाइ चले स्वामी ह्वै, विषयिनि के मुख जोए।
काल बली तैं सब जग काँप्यौ, ब्रह्मादिक हूँ रोए।
सूर अधम की कहौ कौन गति, उदर भरे, परि सोए ।।३२।।

अर्थ—मैंने अनगिनत दिन भगवान् को स्मरण किये बिना खो दिये। दूसरों की निन्दा को ही जिह्वा का स्वाद मानकर कितने ही जन्मों को व्यर्थ में गँवा दिया। तेल लगाकर शौक से मालिश किया और वस्त्रों को रगड़-रगड़ कर धोया किया [किन्तु] मन को स्वच्छ (पवित्र) नहीं किया। तिलक लगाकर स्वामी की तरह चलता रहा तथा विषयी व्यक्तियों का मुखापेक्षी बना रहा। बलशाली काल [के भय] से तो सारा संसार काँपता है। [उसकी भयंकरता देखकर] ब्रह्मा आदि को रोना पड़ता है, तो फिर उसके आगे अधम सूर का क्या बस, जो पेट भरने पर पड़कर सो जाना भर जानता है।। 32 ।।

नर तैं जनम पाइ कह कीनौ ?
उदर भरचौ कूकर लौं, प्रभु कौ नाम न लीनौ।
श्री भागवत सुनी नहिं श्रवननि, गुरु गोबिंद नहिं चीनौ।
भाव-भक्ति कछु हृदय न उपजी, मन विषया मैं दीनौ।
झूठौ सुख अपनौ करि जान्यो, परस प्रिया कैं भीनौ।
अघ कौ मेरु बढ़ाइ अधम तू, अंत भयौ बलहीनौ।
लख चौरासी जोनि भरमि कै, फिर वाहीं मन दीनौ।
सूरदास भगवंत-भजन बिनु, ज्यौं अंजलि-जल छीनौ ।।३३।।

अर्थ---मनुष्य का [सुन्दर] जन्म पाकर तुमने क्या किया ? श्वान और शूकर की भाँति उदरपूर्ति में लगे रहे और [एक क्षण भी] प्रभु का नाम नहीं लिया। श्रीमद्भागवत् [पुराण] की कथा कानों से नहीं सुनी तथा [मानव-जन्म के लक्ष्य की प्राप्ति कराने वाले] गुरु एवं ईश्वर की पहचान नहीं की। तुम्हारे हृदय में भाव-भक्ति (ऐसी भक्ति जिसमें जीवन का स्वरूप बदल जाता है, और सगुण भक्त भगवान् के सेवक, सखा, स्नेही, माता-पिता या कान्ता के रूप में ही आचरण करता है) नहीं उत्पन्न हुई, [और तुमने अपना] मन विषयों में लगाया। तुमने झूठे सुखों को अपना समझा और प्रियतमा के आलिंगन में मस्त रहे। हे पापी, तू अपने पापों को सुमेरु के समान बढ़ाते हुए तुम अन्त में [उनके सामने] बलहीन हो गये। चौरासी लाख योनियों में भ्रमते रहने [और उनके कष्ट भोगते रहने] पर भी तुमने इस भ्रमण में पड़े रहने में ही अपना मन लगाया (उससे छुटकारे के लिये उद्योग-शील नहीं हुए)। सूरदास कहते हैं कि भगवद्भजन के बिना तुम्हारा जीवन अंजलि-गत जल के समान (प्रतिक्षण) घटता जा रहा है।। 33।।

इत-उत देखत जनम गयौ।
या झूठी माया कैं कारन, दुहूँ दृग अंध भयौ।
जनम-कष्ट तैं मातु दुखित भई, अति दुख प्रान सह्यौ।
वै त्रिभुवनपति बिसरि गए तोहिं, सुमिरत क्यों न रह्यौ।
श्रीभागवत सुन्यौ नहिं कबहूँ, बीचहिं भटकि मर्‌यौ।
सूरदास कहै, सब जब बूड़्यौ, जुग-जुग भक्त तर्‌यौ।।३४।।

अर्थ---[सुख की आशा में] इधर-उधर ताकते-ताकते [मेरा] सारा जन्म [व्यर्थ में ही] बीत चला। इस झूठी माया के कारण ही मैं दोनों नेत्रों का अन्धा हो गया। मेरे जन्म के कष्ट से माँ को दुःखी होना पड़ा तथा प्राणों को अत्यन्त कष्ट सहना पड़ा। [हे मन, झूठी माया में पड़कर] तीनों लोकों के स्वामी को तुमने भुला दिया, उनका स्मरण क्यों नहीं करते रहे ? तुमने (श्रीमद्भागवत्) की कथा कभी नहीं सुनी तथा बीच में (सांसारिक भुलावों में) ही भटक कर मरते रहे। सूरदास कहते हैं कि सारा संसार (संसार का प्राणि-समूह) डूबता रहा है, केवल [भगवान् के] भक्त प्रत्येक युग में तरते रहे है (इस संसार-सागर से पार होते रहे हैं)।। 34।।

सबै दिन गए विषय के हेतु।
तीनौं पन ऐसौं ही खोए, केस भए सिर सेत।
आँखिनि अंध, स्रवन नहिं सुनियत, थाके चरन समेत।
गंगा-जल तजि पियत कूप-जल, हरि तजि पूजत प्रेत।
मन-बच-क्रम जौ भजे स्याम कौं, चारि पदारथ देत।
ऐसौ प्रभू छाँड़ि क्यों भटकै, अजहूँ चेति अचेत।
राम नाम बिनु क्यों छूटौगे, चन्द गहैं ज्यौं केत।
सूरदास कछु खरच न लागत, राम नाम मुख लेत।।३५।।

अर्थ—[जीवन के] सारे दिन विषय वासनाओं के चक्कर में ही बीत गये। [बीती हुई] तीनों अवस्थाएँ (बाल्य, कौमार तथा यौवन) मैंने व्यर्थ में ही खो दीं [और अब बुढ़ापा आ गया] शिर के केश श्वेत हो गये। आँखों से अन्धा हो गया, कानों से सुनाई नहीं पड़ता, तथा चरणों सहित सभी अंग शिथिल हो गये। [माया द्वारा वशीभूत मन] गंगा का पवित्र जल छोडकर कुएँ का पानी पीता है, भगवान् का परित्याग कर प्रेत-पूजा करता है। जो मन, वाणी और कर्म से श्याम का भजन करता है [उसे वे] चारों पदार्थ (अर्थ, धर्म, काम, मोक्ष) प्रदान करते हैं। ऐसे प्रभु का त्याग करके हे अचेत [मन] क्यों भटक रहे हो ? अब भी चेत जाओ। राम-नाम का स्मरण किये बिना तुम (आवागमन से) मुक्त नहीं हो सकते। (तुम उसी प्रकार काल के ग्रास हो) जैसे चन्द्रमा केतु-ग्रस्त होता है। सूरदास कहते हैं कि राम का नाम मुँह से लेने में कुछ खर्च भी तो नहीं लगता [फिर तुम राम नाम क्यों नहीं लेते ?]।। 35।।

द्वै मैं एकौ तौ न भई।
न हरि भज्यौ, न गृह सुख पायौ, बृथा बिहाइ गई।
ठानी हुती और कछु मन मैं, औरै आनि ठई।
अबिगत-गति कछु समुझि परत नहिँ, जौ कछु करत दई।
सुत सनेहि-तिय सकल कुटुँब मिलि, निसि-दिन होत खई।
पद-नख-चंद चकोर विमुख मन, खात अँगार मई।
विषय-बिकार-दवानल उपजी मोह-बयारि लई।
भ्रमत-भ्रमत बहुतै दुख पायौ, अजहुँ न टैँव गई।
होत कहा अबके पछिताएँ, बहुत बेर बितई।
सूरदास सेये न कृपानिधि, जो सुख सकल मई।।३६।।

अर्थ—जीवन के दो लाभ कहे जाते हैं, एक सांसारिक दूसरा पारमार्थिक। [इन] दोनों में एक की भी तो प्राप्ति नहीं हुई [मैंने] न तो भगवान् का भजन किया और न गृहस्थाश्रम का ही सुख प्राप्त किया, सम्पूर्ण आयु व्यर्थ में ही बीत गयी। मन में निश्चय किया था कुछ और किन्तु हो कुछ और ही गया। जो कुछ होता है, उसे देव (विधाता) ही करता है। किन्तु [उस] अविनाशी का अविज्ञात विधान कुछ समझ में नहीं आता। पुत्र, प्रेम करने वाली पत्नी आदि सम्पूर्ण परिवार में लगकर (आसक्त होकर) रात-दिन क्षय को प्राप्त होता रहता हूँ। [भगवान् के] पद-नख रूपी चन्द्रमा से विमुख मन रूपी चकोर अंगार-मयी (अंगारों के समान दाह-मयी) विषय वासना जनित पीड़ाएं भोगता है (जैसे चन्द्रमा के अदर्शन पर चकोर अंगारे खाता है)। विषय-वासना और [मानसिक] विकारों की दावाग्नि उत्पन्न हुई जिसे मोह रूपी वायु ने और भी प्रज्वलित कर दिया। [उसके फलस्वरूप अनेक योनियों में] भ्रमण करते-करते अनेक कष्ट सहे किन्तु आज भी वह पुराना ढर्रा, दूर नहीं हुआ। अब पश्चात्ताप करने से क्या लाभ (क्योंकि) बहुत

देर हो गयी। सूरदास कहते हैं कि (खेद है कि) कृपा-निधि भगवान् मेरे द्वारा सेवित नहीं हुए (उनकी) सेवा (आराधना मुझसे न हो सकी), जो सभी सुखों से भरी हुई निधि है।
विशेष—पद के अन्त में 'मई' (मयी) शब्द निधि के मेल में स्त्रीलिंग में है।। 36।।

अब मैं जानी, देह बुढ़ानी।
सीस, पाउँ, कर कह्यौ न मानत, तन की दशा सिरानी।
आन कहत, आनै कहि आवत, नैन-नाक बहै पानी।
मिटि गइ चमक-दमक अँग-अँग की, मति अरु दृष्टि हिरानी।
नाहिँ रहि कछु सुधि तन-मन की, भई जु बात बिरानी।
सूरदास अब होत बिगूचनि, भजि लै सारँगपानी ॥३७॥

अर्थ—अब मैं जान गया कि शरीर वृद्ध हो गया। शिर, पैर, हाथ कहना नहीं मानते (न चाहने पर भी हिलते काँपते रहते हैं) शरीर की (स्वाभाविक, स्वस्थ) दशा बीत गयी। कहते कुछ और हैं, मुख से शब्द कुछ और ही निकलते हैं। आँख और नाक से (अनावश्यक) पानी बहता रहता है। विभिन्न अंगों की चमक तथा आभा समाप्त हो गयी। स्मरण-शक्ति तथा [नेत्र की दृष्टि] खो गयी। शरीर तथा मन का कुछ भी ध्यान न रहा, सभी बातें बदल गयीं। सूरदास कहते हैं कि अब दुर्दशा (छीछालेदर) होने लगी, इसलिये [ऐसी दशा में जब सांसारिक जीवन में रस नहीं रहा] भगवान् (सारंग-पानी) का भजन ही कर लें।। 37।।

मन प्रबोध

सब तजि भजिऐ नन्द कुमार।
और भजे तैं काम सरै नहिँ, मिटै न भव जंभार।
जिहिँ-जिहिँ जोनि जन्म धार्‌यौ, बहु जोर्‌यो अघ कौ भार।
जिहिँ काटन कौं समरथ हरि कौ तीछन नाम-कुठार।
बेद, पुरान, भागवत, गीता, सब कौ यह मत सार।
भव समुद्र हरि-पद-नौका बिनु, कोउ न उतारै पार।
यह जिय जानि, इहीं छिन भजि, दिन बीते जात असार।
सूर पाइ यह समौ लाहु लहि, दुर्लभ फिरि संसार ॥३८॥

अर्थ—[हे मन,] सब कुछ छोड़ कर नन्द कुमार का भजन करना चाहिए। अन्य किसी का भजन करने से कार्य सिद्ध नहीं होता और न इस सांसारिक (जन्म-मरण के) बखेड़े से ही छुटकारा मिलता है। जिस-जिस योनि में जन्म लिया वहाँ [तुमने] बहुत अधिक पाप का भार एकत्र किया। उसे काटने में हरि नाम रूपी तीक्ष्ण कुल्हाड़ा ही समर्थ है, वेद, पुराण श्रीमद्भागवत तथा गीता सभी ग्रंथों के मतों का यही तत्व है कि इस संसार रूपी सागर से भगवान् के चरण रूपी नौका के अतिरिक्त कोई पार नहीं उतार सकता। ऐसा मन में समझ कर इसी क्षण (भगवान् का) भजन [आरम्भ] करो [नहीं तो] दिन व्यर्थ में ही बीतते जा रहे हैं। सूरदास

कहते हैं कि [मनुष्य-जन्म का] यह सुअवसर जो संसार में फिर दुष्प्राप्य है, प्राप्त करके इसकी (भगवद्-भजन-रूपी) सार्थकता (लाभ) प्राप्त कर लो।। ३८।।

जा दिन मन पंछी उड़ि जैहैं।
ता दिन तेरे तन-तरुवर कै, सबै पात झरि जैहैं।
या देही कौ गरब न करिये, स्यार-काग-गिध खैहैं।
तीननि में तन कृमि, कै बिष्टा कै ह्वै खाक उड़ैहैं।
कहँ वह नीर, कहाँ वह सोभा, कहँ रंग-रूप दिखैहैं।
जिन लोगनि सौं नेह करत है, तेई देखि घिनैहैं।
घर के कहत सबारे काढ़ौ, भूत होइ धर खैहैं।
जिन पुत्रनिहिं बहुत प्रतिपाल्यौ, देवी-देव मनैहैं।
तेई लै खोपरी बाँस दे, सीस फोरि बिखरैहैं।
अजहूँ मूढ़ करौ सतसंगति, संतनि मैं कछु पैहैं।
नर-बपु धारि नाहिं जन हरि कौं, जम की मार सो खैहैं।
सूरदास भगवंत-भजन बिनु बृथा सु जनम गँवैहैं।।३९।।

अर्थ—हे मन, जिस दिन प्राण रूपी पक्षी उड़ जायेगा उस दिन तुम्हारे शरीर रूपी वृक्ष के सारे पत्ते झड़ जायेंगे (सम्पूर्ण कायिक सौन्दर्य समाप्त हो जायेगा)। इस शरीर पर गर्व मत करो; [प्राण छूटने पर] इसे स्यार, कौवे, गिद्ध आदि खायेंगे। शरीर का तीन में से एक परिणाम होगा, या तो [गाड़े जाने पर सड़कर यह] कीड़ों में परिणत होगा, या [स्यार, गिद्ध आदि द्वारा खाया जाकर] मल बन जायेगा, या [जलाया जाकर] खाक बन कर उड़ जायेगा। शरीर की वह आभा, वह सौन्दर्य, वह रंग-रूप तब कहाँ दिखाई पड़ेगा ? जिन लोगों से तुम स्नेह करते हो वे ही देखकर घृणा करने लगेंगे। घर के लोग कहने लगेंगे कि शीघ्र ही [इसे बाहर] निकालो, नहीं तो भूत बन कर पकड़कर खाने लगेगा। जिन पुत्रों का बड़ा प्रतिपालन किया और [उनकी कुशलता के लिये] अनेक देवी- देवताओं की मनौती मानी, वे ही तुम्हारी खोपड़ी पर बाँसों से प्रहार करके उसे तोड़ कर बिखरा देंगे। हे मूढ़, अब भी सत्संगति करो, संतों में तुम्हें कुछ [अवश्य] प्राप्त होगा। मनुष्य का शरीर धारण करके जो भगवान् का भक्त (जन) नहीं होता उसे यमराज (काल) का दण्ड सहना पड़ेगा। सूरदास कहते हैं कि भगवान् के भजन के बिना मनुष्य का जन्म व्यर्थ ही नष्ट हो जायेगा।। 39।।

तिहारौ कृष्ण कहत कह जात ?
बिछुरै मिलन बहुरि कब ह्वै है, ज्यौं तरवर के पात।
सीत-बात-कफ कंठ बिरोधै, रसना टूटै बात।
प्रान लए जम जात, मूढ़-मति देखत जननी-तात।
छन इक माहिं कोटि जुग बीतत, नर की केतिक बात।
यह जग-प्रीति सुवा-सेमर ज्यौं, चाखन ही उड़ि जात।

जमकैं फंद पर्‌यौ नहिं जब लगि, चरननि किन लपटात।
कहत सूर बिरथा यह देही, एतौ कत इतरात ।।४०।।

अर्थ—कृष्ण कहने में तुम्हारा क्या जाता है ? [इस संसार में] बिछुड़ जाने पर वृक्ष के [टूटे हुए] पत्ते की भाँति फिर मिलन कब होगा ? शीत-वात तथा कफ (के प्रकोप) से कण्ठ अवरुद्ध हो जाता है [और] जिह्वा से शब्द फूटने बन्द हो जाते हैं। हे मूर्ख [माता-पिता के] देखते-देखते यमराज प्राणों का हरण करके चल देते हैं। [विधाता के] एक ही क्षण में [मर्त्यलोक के] करोड़ों युग बीत जाते हैं, मानव जीवन किस गिनती में है ? यह सांसारिक प्रेम [आकर्षक लाल-लाल फूलों को देखकर] सुए द्वारा सेये गये सेमर के टेढ़े के समान [अन्तः सार-शून्य] है, जो चखना आरम्भ करते (चोंच मारते) ही [रुई के रूप में] उड़ जाता है। इसलिए, जब तक यमराज के बन्धन में नहीं पड़ते तब तक [भगवान् श्रीकृष्ण के] चरणों से क्यों नहीं लिपट जाते। सूरदास कहते हैं कि [भगवद्भक्ति के बिना] यह शरीर व्यर्थ है, इस पर इतना क्यों इतराते हो ?।। 40।।

मन, तोसों किती कही समुझाइ।
नँदनंदन के चरन कमल भजि तजि पाखँड-चतुराइ।
सुख-संपति, दारा-सुत, हय गय, छूट सबै समुदाइ।
छनभंगुर यह सबै श्याम बिनु, अंत नाहिँ सँग जाइ।
जनमत-मरत बहुत जुग बीते, अजहुँ लाज न आइ।
सूरदास भगवंत-भजन बिनु, जैहै जनम गँवाइ ।।४१।।

अर्थ—हे मन, मैंने तुमसे कितना समझा कर कहा कि पाखण्ड और चतुराई (धूर्तता) छोड़कर श्रीकृष्ण के चरण कमलों को भजो। सुख- सम्पत्ति, स्त्री-पुत्र, घोड़ा-हाथी [आदि भोज्य पदार्थों] का सम्पूर्ण समूह यहीं छूट जाता है। यह सब क्षण-भंगुर (नाशवान्) है, भगवान् श्रीकृष्ण की भक्ति के अतिरिक्त कुछ भी अन्त में (मरने पर) साथ नहीं जाता। जन्म लेते और मरते अपरिमित समय बीत गया किन्तु तुम्हें आज भी लज्जा नहीं आती। सूरदास कहते हैं कि भगवान् के भजन के बिना यह जन्म व्यर्थ में नष्ट हो जावेगा।। 41।।

धोखैं ही धोखैं डहकायौ।
समुझि न परीं, विषय-रस गीध्यौ, हरि-हीरा घर माँझ गँवायौ।
ज्यौं कुरंग जल देखि अवनि कौ, प्यास न गई चहूँ दिसि धायौ।
जनम-जनम बहु करम किए हैं, तिनमैं आपुन आपु बँधायौ।
ज्यौं सुक सेमर सेव आस लगि, निसि-बासर हठि चित्त लगायौ।
रीति पर्‌यौ जबै फल चाख्यौ, उड़ि गयौ तूल, ताँवरौ आयौ।
ज्यौं कपि डोर बाँधि बाजीगर, कन-कन कौं चौहहैं नचायौ।
सूरदास भगवंत-भजन बिनु, काल-व्याल पै आप डसायौ ।।४२।।

अर्थ—[हे मन तुम,] धोखे में पड़े-पड़े ठगे गये। [इस ठगी को] तुम समझ नहीं पाये, विषय-वासना के [क्षणिक] सुख में फँसे रहे। भगवान् रूपी हीरा तुम्हारे घर में ही वर्तमान है किन्तु तुम [उसे प्रत्यक्ष न करके] उससे वंचित रहे। जिस प्रकार मृग [सूखी] भूमि पर सूर्य किरणों की लहरों को (जिनमें जल का सर्वथा अभाव होता है) जल समझ कर चारों दिशाओं में दौड़ता फिरता है किन्तु उसकी प्यास नहीं बुझती, उसी प्रकार जन्म-जन्मान्तर से [तुमने सुख के लिये] न जाने कितने कर्म किये हैं और उनके बन्धन में अपने को स्वयं फँसा लिया है। जिस प्रकार शुक [लुभावने फूलों को देखकर बड़े अच्छे फल पाने की] आशा से सेमल के पेड़ को रात दिन मन लगाकर निष्ठापूर्वक सेता रहा किन्तु जब उसने उसके फल को चखा (उस पर चोंच मारी) तो उस में से रुई उड़ने लगी और उसके मनोरथ झूठे पड़ गये और उसे चक्कर आने लगा। तथा जिस प्रकार बाजीगर बन्दर को डोरी में बाँधकर दाने-दाने के लिए चौराहों पर नचाता है [उसी प्रकार] सूरदास कहते हैं कि [हे मन,] भगवान् के भजन के बिना [सुख की आशा में पड़कर] काल-रूपी सर्प से अपने को खुद डसवाते रहे (जन्म-मृत्यु के चक्कर में पड़े रहे) विशेष—मान्यता है कि सर्पदंश से मृत व्यक्ति को मोक्ष प्राप्त नहीं होता।। 42।।

भक्ति कब करिहौ, जनम सिरानौ।
बालापन खेलतहीँ खोयौ, तरुनाई गरबानौ।
बहुत प्रपंच किए माया के, तऊ न अधम अघानौ।
जतन जतन करि माया जोरी, लै गयौ रंक न रानौ।
सुत-वित-बनिता-प्रीति लगाई, झूठे भरम भुलानौ।
लोभ-मोह तैँ चेत्यौ नाहीँ, सुपनेँ ज्यौँ डहकानौ।
बिरध भऐँ कफ कंठ बिरौध्यौ, सिर धुनि-धुनि पछितानौ।
सूरदास भगवंत-भजन-बिनु, जम कैँ हाथ बिकानौ।।४३।।

अर्थ—[हे मन,] जीवन बीत चला, [अब] भक्ति कब करोगे ? बचपन खेलने में ही खो दिया, युवावस्था में गर्व से भर गये। हे अधम, माया के अनेक प्रपंच करने पर भी तुम्हारी तृप्ति नहीं हुई। अनेक उपायों से ऐश्वर्य जोड़ा, जिसे राजा से लेकर रंक तक कोई [अपने साथ] नहीं ले जा सका। पुत्र, धन, स्त्री, आदि की आसक्ति में पड़े रहे और उनके सुख की झूठी आशा के भुलावे में आ गये। लोभ-मोह [की अज्ञानमयी रात्रि] में [सोते हुए] तुम स्वप्न के से झूठ व्यवहारों में पड़कर ठगे गये, सावधान होकर जग न सके (लोभ-मोह की ठगी से मुक्त होकर अपने शुद्ध आनन्दमय चेतना स्वरूप को प्राप्त न कर सके) अब वृद्ध होने पर जब कफ ने कण्ठ अवरुद्ध कर दिया, सिर पीट पीट कर पछताने लगे। सूरदास कहते हैं कि खेद है, भगवद्भजन के बिना तुम यम (काल) के हाथ बिक गये (जन्म-मरण के चक्कर में पड़े रहे)।। 43।।

तजौ मन, हरि बिमुखनि कौ संग ।
जिनकैं संग कुमति उपजति है, परत भजन में भंग ।
कहा होत पय पान कराऐं, विष नहिँ तजत भुजंग ।
कागहिँ कहा कपूर चुगाऐं, स्वान न्हवाऐं गंग ।
खर कौं कहा अरगजा लेपन, मरकट भूषन-अंग ।
गज कौं कहा सरित अन्हवाऐं, बहुरि धरे वह ढंग ।
पाहन पतित बान नहिँ बेधत, रीतौ करत निषंग ।
सूरदास कारी कामरि पै, चढ़त न दूजौ रंग ।।४४।।

अर्थ—हे मन, असन्तों (दुष्टों) का साथ छोड़ दो। उनके साथ [रहने से] दुर्बुद्धि उत्पन्न होती है तथा भगवान् के भजन में बाधा पड़ती है। [तुम्हारा यह सोचना कि उन्हें अपने भजन-भाव, सदुपदेश आदि द्वारा प्रभावित कर सकोगे, निष्फल है] साँप को दूध पिलाने से क्या लाभ ? इससे वह अपना विष नहीं छोड़ता। कौवे को कपूर चुगाने और कुत्ते को गंगा में नहलाने से क्या [लाभ] होता है ? (वे पुन। अभक्ष्य-भक्षण करते हैं)। गधे को सुगन्धित लेप करने से तथा बन्दर के अंगों में आभूषण पहनाने से क्या लाभ होता है ? हाथी को नदी में नहलाने से क्या होता है, वह पुन। अपना वही (अपने शरीर पर धूल डालने का) ढंग अपनाता है। पतित रूपी पत्थर सदुपदेश रूपी बाणों से विद्ध (प्रभावित) नहीं हो सकता, उसे विद्ध करने की चेष्टा में व्यर्थ ही तरकश खाली होता है (बाणों की बरबादी होती है)। सूरदास कहते हैं कि काले कम्बल पर दूसरा रंग नहीं चढ़ता। [इसी प्रकार दुष्ट स्वभाव वाले मनुष्यों पर भी अच्छी बातों का प्रभाव नहीं पड़ता, अत। उनका परित्याग कर देना चाहिये]।। 44।।

रे मन मूरख जनम गँवायौ ।
करि अभियान विषय-रस गीध्यौ, स्याम-सरन नहिँ आयौ ।
यह संसार सुवा-सेमर ज्यौं, सुन्दर देखि लुभायौ ।
चाखन लाग्यौ रुई गई उड़ि, हाथ कछू नहिँ आयौ ।
कहा होत अब के पछिताऐं, पहिलें पाप कमायौ ।
कहत सूर भगवंत-भजन बिनु, सिर धुनि-धुनि पछतायौ ।।४५।।

अर्थ—रे मूर्ख मन, तुमने व्यर्थ ही यह जन्म गवाँ दिया। अहंकार करके विषय-वासना में लीन हो गये और श्याम [श्रीकृष्ण] की शरण में नहीं आये। यह [सारशून्य] संसार सुए द्वारा सेवित सेमल के समान है, [जिसके] सुन्दर फूलों को देखकर वह लुब्ध [आकर्षित] हुआ। किन्तु जब वह उसके फल का आस्वादन करने लगा तो रुई उड़ने लगी, और कुछ भी उसके हाथ न लगा। अब पश्चात्ताप करने से क्या लाभ है ? अब तक तुम पाप ही कमाते रहे। सूरदास कहते हैं कि भगवान् के भजन के बिना अब सिर पीट-पीट कर [व्यर्थ] पश्चात्ताप करना ही रह गया।। 45।।

चित्-बुद्धि-संवाद

चकई री, चलि चरन-सरोवर, जहाँ न प्रेम वियोग।
जहँ भ्रम-निसा होति नहिँ कबहूँ, सोइ सागर सुख जोग।
जहाँ सनक-सिव हंस मीन मुनि, नख रवि-प्रभा प्रकास।
प्रफुलित कमल, निमिष नहिँ ससि-डर, गुंजत निगम सुवास।
जिहिँ सर सुभग-मुक्ति-मुक्ताफल, सुकृत-अमृत-रस पीजै।
सो सर छाँड़ि कुबुद्धि बिहंगम, इहाँ कहा रहि कीजै।
लक्ष्मी सहित होति नित क्रीड़ा, सोभित सूरजदास।
अब न सुहात विषय-रस छीलर, वा समुद्र की आस।।४६।।

अर्थ—हे बुद्धि रूपी चकवी, भगवान् के चरण रूपी सरोवर को चलो जहाँ प्रेम में वियोग (का दुख) नहीं सहना पड़ता। जहाँ पर मिथ्या ज्ञान [भ्रम] रूपी रात्रि कभी नहीं होती वही अपार जल-राशि (सागर) के सुख [के लिए] योग्य [स्थान] है, जहाँ सनकादि तथा शिव रूपी हंस, मुनि रूपी मीन [सदा बिहार करते हैं] और भगवान् के नख रूपी सूर्य-बिम्ब का सदा प्रकाश् रहता है (कभी रात नहीं होती, एक क्षण [के लिए भी तुम्हें विरह का सन्ताप देने वाली] चन्द्रमा युक्त रात्रि का भय नही रहता, [सदा] कमल खिलते है, और उनकी सुगन्ध से मत्त निगम वेद रूपी भ्रमर गुंजार करते हैं (वेद ध्वनि होती रहती है), जिस सरोवर में सुन्दर मुक्ति रूपी मोती प्राप्त होता है, और [इस सरोवर तक जाने के श्रम के] पारितोषिक रूप अमृत रस का पान करो। हे दुर्बुद्धि रूपी पक्षी ऐसे सरोवर का परित्याग कर यहाँ रह कर क्या कर रहे हो ? सूरदास कहते हैं कि [उस सरोवर में] भगवान् के दास शोभा पाते, और लक्ष्मी सहित भगवान् की नित्य लीला में मग्न रहते हैं। अब मुझे उस [अगाध अपार] जलाशय की आशा में यह विषय वासनाओं वाली छिछली तलैया नहीं सुहाती।। 46 ।।

सुवा, चलि तो बन कौ रस पीजै।
जा बन राम-नाम अम्रित-रस, स्रवन पात्र भरि लीजै।
को तेरौ पुत्र, पिता तू काकौ, घरनी, घर को तेरौ ?
काग सृगाल-स्वान कौ भोजन, तू कहै मेरौ मेरौ !
बन बारानसि मुक्ति क्षेत्र है, चलि तोकौं दिखराऊँ।
सूरदास साधुनि की संगति, बड़े भाग्य जो पाऊँ।।४७।।

अर्थ—हे शुक्र, चलकर उस [सत्संग रूपी] वन के रस का पान करो, जिस वन में राम नाम रूपी अमृतोपम रस प्राप्त होता है, उसे अपने कर्णरूपी पात्र में भर लो। [इस नश्वर जगत् में] कौन तुम्हारा पुत्र है, तुम किसके पिता हो, कौन तुम्हारी गृहणी है तथा कौन तुम्हारा घर है ? [ये सभी-सम्बन्धी] कौवे, स्यार तथा कुत्ते के आहार हैं, [किन्तु] तुम कहते हो यह मेरा है, वह

मेरा है। [यह सत्संग रूपी] वन वाराणसी [के समान] मुक्ति दायी क्षेत्र है, चलो तुम्हें [इसे] दिखला दूँ। सूरदास कहते हैं कि सन्तों की संगति ही यह [मुक्ति दायी वन-वाराणसी है], इसे पा जाऊँ तो मेरे धन्य भाग्य ! ।। 47 ।।

हरिविमुख-निन्दा

अचंभौ इन लोगनि कौ आवै।
छाँड़ि स्याम-नाम-अम्रित फल, माया-विष-फल भावै।
निंदत मूढ़ मलय चंदन कौं, राख अंग लपटावै।
मानसरोवर छाँड़ि हंस तट काग-सरोवर न्हावै।
पग तर जरत न जानै मूरख, घर तजि घूर बुझावै।
चौरासी लख जोनि स्वाँग धरि, भ्रमि-भ्रम जमहि हँसावै।
मृगतृष्ना आचार-जगत जल, ता सँग मन ललचावे।
कहतु जु सूरदास संतनि मिलि हरि जस काहे न गावे ।।४८।।

अर्थ इन [असन्त (माया-ग्रस्त)] लोगों को देखकर आश्चर्य होता है। ये नाम रूपी अमरता प्रदान करने वाले फल का परित्याग करके माया रूपी विष फल को पसन्द करते हैं। ये मूर्ख (हरिविमुख) मलय चन्दन की निन्दा करते हैं और शरीर में भस्म रमाते हैं। [इनका मन रूपी] हंस मान सरोवर के तट का परित्याग करके कौवों के तालाब में स्नान करता है। ये मूर्ख अपने पैरों के नीचे की जलन को नहीं जानते, घर में लगी हुई आग को छोड़कर घूरे की आग को बुझाते हैं। [भाव यह है कि हृदयस्थ लोभ-मोहादि रूपी ताप को नहीं बुझाते वरन् बाह्य अंगों को जो ताप के वास्तविक स्थल नहीं हैं स्नानादि द्वारा सींचते हैं] चौरासी लाख योनियों में विभिन्न पशु-पक्षियों के रूप धारण कर भ्रमते हुए यमराज (काल) की हँसी के पात्र बनते हैं। सांसारिक-बाह्याचार समष्टि मृग-तृष्णा के जल के समान [भ्रम-मय तथा धोखा देने वाली] है, किन्तु इसी से वे [मूर्ख हरि विमुख] अपने मन में तृप्ति पाने का लोभ करते हैं। सूरदास कहते हैं कि वे सन्तों के साथ मिलकर भगवान् का यशोगान [न जाने] क्यों नहीं करते ।। 48 ।।

भजन बिनु कूकर-सूकर जैसौ।
जैसें घर बिलाव के मूसा, रहत विषय-बस बैसौ।
बन-बगुली अरु गीध-गीधिनी, आइ जनम लियो तैसौ।
उनहूँ कें गृह, सुत, दारा हैं, उन्है भेद कहु कैसौ।
जीव मारि के उदर भरत हैं, तिनकौ लेखौ ऐसौ।
सूरदास भगवंत-भजन बिनु, मनौ ऊँट-वृष-भैंसौ ।।४९।।

अर्थ [भगवान् के] भजन के बिना मनुष्य कुत्ते और सुअर के समान [निकृष्ट और अपवित्र] है। जैसे चूहा विलाव वाले घर में [खाद्य पदार्थों के लोभ में पड़कर] रहता है [और

विलाव का शिकार बनता है] वैसे ही [भजन-विहीन मनुष्य] विषयों के वशीभूत हो [काल का शिकार बन कर] रहता है। बगला-बगली, गृद्ध-गृद्धपत्नी [जैसे अपवित्र प्राणियों] की भाँति ही ऐसे स्त्री-पुरुषों ने [इस पृथ्वी पर] जन्म लिया है। [इनके समान] उनके भी तो घर, पुत्र और पत्नी हैं फिर बतलाइये, उनमें और इनमें क्या अन्तर है ? [जो लोग] जीव-हत्या करके अपना पेट भरते हैं, उनके विषय में इसी प्रकार की बात कही जा सकती है। सूरदास कहते हैं कि भगवान् के भजन के बिना मनुष्य ऊँट, बैल और भैंसे के समान [भार-वाही मात्र] है।। 49।।

सत्संग-महिमा

जा दिन संत पाहुने आवत।
तीरथ कोटि सनान करैं फल जैसौ दरसन पावत।
नयौ नेह दिन-दिन प्रति उनकैं चरन-कमल चित-लावत।
मन-बच कर्म और नहिँ जानत, सुमिरत औ सुमिरावत।
मिथ्याबाद-उपाधि-रहित ह्वैं, बिमल-बिमल जस गावत।
बंधन कर्म जे पहिले, सोऊ काटि बहावत।
संगति रहैं साधु की अनुदिन, भव-दुख दूरि नसावत।
सूरदास संगति करि तिनकी, जे हरि-सुरति कहावत।।५०।।

अर्थ जिस दिन [किसी सद्गृहस्थ के यहाँ] सन्त अतिथि [के रूप में] आते हैं, उस दिन [उसे] करोड़ों तीर्थस्थानों जैसा फल [पुण्य] उनके दर्शन से प्राप्त हो जाता है। उनके चरणों में चित्त लगाने से [भगवान् के प्रति] नित-नूतन प्रेम उत्पन्न होता है। वे मन, वाणी तथा कर्म से और कुछ नहीं जानते, [भगवान् का] स्मरण [स्वयं] करते हैं और [दूसरों से] कराते हैं। झूठे वाद-विवाद और झगड़ों से अलग रहकर वे भगवान् का पवित्र यश का गान करते हैं [जन्म-जन्मान्तर के] कर्मों का जो कठिन बन्धन पहले से चला आ रहा है उसे भी वे समाप्त कर देते हैं। नित्य प्रति सत्संगति में रहने से जन्म-मरण का कष्ट दूर हो जाता है [तथा समूल] विनष्ट हो जाता है। सूरदास कहते हैं कि उन्हीं [सन्तों] का साथ करो जो भगवान् का स्मरण कराते हैं।। 50।।

स्थितप्रज्ञ

हरि-रस तौऽब जाइ कहुँ लहियै।
गऐं सोच आऐं नहिँ आनँद, ऐसौ मारग गहियै।
कोमल बचन, दीनता सब सौं, सदा अनँदित रहियै।
बाद बिवाद, हर्ष-आतुरता, इतौ द्वंद जिय सहियै।
ऐसी जो आवै या मन मैं तौ सुख कहँ लौं कहियै।
अष्ट सिद्धि, नवनिधि, सूरज प्रभु, पहुँचै जो कछु चहियै।।५१।।

अर्थ अब तो (संसार तथा उसके सुखों का मिथ्यात्व स्पष्ट हो जाने पर) कहीं जाकर भगवान् के भजन का आनन्द प्राप्त करना चाहिए ऐसा मार्ग (जीवन-क्रम) ग्रहण करना चाहिए जिसमें [किसी वस्तु के नष्ट हो] जाने (हानि) पर चिन्ता न हो तथा (कोई वस्तु) आने (लाभ) पर आनन्द न हो, सभी के साथ मधुर वाणी तथा दैन्य भाव युक्त व्यवहार के साथ निरन्तर आनन्दपूर्ण जीवन हो, [और] वाद-विवाद, हर्ष-व्याकुलता आदि द्वन्द्वों [के उद्वेगों] को मन में सह लिया जाय। ऐसी भावना यदि मन में घर कर ले तो उस सुख का वर्णन कहाँ तक शक्य है ? सूरदास कहते हैं कि [ऐसी स्थिति को पहुँच जाने पर] जो कुछ चाहिए आठों सिद्धियाँ, नवों निधियाँ, आदि सब कुछ प्राप्त हो जाता है।। 51 ।।

जौ लौं मन-कामना न छूटै।
तौ कहा जोग-जज्ञ-ब्रत कीन्हैं बिन कन तुस कौं कूटै।
कहा सनान कियैं तीरथ के, अंग भस्म जट जूटै।
कहा पुरान जु पढ़ैं अठारह, ऊर्ध्व धूम के घूटै।
जग शोभा की सफल बड़ाई इनतैं कछू न खूटै।
करनी और, कहैं कछु औरै, मन दसहूँ दिसि टूटै।
काम, क्रोध, मद लोभ शत्रु हैं, जो इतननि सौं छूटै।
सूरदास तबहीं तम नासै ज्ञान-अगिनि-झर फूटै ।।५२।।

अर्थ जब तक मनोकामनाएँ क्षीण नहीं पड़तीं या दूर नहीं हो जातीं तब तक योग-साधन, यज्ञ तथा व्रत करने से क्या होता है ? [यह सब उसी प्रकार निरर्थक है जैसे] बिना दाने की भूसी का कूटना। [तब तक] तीर्थों में स्नान करने, अंग में भस्म रमाने तथा जटा- जूट धारण करने से क्या लाभ ? पुराणों के अध्ययन तथा उल्टा लटकते हुए नीचे जलती आग का धुआँ पीने से क्या लाभ ? इन सब से प्राप्त यश सांसारिक दिखावा, संसार की समस्त शोभा मात्र है, [इनसे मनोकामनाओं में] कुछ भी कमी नहीं आती। [इस प्रकार के जीवन में] करणी तथा कथनी का भेद दूर नहीं होता और मन दसों दिशाओं में दौड़ता हुआ [विषयों पर] झपटता रहता है। काम, क्रोध, मद और लोभ [बड़े प्रबल] शत्रु हैं, मनुष्य जब इनसे छुटकारा पा लेता है तभी अज्ञानता का अन्धकार नष्ट होता है और ज्ञान रूपी अग्नि की ज्वाला प्रस्फुटित होती है।। 52 ।।

अपुनपौ आपुन ही बिसरयौ।
जैसें स्वान काँच-मंदिर मैं, भ्रमि-भ्रमि भुकि परयौ।
ज्यौं सौरभ मृग-नाभि बसत है, द्रुम तृन सूँघि फिरयौ।
ज्यौं सपने मैं रंक भूप भयौ, तसकर अरि पकरयौ।
ज्यौं केहरि प्रतिबिंब देखि कै, आपुन कूप परयौ।
जैसे गज लखि फटिकसिला मैं, दसननि जाइ अरयौ।

मर्कट मूठि छाँड़ि नहीं दीनी, घर-घर-द्वार फिरचौ।
सूरदास नलिनी को सुवटा, कहि कौनै पकरचौ ।।५३।।

अर्थ—[हमारा आनन्दमय] आत्म-स्वरूप स्वयं हमारे द्वारा भुला दिया गया है जैसे शीश महल का कुत्ता शीशे में [अपनी ही परछाइयाँ देख] भ्रमित हो होकर बार-बार भूँक पड़ता है (भूकि पर्‌यौ) या भूँकता हुआ मरता है (भूमि पर्‌यौ), अर्थात् परेशान होता है। जैसे कस्तूरी (सौरभ) मृग की नाभि में रहती है किन्तु वह बाहर पौधों और घासों को सूँघता [हुआ उसे ढूढ़ता] फिरता है। जैसे स्वप्न में राजा अपने को दरिद्र हुआ, अथवा डाकू या शत्रु द्वारा बन्दी बनाया गया मानता है। [और दुःखी होता है]। जैसे सिंह [कुएँ में] अपना प्रतिबिम्ब देखकर [मूर्खता वश उसमें] कूद पड़ा। जैसे हाथी बिल्लौर पत्थर (स्फटिक शिला) में [अपना प्रतिबिम्ब देख] जाकर [उससे] दाँतों से भिड़ गया। [जैसे] बन्दर ने [सँकरे मुंह वाले बर्तन में चनों से भरकर लोभवश] अपनी गुट्ठी नहीं छोड़ी और [इस प्रकार फँसकर] घर-घर के दरवाजे पर फिरता रहा। सूरदास कहते हैं कि नलिका पर बैठे हुए शुक को भला किसने पकड़ रखा है। (अपने बैठने के भार से नलिका के झुक जाने से सिर नीचा पैर ऊपर हो जाने पर भ्रम से वह शुक स्वयं को आबद्ध समझकर बहेलिये के आने पर उड़ नहीं जाता, और पकड़ा जाता है)।।53।।

अपुनपौ आपुन ही मैं पायौ।
सब्दहि सब्द भयौ उजियारौ, सतगुरु भेद बतायौ।
ज्यौं कुरंग-नाभी कस्तूरी, ढूँढ़त फिरत भुलायौ।
फिरि चितयौ जब चेतन ह्वै करि, अपनै ही तन छायौ।
राज-कुमारि कंठ-मनि-भूषन भ्रम भयौ कहूँ गँवायौ।
दियौ बताइ और सखियनि तब, तनु कौ ताप नसायौ।
अपने माहिँ नारि कौं भ्रम भयौ बालक कहूँ हिरायौ।
जागि लख्यौ, ज्यौं कौ त्यौं ही है ना कहुँ गयौ न आयौ।
सूरदास समुझे को यह गति, मनहीं मन मुसुकायौ।
कहि न जाइ या सुख की महिमा, ज्यौं गूँगै गुर खायौ ।।५४।।

अर्थ—[अपना विस्मृत] आत्म-स्वरूप अपने [शरीर के] भीतर ही [फिर] उपलब्ध हुआ। जब सद्गुरु ने मर्म बताया तो [उनके] शब्द (उपदेश नामोपदेश) से अनाहत नाद प्रकट हुआ, जो अन्तर्ज्योति (आत्म-प्रकाश) में परिवर्तित हो गया। जैसे मृग की नाभि में ही कस्तूरी होती है किन्तु वह [उसके बाहर होने के] भ्रम में पड़कर [उसे चारों तरफ] ढूँढ़ता फिरता है, किन्तु जब पुनः चेत कर विचार करता है तो [जान जाता है कि वह] अपने ही शरीर में छिपी हुई (आच्छादित) है। राजकुमारी के कण्ठ में ही मणि-जटित आभूषण वर्तमान था किन्तु उसे भ्रम हुआ कि कहीं खो गया, परन्तु जब उसे अन्य सहेलियों ने बताया तब उसके शरीर (मन)

का कष्ट नष्ट हुआ। स्वप्न में किसी स्त्री को भ्रम हो गया कि बच्चा कहीं खो गया है, किन्तु उसने जगकर देखा कि वह [पार्श्व में] ज्यों का त्यों ही वर्तमान है, न कहीं गया है न कहीं से आया है। सूरदास जी कहते हैं कि [आत्म-स्वरूप के] ज्ञान की ऐसी ही दशा है कि उसमें ज्ञानी मन ही मन मुसकरा कर रह जाता है। इस सुख की महिमा वर्णनातीत है, जैसे गूँगे द्वारा गुड़ के स्वाद की अभिव्यक्ति अशक्य होती है।। 54।।

गोकुल-लीला

कृष्ण जन्म

आनंदै आनंद बढ़्यो अति।
देवनि दिवि दुंदभी बजाई, सुनि मथुरा प्रगटे जादवपति।
विद्याधर-किन्नर कलोल मन उपजावत मिलि कंठ अमित गति।
गावत गुन गंधर्व पुलकि तन नाचतिँ सब सुर-नारि रसिक अति।
बरषत सुमन सुदेस सूर सुर, जय-जयकार करत, मानत रति।
सिव-विरंचि-इन्द्रादि अमर मुनि, फूले सुख न समात मुदित मति ।।१।।

अर्थ—मथुरा में यदुपति श्री कृष्ण का प्रकट होना सुनकर देवताओं ने स्वर्ग में दुन्दुभिनाद किया और (चारों ओर) अत्यधिक आनन्द ही आनन्द बढ़ गया। विद्याधर तथा किन्नर लोग विनोद पूर्ण मन से (कलोलमन) परस्पर मिलकर (समवेत रूप में) स्वकंठों में (संगीत की) अमित गति (स्वर लहरियाँ) उत्पन्न करते हैं। गन्धर्व पुलकित होकर (भगवान् का) गुणगान करते हैं तथा अत्यधिक रसिक सभी देवांगनायें नृत्य कर रही हैं। सूरदास जी कहते हैं कि देवता पुष्पवृष्टि करते हैं, (भगवान् श्री कृष्ण की) जय-जय कार करते हैं तथा (उनके प्रति) प्रेम-भाव प्रदर्शित करते हैं। शिव, ब्रह्मा तथा इन्द्र आदि देवता तथा ऋषि प्रसन्नमन होकर सुख से फूले नहीं समाते।।1।।

देवकी मन मन चकित भई।
देखहु आइ पुत्र-मुख काहे न, ऐसी कहुँ देखी न दई।
सिर पर मुकुट , पीत उपरैना, भृगु-पद-उर भुज चारि धरे।
पूरब कथा सुनाइ कही हरि, तुम माँग्यौ इहिँ भेष करे।
छोरे निगड़, सोआए पहरू, द्वारे कौ कपाट उघर्यौ।
तुरत मोहिँ गोकुल पहुँचावहु, यह कहिके सिसु वेष धर्यौ।
तब बसुदेव उठे यह सुनतहिँ, हरषवंत नँद-भवन गए।
बालक धरि, लै सुरदेवी कौँ आइ सूर मधुपुरी ठए ।।२।।

अर्थ—देवकी मन ही मन चकित हो गयीं। (उन्होंने वासुदेव से कहा कि) आकर पुत्र का मुँह क्यों नहीं देखते, हे भगवान् ! ऐसा (विचित्र रूप) मैंने कहीं नहीं देखा। (इनके) शिर पर मुकुट (सुशोभित) है तथा इन्होंने पीला उत्तरीय, हृदय पर भृगु के पद (चिह्न) तथा चार भुजायें धारण की हैं। भगवान् ने पूर्व कथा सुनाकर कहा कि "तुमने मुझे इसी वेष में माँगा था।

(मैंने तुम्हारे) बन्धनों (बेड़ियों) को तोड़ दिया। पहरे दारों को सुला दिया तथा (कारावास के) किवाड़ों को खोल दिया है। तुरन्त मुझे गोकुल पहुँचा दो" ऐसा कहकर भगवान् ने शिशु रूप धारण कर लिया। यह सुनते ही वसुदेव हर्षित होकर उठे और नन्द के घर गये। सूरदास कहते हैं कि बालक (श्री कृष्ण) को (वहाँ) रखकर सुरदेवी (नन्द कन्या) को लेकर मथुरा आ गये।।2।।

गोकुल प्रगट भए हरि आइ।
अमर-उधारन, असुर-सँहारन अंतरजामी त्रिभुवन राइ।
माथैं धरि बसुदेव जु ल्याए, नंद-महर-घर गए पहुँचाइ।
जागी महरि, पुत्र-मुख देख्यौ, पुलकि अंग उर मैं न समाइ।
गदगद कंठ, बोल नहिं आवै, हरषवंत ह्वै नंद बुलाइ।
आवहु कंत, देव परसन भये, पुत्र भयौ, मुख देखौ धाइ।
दौरि नंद गए, सुत-मुख देख्यौ, सो सुख मोपे बरनि न जाइ।
सूरदास पहिलैं ही माँग्यौ, दूध पियावन जसुमति माइ।।३।।

अर्थ—भगवान् श्री कृष्ण गोकुल में आकर प्रकट हुए। देवताओं का उद्धार करने वाले, असुरों का संहार करने वाले, अंतर्यामी तथा त्रिभुवनपति (श्री कृष्ण) को वसुदेव मस्तक (सिर) पर रखकर लाये और बाबा नन्द के घर पहुँचा दिया। महरि (नन्दरानी) जागीं, पुत्र का मुँह देखा, शरीर पुलकित हो उठा और प्रसन्नता उनके हृदय में नहीं समाती थी। (प्रसन्नता से) कण्ठ गद्गद हो गया था, (मुँह से) शब्द नहीं निकल रहे थे, हर्षित होकर उन्होंने नन्द को बुलाया। पतिदेव आइये, देवता प्रसन्न हुए, पुत्र हुआ, दौड़कर आइये और उसका मुँह देखिये। नन्द दौड़कर गये और पुत्र का मुँह देखा, उस सुख का वर्णन मुझसे वर्णित नहीं किया जाता। सूरदास जी कहते हैं कि (कृष्ण भगवान् को पुत्र के रूप में) यशोदा ने पहले ही माँग लिया था, अब वे उन्हें दूध पिला रही हैं।।3।।

हौं इक नई बात सुनि आई।
महरि जसोदा ढोटा जायौ, घर-घर होति बधाई।
द्वारैं भीर गोपि-गोपिनि की, महिमा बरनि न जाई।
अति आनन्द होत गोकुल मैं, रतन भूमि सब छाई।
नाचत वृद्ध, तरुन अरु बालक, गोरस-कीच मचाई।
सूरदास स्वामी सुख-सागर, सुन्दर स्याम कन्हाई।।४।।

अर्थ—(हे सखि) मै एक नई बात सुन आयी हूँ। माँ यशोदा ने पुत्र जन्म दिया है तथा हर घर में बधाइयाँ हो रही हैं। द्वार पर उपस्थित ग्वालों और गोपियों की भीड़ की महिमा का वर्णन नहीं किया जा सकता। गोकुल में अत्यधिक आनन्द उत्पन्न हो रहा है तथा भूमि अब रत्नों से ढँक गयी है। वृद्ध, तरुण और बालक नृत्य कर रहे हैं तथा गोरस (दूध, दहीं आदि) से (गोकुल

में) कीचड़ उत्पन्न कर दी है। सूरदास कहते हैं कि (सम्पूर्ण जगत् के) स्वामी सुन्दर श्याम कृष्ण, सुख के सागर हैं।।4।।

आजु नन्द के द्वारैं भीर।
इक आवत, एक जात बिदा ह्वै, इक ठाढ़े मन्दिर कैं तीर।
कोउ केसरि कौ तिलक बनावति, कोउ पहिरति कंचुको सरीर।
एकनि कौं गौ-दान समर्पत, एकनि कौं पहिरावत चीर।
एकनि कौं भूषन पाटंबर, एकनि कौं जु देत नग हीर।
एकनि कौं पुहुपनि की माला, एकनि कौं चन्दन घसि नीर।
एकनि मथैं दूध-रोचना, एकनि कौं बोधति दै धीर।
सूरदास धनि स्याम सनेही, धन्य जसोदा पुन्य-सरीर।।५।।

अर्थ—आज नन्द के दरवाजे पर भीड़ लगी है। एक आता है, एक विदा होकर जाता है और एक मन्दिर के पास खड़ा रहता है। कोई केशर का तिलक रचाती है और कोई अपने अंगों पर कंचुकी (चोली) धारण करती है। (माँ यशोदा) किसी को गोदान कर रही हैं, किसी को साड़ी (वस्त्र) पहना रही हैं, किसी को आभूषण और रेशमी वस्त्र तथा किसी को नग- हीरा आदि रत्न दे रही हैं। किसी को पुष्पों की माला, किसी को जल में घिस कर चंदन लगा रही हैं। माता यशोदा किसी के मस्तक पर दूब और गोरोचन डालती हैं। और किसी को धैर्य देकर सम्बोधित कर रही हैं। सूरदास कहते हैं कि श्याम के स्नेही और पुण्य शरीर धारण करने वाली माँ यशोदा धन्य हैं।।5।।

सोभा सिंधु न अन्त रही री।
नंद-भवन भरि पूरि उमँगि चलि, ब्रज की बीथिनि फिरति बही री।
देखी जाइ आजु गोकुल मैं, घर-घर बेंचति फिरति दही री।
कहँ लगि कहौं बनाइ बहुत विधि, कहत न मुख सहसहुँ निबही री।
जसुमति-उदर-अगाध-उदधि तैं उपजी ऐसी सबनि कही री।
सूरश्याम प्रभु इंद्र-नीलमनि, ब्रज-बनिता उर लाइ गही री।।६।।

अर्थ—एक गोपी दूसरी गोपी से कहती है कि हे सखि, श्रीकृष्ण के जन्मोत्सव से उत्पन्न शोभा के सागर का कोई अन्त नहीं रहा। नन्द के भवन को तृप्त करके उमंग में आकर वह (शोभा) ब्रज की गलियों में बह रही है। आज मैंने घर-घर जाकर दही बेचते समय (गोकुल में इस अपूर्व शोभा) को देखा। मैं उसका (शोभा का) वर्णन किस प्रकार अनेक प्रकार से करूँ। हजारों मुखों से भी प्रशंसा करने पर उसका (उस शोभा के वर्णन का) निर्वाह नहीं किया जा सकता। ऐसा सभी ने कहा कि (वह शोभा) यशोदा के उदररूपी अगाध समुद्र से उत्पन्न हुई है। सूरदास कहते हैं कि इन्द्रनीलमणि के समान भगवान् को ब्रजांगनाओं ने हृदय से लगा कर पकड़ रखा है।।6।।

शैशव चरित्र

जसोदा हरि पालनै झुलावै ।
हलरावै, दुलराइ मल्हावै, जोइ-सोइ कछू गावै ।
मेरे लाल कौं आउ निदँरिया, काहैं न आनि सुवावै ।
तू काहैं नहिं बेगहिं आवै, तोकों कान्ह बुलावै ।
कबहुँक पलक हरि मूँदि लेत हैं, कबहुँ अधर फरकावै ।
सोवत जानि मौन ह्वै रहि, करि करि सैन बतावै ।
इहिं अन्तर अकुलाइ उठे हरि, जसुमति मधुरैं गावै ।
जो सुख सूर अमर-मुनि दुरलभ, सो नँद भामिनि पावै ।।७।।

अर्थ—यशोदा भगवान् (कृष्ण) को पालने में झुला रही हैं। वे उन्हें हिलाती हैं, दुलराती हुई मल्हारती हैं तथा जैसा-तैसा कुछ गाती हैं। यशोदा गाती हुई कहती है कि नींद, मेरे लाल के पास आओ, क्यों नहीं (यहाँ) आकर (इन्हें) सुलाती है। तू जल्दी क्यों नहीं आती, तुझे कृष्ण बुला रहे हैं। कभी भगवान् (कृष्ण) पलकें बन्द कर लेते हैं, कभी होठ फड़फड़ाने लगते हैं। उन्हें सोता हुआ समझकर (माँ यशोदा) मौन होकर इशारे से बताती हैं। इसी बीच भगवान् व्याकुल हो उठे और यशोदा जी पुनः मधुर गीत गाने लगती हैं। सूरदास जी कहते हैं कि जो सुख देवताओं और मुनियों को भी दुर्लभ है उसे नन्द-पत्नी (यशोदा) प्राप्त कर रही हैं।। 7।।

कपट करि ब्रजहिं पूतना आई ।
अति सुरूप, विष अस्तन लाए, राजा कंस पठाई ।
मुख चूमति अरु नैन निहारति, राखति कंठ लगाई ।
भाग बड़े तुम्हरे नन्दरानी, जिहिं के कुँवर कन्हाई ।
कर गहि छीर पियावति अपनी, जानत केसवराई ।
बाहर ह्वै कै असुर पुकारी, अब बलि लेहु छुड़ाई ।
गई मुरछाइ, परी धरनी पर, मनौ भुवंगम खाई ।
सूरदास प्रभु तुम्हरी लीला, भक्तनि गाइ सुनाई ।।८।।

अर्थ—पूतना कपट रूप धारण करके ब्रज में आयी। राजा कंस द्वारा भेजी गयी वह बहुत रूपवती तथा विषाक्त स्तनों युक्त होकर आयी थी। वह भगवान् कृष्ण के मुख का चुम्बन लेती, उनके नेत्रों को देखती और उन्हें गले से लगा लेती। (कृष्ण के प्रति इस प्रकार झूठा प्रेम दिखाकर वह बोली नन्द रानी तुम्हारे भाग्य प्रबल हैं—जिसके कृष्ण जैसा कुमार है। वह उन्हें अपने हाथ में लेकर दूध पिलाने लगी। श्री कृष्ण सब कुछ जानते थे)। बाहर होकर राक्षसी ने पुकारा कि हे बलि (दैत्यराज) अब मुझे छुड़ा लो। अथवा (हे कृष्ण मैं तुम्हारी बलिहारी हूँ मुझे छोड़ दो) वह मूर्छित होकर पृथ्वी पर गिर पड़ी मानो उसे साँप ने काट लिया हो। सूरदास जी कहते हैं हे भगवान् आपकी लीला को भक्तों ने गाकर सुनाया।। 8।।

काग-रूप इक दनुज धर्‌यौ ।
नृप-आयसु लै धरि माथे पर, हरषवंत उर गरब भर्‌यौ ।
कितिक बात प्रभु तुम आयसु तें, वह जानौ मो जात मर्‌यौ ।
इतनी कहि गोकुल उड़ आयौ, आइ नन्द-घर-छाज रह्यौ ।
पलना पर पौढ़े हरि देखे, तुरत आइ नैननिहिं अर्‌यौ ।
कंठ चाँपि बहु बार फिरायो, गहि फटक्यो, नृप पास पर्‌यौ ।
तुरत कंस पूछन तिहिं लाग्यौ, क्यों आयौ नहिं काज कर्‌यौ ।
बातैं जाम बोलि तब आयौ, सुनहु कंस, तब आइ सर्‌यौ ।
धरि अवतार महाबल कोऊ, एकहिं कर मेरौ गर्ब हर्‌यौ ।
सूरदास प्रभु कंस-निकंदन, भक्त—हेत अवतार धर्‌यौ ।।६।।

अर्थ—एक दैत्य ने कौवे का रूप धारण किया। राजा कंस की आज्ञा शिरोधार्य कर, गर्वयुक्त तथा हर्षित होकर वह कंस से बोला—यह कौन-सी (बड़ी) बात है। आपकी आज्ञा से मेरे वहाँ जाते ही आप उसे (कृष्ण को) मरा हुआ ही समझें। इतना कहकर वह गोकुल में उड़ आया और आकर नन्द के घर पर बैठ गया। पालने पर श्री कृष्ण को लेटा हुआ देखकर तुरन्त आकर वह उनकी आँखों पर अड़ गया। (कृष्ण ने उसका) गला पकड़ कर कई बार घुमाया और पकड़ कर पटक दिया तथा वह राजा कंस के पास जा गिरा। कंस तुरन्त उससे पूछने लगा, 'क्यों-चले आये क्या कार्य नहीं किया !' पहर भर बीतने पर वह बोल पाया 'कंस सुनो, (तुम्हारी) आयु पूरी हो गयी। किसी महाबली ने अवतार लेकर एक ही हाथ से मेरे गर्व का हरण कर लिया। सूरदास जी कहते हैं कंस को समाप्त करने वाले भगवान् ने भक्तों (की रक्षा) के लिए अवतार धारण किया।।९।।

कर पग गहि, अंगुठा मुख मेलत ।
प्रभु पौढ़े पालनैं अकेले, हरषि-हरषि अपनैं रङ्ग खेलत ।
सिव सोचत, बिधि बुद्धि विचारत, बट बाढ़्यौ सागर-जल झेलत ।
बिडरि चले घन प्रलय जानि कै, दिगपति दिग दंतीनि सकेलत ।
मुनि मन भीत भए, भुव कंपित सेष सकुचि सहसौ फन पेलत ।
उन ब्रज-बासिनि बात न जानी, समुझे सूर सकट पग ठेलत ।।१०।।

अर्थ—(भगवान् श्री कृष्ण) हाथ से पकड़कर पैर का अँगूठा मुख में डालते हैं। भगवान् पलने में अकेले लेटे हुए हर्षित होकर अपनी ही धुन में खेलते हैं। (उनकी इस शोभा को देखकर) शिव जी कँहते हैं तथा ब्रह्मा बुद्धिपूर्वक विचार करने लगे। (प्रलय काल सन्निकट होने के कारण) बट वृक्ष बड़ा हो गया। (बढ़ते हुए) सागर के जल (में डूबने के कष्ट) को झेल रहा है। (यह परिस्थिति देखकर) बादल प्रलय काल (सन्निकट) जानकर तितर-बितर होने लगे और दिग्पाल दिग्गजों को इकट्‌ठा करने लगे ! मुनि लोग मन में भयभीत हुए, धरती काँप उठी

और शेषनाग संकुचित होकर अपने सहस्र फनों को (पृथ्वी का भार सहने के लिए) लगा देते हैं। सूरदास कहते हैं कि (इतना होने पर भी) वे ब्रजनिवासी बात नहीं समझ सके। उन्होंने मात्र यही जाना कि भगवान् पैर से छकड़ा ठेल रहे हैं।। 10।।

महरि मुदित उलटाइ कै मुख चूमन लागी।
चिरजीवौ मेरौ लाडिलौ, मैं भई सभागी।
एक पाख त्रय-मास कौ मेरौ भयौ कन्हाई।
पटकि रान उलटौ पर्‌यौ, मैं करैं बधाई।
नन्द-घरनि आनन्द भरी, बोलीं ब्रजनारी।
यह सुख सुनि आईं सबै, सूरज बलिहारी ।।११।।

अर्थ—यशोदा (महरि) प्रसन्न होकर (श्रीकृष्ण को ऊपर) उलट कर उनका मुख चूमने लगीं (और कहा कि) मेरे प्रिय तुम चिरंजीव हो मैं भाग्यवती हुई। मेरे कृष्ण साढ़े तीन मास के हुए। ये अब जाँघ पटक कर उलट पड़ते हैं। मैं बधाई देती हूँ। नन्द की पत्नी (यशोदा) ने आनन्दित होकर यह बात ब्रजांगनाओं से भी बता दी। यह सुखमय समाचार सुनकर सभी (उन्हें देखने) आयीं। सूरदास (भी उनकी इस शोभा पर) बलिहारी हैं।। 11 ।।

जसुमति मन अभिलाष करै।
कब मेरौ लाल घुटुरुवनि रेंगै, कब धरनी पग द्वैक धरै।
कब द्वै दाँत दूध कै देखौं, कब तोतरैं मुख बचन झरै।
कब नंदहि बाबा कहि बोलै,. कब जननी कहि मोहिं ररै।
कब मेरौ अँचरा गहि मोहन, जोइ-सोइ कहि मोसौं झगरै।
कब धौं तनक-तनक कछु खैहै, अपने कर सौं मुखहिं भरै।
कब हँसि बात कहैगो मोसौं, जा छबि तैं दुख दूरि हरै।
स्याम अकेले आँगन छाँड़े, आपु गई कछु काज घरै।
इहिं अंतर अँधवाह उठ्यो इक, गरजत गगन सहित घहरै।
सूरदास-ब्रज-लोग सुनत धुनि, जो जहँ-तहँ सब अतिहिं डरै ।।१२।।

अर्थ—यशोदा जी अपने मन में (अनेक) अभिलाषायें करती हैं। कब मेरे लाल घुटनों के बल चलेंगे, कब पृथ्वी पर दो एक कदम रखेंगे। कब (मैं) दूध के दो दाँत देखूँगी, कब इनके मुख से तोतले शब्द निकलेंगे। कब नन्द को बाबा कहकर पुकारेंगे, कब माँ कहकर मुझे बार-बार रटेंगे। मोहन कब मेरा आँचल पकड़कर इधर-उधर कुछ कह कर मुझसे हठ करेंगे। कब तक [ये थोड़ा-थोड़ा कुछ खाने लगेंगे और अपने हाथ से (अपना) मुख भरेंगे] अपने आप खाने लगेंगे। कब कृष्ण हँस कर मुझसे बात करेंगे जिसकी शोभा से मेरे दुःख दूर हो जायेंगे। श्याम को अकेले आँगन में छोड़कर कुछ कार्य वश वे घर में गयीं। इसी बीच एक अन्धड़ गर्जन करता

हुआ तथा आकाश सहित घहराता हुआ उठा। सूरदास कहते हैं कि ब्रज के लोग उस ध्वनि को सुनकर यथास्थिति अत्यन्त भयभीत हुए।। 12।।

सुत मुख देखि जसोदा फूली।
हरषति देखि दूधि की दँतियाँ, प्रेममगन तन की सुधि भूली।
बाहिर तैं तब नंद बुलाए, देखौ धौं सुन्दर सुखदाई।
तनक-तनक सी दूध दँतुलिया, देखौ, नैन सफल करौ आई।
आनँद सहित महर तब आए, मुख चितवत दोउ नैन अघाई।
सूर स्याम किलकत द्विज देख्यौ, मनौ कमल पर बिज्जु जमाई।।१३।।

अर्थ—पुत्र के मुँह को देखकर यशोदा (हर्ष से) प्रफुल्लित हो उठीं। कृष्ण के दूध के दाँत देखकर, हर्षित हो (श्री कृष्ण के) प्रेम में निमग्न होकर शरीर की सुध-बुध भूल गयीं। उन्होंने तब बाहर से नन्द को बुलाया और कहा कि सुन्दर सुखदायक (श्री कृष्ण) को देखो। छोटे-छोटे से दूध के दाँतों को देखिए और अपने नेत्रों को सफल कीजिए। तब प्रसन्न होकर नन्द आये तथा (पुत्र के) मुख को देखकर उनके नेत्र तृप्त हो गये। सूरदास कहते हैं कि यदुराज नन्द ने किलकारी मारते हुए कृष्ण को देखा तो ऐसा लगा कि जैसे कमल पर बिजली उग आयी हो।। 13।।

हरि किलकत जसुमति की कनियाँ।
मुख मैं तीनि लोक दिखराए, चकित भई नँद-रनियाँ।
घर-घर हाथ दिखावति डोलति, बाँधति गरै बघनियाँ।
सूर स्याम की अद्‌भुत लीला नहिँ जानत मुनिजनियाँ।।१४।।

अर्थ—भगवान् कृष्ण यशोदा की गोद में किलक रहे हैं। उन्होंने (अपने मुँह में) तीनों लोकों को दिखाया जिससे नन्दरानी (अत्यन्त) चकित हो गईं। वे घर-घर जा कर हाथ दिखाती डोलती हैं और गले में (कृष्ण के) (बघनख ताबीज) बाँधती हैं। सूरदास कहते हैं कि श्याम की अद्‌भुत लीला का ज्ञान मुनिजनों को भी नहीं है।। 14।।

कान्ह कुँवर की करहु पासनी, कछु दिन घटि षट मास गए।
नंद महर यह सुनि पुलकित जिय, हरि अनप्रासन जोग भए।
बिप्र बुलाई नाम लै बूझ्यौ, रासि सोधि एक सुदिन धरचौ।
आछौ दिन सुनि महरि जसोदा, सखिनि बोलि सुभ गान करचौ।
जुवति महरि कौं गारी गावति, और महर कौ नाम लिए।
ब्रज-घर-घर आनंद बढ़्यौ अति, प्रेम पुलक न समात हिए।
जाकौं नेति-नेति स्रुति गावत, ध्यावत सुर मुनि ध्यान धरे।
सूरदास तिहिँ कौं ब्रज-बनिता, झकझोरतिँ उर अंक भरे।।१५।।

अर्थ—(यशोदा ने नन्द से कहा) कुमार कृष्ण का अन्नप्राशन संस्कार कीजिए क्योंकि छः मास बीतने में कुछ ही दिन शेष हैं। यह सुनकर कि कृष्ण अन्नप्राशन के योग्य हो गये, बाबा नन्द अपने मन में बहुत प्रसन्न हुए। उन्होंने ब्राह्मण को बुलाकर कृष्ण का नाम और राशि शोध करके शुभ दिन का निश्चय किया। इस शुभ दिन को सुनकर माँ यशोदा ने सखियों को बुलाकर सुन्दर गान सुनाया। युवतियाँ बाबा नन्द और यशोदा का नाम ले कर गाली (गीत) गा रही हैं। ब्रज के प्रत्येक घर में आनन्द की अत्यन्त वृद्धि हुई। प्रेम से उत्पन्न प्रसन्नता हृदय में नहीं समाती। [सूरदास कहते हैं कि] श्रुतियाँ जिसका गुणगान 'नेति-नेति' कहकर गाती हैं, देव और ऋषि जिसका ध्यान धारण करते हैं उसी (ब्रह्म) को ब्रज वनितायें गोद में लेकर हृदय से लगाकर झकझोर रही हैं।।15।।

लाल हौं बारी तेरे मुख पर।
कुटिल अलक, मोहनि-मन बिहँसनि भृकुटी बिकट ललित नैननि पर।
दमकति दून-दँतुलिया बिहँसत, मनु सीपज घर कियौं बारिज पर।
लघु-लघु लट सिर घुघरवारी, लटकन लटकि रह्यो माथैं पर।
यह उपमा कापै कहि आवै, कछुक कहौं सकुचति हौं जिय पर।
नव-तन-चंद्र रेख-मधि राजत, सुरगुरु-सुक्र-उदोत परसपर।
लोचन लोल कपोल ललित अति, नासा कौ मुकता रदछद पर।
सूर कहा न्यौछावर करिये अपने लाल ललित लरखर पर ।।१६।।

अर्थ—हे लाल मैं तुम्हारे मुख (की शोभा) पर निछावर हूँ। घुँघराली लटें, नेत्रों पर टेढ़ी भौहें और मुस्कान मन को मोहित करने वाली हैं। हँसते समय दूध के दाँत इस प्रकार चमकते हैं मानो कमल पर मोती ने स्थान बना लिया हो। सिर पर की छोटी-छोटी घुँघराली लटें माथे पर लटक रही हैं। इस उपमा को कौन कह सकता है। कुछ कहने पर कवि के मन में संकोच होता है। (ऐसा प्रतीत होता है जैसे) द्वितीया के चन्द्रमा की रेखा के बीच वृहस्पति और शुक्र की पारस्परिक आभा का प्रकाश (सुशोभित) हो। (कृष्ण के) नेत्र चंचल हैं, कपोल सुन्दर हैं तथा नाक का मोती होठों पर (झलक रहा) है। सूरदास कहते हैं कि अपने लाल (कृष्ण) की लड़खड़ाहट (डगमगा कर गिरने की क्रिया) पर क्या न्यौछावर करूँ।।16।।

उमगीं ब्रजनारि सुभग, कान्ह बरष गाँठि उमंग, चहतिं बरष बरषनि।
गावहिं मंगल सुगान, नीकै सुर नीके तान, आनँद अति हरषनि।
कंचन मनि-जटित-थार, रोचन, दधि, फूल-डार, मिलिबे की तिरसनि।
प्रभु बरष-गाँठि जोरति, वा छबि पर तृन तोरति, सूर अरस परसनि ।।१७।।

अर्थ—कृष्ण की वर्ष गाँठ पर सौभाग्य वाली ब्रज की गोपियाँ उल्लसित होकर अपने

उल्लास की वरषा करना चाहती हैं। वे मंगलमय सुन्दर गीत अत्यन्त आनन्दित होकर सुरीले स्वरों में गा रही हैं। वे (गोपियाँ) सोने के मणि जटित थाल में दधि, रोली, फूल रख कर कृष्ण से मिलने (कृष्ण को तिलक करने) के लिए आतुर हैं। सूरदास कहते हैं कि प्रभु (कृष्ण) की वर्ष गाँठ जोड़ी जा रही है (लम्बाई नापने वाले धागे में गाँठ लगाई जा रही है)। सब मिल भेंट कर कृष्ण की सुन्दरता पर तृन तोड़ रहे हैं। (नजर लगने से बचा रहे हैं)।। 17।।

सोभित कर नवनीत लिये।
घुटुरुनि चलत रेनु तन मंडित, मुख दधि लेप किये।
चारु कपोल, लोल लोचन, गोरोचन-तिलक दिये।
लट-लटकनि मनु मत्त मधुप-गन मादक मधुहिँ पिए।
कठुला-कंठ, बज्र केहरि-नख, राजत रुचिर हिए।
धन्य सूर एकौ पल इहिँ सुख, का सत कल्प जिए।।१८।।

अर्थ—(भगवान् कृष्ण) हाथ में माखन लिये हुए सुशोभित हो रहे हैं। धूल धूसरित शरीर तथा मुख में दधि लपेट कर वे घुटनों के बल चल रहे हैं। उनके कपोल सुन्दर हैं, नेत्र चंचल हैं तथा वे गोरोचन का तिलक दिये हैं। उनके लटों की लटकन ऐसी प्रतीत होती है मानो उन्मत्त भ्रमरों का समूह मादक मधु का पान कर (के झूम) रहा हो। उनके कण्ठ में कठुला और हृदय पर सिंह का वज्र नाखून (अथवा सिंह नख और मणि) सुशोभित हो रहा है (रहे हों)। सूरदास कहते हैं कि इस सुख में एक प्ल का जीवन भी धन्य है। सैकड़ों कल्प (जीवन) जीने से क्या लाभ?।। 18।।

किलकत कान्ह घुटुरुवनि आवत।
मनिमय कनक नंद कैँ आँगन, बिब पकरिबै, धावत।
कबहु निरखि हरी आपु छाँह कौँ, कर सौँ पकरन चाहत।
किलकि हँसत राजत द्वै दतियाँ, पुनि-पुनि तिहिं अवगाहत।
कनक-भूमि पर कर-पग-छाया, यह उपमा इक राजति।
करि-करि प्रतिपद प्रतिमनि बसुधा, कमल बैठकी साजति।
बाल-दसा-सुख निरखि जसोदा, पुनि-पुनि नन्द बुलावत।
अँचरा तर लै ढाँकि, सूर के प्रभु कौँ दूध पियावति।।१९।।

अर्थ—कृष्ण किलकारी करते हुए घुटनों के बल आ रहे हैं। नन्द के मणियुक्त स्वर्णिम आँगन में वे परछाईं पकड़ने के लिए दौड़ रहे हैं। कभी कृष्ण अपनी छाया को देखकर उसे हाथ से पकड़ना चाहते हैं। किलक कर हँसने से उनके दूध के दो दाँत सुशोभित होते हैं। कृष्ण उस (स्थिति) को बार-बार देखते हैं। (आँगन की) स्वर्ण-भूमि पर उनके हाथ और चरणों की छाया देखकर यही उपमा सुशोभित होती है मानो पृथ्वी प्रत्येक चरण एवं हाथ को प्रतिमा बनाकर उनके लिए कमलासन सजा रही है। (कृष्ण के हाथ तथा चरण प्रतिमा हैं उनकी परछायीं कमलासन

है)। (कृष्ण के इस) बाल्यावस्था के सुख को देखकर यशोदा बार-बार नन्द को बुलाती हैं। यशोदा 'सूर' के स्वामी को आँचल से ढक कर दूध पिलाती हैं।। 19।।

सिखवति चलन जसोदा मैया।
अरबराइ कर पानि गहावत, डगमगाइ धरनी धरे पैया।
कबहुँक सुंदर बदन विलोकति, उर आनंद भरि लेत बलैया।
कबहुँक कुल देवता मनावति, चिरजीवहु मेरौ कुँवर कन्हैया।
कबहुँक बल कौं टेरि बुलावति, इहिं आँगन खेलौ दोउ भैया।
सूरदास स्वामी की लीला, अति प्रताप बिलसत नँदरैया ।।२०।।

अर्थ—माँ यशोदा (श्री कृष्ण को) चलना सिखाती हैं। कृष्ण लड़खड़ाते हैं तो (अपना) हाथ उनके हाथ में पकड़ा देती हैं वे डगमगा कर पृथ्वी पर पैर रखते हैं। (माँ यशोदा) कभी उनके सुन्दर मुख को देखती हैं और अत्यन्त प्रसन्न हृदय से उनकी बलैया लेती हैं। कभी अपने कुल के देवताओं की मनौती मानती हैं कि मेरे कुमार कृष्ण चिरंजीव हों। कभी बलराम को जोर से पुकारती हैं (और कहती हैं) कि इसी आँगन में दोनों भाई खेलो। सूरदास कहते हैं कि स्वामी की लीला के प्रताप से राजा नन्द उल्लसित हो रहे हैं।। 20।।

चलत देखि जसुमति सुख पावै।
ठुमकि-ठुमकि पग धरनी रेंगत, जननी देखि दिखावै।
देहरि लौं चलि जात, बहुरि फिरि-फिरि इतहीं कौं आवै।
गिरि-गिरि परत, बनत नहिं नाँघत सुर-मुनि सोच करावै।
कोटि ब्रह्मंड करत छिन भीतर, हरत बिलंब न लावै।
ताकौं लिए नंद की रानी, नाना खेल खिलावै।
तब जसुमति कर टेकि स्याम कौ, क्रम-क्रम करि उतरावै।
सूरदास प्रभु देखि-देखि, सुर-नर-मुनि-बुद्धि भुलावै ।।२१।।

अर्थ—कृष्ण को चलता हुआ देखकर माँ (अत्यन्त) सुख प्राप्त करती हैं। वे ठुमुक-ठुमुक कर पृथ्वी पर चलते हैं और माँ को देख कर (अपना चलना) दिखाते हैं। वे घर की देहली तक चले जाते हैं और फिर यहीं वापस आ जाते हैं। वे बार-बार गिर पड़ते हैं। उनसे देहली लाँघते ही नहीं बनता इसलिये देवताओं और मुनियों के हृदय में सोच उत्पन्न करवा देते हैं (कि भगवान् इतने अशक्त हैं कि देहली नहीं लाँघ सकते फिर असुरों का विनाश किस प्रकार करेंगे?) जो भगवान् करोड़ों व्रह्माण्डों का निर्माण एक क्षण के भीतर करता है तथा उसका हरण करने में भी देर नहीं करता उसको नन्दरानी गोद में ले कर अनेक प्रकार के खेल खिलाती हैं। तब यशोदा श्याम का हाथ पकड़ कर क्रम से एक-एक सीढ़ी उतारती हैं। सूरदास कहते हैं कि प्रभु को (इस रूप में) देख-देख कर देवता, मनुष्य और ऋषि गण अपना विवेक भूल जाते हैं।। 21।।

नंद जु के बारे कान्ह, छाँड़ि दे मथनियाँ।
बार-बार कहति मातु जसुमति नँदरनियाँ।
नैंकु रहौ माखन देउँ मेरे प्रान-धनियाँ।
आरि जनि करौ, बलि बलि जाउँ हौं निधनियाँ।
जाकौ ध्यान धरैं सबै, सुर-नर-मुनि जनियाँ।
ताकौ नँदरानी मुख चूमै लिए कनियाँ।
सेष सहस आनन गुन गावत नहिं बनियाँ।
सूर स्याम देखि सबै भूलीं गोप-धनियाँ ।।२२।।

अर्थ—हे नन्द जी के छोटे कृष्ण, मथानी छोड़ दीजिए। बार-बार नन्दरानी, माँ यशोदा कहती हैं कि थोड़ा ठहरो, मेरे प्राणधन, मैं तुम्हें मक्खन दूँगी। हे मेरी असीम सम्पत्ति, हठ मत करो,मैं तुम्हारे ऊपर बलिहारी हूँ। जिसका ध्यान सुर-नर-मुनि जन धारण करते हैं उनको कन्धे पर लेकर नन्दरानी यशोदा उनका मुख चूमती हैं। शेषनाग को हजारों मुखों से उनका गुणगान करते नहीं बनता। सूरदास कहते हैं कि उन्हें देखकर गोपवधुएँ सब कुछ भूल गयीं।। 22।।

कहन लागे मोहन मैया-मैया।
नंद महर सौं बाबा बाबा, अरु हलधर सों भैया।
ऊँचे चढ़ि चढ़ि कहति जसोदा, लै लै नाम कन्हैया।
दूरि खेलन जनि जाहु लला रे, मारैगी काहु की गैया।
गोपी ग्वाल करत कौतूहल, घर-घर बजति बधैया।
सूरदास प्रभु तुम्हरे दरस कौं, चरननि की बलि जैया ।।२३।।

अर्थ—श्री कृष्ण (यशोदा को) माँ-माँ कहने लगे। नन्द को बाबा और बलराम को भैया (कहने लगे)। (कृष्ण को बाहर खेलने के लिए जाता हुआ देखकर) माँ यशोदा ऊपर चढ़कर कृष्ण का नाम लेकर कहती हैं कि हे लाल, दूर खेलने मत जाओ, किसी की गाय मार देगी। गोपियाँ और ग्वाले परस्पर कौतूहल करते हैं, घर-घर में बधाइयाँ बज रही हैं। सूरदास कहते हैं कि हे प्रभु, तुम्हारे दर्शन के लिए मैं तुम्हारे चरणों पर निछावर हूँ।। 23।।

गोपालराइ दधि माँगत अरु रोटी।
माखन सहित देहि मेरी मैया, सुपक सुकोमल मोटी।
कत हौ आरि करत मेरे मोहन तुम आँगन मैं लोटी।
जो चाहौ सो लेहु तुरतहीं, छाँड़ौं यह मति खोटी।
करि मनुहारि कलेऊ दीन्हौ, मुख चुपरचौ अरु चोटी।
सूरदास कौ ठाकुर ठाढ़ौ, हाथ लकुटिया छोटी ।।२४।।

अर्थ—गोपाल श्री कृष्ण दही और रोटी माँगते हैं। मेरी माँ मुझे सुन्दर पकी हुई पुष्टिकर मोटी रोटी मक्खन के साथ दो। (माँ यशोदा कहती हैं कि) हे मेरे मोहन तुम आँगन में लोट कर

हठ क्यों कर रहे हो, जो कुछ चाहते हो उसे तुरन्त ही लो और यह खोटी बुद्धि छोड़ दो। (माँ यशोदा ने) कृष्ण को मनाकर उन्हें कलेवा दिया, मुख में उबटन लगाया और चोटी सँवारी। (अब) सूरदास के स्वामी हाथ में छोटी सी लाठी लेकर खड़े हैं।। 24।।

बरनौं बाल-वेष मुरारि।
थकित जित-तित अमर-मुनि-गन, नंद-लाल निहारि।
केस सिर बिन बपन के चहुँ दिसा छिटके झारि।
सीस पर धरि जटा, मनु सिसु रूप कियौ त्रिपुरारि।
तिलक ललित ललाट केसरबिंदु सोभाकारि।
रोष-अरुन तृतीय लोचन, रह्यौ जनु रिपु जारि।
कंठ कठुला नील मनि, अंभोज-माल सँवारि।
गरल ग्रीव, कपाल उर इहिँ भाइ भए मदनारि।
कुटिल हरि-नख हिएँ हरि के हरषि निरखति नारि।
ईस झनु रजनीस राख्यौ भाल तैं जु उतारि।
सदन-रज तन स्याम सोभित, सुभग इहिँ अनुहारि।
मनहुँ - अंग बिभूति-राजित संभु सो मधुहारि।
त्रिदस-पति-पति असन कौं अति जननि सौं करै आरि।
सूरदास बिरंचि जाकौं जपत निज मुख चारि ।।२५।।

अर्थ—मैं मुरारी (श्री कृष्ण) के बाल रूप का वर्णन कर रहा हूँ। नन्दलाल (श्री कृष्ण) को देखकर देवर्षि समूह यत्र-तत्र थकित हो गया है। बिना मुण्डन किये हुए शिर के सभी बाल बिखरे हुए हैं, ऐसा प्रतीत होता है मानो शंकर जी ने सिर पर जटा धारण कर शिशु-रूप बनाया हो। सुन्दर मस्तक पर शोभा उत्पन्न करने वाली केशर की बिन्दी लगी है, वह ऐसी प्रतीत होती है जैसे शत्रु (कामदेव) को जलाने के लिए क्रोधारुण तृतीय नेत्र हो। कण्ठ में नीलमणि का कण्ठा तथा (सुन्दर) कमलों की सँवारी हुई माला (की शोभा) ऐसी प्रतीत होती है जैसे शंकर के कण्ठ में विप तथा हृदय पर कपाल माला सुशोभित हो रही हो। स्त्रियाँ कृष्ण के हृदय पर सिंह का टेढ़ा नाखून हर्पित होकर देखती हैं, ऐसा लगता है जैसे शंकर जी ने चन्द्रभा को मस्तक से (हृदय पर) उतार लिया हो। घर की धूल से भगवान् का शरीर इस प्रकार सुशोभित हो रहा है जैसे श्मशान की भस्म लगाये शंकर जी सुशोभित हों। सूरदास कहते हैं ब्रह्मा अपने चारों मुखों से जिनको जपते रहते हैं वही देवराज इन्द्र के स्वामी (श्री कृष्ण) भोजन के लिये हठ कर रहे हैं।। 25।।

मैया, कबहिँ बढ़ैगी चोटी?
किती बार मोहिँ दूध पियत भई, यह अजहूँ है छोटी।
तू जो कहति बल की बेनी ज्यौं, ह्वै है लाँबी-मोटी।

काढ़त-गुहत न्हवावत जैहै नागिनि सी भुइँ लोटी।
काचौ दूध पियावति पचि-पचि, देति न माखन-रोटी।
सूरज चिरजीवौ दोउ भैया, हरि-हलधर की जोटी ।।२६।।

अर्थ—(कृष्ण यशोदा से शिकायत करते हैं) माँ (मेरी) चोटी कब बड़ी होगी ? मुझे कितना समय दूध पीते हो गया और यह आज भी छोटी ही है। तुम तो कहती हो कि यह बलराम की बेणी की भाँति लम्बी और मोटी होगी। काढ़ते, गुहते तथा स्नान करते समय नागिन की तरह पृथ्वी पर लोटने लगेगी। तुम बार-बार मुझे कच्चा दूध पिलाती हो तथा मक्खन और रोटी नहीं देती हो। सूरदास कहते हैं कि कृष्ण और बलराम दोनों भाइयों की जोड़ी चिरंजीवी हो।। 26।।

हरि अपनैं आँगन कछु गावत।
तनक-तनक चरननि सौं नाचत, मनहिँ मनहिँ रिझावत।
बाँह उठाइ काजरी-धौरी, गैयनि टेरि बुलावत।
कबहुँक बाबा नंद पुकारत, कबहुँक घर मैं आवत।
माखन तनक आपनैं कर लै, तनक बदन मैं नावत।
कबहुँक चितै प्रतिबिंब खंभ मैं, लौनी लिए खवावत।
दुरि देखति जसुमति यह लीला, हरष आनंद बढ़ावत।
सूर स्याम के बाल चरित, नित नितही देखत भावत ।।२७।।

अर्थ—कृष्ण अपने आँगन में कुछ गा रहे हैं। छोटे-छोटे चरणों से वह नाचते हैं तथा मन-ही-मन प्रसन्न होते हैं। बाँह उठाकर कजरी (काले रंग की) और धौरी (सफेद रंग की) नाम की गायों को जोर से बुलाते हैं। कभी नन्द बाबा को पुकारते हैं और कभी घर में आते हैं। (कभी) अपने छोटे-छोटे हाथों में मक्खन लेकर अपने छोटे मुँह में डालते हैं। कभी खम्भे में अपनी परछाईं देखकर नवनीत लेकर उसे खिलाते हैं। यशोदा छिपकर उनकी यह लीला देखती हैं जो कि हर्ष और आनन्द वर्द्धक है। सूरदास कहते हैं कि श्री कृष्ण का बालचरित्र प्रतिदिन ही देखने में अच्छा लगता है।। 27।।

जसुमति जबहि कह्यौ अन्हवावन, रोइ गए हरि लोटत री।
तेल उबटनौ लै आगैं धरि, लालहिँ चोटत पोटत री।
मैं बलि जाऊँ न्हाउ जनि मोहन, कत रोवत बिनु काजैं री।
पाछे धरि राख्यौ छपाइ कै, उबटन-तेल-समाजैं री।
महरि बहुत बिनती करि राखति, मानत नहीं कन्हैया री।
सूर स्याम अतिहीं बिरुझाने, सुर-मुनि अंत न पैया री ।।२८।।

अर्थ—यशोदा ने जब कृष्ण को नहलाने की बात कही तो वे रोते हुए (पृथ्वी पर) लोट गये। तेल और उबटन आगे रखकर (माँ यशोदा) लाल श्री कृष्ण को लाड़- प्यार करती हैं। मोहन मैं बलिहारी हूँ तुम मत नहाओ, व्यर्थ में ही क्यों रो रहे हो। (यह कहकर माँ यशोदा ने)

उबटन और तेल का सामान पीछे रख दिया। माँ यशोदा अनेक प्रकार से विनती करती हैं, किन्तु कृष्ण नहीं मानते। सूरदास कहते हैं कि श्री कृष्ण (स्नान करने के बिलकुल) विरुद्ध हो गये तथा उनका अन्त सुर और मुनि भी नहीं पा सके।। 28।।

ठाढ़ी अजिर जसोदा अपनै, हरिहिं लिए चंदा दिखरावत।
रोवत कत बलि जाऊँ तुम्हारी, देखौं धौ भरि नैन जुड़ावत।
चितै रहै तब आपुन ससि-तन अपने कर लै-लै जु बतावत।
मीठौ लगत किधौं यह खाटौ, देखन अति सुन्दर मन भावत।
मनहीं मन हरि बुद्धि करत हैं; माता सौं कहि ताहिं मँगावत।
लागी भूख, चँद मैं खैहौं; देहि देहि रिस करि बिरुझावत।
जसुमति कहति कहा मैं कीनौं रोवत मोहन अति दुख पावत।
सूर स्याम कौं जसुमति बोधति, गगन चिरैया उड़त दिखावत ।।२९।।

अर्थ—यशोदा अपने आँगन में खड़ी होकर भगवान् को (गोद में) लेकर चन्द्रमा दिखाती हैं। (और उनसे कहती हैं कि) क्यों रो रहे हो, मैं तुम्हारी बलिहारी हूँ, तुम्हें देखकर मेरे नेत्र शीतल (तृप्त) हो जाते हैं। तब श्री कृष्ण स्वयं चन्द्रमा की ओर देखकर हाथ (से इशारा) बनाकर कहते हैं यह मीठा हो अथवा खट्टा, देखने में अत्यन्त सुन्दर तथा मन को मोहित करने वाला है। मन-ही-मन (भगवान् श्री कृष्ण) बालबुद्धि (का स्वांग) रचते हैं और माँ (यशोदा) से कहकर उस (चन्द्रमा) को (पृथ्वी पर) मँगाते हैं। मुझे भूख लगी है मैं चन्द्रमा खाऊँगा इस प्रकार (कृतिम) क्रोध करके (माँ यशोदा को) उलझन में डाल देते हैं। यशोदा कहती हैं कि यह मैंने क्या किया कृष्ण रोते हुए बहुत दुःख पा रहे हैं। सूरदास कहते हैं कि (इस प्रकार हठ में पड़े हुए) श्याम को यशोदा समझाती हैं और आकाश में उड़ती चिड़ियाँ उन्हें दिखला रही हैं।। 29।।

सुनि सुत, एक कथा कहौं प्यारी।
कमल-नैन मन आनँद उपज्यौ, चतुर सिरोमनि देत हुँकारी।
दशरथ नृपति हुतौ रघुबंसी, ताकैं प्रगट भए सुत चारी।
तिनमैं मुख्य राम जो कहियत, जनक सुता ताकी बर नारी।
तात-बचनलगि राज तज्योतिन, अनुज घर निसँग गए बनचारी।
धावत कनक मृगा के पाछै, राजिव लोचन परम उदारी।
रावन हरन-सिया कौ कीन्हौ, सुनि नँद-नंदन नींद निँवारी।
चाप चाप कहि उठे सूर प्रभु, लछिमन देहु, जननि भ्रम भारी ।।३०।।

अर्थ—(माँ यशोदा कृष्ण से कहती हैं कि) हे पुत्र मैं एक अच्छी कहानी कह रही हूँ। कमलनेत्र (श्री कृष्ण) के मन में (अत्यन्त) आनन्द प्राप्त हुआ और चतुर शिरोमणि (श्री कृष्ण) हुंकारी (कथा सुनते समय हाँ, हाँ की उक्ति) देते हैं। रघुवंश में दशरथ नाम के एक राजा हुए, उनके चार पुत्र उत्पन्न हुए। उनमें मुख्य जिन्हें राम कहा जाता था उनकी श्रेष्ठ पत्नी जानकी जी

थीं। वे पिता की आज्ञा मानकर भाई (लक्ष्मण) और पत्नी सहित वन चले गये । कमलनेत्र वाले परम उदार रामचन्द्र जी स्वर्ण मृग के पीछे दौड़ते हैं, इसी समय रावण ने सीता का हरण कर लिया। यह (कहानी) सुनकर नन्द सुत (कृष्ण) की नींद दूर हो गयी। सूरदास कहते हैं भगवान् कृष्ण चौंक कर यह कहने लगे कि 'लक्ष्मण धनुष दो, धनुष दो।' माँ को (कृष्ण की यह बात सुनकर) बहुत भ्रम हुआ।। 30।।

जागौ, जागौ हो गोपाल ।
नाहिँ इतौ सोइयत सुनि सुत, प्रात परम सुचि काल ।
फिरि-फिरि जात निरखि मुख छिन छिन,सब गोपनि के बाल ।
बिन बिकसे कल कमल-कोष तैं मनु मधुपनि की माल ।
जो तुम मोहिँ न पत्याहु सूर प्रभु, सुन्दर स्याम तमाल ।
तौ तुमहीँ देखौ आपुन तजि निद्रा नैन बिसाल ।।३१।।

अर्थ—(माँ यशोदा कृष्ण को जगाते हुए कहती हैं) हे गोपाल जागिये। हे पुत्र सुनो इस प्रातःकालीन पवित्र समय में नहीं सोना चाहिये। सभी बाल-गोपाल एक-एक क्षण पर तुम्हारा मुख देखकर (उसी प्रकार) वापस चले जाते हैं,जैसे कमल की कली के पराग- कोष को खिला हुआ न पाकर भ्रमरों की पंक्तियाँ (निराश लौट जाती हैं)। सुन्दर तमाल वृक्ष की भाँति श्याम वर्ण वाले सूर के प्रभु यदि मेरा विश्वास न हो तो नींद छोड़कर अपने विशाल नेत्रों से तुम स्वयं देखो।। 31।।

कमल-नैन हरि करौ कलेवा ।
माखन-रोटी, सद्य जम्यौ दधि, भाँति-भाँति के मेवा ।
खारिक, दाख, चिरौंजी, किसमिस, उज्वल गरी बदाम ।
सफरी, सेव, छुहारे, पिस्ता, जे तरबूजा नाम ।
अरु मेवा बहु-भाँति भाँति हैं षटरस के मिष्ठान्न ।
सूरदास प्रभु करत कलेवा, रीझे स्याम सुजान ।।३२।।

अर्थ—कमलनेत्र, भगवान् श्री कृष्ण प्रातःकालीन अल्पाहार कीजिये। मक्खन और रोटी, तुरन्त जमा हुआ दही, अनेक प्रकार के मेवे, छुहारा, द्राक्षा, चिरौंजी, किशमिस, श्वेतगरी (नारियल), बादाम, अमरूद, सेब, छुहारा, पेस्ता, तरबूज और अन्य प्रकार के बहुत से मेवे छः रसों से युक्त मिष्ठान्नों को पाकर सर्वज्ञ भगवान् कलेवा करते हैं और मन-ही-मन प्रसन्न होते हैं।। 32।।

मैया मोहिँ दाउ बहुत खिझायौ ।
मोसौं कहत मोल कौ लीन्हौ, तू जसुमति कब जायौ ।
कहा करौं इहि रिस के मारैं खेलन हौं नहिँ जात ।

पुनि-पुनि कहत कौन है माता, को है तेरौ तात।
गोरे नंद जसोदा गोरी तू कत स्यामल गात।
चुटकी दै-दै ग्वाल नचावत, हँसत सबै मुसुकात।
तू मोहीं कौं मारन सीखी, दाउहिं कबहूँ न खीझै।
मोहन मुख रिस की ये बातैं, जसुमति सुनि-सुनि रीझै।
सुनहु कान्ह, बलभद्र चबाई, जनमत ही को धूत।
सूर स्याम मोहि गोधन की सौं, हौं माता तू पूत ।।३३।।

अर्थ—(कृष्ण माँ से बलराम की शिकायत करते हुए कहते हैं) माँ मुझे बलराम ने बहुत चिढ़ाया। मुझसे कहते हैं कि तुम मोल लिये गये हो, तुम्हें यशोदा ने कब ज़न्म दिया। क्या करूँ इसी क्रोध के कारण खेलने नहीं जाता। (बलराम) बार-बार कहते हैं कि तुम्हारी माँ कौन है और तुम्हारे पिता कौन हैं। नन्द गोरे हैं, यशोदा (भी) गोरी हैं, तुम्हीं क्यों साँवले शरीर वाले हो ? सभी ग्वाले चुटकी बजाकर हँसते हैं और बलराम उन्हें यही सिखा देते हैं। तुम हमेशा हमें ही मारना जानती हो भैया पर कभी क्रोध नहीं करतीं। श्री कृष्ण के मुख से ये क्रोधपूर्ण बातें सुनकर यशोदा (मन-ही-मन) प्रसन्न होती हैं और (कृष्ण से) कहती हैं कृष्ण, सुनो, बलराम चुगली करने वाला और जन्म से ही धूर्त है। सूरदास कहते हैं कि माँ (यशोदा ने कहा कि) मुझे गोधन (गायों की सम्पत्ति) की शपथ है मैं (तुम्हारी) माँ हूँ और तुम (मेरे) पुत्र हो।। 33।।

खेलन दूरि जात कत कान्हा।
आजु सुन्यौ मैं हाऊ आयौ, तुम नहिं जानत नान्हा।
इक लरिका अबहीं भजि आयौ, रोवत नहिं देख्यौ ताहि।
कान तोरि वह लेत सबनि के, लरिका जानत जाहि।
चलौ न, बेगि सबारै जैये, भाजि आपनैं धाम।
सूर स्याम यह बात सुनतही बोलि लिए बलराम ।।३४।।

अर्थ—हे कृष्ण, दूर खेलने क्यों जा रहे हो ? मैंने आज सुना है कि 'हौवा' आया है तुम छोटे हो (इसलिए) नहीं जानते। एक लड़का अभी भागता हुआ आया है, मैंने उसे रोता हुआ देखा। जिसे लड़का समझता है वह (हौवा) सबके कान तोड़ लेता है, चलो न, आज सबेरे ही (शीघ्र ही) अपने घर भाग चलें। सूरदास जी कहते हैं कि श्याम ने यह बात सुनते ही बलराम को (अपने साथ) बुला लिया।। 34।।

खेलत मैं को काको गुसैयाँ।
हरि हारे जीते सुदामा, बरबस हीं कत करत रिसैयाँ।
जाति पाँति हमतैं बड़ नाहीं, नाहीं बसत तुम्हारी छैयाँ।
अति अधिकार जनावत यातैं जातैं अधिक तुम्हारे गैयाँ।
रूठहि करै तासौं को खेलै, रहे बैठि जहँ-तहँ ग्वैयाँ।
सूरदास प्रभु खेल्यौइ चाहत, दाउँ दियौ करि नंद-दुहैयाँ ।।३५।।

अर्थ—खेलने मे कौन किसका स्वामी होता है। भगवान् कृष्ण हार गये और श्रीदामा जीत गये, (इस पर श्री कृष्ण हार नहीं मानते और क्रोध करते हैं। श्रीदामा भी रुष्ट हो-हो कर कहते हैं कि) बलपूर्वक क्रोध क्यों करते हो जाति पाँति में भी तो हमसे बड़े नहीं हो, न तो हम तुम्हारी छाया में ही रहते हैं। क्या तुम्हारे पास कुछ अधिक गायें हैं इसीलिये अधिक अधिकार दिखा रहे हो। जो खेल मे रुठता है उसके साथ कौन खेले ? (ऐसा कहकर) सभी साथी जहाँ-तहाँ बैठ गये। सूरदास क़हते हैं कि भगवान् खेलना चाहते थे इसलिए नन्द की दुहाई देकर दाँव दिया (पारी दी)।। 35।।

हरि कौं टेरति है नँदरानी।
बहुत अबार भई कहँ खेलत रहे, मेरे सारँग पानी ?
सुनतहिं टेर, दौरि तहँ आए, कब के निकसे लाल।
जेँवत जहीं नंद तुम्हरै बिनु, बेगि चलौ, गोपाल।
स्यामहिं ल्याई महरि जसोदा, तुरतहिं पाइँ पखारे।
सूरदास प्रभु संग नंद कैं, बैठे हैं, दोउ बारे।।३६।।

अर्थ—नन्दरानी (यशोदा) भगवान् कृष्ण को पुकारती हैं। मेरे सारंगपाणि, बहुत देर हुई कहाँ खेल रहे हो ? माता की पुकार सुनकर (कृष्ण) वहाँ दौड़कर आ गये। (यशोदा ने कहा) हे लाल कब से निकले हो ? तुम्हारे बिना नन्द भोजन नहीं कर रहे हैं। हे गोपाल शीघ्र चलो। श्याम को लाकर माँ यशोदा ने तुरन्त ही उनका पैर धोया। सूरदास कहते हैं कि नन्द के साथ (उनके) दोनों बालक (बलराम और कृष्ण) बैठे हैं।। 36।।

जेँवत कान्ह नंद इकठौरे।
कछुक खात लपटात दोऊ कर, बालकेलि अति भोरे।
बरा कौर मेलत मुख भीतर, मिरिच दसन टकटौरे।
तीछन लगी नैन भरि आए, रोवत बाहर दौरे।
फूँकति बदन रोहिनी ठाढ़ी, लिए लगाइ अँकोरे।
सूर स्याम कौं मधुर कौर दै, कीन्हे तात निहोरे।।३७।।

अर्थ—कृष्ण और नन्द एक ही स्थान पर भोजन कर रहे हैं। अत्यन्त भोले, शीघ्र ही कृष्ण कुछ खाते हैं, और दोनों हाथों में लपेट लेते हैं। बरों का कौर उन्होंने मुख में डाला (और उसमें पड़ी हुई) मिर्च को दाँतों ने टटोल लिया। मिर्च तेज लगी उनकी आँखें डबडबा आईं और वे रोते हुए बाहर दौड़ पड़े। रोहिणी उन्हें गोद में उठाकर खड़ी होकर उनका मुँह फूँकती हैं। सूरदास कहते हैं कि पिता ने (नन्द ने) मीठा ग्रास देकर उनको अनुकूल किया।। 37।।

मोहन काहें न उगिलौ माटी।
बार-बार अनरुचि उपजावति, महरि हाथ लिए साँटी।
महतारी सौं मानत नाहीं, कपट-चतुरई ठाटी।

बदन उघारि दिखायौ अपनौ, नाटक की परिपाटी।
बड़ी बार भई लोचन उघरे, भरम-जवनिका फाटी।
सूर निरखि नँदरानि भ्रमित भई, कहति न मीठी-खाटी ।।३८।।

अर्थ—(माँ यशोदा कृष्ण को मिट्टी खाने से रोकती हैं) हे मोहन, तुम मिट्टी क्यों नहीं उगलते? माँ हाथ में छड़ी लेकर मिट्टी खाने में अरुचि उत्पन्न करती हैं किन्तु वे माँ का कहना मानते ही नहीं और उन्होंने अपनी कपटपूर्ण चतुरता को प्रदर्शित किया। अभिनय करते हुए उन्होंने अपने मुँह को खोलकर दिखाया। (इस आश्चर्य को देखकर) माँ यशोदा के नेत्र बहुत देर बाद खुले और भ्रम की यवनिका फट गयी। सूरदास कहते हैं कि कृष्ण के मुख को देखकर नन्दरानी भ्रमित हो गयीं और उनके मुँह से मीठा-खट्टा (किसी प्रकार) का शब्द नहीं निकल सका।। 38।।

नंद करत पूजा, हरि देखत।
घट बजाइ देव अन्हवायौ, जल चंदन लै भेटत।
पट अंतर दै भोग लगायौ, आरति करी बनाई।
कहत कान्ह, बाबा तुम अरप्यौ, देव नहीं कछु खाई।
चितै रहे तब नन्द महरि-मुख, सुनहु कान्ह की बात।
सूर स्याम देवनि कर जोरहु, कुसल रहै जिहि गात ।।३९।।

अर्थ—भगवान् (कृष्ण) नन्द को पूजा करते हुए देखते हैं। नन्द ने घण्टा बजाकर देवताओं को स्नान कराया तथा जल और चन्दन लेकर भेंट स्वरूप समर्पित किया। वस्त्र की आड़ में उनका भोग लगाया और सजा कर आरती की। कृष्ण ने कहा बाबा तुमने तो अर्पण कर दिया किन्तु भगवान् कुछ नहीं खाते। तब नन्द यशोदा के मुख की ओर देखने लगे और कहा कि कृष्ण की बात तो सुनो ! सूरदास कहते हैं (बाबा नन्द ने कहा) कि हे श्याम देवताओं को हाथ जोड़ो जिससे तुम्हारा शरीर कुशल पूर्वक रहे।। 39।।

कहत नंद, जसुमति सों बात।
कहा जानिए कह तैं देख्यौं, मेरैं कान्ह रिसात।
पाँच बरष को मेरौ कन्हैया, अचरज तेरी बात।
बिनहीं काज साँटि लै धावति, ता पाछै बिललात।
कुसल रहैं बलराम स्याम दोउ, खेलत-खात-अन्हात।
सूर स्याम कौं कहा लगावति, बालक कोमल गात ।।४०।।

अर्थ—नन्द यशोदा से बातें करते हैं कि तुमने मेरे कृष्ण को क्रोध करते हुए कहाँ से जाना और कहाँ से देखा। पाँच वर्ष का मेरा कृष्ण है और तुम्हारी बातें आश्चर्यजनक हैं। बिना किसी कार्य के ही बड़बड़ाती हुई छड़ी लेकर उसके पीछे दौड़ती हो। बलराम और श्याम दोनों

खेलते-खाते नहाते कुशल-पूर्वक रहें। सूरदास जी कहते हैं (नन्द ने यशोदा से कहा) कि कोमल अंग वाले श्री कृष्ण को दोष क्यों लगाती हो ? ।। 40 ।।

मैया री, मोहिं माखन भावै ।
जो मेवा पकवान कहति तू, मोहिं नहीं रुचि आवै ।
ब्रज-जुवती इक पाछै ठाढ़ी, सुनत स्याम की बात ।
मन-मन कहति कबहुँ अपनैं घर, देखौं माखन खात ।
पेठे जाइ मथनियाँ कैं ढिग, मैं तब रहौं छपानी ।
सूरदास प्रभु अंतरजामी ग्वालिनि मन की जानी ।।४१।।

अर्थ—हे माँ, मुझे मक्खन ही अच्छा लगता है। यदि तू मेवा पकवान (आदि खाने के लिए) कहती हो तो मुझे नहीं रुचता। एक ब्रजांगना पीछे खड़ी होकर श्री कृष्ण की बात सुन रही है और अपने मन में ही कहती है कि मैं कभी इन्हें अपने घर माखन खाते हुए देखती (तो कितना अच्छा होता !) मैं तब छिपकर बैठ गयी और श्री कृष्ण मथानी के पास जाकर बैठ गये। सूरदास जी कहते हैं कि भगवान् अन्तर्यामी हैं उन्होंने गोपी के मन की बात को जान लिया।। 41 ।।

गए स्याम तिहिं ग्वालिनि कैं घर ।
देख्यौ द्वार नहीं कोउ, इत-उत चितैं चले तब भीतर ।
हरि आवत गोपी जब जान्यौ, आपुन रही छपाइ ।
सूनें सदन मथनियाँ कैं ढिग, बैठि रहै अरगाइ ।
माखन भरी कमोरी देखत, लै-लै लागे खान ।
चितै रहे मनि-खंभ-छाँह तन, तासौं करत सयान ।
प्रथम आजु मैं चोरी आयौ, भलौ बन्यौ है संग ।
आपु खात प्रतिबिंब खवावत, गिरत कहत, का रंग ?
जौ चाहौ सब देउँ कमोरी, अति मीठो कत डारत ।
तुमहिं देति मैं अति सुख पायौ, तुम जिय कहा बिचारत ।
सुनि-सुनि बात स्याम के मुख की उमँगि उठी ब्रजनारी ।
सूरदास प्रभु निरखि ग्वालि मुख तब भजि चले मुरारी ।।४२।।

अर्थ—श्याम उस गोपी के घर गये और उन्होंने देखा कि दरवाजे पर कोई इधर-उधर है तो नहीं। यह देख कर घर के भीतर घुस गये। गोपी ने जब भगवान् को आते हुए जाना तो स्वयं भी छिप रही। सूने घर में कृष्ण मथानी के पास चुप साध कर बैठ गये। उन्होंने मक्खन से भरा हुआ मटका देखा और उसे ले-लेकर खाने लगे। मणि के खम्भे में अपनी परछाईं देखी और उससे चतुरता पूर्वक बातें करने लगे। आज मैं पहली बार चोरी करने आया अच्छा साथ मिला। कृष्ण स्वयं खाते हैं और अपनी परछाईं को खिलाते हैं। जब मक्खन गिर जाता है तो कहते हैं,

"क्या बात है ? यदि चाहो (मन में कहते हैं) तो पूरा मटका ही दे दूँ। बहुत मीठा है, क्यों गिराते हो ? तुम्हें देते हुए बहुत सुख हो रहा है, तुम अपने मन में क्या सोच रहे हो ?" श्याम के मुख से इन बातों को सुनकर ब्रजांगना उमंग से भर उठी। सूरदास कहते हैं कि गोपी के मुख को देखकर मुरारि प्रभु श्री कृष्ण भाग चले।। ।42।।

प्रथम करी हरि माखन-चोरी।
ग्वालिनि मन इच्छा करि पूरन, आपु भजे ब्रज खोरी।
मन मैं यहै विचार करत हरि, ब्रज घर-घर सब जाऊँ।
गोकुल जनम लियौ सुख-कारन, सबकैं माखन खाऊँ।
बाल-रूप जसुमति मोहिँ जानै, गोपिनि मिलि सुख भोग।
सूरदास प्रभु कहत प्रेम सौं, ये मेरे ब्रज-लोग ।।४३।।

अर्थ—पहली बार भगवान् ने चोरी की। गोपी के मन की इच्छा पूरी करके वे ब्रज की गलियों में भागे। भगवान् अपने मन में यही विचार करते हैं कि मैं ब्रज के सभी घरों में जाऊँ तथा गोकुल में जन्म लेने के सुख के फलस्वरूप सबका मक्खन खाऊँ। यशोदा मुझे बाल रूप में ही जानें और गोपियों में मिलकर सुख का भोग करूं। सूरदास कहतें हैं कि भगवान् प्रेम से कहते हैं कि सभी ब्रजवासी अपने लोग हैं।। 43।।

गोपालहिँ माखन खान दै।
सुनि री सखी, मौन ह्वै रहिए, बदन दही लपटान दै।
गहि बहियाँ हौं लैकै जैहैं, नैननि तपति बुझान दै।
याकौ जाइ चौगुनौ लैहौं मोहिँ जसुमति लौं जान दै।
तू जानति हरि कछु न जानत, सुनत मनोहर कान दै।
सूर स्याम ग्वालिनि बस कीन्हो, राखतिँ तन मन प्रान दै।।४४।।

अर्थ—(हे सखि) गोपाल श्री कृष्ण को मक्खन खाने दो। हे सखी, सुनो मौन रहो, मुँह में दही लिपटा रहने दो। मैं बाँह पकड़कर (यशोदा के पास) ले जाऊँगी (अभी) नेत्रों की जलन शान्त होने दो। मैं जाकर इसका (माखन का) चौगुना लूँगी, मुझे यशोदा (के पास) तक जाने तो दो। तुम समझती हो कि कृष्ण कुछ नहीं जानते वे मन को हरने वाले कान लगाकर सुन रहे हैं। सूरदास कहते हैं कि श्याम ने गोपियों को अपने वश में कर लिया है और वे तन मन और प्राण देकर (भी) उनकी रक्षा करती हैं।। 44।।

जसुदा कहँ लैं कीजै कानि।
दिन प्रति कैसे सही परति है, दूध-दही की हानि।
अपने या बालक की करनी, जौ तुम देखौ आनि।

गोरस खाइ, खवांवै लरिकनि, भाजत भाजन भानि।
मैं अपने मंदिर के कोनै राख्यौ माखन छानि।
सोई जाइ तिहारैं ढोटा, लीन्हौ है पहिचानि।
बूझि ग्वालि निज गृह मैं आयौ, नैंकुन संका मानि।
सूर स्याम यह उत्तर बनायौ, चींटी काढ़त पानि ।।४५।।

अर्थ—हे यशोदा कहाँ तक संकोच किया जाय। प्रतिदिन दूध और दही की यह हानि कैसे सही जाय। अपने इस बालक का कर्तव्य तुम आकर देखो। गोरस खाता है, लड़को को खिलाता है और बर्तन तोड़ कर भाग जाता है। मैंने अपने घर के कोने में मक्खन छिपा रखा था, उस स्थान को तुम्हारे लड़के ने जाकर पहचान लिया है। जब गोपी ने उनसे (दूसरे के घर में आने का कारण) पूछा (तो उन्होंने) बिना किसी शंका के कहा कि मैं अपने घर में आया हूँ। सूरदास कहते हैं कि (जब गोपियों ने यह पूछा कि मटके में हाथ क्यों डाला तो) श्रीकृष्ण ने यह उत्तर बना लिया कि मैं हाथ से चींटियाँ निकाल रहा हूँ।। 45।।

आपु गए हरुऐं सुनैं घर

सखा सबै बाहिर ही छाँड़े, देख्यौ दधि-माखन हरि भीतर।
तुरत मथ्यौ दधि-माखन पायौ, लै-लै खात, धरत अधरनि पर।
सैंन देइ सब सखा बुलाए, तिनहिं देत भरि-भरि अपनैं कर।
छिटकी रहीं दधि-बूँदि हृदय पर, इत-उत चितवत करि मन मैं डर।
उठत ओट लै लखत सबनि कौं पुनि लै खात लेत ग्वालनि बर।
अंतर भई ग्वालि वह देखति मगन भई, अति उर आनँद भरि।
सूर स्याम मुख निरखि थकित भई, कहत न बनै, रही मन दै हरि ।।४६।।

अर्थ—श्रीकृष्ण धीरे से सूने घर में प्रवेश कर गये। भगवान् ने सभी साथियों को बाहर छोड़ दिया और घर के भीतर जाकर दही और मक्खन देखा। तुरन्त का मथा हुआ (ताजा) दही और मक्खन पाया तो उसे लेकर खाने लगे और होठों पर रखने लगे। कृष्ण ने संकेत दे कर अपने सभी साथियों को बुला लिया और उन्हें अपने हाथ से भर-भर कर देने लगे। दही की बूँदे हृदय पर छिटक गयी हैं इसीलिए कृष्ण इधर-उधर देखकर मन में बहुत भयभीत होते हैं। वे उठकर ओट लेकर चारों ओर सबको देख लेते हैं तथा फिर (दही आदि) लेकर खाने लगते हैं। पुनः ग्वालों से भी बलात् (माखन) लेते हैं। गोपी को यह देखते हुए कुछ समय बीता और वह हृदय में आनन्दित होकर मगन हो गयी। सूरदास कहते हैं कि गोपी श्याम के मुख को देखकर स्तब्ध हो गयी, उससे कुछ कहते नहीं बना और उसने श्याम को अपना मन ही समर्पित कर दिया।। 46।।

जानः जु पाए हौं हरि नीकैं !

चोरि-चोरि दधि माखन मेरौ, नित प्रति गोधि रहे हो छीकैं।

रोक्यौ भवन-द्वार ब्रज-सुन्दरि, नूपुर मूँदि अचानक ही कै।
अब कैसे, जैयतु अपने बल, भाजन भाँजि, दूधि पी कै ?
सूरदास प्रभू भलैं परे फँद, देउँ न जान भावते जी कै।
भरि गंडूष, छिरकि दै नैननि, गिरिधर भाजि चले दै कीकै ॥४७

अर्थ—हे हरि आज मैं तुमको अच्छी तरह जान पाई हूँ। प्रतिदिन मेरा दही और मक्खन चुरा कर इस सींके पर परच गये हो। (ऐसा कहकर) ब्रज युवती ने अचानक ही नूपुर की आवाज बन्द करके (कृष्ण को) भवन के दरवाजे पर रोका। (और कहा) अब अपने बल पर दूध, दही पीकर तथा बर्तनों को तोड़कर कैसे जाओगे। सूरदास कहते हैं (गोपी ने कहा) कि हे प्रभु आप अच्छे बन्धन में पड़े, अब मैं (अपने) प्राणप्रिय को जाने नहीं दूँगी। कृष्ण ने चुल्लू (में दही) भर (गोपी की) आँख पर छिड़क दिया और कीक देकर (जोर से चिल्लाकर) भाग निकले।। 47।।

अब ये झूठहु बोलत लोग।
पाँच बरष अरु कछुक दिननि कौ, कब भयौ चोरी जोग।
इहिँ मिस देखन आवति ग्वालिनि, मुँह फाटे जु गँवारि।
अनदोषे कौं दोष लगावतिँ, दई देइगौ टारि।
कैसें करि याकी भुज पहुँची, कौन बेग ह्याँ आयौ ?
ऊखल ऊपर आनि, पीठि दै, तापर सखा चढ़ायौ।
जौ न पत्याहु, चलो सँग जसुमति, देखौ नैन निहारि।
सूरदास प्रभु नैकुँ न बरजौ, मन में महरि विचारि ॥४८॥

अर्थ—(माँ यशोदा कृष्ण की शिकायत सुनकर कहती हैं) अब ये लोग झूठ भी बोलने लगे हैं। (मेरा कृष्ण) पाँच वर्ष और कुछ ही दिनों का है, यह चोरी करने योग्य हुआ कब ? ये मुँहफट, गँवारिन गोपियाँ इसी बहाने कृष्ण को देखने आती हैं। निर्दोष को दोष लगाती हैं। क्या भगवान् इस दोष को छोड़ देंगे ? कैसे इसका हाथ (सींके पर) पहुँचा और कितनी जल्दी यह यहाँ भाग आया ? (तब गोपी कहती है कि) ऊखल के ऊपर आकर पीठ का सहारा देकर उस पर साथियों को चढ़ा दिया। हे यशोदा यदि विश्वास न हो तो चलकर अपनी आँखों से देखो। सूरदास कहते हैं (गोपी ने कहा कि हे यशोदा) तुम कृष्ण को बिलकुल नहीं रोकती। तब यशोदा मन-ही-मन विचार करने लगीं।। 48।।

इन अखियनि आगैं तै मोहन, एकौ पल जनि होहु नियारे।
हौं बलि गई, दरस देखैं बिनु तलफत है नैननि के तारे।
औरौ सखा बुलाइ आपने इहिँ आँगन खेलौ मेरे बारे।
निरखति रहौं फनिग की मनि ज्यौं, सुन्दर बाल-बिनोद तिहारे।
मधु, मेवा, पकवान, मिठाई व्यंजन खाटे, मीठे, खारे।
सूर स्याम जोइ-जोइ तुम चाहौ, सोइ-सोइ माँगि लेहु मेरे बारे ॥४९॥

अर्थ—(माँ यशोदा कृष्ण से कहती हैं) हे मोहन, तुम इन आँखों के आगे से एक पल के लिए भी अलग न रहो। मेरी आँखों के तारे कृष्ण तुम्हें देखे बिना मेरे नेत्र तड़पते हैं। मेरे प्रिय श्रीकृष्ण अपने अन्य साथियों को भी बुला कर इसी आँगन में खेला करो जिससे तुम्हारी बाल क्रीड़ाओं को मैं सांप की मणि की भाँति देखती रहूँ। सूरदास कहते हैं कि (माँ यशोदा ने कहा कि) हे श्याम मधु, मेवा, पकवान, मिठाइयाँ, खट्टे-मीठे और खारे भोजन (षटरस-व्यंजन) तुम जो-जो चाहो वही मुझसे माँग लो।। 49।।

चोरी करत कान्ह धरि पाए।
निसि-बासर मोहिँ बहुत सतायौ अब हरि अरि हाथहिँ आए।
माखन-दधि मेरौ सब खायौ, बहुत अचगरी कीन्ही।
अब तो घात परे हौ लालन, तुम्हैँ भलैँ मैँ चीन्ही।
दोउ भुज पकरि, कह्यौ कहँ जैहौ माखन लेउँ मँगाइ।
तेरी सौँ मैँ नेकुँ न खायौ, सखा गये सब खाइ।
मुख तन चितै, बिहँसि हरि दीन्हौ, रिस तब गई बुझाइ।
लियौ स्याम उर लाइ ग्वालिनी, सूरदास बलि जाइ।।५०।।

अर्थ—एक गोपी ने कृष्ण को चोरी करते हुए पकड़ लिया। (वह कहने लगी) हे हरि तुमने मुझे रात-दिन बहुत सताया और अब हाथ में आये हो। तुम मेरा सारा दही और मक्खन खा गये, तुमने बहुत शरारतें कीं। हे लाल, अब तुम मौके से मिले हो और मैंने तुम्हें भँली-भाँति पहचान लिया है। तब गोपी ने कृष्ण की दोनों भुजायें पकड़कर कहा अब तुम कहाँ जाओगे ? तुमने जितना मक्खन खाया है उतना (अभी तुम्हारे घर से) मँगा लूँ। कृष्ण उत्तर देते हैं तुम्हारी सौगन्ध मैंने बिल्कुल नहीं खाया, सभी साथी खा गये। उसके मुँह की ओर देखकर भगवान् (कृष्ण) ने मुस्करा दिया तब उस (गोपी) का क्रोध समाप्त हो गया। ग्वालिन ने श्याम को हृदय से लगा लिया, सूरदास (उस शोभा पर) बलि जाते हैं।। 50।।

कान्हहिँ बजरति किन नँदरानी।
एक गाउँ कैँ बसत कहाँ लौँ करैँ नँद की कानी।
तुम जो कहति हौ, मेरो कन्हैया, गङ्गा कैसो पानी।
बाहिर तरुन किसोर बयस बर, बाट घाट कौ दानी।
बचन बिचित्र, कमल-दल लोचन, कहत सरस बर बानी।
अचरज महरि तुम्हारे आगैँ अबै जीभ तुतरानी।
कहँ मेरौ कान्ह, कहाँ तुम ग्वारिनि, यह बिपरीति न जानी।
आवति सूर उरहने कैँ मिस, देखि कुँवर मुसुकानी।।५१।।

अर्थ—गोपी यशोदा से शिकायत करती हुई कहती है कि हे नन्दरानी कृष्ण को क्यों नहीं रोकती। (हम लोग) एक ही गाँव के निवासी हैं, नन्द का संकोच कहाँ तक करें। तुम यदि कहती हो कि मेरा कृष्ण गंगाजल की भाँति पवित्र है (तो यह ठीक नहीं है—क्योंकि) वे बाहर श्रेष्ठ किशोर और तरुण बनकर रास्ते और घाट पर दान लेने वाले हैं। कमल के समान नेत्रों वाले कृष्ण विचित्र और सरस विशिष्ट वाणी में बातचीत करते हैं। हे नन्दरानी यह आश्चर्य है कि अब तुम्हारे सामने इनकी बोली तोतली हो गई है। (माँ यशोदा ने कहा) कहाँ मेरा (छोटा-सा) कृष्ण और कहाँ तुम (युवती) गोपियाँ यह विपरीत बात नहीं जानी जाती। सूरदास कहते हैं कि गोपियाँ उलाहना देने के बहाने आती हैं और कृष्ण को देखकर मुस्कराने लगती हैं।। 51 ।।

मथुरा जाति हौं बेचन दहियौ।
मेरै घर कौ द्वार, सखी री तबलौं देखति रहियौ।
दधि-माखन द्वै माट अछूते तोहिं सौंपति हौं सहियौ।
और नहीं या ब्रज मैं कोऊ, नन्द-सुवन सखि लहियौ।
ते सब बचपन सुने मन-मोहन, वहै राह मन गहियौ।
सूर पौरि लौं गई न ग्वालिन, कूद परे दै धहियौ ।।५२।।

अर्थ—एक गोपी दूसरी गोपी से कहती है कि मैं मथुरा दही बेचने जा रही हूँ। हे सखि, तुम तब तक मेरे घर का दरवाजा देखती रहना। मैं पूरे भरे हुए दही के दो मटके और मक्खन तुम्हें सौंपे जा रही हूँ। "हे सखि इस ब्रज में और कोई नहीं (चोर) है, केवल नन्द पुत्र (कृष्ण) को देंखती रहना।" वे सभी बातें मन-मोहन (कृष्ण) सुन रहे थे और उनके मन ने वही राह पकड़ ली। सूरदास कहते हैं कि ग्वालिन रास्ते तक भी नहीं गयी होगी कि भगवान् धाड़मारकर (खींचकर उसके घर में) कूद पड़े।। 52 ।।

माखन खाइ, डारि सब गोरस, बासन फोरि किए सब चूने।
बड़ौ माट इक बहुत दिननि कौ, ताहि कर्‌यौ दस टूक।
सोवत लरिकनि छरकि मही सौं, हँसत चले दै कूक।
आइ गई ग्वालिनि तिहिं औसर, निकसत हरि धरि पाए।
देखे घर बासन सब फूटे, दूध दही ढरकाए।
दोउ भुज धरि गाढ़ैं करि लीन्हैं, गई महरि कै आगै।
सूरदास अब बसे कौन ह्याँ, पति रहिहैं ब्रज त्यागै ।।५३।।

अर्थ—श्री कृष्ण गोपी के सूने घर में गये। उन्होंने मक्खन खाकर सभी गोरस गिराकर बर्तनों को तोड़कर चूर्ण कर दिया। बहुत दिनों का एक (पुराना) बड़ा मटका था, उन्होंने तोड़कर उसके दस टुकड़े कर दिये। सोते हुए लड़कों पर दही छिड़क कर किलकते हुए हँस कर चल दिये। इसी समय गोपी आ गयी और श्याम को घर से निकलते हुए पकड़ लिया। घर में देखा,

सभी बर्तन फूटे हुए हैं और दूध दही ढरका हुआ है। दोनों भुजाओं को मजबूती से पकड़ कर वह कृष्ण को माँ यशोदा के पास ले गयी। सूरदास कहते हैं कि (गोपी कहने लगी कि) अब यहाँ कौन बसे ? अब तो ब्रज छोड़ने पर ही लाज बचेगी।। 53।।

करत कान्ह ब्रज-घरनि अचगरी।
खीझति महरि कान्ह सौँ पुनि-पुनि, उरहन लै आवति हैँ सगरी।
बड़े बाप के पूत कहावत, वै वास बसत इक बगरी।
नन्दहु तैँ ये बड़े कहैहैँ फेरि बसैहैँ यह ब्रज नगरी।
जननी कैँ खीझत हरि रोए, झूठहिँ मोहिँ लगावति धगरी।
सूर स्याम मुख पोँछि जसोदा, कहति सबै जुवती हैँ लँगरी ।।५४।।

अर्थ—कृष्ण ब्रज के घर-घर में शरारत करते हैं। माँ यशोदा कृष्ण पर बार-बार बिगड़ती हैं कि वे सभी (गोपियाँ) उलाहना ले-लेकर आती हैं। तुम बड़े बाप के बेटे कहे जाते हो, हम और वे एक ही घर(बगल) में निवास करते हैं। अब तो कृष्ण नन्द से भी बढ़कर कहलायेंगे और प्रतीत होता है कि इस ब्रज नगरी को (उजाड़ कर) फिर से बसायेंगे। माँ के क्रोध करने पर भगवान् रोने लगे और कहा कि ये कुलटायें मुझे झूठ में ही (दोष) लगाती हैं। सूरदास कहते हैं कि श्याम के मुख को पोंछ करके यशोदा कहती हैं कि सभी स्त्रियाँ दुष्ट हैं।। 54।।

अपनौ गाउँ लेउ नँदरानी।
बड़े बाप की बेटी, पूतहिँ भली पढ़ावति बानी।
सखा-भीर लै पैठत घर मैँ आप खाइ तौ सहिऐ।
मैँ जब चली सामुहैँ पकरन, तब के गुन कहा कहिऐ।
भाजि गए दुरि देखत कतहूँ, मैँ घर पौढ़ी आइ।
हरैँ हरैँ बेनी गहि पाछैँ बाँधी पाटी लाइ।
सुनु भैया, याके गुन मोसौँ, इन मोहिँ लयौ बुलाई।
दधि मैँ पड़ी सेँत कीँ मोपै चोटीँ सबै कढ़ाई।
टहल करत मैँ याके घर की यह पति सँग मिलि सोई।
सूर बचन सुनि हँसी जसोदा, ग्वालि रही मुख गोई ।।५५।।

अर्थ—(गोपियों ने यशोदा से श्रीकृष्ण की शिकायत करते हुए कहा) हे नन्दरानी (तुम) अपना गाँव ले लो। बड़े बाप की बेटी हो और पुत्र को बड़ी अच्छी बात पढ़ा रही हो। वह साथियों की भीड़ लेकर घर में घुस जाता है। स्वयं खाये तो सहा भी जाये। जब मैं सामने पकड़ने चली तो उस समय के गुणों का वर्णन कहाँ तक करूँ ? वे मुझे देखकर भागकर कहीं छिप गये और मैं आकर लेट गयी। धीरे-धीरे उन्होंने चोटी पकड़कर पीछे से पाटी में बाँध दिया। (तब कृष्ण ने यशोदा से कहा) हे माँ, मुझसे इनके गुण सुनो, इन्होंने मुझे बुला लिया और दही

में पड़ी हुयी सभी चींटियाँ मुझसे मुफ्त में निकलवा लीं। मैं इसके घर की रखवाली करता रहा और यह अपने पति के साथ मिलकर सो गयी। सूरदास कहते हैं कि कृष्ण के बचन सुनकर यशोदा हँस पड़ी और गोपी अपना मुँह छुपाने लगी।। 55।।

महरि तैं बड़ी कृपन है माई।
दूध-दही बहु विधि कौ दीनौ, सुत सौं धरति छपाई।
बालक बहुत नहीं री तेरैं एकै कुँवर कन्हाई।
सोऊ तौ घरही घर डोलतु, माखन खात चोराई।
वृद्ध बयस, पूरै पुन्यनि तैं, तैं बहुतै निधि पाई।
ताहूँ के खैबे-पीबे कौं, कहा करति चतुराई।
सुनहुँ न बचन चतुर नागरि के जसुमति नन्द सुनाई।
सूर स्याम कौं चोरी कौं मिस देखन है यह आई।।५६।।

अर्थ—हे सखी यशोदा तुम बहुत कृपण हो। तुम्हारे पास भगवान् का दिया बहुत-सा दूध-दही है और उसे अपने पुत्र से छिपा कर रखती हो। तुम्हारे लड़के भी तो बहुत नहीं हैं एक ही कुमार कृष्ण है। वह भी घर-घर घूमता रहता है और मक्खन चुराकर खाता है। वृद्धावस्था में बहुत पुण्यों के पूरा होने से तुमने यह अनन्त निधि (पुत्र) प्राप्त की है उसको भी खिलाने-पिलाने में तुम चतुरता करती हो। यशोदा ने नन्द को सुनाकर कहा कि इस चतुर नागरी के बचन तो सुनिये। सूरदास जी कहते हैं कि (यशोदा ने कहा कि) यह चोरी के बहाने श्याम को देखने आयी है।। 56।।

अनत सुत गोरस कौं कत जात ?
घर सुरभी कारी धौरी कौं माखन माँगि न खात।
दिन प्रति सबै उरहने कैं मिस, आवति है उठि प्रात।
अनलहते अपराध लगावति, बिकटि बनावति बात।
निपट निसंक बिबादति संमुख, सुनि-सुनि नन्द रिसात।
मोसौं कहतिं कृपन तेरैं घर ढोटाहू न अघात।
करि मनुहारि उठाइ गोद लै, बरजति गुत कौं मात।
सूर स्याम नित सुनत उरहनौ, दुख पावत तेरौ तात।।५७।।

अर्थ—हे पुत्र अन्यत्र गोरस के लिए क्यों जाते हो। घर में 'काली' और 'धौरी' (श्वेतवर्ण वाली) गाय का मक्खन माँगकर नहीं खाते। उलाहना देने के बहाने सभी गोपियाँ सबेरे ही उठकर चली आती हैं। (तुम्हारे ऊपर) अनुचित दोषारोपण करती है और असंभव बाते बनाती हैं। इस प्रकार गोपियों द्वारा सामने बिल्कुल निशंक होकर विवाद करते हुए सुनकर नन्द को क्रोध आता है। गोपियाँ मुझसे कहती हैं कि कंजूस (तुम्हारे) घर में लड़के का भी पेट नहीं भरता। यशोदा पुत्र को उठाकर उनका दुलार करके रोकती हैं। (सूरदास कहते हैं कि) हे श्याम प्रतिदिन उलाहना सुनकर तुम्हारे पिता जी दुःखी होते हैं।। 57।।

हरि सब भाजन फोरि पराने।
हाँक देत पैठे दै पैला नैंकु न मनहिं डराने।
सींके छोरि, मारि लरकनि कौं, माखन-दधि सब खाई।
भवन मच्यौ दधि काँदौ, लरिकनि रोवत पाए जाई।
सुनहु-सुनहु सबहिनि के लरिका, तेरौ सौ कहुँ नाहिं।
हाटनिं-बाटनि, गलिनि कहूँ कोउ चलत नहीं डरपाहिं।
रितु आए कौ खेल, कन्हैया सब दिन खेलत फाग।
रोकि रहत गहि गली साँकरी, टेढ़ी बाँधत पाग।
बारे तैं सुत ये ढङ्ग लाए, मनहीं मनहिं सिहात।
सुनैं सूर ग्वालिनि की बातैं सकुचि महरि पछितात॥५८॥

अर्थ—कृष्ण सभी बर्तनों को तोड़कर भाग निकले, उन्होंने ललकारें कर धावा बोल दिया और मन में जरा भी भयभीत नहीं हुए। वे सींका खोलकर लड़कों को मार कर सब मक्खन और दही खा गये। घर में दधिकाँदों (दही की होली) मचा था। (गोपियों ने) जाकर लड़कों को रोता हुआ पाया। (तब गोपियाँ यशोदा के पास जाकर कहती हैं) 'सुनो-सुनो, लड़के सभी के हैं किन्तु तुम्हारे (लड़के के समान) कोई नहीं है। उसके भय से बाजार, मार्ग और गली में कहीं कोई नहीं जाता। खेल ऋतु में ही अच्छा लगता है किन्तु कृष्ण हमेशा होली खेलते हैं। संकीर्ण गलियों में पकड़कर (हमे) रोक लेते हैं और टेढ़ी पगड़ी बाँधते हैं! बचपन से ही तुम्हारे पुत्र का यह ढंग हो गया है। (ऐसा कहकर वे) मन-ही-मन कृष्ण के लिए लालायित हो रही हैं। सूरदास कहते हैं कि गोपियों की बातें सुनकर महरि (यशोदा) मन-ही-मन पश्चात्ताप करती हैं।। 58।।

कन्हैया तू नहिं मोहिं डरात।
षटरस धरे छाँड़ि कत पर घर, चोरी करि करि खात।
बकत-बकत तोसौं पचिहारी, नैंकहुं लाज न आई।
ब्रज-परगन-सिगदार महर, तू ताकी करत नन्हाई।
पूत सपूत भयौ कुल मेरैं अब मैं जानी बात।
सूर स्याम अब लौं तुहिं बकस्यौ, तेरी जानी घात॥५९॥

अर्थ—हे कृष्ण, तुम मुझसे नहीं डरते। घर में रखे हुए षटरस व्यंजनों को छोड़ कर दूसरों के घर चोरी करके क्यों खाते हो? मैं तुमसे कहते-कहते थक गयी किन्तु तुम्हें बिलकुल लाज नहीं आती। तुम्हारे पिता व्रज के परगने के सिकदार (अधिकारी) हैं तुम उनकी हेठी (हीनता) (प्रकट) करते हो। अब मैं समझ गयी कि मेरे परिवार में सुपुत्र हुआ है! (सूरदास कहते हैं कि माँ यशोदा ने कहा कि) हे श्याम, अब तक तो मैंने तुम्हें क्षमा कर दिया, किन्तु अब मैं तुम्हारी सभी बातें (दाँव) समझ गयी हूँ।। 59।।

मैया मैं नहिं माखन खायौ।
ख्याल परैं ये सखा सबै मिलि, मेरैं मुख लपटायौ।

देखि तुहीं सींकै पर भाजन, ऊँचे धरि लटकायौ।
हौं जु कहत नान्हे कर अपनैं मैं कैसें करि पायौ।
मुख दधि पोंछि, बुद्धि इक कीन्ही, दोना पीठि दुरायौ।
डारि साँटि मुसुकाइ जसोदा, स्यामहिं कंठ लगायौ।
बाल-बिनोद मोद मन मोह्यौ, भक्ति प्रताप दिखायौ।
सूरदास जसुमत कौ यह सुख, सिव बिरञ्चि नहिं पायौ ॥६०॥

अर्थ—हे माँ, मैंने मक्खन नहीं खाया। ये सभी साथी मेरे पीछे पड़ गये और मेरे मुख में (मक्खन) लपेट दिया। तुम्हीं देखो सिकहरे पर बर्तन रखकर ऊँचे लटका दिया गया। मैं पूछता हूँ कि अपने (इन) छोटे हाथों से मैं इसे कैसे पा सकता हूँ। इतने में कृष्ण को एक उपाय सूझा, उन्होंने मुँह से दही पोंछ कर दोना पीछे छिपा लिया। (कृष्ण के इस भोलेपन को देखकर) यशोदा ने छड़ी फेंककर और मुस्करा कर श्याम को गले से लगा लिया। भगवान् ने अपनी भक्ति का प्रताप दिखाया और बालक्रीड़ा के आनन्द से मन को मोहित कर लिया। सूरदास कहते हैं कि यशोदा का यह सुख शिव और ब्रह्मा भी नहीं पा सके।। 60।।

जसुमति तेरौ बारौ कान्ह अतिही जु अचगरौ।
दूध-दही माखन लै डारि देत सगरौ।
भोरहिं नित प्रतिही उठि, मोसौं करत झगरौ।
ग्वाल-बाल संग लिए घेरि रहै डगरौ।
हम-तुम सब बैस एक, कातैं को अगरौ।
लियौ दियौ सोई कछु, डारि देहु झगरौ।
सूर स्याम तेरौ अति, गुननि माहिँ अगरौ।
चोली अरु हार तोरि, छोरि लियो सगरौ ॥६१॥

अर्थ—हे यशोदा, तुम्हारा बालक कृष्ण अत्यन्त शरारती है। दूध, दही और मक्खन लेकर सब गिरा देता है। प्रतिदिन सवेरे ही उठकर झगड़ा करता है। ग्वाल-बालों को साथ लेकर रास्ता घेर लेता है। (और कहता है कि) हम-तुम सभी समवयस्क हैं कौन किससे बड़ा है! जो कुछ लिया-दिया है उसे (यहीं) छोड़ दो अन्यथा झगड़ा होगा। सूरदास कहते हैं कि (गोपियाँ कहती हैं कि) तुम्हारा पुत्र कृष्ण गुणों में अग्रसर हो गया है! मेरी चोली और हार तोड़कर उसने सब कुछ छीन लिया।। 61।।

ऐसी रिस मैं जौ धरि पाऊँ।
कैसे हाल करौं धरि हरि के, तुमकौं प्रगट दिखाऊँ।
साँटिया लिए हाथ नँदरानी, थरथरात रिस गात।
मारें बिना आजु जौ छाँड़ौं, लागै मेरैं तात।
इहिं अंतर ग्वारिनि इक औरै, धरे बाँह हरि ल्यावति।
भली महरि सूधौ सुत जायौ, चोली-हार बतावति।

रिस मैं अतिही उपजाई, जानि जननि अभिलाष।
सूर स्याम भुज गहे जसोदा, अब बाँधौं कहि माष ।।६२।।

अर्थ—(गोपी द्वारा कृष्ण की शिकायत करने पर यशोदा आवेश में आकर कहती हैं) यदि मैं ऐसे क्रोध में (कृष्ण को) पकड़ पाऊँ तो पकड़ने पर उनका क्या हाल करूँगी यह तुम्हें प्रत्यक्ष दिखाती हूँ। हाथ में छड़ी लिए नन्द रानी का शरीर क्रोध से काँप रहा है। (बोलीं) आज यदि कृष्ण को बिना मारे छोड़ूँ तो मुझे बाप की सौगन्ध है। इसी बीच (संयोग से) एक अन्य ग्वालिन बाँह पकड़कर कृष्ण को ले आई (और व्यंग्य के साथ बोली) "हे महरि, तुमने बहुत सीधा पुत्र पैदा किया है जो चोली और हार की ओर संकेत करता है।" इस कथन से (यशोदा को) क्रोध में और भी अत्यंन्त क्रोध उत्पन्न हो गया और कृष्ण ने भी माता के क्रोध के आवेश को समझा। सूरदास कहते हैं कि (तब) यशोदा ने (स्वयं) कृष्ण के हाथ पकड़ लिये और क्रोध से बोलीं कि अब तुझे बाँधूँगी।। 62।।

बाँधौं आजु कौन तोहिं छोरे।
बहुत लँगरई कीन्ही मोसौं, भुज गहि रजु ऊखल सौं जोरै।
जननी अति रिस जानि बँधायौ, निरखि बदन, लोचन जल ढोरै।
यह सुनि ब्रज-जुबतीं सब धाईं कहतिं कान्ह अब क्यों नहिं छोरै।
ऊखल सौं गहि बाँधि जसोदा, मारन कौं साँटी कर तोरै।
साँटी देखि ग्वालि पछितानी, बिकल भई जहँ-तहँ मुख मोरै।
सुनहु महरि ऐसी न बूझिऐ सुत बाँधति माखन दधि थोरै।
सूर स्याम कौं बहुत सतायौ, चूक परी हम तैं यह भोरैं ।।६३।।

अर्थ—(यशोदा कृष्ण से कहती हैं) आज मैं तुमको बाँध दूँगी देखें (तुम्हें) कौन छुड़ाता है। तुमने मुझसे बहुत शरारत की (ऐसा कहकर) कृष्ण की भुजा को पकड़कर रस्सी को ओखली से बाँध देती हैं। माता को अत्यधिक क्रुद्ध जानकर (कृष्ण ने स्वयं को) बँधा लिया। कृष्ण (जननी के) मुख को देखकर नयनों से जल ढुलकाने लगे। यह सब सुनकर ब्रज युवतियाँ दौड़ी हुई आयीं और (यशोदा से) कहने लगीं कि कृष्ण को अब क्यों नहीं छोड़ देती हो। ओखली से मजबूती से बाँधकर यशोदा मारने के लिए छड़ी तोड़ती हैं। छड़ी को देखकर गोपियाँ पछताने लगीं और जहाँ-तहाँ मुख दूसरी ओर करने लगीं (और बोलीं) हे महरि, ऐसा करना ठीक नहीं है कि पुत्र को थोड़े से मक्खन और दही के लिये बाँध दिया है। सूरदास कहते हैं कि (गोपियाँ सोचती हैं कि) हमने कृष्ण को बहुत सताया। आज हमसे भूल से यह गलती हो गयी।। 63।।

कहा भयौ जौ घर कैं लरिका चोरी माखन खायौ।
अहो जसोदा कत त्रासति हौ यहै कोखि को जायौ।
बालक अजों अजान न जानै केतिक दह्यौ लुटायौ।
तेरो कहा गयौ? गोरस कौ गोकुल अंत न पायौ।

हा हा लकुट त्रास दिखरावति आँगन पास बँधायौ।
रुदन करत दोउ नैन रचे हैं, मनहुँ कमल-कन छायौ।
पौढ़ि रह धरनी पर तिरछैं बिलखि बदन मुरझायौ।
सूरदास प्रभु रसिक-सिरोमनि, हँसि करि कंठ लगायौ ॥६४॥

अर्थ—(गोपियाँ यशोदा को सम्बोधित करते हुए कहती हैं) घर के बालक के चोरी से मक्खन खाने से क्या हुआ। इस कोख से उत्पन्न सुत को क्यों भयभीत कर रही हो ! यह बालक अभी अनजान है और नहीं जानता कि कितना दही लुढ़का दिया ? तेरा इतने से क्या हुआ। (इसने तो गोकुल के वासियों के प्रभूत दधि को खाया तथा लुटाया है जिसके परिमाण का निश्चय आसानी से नहीं किया जा सकता)। उसकी तुलना में तुम्हारे दधि की क्या मात्रा हो सकती है। दुख है कि तुम कृष्ण को आँगन के पास बाँध कर लाठी से भयभीत कर रही हो। रोदन करते हुए इसके नेत्रों पर आँसू कमल-कण की तरह छाये हुए हैं। धरती पर तिरछे होकर लेटे हुए हैं और बिलखने के कारण (इनका) मुख मुरझा गया है। सूरदास कहते हैं कि रसिक-शिरोमणि कृष्ण को (यशोदा ने) हँसकर कण्ठ से लगा लिया।। 64।।

हलधर सौं कहि ग्वालि सुनायौ।
प्रातहिं तैं तुम्हारौ लघु भैया, जसुमति ऊखल बाँधि लगायौ।
काहू के लरिकहिं हरि मार्‌यौ भोरहि आनि तिनहिं गुहरायौ।
तबहीं ते बाँधे हरि बैठे, सो हम तुमकौं आनि जनायौ।
हम बरजी, बरज्यौ नहिँ मानति, सुनतहिँ बल आतुर ह्वै धायौ।
सूर स्याम बैठे ऊखल लगि, माता उर तनु अतिहि त्रसायौ ॥६५॥

अर्थ—हलधर (बलभद्र) से एक गोपी ने बताया कि प्रातःकाल से तुम्हारे छोटे भाई कृष्ण को यशोदा ने ओखली से बाँध दिया है। किसी के पुत्र को कृष्ण ने मार दिया था। उसने प्रातः ही (यशोदा को) रक्षा के लिये पुकारा। तब से हरि बँधे हुए बैठे हैं ! इसलिए मैंने तुमको आकर बता दिया। मैंने यशोदा को रोका लेकिन वह मानती नहीं हैं। (इसे) सुनते ही बलदऊ आतुर होकर दौड़ पड़े। सूरदास कहते हैं कि माता के द्वारा तन और मन से भयभीत किये गये श्याम ओखली के पास बैठे हैं।। 65।।

यह सुनि कै हलधर तहँ धाए।
देखि स्याम ऊखल सौं बाँधे, तबहीं दोउ लोचन भरि आए।
मैं बरज्यो कै बार कन्हैया, भली करी दोउ हाथ बँधाए।
अजहुँ छाँड़ौगे लँगराई, दोउ कर जोर जननि पै आए।
स्यामहिं छोरि मोहिँ बाँधै बरु, निकसत सगुन भले नहिँ पाए।
मेरे प्रान-जिवन-धन कान्हा, तिनके भुज मोहिँ बँधे दिखाए।
माता सौ कह करौं ढिठाई, सो सरूप कहि नाम सुनाए।
सूरदास तब कहति जसोदा दोउ भैया तुम इक मत पाए ॥६६॥

अर्थ—यह (कृष्ण को ऊखल से बँधा हुआ) सुनकर हलधर दौड़कर वहाँ गये। कृष्ण को ऊखल से बँधा देखकर उनके दोनों नयन (आँसू से) भर आये। हे कन्हैया, मैंने तुम्हें कितनी बार रोका। अच्छा किया तुमने दोनों हाथ बँधा लिये। क्या अब भी ढीठ पन नहीं छोड़ोगे। [ऐसा कहकर] दोनों हाथ जोड़कर माता के पास आये। [बलराम माता से बोले] कृष्ण को छोड़कर चाहे मुझे बाँध दो। घर से निकलते समय शकुन अच्छे नहीं मिले। कृष्ण मेरे प्राण और जीवन धन हैं। तूने उनकी बँधी हुई भुजाओं को मुझे दिखाया है। (यह भक्त सूर का प्रत्यक्ष कथन भी है)। बलभद्र, कृष्ण के वास्तविक स्वरूप का ध्यान दिलाते हुए कहते हैं कि तुम माता से इतनी शरारत क्यों करते हो। तब यशोदा कहती हैं कि तुम दोनों भाई एक समान बुद्धि वाले हो।। 66।।

तबहिँ स्याम इक बुद्धि उपाई।
जुवती गईँ घरनि सब अपनेँ, गृह कारज जननी अटकाई।
आपु गए जमलार्जुन-तरु-तरु, परसत पात उठे झहराई।
दिए गिराइ धरनि दोऊ तरु, सुत कुबेर के प्रगटे आई।
दोउ करजोरि करत दोउ अस्तुति, चारि भुजा तिन्ह प्रगट दिखाई।
सूर धन्य ब्रज जनम लियौ हरि, धरती की आपदा नसाई।।६७।।

अर्थ—जब सभी ब्रज युवतियाँ अपने घर चली गयीं और माता गृहकार्य में लग गयीं तब कृष्ण ने एक सूझ पैदा की। स्वयं जमलार्जुन वृक्ष के नीचे चले गये। उनके स्पर्श मात्र से पत्ते घहरा उठे। उन कृष्ण ने दोनों वृक्षों को पृथ्वी पर गिरा दिया। तब कुबेर के पुत्र प्रकट हुए। दोनों हाथ जोड़कर स्तुति करते हुए उन दोनों को अपनी चारों भुजाओं को प्रत्यक्ष दिखाया। सूरदास कहते हैं कि कृष्ण ने ब्रज में जन्म लिया इसलिये ब्रज धन्य है। [उन्होंने] पृथ्वी की आपत्ति को नष्ट कर दिया।। 67।।

अब घर काहूँ कैँ जनि जाहु।
तुम्हरैँ आजु कमी काहे की, कत तुम अनतहिँ खाहु।
बरै जेँवरी जिहिँ तुम बाँधेँ परै हाथ भहराइ।
नंद मोहिँ आतहीँ त्रासत हैँ, बाँधेँ कुँवर कन्हाइ।
रोग जाउ मेरे हलधर कै, छोरत हो तब स्याम।
सूरदास प्रभु खात फिरौ जनि, माखन-दधि तुव धाम।।६८।।

अर्थ—[यशोदा कृष्ण को वर्जित करती हुई कहती हैं] अब किसी के घर मत जाना। तुम्हें किस चीज की कमी है जो कि तुम अन्यत्र खाने जाते हो। वह रस्सी जल जाय जिससे बाँधने पर तुम्हारे हाथ में गड़ारी पड़ गयी है वे हाथ गिर कर टूट पड़ें (जो तुम्हें बाँधते थे)। कुँवर कन्हैया को बाँधने पर नन्द भी हमें अत्यधिक भयभीत करते हैं। मेरे बलराम के सभी रोग नष्ट हो जायँ, जो मेरे बाँधने पर उस समय उनका बन्धन छोड़ देते थे। सूरदास कहते हैं कि हे कृष्ण तुम घर-घर मत घूमो तुम्हारे घर में ही मक्खन-दधि बहुत है।। 68।।

भूखौ भयौ आजु मेरौ बारौ।
भोरहिँ ग्वारि उरहनौ ल्याई, उहिँ यह कियौ पसारौ।
पहिलेहिँ रोहिनि सौँ कहि राख्यौ, तुरत करहु जेवनार।
ग्वाल-बाल सब बोलि लिए, मिलि बैठे नन्द-कुमार।
भोजन बेगि ल्याउ कछु मैया भूख लगी मोहि भारी।
आजु सबारैँ कछु नहिँ खायौ, सुनत हँसी महतारी।
रोहिनि चितै रही जसुमति-तन सिर धुनि-धुनि पछितानी।
परसहु बेगि, बेर कत लावति, भूखे साँरगपानी।
बहु ब्यंजन बहु भाँति रसोई षटरस के परकार।
सूर स्याम हलधर दोउ भैया, और सखा सब ग्वार।।६९।।

अर्थ—यशोदा कहती हैं कि आज मेरा बालक बहुत भूखा हो गया है। आज प्रातःकाल एक ग्वालिनी उलाहना दे गयी थी, उसी ने यह सब पसारा किया है। यशोदा ने पहले ही रोहिणी से कह रखा था कि जेवनार (भोजन) का प्रबन्ध करो। सभी ग्वाल-बालों को बुलाकर नन्दकुमार कृष्ण उन सबके साथ बैठ गये। (कृष्ण ने माता यशोदा से कहा) हे माता मुझे बड़ी भूख लगी है इसलिए कुछ खाने के लिए लाओ। मैंने आज सुबह कुछ नहीं खाया था। इसे सुनकर माता (यशोदा) हँसने लगीं। रोहिणी, यशोदा की ओर देखकर सिर धुन-धुन कर पछताने लगी। फिर उसने कहा कि शीघ्र ही भोजन परसो क्योंकि सारंगपाणि (कृष्ण) बहुत भूखे हैं। अनेक प्रकार के षटरस युक्त व्यंजन (भोजन) कृष्ण, बलभद्र तथा ग्वाल सखाओं को परोसो।। 69।।

मोहिँ कहतिँ जुवती सब चोर।
खेलत कहूँ रहौँ मैँ बाहिर, चितै रहतिँ सब मेरी ओर।
बोलि लेतिँ भीतर घर अपनैँ, मुख चूमतिँ, भरि लेतिँ अँकोर।
माखन हेरि देतिँ अपनैँ कर कछु कहि बिधि सौँ करतिँ निहोर।
जहाँ मोहिँ, देखतिँ, तहँ टेरतिँ, मैं नहिँ जात दुहाई तोर।
सूर स्याम हँसि कंठ लगायौ, वै तरुनी कहँ बालक मोर।।७०।।

अर्थ—(कृष्ण माता यशोदा से दुहाई देते हुए कहते हैं) मुझे सभी युवतियाँ चोर कहती हैं किन्तु कहीं बाहर खेलते हुए मेरी ओर ये सब ताकती रहती हैं। (मुझे) अपने घर के भीतर बुलाकर मेरा मुख चूमती हैं और गोद में बिठा लेती हैं। ये अपने ही हाथ से मुझे देखकर मक्खन देती हैं और कुछ कह कर ब्रह्मा से निहोरा करती हैं। मुझे जहाँ देखती हैं वहीं पुकारने लगती हैं। मैं तुम्हारी दुहाई लेकर कहता हूँ कि मैं (स्वेच्छया) नहीं जाता हूँ। सूरदास कहते हैं कि (यशोदा ने) हँसकर कृष्ण को गले से लगा लिया और (कहा कि) कहाँ वे तरुणी स्त्रियाँ कहाँ यह मेरा बालक।। 70।।

जसुमति कहति कान्ह मेरे प्यारे, अपनैं ही आँगन तुम खेलौ।
बोलि लेहु सब सखा संग कैं, मेरो कह्यौ कबहुँ जिनि पेलौ।
ब्रज-बनिता सब चोर कहतिं तोहिं, लाजनि सकुचि जात मुख मेरौ।
आजु मोहिं बलराम कहत हे, झूठहिं नाम धरति हैं तेरौ।
जब मोहिं रिस लागति तब त्रासति, बाँधति, मारति, जैसें चेरौ।
सूर हँसति ग्वालिन दे तारी, चोर नाम कैसैंहुँ सुत फेरौ।।७१।।

अर्थ—यशोदा कहती हैं कि हे मेरे प्यारे कृष्ण तुम अपने ही आँगन में खेलो। सभी ग्वाल सखाओं को यहीं बुला लो। तुम मेरी आज्ञा का उल्लंघन कभी मत करो। ब्रज-युवतियाँ तुम्हें चोर कहती हैं और लज्जा से मेरा मुँह सकुचा जाता है। आज मुझसे बलराम बता रहा था कि वे सब तुम्हें झूठे ही बदनाम करती हैं। जब मुझे क्रोध आता है तो (तुम्हें) दास की तरह डरवाती, बाँधती तथा मारती हूँ। सूरदास कहते हैं तब गोपियाँ तालियाँ बजाकर हँसती हैं, अत। हे पुत्र, चोर नाम को कैसें भी वापस करो (बदल डालो)।। 71 ।।

वृन्दावन लीला

वृन्दावन प्रस्थान

महर-महरि कैं मन यह आई।
गोकुल होत उपद्रव दिन प्रति, बसिऐ वृन्दावन मैं जाई।
सब गोपनि मिलि सकटा साले, सबहिनि के मन मैं यह भाई।
सूर जमुन-तट डेरा दीन्हें, पाँच बरष के कुँवर कन्हाई ।।१।।

अर्थ—महर महरि (नन्द और यशोदा) के मन में यह (भावना) कि गोकुल में प्रतिदिन बड़ा उपद्रव होता है, इसलिए वृन्दावन चलकर बसना चहिए। यह बात सबके मन को रुचिकर प्रतीत हुई और सब ग्वालों ने मिलकर गाड़ियाँ सजायीं। सूरदास कहते हैं सब लोगों ने यमुना के तट पर डेरा डाल दिया। इस समय बालक कृष्ण पाँच वर्ष के थे।। 1 ।।

गोदोहन

मैं दुहिहौं मोहिं दुहन सिखावहु।
कैसें गहत दोहनी घुटुवनि, कैसें बछरा थन लै लावहु।
कैसें लै नोई पग बाँधत, कैसें लै गैया अटकावहु।
कैसे धार दूध की बाजति, सोइ-सोइ बिधि तुम मोहिं बतावहु।
निपट भई अब साँझ कन्हैया, गैयनि पै कहूँ चोट लगावहु।
सूर स्याम सौं कहत ग्वाल सब, धेनु दुहन प्रातहि उठि आवहु ।।२।।

अर्थ—[कृष्ण कहते हैं] मैं दुहूँगा, मुझे दुहना सिखा दो। दोहनी को घुटनों से कैसे पकड़ते हैं और बछड़े को थन से कैसे लगाते हैं, रस्सी लेकर कैसे गाय के पैर को बाँधकर अटकाते हैं। दूध की धार कैसे बजती है। इन सभी बातों को मुझे बताओ। [ग्वाल उत्तर देता है] कृष्ण अब बिल्कुल सन्ध्या हो गयी है, गायों से कहीं चोट लगा लोगे। सूरदास कहते हैं कि कृष्ण से सभी ग्वाल कहते हैं कि गाय दुहने के लिए प्रातःकाल उठकर आओ।। 2 ।।

गो चरण

आजु मैं गाइ चरावन जैहौं।
वृन्दावन के भाँति भाँति फल अपने कर मैं खैहौं।
ऐसी बात कहौ जनि बारे, देखौ अपनी भाँति।
तनक तनक पग चलिहौ कैसें आवत ह्वै है अति राति।

प्रात जात गैया लै चारन, घर आवत हैं साँझ।
तुम्हरौ कमल बदन कुम्हिलैहै, रेंगति घामहिं माँझ।
तेरी सौं, मोहिं घाम न लागत, भूख नहीं कछु नेक।
सूरदास प्रभु कह्यौ न मानत, पर्‌यौ आपनो टेक ।।३।।

अर्थ—(कृष्ण यशोदा से कहते हैं) आज मैं गाय चराने जाऊँगा। वृन्दावन के भिन्न-भिन्न प्रकार के फलों को अपने हाथ से खाऊँगा। (यशोदा उत्तर देती हैं) हे बालक, ऐसी बात मत कहो, अपनी भव-वृत्ति तो देखो। तुम छोटे-छोटे पैरों से कैसे चलोगे, आते-आते रात हो जायेगी। प्रात:काल (ग्वाल) गायों को चराने ले जाते हैं और सायंकाल घर आते हैं। धूप में घूमते-घूमते तुम्हारा कमल की तरह मुख कुम्हला जायेगा। (कृष्ण कहते हैं) तुम्हारी सौगन्ध मुझे धूप नहीं लगती और न तनिक भी भूख लगती है। सूरदास कहते हैं कि कृष्ण (यशोदा का) कहना नहीं मान रहे हैं और अपनी ही टेक पर अड़े हैं।। 3।।

बृन्दाबन देख्यौ नँद-नंदन, अतिहिं परम सुख पायौ।
जहँ-जहँ गाइ चरतिं ग्वालनि सँग, तहँ-तहँ आपुन धायौ।
बलदाऊ मोकौं जनि छाँड़ी सँग तुम्हारैं ऐहौं।
कैसेहुँ आजु जसोदा छाँड्यौ, काल्हि न आवन पैहौं।
सोवत मोकौं टेरि लेहुगे, बाबा नंद-दुहाई।
सूर स्याम बिनती करि बल सों, सखनि समेत सुनाई ।।४।।

अर्थ—वृन्दावन को देखकर कृष्ण बहुत सुखी हुए। जहाँ-जहाँ ग्वालों के साथ गायें चरती है, वहाँ-वहाँ स्वयं दौड़कर जाते थे। (बलदाऊ से कृष्ण निवेदन करते हैं) मुझे कहीं मत छोड़ो क्योंकि मैं (नित्यप्रति) तुम्हारे साथ आऊँगा। (बलदाऊ ने कहा) यशोदा ने आज तुम्हें किसी तरह आने दिया कल नहीं आ पाओगे। (कृष्ण ने कहा) तुम्हें बाबा नन्द की सौगन्ध है कि (कल) सोते हुए मुझको बुला लेना। सूरदास कहते हैं कि कृष्ण अन्य मित्रों को सुनाते हुए बलदाऊ से विनती कर रहे हैं।। 4।।

बिहारी लाल, आवहु, आई छाक।
भई अबार, गाइ बहुरावहु, उलटावहु दै हाक।
अर्जुन, भोज अरु सुबल, सुदामा, मधुमंगल इक ताक।
मिलि बैठे सब जेंवन लागे, बहुत बने कहि पाक।
अपनी पत्रावलि सब देखत, जहँ-तहँ फेनि पिराक।
सूरदास प्रभु खात ग्वाल सँग, ब्रह्मलोक यह धाक ।।५।।

अर्थ—(ग्वाल कृष्ण को पुकारते हुए कहते हैं) हे बिहारी लाल, आओ, दोपहर का भोजन आ गया है। देर हो रही है। गायों को हँकवाकर वापस लाओ। अर्जुन, भोज, सुबल, सुदामा, मधुमंगल आदि ग्वाल एक ओर एक साथ बैठकर भोजन करने लगे और कहते जाते थे कि

पकवान बहुत अच्छे बने हैं। वे सब अपनी पत्तलें देखते जाते थे जिन पर जहाँ-जहाँ फेनी और गुझियें रेखी थीं। सूरदास कहते हैं कि प्रभु कृष्ण ग्वालों के साथ भोजन कर रहे हैं इससे ब्रह्मलोक में एक प्रकार से आतंक हो गया।। 5।।

ब्रंज मैं को उपज्यौ यह भैया।
संग सखा सब कहत परस्पर, इनके गुन अगमैया।
जब तैं ब्रज अवतार धर्‌यौ इन, कोउ नहिं घात करैया।
तृनावर्त पूतना पछारी, तब अति रहे नन्हैया।
कितिक बात यह बका विदार्‌यौ, धनि जसुमति जिन जैया।
सूरदास प्रभु की यह लीला, हम कत जिय पछितैया।।६।।

अर्थ—(ग्वाल-बाल परस्पर बात-चीत करते हुए कहते हैं) भाई ब्रज में यह किसने जन्म ले लिया है। इनके गुण आगम हैं। जब से इन्होंने ब्रज में अवतार धारण किया है तब से ब्रज का कोई अनिष्ट करने वाला नहीं है। तृणावर्त तथा पूतना को विनष्ट करते समय ये बहुत छोटे थे। इन्होंने बकासुर को विदीर्ण कर दिया। ऐसे पुत्र को जन्म देने वाली माता यशोदा धन्य हैं। सूरदास कहते हैं कि यह प्रभु की लीला है इसमें हमें (ग्वाल बालों को) विशेष पछताने की क्या आवश्यकता है।। 6।।

आजु जसोदा जाइ कन्हैया महा दुष्ट इक मार्‌यौ।
पन्नग-रूप मिले सिसु गो-सुत इहिं सब साथ उबार्‌यौ।
गिरि-कंदरा समान भयानक जब अघ बदन पसार्‌यौ।
निडर गोपाल पैठि मुख भीतर, खंड-खंड करि डार्‌यौ।
याकै बल हम बदत न काहुहिं सकल भूमि तृन चार्‌यौ।
जीते सबै असुर हम आगैं, हरि कबहूँ नहिँ हार्‌यौ।
हरषि गए सब कहनि महरि सौं अबहिं अघासुर मार्‌यौ।
सूरदास प्रभु की यह लीला ब्रज कौ काज सँवार्‌यौ।।७।।

अर्थ—(ग्वाल यशोदा से कहते हैं) आज कृष्ण ने एक महा दुष्ट को मार डाला। सर्प रूप में उसने ग्वाल बाल और गाय बछड़े सब निगल लिए थे, कृष्ण ने उनका उद्धार किया। पर्वत की कन्दरा के समान जब उसने अपने भयंकर पापी मुँह को फैलाया तब निर्भय होकर गोपाल ने उसके मुख में पैठ कर खण्ड-खण्ड कर डाला। इनके बल के कारण हम लोग किसी को कुछ समझते नहीं। सभी जगह की घास चरा डालते हैं। सभी असुरों को इन्होंने हमारे सामने ही हरा दिया किन्तु हरि स्वयं कभी नहीं हारते। सब लोग प्रसन्न होकर यशोदा से बताने गये कि अभी (कृष्ण ने) अघासुर को मारा। सूरदास कहते हैं कि प्रभु की इस लीला ने ब्रज के समस्त कारणों को सिद्ध कर दिया।। 7।।

ब्रह्मा बालक-बच्छ हरे।
आदि अंत प्रभु अंतरजामी, मनसा तैं जु करे।

सोइ रूप वै बालक गौ-सुत, गोकुल जाइ भरे।
एक बरष निसि बासर रहि सँग, काहु न जानि परे।
त्रास भयौ अपराध आपु लखि, अस्तुति करत खरे।
सूरदास स्वामी मनमोहन, तामैं मन न धरे।।८।।

अर्थ—ब्रह्मा ने बालक और बछड़ों को हर लिया। आदि से लेकर अन्त तक प्रभु अन्तरयामी हैं इसलिए मन से सबको जान लेते हैं। उसी तरह के बालक और बछड़े बनाकर उन्होंने गोकुल में छोड़ दिये। एक साल तक वे दिन रात उनके साथ रहे पर उन्हें कोई नहीं पहचान सका। फिर अपना अपराध समझ कर ब्रह्मा को डर लगा और वे खड़े होकर स्तुति करने लगे। सूरदास कहते हैं कि मनमोहन कृष्ण ने उनके अपराध पर ध्यान नहीं दिया।। ८।।

आजु कन्हैया बहुत बच्यौ री।
खेलत ह्यौ घोष कैं बाहर, कोउ आयौ सिसु रूप रच्यौ री।
मिलि गयौ आइ सखा की नाईं; लै चढ़ाइ हरि कंध सच्यौ री।
गगन उड़ाइ गयौ लै स्यामहिं, आनि धरनि पर आप दच्यौ री।
धर्म सहाइ होत है जहँ-तहँ, स्रम करि पूरब पुन्य पच्यौ री।
सूर स्याम अब कैं बचि आए, ब्रज-घर-घर सुख-सिंधु मच्यौ री।।९।।

अर्थ—कृष्ण आज विशेष रूप से बच गये। जब गाँव के बाहर खेल रहे थे तब बालक रूप धारण करके कोई (व्यक्ति) आया। वह मित्र की तरह (बाल सखाओं) में मिल गया और फिर कृष्ण को कंधे पर बिठाकर चलने लगा। कृष्ण को वह आकाश में उड़ा ले गया। पर अपने आप पृथ्वी पर आकर दब गया। धर्म हर स्थल पर सहायक होता है और परिश्रम से किया गया पिछले जन्म का पुण्य काम आया। सूरदास कहते हैं कि कृष्ण के इस बार बच जाने पर ब्रज के घर-घर में सुख का सागर फैल गया (सब बहुत सुखी हुए)।। ९।।

अब कैं राखि लेहु गोपाल।
दसहूँ दिसा दुसह दावागिनि, उपजी है इहिं काल।
पटकत बाँस, काँस कुस चटकत, लटकत ताल तमाल।
उचटत अति अंगार, फुटत पर झपटत लपट कराल।
धूम धूँधि बाढ़ी घर अम्बर, चमकत बिच-बिच ज्वाल।
हरिन, बराह, मोर, चातक, पिक, जरत जीव बेहाल।
जनि जिय डरहु, नैन मूँदहु सब, हँसि बोले नँदलाल।
सूर अगिनि सब बदन समानी, अभय दिये ब्रज-बाल।।१०।।

अर्थ—(ब्रजवासी कृष्ण से निवेदन करते हैं) हे गोपाल, अब हम लोगों की रक्षा करो क्योंकि इस समय दशों दिशाओं में असह्य दावाग्नि उमड़ आयी है। बाँस (जलकर) गिर रहे हैं, काँस और कुश चटक रहे हैं। ताल और तमाल के वृक्ष (जलकर) लटकते जा रहे हैं। अंगारे

अत्यन्त छिटक रहे हैं। फल फूटते जा रहे हैं। भयंकर लपट-झपटती है। तथा बीच-बीच में ज्वाला चमक रही है। पृथ्वी तथा आकाश के बीच धुएँ की धुन्ध बढ़ गयी है। हिरन, शूकर, मोर, चातक, कोयल जल रहे हैं तथा (समस्त) जीव व्याकुल हो रहे हैं। नन्दलाल ने हँस कर कहा कि तुम लोग मन में मत डरो केवल सब लोग आँखें बन्द कर लो। सूरदास कहते हैं कि समस्त अग्नि (कृष्ण जी के) मुख में समा गयी। इस तरह ब्रज के बालकों को भय रहित कर दिया।।10।।

बन तैं आवत धेनु चराए।
संध्या समय साँवरे मुख पर, गो-पद-रज लपटाए।
बरह मुकुट कैं निकट लसति लट, मधुप मनों रुचि पाए।
बिलसत सुधा जलज-आनन पर, उड़त न जात उड़ाए।
बिधि बाहन-भच्छन की माला, राजत उर पहिराए।
एक बरन बपु नहिं बड़ छोटे, ग्वाल बने इक धाए।
सूरदास बलि लीला प्रभु की जीवत जन जस गाए।।११।।

अर्थ— वन से गाय चराकर कृष्ण आ रहे हैं। संध्या के समय उनके श्यामल मुख पर गायों के पैर की (उड़ायी गयी) धूल लगी है। मोर-मुकुट के निकट (बालों की) लट ऐसी सुशोभित हो रही है मानो भौंरे रुचिकर समझ कर एकत्रित हो गये हैं। कमल पर अमृत लिपटा हुआ है और भौंरे उड़ते नहीं हैं। ब्रह्मा की सवारी (हंस) के चुगने की वस्तु (मोती) की माला वक्षस्थल पर सुशोभित हो रही है। सभी ग्वाल एक वर्ण तथा एक ही आयु के हैं कोई बड़ा छोटा नहीं है। सूरदास प्रभु की लीला पर न्योछावर होते हैं और कहते हैं कि भक्तजन यश को गाते हुए जीते हैं।।11।।

मैया बहुत बुरौ बलदाऊ।
कहन लग्यौ बन बड़ौ तमासौ, सब मौड़ा मिलि आऊ।
मोहूँ कौं चुचकारि गयो लै, जहाँ सघन बन झाऊ।
भागि चलौ कहि गयो उहाँ तैं, काटि खाइ रे हाऊ।
हौं डरपौं कापौं अरु रोवौं कोउ नहिं धीर धराऊ।
थरसि गयौं नहिं भागि सकौं, वै भागे जात अगाऊ।
मोसौं कहत मोल कौ लीनो, आपु कहावत साऊ।
सूरदास गल बड़ौ चबाई, तैसेहिं मिले सखाऊ।।१२।।

अर्थ—(कृष्ण माता यशोदा से शिकायत करते हुए कहते हैं) हे माता बलभद्र बड़ा दुष्ट है। वह वन में कहने लगा कि बड़ा सुन्दर तमाशा है, सब लोग मिलकर आओ। मुझे भी पुचकार कर वहीं ले गया जहाँ झाऊ का सघन वन था। फिर वहाँ से यह कह कर भाग गया कि 'हउआ' काट खायेगा। मैं डर से काँप रहा था और रो रहा था लेकिन कोई भी धीरज नहीं बँधाता था। मैं डर से स्तम्भित हो गया इसलिए भाग भी नहीं सका। वे आगे-आगे भागते चले

जा रहे थे। मुझसे कहते हैं कि तू मोल का लिया हुआ है अपने को साहू कहते हैं। बलदाऊ तो दुष्ट है ही, वैसे ही उसे मित्र भी मिल गये हैं।। 12।।

मैया हौं न चरैहौं गाइ।
सिगरे ग्वाल घिरावत मोसौं, मेरे पाइ पिराइ।
जौ न पत्याहि पूछि बलदाउहिं, अपनी सौंह दिवाइ।
यह सुनि माइ जसोदा ग्वालनि, गारो देति रिसाइ।
मैं पठवति अपने लरिका कौ, आवै मन बहराइ।
सूर स्याम मेरौ अति बालक, मारत ताहि रिगाइ।।१३।।

अर्थ—(कृष्ण यशोदा से कहते हैं) माता मैं गाय नहीं चराऊँगा। सब लोग मुझसे गाय इकट्ठा करवाते हैं जिससे मेरे पैर दर्द करने लगते हैं। यदि तुम्हें विश्वास न हो तो बलदाऊ को अपनी सौगन्ध दिलाकर पूँछ लो। यह सुनकर यशोदा ग्वाल बालों पर क्रोधित होती हैं और उन्हें गाली देती है। मैं अपने पुत्र को मन बहलाने के लिए भेजती हूँ, लेकिन मेरे अति छोटे बालक को ये घुमा-घुमाकर मारे डालते हैं (परेशान कर देते हैं)।। 13।।

धनि यह बृन्दावन की रेनु।
नंद-किसोर चरावत गैयाँ, मुखहिं बजावत बेनु।
मन-मोहन को ध्यान धरैं जिय, अति सुख पावत चैनु।
चलत कहाँ मन और पुरी तन, जहँ कछु लेन न देनु।
इहाँ रहहु जहँ जूठनि पावहु, ब्रजवासिनि कै ऐनु।
सूरदास ह्याँ की सरवरि नहि, कल्पवृच्छ सुर-धेनु।।१४।।

अर्थ—वृन्दावन की धूलि धन्य है जहाँ कृष्ण गऊ चराते है और बंशी बजाते हैं। जो मन को मोहित करने वाले कृष्ण का ध्यान धरता है वह अत्यन्त सुख तथा चैन प्राप्त करता है। यह मन अन्य पुरी की ओर कहाँ जा सकता है जहाँ न कुछ लेना है न देना। यहीं रहो, जो कृष्ण की जूठन (प्रसाद) प्राप्त होगी, क्योंकि यहीं ब्रजवासियों का घर है। सूरदास कहते हैं कि यहाँ की समता कल्पवृक्ष तथा कामधेनु नहीं प्राप्त कर सकते।। 14।।

सोवत नींद आइ गई स्यामहिं।
महरि उठी पौढ़ाइ दुहुँनि कौं, आपु लगी गृह कामहिं।
बरजति है घर के लोगनि कौं, हरुएं लै-लै नामहिं।
गाढ़ै बोलि न पावत कोऊ, डर मोहन बलरामहिं।
सिव सनकादि अंत नहिं पावत ध्यावत अह-निस जामहिं।
सूरदास-प्रभु ब्रह्म सनातन, सो सोवत नँद धामहिं।।१५।।

अर्थ—लेटे हुए कृष्ण को नींद आ गयी। महरि यशोदा (कृष्ण बलराम) दोनों को सुलाकर अपने घर के कामों में लग गईं। धीमे से घर के लोगों के नाम ले-लेकर वर्जित करती हैं। मोहन और बलराम के डर से कोई जोर से बोलने नहीं पाता। शिव, सनकादि, जिसे दिन रात सब समय ध्यान करते हुए पार नहीं पाते वे ही सूर के प्रभु सनातन ब्रह्म नन्द के घर में सो रहे हैं।। 15।।

देखत नंद कान्ह अति सोवत।
भूखे भये आजु बन-भीतर, यह कहि कहि मुख जोवत।
कह्यौ नही मानत काहू कौ, आपु हठी दोऊ बीर।
बार-बार तनु पोंछत कर सौं, अतिहिं प्रेम की पीर।
सेज मँगाइ लई तहँ अपनी, जहाँ स्याम-बलराम।
सूरदास प्रभु कैं ढिग सोए, सँग पौढ़ी नँद-बाम ।।१६।।

अर्थ—नन्द अत्यधिक सोते हुए कृष्ण को देखते हैं। आज वन के भीतर (कृष्ण को) भूख लगी थी, यह कहकर मुँह देखते हैं। (नन्द कहते हैं) दोनों (बहुत) हठी हैं और किसी का कहना नहीं मानते हैं। अत्यधिक प्रेम की पीड़ा से (नन्द) हाथ से (कृष्ण के) शरीर को बार-बार पोंछते हैं ! उन्होंने अपनी चारपाई वहीं पर मँगा ली जहाँ कृष्ण और बलराम (सो रहे) थे। सूरदास कहते हैं कि (नंद) प्रभु कृष्ण के पास सोये वहीं नन्दरानी सोयीं।। 16।।

जागि उठे तब कुँवर कन्हाई।
मैया कहाँ गई मो ढिग तैं, सँग सोवति बल भाई।
जागे नंद, जसोदा जागी, बोलि लिए हरि पास।
सोवत झझकि उठे काहे तैं, दीपक कियौ प्रकास।
सपनैं कूदि पर्‌यौ जमुना दह, काहू दियो गिराइ।
सूर स्याम सौं कहति जसोदा, जनि हो लाल डराइ ।।१७।।

अर्थ—तब कुँवर कृष्ण जाग उठे (और कहने लगे) मेरे पास से माता कहाँ चली गयीं और (मेरे) साथ भाई बलभद्र सो रहे हैं। (इतने में) नन्द और यशोदा जाग गये और कृष्ण को अपने पास बुला लिया। सोते हुए झझककर क्यों उठ गये (इसे जानने के लिए) दीपक से प्रकाश किया। (कृष्ण कहते हैं) स्वप्न में यमुना के दह में कूद गया या किसी ने गिरा दिया। सूरदास कहते हैं, कि यशोदा कृष्ण से कहती हैं हे मेरे लाल डरो मत।। 17।।

मैं बरज्यौ जमुना-तट जात।
सुधि रहि गई न्हात की तेरें, जनि डरपौ मेरे तात।
नंद उठाइ लियौ कोरा करि, अपने सँग पौढ़ाइ।
बृन्दावन मैं फिरत जहाँ तहँ, किहिं कारन तू जाइ।

अब जनि जैहौ गाइ चरावन, कहँ को रहित बलाइ।
सूर स्याम दम्पति बिच सोए, नीँद गई तब आइ ।।१८।।

अर्थ—(नंद कहते हैं) मैंने तुम्हें यमुना के तट पर जाते हुए रोका था। तुम में नहाते समय की याद (शेष) रह गयी है (इसलिए) हे मेरे तात डरो मत। नंद ने (कृष्ण को) अपनी गोद में उठाकर अपने साथ सुला लिया। (तुम) वृन्दावन में जहाँ-तहाँ घूमते रहते हो। वहाँ किसलिए जाते हो ? अब गाय चराने मत जाना, (तुम्हें) कहाँ की बला पड़ी रहती है। सूरदास कहते हैं कि कृष्ण (जब) दम्पति के बीच में सोये तब उन्हें नींद आ गयी।। 18।।

काली दमन

नारद ऋषि नृप सौँ यौँ भाषत।
वे हैँ काल तुम्हारे प्रगटे, काहैँ उनकौँ राखत।
काली उरग रहै जमुना मैँ, तहँ तैँ कमल मँगावहु।
देत पठाइ देहु ब्रज ऊपर, नंदहिँ अति डरपावहु।
यह सुनि कै ब्रज लोग डरैँगै, वै सुनिहैँ यह बात।
पुहुप लैन जैहैँ नँद-ढोटा, उरग करै तहँ धात।
यह सुनि कंस बहुत सुख पायौ, भली कही यह मोहि।
सूरदास प्रभु कौँ मुनि जानत, ध्यान धरत मन जोहि ।।१९।।

अर्थ—ऋषि नारद राजा (कंस) से इस प्रकार कहते हैं कि वे (कृष्ण) तुम्हारे काल (मृत्यु के कारण) के रूप में प्रकट हुए हैं उन्हें तुम जीवित क्यों रहने देते हो। काली नाम का साँप यमुना में रहता है वहीं से कमल मँगाओ। ब्रज में दूत भेजकर नंद को भयभीत कराओ। यह सुनकर ब्रज के लोग डर जायेंगे। यह बात जब वे (कृष्ण) सुनेंगे तो नंद के पुत्र (कृष्ण) फूल लेने (यमुना) जायेंगे। और वहाँ साँप चोट करेगा। यह सुनकर कंस को बहुत सुख मिला (उन्होंने कहा) आपने मुझे अच्छी बात बतायी। सूरदास कहते हैं कि प्रभु कृष्ण को मुनि जानते हैं और मन से देखकर ध्यान धरते हैं।। 19।।

कंस बुलाइ दूत इक लीन्हौ।
कालीदह के फूल मँगाए, पत्र लिखाइ ताहि कर दीन्हौ।
यह कहियो ब्रज जाइ नंद सौँ, कंस राज अति काज मँगायो।
तुरत पठाइ दिऐँ ही बनिहै भली-भाँति कहि-कहि समुझायौ।
यहि अंतरजामी जानी जिय, आपु रहे, बन ग्वाल पठाए।
सूर स्याम, ब्रज-जन-सुखदायक, कंस-काल, जिय हरष बढ़ाए ।।२०।।

अर्थ—कंस ने एक दूत को बुला लिया। उसे एक पत्र लिखा कर दिया और कालीदह के फूलों को मँगाया। (कंस ने दूत से कहा) ब्रज जाकर नंद से यह कहना कि कंस ने राज्य के जरूरी काम के लिए (फूल) मँगा भेजा है (फूल को) तुरंत भेजवा देने से ही कल्याण होगा।

इस प्रकार भलीभाँति कहकर समझाना। इसे हृदय की बात जानने वाले कृष्ण जान गये। (वे) स्वयं (ब्रज में) रुके रहे और ग्वालों को वन में भेज दिया। सूरदास कहते हैं कि ब्रज को सुख देने वाले, कंस के काल कृष्ण अत्यन्त प्रसन्न हुए।। 20।।

पाती बाँचत नंद डराने।
कालीदह के फूल पठावहु, सुनि सबही घबराने।
जो मोकौं नहिं फूल पठावहु, तौ ब्रज देहुँ उजारि।
महर,गोप, उपनंद न राखौं, सबहिनि डारौं मारि।
पुहुप देहु तौ बनै तुम्हारी, ना तरु गए बिलाइ।
सूर स्याम बलरामु तिहारे, माँगौं उनहिं घराइ ।।२१।।

अर्थ—पत्र पढ़ते ही नन्द डर गये। 'कालीदह के फूल को भेजो' इसे सुनकर सब लोग घबड़ा उठे। यदि मुझे फूल नहीं भेजते हो तो ब्रज को उजाड़ दूँगा। महर (नंद) गोप, उपनंद (नन्द के छोटे भाई) किसी को नहीं रहने दूँगा और सबको मार डालूँगा। यदि फूल दो तो तुम्हारा कल्याण हो सकता है नहीं तो नष्ट हो जाओगे। तुम्हारे कृष्ण तथा बलराम (दो पुत्र हैं) उन्हीं से मँगा लो।। 21।।

पूछौ जाइ तात सौं बात।
मैं बलि जाउँ मुखारबिंद की, तुमहीं काज कंस अकुलात।
आए स्याम नँद पै धाए, जान्यौ मातु-पिता बिलखात।
अबहीं दूर करौं दुख इनकौ, कंसहिं पठै देउँ जलजात।
मोसौं कहो बात बाबा यह, बहुत करत तुम सोच बिचार।
कहा कहौं तुमसौं मैं प्यारे, कंस करत तुमसौं कछु झार।
जब तैं जनम भयौ है तुम्हरौ, कैते करबर टरे कन्हाइ।
सूर स्याम कुलदेवनि तुमकौं जहाँ तहाँ करि लियौ सहाइ ।।२२।।

अर्थ—यशोदा कृष्ण से कह रही हैं कि पिता जी के पास इस बात को पूछो तुम्हारे कमल मुख पर बलिहारी जाती हूँ, तथा (हे पुत्र) तुम्हारे लिए (तुम्हारे कारण) कंस व्याकुल है। श्याम नंद के पास दौड़े हुए आये और माता-पिता को विलखते हुए देखा। (कृष्ण ने सोचा) अभी कंस के पास कमल भेजकर इनके दुःख को दूर कर दूँगा। (फिर उन्होंने नन्द से कहा) हे बाबा मुझसे (उस) बात को कहो जिसके लिए तुम बहुत सोच विचार कर रहे हो। (नंद ने कहा) हे प्यारे, तुमसे क्या कहूँ, कंस तुमसे कुछ बैर करता है। जब से तुम्हारा जन्म हुआ तब से (तुम्हारा अनिष्ट करने के लिए किये गये) कितने यत्न टल गये। कुल के देवताओं ने जहाँ तहाँ तुम्हारी सहायता कर दी।। 22।।

खेलत स्याम, सखा लिए संग।
इक मारत, इक रोवत गेंदहिं, इक भागत करि नाना रंग।
मार परसपर करत आपु मैं, अति आनंद भए मन माहिं।
खेलत हीं मैं स्याम सबनि कौं, जमुना तट कौं लीन्हे जाहिं।

मारि भजत जो जाहि ताहिँ सो, मारत लेत आपनौ दाउ।
सूर स्याम के गुन को जानै कहत और कछु और उपाउ।।२३।।

अर्थ—मित्रों को साथ लेकर कृष्ण खेलते हैं। एक गेंद को मारता है, एक रोकता है, एक अनेक प्रकार के खेल करके भागता है। आपस में मार करते हुए वे सब बहुत सुखी हैं। खेलते-खेलते ही कृष्ण सबको यमुना तट पर ले गये। मार कर जो भागता था उसे मारकर (कृष्ण) अपना दाँव लेते थे। सूरदास कहते हैं कि कृष्ण के गुणों को कौन जानता है, वे कुछ कहते हैं और कुछ अन्य उपाय करते हैं।। 23।।

स्याम सखा कौँ गेँद चलाई।
श्रीदामा मुरि अंग बचायौ, गेँद परी कालीदह जाई।
धाइ गही तब फेँट स्याम की, देहु न मेरी गेँद मँगाई।
और सखा जनि मोकौ जानौ, मोसौँ तुम जनि करौ ढिठाई।
जानि-बूझि तुम गेँद गिराई, अब दीन्हैँ ही बनै कन्हाई।
सूर सखा सब हँसत परसपर, भली करी हरि गेँद गँवाई।।२४।।

अर्थ—कृष्ण ने मित्र के ऊपर गेंद फेंका (चलाया)। श्रीदामा ने मुड़कर अंग बचाया जिससे गेंद जाकर कालीदह में गिर गयी। तब (श्रीदामा) ने दौड़कर कृष्ण की फेंट पकड़ ली (और कहा) मेरी गेंद यदि नहीं मँगा देते हो (तो ठीक न होगा)। मुझे अन्य सखाओं के समान मत समझो। तुम मुझसे ढीठपन मत करो। तुमने जानबूझ कर गेंद को गिरा दिया अब हे कृष्ण गेंद देने से ही काम बनेगा। सूरदास कहते हैं कि सब मित्र परस्पर हँसते हैं (और कहते हैं) अच्छा किया कृष्ण ने गेंद को गायब कर दिया।। 24।।

फेँट छाँड़ि मेरी देहु श्रीदामा।
काहै कौँ तुम रारि बढ़ावत, तनक बात कैँ कामा।
मेरी गेँद लेहु ता बदलैँ, बाँह गहत हौ धाइ।
छोटौ बड़ौ न जानत काहूँ, करत बराबरि आइ।
हम काहे कौँ तुमहिँ बराबर, बड़े नंद के पूत।
सूर स्याम दीन्है ही बनिहैँ, बहुत कहावत धूत।।२५।।

अर्थ—(कृष्ण कहते हैं) हे श्रीदामा मेरी फेंट छोड़ दो। तुम छोटी-सी बात के लिए क्यों झगड़ा बढ़ाते हो। अपनी गेंद के बदले मेरी गेंद ले लो। तुम दौड़ कर बाँह (क्यों) पकड़ते हो। किसी को छोटा बड़ा नहीं समझते हो। (बस) आकर बराबरी करने लगते हो। (श्रीदामा कहते हैं) हम तुम्हारे बराबर कैसे हो सकते हैं (क्योंकि तुम) बड़े नंद के पुत्र हो। हे कृष्ण गेंद देने से ही बनेगा (भले ही) तुम बहुत धूर्त कहे जाते हो।। 25।।

रिस करि लीन्ही फेँट छुड़ाइ।
सखा सबै देखत हैँ ठाढ़े, आपुन चढ़े कदम पर धाइ।

तारी दै-दै हँसत सबै मिलि, स्याम गए तुम भाजि डराइ।
रोवत चले श्रीदामा घर कौं, जसुमति आगैं कहिहौं जाइ।
सखा सखा कहि स्याम पुकारयौ, गेंद आपनौ लेहु न आइ।
सूर स्याम पीताम्बर काछे, कूद परे दह में भहराइ ।।२६।।

अर्थ—कृष्ण ने क्रोध में आकर अपने कमर बन्द को छुड़ा लिया। सभी मित्र खड़े होकर देखते रहे और वे स्वयं कदम्ब पर दौड़कर चढ़ गये। ताली दे-देकर सभी हँसते हैं कि कृष्ण तुम डर कर भाग गये। (तब) श्रीदामा रोते हुए घर की तरफ चले (यह कहते हुए) यशोदा जी के आगे जाकर कहूँगा। कृष्ण ने उन्हें 'सखा-सखा' कह कर पुकारा (और कहा) कि आकर अपनी गेंद लेते क्यों नहीं। सूरदास कहते हैं कि कृष्ण पीताम्बर को कसकर दह में झोंके के साथ कूद पड़े।। 26।।

चौंकि परी तन की सुध आई।
आजु कहा ब्रज सोर मचायौ, तब जान्यौ दह गिरयौ कन्हाई।
पुत्र-पुत्र कहिकै उठि दौरी, व्याकुल जमुना-तीरहिं धाई।
ब्रज-बनिता सब संगहिं लागीं आइ गए बल, अग्रज भाई।
जननी व्याकुल देखि प्रबोधत धीरज करि नीकैं जदुराई।
सूर स्याम कौं नैंकुँ नहीं डर, जनि तू रोवै जसुमति माई ।।२७।।

अर्थ—(यशोदा) कृष्ण के शरीर की याद करके चौंक उठीं। आज ब्रज में शोर क्यों मचा हुआ है। तब उन्हें पता चला कि कृष्ण दह में गिर गये हैं (तब यशोदा) पुत्र-पुत्र कहती हुई व्याकुल होकर यमुना के तट को उठकर दौड़ीं। ब्रज की सभी स्त्रियाँ साथ में लग गयीं और (कृष्ण) के बड़े भाई बलराम भी आ गये। माता को व्याकुल देखकर (बलराम) समझाते हैं कि धीरज धरो, कृष्ण अच्छे सकुशल हैं। सूरदास कहते हैं, कृष्ण को कोई डर नहीं है, हे यशोदा माँ तुम मत रोओ।। 27।।

जसुमति टेरति कुँवर कन्हैया।
आगैं देखि कहत बलरामहिं, कहाँ रह्यो तुव भैया।
मेरौ भैया आवत अबहीं तोहिं दिखाऊँ मैया।
धीरज करहु, नैंकु तुम देखहु, यह सुनि लेत बलैया।
पुनि यह कहति मोहिं परमोधत, धरनि गिरी मुरझैया।
सूर बिना सुत भइ अति व्याकुल, मेरौ बाल कन्हैया ।।२८।।

अर्थ—यशोदा कृष्ण को पुकारती हैं। बलराम को आगे देखकर कहती हैं कि तुम्हारा भाई कहाँ है। (बलराम कहते हैं) मेरा भाई अभी आता है, और माँ तुम्हें (अभी) दिखाता हूँ। तुम धीरज धरो और थोड़ी देर देखो। यह सुनकर (यशोदा) बलैया लेती हैं। फिर यह कहती हुई कि (तुम) मुझे (मात्र) समझा रहे हो धरती पर मुरझा कर गिर गयीं। सूरदास कहते हैं कि (यह सोचती हुई) मेरा कृष्ण बालक है, बिना पुत्र के यशोदा अत्यधिक व्याकुल हो गयीं।। 28।।

अति कोमल तनु धरयौ कन्हाई।
गए तहाँ जहँ काली सोवत, उरग-नारि देखत अकुलाई।
कह्यौ कौन कौ बालक है तू, बार-बार कहि, भागि न जाई।
छनकहि मैं जरि भस्म होइगौ, जब देखे उठि जाग जम्हाई।
उरग-नारि की बानी सुनि कैं आपु हँसे मन मैं मुसुकाई।
मोकौं कंस पठायौ देखन, तू याकौं अब देहि जगाई।
कहा कंस दिखरावत इनकौं, एकहि फूँकहिँ मैं जरि जाई।
पुनि-पुनि कहत सूर के प्रभु कौ, तू अब काहे न जाइ पराई ।।२९।।

अर्थ—अत्यधिक कोमल शरीर धारण करके कृष्ण वहाँ गये जहाँ काली सो रहा था। (कृष्ण को) देखते ही साँप की पत्नी आकुल हो गयी। (उसने) कहा कि तुम किसके बालक हो। बार-बार कहती हूँ तुम भाग क्यों नहीं जाते। जब जागकर काली जम्हाई लेगा तुम क्षण भर में जलकर राख हो जाओगे। साँप की पत्नी की वाणी सुनकर कृष्ण मन में मुस्करा कर हँसे। (कृष्ण ने कहा) मुझे कंस ने देखने भेजा है इसलिए तुम अब इसे जगा दो। कंस इनको कैसे दिखलाता है (क्योंकि) एक ही फूँक में तो तुम (जीव) जल जाओगे। (नाग-पत्नी) बार-बार कहती हैं तू अब क्यों नहीं भाग जाता ।। 29 ।

झिरकि कै नारि, दै गारि गिरिधारि तब, पूँछ पर लात दै अहि जगायौ।
उठ्यो अकुलाइ, डर पाइ खग-राज कौं, देखि बालक गरब अति बढ़ायौ।
पूँछ लीन्ही झटकि, धरनि सौं गहि पटकि फुंकरयौ लटकि करि क्रोध फूले।
पूँछ राखी चाँपि, रिसनि काली काँपि, देखि सब साँपि-अवसान भूले।
करत फन घात विष जात उतरात अति, नीर जरि जात, नहिँ गात परसै।
सूर के स्याम प्रभु लोक अभिराम, बिनु जान अहिराज विष ज्वाल बरसै ।।३०।।

अर्थ—(कृष्ण ने) नाग की पत्नी को झिड़ककर, गाली देकर पूँछ-पर पैर रख कर नाग को जगा दिया। वह व्याकुल होकर गरुड़ के भय से डर कर उठा (किन्तु) बालक को देखकर अत्यधिक गर्व बढ़ाया। (काली ने) पूँछ को झटक लिया और (पूँछ को) पृथ्वी पर पटक कर, क्रोध से फूलकर, तिरछा होकर फुंकार किया। (कृष्ण ने) पूँछ को दबाये रखा। क्रोध से काली नाग काँप उठा। (उसे) देखकर सभी साँपिनिओं की सुध-बुध भूल गयी। फण से चोट करने पर विष उतरा जाता है जिससे पानी जल जाता है (लेकिन) (कृष्ण के) शरीर को छू (तक) नहीं जाता। सूरदास कहते हैं कि लोक को सुन्दर लगने वाले (कृष्ण को बिना जाने नागों का राजा काली) विष की ज्वाला बरसाता है ।। 30 ।।

उरग लियौ हरि कौ लपटाइ।
गर्व-वचन कहि-कहि रुख भाषत, मोकौं नहिँ जानत अहिराइ।
लियौ लपेटि चरन तैं सिख लौं, अति इहिँ मोसौं करत ढिठाइ।

चाँपी पूँछ लुकावत अपनी, जुवतिनि कौं नहिँ सकत दिखाइ।
प्रभु अंतरजामी सब जानत, अब डारौं इहिँ सकुचि मिटाइ।
सूरदास प्रभु तन बिस्तारयौ, काली बिकल भयौ तब जाइ ।।३१।।

अर्थ—नाग ने कृष्ण को लपेट लिया। मुँह से गर्व की बातें करते हो (कृष्ण कहते हैं) हे सर्पराज, तुम मुझे नहीं जानते हो। चरण से शिखा तक लपेट लिया है इससे मुझसे अत्यधिक धृष्टता करते हो। दबी हुई अपनी पूँछ को छिपाते हो (क्योंकि) उसे तुम युवतियों को दिखा नहीं सकते। हृदय की बात जानने वाले प्रभु सब कुछ जानते हैं (इसलिए) उन्होंने कहा अब इसके संकोच को मिटा डालूँ। सूरदास कहते हैं कि कृष्ण ने (जब) शरीर का विस्तार किया तब काली विफल हो गया।। 31 ।।

जबहिँ स्याम तन, अति बिस्तारयौ।
पटपटात टूटत अँग जान्यौ, सरन-सरन सु पुकारयौ।
यह बानी सुनतहिँ करुनामय, तुरत गए सकुचाइ।
यहै बचन सुनि द्रुपद-सुता दीन्हौ बसन बढ़ाइ।
यहै बचन गजराज सुनायौ, गरुड़ छाँड़ि तहँ धाए।
यहै बचन सुनि लाखा गृह मैं, पांडव जरत बचाए।
यह बानी सहि जात न प्रभु सौं, ऐसे परम कृपाल।
सूरदास प्रभु अंग सकोरयौ ब्याकुल देख्यौ ब्याल ।।३२।।

अर्थ—जब कृष्ण ने शरीर का अत्यधिक विस्तार कर लिया (तब) पटपटा कर टूटते हुए शरीर को जानकर (काली ने) शरण-शरण (कहकर) पुकारा। यह वाणी सुनते ही करुणा से भरे हुए कृष्ण तुरन्त सकुचा गये। द्रौपदी के मुख से यही वचन सुनकर वस्त्र (चीर) बढ़ा दिया था। यही वचन (जब) हाथी ने सुनाया (तब) गरुड़ को छोड़कर वहाँ दौड़े थे। यही वचन सुनकर लाख से बने घर (लाक्षागृह) में पाँडव को जलने से बचाया था। (शरणागत की दीन) वाणी प्रभु से सही नहीं जाती। वे ऐसे परम कृपालु हैं। सूरदास कहते हैं कि साँप को व्याकुल देखकर कृष्ण ने अपना अंग सिकोड़ लिया।। 32 ।।

नाथत ब्याल बिलंब न कीन्हौ।
पग सौं चाँपि धीँच बल तोरयौ, नाक फौरि गरि लीन्हौ।
कूदि चढ़े ताके माथे पर काली करत बिचार।
स्रवननि सुनी रही यह बानी, ब्रज ह्वै है अवतार।
तेइ अवतरे आइ गोकुल मैं, मैं जानी यह बात।
अस्तुति करन लग्यौ सहसौ मुख, धन्य-धन्य जग-तात।
बार-बार कहि सरन पुकारयौ, राखि-राखि गोपाल।
सूरदास प्रभु प्रगट भए जब, दे[illegible] ब्याल बिहाल ।।३३।।

अर्थ—(कृष्ण ने) नाग को नाथते देर नहीं की। पैर से दबाकर, गरदन के बल तोड़कर, नाक को फोड़कर पकड़ लिया (फिर) कूदकर उसके मस्तक पर (कृष्ण) चढ़ गये। (तब) काली विचार करता है कानों में यह वाणी सुनी थी कि ब्रज में अवतार होगा। उन्हीं (भगवान् ने) गोकुल में आकर अवतार लिया है। मैं यह बात जान गया। अपने हजार मुख से विनती करने लगा कि हे जग के पिता तुम धन्य हो। बार-बार शरण, कहकर पुकार की कि हे गोपाल रक्षा करो। सूरदास कहते हैं कि कृष्ण ने जब नाग को व्याकुल देखा तो वे (विष्णु रूप में) प्रकट हुए।। 33।।

आवत उरग नाथे स्याम।
नंद जसुदा गोपी, कहत हैं बलराम।
मोर-मुकुट, बिसाल लोचन, स्रवन कुंडल लोल।
कोटि पितंबर,बेष नटवर, नृतत फन प्रति डोल।
देव दिवि दुँदुभि बजावत, सुमन गन बरषाइ।
सूर स्याम बिलोकि ब्रज-जन, मातु-पितु सुख पाइ।।३४।।

अर्थ—नंद, यशोदा, गोप-गोपी तथा बलराम सभी कह रहे हैं कि नाग को नाथ कर कृष्ण आ रहे हैं। (उनके सिर पर) मोर का मुकुट है। (उनके) नेत्र विशाल हैं। कानों में चंचल कुंडल, कटि (कमर) में पीताम्बर, नटवर का वेष धरे (कृष्ण काली के) प्रति फण पर घूम-घूम कर नाच रहे हैं। देव आकाश में दुन्दुभी बजा रहे हैं तथा अत्यधिक फूल बरसा रहे हैं। सूरदास कहते हैं कि कृष्ण को देखकर ब्रजवासी तथा माता-पिता सुखी हो गये।। 34।।

गोपाल राइ निरतत फन-प्रति ऐसें।
गिरि पर आए बादर देखत, मोर अनंदित जैसे।
डोलत मुकुट सीस पर हरि के, कुंडल-मंडित-गंड।
पीत बसन, दामिन मनु घन पर, तापर सुर-कोदंड।
उरग-नारि आगैं, सब ठाढ़ीं सुख मुख अस्तुति गावैं।
सूर स्याम अपराध छमहु अब, हम मागैं पति पावैं।।३५।।

अर्थ—गोपाल राज प्रति फण पर ऐसे नाच रहे हैं जैसे पर्वत पर आये हुए बादल को देखते ही मोर आनन्दित होकर (नाचने लगता है)। कृष्ण के सिर पर मुकुट डोल रहा है। कनपटी कुंडल से सुशोभित है। पीताम्बर (ऐसा लग रहा है) मानो बादलों के ऊपर बिजली और उस पर इन्द्र धनुष हो। नाग की सभी पत्नियाँ आगे खड़ी होकर (अपने-अपने) मुख से स्तुति (गा) कर रहीं हैं। सूरदास कहते हैं कि (वे कहती हैं) हे कृष्ण अब अपराध को क्षमा कर दीजिए। हम लोग यह माँगते हैं कि हमारे पति फिर मिल जावें।। 35।।

गरुड़-त्रास तैं जौ ह्याँ आयौ।
तौ प्रभु चरन-कमल फन-फन प्रति, अपनैं सीस धरायौ।

धनि रिषि साप दियौ खगपति कौं, ह्याँ तब रह्यौ छपाइ।
प्रभु वाहन-डर भाजि बच्यौ, नातरु लेतौ खाइ।
यह सुनि कृपा करी नँद-नंदन, चरन चिह्न प्रगटाए।
सूरदास प्रभु अभय ताहि करि, उरग-द्वीप पहुँचाए।।३६।।

अर्थ—(काली नाग कहता है) गरुड़ के भय से जो यहाँ आ गया तभी प्रभु के चरण-कमल को प्रत्येक फन से अपने सिर पर धारण कराया। वे ऋषि धन्य हैं जिन्होंने पक्षियों के स्वामी (गरुड़) को शाप दिया था (कि गरुड़ कालीदह में नहीं आ सकता) तभी (मैं) यहाँ छिपा रहा। प्रभु की सवारी (गरुड़) के डर से भाग कर बच गया नहीं तो (वह मुझे) खा लेता। यह सुनकर नंद के नंदन (पुत्र) कृष्ण ने कृपा करके (उसके मस्तक पर) चरण के चिह्न को प्रकट किया। सूरदास कहते हैं कि कृष्ण ने उसे भयरहित करके नागों के द्वीप में भेज दिया।। 36।।

सहस सकट भरि कमल चलाए।
अपनी समसरि और गोष जे, तिनकौं साथ पठाए।
और बहुत काँवरि दधि-माखन, अहिरनि काँधैं जोरि।
नृप कैं हाथ पत्र यह दीजौ, बिनती कीजौ मोरि।
मेरो नाम नृपति सौं लीजौ, स्याम कमल लै आए।
कोटि कमल आपुन नृप-माँगे, तीनि कोटि हैं पाए।
नृपति हमहिँ अपनौं करि जानौ, तुम लायक हम नाहिँ।
सूरदास कहियौ नृप आगैं, तुमहिँ छाँड़ि कहँ जाहिँ!।।३७।।

अर्थ—हजारों गाड़ियों को कमल से भरकर चला दिया। अपनी समानता वाले जो और गोप थे उनको साथ भेज दिया और अहीरों के कन्धे से जोड़कर दही और मक्खन से भरी बहँगियों को (भेजा)। (किसी गोप के हाथ में पत्र देकर नन्द कहते हैं) राजा (कंस) के हाथ में यह पत्र देकर मेरी ओर से विनती करना। नृपति से मेरा नाम लेकर (कहना) कृष्ण कमल ले आये। हे राजा आपने एक करोड़ कमल माँगे थे, तीन करोड़ पा गये हैं। राजा हम लोगों को अपना ही करके जानिये। (यद्यपि) आपके लायक हम नहीं हैं। सूरदास कहते हैं कि (नन्द ने कहा) कि राजा के आगे कहना कि तुम्हें छोड़कर (हम लोग) कहाँ जायें।। 37।।

मुरली

जब हरि मुरली अधर धरत।
थिर चर, चर थिर, पवन थकित रहैं, जमुनाजल न बहत।
खग मोहैं, मृग-जूथ भुलाहीं, निरखि मदन-छबि छरत।
पसु मोहैं सुरभी बिथकित, तृन दंतनि टेकि रहत।
सुक सनकादि सकल मुनि मोहैं, ध्यान न तनक गहत।
सूरजदास भाग हैं तिनके, जे या सुखहिँ लहत।।३८।।

अर्थ—जब कृष्ण बाँसुरी ओठ पर धरते हैं तब न चलने वाले चलने लगते हैं और चलने वाले स्थिर हो जाते हैं। पवन शिथिल (थका हुआ) रह जाता है। यमुना के पानी का बहना बन्द हो जाता है। पक्षी मोहित हो जाते हैं। (इसे) देखकर कामदेव की छवि अपहृत (क्षीण) हो जाती है। पशु मोह जाते हैं। गायें विशेष रूप से थकित होकर तृण को दाँतों से पकड़े रह जाती हैं। शुकदेव, सनक, आदि मुनि मोह में पड़ जाते हैं और तनिक भी ध्यान नहीं धर पाते। सूरदास कहते हैं कि वे भाग्यवान हैं जो इस सुख को पाते हैं।। 38।।

(कहौं कहा) अंगनि की सुधि बिसरि गईं।
स्याम अधर मृदु सुनत मुरलिका, चकित नारि भईं।
जो जैसें तो तैसें रहि गईं, सुख-दुख कह्यौ न जाई।
लिखी चित्र सी सूर ह्वै रहिँ इकटक पत्र बिसराई।।३९।।

अर्थ—(कैसे कहूँ) (स्त्रियाँ) अंगो की याद ही (ज्ञान) भूल गईं। कृष्ण के ओठों से बंशी की मीठी (ध्वनि) सुनते ही स्त्रियाँ चकित हो गयीं। जो जैसे थीं वैसे ही रह गयीं। सुख-दुख (कुछ) कहा नहीं जाता। सूरदास कहते हैं कि वे सब बिना पलक मारे एकटक देखती हुई लिखे हुए चित्र की तरह हो गयीं।। 39।।

मुरली धुनि स्रवन सुनत, भवन रहि न परै।
ऐसी को चतुर नारि, धीरज मन धरै।
सुर नर मुनि सुनत सुधि न, सिव-समाधि टरै।
अपनी गति तजत पवन, सरिता नहिँ ढरै।
मोहन मुख-मुरली, मन मोहिनि बस करै।
सूरदास सुनत स्रवन, सुधा-सिंधु भरै।।४०।।

अर्थ—मुरली की आवाज कान से सुनते ही कोई (गोपी) भवन में रह नहीं पातीं। कौन ऐसी चतुर स्त्री है जो मन में धीरज धर सके। (बंशी की ध्वनि) सुनते ही देवता, मनुष्य मुनि सभी की स्मृति खो जाती है। शिव की समाधि डिग जाती है। हवा अपनी चाल को छोड़ देता है। नदी का बहना रुक जाता है। मोहन के मुख की बंशी मन को मोहने वाली नारियों को बस में कर लेती है। सूरदास कहते हैं कि कानों से सुनते ही (कानों में) अमृत का सागर भर जाता है।। 40।।

बाँसुरी बजाइ आछें रंग सौं मुरारी।
सुनि कै धुनि छूटि गई, संकर की तारी।
वेद पढ़न भूलि गए, ब्रह्मा ब्रह्मचारी।
रसना गुन कहि न सकै, ऐसी सुधि बिसारी।
इंद्र-सभा थकित भइ, लगी जब करारी।
रंभा कौ मान मिट्यौ भूली नृत कारी।

जमुना जू थकित भईं, नहीं सँभारी।
सूरदास मुरली है, तीन-लोक प्यारी ॥४१॥

अर्थ—कृष्ण ने अच्छे रंग (मोहक ढंग) से बंशी बजायी। (बंशी) की ध्वनि को सुनकर शंकर का ध्यान टूट गया। ब्रह्मचारी (ब्रह्मा, वेद पढ़ना भूल गये। इस तरह से स्मृति) समाप्त हो गयी कि वाणी गुण को कह ही नहीं सकती। जब तेजी से (मुरली की ध्वनि) सुनाई पड़ी तब इन्द्र की सभा थकित हो गयी। रंभा का गर्व मिट गया, वह (नाचना) भूल गयी। यमुना शिथिल हो गई। (वह) होश नहीं सँभाल पायी। सूरदास कहते हैं कि (कृष्ण की) बंशी तीनों लोकों को प्रिय है।। 41 ।।

मुरली तऊ गुपालहिं भावति।
सुनि री सखी जदपि नँदलालहिं, नाना भाँति नचावति।
राखति एक पाइ ठाढ़ौ करि, अति अधिकार जनावति।
कोमल तन आज्ञा करवावति, कटि टेढ़ौ ह्वै आवति।
अति अधीन सुजान कनौड़े, गिरिधर नार नवावति।
आपुन पौंढ़ि अधर सज्जा कर, पर पल्लव पलुटावति।
भृकुटी कुटिल, नैन नासा-पुट, हम पर कोप करावति।
सूर प्रसन्न जानि एकौ छिन, धर तैं सीस डुलावति ॥४२॥

अर्थ—(एक सखी दूसरी सखी से कहती है) मुरली तब भी कृष्ण को अच्छी लगती है। सुनो सखी यद्यपि वह नन्दलाल को अनेक भाँति से नचाती है। (उन्हें) एक ही पैर पर खड़ा करके रखती है और अपना अत्यधिक अधिकार जनाती है। (कृष्ण के) कोमल तन से आज्ञा (का पालन) करवाती है (इसी से कृष्ण की) कमर टेढ़ी हो जाती है। अत्यधिक आधीन तथा कृपा से दबे हुए सुजान कृष्ण की गरदन को झुकवाती है। स्वयं (कृष्ण के) ओठ रूपी सेज पर लेट कर पल्लव सदृश हाथ से पैर दबवाती है। भौंहें, नेत्र, नथुने कुटिल करके हम पर क्रोध करवाती है। सूरदास कहते हैं कि (गोपी कहती हैं कृष्ण को) एक भी क्षण प्रसन्न जानकर धड़ से सिर हिलवाती है)।। 42 ।।

अधर-रस मुरली लूटन लागी।
जा रस कौं षटरितु तप कीन्हौ, सो रस पियति सभागी।
कहाँ रहो, कहँ तैं यह आई, कौनैं याहि बुलाई ?
चक्रित भई कहतिं ब्रजबासिनि यह तौ भली न आई।
सावधान क्यौं होतिं नहीं तुम, उपजी बुरी बलाई।
सूरदास प्रभु हम पर ताकौं, कीन्हौ सौति बजाई ॥४३॥

अर्थ—मुरली (कृष्ण के) ओठों का रस लूटने लगी। जिस रस के लिए (हम ब्रज बालाओं ने) छहों ऋतुओं में तप किया, उसी रस को भाग्यशाली (बंशी) पीती है। (यह) कहाँ थी, कहाँ

से आ गयी, इसे किसने बुलाया। (ऐसा) कहती हुई ब्रजवासनियाँ चकित हो गईं (और कहने लगीं) कि इस (मुरली) का आना अच्छा नहीं हुआ। तुम लोग सावधान क्यों नहीं हो जाती हो क्योंकि (यह) एक बुरी बला पैदा हो गयी है। सूरदास कहते हैं कि (हम ब्रज की नारियों के ऊपर कृष्ण ने) उसे सौत के रूप में घोषित कर दिया है।। 43।।

अबहीं तैं हम सबनि बिसारी।
ऐसे बस्य भये हरि बाके, जाति न दसा बिचारी।
कबहूँ कर पल्लव पर राखत, कबहुँ अधर लै धारी।
कबहुँ लगाइ लेत हिरदै सौं, नैंकहुँ करत न न्यारी।
मुरली स्याम किए बस अपनैं, जे कहियत गिरिधारी।
सूरदास प्रभु कैं तन-मन-धन, बाँस बँसुरिया प्यारी ।।४४।।

अर्थ—अब तो (वे कृष्ण) हम सब को भूल गये। कृष्ण ऐसे उसके वश में हो गये हैं कि उस दशा का विचार हीं नहीं किया जा सकता। कभी उसे हाथ रूपी पल्लवों पर रखते हैं कभी ओंठ पर धारण करते हैं। कभी (उसे) हृदय से लगा लेते हैं, (इस तरह) तनिक समय के लिए भी (वंशी को) अपने से अलग नहीं करते। मुरली ने (ऐसे) कृष्ण को वश में कर लिया है जो कि गिरधारी कहे जाते हैं। सूरदास कहते हैं कि कृष्ण को तन, मन, धन सभी से बाँस की बाँसुरी प्रिय है।। 44।।

मुरली की सरि कौन करै।
नँद-नंदन त्रिभुवन-पति नागर सो जौ बस्य करै।
जबहीं जब मन आवत तब तब अधरनि पान करै।
रहत स्याम आधीन सदाई आयसु तिनहिं करै।
ऐसी भई मोहिनी माई मोहन मोह करै।
सुनहु सूर याके गुन ऐसे ऐसी करनि करै ।।४५।।

अर्थ—मुरली की समता कौन कर सकता है। जिस (मुरली) ने तीनों लोक के स्वामी नन्द के पुत्र चतुर कृष्ण को अपने वश में कर लिया है। जब-जब (उसके) मन में आता है तब-तब ओंठ का पान करती है। कृष्ण सदा उसी के आधीन रहते हैं और उसी की आज्ञा का पालन करते हैं। वह ऐसी मोहने वाली है कि मोहन को ही मोह लेती है। सूरदास सुनो इसके गुण ऐसे ही हैं और ऐसी इसकी करनी है।। 45।।

काहे न मुरली सों हारि जारि।
काहैं न अधरनि धरैं जु पुनि-पुनि मिली अचानक भारैं।
काहैं नहीं ताहि कर धारैं, क्यौं नहिं ग्रीव नवावैं।
काहैं न तनु त्रिभंगा करि राखैं ताके मनहिं चुरावैं।
काहैं न यौं आधीन रहैं ह्वै, वै अहीर वह बेनु।
सूर स्याम कर तैं नहिं टारत, बन-बन चारत धेनु ।।४६।।

अर्थ—मुरली से कृष्ण क्यों न सम्बन्ध जोड़ें। उसे बार-बार ओठों से क्यों न लगायें जो उन्हें अचानक सहज ही मिल गयी। उसे क्यों न हाथ में धारण करें और क्यों न गरदन झुकायें। क्यों न शरीर को तीन जगह टेढ़ा करके, उसके मन को चुरायें। क्यों न इस तरह से उसके अधीन रहें क्योंकि (स्वयं) अहीर हैं और वह (मुरली) बाँस है। सूरदास कहते हैं कि कृष्ण उसे हाथ से नहीं टालते, (लेकर ही) वन-वन गाय चराते हैं।। 46।।

मुरलिया कपट चतुरई ठानी।
कैसें मिलि गई नँद-नंदन कौं, उन नाहिँन पहिचानी।
इक वह नारि, बचन मुख मीठे, सुनत स्याम ललचाने।
जाँति-पाँति की कौन चलावै, वाकैं रंग भुलाने।
जाकौ मन मानत है जासौं, सौं तहँई सुख मानै।
सूर स्याम वाके गुन गावत, वह हरि के गुन गानै।।४७।।

अर्थ—मुरली ने कपटपूर्ण चतुरता ठान ली है। यह नन्द के पुत्र कृष्ण को कैसे मिल गयी। उनकी यह (कोई) पहचानी भी तो नहीं है। एक तो वह स्त्री है (दूसरे) उसके वचन मीठे हैं, सुनते ही कृष्ण ललचा गये। जाति-पाँति की कौन चर्चा करे (बस) उसी के रंग में भूल गये। जिसका मन जिसे स्वीकार करता है उसे वहीं सुख मिलता है। सूरदास कहते हैं कि वह कृष्ण का गुण गाती है, कृष्ण उसका गुण गाते हैं।। 47।।

स्यामहिँ दोष कहा कहि दीजै।
कहा बात मुरली सौं कहियै, सब अपनैहिँ सिर लीजै।
हमहीं कहति बजावहु मोहन, यह नहीं तब जानी।
हम जानी यह बाँस बँसुरिया, को जानै पटरानी।
बारे तैं मुँह लागत-लागत, अब ह्वै गई सयानी।
सुनहु सूर हम भोरी-भारी, याकी अकथ कहानी।।४८।।

अर्थ—कृष्ण को कैसे दोष दिया जाय। बंशी से क्या कहें, सब (दोष) अपने ही सिर पर लीजिए। हमीं तो कहते हैं कि मोहन इसे बजाओ। तब यह (सब) हमने नहीं जाना था। हमने तो समझा था कि यह बाँस की बाँसुरी (ही) है, (इसे) पटरानी कौन समझ सकता है। बचपन से मुँह लगते-लगते अब सयानी हो गयी है। सूरदास सुनो हम सब भोली-भाली हैं, इसकी कहानी तो न कही जा सकने वाली है।। 48।।

मुरली कहै सु स्याम करैं री।
वाही कैं बस भये रहत हैं वाकैं रंग ढरैं री।
घर-बन, रैन-दिना सँग डोलत, कर तैं करत न न्यारी।
आई बन बलाइ यह हमकौं, कहा दीजियै गारी।

अब लौं रहे हमारे माई, इहिं अपने अब कीन्हे।
सूर स्याम नागर यह नागरि, दुहुँनि भलैं कर चीन्हे ।।४९।।

अर्थ—मुरली जो कहती है वही कृष्ण करते हैं। उसी के वश में हुए रहते हैं, उसी के रंग में ढल गये हैं। घर, वन, रात-दिन साथ लिये घूमते हैं, हाथ से उसे अलग नहीं करते। उनके पास आकर यह हम लोगों के लिये विपत्ति बन गयी। गाली देने से ही क्या लाभ। अब तक तो कृष्ण हमारे थे, अब इसने अपना बना लिया। सूरदास कहते हैं कि कृष्ण चतुर नागर (छैला) हैं और यह नागरी बनी है दोनों ने अच्छी पहचान कर ली है।। 49।।

मेरे दुख कौ ओर नहीं।
षट रितु सीत उष्न बरषा मैं, ठाढ़े पाइ रही।
कसकी नहीं नैंकहूँ काटत, घामें राखी डारि।
अगिनि सुलाक देत नहिं मुरकी, वेह बनावत जारि।
तुम जानति मोहिं बाँस बँसुरिया, अगिनि छाप दै आई।
सूर स्याम ऐसैं तुम लेहु न, खिझति कहाँ हौ माई।।५०।।

अर्थ—(मुरली गोपियों की खीझ का उत्तर देती हुई कहती है) मेरे दुःख का अन्त नहीं है। छहों ऋतुओं, ठण्डी, गर्मी, तथा वर्षा में एक पैर पर खड़ी रही। काटते समय तनिक भी कसक नहीं हुई फिर (कृष्ण ने) मुझे धूप में डालकर रखा। आग से गरम की गयी शलाका देते समय हिली डुली नहीं। फिर जलाकर (कृष्ण) छेद बनाते हैं। तुम मुझे बाँस की बाँसुरी (मात्र) समझती हो। आग की छाप देकर (मैं कृष्ण के पास) आई हूँ। सूरदास कहते हैं कि (मुरली कहती है) हे सखियों तुम लोग खीझती क्यों हो। इस प्रकार तुम लोग भी (कृष्ण से आदर) क्यों नहीं ले लेती हो।। 50।।

स्रम करिहौ जब मेरी सी।
तब तुम अधर-सुधा-रस बिलसहु, मैं ह्वै रहिहौं चेरी सी।
बिना कष्ट यह फल न पाइहौ, जानति हौ अवडेरी सी।
षटरितु सीत तपनि तन गारौ, बाँस बँसुरिया केरी सी।
कहा मौन ह्वैं ह्वै जु रही हौ, कहा करत अवसेरी सी।
सुनहु सूर मैं न्यारी ह्वै हौं, जब देखौं तुम मेरी सी ।।५१।।

अर्थ—(मुरली गोपियों से कहती है) जब (तुम लोग) मेरे समान परिश्रम करोगी तब तुम (कृष्ण) के ओठों के रस का भोग करोगी, मैं दासी बनकर ही रहूँगी। बिना कष्ट के यह फल नहीं पाओगी (इसे तुम) झंझट समझती हो। बाँस की बाँसुरी के समान छहों ऋतुओं में ठंडी, गर्मी से शरीर गलाओ। अब कैसे मौन बनती जा रही हो। चिन्ता क्यों करती हो। सूरदास कहते हैं कि (मुरली कहती है कि) (गोपियों) जब मैं अपने समान (मेहनत) करते हुए तुम्हें देखूँगी तब मैं स्वयं शान्त हो जाऊँगी।। 51।।

मुरली स्याम बजावन दे री।
स्रवननि सुधा पियति काहैं नहिं, इहिं तू जनि बरजै री।
सुनति नहीं वह कहति कहा है, राधा राधा नाम।
तू जानति हरि भूल गए मोहिं, तुम एकै पति बाम।
वाही कैं मुख नाम धरावत, हमहिं मिलावत ताहि।
सूर स्याम हमकौं नहिं बिसरे, तुम डरपति हौ काहि ।।५२।।

अर्थ—(एक गोपी राधा से कहती है) श्याम को मुरली बजाने दे। कानों से अमृत क्यों नहीं पीती। इसे तुम रोको मत। सुनती नहीं हो कि वह क्या कह रही है। (वह) राधा का नाम (ही) तो पुकार रही है। तुम जानती हो कि मुझे कृष्ण भूल गये। तुम पति कृष्ण की एक मात्र पत्नी हो। वही (मुरली) (कृष्ण) के मुख पर नाम धराती है और हमें कृष्ण से मिलवाती है। सूरदास कहते हैं कि (गोपी कहती है) कृष्ण हमें भूल नहीं सकते तुम (अनायास) क्यों डरती हो।। 52।।

मुरलिया मोकौं लागति प्यारी।
मिली अचानक आइ कहूँ तैं, ऐसी रही कहाँ री।
धनि याके पितु-मातु, धन्य यह, धन्य-धन्य मृदु बोलनि।
धन्य स्याम गुन-गुनि कै ल्याए, नागरि चतुर अमोलनि।
यह निरमोल मोल नहिं याकौ, भली न यातैं कोई।
सूरदास याके पटतर कौ, तौ दीजै जौ होई ।।५३।।

अर्थ—मुरली मुझे बहुत प्रिय लगती है। यह अचानक (कहीं से) आकर (कृष्ण को) मिल गयी। (इस तरह के गुणों से भरी) यह कहाँ थी। इसके माता-पिता धन्य हैं; यह (स्वयं) धन्य है। इसकी मीठी बोली धन्य है। कृष्ण धन्य हैं जो इस चतुर अनमोल नागरी (शिष्ट स्त्री) को ले आये। यह निरमोल है, इसकी कोई कीमत नहीं है। इससे अच्छा और कोई नहीं है। सूरदास कहते हैं कि इसके समान जो हो वही इसकी समानता करे।। 53।।

कमरी

धनि धनि यह कामरी मोहन स्याम की।
यहै ओढ़ि जात बन, यहै सेज कौ बसन, यहै निवारिनि मेह-
बूंद छाँह घाम की।
याही ओट सहत सिसिर-सीत, याही गहने हरत लै धरत
ओट कोटि बाम की।
यहै जाति-पाँति, परिपाटी यहै सिखवत, सूरज प्रभु के यहै
सब बिसराम की ।।५४।।

अर्थ—यह कृष्ण की कमरी धन्य है। इसे ओढ़कर (कृष्ण) वन जाते हैं। यही (उनके) सेज का वस्त्र है। यही बादल की बूँदों का निवारण करने वाली है तथा धूप में छाया (करने

वाली है)। इसी की ओट में (कृष्ण) शीत ऋतु की ठंडी सहते हैं। (इसी की सहायता से) कृष्ण हजारों स्त्रियों के आभूषण चुराकर इसी की ओट मे लाकर रखते हैं (अर्थात् छिपाते हैं)। यह जाति-पाँति तथा परिपाटी सिखाती है। सूर के प्रभु कृष्ण के सब विश्रामों का यह एक मात्र उपाय है।। ६4।।

यह कमरी कमरी करि जानति।
जाके जितनी बुद्धि हृदय मैं, सो तितनौ अनुमानति।
या कमरी कैं एक रोम पर, वारौं चीर पटंबर।
सो कमरी तुम निंदति गोपी, जो तिहुँ लोक अडंबर।
कंमरी कैं बल असुर सँहारे, कमरिहिं तैं सब भोग।
जाति-पाँति कमरी सब मेरी, सूर सबै यह जोग।।५५।।

अर्थ—इस कमरी को (कुछ लोग) केवल कमरी ही करके जानते हैं। जिसके हृदय में जितनी बुद्धि है वह उतना ही अनुमान लगाता है। इस कमरी के एक रोम पर चीर तथा रेशमी वस्त्र न्यौछावर कर दूँ। गोपी उसी कमरी की तुम निन्दा करती हो जो तीनों लोकों का आच्छादन है। कमरी के बल से असुरों का नाश किया। कमरी ही से सभी भोग हैं। मेरी जाति-पाँति सब कुछ कमरी ही है। सूरदास कहते हैं कि यही सब प्रकार का योग है।। 55।।

चीर-हरन

भवन रवन सबही बिसरायौ।
नँद-नंदन जब तैं मन हरि लियौ, बिरथा जनम गँवायौ।
जप, तप, ब्रत, संजम, साधन तैं, द्रवति होत पाषान।
जैसें मिलै स्याम सुंदर बर, सोइ कीजै, नहिँ आन।
यहै मंत्र दृढ़ कियौ सबनि मिलि, यातैं होइ सुहोइ।
वृथा जनम जग मैं जिनि खोवहु, ह्याँ अपनी नहिँ कोइ।
तब प्रतीत सबहिनि कौं आइ, कीन्हौ दृढ़ बिस्वास।
सूर स्यामसुंदर पति पावैं, यहै हमारी आस।।५६।।

अर्थ—सभी गोपियों ने घर और पति को भुला दिया। जब से नन्द के पुत्र कृष्ण ने मन हर लिया (तब से लगता है कि) सारा जीवन व्यर्थ है। जप, तप, ब्रत, संयम तथा (अन्य) साधनों से पत्थर पिघल जाता है। जैसे कृष्ण वर (पति) के रूप में मिलें, वही कीजिये, दूसरा कुछ नहीं। सब गोपियों ने मिलकर यही मंत्र दृढ़ किया इसी से जो होगा, सो होगा। संसार में व्यर्थ में जन्म मत खोओ, यहाँ पर अपना कोई नहीं है। तब सभी को ज्ञान आया तथा सब ने दृढ़ विश्वास कर लिया। सूरदास कहते हैं श्यामसुन्दर हमें (गोपियों को) पति रूप में मिलें यही हमारी आशा है।। 56।।

जमुना तट देखे नँद नंदन।
मोर-मुकुट मकराकृत-कुंडल, पीत-बसन तन चंदन।

लोचन तृप्त भए दरसन तैं उर की तपनि बुझानी।
प्रेम-मगन तब भईं सुंदरी, उर गदगद, मुख-बानी।
कमल-नयन तट पर हैं ठाढ़े, सकुचहिं मिलि ब्रज नारी।
सूरदास-प्रभु अंतरजामी, ब्रत-पूरन पगधारी।।५७।।

अर्थ—(गोपियों ने) कृष्ण को यमुना के तट पर देखा। (सिर पर) मोर का मुकुट, (कान में) मकर के आकार का कुण्डल, शरीर में पीताम्बर तथा चन्दन धारण करने वाले (कृष्ण) के दर्शन से आँखें तृप्त हो गयीं तथा हृदय की तपन बुझ गयी। तब सुन्दरियाँ प्रेम में डूब गयीं तथा उनके हृदय गद्गद् हो गये। वाणी, मुख में ही रह गयी। कमल के समान नेत्र वाले कृष्ण तट पर खड़े हैं, मिलने से ब्रज की स्त्रियों में संकोच हो रहा है। सूरदास कहते हैं कि कृष्ण अन्तर की बात जानने वाले हैं, उन्होंने ब्रत पूरा करने के लिये कदम बढ़ाया।। 57।।

बनत नहिं जमुना कौ ऐबौ।
सुंदर स्याम घाट पर ठाढ़े, कहौ कौन बिधि जैबौ।
कैसें बसन उतारि धरैं हम, कैसें जलहिं समैबौ।
नँद नंदन हमकौं देखैंगे, कैसें करि जु अन्हैबौ।
चोली, चीर, हार लै भाजत, सो कैसें करि पैबौ।
अंकन भरि-भरि लेत सूर प्रभु, काल्हि न इहिं पथ ऐबौ।।५८।।

अर्थ—यमुना का आना (हम गोपियों के लिए) ठीक नहीं लगता है। सुन्दर कृष्ण घाट पर खड़े हैं, कहीं किस तरह जाना होगा। हम लोग वस्त्रों को उतारकर कैसे रखें और जल में कैसे पैठें। कृष्ण हम लोगों को देखेंगे (इस दशा में) स्नान कैसे होगा। चोली, चीर, हार लेकर (कृष्ण) भागते हैं। इन सबको कैसे पायेंगे। सूरदास कहते हैं कि कृष्ण (सब गोपियों) को गोद में भर लेते हैं (आलिंगन कर लेते हैं) कल इस रास्ते से आना नहीं होगा।। 58।।

नीकैं तप कियौ तनु गारि।
आपु देखत कदम पर चढ़ि, मानि लियौ मुरारि।
वर्ष भर ब्रत-नेम-संजम, स्रम कियौ मोहिं काज।
कैसे हूँ मोहिं भजै कोऊ, मोहिं बिरद को लाज।
धन्य ब्रत इन कियौ पूरन, सीत तपति निवारि।
काम-आतुर भजीं मोकौं, नव तरुनि ब्रज-नारि।
कृपा-नाथ कृपाल भए तब, जानि जन की पीर।
सूर-प्रभु अनुमान कीन्हौ, हरौं इनके चीर।।५९।।

अर्थ—शरीर को गलाकर (गोपियों) ने बहुत तप किया। (कृष्ण ने) कदम पर च[illegible]र (जब) देखा तब उनकी (तपस्या) को मान लिया। (कृष्ण कहते हैं) पूरे साल (तुम लोगों [illegible]) मेरे लिये व्रत, नियम तथा संयम किया। मुझे किसी भी तरह कोई भजे मुझे तो अपने विरद की

चिन्ता है ही। शीत तथा गर्मी का त्याग करके इन्होंने अपना व्रत पूरा कर लिया इसलिये ये धन्य हैं। व्रज की नवयुवती स्त्रियों ने मुझे कामातुर होकर भजा है। कृपा के नाथ तथा कृपा के पालन करने वाले कृष्ण के जनों (भक्त जनों) की पीड़ा को जानकर यह निश्चय किया कि इनके (गोपियों के) चीर को हरूँ।। 59।।

बसन हरे सब कदम चढ़ाए।
सोरह सहस गोप-कन्यनि के, अंग अभूषन सहित चुराए।
नीलांबर, पाटंबर, सारी, सेत पीत चुनरी, अरुनाए।
अति बिस्तार नीप तरु तामैं, लै-लै जहाँ तहाँ लटकाए।
मनि आभरन डार-डारनि प्रति, देखत छबि मनहीं अँटकाए।
सूर, स्याम जु तिनि व्रत पूरन, कौ फल डारनि कदम फराए।।६०।।

अर्थ—सब वस्त्रों को हरकर (कृष्ण ने) कदम पर चढ़ा दिया। सोलह हजार कन्याओं के अंग आभूषणों को एक साथ चुरा लिया। नीले वस्त्र, रेशमी वस्त्र, साड़ी, सफेद, पीली, तथा लाल चुनरी (सभी प्रकार के वस्त्रों को) लेकर अत्यधिक फैले हुए कदम्ब के वृक्ष पर जहाँ-तहाँ लटका दिया। मणि से बने गहनों को प्रत्येक डार पर अंटका कर मन से उसी की छवि देखते हैं। सूरदास कहते हैं कि उन गोपियों के व्रत को पूर्ण करने के लिए (व्रत) फल कदम्ब की डालों में फला दिया।। 60।।

हमारे अम्बर देहु मुरारी।
लै सब चीर कदम चढ़ि बैठे, हम जल-माँझ उघारी।
तट पर बिना बसन क्यौं आवैं, लाज लगति है भारी।
चोली हार तुमहिं कौं दीन्हौं, चीर हमहिं द्यौ डारी।
तुम यह बात अचम्भौ भाषत, नाँगी आवहु नारी।
सूर स्याम कछु छोह करौ जू, सीत गई तनु मारी।।६१।।

अर्थ—(गोपियाँ कृष्ण से विनती करती हैं) मुरारी हम लोगों के वस्त्रों को दे दो। सब वस्त्रों को चुरा कर (तुम) कदम्ब पर चढ़कर बैठे हो, हम लोग जल के बीच बिना वस्त्र के (उघारी) हैं। तट पर बिना वस्त्र के कैसे आवें, क्योंकि हमें बहुत लाज लग रही है। चोली, हार तुम्हीं को दे दिया लेकिन चीर तो हमे दे डालो। तुम यह आश्चर्य से भरी बात कह रहे हो कि नारियाँ नंगी होकर बाहर आओ। सूरदास कहते हैं कि (गोपियाँ विनय करती हैं) कृष्ण कुछ दया करो, हमारे शरीर में ठण्डी लग गयी है।। 61।।

लाज ओट यह दूरि करौ।
जोइ मैं कहौं करौ तुम सोई, सकुच बापुरिहि कहा करौ।
जल तैं तीर आइ कर जोरहु, मैं देखौं तुम बिनय करौ।
पूरन व्रत अब भयौ तुम्हारौ गुरुजन संका दूरि करौ।

अब अंतर मोसौं जनि राखहु, बार-बार हठ वृथा करौ।
सूर स्याम कहौं चीर देत हौं, मौ आगें सिँगार करौ ।।६२।।

अर्थ—(कृष्ण गोपियों से कहते हैं) यह लाज का अन्तर दूर कर दो। जो मैं कहूँ वही करो, तुम बेचारी संकोच क्यों करती हो। ज़ल से तीर पर आकर हाथ जोड़ो। तुम लोग विनय करो हम देखें। अब तुम्हारे ब्रत पूरे हो गये, गुरुजनों की शंका दूर कर दो। अब हमसे कोई भेद न रखो। बार-बार व्यर्थ ही हठ करती हो। सूरदास कहते हैं (कृष्ण ने कहा) चीर दे रहा हूँ मेरे सामने श्रृंगार करो।। 62।।

ब्रत पूरन कियौ नंद-कुमार । जुवतिनि के मेटे जंजार ।।
जप तप करि अब जनि तन गारौ । तुम घरनी मैं कंत तुम्हारौ ।।
अंतर सोच दूरि करि डारौ । मेरो कह्यौ सत्य उर धारौ ।।
सरद-रास तुम आस पुराऊँ । अंकन भरि सबकौं उर लाऊँ ।।
यह सुनि सब मन हरष बढ़ायौ । मन-मन कह्यौ कृस्न पति पायौ ।।
जाहु सबै घर घोष कुमारी । सरद-रास दैहौं सुख भारी ।।
सूर स्याम प्रगटे गिरिधारी । आनँद सहित गईं घर नारी ।।६३।।

अर्थ—नन्द कुमार कृष्ण ने (युवतियों के) ब्रत को पूरा कर दिया। तथा उनके (सब) जंजाल को मिटा दिया। (कृष्ण कहते हैं) अब जप-तप करके अपने शरीर को गलाओ मत। तुम पत्नी हो मैं तुम्हारा पति हूँ। अन्तर की चिन्ता को दूर कर डालो। मेरे कहने को सत्य मानकर हृदय में धारण करो। शरद के रास में तुम्हारी आशा पूरी करूँगा, गोद में भर कर सबको हृदय से लगाऊँगा। यह सुनकर सबके मन का हर्ष बढ़ गया। (वे) अपने-अपने मन में कहने लगीं कि कृष्ण पति रूप में मिल गये। सब गोपियाँ अपने घर जाओ। शरद के रास में भरपूर सुख दूँगा। सूरदास कहते हैं कि कृष्ण के प्रकट होने पर गोपियाँ आनन्द सहित अपने घर गयीं।। 63।।

गोवर्द्धन धारण

बाजति नंद-अवास बधाई।
बैठे खेलत द्वार आपनैं, सात बरस के कुँवर कन्हाई।
बैठे नंद सहित वृषभानुहिँ, और गोप बैठे सब आई।
थापैं देत धरनि के द्वारैं, गावतिँ मंगल नारि बधाई।
पूजा करत इंद्र की जानी, आए स्याम तहाँ अतुराई।
बार बार हरि बूझत नंदहिँ, कौन देव की करत पुजाई।
इंद्र बड़े कुल-देव हमारे, उनतैं सब यह होति बड़ाई।
सूर स्याम तुम्हरे हित कारन, यह पूजा हम करत सदाई ।।६४।।

अर्थ—नन्द के घर बधाई बजती है। सात वर्ष के कृष्ण द्वार पर बैठे खेल रहे हैं। नन्द के साथ वृषभानु बैठे हैं, अन्य गोप भी आकर बैठ गये। स्त्रियाँ घर के द्वारों पर थाप देती हैं और मंगल तथा बधाई गा रही हैं। (उन्हें) इन्द्र की पूजा करते हुए जानकर कृष्ण आतुर होकर वहाँ

आये। बार-बार कृष्ण नन्द से पूँछते हैं कि किस देवता की पूजा कर रहे हो। (नंद उत्तर देते हैं) इंद्र हमारे बड़े कुल देवता हैं उन्हीं से इतनी बड़ाई होती है। कृष्ण तुम्हारे ही हित के लिए, यह पूजा हम सदा करते हैं।। 64।।

मेरौ कह्यौ सत्य करि जानौ।
जौ चाहौ ब्रज की कुसलाई, तौ गोबर्धन मानौ।
दूध दही तुम कितनी लैहौ, गोसुत बढ़ैं अनेक।
कहा पूजि सुरपति सैं पायौ, छाँड़ि देहु यह टेक।
मुँह माँगे फल जौ तुम पावहु, तौ तुम मानहु मोहिं।
सूरदास प्रभु कहत ग्वाल सौं, सत्य बचन करि दोहिं ।।६५।।

अर्थ—(कृष्ण कहते हैं) मेरी बात सत्य करके जानो। यदि ब्रज की कुशलता चाहते हो तो गोवर्द्धन को (देवता की तरह) मानो। दूध, दही, तुम कितना (भी) लो, गायों के बछड़े अनेक प्रकार से बढ़ेंगे। इंद्र की पूजा से तुम लोगों ने क्या पाया, यह टेक छोड़ दो। मुँह माँगा फल यदि पाओ तो मेरा कहना सही मानो। सूरदास कहते हैं कि कृष्ण ग्वालों की सौगन्ध खाकर समझाते हैं कि बात सत्य है।। 65।।

बिप्र बुलाइ लिए नँदराइ।
प्रथमारम्भ जज्ञ कौ कीन्हौ, उठे बेद-धुनि गाइ।
गोबर्धन सिर तिलक चढ़ायौ, मेटि इंद्र ठकुराइ।
अन्नकूट ऐसौ रचि राख्यौ, गिरि की उपमा पाइ।
भाँति-भाँति व्यंजन परसाएँ, कापैं बरन्यौ जाइ।
सूर स्याम सौं कहत ग्वाल गिरि जेवहिं कहौ बुझाइ ।।६६।।

अर्थ—नन्द ने ब्राह्मणों को बुला लिया। पहले यज्ञ का आरम्भ किया, (सब) वेद की ध्वनि गा उठे। इंद्र के स्वामित्व को मिटाकर गोवर्द्धन के सिर पर तिलक लगाया। अन्न के पिण्ड को इस प्रकार बनाया जो पर्वत की उपमा पाये। तरह-तरह के भोजन को परोसा जिसका वर्णन किससे किया जा सकता है। सूरदास कहते हैं कि ग्वाल, कृष्ण से कह रहे हैं कि पर्वत को समझा कर कहो कि वह जेंए (खाना खाए)।। 66।।

गिरिबर स्याम की अनुहारि।
करत भोजन अधिक रुचि यह, सहस भुजा पसारि।
नंद कौ कर गहें ठाढ़े, यहै गिरि कौ रूप।
सखी ललिता राधिका सौं, कहति देखि स्वरूप।
यहै कुंडल, यहै माला, यहै पीत पिछौरि।
सिखर सोभा स्याम की छबि, स्याम-छबि, गिरि जोरि।
नारि बदरौला रही, वृषभानु-घर रखवारि।
तहाँ तैं उहिं भोग अरप्यौ, लियौ भुजा पसारि।

राधिका-छबि देखि भूली, स्याम, निरखैं ताहि।
सूर प्रभु-बस भई प्यारी, कोर-लोचन चाहि ।।६७।।

अर्थ—श्रेष्ठ पर्वत (गोवर्द्धन) कृष्ण के ही समरूप है। यह अपनी हजारों भुजा पसार कर भोजन करता है। नन्द का हाथ पकड़े खड़े यही गिरि का रूप है। सखी ललिता राधा से इस रूप को देखकर कहती है। यही कुण्डल, यही माला, यही पीताम्बर पर्वत की शोभा है जो कृष्ण की भी है। बदरौला नाम की नारी वृषभानु के घर की रखवाली करती थी उसने वहीं से भोग चढ़ाया उसे भुजा पसार कर ले लिया। राधिका इस छवि को देखकर भूल गयीं, कृष्ण उन्हें देख रहे हैं। सूरदास कहते हैं कि प्यारी (राधा) नेत्र के कटाक्ष से देखकर कृष्ण के वश में हो गयीं।। 67।।

ब्रज बासिनि मोकौं बिसरायौ।
भली करी बलि मेरी जो कछु, सो सब लै परबतहिं चढ़ायौ।
मोसौं गर्ब कियौ लघु प्रानी, ना जानियै कहा मन आयौ।
तैंतिस कोटि सुरनि कौ नायक, जानि-बूझि इन मोहिं भुलायौ।
अब गोपनि भूतल नहिं राखौं, मेरी बलि मोहिं नहिं पहुँचायौ।
सुनहु सूर मेरैं मारत धौं, परबत कैसें होत सहायौ ।।६८।।

अर्थ—ब्रज वासियों ने मुझे (इंद्र को) भुला दिया। अच्छा किया जो मेरी बलि थी उसे लेकर सब पर्वत को चढ़ा दिया। छोटे प्राणियों ने मुझसे गर्व किया। उनके मन में न जाने क्या (भावना) आयी। तैंतीस करोड़ देवताओं के नायक को जानबूझ कर इन लोगों ने भुला दिया। अब गोपों को धरती पर नहीं रहने दूँगा क्योंकि उन्होंने हमारी बलि हमारे पास नहीं पहुँचायी। सूरदास कहते हैं (इंद्र कहते हैं) मेरे मारते समय देखता हूँ पर्वत कैसे सहायक होता है।। 68।।

गिरि पर बरषन लागे बादर।
मेघवर्त्त, जलवर्त्त, सैन सजि, आए लै लै आदर।
सलिल अखंड धार धर टूटत, किये इंद्र मन सादर।
मेघ परस्पर यहै कहत हैं, धोइ करहु गिरि खादर।
देखि देखि डरपत ब्रजबासी, अतिहिं भए मन कादर।
यहै कहत ब्रज कौन उबारै, सुरपति कियैं निरादर।
सूर स्याम देखैं गिरि अपनैं, मेघनि कीन्हौ दादर।
देव आपनौ नहीं सम्हारत, करत इंद्र सौ ठादर ।।६९।।

अर्थ—पर्वत पर बादल बरसने लगे। मेघवर्त्त तथा जलवर्त्त नामक प्रलयकालीन मेघ अपनी सेना सजाकर आदर पूर्वक लाये। अखंड पानी की धारा से पृथ्वी टूटने लगी। (इससे) बादलों ने आदर पूर्वक इंद्र के मन की बात पूरी की। मेघ आपस में यही कहते हैं कि पर्वत को धोकर नीची जमीन में बदल दो। देख-देख कर ब्रज के निवासी डरने लगे तथा वे मन में बहुत अधीर हो

गये। (वे) यही कहते हैं कि देवराज का अनादर करने पर ब्रज की रक्षा कौन करेगा? सूरदास कहते हैं कि कृष्ण अपने गिरि को देखें। बादलों ने निर्णय कर लिया है। (तुम लोग) अपने देवता को नहीं सम्हालते और इंद्र से झगड़ा करते हो।। 69।।

ब्रज के लोग फिरत बितताने।
गैयनि लै बन ग्वाल गए, ते धाए आवत ब्रजहिँ पराने।
कोउ चितवत नभ-तन चक्रित ह्वै, कोउ गिरि परत धरनि अकुलाने।
कोउ लै रहत ओट वृच्छि की, अंध-धुंध दिसि बिदिस भुलाने।
कोउ पहुँचे जैसें तैसें गृह, कोउ ढूँढ़त गृह नहिँ पहिचाने।
सूरदास गोबर्धन-पूजा, कीन्हे कौ फल लेहु बिहाने ।।७०।।

अर्थ—ब्रज के लोग व्याकुल होकर घूम रहे हैं। गायों को लेकर जो ग्वाल वन में गये थे वे ब्रज को दौड़ते हुए चले आ रहे हैं। कोई चकित होकर नभ की ओर देखता है, कोई धरती पर आकुल होकर गिर पड़ता है। कोई वृक्षों की ओट लेता है, अँधेरे के धुँध में दिशायें भूल गयीं। कोई जैसे-तैसे घर पहुँचा और कोई ढूँढता हुआ (अपना) घर ही नहीं पहचान पा रहा है। सूरदास कहते हैं कि गोवर्द्धन पूजा का फल (तुम लोग) शीघ्र लो।। 70।।

राखि लेहु अब नंदकिसोर।
तुम जौ इंद्र की मेटी पूजा, बरसत है अति जोर।
ब्रजवासी तुम तन चितवत हैं, ज्यौं करि चंद चकोर।
जनि जिय डरौं नैन जनि मूँदौ, धरिहौं नख की कोर।
करि अभिमान इंद्र झरि लायौ, करत घटा घनघोर।
सूर स्याम कह्यौ तुम कौं राखौं, बूँद न आवै छोर ।।७१।।

अर्थ—(ब्रजवासी कृष्ण से निवेदन करते हैं) कृष्ण अब रक्षा करो। तुमने जो इंद्र की पूजा मिटायी (इसी से) बहुत जोर से बरस रहा है। ब्रजवासी तुम्हारी ओर उसी तरह से देखते हैं जैसे चकोर चन्द्रमा की तरफ (देखता है)। (कृष्ण ने कहा) मन में डरो मत, न तो आँख मूँदो। नाखून की कोर से (पर्वत को) धारण करूँगा। इंद्र अभिमान करके लगातार वर्षा कर रहा है और घनघोर घटा कर रहा है। पर मैं तुम्हारी रक्षा करूँगा और एक बूँद भी न आएगी।। 71।।

स्याम लियौ गिरिराज उठाइ।
धीर धरौ हरि कहत सबनि सौं, गिरि गोबर्धन करत सहाइ।
नन्द गोप ग्वालनि के आगैं, देव कह्यौ यह प्रगट सुनाइ।
काहे कौं व्याकुल भएँ डोलत, रच्छा करै देवता आइ।
सत्य बचन गिरि-देव कहत हैं, कान्ह लेहि मोहिँ कर उचकाइ।
सूरदास नारी-नर ब्रज के, कहत धन्य तुम कुँवर कन्हाइ ।।७२।।

अर्थ—कृष्ण ने पर्वत राज गोवर्द्धन को उठा लिया। कृष्ण सबसे कहते हैं कि धैर्य धरो, गोवर्द्धन पर्वत सहायता कर रहा है। नंद, गोप तथा ग्वालों के सामने देव ने यह प्रत्यक्ष सुनाकर कहा। (तुम लोग) व्याकुल होकर क्यों घूमते हो देवता आकर रक्षा करता है। गिरि देवता सत्य वचन कहते हैं कि कृष्ण मुझे हाथ से उठाकर ऊँचा कर दें। सूरदास कहते हैं कि ब्रज के नर और नारी कृष्ण से कहते हैं कि तुम धन्य हो ।। 72 ।।

गिरि जनि गिरै स्याम के कर तैं।
करत विचार सबै ब्रजबासी, भय उपजत अति उर तैं।
लै-लै लकुट ग्वाल सब धाए, करत सहाय जु तुरतैं।
यह अति प्रबल, स्याम अति कोमल, रबकि रबकि हरबर तैं।
सप्त दिवस कर पर गिरि धारचौ, बरसि थक्यौ अम्बर तैं।
गोपी ग्वाल नंद-सुत राख्यौ, मेघ-धार जलधर तैं।
जमलार्जुन दोउ सुत कुबेर के, तेउ उखारे जर तैं।
सूरदास प्रभु इन्द्र-गर्ब हरि, ब्रज राख्यौ करबर तैं ।।७३।।

अर्थ—पर्वत कृष्ण के हाथ से गिर न जाय। सभी ब्रजवासी (ऐसा) विचार करते हैं और हृदय में अत्यधिक भय पैदा हो रहा है। लाठी ले लेकर सभी ग्वाल दौड़े और तुरन्त सहायता करने लगे। यह (पर्वत) अत्यन्त प्रबल है, और कृष्ण अत्यन्त कोमल हैं, हड़बड़ में यह कँपता है। सात दिन तक पर्वत को (कृष्ण) ने हाथ पर रखा। (बादल) आकाश से बरसते-बरसते थक गये। कृष्ण ने गोपी, ग्वाल आदि को बादल की जलधारा से बचाया। जमल तथा अर्जुन कुबेर के दोनों पुत्रों को जड़ से उखाड़ दिया। सूरदास कहते हैं कि प्रभु ने इंद्र के गर्व को हर कर संकट से ब्रज की रक्षा की।। 73 ।।

मेघनि जाइ कही पुकारि।
दीन ह्वै सुरराज आगैं, अस्त्र दीन्हे डारि।
सात दिन भरि बरसि ब्रज पर, गई नैकुँ न झारि।
अखँड धारा सलिल निझरचौ, मिटी नहिँ लगारि।
धरनि नैंकु न बूँद पहुँची, हरषे ब्रज-नर-नारि।
सूर घन सब इन्द्र आगैं, करत यहै गुहारि ।।७४।।

अर्थ—बादलों ने जाकर पुकार कर कहा और दीन होकर इन्द्र के आगे अस्त्र डाल दिये। सात दिन तक (हमने) ब्रज पर वर्षा की (ब्रज पर) कोई आँच नहीं आयी। अखंड धारा से पानी बरसाया, उसका क्रम टूटा नहीं। (लेकिन) धरती पर तनिक (भी) बूँद नहीं पहुँची, (इससे) ब्रज के नर-नारी प्रसन्न हो गये। सूरदास कहते हैं कि इन्द्र के आगे बादल यही गोहार करते हैं।। 74 ।।

घरनि घरनि ब्रज होति बधाई।
सात बरष को कुँवर कन्हैया, गिरिवर धरि जीत्यौ सुरराई।
गर्व सहित आयौ ब्रज बोरन, वह कहि मेरी भक्ति घटाई।
सात दिवस जल बरषि सिरान्यौ, तब आयौ पाइनि तर धाई।
कहाँ कहाँ नहिँ संकट मेटत, नर-नारी सब करत बड़ाई।
सूर स्याम अब कैँ ब्रज राख्यौ, ग्वाल करत सब नंद दोहाई ।।७५।।

अर्थ—ब्रज के घर-घर में बधाई हो रही है। सात वर्ष के कृष्ण ने गोवर्द्धन को धारण करके इन्द्र को जीत लिया। गर्व के साथ (इन्द्र के बादल) ब्रज को डुबाने के लिए आये थे। उसने (इन्द्र ने) कहा कि मेरी भक्ति को घटा दिया। सात दिन तक जल बरसा कर निराश हो गये, तब दौड़ कर पैरों के नीचे आये। कहाँ-कहाँ (कृष्ण) संकट नहीं मिटाते, नर-नारी सब बड़ाई करते हैं। सूरदास कहते हैं कि कृष्ण ने अब की बार ब्रज को रख लिया, (इससे) सभी ग्वाल नन्द की दुहाई दे रहे हैं।। 75।।

(तेरैँ) भुजनि बहुत बल होइ कन्हैया।
बार-बार भुज देखि तनक सौ, कहति जसोदा मैया।
स्याम कहत नहिँ भुजा पिरानी, ग्वालिन कियौ सहैया।
लकुटिनि टेक सबनि मिलि राख्यौ, अरु बाबा नँदरैया।
मोसौँ क्यौँ रहतौ गोबरधन, अतिहिँ बड़ौ यह भारी।
सूर स्याम यह कहि परबोध्यौ, चकित देखि महतारी ।।७६।।

अर्थ—बार-बार छोटी भुजाओं को देखकर यशोदा माता कहती हैं कन्हैया तुम्हारी बाँहों में बहुत बल हो। कृष्ण कहते हैं कि हमारी भुजा दुखी नहीं (क्योंकि) ग्वालों ने हमारी सहायता की। सब ने मिलकर लाठी की टेक लगा रखी थी और बाबा नन्द ने भी (सहायता की थी) मुझसे गोवर्द्धन कैसे रखा जाता क्योंकि वह बहुत भारी है। सूरदास कहते हैं कि कृष्ण ने यह कहकर चकित माता को समझाया।। 76।।

मातु पिता इनके नहिँ कोइ।
आपुहिँ करता, आपुहिँ हरता, त्रिगुन रहित हैँ सोइ।
कितिक बार अवतार लियौ ब्रज, ये हैँ ऐसे ओइ।
जल-थल, कीट-ब्रह्म के व्यापक, और न इन सरि होइ।
बसुधा-भार-उतारन-काजैँ, आपु रहत तनु गोइ।
सूर स्याम माता-हित-कारन, भोजन माँगत रोइ ।।७७।।

अर्थ—इनके (कृष्ण के) माता-पिता कोई नहीं हैं। ये स्वयं कर्त्ता हैं, हर्त्ता है, ये तीनों गुणों से रहित हैं। इन्होंने कितनी बार ब्रज में अवतार लिया है, ये वही हैं। जल और स्थल तथा कीट और ब्रह्म सर्वत्र ये व्याप्त हैं और कोई इनके समान नहीं है। पृथ्वी के भार को उतारने के लिये अपने शरीर को छिपाकर रहते हैं। सूरदास कहते हैं कि माता को प्रसन्न करने के लिये भोजन रोकर माँगते हैं।। 77।।

सुरगन सहित इन्द्र ब्रज आवत।
धवल बरन ऐराबत देख्यौ उतरि गगन तैं धरनि धँसावत।
अमरा-सिव-रबि-ससि चतुरानन, हय-गय बसह हंस-मृग जावत।
धर्मराज, बनराज, अनल, दिव, सारद, नारद, सिव-सुत भावत।
मेढ़ा, महषि, मगर, गुदरारौ, मोर, आखुमन वाहन, गावत।
ब्रज के लोग देखि डरपे मन, हरि आगै कहि कहि जु सुनावत।
सात दिवस जल बरषि सिरान्यौ, आवत चल्यौ ब्रजहिं अतुरावत।
घेरौ करत जहाँ तहँ ठाढ़े, ब्रजबासिनि कौं नाहिं बचावत।
दूरहिं तैं बाहन सौ, उतरचौ, देवनि सहित चल्यौ सिर नावत।
आइ परचौ चरननि तर आतुर, सूरदास-प्रभु सीस उठावत ।।७८।।

अर्थ—देवता गण सहित इंद्र ब्रज की ओर आते हैं। सफेद रंग के एरावत हाथी को देखो जिसे गगन से उतार कर पृथ्वी पर पैठा रहे (प्रवेश करा रहे) हैं। देवतागण, शिव, सूर्य, चन्द्र, ब्रह्मा, हाथी, घोड़े, बैल, हंस, मृग, जितने हैं (वे सब) तथा धर्मराज, वनराज, अग्नि, दिव, नारद, सारद, गणेश आदि प्रार्थना करते हैं। भेड़, भैंसा, मगर, गुडुरी नाम की चिड़िया, मोर, चूहा, आदि वाहन गाते हैं। ब्रज के लोग इन सबको देखकर डर गये। कृष्ण के आगे कह कहकर सुनाते हैं। सात दिन तक जल की वर्षा समाप्त करके ब्रज को आतुर मरता हुआ (इन्द्र) चला आ रहा है। घेर कर (निंदा करते) खड़े हुए ब्रजवासियों से अपने को बचाता नहीं है। दूर से ही सवारी से उतर कर (इन्द्र) देवताओं के साथ सिर झुकाते हुए चले। आकर चरणों के नींचे आतुर होकर गिर पड़े। सूरदास कहते हैं कि कृष्ण सिर पकड़ कर उठाते हैं।। 78।।

रास लीला

जबहिं बन मुरली स्रवन परीं।
चकित भईं गोप कन्या सब, काम-धाम बिसरीं।
कुल मर्जाद बेद की आज्ञा, नैंकहुँ नहीं डरीं।
स्याम-सिंधु, सरिता-ललना-गन, जल की ढरनि ढरीं।
अंग-मरदन करिबे कौं लागीं, उबटन तेल धरीं।
जो जिहिं भाँति चली सो तैसेंहिं, निसि बन कौं जुखरीं।
सुत पति-नेह, भवन-जन-संका, लज्जा नाहिं करीं।
सूरदास-प्रभु मन हरि लीन्हौ, नागर नवल हरीं ।।७९।।

अर्थ—जैसे ही वन (में बजती हुई) मुरली (की ध्वनि) कान में पड़ी। (तब) गोप की कन्यायें चकित हो गयीं, और सभी काम धन्धा भूल गयीं। कुल की मर्यादा तथा वेद की आज्ञा को तनिक भी नहीं डरीं। कृष्ण रूपी सागर की ओर ब्रज की स्त्री रूपी नदियाँ जल की तरह ढल गयीं। अंग का मरदन करने में लगी स्त्रियों ने उबटन तथा तेल रख दिया। जो जैसी थीं वैसे ही

रात में वन की ओर चल पड़ीं। पुत्र तथा पति के स्नेह, घर के लोगों की शंका से लज्जा नहीं की। सूरदास कहते हैं कि चतुर तथा सुन्दर कृष्ण ने (गोपियों) के मन को हर लिया।। 79।।

चली बन बेनु सुनत जब धाइ।
मातु पिता-बांधव अति त्रासत, जाति कहाँ अकुलाइ।
सकुच नहीं, संका कछु नाहीं, रैनि कहाँ तुम जाति।
जननी कहति दई की घाली, काहे कौं इतराति।
मानति नहीं और रिस पावति, निकसी नातौ तोरि।
जैसें जल-प्रवाह भादौं कौ, सो को सकै बहोरि।
ज्यौं केंचुरी भुअंगम त्यागत, मात पिता यौं त्यागे।
सूर स्याम कैं हाथ बिकानी, अलि अम्बुज अनुरागे।।८०।।

अर्थ—बंशी सुनकर जब गोपियाँ वन की ओर दौड़कर चलीं, (तब) माता-पिता तथा बन्धु आदि भयभीत करते हुए (पूँछते हैं) आकुल होकर तुम लोग कहाँ जा रही हो। तुम्हें संकोच नहीं और नहीं कुछ शंका है, रात में तुम लोग कहाँ जा रही हो। माताएँ कहती हैं दैव की मारी क्यों इतराती हो। लेकिन (गोपियाँ) कहना नहीं मानतीं (जिससे) मातायें और क्रोधित होती हैं। वे सब नाता तोड़कर निकल पड़ीं। जैसे भादों के जल प्रवाह को कौन लौटा सकता है। जिस प्रकार साँप केचुली त्याग देता है वैसे गोपियों ने माता-पिता को त्याग दिया। सूरदास कहते हैं कि सब कृष्ण के हाथ बिक गयीं जिस प्रकार भौंरा कमल के अनुराग से (उसके हाथ बिक जाता है)।। 80।।

मातु-पिता तुम्हरे धौं नाहीं।
बारम्बार कमल-दल-लोचन, यह कहि-कहि पछिताहीं।
उनकैं लाज नहीं, बन तुमकौं आवन दीन्ही राति।
सब सुंदर, सबै नवजोबन, निठुर अहिर की जाति।
की तुम कहि आईं, की ऐसेहिं कीन्ही कैसी रीति।
सूर तुमहिं यह नहीं बूझियै, करी बड़ी बिपरीति।।८१।।

अर्थ—(कृष्ण गोपियों से पूछते हैं) सम्भवतः तुम्हारे माता-पिता नहीं हैं। बार-बार यह कहकर कमल के दल के समान आँख वाले कृष्ण पछताते हैं। उन लोगों को लाज नहीं जो तुम्हें रात में वन आने दिया। सभी सुन्दरियाँ हैं तथा युवतियाँ हैं। अहीर की जाति बड़ी निठुर है। तुम लोग कहकर आयी हो या ऐसे ही चली आयीं। (तुमने) कैसी रीति अपनायी। सूरदास कहते हैं कि (कृष्ण पूछते हैं) तुम लोगों को जान नहीं पड़ा तुमने बड़ा उलटा काम किया।। 81।।

इहिं बिधि बेद-मारग सुनौ।
कपट तजि पति करौ पूजा, कहा तुम जिय गुनौ।
कंत मानहु भव तरोगी, और नाहिं उपाइ।
ताहि तजि क्यौं बिपिन आईं, कहा पायौ आइ।

बिरध अरु बिनु भागहूँ कौ, पतित जौ पति होइ।
जऊ मूरख होइ रोगी, तजै नाहीँ जोइ।
यहै मैँ पुनि कहत तुम सौँ, जगत मैँ यह सार।
सूर पति-सेवा बिना, क्यौँ तरौगी संसार ।।८२।।

अर्थ—(कृष्ण कहते हैं) इस प्रकार वेद की रीति सुनो। कपाट त्यागकर पति की पूजा करो (और) क्या तुम मन में गुनती हो। पति मान करके भवसागर तर जाओगी और कोई उपाय नहीं है। उसे छोड़कर वन में क्यों आयी और यहाँ आने पर क्या मिला। बुड्ढा, अभागा, पतित, मूर्ख, तथा रोगी कैसा भी पति हो उसको भी पत्नी के द्वारा नहीं छोड़ा जाना चाहिए। यही मैं तुमसे फिर कहता हूँ संसार में यही सार है। सूरदास कहते हैं (कृष्ण समझाते हैं) पति की सेवा के बिना संसार को क्योंकर पार करोगी।। 82।।

तुम पावत हम घोष न जाहिँ।
कहा जाइ लैहैँ हम ब्रज यह दरसन त्रिभुवन नाहिँ।
तुमहूँ तैँ ब्रज हितू न कोऊ, कोटि कहौ नहिँ मानैँ।
काके पिता, मातु हैँ काकी, काहूँ हम नहिँ जानैँ।
काके पति, सुत-मोह कौन कौ, घरही कहा पठावत।
कैसौ धर्म, पाप है कैसौ, आप निरास करावत।
हम जानैँ केवल तुमहीँ कौँ, और बृथा संसार।
सूर स्याम निठुराई तजियै, तजियै बचन-बिकार ।।८३।।

अर्थ—गोपियाँ उत्तर देती हैं कि तुमको पाते हुए हम अहीरों की बस्ती में (वापस) नहीं जायेंगी। ब्रज में जाकर हम क्या पायेंगी, यह (आपका) दर्शन संसार में कहीं नहीं है। तुमसे अधिक हितकारक ब्रज में और कोई नहीं है आप हजारों बार कहें लेकिन हम मानती नहीं। किसके पिता (हैं) किसकी माता हैं। हम किसी को नहीं जानती। किसके पति, किसे पुत्र का स्नेह है और आप किसके घर भेजते हैं। कैसा धर्म, कैसा पाप, आप हमें निराश करते हैं। हम केवल आप ही को जानती हैं और संसार व्यर्थ है। हे कृष्ण निठुराई तथा उल्टी बातों को छोड़ दीजिए।। 83।।

कहत स्याम श्रीमुख यह बानी।
धन्य-धन्य दृढ़ नेम तुम्हारौ, बिनु दामनि मो हाथ बिकानी।
निरदय बचन कपट के भाखे, तु अपनैँ जिय नैँकु न आनी।
भजौँ निसंक आइ तुम मोकौँ, गुरुजन की संका नहिँ मानी।
सिंह रहै जंबुक सरनागत, देखी सुनी न अकथ कहानी।
सूर स्याम अंकन भरि लीन्हौँ, बिरह अग्नि-झर तुरत बुझानी ।।८४।।

अर्थ—कृष्ण अपने सुन्दर मुख से यह वाणी कहते हैं। तुम लोगों के नियम दृढ़ है इसलिए) तुम धन्य हो। बिना दाम के मेरे हाथ बिक गयीं। कपट से भरे निर्दय वचन हमने कहे

लेकिन उसे मन में तनिक भी न लायीं। गुरुजनों की शंका न मानकर तुम लोगों ने निशंक होकर मेरे पास आकर मुझे भजा। सिंह सियार की शरण में आये, ऐसी अकथ्य कहानी मैंने नहीं सुनी। सूरदास कहते हैं कि कृष्ण ने गोपियों को गोद में भर लिया जिससे तुरन्त विरह अग्नि की ज्वाला बुझ गयी।। 84।।

कियौ जिहिँ काज तप घोष नारी।
देहु फल हौं तुरत लेहु तुम अब घरो, हरष चित करहु दुख देहु डारी।
रास रस रचौं, मिलि संग बिलसौ, सबैं वस्त्र हरि कहि जो निगम बानी।
हँसत मुख मुख निरखि, बचन अमृत बरषि, कृपा-रस भरे सारंग पानी।
ब्रज-जुवति चहुँ पास, मध्य सुंदर स्याम राधिका बाम अति छबि बिराजै।
सूर नव-जलद-तनु,सुभग स्यामल कांति,इंदु-बहु-पाँति-बिच अधिक छाजै ।।८५।।

अर्थ—जिस कार्य के लिए अहीर की नारियों ने तप किया, मैं उसका फल देता हूँ उसे तुम लोग इस अवसर पर लो। मन प्रसन्न करो तथा दुःखों को छोड़ दो। रास के रस का रचूँगा, मेरे साथ मिलकर विलास करो, वस्त्र हरते समय जो वेद-वाणी कही थी। कृपा के रस में भरे हुए कमलपाणि कृष्ण वचन रूपी अमृत की वर्षा करके प्रत्येक गोपी के मुख को देख-देखकर हँसते हैं। चारों ओर ब्रज की युवतियाँ हैं, बीच में कृष्ण हैं, बायीं ओर राधिका हैं। (इस प्रकार) अत्यधिक छवि विराज रही है। सूरदास कहते हैं कि नये बादल के समान शरीर की सुन्दर साँवली कांति (कृष्ण) चन्द्रमा की बहुत सी पंक्तियों (गोपियों) के बीच अधिक शोभा दे रही है।। 85।।

मानो माई घन घन अंतर, दामिनि।
घन दामिनि दामिनि घन अंतर, शोभित हरि-ब्रज भामिनि।
जमुन पुलिन मल्लिका मनोहर, सरद-सुहाई-जामिनि।
सुंदर ससि गुन रूप-राग-निधि, अंग-अंग अभिरामिनि।
रच्यौ रास मिलि रसिक राइ सौं, मुदित भईं गुन ग्रामिनि।
रूप-निधान स्याम सुंदर घन, आनँद मन बिस्रामिनि।
खंजन-मीन-मयूर-हंस-पिक, भाइ-भेद गज-गामिनि।
को गति गनै सूर मोहन सँग, काम बिमोह्यौ कामिनि ।।८६।।

अर्थ—मानो बादल के बीच बिजली और बिजली के बीच बादल हो, इसी प्रकार कृष्ण ब्रज की स्त्रियों के बीच शोभा देते हैं। यमुना का किनारा, मनोहर मल्लिका, शरद की सुहावनी रात, सुन्दर चन्द्रमा एवं गुणरूप तथा प्रेम की राशि और अंग अंग को आनंद देने वाली गोपियों ने कृष्ण के साथ रास रचाया और इससे गुण के समूहों से युक्त युवतियाँ प्रसन्न हो गयीं। रूप के निधान अत्यन्त सुन्दर कृष्ण के मन को (गोपियाँ) आनंद एवं विश्राम देने वाली हैं। खंजन, मछली, मोर, हंस, कोयल इन उपमानों को भुलाकर इस समय गोपियाँ गज गामिनी हैं। सूरदास कहते हैं कि मो हन के साथ होने वाली गति को कौन गिन सकता है ? कामिनियों को कामदेव ने मोहित कर लिया।। 86।।

गरब भयौ ब्रजनारि कौं, तबहीं हरि जाना।
राधा प्यारी संग लिये, भए अंतर्धाना।
गोपिनि हरि देख्यौ नहीं, तब सब अकुलाई।
चकित होइ पूछन लगीं, कहँ गए कन्हाई।
कोउ मर्म जानैं नहीं, व्याकुल सब बाला।
सूर स्याम ढूँढ़ति फिरैं, जित-तित ब्रज-बाला ।।८७।।

अर्थ—(जब) ब्रज की नारियों को गर्व हो गया तभी कृष्ण ने जान लिया। राधा प्यारी को साथ लेकर वे अन्तर्ध्यान हो गये। गोपियाँ हरि को न देखकर व्याकुल हो गयीं। चकित होकर पूछने लगीं कि कृष्ण कहाँ गये। कोई मर्म को नहीं जानती हैं, (इससे) सभी गोपियाँ व्याकुल हैं। सूरदास कहते हैं कि गोपियाँ जहाँ-तहाँ (कृष्ण) को खोजती फिरती हैं।। 87।।

तुम कहुँ देखे स्याम बिसासी।
तनक बजाइ बाँस की मुरली, लै गए प्रान निकासी।
कबहुँक आगैं, कबहुँक पाछैं, पग-पग भरति उसासी।
सूर स्याम-दरसन के कारन, निकसीं चंद-कला सी ।।८८।।

अर्थ—तुमने कहीं धोखेबाज कृष्ण को देखा है। तनिक बाँस की बंशी बजाकर वे प्राणों को निकाल ले गये। कभी आगे कभी पीछे (गोपियाँ) लम्बी साँस भरती हैं। सूरदास कहते हैं कि श्याम कृष्ण के दर्शन के लिए चन्द्रमा की कला के समान वे निकल पड़ीं।। 88।।

कहि धौं री बन बेलि कहूँ तैं, देखे हैं नँद-नंदन।
बूझहु धौं मालती कहूँ तैं, पाए हैं तन-चंदन।
कहि धौं कुंद, कदंब, बकुल, बट, चंपक,ताल, तमाल।
कहि धौं कमल कहाँ कमलापति, सुन्दर नैन बिसाल।
कहि धौं री कुमुदिनि,कदली कछु,कहि बदरी करबीर।
कहि तुलसी तुम सब जानति हौ, कहँ घनस्याम सरीर।
कहि धौं मृगी मया करि हमसौं,कहि धौं मधुप मराल।
सूरदास-प्रभु के तुम संगी, हैं कहँ परम कृपाल ।।८९।।

अर्थ—वन की लताओं, निश्चय ही बताओ कि तुमने कृष्ण को कहीं देखा है। मालती तुम (तनिक) बूझो कि शरीर के लिए चन्दन के समान (कृष्ण) को तुमने कहीं पाया है। कुंद, कदम्ब, बकुल, बट, चम्पा, ताल, तमाल, तुम लोग (कृष्ण को) बताओ कहाँ हैं। कमल कहो लक्ष्मी के पति सुन्दर विशाल नयनों वाले कृष्ण कहाँ हैं। कुमुदिनी, कदली, बेर, कनैर, (तुम लोग) कुछ कहो। तुलसी तुम सब कुछ जानती हो, घन के समान साँवले शरीर वाले कृष्ण कहाँ

हैं। हिरणी हमसे प्रेम करके बताओ तथा हे भ्रमर और मराल कहो कि कृष्ण कहाँ हैं। सूरदास तुम कृष्ण के साथी हो परम कृपाल कृष्ण कहाँ हैं।। 89।।

स्याम सबनि कौं देखही, वै देखतिँ नाहीं।
जहाँ तहाँ व्याकुल फिरैं, धीर न तनु माहीं।
कोउ बंसीबट कौं चली, कोउ बन घन जाहीं।
देखि भूमि वह रास की, जहँ-तहँ पग-छाहीं।
सदा हठोली, लाड़िली, कहि-कहि पछिताहीं।
नैन सजल जल ढारहीं, ब्याकुल मन माहीं।
एक-एक ह्वै ढूँढ़हीं, तरुनी बिकलाहीं।
सूरज प्रभु कहुँ नहिँ मिले, ढूँढ़ति द्रुम पाहीं।।९०।।

अर्थ—कृष्ण सबको देखते हैं, लेकिन वे (गोपियाँ) नहीं देखतीं। जहाँ तहाँ व्याकुल होकर घूमती हैं, शरीर भें धीरज नहीं है। कोई वंशीवट की ओर चलीं कोई घने वन में जाती हैं। वे रास की भूमि देखकर जहाँ तहाँ पग की छाया देखती हैं। (हम) सदा हठ करने वाली तथा दुलारी हैं यह कह कहकर पछताती हैं। नयनों से जल ढुलकाती हैं और मन से व्याकुल हैं। एक-एक करके ढूँढ़ती हैं और (न पाने पर) युवतियाँ विकल हो जाती हैं। सूरदास कहते हैं कि गोपियाँ वृक्षों के बीच ढूँढ़ती हैं लेकिन कृष्ण मिलते नहीं।। 90।।

तब नागरि जिय गर्ब बढ़ायौ।
मो समान तिय और नही कोउ, गिरिधर मैं ही बस करि पायौ।
जोइ-जोइ कहति करत पिय सोइ सोइ, मेरैं ही हित रास उपायौ।
सुन्दर, चतुर और नहिँ मोसी, देह धरे कौ भाव जनायौ।
कबहुँक बैठि जाति हरि कर धरि, कबहुँ कहति मैं अति स्रम पायौ।
सूर स्याम गहि कंठ रहो तिय, कंध चढ़ौ यह बचन सुनायौ।।९१।।

अर्थ—तब राधा के मन में (कृष्ण ने) गर्व बढ़ा दिया। वे समझती हैं मेरे समान कोई और स्त्री नहीं है। गिरिधर कृष्ण को मैंने ही वश में किया है। जो-जो कहती हूँ कृष्ण वही-वही करते हैं। मेरे ही लिए (उन्होंने) रास रचाया। मुझसे सुन्दर और चतुर और कोई नहीं है, क्योंकि कृष्ण ने हमें शरीर धारण करने का भाव बता दिया। कभी कृष्ण के हाथ पकड़ कर बैठ जाती हैं, कभी कहती हैं मैंने अत्यधिक श्रम किया है। सूरदास कहते हैं कि राधा ने कृष्ण के गले से लिपट कर कहा कि मैं कन्धे पर चढ़ जाऊँ।। 91।।

कहै भामिनी कंत सौं, मोहिँ कंध चढ़ावहु।
नृत्य करत अति स्रम भयो, ता स्रमहिँ मिटावहु।
धरनी धरत बनै नहीं, पग अतिहिँ पिराने।
तिया-बचन सुनि गर्ब के, पिय मन मुसुकाने।

मैं अबिगत, अज, अकल हौं, यह मरम न पायौ।
भाव बस्य सब पै रहौं, निगमनि यह गायौ।
एक प्रान द्वै देह हैं, द्विविधा नहिं यामैं।
गर्ब कियौ नरदेह तैं, मैं रहौं न तामैं।
सूरज-प्रभु अंतर भए, संग तैं तजि प्यारी।
जहँ की तहँ ठाढ़ी रही, वह घोष-कुमारी ।।९२।।

अर्थ—स्त्री (राधा) पति से कहती है कि मुझे कन्धे पर चढ़ाओ। नाच करते करते अत्यधिक परिश्रम हुआ उस थकावट को मिटाओ। पैर बहुत दर्द कर रहे हैं (जिससे) पृथ्वी पर धरते नहीं बनता। स्त्री के वचन सुनकर (पति) कृष्ण मन में मुसकाये। मैं अज्ञात, अजन्मा, तथा अकल हूँ यह मर्म (गोपियों) ने नहीं पाया। भाव के वश सबके साथ रहता हूँ। वेदों ने यही गाया है। (हमारे बीच) प्राण एक है तथा शरीर दो हैं, इसमें कोई शंका नहीं है। (पर) मनुष्य के शरीर से जो गर्व करते हैं मैं उसमें नहीं रहता। सूरदास कहते हैं कि कृष्ण प्यारी राधा का साथ छोड़कर अंतर्ध्यान हो गये। वह अहीर की लड़की राधा जहाँ की तहाँ खड़ी रह गई।। 92।।

जो देखैं द्रुम के तरैं, मुरझी सुकुमारी।
चकित भईं सब सुन्दरी, वह तौ राधा री।
याही कौं खोजति सबै, यह रही कहाँ री।
धाइ परीं सब सुंदरी, जो जहाँ-तहाँ री।
तन की तनकहुँ सुधि नहीं, व्याकुल भईं बाला।
यह तौ अतिं बेहाल है, कहुँ गए गोपाला।
बार-बार बूझतिं सबै, नहिं बोलति बानी।
सूर स्याम काहैं तजी, कहि सब पछितानी ।।९३।।

अर्थ—जब (गोपियों ने) वृक्ष के नीचे देखा तो (उन्हें) मुरझायी हुई सुकुमारी (राधा) दिखाई पड़ी। सब सुन्दरियाँ चकित हो गयीं कि यह तो राधा है। इसे ही सब खोजते हैं, यह कहाँ थी, जो जहाँ थी वहाँ से सब सुन्दरियाँ दौड़ पड़ीं। शरीर की तनिक भी याद नहीं, बालायें व्याकुल हो गयीं। यह (राधा) तो अत्यधिक बेहाल है गोपाल कहीं चले गये। बार बार सभी पूछती हैं लेकिन वह नहीं बोलती। सूरदास कहते हैं (कि गोपियाँ सोचती हैं) कृष्ण ने इसे क्यों छोड़ दिया, यह कहकर सभी पछताती हैं।। 93।।

केहिं मारग मैं जाउँ सखी री, मारग मोहिं बिसर्‌यौ।
ना जानैं कित ह्वै गए मोहन, जात न जानि पर्‌यौ।
अपनौ पिय ढूँढ़ति फिरौं, मोहिं मिलिबे कौ चाव।
काँटो लाग्यौ प्रेम कौ, पिय यह पायौ दाव।
बन डोंगर ढूँढ़त फिरी, घर-मारग तजि गाउँ।

बूझौं द्रुम, प्रति बेलि कोउ, कहै न पिय कौ नाउँ।
चकित भई, चितवत फिरी, ब्याकुल अतिहिं अनाथ।
अब कैं जौ कैसेहु मिलौं, पलक न त्यागौं साथ।
हृदय माँझ पिय-घर करौं, नैननि बैठक देउँ।
सूरदास प्रभु सँग मिलौं, बहुरि रास-रस लेउँ ।।९४।।

अर्थ—सखी मैं किस रास्ते जाऊँ, मुझे मार्ग भूल गया है। (मैं) नहीं जानती कि मोहन किधर गये, जाते समय (मुझे) जान नहीं पड़ा। मैं अपने प्रिय को ढूँढ़ती फिरती हूँ। मुझे मिलने की इच्छा है। मुझे प्रेम का काँटा गड़ गया, और प्रिय को यह मौका मिला। मैं गाँव को छोड़कर वन, पहाड़ी तथा घर के रास्ते को ढूँढ़ती फिरी। (मैंने) वृक्षों से पूछा, प्रत्येक लता से पूछा, लेकिन कोई प्रिय के नाम को नहीं कहता। (इसके बाद मैं) चकित हो गयी, (मेरी) निगाह फिर गयी और अत्यधिक असहाय होकर व्याकुल हो गयी। अबकी बार यदि कैसे (भी) मिलेंगे तो पलभर भी साथ नहीं छोड़ूँगी। हृदय के बीच प्रिय के लिए घर बनाऊँगी और नयनों में बैठक दूँगी। सूरदास कहते हैं कि प्रभु के साथ मिलने पर फिर से रास का रस लूँगी।। 94।।

कृपा सिंधु हरि कृपा करौ हो।
अनजानैं मन गर्ब बढ़ायौ, सो जिनि हृदय धरौ हो।
सोरह सहस पीर तनु एकै, राधा जिव, सब देह।
ऐसी दसा देखि करुनामय, प्रगटौ हृदय-सनेह।
गर्व-हत्यौ तनु बिरह प्रकास्यौ, प्यारी ब्याकुल जानि।
सुनहु सूर अब दरसन दीजै, चूक लई इनि मानि ।।९५।।

अर्थ—कृपा के सागर कृष्ण कृपा करो। अज्ञान वश मन में गर्व बढ़ाया उसे हृदय में धारण मत करो। सोलह सहस गोपियाँ, पर सबके शरीर में पीड़ा एक ही। और सब शरीर हैं, राधा ही मानो उनका प्राण है। ऐसी दशा देखकर करुणामय कृष्ण के हृदय में स्नेह प्रकट हुआ। (कृष्ण ने गोपियों के) के गर्व को समाप्त कर दिया और प्यारी को व्याकुल जानकर शरीर में विरह प्रकाशित किया। सूरदास कहते हैं कि कृष्ण सुनो, अब दर्शन दीजिए। इन लोगों ने अपनी भूल मान ली।। 95।।

अंतर तैं हरि प्रगट भए।
रहत प्रेम के बस्य कन्हाई, जुवतिनि कौं मिलि हर्ष दए।
वैसोइ सुख सबकौं फिरि दीन्हौं, वहै भाव सब मानि लियौ।
वै जानति हरि संग तबहिं तैं, वहै बुद्धि सब, वहै हियौ।
वहै रास-मंडल-रस जानतिं, बिच गोपी, बिच स्याम धनी।
सूर स्याम स्यामा मधि नायक, वहै परस्पर प्रीति बनी ।।९६।।

अर्थ—ओट से कृष्ण प्रकट हो गये। कृष्ण प्रेम के वश रहते हैं। (उन्होंने फिर युवतियों से

मिलकर) (उन्हें) आनन्द दिया। सबको वैसा ही सुख फिर से दिया और उसी भाव से सबको (अपना कर) मान लिया। वे (गोपियाँ) हरि को पहले से ही साथ जानने लगीं। सबकी वही बुद्धि और वही हृदय (हो गया) फिर उसी रास मण्डल के रस को समझने लगीं जिसमें (श्याम के) बीच में गोपी और (गोपी के) बीच में श्याम (थे)। सूरदास कहते हैं कि श्याम और श्यामा के मध्य नायक कृष्ण का फिर वही परस्पर प्रेम बन गया।। 96।।

आजु हरि अद्भुत रास उपायौ।
एकहिँ सुर सब मोहित कीन्हे, मुरली नाद सुनायौ।
अचल चले, थकित भए, सब मुनिजन ध्यान भुलायौ।
चंचल पवन थक्यौ नहिँ डोलत, जमुना उलटि बहायौ।
थकित भयौ चंद्रमा सहित-मृग, सुधा-समुद्र बढ़ायौ।
सूर स्याम गोपिनि सुखदायक, लायक दरस दिखायौ।।९७।।

अर्थ—आज कृष्ण ने अद्भुत रास रचाया। एक ही स्वर से सबको मोहित करके मुरली की ध्वनि सुनायी। (जिससे) न चलने वाले (जड़) चलने लगे, चलने वाले थक गये और सब मुनिजनों का ध्यान भूल गया। चंचल पवन थककर (अब) नहीं डोलता है। जमुना को उल्टा बहा दिया। हिरण सहित चन्द्रमा थक गया और अमृत के समुद्र को बढ़ा दिया। सूरदास कहते हैं गोपियों को सुख देने वाले कृष्ण ने सत्पात्र को दर्शन दिया।। 97।।

बनावत रास मंडल प्यारौ।
मुकुट की लटक, झलक कुंडल की, निरतत नंद दुलारौ।
उर बनमाल सोह सुंदर बर, गोपिनि कैँ सँग गावै।
लेत उपज नागर नागरि सँग, बिच-बिच तान सुनावै।
बंसीबट-तट रास रच्यौ है, सब गोपिनि सुखकारौ।
सूरदास प्रभु तुम्हरे मिलन सौँ, भक्तनि प्रान अधारौ।।९८।।

अर्थ—कृष्ण प्यारे रास मण्डल को बनाते हैं। मुकुट को झुकाते हुए, कुण्डल को झलकाते हुए, नन्द के दुलारे (कृष्ण) नाचते हैं। वक्षस्थल पर श्रेष्ठ सुन्दर बनमाल सुशोभित है और (कृष्ण) गोपियों के साथ गाते हैं। कृष्ण राधा के साथ नया स्वर भरते हैं, और बीच-बीच में तान सुनाते हैं। सब गोपियों को सुख देने वाला रास (कृष्ण ने) बंशीवट के निकट रचा है। सूरदास कहते हैं कि प्रभु, तुमसे मिलने की आशा ही भक्तों के प्राण का आधार है।। 98।।

रास रस स्रमित भईँ ब्रजबाल।
निसि सुख दै यमुना-तट लै गए, भोर भयौ तिहिँ काल।
मनकामना भई परिपूरन, रही न एकौ साधि।
षोड़स सहस नारि सँग मोहन, कीन्हौ सुख अवगाधि।

जमुना-जल बिहरत नँद-नंदन, संग मिलीं सुकुमारि।
सूर धन्य धरनी बृन्दावन, रबि तनया सुखकारि ॥९९॥

अर्थ—रास के रस से ब्रज की बालायें थक गयीं। रात को सुख देकर (कृष्ण) उन्हें जमुना के तट पर ले गये, उस समय सबेरा हो गया। (गोपियों की) सारी मनोकामनायें पूर्ण हो गयीं, एक भी इच्छा बाकी न रही। सोलह हजार नारियों के साथ मोहन ने अगाध सुख प्राप्त किया। कृष्ण सुकुमारियों को साथ में लेकर जमुना के जल में बिहार करते हैं। सूरदास कहते हैं कि वृन्दावन की धरती धन्य है और सुख देने वाली यमुना (धन्य है)।। 99 ।।

ललकत स्याम मन ललचात।
कहत हैं घर जाहु सुंदरि, मुख न आवति बात।
षट सहस दस गोप कन्या, रैनि भोगीं रास।
एक छिन भईं कोउ न न्यारी, सबनि पूजी आस।
बिहँसि सब घर-घर पठाईं, ब्रज गईं ब्रज-बाल।
सूर प्रभु-नँद-धाम पहुँचे, लख्यौ काहु न ख्याल ॥१००॥

अर्थ—इच्छा से (कृष्ण का) मन (बार-बार) ललचाता है। कृष्ण कहते हैं कि हे सुन्दरियों घर जाओ, (लेकिन) मुँह में बात नहीं आती। सोलह हजार गोप कन्याओं ने रात में रास का भोग किया। कोई एक भी क्षण अलग न हुई और सभी ने अपनी-अपनी आशा पूर्ण किया। कृष्ण ने हँसकर ब्रज बालाओं को उनके घर भेज दिया। सूरदास कहते हैं कि फिर कृष्ण नन्द के घर पहुँचे और किसी ने इस खेल को देखा समझा नहीं।। 100 ।।

ब्रजबासी सब सोवत पाए।
नंद सुवन मति ऐसी ठानी, उनि घर लोग जगाए।
उठे प्रात-गाथा मुख भाषत, आतुर रैनि बिहानी।
ऐंडत अंग जम्हात बदन भरि, कहत सबै यह बानी।
जो जैसें सो तैसें लागे, अपनैं-अपनैं काज।
सूर स्याम के चरित अगोचर, राखी कुल की लाज ॥१०१॥

अर्थ—(लौटकर) उन लोगों ने ब्रजवासियों को सोता पाया। नंद के पुत्र (कृष्ण) ने बुद्धि में ऐसा निश्चय करके उनके घर के लोगों का जगाया। उठ करके प्रातःकाल सामान्य बातों को मुँह से कहते हैं। आतुरता में ही रात बीती। अंग को ऐंठकर तथा मुँह भरकर जम्हाई लेते हुए सभी यह बात कहते हैं। जो जैसे थे वैसे ही अपने-अपने काम में लग गये। सूरदास कहते हैं कि कृष्ण चरित्र न दिखाई देने वाला है (उन्होंने गोपियों की) कुल की लाज रख दी।। 101 ।।

ब्रज-जुवती रस-रास पगीँ।
कियौ स्याम सब को मन भायो, निसि रति-रंग जगीँ।
पूरन ब्रह्म, अकल, अबिनासी, सबनि संग सुख दीन्हौ।
जितनी नारि भेष भए तितने, भेद न काहू कीन्हौ।
वह सुख टरत न काहूँ मन तैँ, पति हित-साध पुराईँ।
सूर स्याम दूलह सब दुलहिनि, निसि भाँवरि दै आईँ ॥१०२॥

अर्थ—ब्रज युवतियाँ रास के रस में पगी रहीं। कृष्ण (के द्वारा) किया गया (रास) सबके मन को अच्छा लगा। (वे) रात भर रति के रंग में जागती रहीं। पूर्ण ब्रह्म, अकल, अविनाशी कृष्ण ने सब को साथ सुख दिया। जितनी स्त्रियाँ थी, कृष्ण ने उतने ही वेष बनाये, किसी के साथ भेद-भाव नहीं किया। वह सुख किसी के मन से टलता नहीं है। उन्होंने (कृष्ण के लिए) पति प्रेम की इच्छा पूर्ण कर ली। सूरदास कहते हैं कि कृष्ण दूल्हा तथा (सब गोपियाँ) दुल्हिनियाँ रात में भाँवर दे आईं।। 102।।

रास रस लीला गाइ सुनाऊँ।
यह जस कहै, सुनै मुख स्रवननि, तिहिं चरननि सिर नाऊँ।
कहा कहौँ वक्ता स्रोता फल, इक रसना क्यौँ गाऊँ।
अष्ट सिद्धि नवनिधि सुख-संपति, लघुता करि दरसाऊँ।
जौं परतीति होइ हिरदै मैँ, जग-माया धिक देखै।
हरि-जन दरस हरिहिं सम बूझे, अंतर कपट न लेखै।
धनि वक्ता, तेई धन स्रोता, स्याम निकट हैँ ताकैँ।
सूर धन्य तिंहि के पितु, माता, भाव भगति है जाकैँ ॥१०३॥

अर्थ—रास के रस की लीला को गाकर सुनाता हूँ। यह यश जो मुँह से कहता और सुनता है उसके चरणों पर सिर झुका दूँ। कहने वाले और सुनने वाले के फल को कहाँ तक कहूँ और इस एक जीभ से क्या गाऊँ। आठों सिद्धियाँ और नौ निधियों के सुख सम्पत्ति को (इस रास रस के सामने) हीन करके दिखा दूँ। यदि हृदय में विश्वास हो तो संसार की माया को देखना धिक्कार है। भगवान् के भक्त का दर्शन भगवान् के समान ही समझते हुए हृदय में कपट नहीं रक्खे। वह वक्ता धन्य है और वही श्रोता धन्य है और उसी के निकट कृष्ण हैं। सूरदास कहते हैं कि उसी के माता-पिता धन्य हैं जिनमें भक्ति भाव है।। 103।।

पनघट लीला

पनघट रोके रहत कन्हाई।
जमुना-जल कोउ भरन न पावै, देखत हीँ फिरि जाई।
तबहिँ स्याम इक बुद्धि उपाई, आपुन रहे छपाई।

तट ठाढ़े जे सखा संग के, तिनकौं लियौ बुलाई।
बैठारयौ ग्वालनि कौं द्रुमतर, आपुन फिरि-फिरि देखत।
बड़ी बार भई कोउ न आई, सूर स्याम मन लेखत।।१०४।।

अर्थ—कृष्ण पनघट को रोके रहते हैं। यमुना में कोई जल भरने नहीं पाता और (कृष्ण को देखते ही) सब वापस फिर जाती हैं। तभी कृष्ण को एक उपाय सूझा और उन्होंने अपने को छिपा लिया। तट पर जो मित्र खड़े थे उन्हें बुला लिया। ग्वालों को वृक्ष के नीचे बैठा दिया और स्वयं घूम-घूम कर देखते हैं। बैठे-बैठे देर हो गयी लेकिन कोई (गोपी) नहीं आई जिससे कृष्ण मन में सोचते हैं।। 104।।

जुवति इक आवति देखी स्याम।
द्रुम कैं ओट रहै हरि आपुन, जमुना तट गई बाम।
जल हलोरि गागरि भरि नागरि, जबहीं सीस उठायो।
घर कौं चली जाइ ता पाछैं, सिर तैं घट ढरकायो।
चातुर ग्वालि कर गह्यो स्याम कौ, कनक लकुटिया पाई।
औरनि सौं करि रहे अचगरी, मोसौं लगत कन्हाई।
गागरि लै हँसि देत ग्वारि-कर, रीतौ घट नहिँ लैहौं।
सूर स्याम ह्याँ आनि देहु भरि, तबहिँ लकुट कर दैहौं।।१०५।।

अर्थ—एक युवती को आते हुए कृष्ण ने देखा। कृष्ण स्वयं वृक्ष की ओट में (छिपे) रहे और वह युवती यमुना के तट पर गयी। जल हिलोर कर गगरी भरकर जब स्त्री ने सिर पर उठाया और (जैसे ही) घर की ओर चली, (कृष्ण ने) पीछे से जाकर सिर से घड़ा ढरका दिया। चतुर ग्वालिन ने कृष्ण के हाथ को पकड़ा और सोने की लकुटी पा गयी। (ग्वालिन बोली) कृष्ण औरों से शरारत करते रहे मुझसे (क्यों) लगते हो। (कृष्ण) हँसकर खाली घड़ा ग्वालिन को देते हैं, (लेकिन वह कहती है) मैं खाली घड़ा नहीं लूँगी। सूरदास कहते हैं कि (गोपी कहती है) कृष्ण इसे भर कर लाओ तभी लकुटी दूँगी।। 105।।

घट भरि दियौ स्याम उठाइ।
नैँकु तन की सुधि न ताकौं, चली ब्रज-समुहाइ।
स्याम सुन्दर नैन-भीतर, रहे आनि समाइ।
जहाँ-तहँ भरि दृष्टि देखै, तहाँ-तहाँ कन्हाइ।
उतहिँ तैं इक सखी आई, कहति कहा भुलाइ।
सूर अबहीं हँसत आई, चली कहाँ गवाँइ।।१०६।।

अर्थ—कृष्ण ने घड़ा उठाकर भर दिया। उसे तनिक भी शरीर का ख्याल नहीं और ब्रज की ओर चली। श्याम सुन्दर नयनों के भीतर आकर समा गये। जहाँ-जहाँ निगाह भर कर देखती है तहाँ-तहाँ कृष्ण ही दिखाई देते हैं। उस तरफ से एक सखी आई और कहती है कि (तुम) कैसे

भूली हुई हो। सूरदास कहते हैं कि (सखी पूछती है) अभी तो तुम हँसती हुई आयीं, कहाँ (मन) गवाँकर चली जा रही हो।। 106।।

नीकैं देहु न मेरी गिंडुरी।
लै जैहैं धरि जसुमति आगैं, आवहु री सब मिलि झुँडरी।
काहूँ नहीं डरात कन्हाई, बाट घाट तुम करत अचगरी।
जमुना-दह गिंडुरी फटकारी, फोरी सब मटुकी अरु गगरी।
भली करी यह कुँवर कन्हाई, आजु मेटिहै तुम्हरी लँगरी।
चलीं सूर जसुमति के आगैं, उरहन लै ब्रज-तरुनी सगरी।।१०७।।

अर्थ—(गोपियाँ कहती हैं) ठीक है तुम हमारी गिंडुरी मत दो। तुम्हें पकड़कर यशोदा के आगे ले चलूँगी। आओ (सखियों) सब झुण्ड बनाकर चलें। कृष्ण किसी से नहीं डरते, घाट तथा रास्ते में शरारत करते हैं। यमुना के दह में गिंडुरी फेंक दी, और मटकी तथा गगरी को फोड़ दिया। कुवँर कृष्ण तुमने अच्छा किया। आज तुम्हारी दुष्टता मिटा दूँगी। सूरदास कहते हैं कि सभी ब्रज की तरुणियाँ यशोदा के आगे शिकायत करने चलीं।। 107।।

सुनहु महरि तेरौ लाड़िलौ, अति करत अचगरी।
जमुन भरन जल हम गईं, तहँ रोकत डगरी।
सिरतैं नीर ढराइ दै, फोरी सब गगरी।
गेंडुरि दई फटकारि कै, हरि करत जु लँगरी।
निति प्रति ऐसे ढँग करै, हमसौं कहै धगरी।
अब बस-बास बनै, नहिं इहिं तुव ब्रज-नगरी।
आपु गयौ चढ़ि कदम पर, चितवत रहीं सगरी।
सूर स्याम ऐसेंहिं सदा, हम सौं करै झगरी।।१०८।।

अर्थ—(गोपियाँ कहती हैं) महरि सुनो तुम्हारा लाड़ला बहुत शरारत करता है। हम यमुना में जल भरने गयी थीं वहाँ (हमारी) राह रोकता था। सिर से पानी ढुलकाकर सब घड़े फोड़ डाले। गेंडुरी फेंक दी, (इस प्रकार) कृष्ण शरारत करते हैं। नित्य प्रति ऐसा ही ढंग अपनाते हैं और हमें कुलटा कहते हैं। तुम्हारी इसी ब्रज नगरी में अब बसना-सहना नहीं बनता। स्वयं कदम्ब पर चढ़ गये और (हम) सब देखती रहीं। सूरदास कहते हैं कि हम (गोपियों) से ऐसे हमेशा झगड़ा करते हैं।। 108।।

ब्रज-घर-घर यह बात चलावत।
जसुमति कौ सुत करत अचगरी, जमुना जल कोउ भरन न पावत।
स्याम वरन नटवर बपु काछे, मुरली राग मलार बजावत।
कुंडल-छबि रबि किरनहुँ तैं दुति, मुकुट इंद्र-धनुहूँ तैं भावत।
मानत काहु न करत अचगरी, गागरि धरि जल मुँह ढरकावत।
सूर स्याम कौं मात पिता दोउ, ऐसे ढँग आपुनहिं पढ़ावत।।१०९।।

अर्थ—ब्रज के (निवासी) घर-घर यह बात चलाते हैं कि यशोदा का पुत्र दुष्टता करता है जिससे कोई यमुना में जल भरने नहीं पाता। श्याम वर्ण के (कृष्ण) नटवर का रूप सँवार कर मुरली से मलार राग बजाते हैं। कुंडल की छवि सूर्य की किरण से भी तेज, मुकुट इन्द्र धनुष से भी अधिक अच्छा लगता है। किसी का कहना न मानकर (वे) शरारत करते हैं। गगरी को पकड़ कर मुँह से जल ढलका देते हैं। सूरदास कहते हैं कि (ब्रजवासी कहते हैं) कृष्ण के माता-पिता ऐसे ढंग स्वयं (कृष्ण को) पढ़ाते हैं।। 109।।

करत अचगरी नंद महर कौ।
सखा लिये जमुना तट बैठ्यो, निबह न लोग डगर कौ।
कोउ खीझो, कोउ बिन बरजौ, जुवतिन कैं मन ध्यान।
मन-बच-कर्म स्याम सुन्दर तजि, और न जानति आन।
यह लीला सब स्याम करत हैं, ब्रज-जुवतिन कैं हेत।
सूर भजे जिहिं भाव कृष्न कौं, ताकौं, सोइ फल देत ।।११०।।

अर्थ—महर नन्द के (पुत्र) शरारत करते रहते हैं। मित्रों को लेकर यमुना के तट पर बैठ गये हैं जिससे लोगों को रास्ते में निबाह नहीं है। कोई (चाहे) खीझे, कोई (चाहे) रोके, युवतियों के मन में (कृष्ण का गहरा) ध्यान है। मन, वाणी तथा कर्म से कृष्ण को छोड़कर और किसी को नहीं जानतीं। यह सब लीला ब्रज की युवतियों के लिए (ही) कृष्ण करते हैं। सूरदास कहते हैं कि कृष्ण को जो जिस भाव से भजता है उसे वैसा ही फल देते हैं।। 110।।

दान लीला

ऐसौ दान माँगियै नहिं जौ, हम पैं दियौ न जाइ।
बन मैं पाइ अकेली जुवतिनि, मारग रोकत धाइ।
घाट बाट औघट जमुना-तट, बातैं कहत बनाइ।
कोऊ ऐसौ दान लेत है, कौनें पठए सिखाइ।
हम जानतिं तुम यौं नहिं रैहौ, रहिहौ गारी खाइ।
जो रस चाहौ सो रस नाहीं, गोरस पियौ अघाइ।
औरनि सौं लै लीजै मोहन, तब हम देहिं बुलाइ।
सूर स्याम कत करत अचगरी, हम सौं कुँवर कन्हाइ ।।१११।।

अर्थ—(गोपियाँ कहती हैं) ऐसा दान मत माँगिये जो हमसे दिया न जा सके। वन में युवतियों को अकेली पाकर दौड़कर (कृष्ण) रास्ता रोकते हो। घाट, रास्ते, दुर्गम पथ तथा यमुना के तट पर बनाकर बातें कहते हो। कोई ऐसा दान लेता है (लगता है तुम्हें) किसी ने सिखाकर भेजा है। हम जानते हैं कि तुम ऐसे नहीं रहोगे बल्कि गाली खाकर ही रहोगे। जो रस चाहते हो वह रस नहीं है, गोरस भरपेट पी सकते हो। मोहन औरों से ले लीजिये तब हम बुलाकर दे देंगी। सूरदास कहते हैं कि (गोपियाँ कहती हैं) हे कुँवर कृष्ण हमसे दुष्टता क्यों करते हो।। 111।।

ऐसैं जनि बोलहु नँद-लाला।
छाँड़ि देहु अँचरा मेरौ नीकैं, जानत और सी बाला।
बार-बार मैं तुमहिं कहत हौं, परिहौ बहुरि जँजाला।
जोबन, रूप देखि ललचाने, अबहीं तैं ये ख्याला।
तरुनाई तनु आवन दीजै, कत जिय होत बिहाला।
सूर स्याम उर तैं कर टारहु, टूटै मोतिनि-माला ।।११२।।

अर्थ—(गोपी कहती है) हे नन्द लाल ऐसे मत कहो। मेरे सुन्दर अंचल को छोड़ दो, मुझे अन्य बालाओं के समान (तो नहीं) समझ रहे हो। मैं बार-बार तुमसे कहती हूँ कि फिर तुम जंजाल में पड़ जाओगे। यौवन रूप को देखकर (आप) ललचा गये और अभी से ये बातें सोचने लगे। शरीर में जवानी आने दीजिए मन (अभी से) अकुल क्यों होता है। सूरदास कहते हैं कि (गोपी कहती है) वक्षस्थल से हाथ हटा लो (नहीं तो) मोतियों की माला टूट जायेगी।। 112।।

तैं कत तोरयौ हार नौ सरि कौ।
मोती बगरि रहे सब-बन मैं, गयौ कान कौ तरिकौ।
ये अवगुन जु करत गोकुल मैं, तिलक दिये केसरि कौ।
ढीठ गुवाल दही कौ मातौ, औढ़नहार कमरि कौ।
जाइ पुकारैं जसुमति आगैं, कहति जु मोचन लरिकौ।
सूर स्याम जानी चतुराई, जिहिं अभ्यास महुअरि कौ ।।११३।।

अर्थ—तुमने नव लड़ियों का हार क्यों तोड़ दिया? (टूटकर) सब मोती वन में बिखर गये। कान का तरौना भी (चला) गया। केसर का तिलक देकर गोकुल में इन अवगुणों को करते हो। तुम दही से मस्त तथा कमरी के ओढ़ने वाले ढीठ ग्वाल हो। जाकर पुकार कर यशोदा के आगे कहूँगी जो मोहन को बालक कहती हैं। सूरदास कहते हैं कि (गोपी कहती है) कृष्ण चतुरता जान गये जिन्हें महुअर (बाजा) का अभ्यास हो गया है।। 113।।

आपुन भईं सबै अब भोरी।
तुम हरि कौ पीताम्बर झटक्यौ, उन तुम्हरी मोतिनि लर तोरी।
माँगत दान ज्वाब नहिं देतीं, ऐसी तुम जोबन की जोरी।
डर नहिं मानतिं नँद-नंदन कौ, करतिं आनि झकझोरा झोरी।
इक तुम नारि गँवारि भली हौ, त्रिभुवन मैं इनकी सरि को री।
सूर सुनहु लैहैं छँड़ाइ सब, अबहिं फिरौगी दौरी दौरी ।।११४।।

अर्थ—अब सभी अपने आप अनजान (भोली) हो गयीं, तुमने कृष्ण का पीताम्बर झटका, उन्होंने तुम्हारी मोतियों की लड़ी तोड़ी। (उनके) दान माँगने पर (तुम लोग) जवाब नहीं देतीं, (तुम) ऐसी यौवन की जोर वाली हो गयी हो। तुम नन्द के नन्दन (कृष्ण) का डर नहीं मानती जो इस तरह आकर धक्का-मुक्की करती हो। एक तो तुम स्त्री हो, दूसरे मूर्खा भी भली भाँति

हो भला संसार में इनके समान कौन है। सूरदास कहते हैं अभी सब छुड़ा लेगें तो दौडी-दौड़ी फिरोगी।। 114।।

हँसत सखनि यह कहत कन्हाई।
जाइ चढ़ी तुम सघन द्रुमनि पर, जहँ तहँ रहौ छपाई।
तब लौं बैठि रहौ मुख मूँदे, जब जानहु सब आई।
कूदि परौ तब द्रुमनि-द्रुमनि तैं, दै दै नंद दुहाई।
चकित होहिं जैसें जुवती-गन, डरनि जाहिं अकुलाई।
बेनु-विषान-मुरलि-धुन कीजौ, संख-सब्द घहनाई।
नित प्रति जाति हमारै मारग, यह कहियौ समुझाई।
सूर स्याम माखनदधि दानी, यह सुधि नाहिं न पाई ? ।।११५।।

अर्थ—हँसते हुए मित्रों से कृष्ण यह कहते हैं। तुम जाकर घने वृक्षों पर चढ़कर जहाँ-तहाँ छिप रहो। तब तक मुँह मूँद कर बैठे रहो और जब जानो कि सब (गोपियाँ) आ गयीं तब पेड़-पेड़ से नन्द की दुहाई लेकर कूद पड़ो। जैसे युवतियों का समूह चकित और आकुल होकर डर से घबरा जाय तो बंशी, विषाण, मुरली की ध्वनि करना और शंख का गहन शब्द करना। नित्य प्रति (तुम लोग) हमारे मार्ग से जाती हो यह समझा कर कहना। सूरदास कहते हैं कि कृष्ण माखन और दही के दानी हैं क्या यह खबर नहीं है।। 115।।

ग्वारिनि जब देखे नँद-नंदन।
मोर मुकुट पीताम्बर काछे, खौरि किए तन चंदन।
तब यह कह्यो कहाँ अब जैहौ, आगैं कुंवर कन्हाई।
यह सुनि मन आनन्द बढ़ायौ, मुख कहैं, बात डराई।
कोउ-कोउ कहति चलौ री जैये, कोउ कहै घर फिरि जैये।
कोउ-कोउ कहति कहा करिहैं हरि, इनसौं कहा परैयै।
कोउ-कोउ कहति कालिहीं हमकौं, लूटि लई नँद लाल।
सूर स्याम के ऐसे गुन हैं, घरहिं फिरीं ब्रज-बाल ।।११६।।

अर्थ—ग्वालिनों ने जब कृष्ण को देखा जो मोर मुकुट तथा पीताम्बर से सजे थे तथा शरीर पर चन्दन का लेप किये थे तो कहा कि अब कहाँ जायेंगे, आगे कुँवर कृष्ण हैं। यह सुनकर मन में आनन्द बढ़ गया और मुख से डरती हुई बात कहती हैं। कोई कोई कहती हैं (आगे) चली चलो। कोई कहती है घर वापस चलिये ! कोई कहती है कृष्ण क्या करेंगे इनसे कैसे भागा जाय। कोई कहती है कि कल ही हमको कृष्ण ने लूट लिया था। सूरदास कहते हैं कि कृष्ण के ऐसे ही गुण हैं इसलिए ब्रजबालाएँ घर की ओर वापस चली गईं।। 116।।

कान्ह कहत दधि-दान न दैहौ ?
लैहौं छीनि दूध दधि माखन, देखति ही तुम रैहौ।

सब दिन कौ भरि लेउँ आजुहीँ, तब छाड़ौ, मैं तुमकौ।
उघटति हो तुम मातु-पिता लौं, नहिँ जानत हो हमकौ।
हम जानति हैं तुमको मोहन, लै-लै गोद खिलाए।
सूर स्याम अब भये जगाती, वै दिन सब बिसराए ।।११७।।

अर्थ—कृष्ण कहते हैं कि (यदि) तुम दही का दान नहीं करोगी तो दूध, दही, मक्खन छीन लूँगा (तुम) देखती ही रह जाओगी। सब दिन (की कमी) आज ही पूरी कर लूँगा तब मैं तुमको छोड़ूँगा। तुम माता-पिता तक को बुरा भला कहती हो (लेकिन) मुझे जानती नहीं हो। (गोपियाँ कहती हैं) हम मोहन तुमको जानती हैं तुम्हें गोद में लेकर खिलाया है। सूरदास कहते हैं (गोपियाँ कहती हैं) अब तुम कर उगाहने वाले हो गये हो, उन दिनों को भुला दिया।। 117।।

जाइ सबै कंसहि गुहरावहु।
दधि माखन घृत लेत छुड़ाए, आजु हजूर बुलावहु।
ऐसे कौं कहि मोहिँ बतावति, पल भीतर गहि मारौं।
मथुरापतिहिँ सुनौगी तुमहीं, जब धरि केस पछारौं।
बार-बार दिन हमहिँ बतावति, अपनौ दिन न विचारयौ।
सूर इन्द्र ब्रज जबहिँ बहावत, तब गिरि राखि उबारयौ ।।११८।।

अर्थ—जाकर तुम सब लोग कंस को गुहारो। दही, माखन, घी, छुड़ाये लेते हैं। आज हुजूर को बुलाओ। ऐसे आदमी को मुझसे कहकर बताती हो जिसे पल भर में मार डालूँ। तुम ही सुनोगी जब मथुरा पति को बाल पकड़ कर पछाड़ूँगा। बार-बार हमसे दिन बताती हो अपना दिन नहीं विचारतीं। सूरदास कहते हैं कि जब इन्द्र ने ब्रज को बहाना चाहा तब मैंने (कृष्ण ने) गिरि के द्वारा रक्षा की थी।। ।118।।

मोसौं बात सुनहु ब्रज-नारी।
इक उपखान चलत त्रिभुवन मैं, तुमसौं कहौं उघारी।
कबहूँ बालक मुँह न दीजियै, मुँह न दीजियै नारी।
जोइ मन करै सोइ करि डारैं, मूँड़ चढ़त हैं भारी।
बात कहत अँठिलाति जाति सब, हँसति देति कर तारी।
सूर कहा ये हमकों जानैं, छाँछहिँ बेंचनहारी ।।११९।।

अर्थ—हे ब्रज की नारियों मुझसे (एक) बात सुनो। तीनों लोकों में एक उपाख्यान (कहावत) चलता है उसे उघाड़कर कहता हूँ। कभी बालक तथा स्त्री को मुँह नहीं लगाना चाहिए। जो (ये करमा) चाहें वही कर डालें तो सिर पर सवार हो जाते हैं। बात कहने पर (गोपियाँ) हँसती, ताली देती और अठिलाती चली जाती हैं। सूरदास कहते हैं कि (कृष्ण कहते हैं) ये छाछ बेचने वाली स्त्रियाँ हमको क्या जानें।। 119।।

यह जानति तुम नंदमहर-सुत।
धेनु दुहत तुमकौं हम देखति, जबहिं जाति खरिकहिं उत।
चोरी करत यहौ पुनि जानति, घर-घर ढूँढ़त भाँड़े।
मारग रोकि भए अब दानी, वे ढँग कब तैं छाँड़े।
और सुनौ जसुमति जब बाँधे, हम कियौ सहाइ।
सूरदास-प्रभु यह जानति हम, तुम ब्रज रहत कन्हाइ ।।१२०।।

अर्थ—यह जानती हैं कि तुम नन्द महर के पुत्र हो । तुमको गाय दुहते हुए हम देखते हैं जब भी गायों के रहने के स्थान से होकर जाती हैं। फिर यह जानती हैं कि तुम चोरी करते हो और घर-घर बरतन ढूँढ़ते फिरते हो। अब दानी होकर मार्ग रोकने लगे हो। उन कार्यों (ढंगों) को कब से छोड़ दिया। और सुनो, यशोदा जब बाँधती थीं तब हम ही सहायक होती थीं। सूरदास कहते हैं कि (हम गोपी) यह जानती हैं कि तुम कृष्ण ब्रज में रहते हो।। 120।।

को माता को पिता हमारैं।
कब जनमत हमकौं तुम देख्यौ, हँसियत बचन तुम्हारैं।
कब माखन चोरी करि खायौ, कब बाँधे महतारी।
दुहत कौन गैया चारत, बात कही यह भारी।
तुम जानत मोहिं नंद-ढुटौना, नंद कहाँ तैं आए।
मैं पूरन अबिगत, अबिनासी, माया सबनि भुलाए।
यह सुनि ग्वालि सबै मुसुक्यानी, ऐसे गुन हौ जानत।
सूर स्याम जो निदर्‌यौ सबही, मात-पिता नहिं मानत ।।१२१।।

अर्थ—(कृष्ण कहते हैं) मेरी कौन माता है और कौन पिता है। हमको कब जन्मते देखा, तुम्हारी बातों पर हँसी आती है। कब माखन चुरा कर खाया, कब माता ने हमें बाँधा। किसकी गाय दुहता और चराता हूँ, तुमने यह बड़ी बात कही। तुम मुझे नन्द का पुत्र समझती हो लेकिन नन्द कहाँ से आये। मैं पूर्ण, अविगत, अविनाशी हूँ माया से सभी भूले हैं। यह सुनकर सभी ग्वालिनें मुसकायीं, ऐसे गुण को हम जानती हैं। सूरदास कहते हैं (गोपियाँ कहती हैं) जो सबका निरादर करता है तथा माता-पिता को नहीं मानता (ऐसे तुम्हें जानती हूँ)।। 121।।

भक्त हेत अवतार धरौं।
कर्म-धर्म कैं बस मैं नाहीं, जोग जज्ञ मह मैं न करौं।
दीन-गुहारि सुनौं स्रवननि भरि, गर्ब-बचनसुनि हृदय जरौं।
भाव-अधीन रहौं सबही कै, और न काहू नैंकु डरौं।
ब्रह्मा कीट आदि लौं व्यापक, सबकौं सुख दै दुखहिं हरौं।
सूर स्याम तब कही प्रगटही, जहाँ भाव तहँ तैं न टरौं ।।१२२।।

अर्थ—(कृष्ण कहते हैं) भक्त के लिए अवतार धरता हूँ। धर्म-कर्म के वश में नहीं रहता हूँ। योग और यज्ञ को मन में (धारण) नहीं करता। दीन की पुकार को कान भर कर सुनता हूँ। गर्व के वचन सुनकर हृदय से जल जाता हूँ। सबके (भक्ति) भाव के अधीन रहता हूँ, और किसी से तनिक भी नहीं डरता। ब्रह्मा से लेकर कीट तक व्याप्त हूँ, सब को सुख देकर दुःख को हरता हूँ। सूरदास कहते हैं तब कृष्ण ने प्रत्यक्ष ही (सब कुछ कहा) कि जहाँ भाव है वहाँ से मैं नहीं टलता।। 122।।

जौ तुमहीं हौ सबके राजा।
तौ बैठौ सिंहासन चढ़ि कै, चँवर छत्र, सिर भ्राजा।
मोर-मुकुट, मुरली पीताम्बर, छाड़ौ नटवर-साजा।
बेनु, विषान, संख क्यौं पूरत, बाजै नौबत बाजा।
यह जु सुनैं हमहूँ सुख पावैं, संग करैं कछु काजा।
सूर स्याम ऐसी बातैं सुनि, हमकौं आवति लाजा।।१२३।।

अर्थ—(गोपियाँ कहती हैं) जब तुम ही सब के राजा हो तो सिंहासन पर चढ़कर बैठो, और सिर पर चँवर तथा छत्र सुशोभित हो। मोर-मुकुट, मुरली, पीताम्बर और नटवर के वेश को छोड़ दो। बंशी, विषाण, शंख क्यों बजाते हो, नौबत बजे। यह जो सुनें तो हम भी सुख पायें, और साथ में कुछ काम करें। सूरदास कहते हैं कि यह बातें सुनकर हमको लज्जा आती है।। 123।।

हमहिं और सौ रोकै कौन।
रोकनहारौ नंदमहर सुत, कान्ह नाम जाकौ है तौन।
जाकैं बल हैं कामनृपति कौ, ठगत फिरत जुवतिनि कौं जौन।
टोना डारि देत सिर ऊपर, आपु रहत ठाढौ ह्वै मौन।
सुनहु स्याम ऐसो न बूझियै, बानि परी तुमकौं यह कौन।
सूरदास-प्रभु कृपा करहु अब, कैसेंहु जाहिं आपनै भौन।।१२४।।

अर्थ—(गोपियाँ कहती हैं) हमको और कौन रोक सकता है। रोकने वाले वही महर नन्द के पुत्र हैं, जिनका नाम कृष्ण है। जिनके पास राजा के समान काम करने का बल है, जो युवतियों को ठगते फिरते हैं। सिर के ऊपर टोना डालकर स्वयं मौन होकर खड़े रहते हैं। हे कृष्ण सुनो समझ में नहीं आता कि तुम्हारी यह कौन सी आदत पड़ गयी है। हे कृष्ण अब कृपा करो कि किसी प्रकार हम अपने घर जायँ।। 124।।

राधा सौं माखन हरि माँगत।
औरनि की मटुकी कौ खायौ, तुम्हरौ कैसौ लागत।
लै आई वृषभानु-सुता, हँसि, सद लवनी है मेरौ।
लै दीन्हौं अपनैं कर हरि-मुख, खात अल्प हँसि हेरौ।
सबहिनि तैं मीठौ दधि है यह, मधुरैं कह्यौ सुनाइ।
सूरदास-प्रभु सुख उपजायौ, ब्रज ललना मनभाइ।।१२५।।

अर्थ—कृष्ण राधा से मक्खन माँगते हैं। और कहा कि औरों की मटकी का (मक्खन) खाया। (देखूँ) तुम्हारा कैसा लगता है। वृषभानु की पुत्री (मक्खन) ले आयी और हँसकर (बोली) मेरा मक्खन ताजा है। (राधा ने मक्खन) लेकर अपने हाथ से हरि के मुँह में दिया, और खाते हुए थोड़ा हँस कर देखा। कृष्ण ने कहा सबसे अधिक मीठा दही है, यह मीठी बात कहकर (कृष्ण ने) सुनायी। सूरदास कहते हैं कि कृष्ण ने ब्रज की स्त्री (राधा) के मन का अच्छा लगने वाले सुख को उत्पन्न किया।। 125।।

मेरे दधि कौ हरि स्वाद न पायौ।
जानत इन गुजरिनि कौ सौ है, लयौ छिड़ाइ मिलि ग्वालनि खायौ।
धौरी धेनु दुहाइ छानि पय, मधुर आँचि मैं औटि सिरायौ।
नई दोहनी पोंछि पखारो, धरि निरधूम खिरनि पै तायौ।
तामैं मिलि मिस्रित मिसिरी करि, दै कपूर पुट जावन नायौ।
सुलभ ढकनियाँ ढाँकि बाँधि पट, जतन राखि छीकैं समुदायौ।
हौं तुम कारन लै आई गृह, मारग मैं न कहूँ दरसायौ।
सूरदास-प्रभु रसिक-सिरोमनि, कियौ कान्ह ग्वालिनि मन भायौ ।।१२६।।

अर्थ—एक (ग्वालिन कहती है) मेरे दही का स्वाद कृष्ण ने नहीं पाया। समझा कि मेरा दही अन्य गुजरियों जैसा है। लेकर सब ग्वालों ने बाँट कर खाया। धौरी (सफेद गाय) को दुहाकर, दूध को छानकर, हल्की आँच में गरम करके फिर ठंडा किया। नयी दोहनी को पोंछकर धोया और बिना धुएँ की अंगीठी पर ताया। उसमें मिसरी मिलाकर कपूर के पुट के साथ जावन दिया। अच्छी ढकनियाँ से ढाँककर कपड़े से बाँधा और चिन्ता के साथ छीकें पर रख दिया। मैं तुम्हारे ही कारण (इसे) ले आई, घर और रास्ते में किसी को नहीं दिखाया। सूरदास कहते हैं कि कृष्ण रसिकों में शिरोमणि हैं, उन्होंने ग्वालिन के मन की बात की।। 126।।

गोपी कहति धन्य हम नारी।
धन्य दूध, धनि दधि, धनि माखन, हम परुसति जेंवत गिरिधारी।
धन्य घोष, धनि दिन, धनि निसि वह, धनि गोकुल प्रगटे बनवारी।
धन्य सुकृत पाँछिलौ, धन्य धनि नँद, धन्य जसुमति महतारी।
धनि धनि ग्वाल, धन्य वृन्दावन, धन्य भूमि यह अति सुखकारी।
धन्य दान, धनि कान्ह मँगैया, धन्य सूर त्रिन-द्रुम बन-डारी ।।१२७।।

अर्थ—गोपियाँ कहती हैं कि हम स्त्रियाँ धन्य हैं, दूध धन्य है, दही धन्य है, माखन धन्य है, जिन्हें हम परोसती हैं और गिरधारी खाते हैं। अहीरों का गाँव धन्य है, दिन धन्य है, और वह रात धन्य है, गोकुल धन्य है, जहाँ कृष्ण प्रकट हुए। पिछला पुण्य धन्य है, नन्द धन्य है, यशोदा माता धन्य है, वृन्दावन धन्य है, अत्यधिक सुख देने वाली यह भूमि धन्य है। दान धन्य है, माँगने वाले कृष्ण धन्य हैं, सूरदास कहते हैं कि तृण, वृक्ष तथा वन की डालें धन्य हैं।। 127।।

गन गंधर्व देखि सिहात।
धन्य ब्रज-ललनानि कर तें, ब्रह्म माखन खात।
नही रेख, न रूप, नहिँ तनु, बरन नहिँ अनुहारि।
मातु-पितु नहिँ दोउ जाकैं, हरत-मरत न जारि।
आपु कर्त्ता आपु हर्ता, आपु त्रिभुवन नाथ।
आपुहीं सब घट कौ व्यापी, निगम गावत गाथ।
अंग प्रति-प्रति रोम जाकै, कोटि-कोटि ब्रह्मंड।
कीट ब्रह्म प्रजंत जल-थल, इनहिँ तैं यह मंड।
येइ बिस्वंभरन नायक, ग्वाल-संग-बिलास।
सोइ प्रभु दधि दान माँगत, धन्य सूरजदास ॥१२८॥

अर्थ—गन्धर्वगण देखकर सिहाते हैं कि ब्रज की स्त्रियों से ब्रह्म (कृष्ण) मक्खन खाते हैं। जिनकी न कोई रेखा, न रूप है, न शरीर का कोई रंग है, जिनकी समता नहीं है। माता-पिता दोनों जिसके नहीं हैं जिसे न कोई हरता है, और न जो स्वयं मरता है, न नष्ट होता है,। जो स्वयं कर्ता है, स्वयं हर्ता है, और तीनों लोकों का स्वामी है। स्वयं सब घटों में व्याप्त है। वेद-शास्त्र जिनकी गाथा गाते हैं, जिनके एक-एक रोम में करोड़ों ब्रह्माण्ड हैं। कीट से ब्रह्म तक जल, थल और नभ की इन्हीं से शोभा है, यही विश्वम्भर नायक कृष्ण ग्वालों के साथ खेलते हैं। वही प्रभु दही का दान माँगते हैं। सूरदास कहते हैं कि (गोपियाँ) धन्य हैं।। 128।।

ब्रह्म जिनहिँ यह आयसु दीन्हौ।
तिन तिन संग जन्म लियौ परगट, सखी सखा करि कीन्हौ।
गोपी ग्वाल कान्ह द्वै नाहीं, ये कहुँ नैंकु न न्यारे।
जहाँ-जहाँ अवतार धरत हरि, ये नहिँ नैंकु बिसारे।
एकै देह बहुत करि राखे, गोपी ग्वाल मुरारी।
यह सुख देखि सूर कै प्रभु कौं, थकित अमर-सँग-नारी ॥१२९॥

अर्थ—ब्रह्म (कृष्ण) ने जिन (लोगों) को आज्ञा दी, उन-उन (लोगों) ने इनके साथ जन्म लिया। (कृष्ण ने) इन्हें सखा और सखी करके (यथा उचित) माना। गोपी-ग्वाल और कृष्ण दो नहीं हैं। ये कहीं तनिक भी अलग नहीं हैं। जहाँ-जहाँ कृष्ण (अवतार) धरते है इन्हें तनिक भी नहीं भूलते। एक ही शरीर है उसे गोपी, ग्वाल और मुरारी के बहुत (रूपों) में बना रखा है। सूरदास कहते हैं कि कृष्ण के इस सुख को देखकर देवताओं के साथ की स्त्रियाँ थकित (बेचैन) हो जाती हैं।। 129।।

यह महिमा येई पै जानैं।
जोग-यज्ञ तप ध्यान न आवत, सो दधि-दान लेत सुख मानैं।
खात परस्पर ग्वालनि मिलि कै, मीठौ कहि कहि आप बखानैं।
बिस्वंभर जगदीस कहावत, ते दधि दोना माँझ अघानैं।

आपुहिँ करता, आपुहिँ हरता, आपु बनावत, आपुहिँ भाने।
ऐसे सूरदास के स्वामी, ते गोपिनि कैं हाथ बिकाने ॥१३०॥

अर्थ—यह महिमा ये ही जानते हैं। योग, यज्ञ, तप, ध्यान, में जो नहीं आते वे ही (कृष्ण) दही का दान लेते सुख मानते हैं। आपस में ग्वालों के साथ (दही) खाते हैं और मीठा कह कहकर स्वयं बखान करते हैं। (जो) जगदीश विश्व का भरण करने वाले कहाते हैं वही दोना भर दही से अघा जाते हैं। स्वयं कर्ता हैं, स्वयं हर्ता हैं, स्वयं बनाते हैं और स्वयं नष्ट करते हैं। सूरदास कहते हैं कि ऐसे स्वामी कृष्ण गोपियों के हाथ बिक गये हैं।। 130।।

सुनहु बात जुवती इक मेरी।
तुमतें दूरि होत नहिँ कबहूँ, तुम राख्यौ मोहिँ घेरी।
तुम कारन बैकुंठ तजत हौं, जनम लेत ब्रज आइ।
वृन्दावन राधा-गोपी सँग, यहि नहिँ बिसरयौ जाइ।
तुम अंतर-अंतर कह भाषति, एक प्रान द्वै देह।
क्यौं राधा ब्रज बसैं बिसारौं, सुमिरि पुरातन नेह।
अब घर जाहु दान मैं पायौ, लेखा कियौ न जाइ।
सूर स्याम हँसि-हँसि जुबतिनि सौं, ऐसी कहत बनाइ ॥१३१॥

अर्थ—(कृष्ण कहते हैं) हे युवतियों, मेरी एक बात सुनो। (मैं) कभी तुमसे दूर नहीं होता हूँ। तुमने हमें चारों र से घेर रखा है। तुम्हारे लिए बैकुण्ठ छोड़कर ब्रज में आकर जन्म लेता हूँ। राधा और गोपियों के साथ यह वृन्दावन भूल नहीं जाता। तुम भेद-भेद कहती हो (किन्तु) (दोनों) में एक ही प्राण हैं (केवल) शरीर दो हैं। पुराने स्नेह को याद करके राधा के ब्रज के निवास को क्यों भूलूँगा। अब घर जाओ, मैंने दान पा लिया क्योंकि (दान का) हिसाब नहीं किया जा सकता। सूरदास कहते हैं कि कृष्ण हँस-हँसकर युवतियों से इस प्रकार (बात) बनाकर कहते हैं।। 131।।

तुमहिँ बिना मन धिक अरु धिक घरु।
तुमहिँ बिना धिक-धिक माता पितु, धिक कुल-कानि, लाज, डरु।
धिक सुत पति, धिक जीवन जग कौ, धिक तुम बिनु संसार।
धिक सौ दिवस, पहर, घटिका, पल जो बिनु नंद-कुमार।
धिक धिक स्रवन कथा बिनु हरि कै, धिक लोचन बिनु रूप।
सूरदास प्रभु तुम बिनु घर ज्यौं, बन भीतर के कूप ॥१३२॥

अर्थ—(गोपियाँ कहती हैं) तुम्हारे बिना मन और घर (सबको) धिक्कार है। तुम्हारे बिना माता और पिता धिक्कार योग्य हैं और कुल की मर्यादा, लज्जा, डर सबको धिक्कार है, तुम्हारे बिना पुत्र, पति, जग का जीवन तथा संसार को धिक्कार है। वह दिन, पहर, घड़ी, पल सब धिक्कारने योग्य हैं जो बिना नंद किशोर (कृष्ण) के हैं। कानों को धिक्कार है जो कृष्ण की

कथा के बिना है तथा नयनों को धिक्कार है जिनमें आपका रूप नहीं। सूरदास कहते हैं कि कृष्ण तुम्हारे बिना घर वैसे ही है जैसे वन के भीतर कुआँ (निरर्थक) हो।। 132।।

रीती मटुकी सीस धरैं।
बन की घर की सुरति न काहूँ, लेहु दही या कहति फिरैं।
कबहुँक जाति कुंज भीतर कौं, तहाँ स्याम की सुरति करैं।
चौंकि परतिं, कछु तन सुधि आवति, जहाँ तहाँ सुख सुनति ररैं।
तब यह कहतिं कहीं मैं इनसौं, भ्रमि भ्रमि बन मैं वृथा मरैं।
सूर स्याम कैं रस पुनि छाकतिं, वैसें हीं ढँग बहुरि ढरैं ।।१३३।।

अर्थ—(गोपियाँ) खाली मटुकी सिर पर धर लेती हैं। वन की और घर की (उन्हें) याद नहीं, लो दही यह कहती फिरती हैं। कभी कुंज के भीतर जाती हैं और वहाँ कृष्ण की याद करती हैं, कुछ शरीर की याद आने पर चौंक पड़ती हैं और जहाँ-तहाँ सखियों को सुनाते हुए बार-बार कहती हैं। तब यह कहती हैं कि मुझे इनसे क्या करना है जो वन घूम-घूमकर व्यर्थ मरती हूँ। सूरदास कहते हैं कि कृष्ण के रस से पुनः मस्त हो जाती हैं वैसा ही ढंग फिर धर लेती हैं।। 133।।

तरुनी स्याम-रस मतवारि
प्रथम जोबन-रस चढ़ायौ, अतिहि भई खुमारि।
दूध नहिं दधि नहीं, माखन नहीं रीतौ माट।
महा-रस अँग-अंग पूरन, कहाँ घर, कहँ बाट।
मातु-पितु गुरुजन कहाँ के, कौन पति को नारि।
सुर प्रभु कैं प्रेम पूरन, छकि रहीं ब्रजनारि ।।१३४।।

अर्थ—तरुणियाँ कृष्ण के रस में मतवाली हो गयी हैं। प्रथम यौवन के रस के चढ़ जाने से वे अत्यधिक शिथिल हो गयीं। दूध नहीं, दही नहीं, मक्खन नहीं, मटुकी खाली है। अंग-अंग में महारस भर गया है। कहाँ घर और कहाँ रास्ता, कहाँ के माता-पिता, कौन पति और कौन स्त्री (उन्हें कुछ भी ज्ञात नहीं)। सूरदास कहते हैं कि कृष्ण के प्रेम रस से पूर्ण ब्रज-नारियाँ मस्त हो गयी हैं।। 134।।

कोउ माई लैहै री गोपालहिं।
दधि को नाम स्यामसुंदर-रस, बिसरि गयौ ब्रज-बालहिं।
मटुकी सीस, फिरति ब्रज-बीथिनि, बोलति बचन रसालहिं।
उफनत तक्र चहूँ दिसि चितवत, चित लाग्यौ नँद-लालहिं।
हँसति, रिसाति, बुलावति, बरजतिं, देखहु इनकी चालहिं।
सूर स्याम बिनु और न भावै, या बिरहिनि बेहालहिं ।।१३५।।

अर्थ—सखी, कोई गोपाल को लेगा। श्याम सुन्दर के रस में ब्रज की युवती को दही का नाम ही भूल गया। मटकी को सिर पर (धर के) ब्रज की गलियों में रस से भरी बातें कहती हैं। मट्ठा के उफनते समय चारों दिशाओं में देखती है उसका मन नन्द लाल में (ही) लगा है।

(वह) हँसती है, नाराज होती है, बुलाती है, और रोकती हुइ कहती है कि इनकी चाल देखो। सूरदास कहते हैं कि इस व्याकुल विरहिणी को कृष्ण के बिना कुछ अच्छा नहीं लगता।। 135।।

गोपिका अनुराग

लोक-सकुच कुल-कानि तजी।
जैसैं नदी सिंधु कौं धावै, वैसेहिं स्याम भजी।
मातु-पिता बहु त्रास दिखायौ, नैकुँ न डरी, लजी।
हारि मानि बैठे, नहिँ लागति, बहुतै बुद्धि सजी।
मानत नहीं लोक मरजादा, हरि कैं रङ्ग मजी।
सूर स्याम कौं मिलि, चूनौ-हरदी ज्यौं रँजी।।१३६।।

अर्थ—लोक के संकोच और कुल की मर्यादा को छोड़ दिया। जैसे नदी समुद्र की ओर उमड़ती है वैसे ही (गोपियों ने) कृष्ण को भजा। माता-पिता ने बहुत डराया (लेकिन) वे तनिक भी न डरीं और न लजायीं। (सब) हार मानकर बैठ गये, बहुत बुद्धि लगायी। (लेकिन बुद्धि) लगती नहीं। (गोपियाँ) लोक की मर्यादा नहीं मानतीं (वे) कृष्ण के रंग में रंग गयीं। सूरदास कहते हैं कि कृष्ण से मिलकर चूना और हल्दी की तरह रंग रंगित हो गयीं।। 136।।

कहा कहति तू मोहिँ, री माई।
नँद-नंदन मन हरि लियौ मेरौ, तब तैं मोकौं कछु न सुहाई।
अब लौं नहिँ जानति मैं को ही, कब तैं तू मेरैं ढिग आई।
कहाँ गेह, कहँ मातु-पिता हैं, कहाँ सजन, गुरुजन कहँ भाई।
कैसी लाज, कानि है कैसी, कहा कहति ह्वै ह्वै रिसहाई?
अब तौ सूर भजी नँद-लालहिँ, की लघुता की होइ बड़ाई।।१३७।।

अर्थ—हे सखी, तुम मुझे क्या कहती हो? कृष्ण ने (जब से) मेरा मन हर लिया तब से मुझे कुछ भी अच्छा नहीं लगता। अब तक मैं नहीं जान पाई कि मैं कौन थी, तू कब से मेरे पास आयी। कहाँ घर, कहाँ माता-पिता हैं, पति कहाँ और गुरुजन तथा भाई कहाँ हैं। (मुझे कुछ भी नहीं मालूम) कैसी लज्जा, मर्यादा कैसी है, तुम लोग नाराज होकर क्या कह रहे हो? सूरदास कहते हैं कि (गोपियाँ कहती हैं) अब तो कृष्ण को भजा है चाहे छोटाई हो चाहे बड़ाई।। 137।।

मेरे कहे मैं कोउ नाहिँ।
कहा कहौं, कछु कहि न आवै, नैकहुँ न डराहिँ।
नैन ये हरि-दरस-लोभी, स्रवन सब्द-रसाल।
प्रथमहीं बन गयौ तन तजि, तब भई बेहाल।
इन्द्रियनि पर भूप मन है, सबनि लियौ बुलाइ।
सूर प्रभु कौं मिले सब ये, मोहिँ करि गए बाइ।।१३८।।

अर्थ—(गोपी कहती है) मेरे कहने में कोई नहीं है। क्या कहूँ, कुछ कहा नहीं जाता, ये (इन्द्रियाँ) तनिक भी नहीं डरतीं। ये आँखें कृष्ण के दर्शन की लालची हैं, कान रसयुक्त शब्दों के (लालची हैं)। मन पहले ही शरीर को छोड़कर चला गया तब मैं बेहाल हो गयी। इन्द्रियों का राजा मन है (उसने) सबको बुला लिया। सूरदास कहते हैं कि (गोपी कहती है) ये सब जाकर कृष्ण से मिल गये। मेरे लिये बला कर गये।। 138।।

अब तौ प्रगट भई जग जानी।
वा मोहन सौं प्रीति निरन्तर, क्यौंऽब रहैगी छानी।
कहा करौं सुन्दर मूरति, इन नैननि माँझ सभानी।
निकसति नहीं बहुत पचि हारी, रोम-रोम अरुझानी।
अब कैसें निरवारि जाति है, मिली दूध ज्यौं पानी।
सूरदास प्रभु अन्तरजामी, उर अन्तर की जानी।।१३९।।

अर्थ—अब तो (प्रेम) प्रकट हो गया और संसार जान गया। उस कृष्ण से निरन्तर प्रेम अब क्यों कर छिपा रहेगा? क्या करूँ सुन्दर मूर्ति इन आँखों के बीच समा गयी है। बहुत (प्रयास) करके हार गयी (यह) निकलती नहीं (बल्कि) रोम-रोम में उलझ गयी है। दूध और पानी के समान एक में मिल जाने पर अलग कैसे किया जाय? सूरदास कहते हैं कि कृष्ण अन्तर्यामी हैं इसलिए हृदय के अन्दर की बात जान गये।। 139।।

सखि मोहिं हरिदरस रस प्याइ।
हौं रँगी अब स्याम-मूरति, लाख लोग रिसाइ।
स्याम सुन्दर मदन मोहन, रंग रूप सुभाइ।
सूर स्वामी-प्रीति-कारन, सीस रहौ कि जाइ।।१४०।।

अर्थ—सखी मुझे कृष्ण के दर्शन रूपी रस को पिलाओ। मैं श्याम के रंग में रंग गयी हूँ (चाहे) लाखों लोग नाराज हो जायें। श्याम सुन्दर का स्वाभाविक रूप और रंग कामदेव को भी मोहित करने वाला है। सूरदास कहते हैं कि गोपी कह रही है कि स्वामी के प्रेम के कारण अब चाहे मेरा सिर रहे या (चला) जाय।। 140।।

नन्दलाल सौं मेरौ मन मान्यौ, कहा करैगौ कोउ।
मैं तौ चरन-कमल लपटानी, जो भावै सो होउ।
बाप रिसाइ, माइ घर मारै, हँसैं बिराने लोग।
अब तौ स्यामहिं सौं रति बाढ़ी, बिधना रच्यौ सँजोग।
जाति महति पति जाइ न मेरी, अरु परलोक नसाइ।
गिरिधर बर मैं नैंकु न छाँड़ौं, मिली निसान बजाइ।
बहुरि कबहिं यह तन धरि पैहौं, कहँ पुनि श्रीबनवारि।
सूरदास स्वामी कैं ऊपर, यह तन डारौं वारि।।१४१।।

अर्थ—(गोपी कहती है) कृष्ण पर मेरा मन रीझ गया है (अब) कोई क्या करेगा। मैं तो चरण रूपी कमल से लिपट गयी जो होना हो सो हो। (चाहे) पिता नाराज हो जायँ, घर में माता मारे, तथा पराये लोग हँसी करें। अब तो कृष्ण से प्रेम बढ़ गया है। ब्रह्मा ने यह संयोग रचा है। मेरी जाति की प्रतिष्ठा तथा लाज (भले ही) न रहे तथा मेरा परलोक नष्ट हो जाय (फिर भी) मैं (पति) कृष्ण को तनिक भी छोड़ नहीं सकती। (मैं उनसे) नगाड़ा बजाकर (घोषित करके) मिली हूँ। फिर यह तन कहाँ धर पाऊँगी और बनवारी कृष्ण फिर कहाँ मिलेंगे। सूरदास कहते हैं कि (गोपी कहती है) कृष्ण के ऊपर (मैं) यह शरीर न्यौछावर करती हूँ।। 141।।

करन दै लोगनि कौं उपहास।
मन क्रम बचन नंद-नंदन कौ, नैंकु न छाड़ौं पास।
सब या ब्रज के लोग चिकनियाँ, मेरे भाएँ घास।
अव तौ यहै बसी री माई, नहिं मानौं गुरु त्रास।
कैसें रह्यौ परै री सजनी, एक गाँव कै वास।
स्याम मिलन की प्रीति सखी री, जानत सूरजदास ।।१४२।।

अर्थ—(गोपी कहती है) लोगों को हँसी करने दो। मन, कर्म, तथा वचन से कृष्ण की निकटता तनिक भी नहीं छोड़ सकती। इस ब्रज के सब लोग छैला हैं ! (लेकिन) मेरी बुद्धि से (सब) घास हैं (नगण्य हैं)। अब तो यही (कृष्ण) मन में बस गये हैं। (अब) गुरुजनों का भय नहीं मानती हूँ। एक ही गाँव का निवास (बिना मिलन के) कैसे रहा जा सकता है। हे सखी, कृष्ण से मिलने की प्रीति को सूरदास (जैसे भक्त ही) जानते हैं।। 142।।

एक गाउँ कै बास बसी हौं, कैसें धीर धरौं।
लोचन-मधुप अटक नहिं मानत, जद्यपि जतन करौं।
वै इहिं मग नित प्रति आवत हैं, हौं दधि लै निकरौं।
पुलकित रोम-रोम, गदगद सुर, आनँद उमँग भरौं।
पर अन्तर चलि जात, कलप बर, बिरहा अनल जरौं।
सूर सकुच कुल-कानि कहाँ लगि, आरज-पथहिं डरौं ।।१४३।।

अर्थ—हे सखी, एक ही गाँव का बास (होते हुए) मैं कैसे धीरज धरूँ। (मेरे) आँख रूपी भौंरे प्रयत्न करने पर भी रोक नहीं मानते। वे इसी मार्ग से रोज आते हैं, मैं दही लेकर निकलती हूँ। (देखकर मेरे) रोम-रोम पुलकित हो जाते हैं, आवाज गद्‌गद्‌ हो जाती है तथा (मैं) आनन्द तथा उमंग से भर जाती हूँ। (क्षण भर) ओट में चले जाने पर एक कल्प से भी अधिक (जान पड़ने वाले समय की कल्पना से) विरह की अग्नि में जलती हूँ। सूरदास कहते हैं (गोपी कहती है) संकोच, कुल की मर्यादा तथा श्रेष्ठ पथ से कहाँ तक डरूँ।। 143।।

हौं संग साँवरे के जैहौं।
होनी होइ होइ सो अबहीं, जस अपजस काहूँ न डरैहौं।
कहा रिसाइ करे कोउ मेरौ, कछु जो कहै प्रान तिहिं दैहौं।
दैहौं त्यागि राखिहौं यह ब्रत, हरि-रति बीज बहुरि कब बैहौं।
का यह ब्रज-बापी क्रीड़ा जल, भजि नँद-नंद सबै सुख लैहौं ।।१४४।।

अर्थ—मैं कृष्ण के साथ जाऊँगी। जो होना हो अभी हो जाय। यश-अपयश किसी को नहीं डरूँगी? कोई नाराज होकर मेरा क्या कर सकता है? अगर कोई कुछ कहता है तो उस पर प्राण दे दूँगी। शरीर को त्याग कर भी यह व्रत रखूँगी। कृष्ण के प्रेम के बीज को फिर कब बोऊँगी? सूरदास कहते हैं (गोपी कहती है) यह नश्वर पृथ्वी (कृष्ण-सुख की तुलना में) क्या है, (मैं तो उस सुख के लिए) शरीर को भी त्याग कर प्रिय कृष्ण के भवन आकाश में समा जाऊँगी। (उस सुख के बिना) ब्रज सरोवर की जल-क्रीड़ा का भी आनन्द नगण्य है। अतः नन्द नन्दन (कृष्ण) को भजकर सब सुख पाऊँगी।। 144।।

रूप-वर्णन

देखौ माई सुन्दरता कौ सागर।
बुधि-बिबेक बल पार न पावत, मगन होत मन नागर।
तनु अति स्याम अगाध अंबु-निधि, कटि पट पीत तरंग।
चितवत चलत अधिक रुचि उपजत, भँवर परति सब अंग।
नैन-मीन, मकराकृत कुंडल, भुज सरि सुभग भुजंग।
मुक्ता-माला मिलीं मानौ द्वै, सुरसरि एकै संग।
कनक खचित मनिमय आभूषण, मुख, स्रम-कन सुख देत।
जनु जल-निधि मथि प्रकट कियौ ससि, श्री अरु सुधा समेत।
देखि सरूप सकल गोपी जन, रहीं बिचारि-बिचारि।
तदपि सूर तरि सकीं न सोभा, रहीं प्रेम पचि हारि ।।१४५।।

अर्थ—(गोपी कहती है) सखी, सुन्दरता के सागर कृष्ण को देखो। बुद्धि तथा विवेक के बल से चतुर मन पार न पाकर इसमें डूब जाता है। अत्यधिक साँवलापन गहरा जलनिधि है, कमर का पीला वस्त्र तरंग के समान है। देखते हुए जब चलते हैं तो अधिक रुचि पैदा होती है और सब अंग में भँवर (निगाह) पड़ जाते हैं। नेत्र मछली (के समान) हैं, मगर के आकार का कुण्डल (मगर) है। भुजायें सुन्दर साँप के समान हैं। मुक्ता की माला इस प्रकार मिली है जैसे दो गंगा (एक साथ मिली हों)। सोने से जड़े हुए मणिमय आभूषण हैं, मुख पर श्रम से उत्पन्न पसीना सुख देता है, मानो समुद्र को मथकर चन्द्रमा को लक्ष्मी तथा अमृत के साथ निकाला हो। सुन्दर रूप को देखकर सभी गोपियाँ सोच-सोचकर रह जाती हैं। सूरदास कहते हैं कि वे शोभा (के सागर) को तर नहीं सकीं। प्रेम में अधिक परिश्रम से हार कर रह गयीं।। 145।।

स्याम भुजनि की सुन्दरताई।
चन्दन खौरि अनूपम राजति, सो छवि कही न जाई।
बड़े बिसाल जानु लौं परसत, इक उपमा मन आई।
मनौ भुजंग गगन तैं उतरत, अधमुख रह्यौ झुलाई।
रत्न-जटित पहुँची कर राजति, अँगुरी सुन्दर भारी।
सूर मनौ फनि-सिर मनि सोभित, फन-फन की छबि न्यारी ।।१४६।।

अर्थ—कृष्ण की भुजाओं की सुन्दरता तथा मस्तक पर लगे हुए चन्दन के तिलक की शोभा कही नहीं जा सकती। (भुजायें) बहुत विशाल हैं और घुटने तक छूती हैं। एक उपमा मन में आती है मानों आकाश से उतरता हुआ सर्प अधोमुख झूल रहा हो। हाथ में रत्न जड़ित पहुँची शोभित है। अंगुलियाँ अत्यन्त सुन्दर हैं। सूरदास कहते हैं कि यह (ऐसे शोभित हैं) मानों सर्प के सिर पर मणि शोभित हो तथा प्रति फण की शोभा न्यारी हो।। 146।।

स्याम-अंग जुवती निरखि भुलानी।
कोउ निरखति कुंडल की आभा, इतनेहिं माँझ बिकानी।
ललित कपोल निरखि कोउ अटकी, सिथिल भई ज्यौं पानी।
देह-गेह की सुधि नहिं काहूँ, हरषत कोउ पछितानी।
कोउ निरखति रही ललित नासिका, यह काहू नहिं जानी।
कोउ चक्रित भइ दसन-चमक पर, चकचौंधी अकुलानी।
कोउ निरखति दुति चिबुक चारु की, सूर तरुनि बिततानी ।।१४७।।

अर्थ—कृष्ण के अंगों को देखकर युवतियाँ भूल गयीं। कोई कुंडल की कान्ति देखती है, इसी बीच बिक गयीं।। सुन्दर कपोल को देखकर कोई उलझ गयीं ओर पानी की तरह शिथिल हो गयीं। किसी को शरीर और घर की याद नहीं। कोई पछताती हैं, कोई प्रसन्न होती हैं। कोई सुन्दर नाक को देखती रहीं, यह कोई (अन्य) न जान पायीं। कोई ओठों की शोभा देखती हैं और मुख से वाणी नहीं फूटती। कोई दाँतों की चमक से चकित होकर चकाचौंध से आकुल हो गयीं। कोई सुन्दर ठोढ़ी की कान्ति देखती हैं। सूरदास कहते हैं कि इस प्रकार तरुणियाँ व्याकुल हो गयीं।। 147।।

मैं बलि जाउँ स्याम-मुख-छबि पर।
बलि-बलि जाउँ कुटिल कच बिथुरे, बलि-बलि भृकुटी ललाट पर।
बलि-बलि जाउँ चारु अवलोकनि, बलि-बलि कुंडल-रवि की।
बलि-बलि जाउँ नासिका सुललित, बलिहारी वा छबि की।
बलि-बलि जाउँ अरुन अधरनि की, बिद्रुम-बिंब लजावन।
मैं बलि जाउँ दसन चमकनि की, बारौं तड़ितनि सावन।

मैं बलि जाउँ ललित ठोड़ी पर, बलि मोतिन की माल।
सूर निरखि तन-मन बलिहारौं, बलि बलि जसुमति-लाल ।।१४८।।

अर्थ—मैं कृष्ण के मुख की शोभा पर बलि जाती हूँ। बिखरे हुए कुटिल बालों पर बलि जाती हूँ। भौंह तथा मस्तक पर न्यौछावर होती हूँ। सुन्दर चितवन पर बलि जाती हूँ। कुंडल के प्रकाश पर बलि जाती हूँ। सुन्दर नासिका पर न्योछावर होती हूँ। उसकी छवि की बलिहारी हूँ। मूँगा और बिंबाफल को लज्जित करने वाले लाल अधरों पर बलि जाती हूँ। मैं कृष्ण के दाँतों की चमक पर बलिहारी हूँ। उस पर सावन की बिजली को न्योछावर करती हूँ। मैं सुन्दर ठोड़ी तथा मोतियों की माला पर बलि जाती हूँ। सूरदास कहते हैं कि मैं गोपी (कृष्ण) को देखकर तन मन सब की बलि देती हूँ। हे यशोदा के लाल (तुम पर) निछावर हूँ।। 148।।

नटवर वेष धरे ब्रज आवत।
मोर मुकुट मकराकृत कुंडल, कुटिल अलक मुख पर छबि पावत।
भृकुटी बिकट नैन अति चंचल, इहिं छबिपर उपमा इक धावत।
धनुष देखि खंजन बिधि डरपत, उड़ि न सकत उड़िबै अकुलावत।
अधर अनूप मुरलि-सुर पूरत, गौरी राग अलापि बजावत।
सुरभी-वृन्द गोप-बालक-सँग, गावत अति आनन्द बढ़ावत।
कनक-मेखला कटि पीतांबर, निर्तत मन्द-मन्द सुर गावत।
सूर-स्याम-प्रनि-अंग-माधुरी, निरखत ब्रज-जन कै मन भावत ।।१४९।।

अर्थ—कृष्ण नटवर का वेष धरकर ब्रज आते हैं। (सिर पर) मोर का मुकुट, (कान में) मकर के आकार का कुंडल, घुँघराले बाल मुख पर शोभा पाते हैं। (उनकी) भौंह विकट (वक्र) तथा नेत्र चंचल हैं। इस पर एक उपमा (मन में) आती है जैसे धनुष को देखकर खंजन का एक जोड़ा डर कर उड़ना चाहता हो पर उड़ न पाने से आकुल हो। ओंठ अनुपम और मुरली के स्वर से पूर्ण हैं तथा गौरी राग को अलाप कर बजाते हैं। गायों तथा गोप बालकों के साथ गाते हुए व अत्यधिक आनन्द बढ़ाते हैं। कमर में सोने की करधनी और पीताम्बर शोभित है, नाचते हुए मन्द-मन्द सुर से गाते हैं। सूरदास कहते हैं कि कृष्ण के प्रत्येक अंग की मधुरता को देखकर ब्रज के लोगों का मन भा जाता है।। 149।।

आवत मोहन धेनु चराए।
मोर मुकुट सिर, उर बनमाला, हाथ लकुट गोरज लपटाए।
कटि काछनी किंकिन-धुनि बाजति, चरन चलत नूपुर रव लाए।
ग्वाल-मंडली मध्य स्यामघन, पीत बसन दामिनहिँ लजाए।
गोप सखा आवत गुन गावत, मध्य स्याम हलधर छबि छाए।
सूरदास प्रभु असुर सँहारे, ब्रज आवत मन हरष बढ़ाए ।।१५०।।

अर्थ—मोहन गाय चराकर आ रहे हैं। सिर पर मोर का मुकुट, वक्ष स्थल पर बन माला,

हाथ में लाठी और गायों से उड़ायी गयी धूल शोभित है। कमर में पहनी गयी कछनी और उस पर किंकिणि की ध्वनि बजती है। चलते समय चरणों से नूपुर की ध्वनि होती है। ग्वालों की मंडली के बीच कृष्ण अपने पीताम्बर से बिजली को लजाते हैं। गोप मिल कर गुण गाते हुए आते हैं। बीच में बलभद्र और कृष्ण की शोभा छायी है। सूरदास कहते हैं कि कृष्ण ने असुरों का संहार किया और मन के हर्ष को बढ़ाते हुए ब्रज आते हैं।। 150।।

उपमा हरि-तनु देखि लजानी।
कोउ जल मैं, कोउ बननि रहीं दुरि, कोउ कोउ गगन समानी।
मुख निरखत ससि गयौ अम्बर कौं, तड़ित दसन-छबि हेरि।
मीन कमल कर-चरन नयन डर, जल मैं कियौ बसेरि।
भुजा देखि अहिराज लजाने, बिबरन पैठे धाइ।
कटि निरखत केहरि डर मान्यौ, बन-बन रहे दुराइ।
गारी देहिं कबिनि कैं बरनत, श्री-अँग पटतर देत।
सूरदास हमकौं सरमावत, नाउँ हमारौ लेत।।१५१।।

अर्थ—कृष्ण के शरीर को देखकर (सारी) उपमायें लजा गयीं। कोई जल में, कोई वन में, छिपी रहीं, कोई-कोई आकाश में समा गयीं। मुख को देखकर चन्द्रमा आकाश में चला गया और दाँतों को देखकर बिजली (आकाश में चली गयी)। नेत्रों के डर से मीन, हाथ तथा चरणों के डर से कमलों ने पानी में जाकर बसेरा लिया। भुजा को देखकर सर्पों के राजा (शेषनाग) लजाकर बिल में जाकर बैठ गये। कमर को देखकर सिंह ने डर माना और वन-वन छिपता रहा। अंग शोभा की समता करते समय कवियों को (उपमान) गाली देते हैं। और वे कहते हैं कि हमारी चर्चा करके हमें (कविगण) लज्जित करते हैं।। 151।।

स्याम सुख-रासि, रस-रासि भारी।
रूप की रासि, गुन-रासि, जोबन-रासि, थकित भईं निरखि नव तरुन नारी।
सील की रासि, जस-रासि, आनँद रासि, नील नव-जलद छबि बरनकारी।
दया की रासि, विद्या-रासि, बल-रासि, निर्दयारति दनुकुल-प्रहारी।
चतुराई-रासि, छल-रासि, कल-रासि, हरि भजै जिहिं हेत तिहिं देन हारी।
सूर-प्रभु स्याम सुख-धाम पूरन काम, बसन-कटि-पीत मुख मुरलीधारी।।१५२।।

अर्थ—कृष्ण सुख की और रस की भारी राशि (हैं)। (कृष्ण के) रूप की राशि, गुण की राशि, यौवन की राशि को देखकर तरुणी नारियाँ थकित हो गयीं। (कृष्ण) शील की राशि, यश की राशि, आनन्द की राशि हैं तथा नीले नये बादल के समान शोभा वाले हैं। (वे) दया की राशि, विद्या की राशि, बल की राशि हैं, शत्रुओं के लिये निर्दयी तथा राक्षसों का नाश करने वाले हैं। चतुरता की राशि, छल राशि, कला की राशि, कृष्ण को जिस हेतु भजा जाता है उसी को

पूरा करते हैं। सूरदास कहते हैं कि कृष्ण सुख के धाम तथा इच्छा को पूरा करने वाले, कमर में पीताम्बर और मुँह में मुरली धारण करने वाले हैं।। 152।।

स्याम-कमल-पद-नख की सोभा।
जे नख-चंद्र इन्द्र-सर परसे, सिव बिरंचि मन लोभा।
जे नख-चंद्र सनक मुनि ध्यावत, नहिँ पावत भरमाहीँ।
ते नख-चंद्र प्रकट ब्रज-जुवती, निरखि निरखि हरषाहीँ।
जे नख-चंद्र फनिंद-हृदय तैँ, एकौ निमिष न टारत।
जे नख-चंद्र महामुनि नारद, पलक न कहूँ बिसारत।
जे नख-चंद्र-भजन खल नासत, रमा हृदय जे परसति।
सूर स्याम-नख-चंद्र बिमल छबि, गोपीजन मिलि दरसति।।१५३।।

अर्थ—कृष्ण के कमल के समान चरणों के नखों की शोभा (अनुपम) है। जिन नख रूपी चन्द्रों को इन्द्र ने सिर से स्पर्श किया, और जिन नख रूपी चन्द्रों की सनक मुनि ध्यान करते हैं और (उन्हें) न पाकर भरमते है, वही नख रूपी चन्द्रमा प्रकट (हुआ) देख-देखकर ब्रज की युवतियाँ हर्षित होती हैं। जिन नख-चन्द्रों को शेषनाग अपने हृदय से एक क्षण भी नही हटाते। जिन नख चन्द्रों को महा मुनि नारद पल भर भी नहीं बिसारते हैं। जो नख-चन्द्र भजन करने पर दुष्टों का नाश करते हैं, और लक्ष्मी के हृदय का स्पर्श करते हैं। सूरदास कहते हैं कि गोपियाँ मिलकर कृष्ण के नख रूपी चन्द्र की शोभा को देखती हैं।। 153।।

स्याम-हृदय जल-सुत की माला, अतिहिँ अनूपम छाजै (री)।
मनहुँ बलाकपाँति नवघन पर, यह उपमा कछु भ्राजै (री)।
पीत हरित, सित, अरुन मालबन, राजति हृदय बिसाल (री)।
मानहुँ इन्द्रधनुष नभमंडल, प्रगट भयौ तिहिँ काल (री)।
भृगु पद-चिन्ह उरस्थल प्रगटे, कौस्तुभ मनि ढिग दरसत (री)।
बैठे मानौ षट बिधु एक सँग, अर्द्ध निसा मिलि हरषत (री)।
भुजा बिसाल स्याम सुन्दर की, चन्दन खौरि चढ़ाये (री)।
सूर सुभग अँग-अँग की सोभा, ब्रज-ललना ललचाए (री)।।१५४।।

अर्थ—कृष्ण के हृदय पर मोती की माला अत्यधिक अनुपम शोभा (देती) है। मानो नये बादलों पर बगुलों की पंक्ति हो, यह उपमा कुछ उचित लगती है। पीली, हरी, सफेद, लाल, बनमाला विशाल हृदय पर शोभित है। मानो उस समय आकाश मंडल में इन्द्रधनुष उदित हो। भृगु के पैरों के (प्रहार) का चिह्न वक्ष स्थल पर स्पष्ट है और उसके निकट ही कौस्तुभ मणि दिखाई पड़ती है। मानो आधी रात में छः चन्द्रमा (पाँचों अंगुलियों से युक्त चरम चिह्न एवं कौस्तुभ-मणि) बैठे हुए मिलकर प्रसन्न हो रहे हैं। कृष्ण की भुजा चन्दन का लेप किये विलसित है। सूरदास कहते हैं कि कृष्ण के अंग-अंग की शोभा ब्रज की स्त्रियों को ललचा देने वाली है।। 154।।

मुख पर चंद डारौं वारि।
कुटिल कच पर भौंर वारौं, भौंह पर धनु वारि।
भाल-केसरि-तिलक छवि पर, मदन-सर सत वारि।
मनु चली बहि सुधा-धारा, निरखि मन द्यौं वारि।
नैन सुरसति-जमुन-गंगा, उपम डारौं वारि।
मीन खंजन मृगज वारौं, कमल के कुल वारि।
निरखि कुंडल तरनि वारौं, कूप स्रवननि वारि।
झलक ललित कपोल-छवि पर, मुकुट सत-सत वारि।
नासिका पर कीर वारौं, अधर बिद्रुम वारि।
दसन पर कन-बज्र वारौं, बीज दाड़िम वारि।
चिबुक पर चित-बित्त धारौं, प्रान डारौं वारि।
सूर हरि की अंग-सोभा, को सकै निरवारि ॥१५५॥

अर्थ—कृष्ण के मुख पर चन्द्रमा को निछावर कर दूँ। कुटिल लटों पर भौंरे को तथा भौंह पर धनुष निछावर (करती हूँ)। मस्तक पर केशर के तिलक की शोभा पर मदन के सैकड़ों बाण निछावर हैं। (वह ऐसा प्रतीत होता है) मानो अमृत की धारा बह चली हो और उसे देखकर मन को निछावर कर दूँ। नैनों पर सरस्वती, यमुना और गंगा की उपमा निछावर कर दूँ। तब मछली, खंजन, मृग शावक तथा कमल के समूह निछावर (हैं)। कुंडल को देखकर सूर्य को निछावर कर दूँ और कानों पर कुआँ को निछावर देती हूँ। सुन्दर कपोल की शोभा की झलक पर सैकड़ों मुकुट निछावर हैं। नासिका पर तोता तथा ओंठ पर मूंगे को वारती हूँ। दाँतों पर हीरे के दानों तथा अनार के बीज को निछावर करती हूँ। ठुड्डी पर चित्त की वृत्ति को धरती हूँ और प्राणों को निछावर करती हूँ। सूरदास कहते हैं कि कृष्ण के अंग की शोभा का निर्णय कौन कर सकता है।। 155।।

नेत्र अनुराग

नैन न मेरे हाथ रहे।
देखत दरस स्याम सुन्दर कौ, जल की ढरनि बहे।
वह नीचे कौं धावत आतुर, वैसेहि नैन भए।
वह तो जाइ समात उदधि मैं, ये प्रति अंग रए।
यह अगाध कहुँ वार पार नहिं, येउ सोभा नहिं पार।
लोचन मिले त्रिवेनी ह्वै कै, सूर समुद्र अपार ॥१५६॥

अर्थ—(गोपियाँ कहती हैं) आँखें मेरे वश में नहीं रहतीं। सुन्दर कृष्ण का दर्शन करते ही जल की तरह ढल कर बह जाती हैं। वह (जल) नीचे की ओर आतुर होकर दौड़ता है वैसे ही भी हो गये हैं। वह तो जाकर समुद्र में समा जाता है, किन्तु ये (नेत्र) कृष्ण के हर अंग पर रह गये हैं। यह (समुद्र) अगाध है इसका कोई वार-पार नहीं है। इन (कृष्ण) की शोभा की

कोई सीमा नहीं है। सूरदास कहते हैं कि (गोपियों के) नेत्र त्रिवेणी होकर अपार समुद्र (रूपी कृष्ण) से मिल गये।। 156।।

इन नैननि मोहिँ बहुत सतायौ।
अब लौं कानि करी मैं सजनी, बहुतै मूँढ़ चढ़ायौ।
निदरे रहत गहे रिस मोसौं, मोहिँ दोष लगायौ।
लूटत आपुन श्री-अंग-सोभा, ज्यौं निधनी धन पायौ।
निसिहूँ दिन ये करत अचगरी, मनहिँ कहा धौं आयौ।
सुनहु सूर इनकौं प्रतिपालत, आलस नैंकु न लायौ ।।१५७।।

अर्थ—इन नैनों ने मुझे बहुत सताया। अब तक हे सखी मैंने मर्यादा रखी, (इन्हें) बहुत सिर पर चढ़ाया। (लेकिन अब) ये मुझसे क्रोध करके रुठे रहते हैं और हम को ही दोष लगाते हैं। स्वयं सुन्दर अंगों की शोभा लूटते हैं जैसे निर्धन को धन मिल गया हो। रात-दिन ये शरारत करते हैं (न मालूम) इनके मन को क्या हो गया है (क्या समा गया है)। (गोपी कहती है) सूरदास सुनो इनका पालन करते हुए मैं तनिक भी आलस नहीं लायी।। 157।।

नैन करैं सुख, हम दुख पावैं।
ऐसौं को पर-बेद न जानै, जासौं कहि जु सुनावैं।
तातैं मौन भलौ सबही तैं, कहि कै मान गँवावैं।
लोचन,मन,इंद्री हरि कौं भजि,तजि हमकौं सुख पावैं।
वै तौ गए आपने कर तैं, वृथा जीव भरमावैं।
सूर स्याम हैं चतुर सिरोमनि, तिनसौं भेद जनावैं ।।१५८।।

अर्थ—आँखें सुख करती हैं और हम दुःख पाते है। ऐसा कौन है जो दूसरे के दुःख को समझे, जिससे (अपना) दुःख कहकर सुनाऊं। सबसे अच्छा है मौन रहना, कह कर कौन आदर गँवाये। आँख, मन, इन्द्रियाँ कृष्ण के होकर हमको छोड़कर सुख पाते हैं। ये तो अपने हाथ से निकल गये अब जीव को व्यर्थ ही भरमाते हैं। सूरदास कहते हैं कि कृष्ण चतुर शिरोमणि हैं, उनसे (ये सब) (गोपियों का) भेद जानते हैं।। 158।।

ऐसे आपु स्वारथी नैन।
अपनोइ पेट भरत हैं निसि-दिन, और न लैन न दैन।
वस्तु अपार परी ओछैं कर, ये जानत घटि जैहैं।
कौ इनसैं समुझाइ कहै यह, दीन्हे हीं अधिकैहैं।
सदा नहीं रैहैं अधिकारी, नाउँ राखि जौ लेते।
सूर स्याम सुख लूटैं आपुन, औरनि हूँ कौं देते ।।१५९।।

अर्थ—ये नेत्र स्वयं कितने स्वार्थी हैं। रात-दिन अपना ही पेट भरते रहते हैं और (से कुछ इनका) लेना-देना नहीं है। अपार वस्तु नीच के हाथ पड़ गई है, ये समझते हैं कि घट जायेगी।

कौन इनसे समझाकर कहे कि देने से अधिकाई ही होगी। सदा अधिकारी नहीं रहेंगे जो (चाहे तो) नाम रख लें। सूरदास कहते हैं कि औरों को भी देते हुए स्वयं सुख लूटें।। ।159।।

नैन भए बस मोहन तैं।
ज्यौं कुरंग बस होत नाद के, टरत नहीं ता गोहन तैं।
ज्यौं मधुकर बस कमल-कोस कें, ज्यौं बस चंद चकोर।
तैसें हि ये बस भए स्याम के, गुड़ी बस्य ज्यौं डोर।
ज्यौं बस स्वाँति-बूंद कै चातक, ज्यौं बस जल के मीन।
सूरज-प्रभु के बस्य भए ये, छिनु-छिनु प्रीति नवीन ।।१६०।।

अर्थ—नैन मोहन के वश में हो गये। जैसे मृग नाद के वश में होकर उसके पास से नहीं टलता। जैसे भौंरा कमल की कली के वश में होता है और चकोर पक्षी चन्द्रमा के (वश में होता है)। वैसे ही ये कृष्ण के वश में हो गये हैं, जैसे पतंग डोरी के वश में रहती है। जैसे स्वाती नक्षत्र की बूँद के वश में पपीहा और जल के वश में मछली उसी तरह ये कृष्ण के वश में हो गये और क्षण-क्षण नयी प्रीति (का अनुभव) करते हैं।। 160।।

तब तैं नैन रहे इकटकहीं।
जब तैं दृष्टि परे नँद-नंदन, नैंकु न अंत मटकहीं।
मुरली धरे अरुन अधरनि पर, कुंडल झलक कपोल।
निरखत इकटक पलक भुलाने, मनौ बिकाने मोल।
हमकौं वै काहैं न बिसारैं, अपनी सुधि उन नाहिं।
सूर स्याम-छवि-सिंधु सामने, वृथा तरुनि पछिताहिं ।।१६१।।

अर्थ—तब से नेत्र एकटक ही हैं, जब से कृष्ण पर नजर पड़ी (तब से) तनिक भी अन्यत्र नहीं हिलते। लाल ओठों पर मुरली धरे हुए, कपोल पर झलकते कुण्डल वाले (कृष्ण) को पलक भाँजना भूलकर एकटक देख रहे हैं मानों कीमत पर बिक गये हैं। हमको वे क्यों न भुला दें जबकि उन्हें अपनी ही सुध नहीं है। सूरदास कहते हैं कि कृष्ण के शोभा-समुद्र में (ये नेत्र) समा गये हैं, युवतियाँ व्यर्थ ही पछताती हैं।। 161।।

नैननि सौं झगरौ करिहौं री।
कहा भयौ जौ स्याम-संग हैं, बाँह पकरि सम्मुख लरिहौं री।
जन्महिं तैं प्रतिपालि गड़े किये, दिन-दिन कौ लेखौ करिहौं री।
रूप-लूट कीन्हो तुम काहैं, अपने बाँटे कौं धरिहौं री।
एक मातु पितु भवन एक रहे, मैं काहैं उनकौं डरिहौं री।
सूर अंस जौ नहीं देहिगे, उनके रँग मैं हूँ ढरिहौं री ।।१६२।।

अर्थ—आँखों से झगड़ा करूँगी। क्या हुआ जो वे कृष्ण के साथ हैं। बाँह पकड़कर सामने लड़ूँगी। जन्म से पालकर बड़ा किया है, उनसे एक-एक दिन का हिसाब करूँगी। (कृष्ण) के रूप को लूट कर तुमने अपना क्यों कर लिया (उनसे) अपना हिस्सा धरा लूँगी। एक ही माता-पिता

तथा एक ही भवन में निवास रहा (इसलिये) मैं उन (नेत्रों) को क्यों डरूँगी। सूरदास कहते हैं कि मुझ (गोपी) को यदि हिस्सा नहीं देंगे तो उनके रंग में ढल जाऊंगी।। 162।।

कपटी नैननि तैं कोउ नाहीं।
घर कौ भेद और के आगैं, क्यौं कहिबे कौं जाहीं।
आपु गए निधरक ह्वै हमतें, बरजि-बरजि पचिहारी।
मनकाँमना भई परिपूरन, ढरि रीझे गिरिधारी।
इनहिं बिना वे, उनहिं बिना ये, अंतर नाहीं भावत।
सूरदास यह जुग की महिमा, कुटिल तुरत फल पावत ।।१६३।।

अर्थ—नैनों से (अधिक) छली कोई नहीं है। दूसरे के आगे घर का भेद कहने क्यों जाते हैं। स्वयं बेधड़क होकर चले गये, रोक-रोककर हार गयी। इनकी मनोकामना पूरी हो गयी जो कि ढलकर कृष्ण इनसे रीझ गये। इनके बिना वे (कृष्ण) और उनके बिना ये (नेत्र) दोनों का वियोग नहीं अच्छा लगता। सूरदास कहते हैं कि यह युग की महिमा है कि कुटिल व्यक्ति, तुरन्त फल पाता है।। 163।।

नैना घूंघट मैं न समात।
सुन्दर बदन नन्द-नन्दन कौ, निरखि-निरखि न अघात।
अति रस लुब्ध महा मधु लम्पट, जानत एक न बात।
कहा कहौं दरसन-सुख माते, ओट भएँ अकुलात।
बार-बार बरजत हौं हारी, तऊ टेव नहिं जात।
सूर तनक गिरिधर बिनु देखै, पलक कलप सम जात ।।१६४।।

अर्थ—नेत्र घूंघट में नहीं समाते। कृष्ण के सुन्दर शरीर को देख-देखकर नहीं अघाते हैं। (कृष्ण के रूप के) रस-माधुर्य के अत्यधिक लोभी ये लंपट एक भी बात नहीं जानते। क्या कहूँ दर्शन के सुख से मतवाले (कृष्ण के) ओट होने पर आकुल हो जाते हैं। बार-बार रोककर हार गयीं तब भी आदत नहीं छूटती। सूरदास कहते हैं कि पल भर बिना देखे उन्हें एक कल्प के समान बीतता है।। 164।।

ये नैना मेरे ढीठ भए री।
घूँघट-ओट रहत नहिं रोकैं, हरि-मुख देखत लोभि गए री।
जउ मैं कोटि जतन करि राखे, पलक-कपाटनि मूँदि लए री।
तउ ते उमँगि चले दोउ हठ करि, करौं कहा मैं जान दए री।
अतिहिं चपल, बरज्यौ नहिं मानत, देख बदन तन फेरि नए री।
सूर स्यामसुंदर-रस अटके, मानहुँ लोभी उहँह छए री ।।१६५।।

अर्थ—ये मेरे नेत्र धृष्ट हो गये हैं। घूँघट की ओट रोकने से नहीं रहते, कृष्ण के रूप को देखते ही ललचा गये। यद्यपि मैंने सैकड़ों उपाय करके रखा और पलक रूपी किवाड़ को बन्द कर लिया, तब भी वे दोनों हठ करके उमगकर चले, क्या करूँ, मैंने जाने दिया। अत्यधिक चंचल हैं,

रोक-टोक नहीं मानते, (कृष्ण के) शरीर को देख कर उधर ही झुक पड़ते हैं। सूरदास कहते हैं कि (गोपी कहती है) ये कृष्ण के (रूप) रस में उलझ गये, मानों ये लोभी वहाँ ही छा गये हैं।। 165।।

अँखियाँ हरि कैं हाथ बिकानीं।
मृदु मुसुकानि मोल इनि लीन्ही, यह सुनि सुनि पछितानीं।
कैसैं रहति रहीं मेरैं बस, अब कछु औरै भाँति।
अब वै लाज मरतिं मोहिं देखत, बैठीं मिलि हरि-पाँति।
सपने की सी मिलनि करति हैं, कब आवतिं कब जातिं।
सूर मिलीं ढरि नँद-नंदन कौं, अनत नहीं पतियातिं ।।१६६।।

अर्थ—आँखें कृष्ण के हाथ बिक गयीं। मीठी हँसी ने इन्हें मोल ले लिया, यह सुन-सुनकर पछताती हूँ। मेरे वश में कैसे रहती थीं, अब तो कुछ और ही तरह का व्यवहार है। अब वे कृष्ण की पंक्ति में बैठी हुई मुझे देखकर लाज के मारे मरती हैं, स्वप्न के समान मिलन करती हैं। (मालूम नहीं) कब आती और कब जाती हैं। सूरदास कहते हैं कि कृष्ण के साथ प्रेम करके अब ये अन्यत्र विश्वास नहीं करतीं।। 166।।

अँखियन तब तैं बैर धरयौ।
जब हम हटकी हरि-दरसन कौं, सो रिस नहिं बिसरयौ।
तबहीं तैं उनि हमहिं भुलायौ, गईं उतहिं कौं धाइ।
अब तौ तरकि तरकि ऐंठति हैं, लेनी लेतिं बनाइ।
भईं जाइ वै स्याम-सुहागिनि, बड़भागिनि कहवावैं।
सूरदास वैसी प्रभुता तजि, हम पै कब वै आवैं ।।१६७।।

अर्थ—आँखों ने तब से शत्रुता ठान ली है जब से कृष्ण के दर्शन से उन्हें रोका, (और उस) क्रोध को (उन्होंने) भुलाया नहीं। तब ही से उन्होंने हमें भुला दिया, और उन्हीं की ओर दौड़कर चली गयी। तब ही से तड़क-तड़क कर ऐंठती हैं, और लेनी (बदला) बना ले रही हैं। वे जाकर कृष्ण की सुहागिन होकर बड़भागी कहलाती हैं। सूरदास कहते हैं कि वैसी बड़ाई को छोड़कर हमारे पास वे क्यों आने लगीं।। 167।।

राधा-कृष्ण

प्रथम मिलन

खेलत हरि निकसे ब्रज-खोरी।
कटि कछनी पीतांबर बाँधे, हाथ लिये भौंरा, चक, डोरी।
मोर-मुकुट, कुंडल स्रवननि बर, दसन-दमक दामिनि-छबि छोरी।
गए स्याम रबि-तनया कैं तट, अंग लसति चन्दन की खोरी।
औचक ही देखी तहँ राधा, नैन बिसाल भाल दिये रोरी।
नील बसन फरिया कटि पहिरे, बेनी पीठि रुलति झकझोरी।
संग लरिकिनी चली इत आवति, दिन-थोरी, अति छबि तन-गोरी।
सूर स्याम देखत हीं रीझे, नैन-नैन मिलि परी ठगोरी ।।१।।

अर्थ—खेलते हुए कृष्ण ब्रज की सँकरी गली में निकले, कमर में कछनी और पीताम्बर बाँधे हुए हैं और हाथ में भौंरा (लट्टू) और लट्टू की डोरी लिए हुए हैं। उनके (मस्तक पर) मोर का मुकुट है, कानों में श्रेष्ठ कुण्डल है और उनके दाँतों की चमक ने बिजली की छवि को छीन लिया है। कृष्ण यमुना के तट पर गये, उनके अंग पर चंदन का लेप शोभित है। उन्होंने अचानक ही वहाँ राधा को देखा, जिसके नेत्र बड़े-बड़े थे तथा मस्तक पर तिलक लगा था, जिसने नीला वस्त्र तथा कमर में घाँघरी पहन रखी थी, जिसके पीठ पर झकझोरती हुई चोटी हिलती डुलती है। वह लड़कियों के साथ इधर ही चली आती है। वह थोड़े दिन (कम उम्र) की (होते हुए भी), अत्यधिक सुन्दर तथा गोरे शरीर की है। सूरदास कहते हैं कि कृष्ण (उसे) देखते ही रीझ गये। नेत्र से नेत्र मिलते ही जादू का सा असर हुआ।। 1 ।।

बूझत स्याम कौन तू गोरी।
कहाँ रहति, काकी है बेटी, देखी नहीं कहूँ ब्रज खोरी।
काहे कौं हम ब्रज-तन आवतिं, खेलति रहतिं आपनी पौरी।
सुनत रहतिं स्रवननि नँद-ढोटा, करत फिरत माखन-दधि-चोरी।
तुम्हरौ कहा चोरि हम लैहैं, खेलन चलौ संग मिलि जोरी।
सूरदास प्रभु रसिक-सिरोमनि, बातनि भुरइ राधिका भोरी ।।२।।

अर्थ—कृष्ण (राधा) से पूछते हैं—गोरी तुम कौन हो। कहाँ रहती हो और किसकी बेटी हो, (क्योंकि) तुम्हें ब्रज की गलियों में कभी नहीं देखता हूँ। (राधा उत्तर देती है मैं ब्रज में किसलिए आऊँ) (मैं) अपने द्वार पर खेलती रहती हूँ। माखन तथा दही की चोरी करते

फिरते हुए नन्द के पुत्र (कृष्ण) की कहानी सुनती रहती हूँ। (कृष्ण कहते हैं) मैं तुम्हारा क्या चुरा लूँगा, साथ मिलकर खेलने चलें। सूरदास कहते हैं कि रसिक शिरोमणि कृष्ण ने भोली राधा को बातों से ही फुसला लिया ।।2।।

प्रथम सनेह दुहुँनि मन जान्यौ।
नैन नैन कीन्ही सब बातैं, गुप्त प्रीति प्रगटान्यौ।
खेलन कबहुँ हमारैं आवहु, नंद-सदन, ब्रज गाउँ।
द्वारैं आइ टेरि मोहिं लीजौ, कान्ह हमारौ नाउँ।
जौ कहियै घर दूरि तुम्हारौ, बोलत सुनियै टेरि।
तुमहिं सौंह बृषभानु बबा की, प्रात-साँझ इक फेरि।
सूधी निपट देखियत तुमकौं, तातैं करियत साथ।
सूर स्याम नागर-उत नागरि, राधा दोउ मिलि गाथ ।।३।।

अर्थ—प्रथम प्रेम को दोनों ने मन से ही जान लिया। (दोनों ने) आँख ही आँख से सब बातें कर लीं और गुप्त प्रेम को प्रकट किया। (कृष्ण कहते हैं) कभी हमारे ब्रज गाँव के नन्द के घर खेलने आओ। द्वार पर आकर मुझे बुला लेना, कृण मेरा नाम है। जो कहो कि तुम्हारा घर दूर है, तुम्हारे (जोर से) पुकारने पर सुनाई देगा। तुम्हें वृषभानु बाबा की सौगन्ध है, सुबह या शाम एक बार (अवश्य) आना। तुम्हें बिल्कुल सीधी-सरल देख कर मैं तुम्हारा साथ करना चाहता हूँ। सूरदास कहते हैं कि श्याम कृष्ण नागर (सभ्य तथा चतुर पुरुष) तथा राधा नागरि (सभ्य तथा चतुर नारी) है, दोनों मिलकर लीला करते हैं।। 3।।

गई बृषभानु-सुता अपने घर।
संग सखी सौं कहति चली यह, को जैहैं इनकैं दर।
बड़ी बेर भई जमुना आए, खीझति ह्वैहै मैया।
बचन कहति मुख, हृदय-प्रेम-दुख, मन हरि लियौ कन्हैया।
माता कहति कहाँ री प्यारी, कहाँ अबेर लगाई।
सूरदास तब कहति राधिका, खरिक देखि हौं आई ।।४।।

अर्थ—वृषभानु की पुत्री (राधा) अपने घर गयी। साथ की सखियों से यह कहती हुई चली कि कौन इनके (कृष्ण) घर जायेगा। यमुना आए हुए बहुत देर हो गयी। माता खीझती होंगी। मुँह से यह वचन कहती है, (किन्तु) हृदय में प्रेम की पीड़ा है, (क्योंकि) कृष्ण ने उसका मन हर लिया। माता कहती हैं—प्यारी तुम अब तक कहाँ थी, कहाँ देर लगाबी। सूरदास कहते हैं कि तब राधा ने अपनी माँ को उत्तर दिया—कि मैं पशुओं का बाड़ा देखकर आई हूँ।। 4।।

नंद गये खरिकहिं हरि लीन्हे।
देखी तहाँ राधिका ठाढ़ी, बोलि लिए तिहिं चीन्हे।

महर कह्यौ खेलौ तुम दोऊ, दूरि कहूँ जिनि जैहौ।
गनती करत ग्वाल गैयनि की, मोहिँ नियरैँ तुम रैहौ।
सुनि बेटी बृषभानु महर की, कान्हहिँ लेइ खिलाइ।
सूर स्याम कौँ देखे रहिहौ, मारै जनि कोउ गाइ ।।५।।

अर्थ—नन्द कृष्ण को लेकर पशुओं के बाड़े (गौशाला) में गये। वहाँ पर उन्होंने राधिका को खड़ी देखा, उसे पहचान कर (नन्द ने) बुला लिया। महर ने कहा तुम दोनों खेलो, कहीं दूर मत जाना। ग्वाल और गायों की गिनती करते हुए मेरे ही पास तुम रहना। महर वृषभानु की बेटी सुनो! कृष्ण को खिला लो। सूरदास कहते हैं (महर कहते हैं) कि कृष्ण को देखते रहना, कोई गाय मारने न पावे ।। 5।।

नन्द बबा की बात सुनौ हरि।
मोहिँ छाँड़ि जौ कहूँ जाहुगे, ल्याऊँगी तुमकौँ धरि।
भली भई तुम्हैँ सौँपि गए मोहिँ, जान न दैहौँ तुमकौँ।
बाँह तुम्हारी नैँकु न छाँड़ौँ, महर खीझिहैँ हमकौँ।
मेरी बाँह छाँड़ि दै राधा, करत उपरफट बातैँ।
सूर स्याम नागर, नागरि सौँ, करत प्रेम की घातैँ ।।६।।

अर्थ—(राधा कहती है) कृष्ण, बाबा नन्द की बात सुनो। मुझको छोड़कर यदि कहीं जाओगे तो मैं तुमको पकड़ लाऊँगी। अच्छा हुआ तुम्हें वे मुझे सौंप गये, मैं तुमको जाने नहीं दूँगी। तुम्हारी बाँह तनिक भी नहीं छोड़ूँगी, नहीं तो महर हमसे नाराज होंगे। (कृष्ण कहते हैं) राधा मेरी बाँह छोड़ दे, क्यों अनर्गल बातें करती है। सूरदास कहते हैं कृष्ण चतुर राधा से प्रेम की चोटें करते हैं ।। 6।।

खेलन कैँ मिस कुँवरि राधिका, नंद-महरि कैँ आई (हो)।
सकुच सहित मधुरे करि बोली, घर हौ कुँवर कन्हाई (हो)।
सुनत स्याम कोकिल सम बानी, निकसे अति अतुराई (हो)।
माता सौँ कछु करत कलह हे, रिस डारी बिसराई (हो)।
मैया री तू इनकौँ चीन्हति, बारम्बार बताई (हो)।
जमुना-तीर काल्हि मैँ भूल्यौ, बाँह पकरि लै आई (हो)।
आवति इहाँ तोहिँ सकुचति है, मैँ दै सौँह बुलाई (हो)।
सूर स्याम ऐसे गुन-आगर, नागरि बहुत रिझाई (हो) ।।७।।

अर्थ – खेलने के बहाने कुमारी राधा नन्द महर के (घर) आई। संकोच के साथ मधुरता से बोलती है कि (हे) कुँवर कृष्ण घर हो ? कोयल के समान राधा की बोली सुन कर (कृष्ण) अत्यधिक आकुलता से निकले। माता से कुछ तकरार कर रहे थे, पर (उस) क्रोध को वे तुरन्त भूल गये। (कृष्ण कहते हैं) मैया तुम इसको पहचानती हो। (फिर) बार-बार बताते हैं कि यमुना किनारे कल मैं भटक गया था, (यह) मेरी बाँह पकड़ कर ले आयी। यहाँ आते हुए इसको तुमसे संकोच होता है। मैंने इसे

सौगन्ध देकर बुलाया है। सूरदास कहते हैं गुणों के भांडार कृष्ण ने नागरि राधा को बहुत रिझाया ।।७।।

नाम कहा तेरौ री प्यारी।
बेटी कौन महर की है तू, को तेरी महतारी।
धन्य कोख जिहिँ तोकौँ राख्यौ, धनि घरि जिहिँ अवतारी।
धन्य पिता माता तेरे, छबि निरखति हरि-महतारी।
मैँ बेटी बृषभानु महर की, मैया तुमकौँ जानतिँ।
जमुना-तट बहु बार मिलन भयौ, तुम नाहिँन पहिचानतिँ।
ऐसी कहि, वाकौँ मैँ जानति, वह तो बड़ी छिनारि।
महर बड़ौ लंगर सब दिन कौ, हँसति देति मुख गारि।
राधा बोलि उठी, बाबा कछु, तुमसौ ढीठौ कीन्हौ।
ऐसे समरथ कब मैँ देखे, हँसि प्यारिहिँ उर लीन्हौ।
महरि कुँवरि सौँ यह कहि भाषति, आउ करौँ तेरी चोटी।
सूरदास हरषित नँदरानी, कहति महरि हम जोटी ।।८।।

अर्थ—प्यारी तेरा क्या नाम है। तू कौन महर की बेटी है और कौन तुम्हारी माता है। वह कोख धन्य है जिसने तुझको रखा और वह (माता) धन्य है जिसने तुम्हें जन्म दिया। तुम्हारे पिता, माता (दोनों) धन्य हैं। (इस प्रकार) कृष्ण की माता (उसकी) छवि देखती हैं। (राधा उत्तर देती है) मैं वृषभानु महर की पुत्री हूँ, माता तुमको जानती हैं। यमुना के तट पर बहुत बार मिलन हुआ है, (क्या) तुम नहीं पहचानती हो। ऐसा कहो, उसको मैं जानती हूँ, वह तो बहुत कुलटा है। महर (वृषभानु भी) सब दिन के बड़े धृष्ट हैं। इस प्रकार (यशोदा) हँसती और मुँह से गाली देती हैं। राधा (इस पर) बोल उठी कि बाबा ने क्या तुमसे कुछ धृष्टता की है। इस पर यशोदा ने कहा ऐसे समर्थ उनको मैंने कब देखा ? फिर हँस कर प्यारी राधा को हृदय से लगा लिया। यशोदा कुँवरि राधा से यह कहती हैं—आओ तुम्हारी चोटी करूँ। सूरदास कहते हैं नन्दरानी प्रसन्न होती हैं और कहती हैं कि महरि और हम जोड़ी हैं ।।8।।

जसुमति राधा कुँवरि सँवारति।
बड़े बार सीमंत सीस के, प्रेम सहित निरुवारति।
माँग पारि बेनी जु सँवारति, गूँथी सुन्दर भाँति।
गोरैँ भाल बिंदु बंदन, मनु इन्दु प्रात-रवि काँति।
सारी चीरि नई फरिया लै, अपने हाथ बनाइ।
अंचल सौँ मुख पोँछि अंग सब, आपुहि लै पहिराइ।
तिल, चाँवरी, बतासे, मेवा, दियौ कुँवरि की गोद।
सूर स्याम-राधा तनु चितवत, जसुमति मन-मन मोद ।।६।।

अर्थ—यशोदा कुमारी राधा को सँवारती हैं। फिर उसकी माँग के बड़े बालों को प्रेम के साथ सुलझाती हैं। उन्होंने माँग काढ़कर, चोटी को सँवारकर, सुन्दर तरह से गूँथा। गोरे मस्तक (और गोरे) मुख पर बिन्दी ऐसी शोभित है मानो चन्द्रमा तथा प्रातःकालीन सूर्य की कांति एक साथ शोभित हो रही हो। यशोदा ने साड़ी को चीर कर अपने हाथ से नया लहँगा बनाया, फिर अपने आँचल से राधा के मुख तथा अन्य सब अंगों को पोंछ कर उन्होंने अपने हाथ से लहँगा पहना दिया। इसके उपरान्त तिल, चावल, बतासा और मेवा से कुंवरि (राधा) की गोद भरी। सूरदास कहते हैं कि कृष्ण और राधा की ओर देखते हुए यशोदा मन-ही-मन आनन्दित हैं ।।9।।

बूझति जननि कहाँ हुती प्यारी।
किन तेरे भाल तिलक रचि कीनौ, किहिं कच गूँदि माँग सिर पारी।
खेलत रही नंद कै आँगन, जसुमति कही कुँवरि ह्याँ आ री।
मेरौ नाउँ बूझि बाबा कौ, तेरौ बूझि दई हँसि गारी।
तिल, चाँवरी गोद करि दीनी, फरिया दई फारि नव सारी।
मो तन चितै, चितै ढोटा-तन, कछु सविता सौं गोद पसारी।
या सुनि कै बृषभानु मुदित चित, हँसि-हँसि बूझत बात दुलारी।
सूर सुनत रस-सिन्धु बढ़्यौ अति, दम्पति एकै बात बिचारी ।।१०।।

अर्थ—माता पूछती हैं कि प्यारी तुम कहाँ थीं। किसने तुम्हारे मस्तक पर तिलक की रचना की है, किसने बालों को गूँथ (सुलझा) कर सिर की माँग निकाली है। (राधा उत्तर देती है) जब मैं नंद के आँगन में खेल रही थी, तब यशोदा ने कहा कुँवरि यहाँ आओ। मेरा नाम पूछा और बाबा का नाम पूछा, फिर तुम्हारा नाम पूछ कर हँसते हुए गाली दी। तिल और चावल से (मेरी) गोद भर दी तथा नयी साड़ी फाड़कर लहँगा पहनाया। मेरी ओर देखकर और पुत्र की ओर देखकर उन्होंने सूर्य की ओर आँचल पसार कर कुछ प्रार्थना की। यह सुनकर वृषभानु प्रसन्न मन से हँस-हँसकर प्यारी राधा से बात पूछते हैं। सूरदास कहते हैं कि (यह सब) सुनते ही दंपति के हृदय में रस का सागर अत्यधिक उमड़ आया और दोनों के मन में एक ही विचार उठा।। 10।।

गारुड़ी कृष्ण

सखियनि मिलि राधा घर लाईं।
देखहु महरि सुता अपनी कौं, कहूँ इहिं कारैं खाई।
हम आगैं आवति, यह पाछैं, धरनि परी भहराई।
सिर तैं गई दोहनी ढरिकै, आपु रही मुरझाई।
स्याम-भुअंग डस्यौ हम देखत, ल्यावहु गुनी बुलाई।
रोवति जननि कंठ लपटानी, सूर स्याम गुन राई ।।११।।

अर्थ—सखियाँ मिलकर राधा को घर ले आयीं और कहने लगीं, महरि अपनी बेटी को देखो, कहीं इसे साँप ने काट लिया है। हम सब आगे-आगे आ रही थीं, पीछे यह जमीन पर गिर पड़ी। सिर से दोहनी (दूध की हाँडी) ढुलक गयी, स्वयं मुरझा गयी। हमारे देखते इसे काले साँप ने डस लिया, किसी गुणी को बुला लाओ । रोती हुई माता कंठ से लिपटकर कहती है कि कृष्ण ही गुणियों में श्रेष्ठ हैं ।।11।।

नंद-सुवन गारुड़ी बुलावहु ।
कह्यौ हमारौ सुनत न कोऊ, तुरत जाहु, लै आवहु ।
ऐसी गुनी नहीं त्रिभुवन कहुँ, हम जानतिं हैं नीकै ।
आइ जाइ तौ तुरत जियावहिं, नैंकु छुवत उठै जी कै ।
देखौ धौं यह बात हमारी, एकहि मन्त्र जिवावै ।
नन्द महर कौ सुत सूरज जौ, कैसेहुँ ह्याँ लौं आवै ।।१२।।

अर्थ—गारुड़ी नंद के पुत्र (कृष्ण) को बुलाओ। हमारा कहना तो कोई सुनता नहीं, तुरन्त जाकर ले आओ। ऐसा साँप के मंत्र को जानने वाला तीनों लोक में कोई नहीं है । हम उसे अच्छी तरह जा नती हैं। आ जायँ तो तुरन्त जिला दें, तनिक छूते ही जी कर उठ जाय। हमारी यह बात निश्चय करके देखो एक ही मंत्र में वह जिला देता है। नन्द महर के पुत्र को कैसे भी यहाँ पर ले आया जाय ।।12।।

महरि, गारुड़ी कुँवर कन्हाई ।
एक बिटिनियाँ कारैं खाई, ताकौं स्याम तुरतहीं ज्याई ।
बोलि लेहु अपने ढोटा कौं, तुम कहि कै देउ नैंकु पठाई ।
कुँवरि राधिका प्रात खरिक गई, तहाँ कहूँ-धौं कारैं खाई ।
यह सुनि महरि मनहिं मुसुक्यानी,अबहिं रही मेरैं गृह आई ।
सूर स्याम राधहिं कछु कारन, जसुमति समुझि रही अरगाई ।।१३।।

अर्थ—हे महरि (यशोदा) कुँवर कृष्ण साँप के विष को मंत्र से उतारने वाले हैं। एक लड़की को साँप ने काट लिया, उसे कृष्ण ने तुरन्त जिला दिया। अपने पुत्र को बुला लो और तुम (स्वयं) कहकर उसे भेज दो। कुमारी राधा प्रातः पशुओं के चरने के स्थान पर गई थी वहाँ कहीं उसे काले साँप ने काट लिया। यह सुनकर महरि (यशोदा) ने मन ही मन मुस्करा कर सोचा, अभी तो हमारे ही घर थी। सूरदास कहते हैं कि यशोदा राधा की मूरछा के मूल कारण को समझकर चुप हो गई ।।13।।

तब हरि कौं टेरति नँदरानी ।
भली भई सुत भयौ गारुड़ी, आजु सुनी यह बानी ।
जननी-टेर सुनत हरि आए, कहा कहति री मैया ? ।
कीरति महरि बुलावन आई, जाहु न कुँवर कन्हैया ।
कहूँ राधिका कारैं खाई, जाहु न आवौ झारि ।
जंत्र-मंत्र कछु जानत हौ तुम, सूर स्याम बनवारि ।।१४।।

अर्थ—तब कृष्ण को नंदरानी जोर से बुलाती हैं। अच्छा हुआ पुत्र गारुड़ी हो गया, (मैंने) यह बात आज सुनी। माता की पुकार को सुनकर कृष्ण आये, (और पूछने लगे) माता क्या कहती हो। कीरति नाम की महरि बुलाने आयी है, कुँवर कृष्ण जाते क्यों नहीं। राधा को कहीं साँप ने डस लिया है, जाओ झाड़ (फूँक) आओ न। सूरदास कहते हैं कि (यशोदा कहती हैं) बनवारी कृष्ण तुम कुछ जन्त्र-मन्त्र जानते हो ।।14।।

हरि गारुड़ी तहाँ तब आए।
यह बानी बृषभानु सुता सुनि, मन-मन हरष बढ़ाए।
धन्य-धन्य आपुन कौं कीन्हौ, अतिहिं गई मुरझाई।
तन पुलकित रोमांच प्रगट भए, आनँद-अश्रु बहाइ।
बिह्वल देखि जननि भई ब्याकुल, अँग त्रिष गयौ समाइ।
सूर स्याम-प्यारी दोउ जानत, अन्तरगत कौ भाइ ।।१५।।

अर्थ—तब गारुड़ी कृष्ण वहाँ आये। यह वाणी सुनकर राधा के मन-ही-मन में हर्षोल्लास हुआ। अत्यन्त मुरझाई हुई राधा ने अपने को धन्य-धन्य माना। उसके पुलकित शरीर में रोमांच प्रक्ट हो गया और आनंद के आँसू बहने लगे। (राधा को) विह्वल देखकर माता व्याकुल हो गयीं कि (राधा के) अंग में विष समा गया। सूरदास कहते हैं कि कृष्ण और (प्यारी) राधा दोनों पारस्परिक अन्तर के भाव को समझते हैं।।15।।

रोवति महरि फिरति बिततानी।
बार-बार लै कंठ लगावति, अतिहिं सिथिल भई पानी।
नन्द सुवन कैं पाइ परी लै, दौरि महरि तब आइ।
ब्याकुल भई लाड़िली मेरी, मोहन देहु जिवाइ।
कछु पढ़ि-पढ़ि कर, अंग परस करि, विष अपनौ लियौ झारि।
सूरदास-प्रभु बड़े गारुड़ी, सिर पर गाड़ू डारि ।।१६।।

अर्थ—रोती हुई महरि व्याकुल फिरती हैं। बार-बार (राधा को) को लेकर गले से लगाती हैं। वह अत्यधिक शिथिल होकर पानी-पानी (द्रवित) हो गईं। तब महरि दौड़कर कृष्ण के पैरों पर (गिर) पड़ीं। (और बोलीं) मेरी प्रिय पुत्री व्याकुल हो गयी है, मोहन उसे जिला दो। कुछ पढ़-पढ़ कर, अंग छू कर, सिर पर जादू डालकर कृष्ण ने विष झाड़ दिया। सूरदास कहते हैं कि (इस प्रकार) कृष्ण बड़े गारुड़ी (सिद्ध हो गये) हैं।।16।।

लोचन दए कुंवरि उघारि।
कुँवर देख्यौ नन्द कौ तब, सकुची अंग सम्हारि।
बात बूझति जननि सौं री, कहा है यह आज।
मरत तैं तू बची प्यारी, करति है कह लाज।
तब कहति तोहिं कारैं खाई, कछु न रहि सुधि गात।
सूर प्रभु तोहिं ज्याइ लीन्ही, कही कुंवरि सौं मात ।।१७।।

अर्थ—कुँवरि राधा ने आँखें खोल दीं, जब कृष्ण को देखा तो संकोच से अंगों को सम्हाला। (फिर) राधा माता से (एक) बात पूछती है कि यह आज क्या है ? (माता ने कहा) प्यारी आज तू मरने से बची, लाज क्यों करती हो। तब कहती है साँप ने काट लिया था इसलिए शरीर में चेतना नहीं थी। सूरदास कहते हैं कि माता राधा से कहती है कि कृष्ण ने तुझे जिला दिया।। 17।।

बड़ौ मंत्र कियौ कुँवर कन्हाई।
बार-बार लै कंठ लगायौ, मुख चूम्यौ दियौ घरहिँ पठाई।
धन्य कोषि वह महरि जसोमति, जहाँ अवतरचौ यह सुत आई।
ऐसौ चरति तुरतहीँ कीन्हौँ, कुँवरि हमारी मरी जिवाई।
मनहीँ मन अनुमान कियौ यहं, बिधिना जोरी भली बनाई।
सूरदास प्रभु बड़े गारुड़ी, ब्रज घर-घर यह घैरु चलाई।।१८।।

अर्थ—कुँवर कृष्ण ने बड़े मंत्र का प्रयोग किया। (राधा की माँ ने) कृष्ण को लेकर बार-बार गले से लगाया और मुख चूमकर घर भेज दिया। वह महरि यशोदा की कोख (कुक्षि) धन्य है, जिससे इस पुत्र ने जन्म (अवतार) लिया। तुरन्त ऐसा उपाय किया जिसे मेरी मरी हुई बेटी जी गई। फिर उन्होंने मन-ही-मन अनुमान किया कि ब्रह्मा ने भली जोड़ी बनायी है। सूरदास कहते हैं कि कृष्ण बड़े गारुड़ी हैं, ब्रज के घर-घर में यह चर्चा चल पड़ी ।। 18।।

सम्बन्ध रहस्य

तुम सौँ कहा कहौँ सुन्दर घन।
या ब्रज मैँ उपहास चलत है, सुनि सुनि स्रवन रहति मनहीँ मन।
जा दिन सबनि पछारि, नोइ करि, मोहिँ दुहि दई धेनु बंसीबन।
तुम गही बाँह सुभाइ आपनैँ, हौँ चितई हँसि नैँकु बदन-तन।
ता दिन तैँ घर मारग जित तित, करत चवाव सकल गोपीजन।
सूर-स्याम अब साँच पारिहौँ, यह पतिब्रत तुम सौँ नँद-नंदन।।१९।।

अर्थ—सुन्दर कृष्ण तुमसे क्या कहूँ। इस ब्रज में हँसी होती है। कान से सुन-सुन कर मन-ही-मन (चुप) रह जाती हूँ। जिस दिन सब को पिछाड़कर तुमने नयी गाय को नोई (दुहने के समय रस्सी से गाय के पिछले पैर को बाँध) कर बंशीवन में दुहा और अपने स्वभाव वश (मेरी) बाँह पकड़ी, (और) मैं तनिक (तुम्हारे) मुख की ओर देखकर किंचित् हँस दी। उसी दिन से घर, मार्ग और जहाँ तहाँ गोप जन कुचर्चा करते हैं। सूरदास कहते हैं कि (राधा कहती है) कि अब कृष्ण तुम्हारे प्रति सच्चे पति व्रत का पालन करूँगी।। 19।।

स्याम यह तुमसौं क्यौं न कहौं।
जहाँ तहाँ घर घर कौ घैरा, कौनी भाँति सहौं।
पिता कोपि करवाल गहत कर, बंधु बधन कौं धावै।
मातु कहै कन्या कुल कौ दुख, जनि कोऊ जग जावै।
बिनती एक करौं कर जोरे, इनि बीथिन जनि आवहु।
जौ आवहु तौ मुरलि-मधुर-धुनि, मो जनि कान सुनावहु।
मन क्रम बचन कहति हौं साँची, मैं मन तुमहिं लगायौ।
सूरदास-प्रभु अन्तरजामी, क्यौं न करौ मन भायौ ॥२०॥

अर्थ—कृष्ण यह तुमसे क्यों न कहूँ। जहाँ-तहाँ घर-घर की कुचर्चा किस तरह सहूँ। पिता क्रोधित होकर हाथ में तलवार लेते हैं। भाई मारने को दौड़ते हैं। माता कहती हैं कि कन्या कुल का दुःख है, जग में कोई (कन्या) न पैदा करे। (राधा कहती है) तुमसे मैं हाथ जोड़कर बिनती करती हूँ कि इन गलियों में मत आओ। जो आओ (भी) तो मुरली की मधुर ध्वनि मेरे कान में न पड़ने पाये। मन, कर्म और वचन से सत्य कहती हूँ, मैंने मन तुम्हीं में लगाया है। सूरदास कहते हैं कि कृष्ण तुम अन्तर की बात जानने वाले हो, क्यों मन को भाने बाली बात नहीं करते हो।। 20।।

हँसि बोले गिरिधर रस-बानी।
गुरजन खिझैं कतहिं रिस पावति, काहे कौं पछतानी।
देह धरे कौ धर्म यहै है, स्वजन कुटुंब गृह-प्रानी।
कहन देहु, कहि कहा करैंगे, अपनी सुरत हिरानी ?।
लोक लाज काहै कौं छाँड़ति, ब्रजहीं बसैं भुलानी।
सूरदास घट द्वै हैं, मन इक, भेद नहीं कछु जानी ॥२१॥

अर्थ—हँसकर कृष्ण रस से भरी वाणी बोले। गुरुजन के खीझने पर तुम नाराज क्यों होती हो और पछताती क्यों हो। शरीर धारण करने वाले का यही धर्म है। स्वजन, कुटुंब तथा घर के प्राणी (जो कुछ कहते हों) कहने दो, कहकर क्या करेंगे ? क्या (तुम्हारी) स्वयं की स्मृति (सुरति) खो गयी है ? लोक की लाज क्यों छोड़ती हो। ब्रज में बसने पर भूल गई। सूरदास कहते हैं कि (कृष्ण कहते हैं) शरीर दो है किन्तु मन एक ही है, इसमें (मैं) कुछ भेद नहीं जानता। ।। 21 ।।

ब्रज बसि काके बोल सहौं।
तुम बिनु स्याम और नहिं जानौं, सकुचि न तुमहिं कहौं।
कुल की कानि कहा लै करिहौं, तुमकौं कहाँ लहौं।
धिक माता, धिक पिता बिमुख तुव, भावै तहाँ बहौं।
कोउ कछु करै, कहै कछु कोऊ, हरष न सोक गहौं।
सूर स्याम तुमकौं बिनु देखैं, तनु मन जीव दहौं ॥२२॥

अर्थ—(राधा कहती है) ब्रज में बसकर किसके बोल (व्यंग्य) सहूँ। कृष्ण तुम्हारे सिवाय मैं किसी और को नहीं जानती। संकोच के कारण तुमसे नहीं कहती हूँ। कुल की मर्यादा का निर्वाह कहाँ तक करूँगी, (उस स्थिति में) तुमको कैसे पाऊँगी। माता पिता सबको धिक्कार है। तुम से विमुख होकर जो जहाँ चाहे वहाँ बहे अर्थात् जो जैसा चाहे कहे। कोई कुछ भी करे, कुछ भी कहे, मैं हर्ष या विषाद कुछ नहीं मानती। सूरदास कहते हैं कि (राधा कहती है) कृष्ण तुम्हें बिना देखे, मैं शरीर, मन, जीव सब जला दूँगी।। 22।।

ब्रजहिँ बसैँ आपुहिँ बिसरायौ।
प्रकृति पुरुष एकहि करि जानहु, बातनि भेद करायौ।
जल थल जहाँ रहौँ तुम बिनु नहिँ, बेद उपनिषद गायौ।
द्वै-तन जीव-एक हम दोऊ, सुख-कारन उपजायौ।
ब्रह्म-रूप द्वितिया नहिँ कोऊ, तब मन तिया जनायौ।
सूर स्याम-मुख देखि अलप हँसि, आनँद-पुंज बढ़ायौ।।२३।।

अर्थ—(कृष्ण कहते हैं) ब्रज में अपने (मूल रूप) को भुलाकर हम निवास करते हैं। प्रकृति और पुरुष को एक ही करके जानो, (दोनों में) केवल कहने में भेद किया गया है। जल, पृथ्वी, कहीं भी तुम्हारे बिना नहीं रहता हूँ, वेद तथा उपनिषद् (भी यही) कहते हैं। हम दोनों दो तन तथा एक जीव रूप में सुख के लिए उत्पन्न हुए हैं। ब्रह्म का कोई दूसरा रूप नहीं है। इस प्रकार मन (की बात) प्रिया को (कृष्ण ने) जना दिया। सूरदास कहते हैं कि कृष्ण के मुख को देखकर राधा किंचित् हँस दी और इस प्रकार उनका आनन्दोल्लास बढ़ गया।। 23।।

तब नागरि मन हरष भई।
नेह पुरातन जानि स्याम कौ, अति आनंद-भई।
प्रकृति पुरुष, नारी मैँ वै पति, काहैँ भूलि गई।
को माता, को पिता, बंधु को, यह तो भेँट नई।
जन्म-जन्म जुग-जुग यह लीला, प्यारी जानि लई।
सूरदास प्रभु की यह महिमा, यातैँ बिबस भई।।२४।।

अर्थ—तब नागरि राधा का मन हर्षित हुआ। कृष्ण के पुरातन स्नेह को जानकर उन्हें अत्यधिक आनन्द हुआ। प्रकृति-पुरुष के रूप में मैं नारी और वे पति हैं, (यह मैं) क्यों भूल गयी। कौन माता, कौन पिता, कौन भाई, यह तो नयी भेंट (सम्बन्ध) है जन्म-जन्म और युग-युग की इस लीला को प्यारी (राधा) ने जान लिया। सूरदास कहते हैं कि प्रभु की यह महिमा है जिससे (राधा) विवश हो गयीं।। 24।।

देह धरे कौ कारन सोई।
लोक-लाज कुल-कानि तजियै, जातैँ भलौ कहै सब कोई।

मातु पिता के डर कौं मानै, मानै सजन कुटुंब सब लोई।
तात मातु मोहूँ कौं भावत, तन धरि कै माया-बस होई।
सुनि बृषभानु-सुता मेरी बानी, प्रीति पुरातन राखहु गोई।
सूर स्याम नागरिहिं सुनावत, मैं तुम एक नाहिं हैं दोई ।।२५।।

अर्थ—शरीर धारण करने का वही कारण है। लोक की लाज तथा कुल की मर्यादा न छोड़िये, जिससे सब लोक भला कहें। माता- पिता के डर को माने तथा अपने सम्बन्धियों तथा कुटुम्बियों (के डर) को माने। पिता-माता मुझे (राधा को) भाते हैं। (क्योंकि) शरीर धरकर (मैं) माया बस हो गयी। (कृष्ण कहते हैं) हे वृषभानु की पुत्री मेरी बात सुनो, पुरानी प्रीति छिपाकर रखो। सूरदास कहते हैं कि नागरि राधा को (कृष्ण) सुनाते हैं कि हम तुम एक हैं, दो नहीं ।। 25 ।।

राधा-सखी संवाद

घरहिं जाति मन हरष बढ़ायौ।
दुख डारयौ, सुख अंग भार भरि, चली लूट सौ पायौ।
भौंह सकोरति चलति मंद गति, नैंकु बदन मुसुकायौ।
तहँ इक सखी मिली राधा कौं, कहति भयौ मन भायौ।
कुंज-सुवन हरि-संग बिलस रस, मन कौ सुफल करायौ।
सूर सुगन्ध चुरावनहारौ, कैसैं दुरत दुरायौ ।।२६।।

अर्थ—घर जाते समय राधा का मन हर्षोल्लसित हो गया है। दुःख को छोड़ कर सुख के भार से अंगों को भरकर चली जैसे लूट का माल पा गयी हो। भौंह को सिकोड़ती, धीमी चाल से चलती हुई तनिक मुख पर मुसकान आ गयी। वहाँ एक सखी राधा को मिली और कहती है कि तुम्हारे मन को भाने वाला हुआ। कुंज के भवन में कृष्ण के साथ बिलसने का रस पाकर मन को सफल कर लिया। सूरदास कहते हैं कि (सखी कहती है) सुगंध को चुराने वाला छिपाने से कैसे छिप सकता है ।। 26 ।।

मोसौं कहा दुरावति राधा।
कहाँ मिली नँद-नंदन कौं, जिनि पुरई मन की साधा।
ब्याकुल भई फिरति हो अबहीं, बाग-बिथा तनु बाधा।
पुलकित रोम रोम गद गद, अब अँग अँग रूप अगाधा।
नहिं पावत जो रस जोगी जन, जप तप करत समाधा।
सुनहु सूर तिहिं रस परिपूरन, दूरि कियौ तनु दाधा ।।२७।।

अर्थ—राधा मुझसे क्यों छिपाती हो। (तुम) कृष्ण को कहाँ मिली, जिन्होंने मन की साध (इच्छा) पूरी कर दी। अभी व्याकुल होकर घूमती थी और शरीर काम की पीड़ा से दुखी था।

(अब) रोम-रोम पुलकित तथा गद्गद् है। अंग-अंग में गहरा रूप निखर आया है। जो रस योगी जप, तप तथा समाधि करके भी नहीं पाते। सूरदास कहते हैं, सुनो, उसी रस से परिपूर्ण कृष्ण ने शरीर के दाह को दूर कर दिया।। 27।।

स्याम कौन कारे की गोरे।
कहाँ रहत काके पै ढोटा, वृद्ध, तरुन की धौं हैं भोरे।
इहँई रहत कि और गाउँ कहुँ, मैं देखे नाहिँन कहुँ उनकौं।
कहै नहीं समुझाइ बात यह, मोहिँ लगावति हौ तुम जिनकौं।
कहाँ रहौं मैं, वै धौं कहँकै, तुम मिलवति हौ काहैं ऐसी।
सुनहु सूर मोसी भोरी कौं, जोरि जोरि लावति हौ कैसी ।।२८।।

अर्थ—(राधा कहती है) श्याम (कृष्ण) कौन हैं। (वह) काले हैं कि गोरे। कहाँ रहते हैं और किसके पुत्र हैं। वृद्ध हैं कि युवक हैं कि भोले हैं। यहीं रहते हैं कि और किसी गाँव में (रहते हैं)। मैंने कहीं उनको देखा नहीं है। यह बात समझाकर कहो जिससे मेरा अवैध (भोग-विलास का) सम्बन्ध लगाती हो। मैं कहाँ रहती हूँ, वे पता नहीं कहाँ के हैं। तुम क्यों ऐसे (व्यर्थ ही) बातें मिलाती हो। सूरदास कहते हैं कि (राधा कहती है) मेरी जैसी भोली को क्या उलटा-पुलटा लगा रही हो ।। 28।।

सुनहु सखी राधा की बातैं।
मोसौं कहति स्याम हैं कैसे, ऐसी मिलई घातैं।
की गोरे, की कारे-रँग हरि, की जोबन, की भोरे।
की इहिँ गाउँ बसत, की अनतहिँ, दिननि बहुत की थोरे।
की तू कहति बात हँसि मोसौं, की बूझति सति-भाउ।
सपनैं हूँ उनकौं नहिँ देखे, वाके सुनहु उपाउ।
मोसौं कही कौन तोसी प्रिय, तोसौं बात दुरैहौं।
सूर कही राधा मो आगैं, कैसें मुख दरसैहौं ।।२९।।

अर्थ—सखी राधा की बातें सुनो। मुझसे कहती है कि कृष्ण कैसे हैं। इस प्रकार कपटपूर्ण बातें बनाती है कि (कृष्ण) गोरे हैं कि काले हैं, युवक हैं या किशोर (भोले) हैं। (वह) इस गाँव में बसते हैं कि दूसरी जगह, बड़े (बहुत दिन के) हैं कि छोटे (थोड़े दिन के) हैं। तू मुझसे हँसी की बात कहती हो कि सच्चे भाव से पूछती हो ? स्वप्न में भी मैंने उनको नहीं देखा। उसके (राधा के बहाने बनाने के) उपाय को सुनो। उन्होंने मुझसे कहा कि तुम्हारे समान प्रिय कौन है जिससे कि मैं बात छिपाऊँगी। सूरदास कहते हैं कि (एक सखी दूसरी सखी से कहती है) राधा मेरे आगे कैसे मुँह दिखायेगी।। 29।।

राधे तेरौ बदन बिराजत नीकौ।
जब तू इत-उत बंक बिलोकति, होत निसा-पति फीकौ।
भृकुटी धनुष, नैन सर साँधे, सिर केसरि कौ टीकौ।
मनु-घूँघट-पट मैं दुरि बैठ्यौ, पारधि रति-पतिही कौ।

गति मैमंत नाग ज्यौं नागरि, करे कहति हौं लीकौ।
सूरदास-प्रभु बिबिध भाँति करि, मन रिझयौ हरि पी को ॥३०॥

अर्थ--राधा तुम्हारा मुख अच्छी तरह से शोभित है। जब तुम इधर-उधर तिरछे देखती हो तो चंद्रमा फीका हो जाता है। भौंह रूपी धनुष, नैन रूपी बाणों को साधे हुए है। मस्तक (सिर) पर केशर का टीका ऐसा जान पड़ रहा है कि मानो घूँघट के बीच कामदेव का शिकारी छिपकर बैठा हो। हे नागरि (तुम्हारी) चाल मतवाले हाथी के समान है, (यह सब) लकीर खींचकर कहती हूँ। सूरदास कहते हैं कि (सखी कहती है) विविध भाँति (के श्रृंगार से) प्रिय कृष्ण के मन को (तुमने) रिझाया।। 30।।

काकौ काकौ मुख माई बातनि कौं गहियै।
पाँच को सात लगायौ, झूठी-झूठी कै बनायौ, साँची जौ तनक
होई, तौलौं सब सहियै।
बातनि गह्यौ अकास, सुनत न आवै साँस, बोलि तौ कछू न
आवै, तातैं मौन गहियै।
ऐसैं कहैं नर नारि, बिना भीति चित्रकारि, काहे कौं देखे मैं
कान्ह, कहा कहौ कहियै।
घर घर यहै घैर, बृथा मोसौं करैं बैर, यह सुनि स्रौन,
हिरदय दहिए।
सूरदास बरु उपहास होइ सिर मेरैं, नंद कौ सुवन मिलै, तो पै
कहा चहियै ॥३१॥

अर्थ--सखी किसके-किसके मुख की बातों को पकड़ा जाय। लोग पाँच का सात लगाते हैं, झूठी-झूठी बातें बनाते हैं। इसमें यदि कुछ भी सच हो तो उसे सहा भी जाय। बातों ही बातों में आकाश छूते हैं, और ऐसी बातें सुनकर ऊपर की साँस ऊपर और नीचे की साँस नीचे रह जाती है। कुछ उत्तर में कहते नहीं बनता, अतः मौन धारण करना ही अच्छा है। इन लोगों (नर-नारियों) की बात ऐसी है, जैसे भीति के बिना चित्रावली की कल्पना करना। मैंने भला कान्ह को क्यों देखा होगा। क्या बताऊँ और क्या कहूँ (इस गाँव में) घर-घर तो यही चर्चा चल रही है, जैसे कि सब मुझसे बैर रखते हों। कानों से सुन-सुन कर मेरा हृदय ज लता है। सूरदास कहते हैं कि (अब तो राधा सब घोषित करती है) भले ही अब लोग मेरा उपहास उड़ाएँ, पर नन्द नन्दन कृष्ण मिल जाने पर फिर किसी को क्या चाहिये।। 31।।

कैसे हैं नँद-सुवन कन्हाई।
देखे नहीं नैन भरि कबहूँ, ब्रज मैं रहत सदाई।
सकुचति हौं इक बात कहति तोहिं, सो नहिं जाति सुनाई।
कैसैं हूँ मोहिं दिखावहु उनकौं, यह मेरैं मन आई।

अतिही सुंदर कहियत हैं वै, मोकौं देहु बताई।
सूरदास राधा की बानी, सुनत सखी भरमाई।।३२।।

अर्थ—नंद के पुत्र कृष्ण कैसे हैं? (उन्हें) आँख भरके कभी देखा नहीं, (यद्यपि) वह ब्रज में सदा रहते हैं। तुमसे एक बात कहने में सकुचाती हूँ। उसे सुनाया नहीं जाता। कैसे भी उनको हमें दिखाओ, यह (भावना) मेरे मन में आ गयी है। वह अत्यधिक सुन्दर कहे जाते हैं, (उन्हें) मुझे बता दो। सूरदास कहते हैं कि राधा की वाणी सुनकर सखी भ्रम में पड़ गयी ।। 32 ।।

सुनहु सखी राधा की बानी।
ब्रज बसि हरि देखे नहिँ कबहूँ, लोग कहत कछु अकथ कहानी।
यह अब कहत दिखावहु हरि कौं, देखहु री यह अचिरज मानी।
जो हम सुनति रही सो नाहीं, ऐसैं ही यह बायु बहानी।
ज्वाब न देत बनै काहू सौं, मन मैं यह काहू नहिँ मानी।
सूर सबै तरुनी मुख चाहतिँ, चतुर-चतुर सौं चतुरई ठानी।।३३।।

अर्थ—सखी, राधा की बात तो सुनो। ब्रज में बसकर इसने कृष्ण को कभी नहीं देखा, और लोग तो बेसिर-पैर की बात करते हैं अथवा कुछ न कही जा सकने वाली कहानी कहते हैं। यह अब कहती है कि कृष्ण को दिखाओ, यह श्रेष्ठ आश्चर्य देखो। जो हम सुनती रहीं वह (ठीक) नहीं है, वह ऐसे ही हवा में बह गयी इसकी (चर्चा चल पड़ी)। किसी से जवाब नहीं देते बनता, मन में कोई इसे मानेगा भी नहीं। सूरदास कहते हैं कि सभी युवतियाँ (कृष्ण के) मुख (का दर्शन) चाहती हैं, फिर (इसके लिए) चतुर-से-चतुर स्त्रियों ने चतुरता ठान ली ।। 33 ।।

सुनि राधे तोहिँ स्याम दिखैहैं।
जहाँ तहाँ ब्रज-गलिनि फिरत हैं, जब इहिँ मारग ऐहैं।
जबहीं हम उनकौं देखैंगी, तबहीं तोहिँ बुलैहैं।
उनहूँ कैं लालसा बहुत यह, तोहिँ देखि सुख पैहैं।
दरसन तैं धीरज जब रैहै, तब हम तोहिँ पत्यैहैं।
तुमकौं देखि स्याम सुन्दर घन, मुरली मधुर बजैहैं।
तनु त्रिभंग करि अंग अंग सौं, नाना भाव जनैहैं।
सूरदास-प्रभु नवल कान्ह बर, पीतांम्बर फहरैहैं।।३४।।

अर्थ—सुनो राधा तुम्हें कृष्ण को दिखाऊँगी। वे जहाँ-तहाँ ब्रज की गलियों में घूमते रहते हैं। जब इस मार्ग से आयेंगे और जब उनको हम देखेंगे तभी तुम्हें बुलायेंगे। उनकी भी बहुत अभिलाषा है, तुम्हें देखकर सुख पायेंगे। दर्शन से जब तुम्हें धीरज रहेगा तभी हम लोग तुम्हारा विश्वास करेंगे। तुमको देखकर श्यामसुन्दर कृष्ण मधुर मुरली बजायेंगे। शरीर की त्रिभंगी (तीन

तरह) आकृति में मोड़कर अंग-अंग से अनेक भाव दिखायेंगे। सूरदास कहते हैं (गोपी कहती है) नवल तथा श्रेष्ठ कृष्ण पीताम्बर फहरायेंगे ।। 34 ।।

माता की सीख

काहे कौं पर-घर छिनु-छिनु जाति।
घर मैं डाँटि देति सिख जननी, नाहिँन नैंकु डराति।
राधा-कान्ह कान्ह राधा ब्रज, ह्वै रह्यौ अतिहि लजाति।
अब गोकुल की जैबौ छाँड़ौ, अपजस हू न अघाति।
तू बृषभानु बड़े की बेटी, उनकैं जाति न पाँति।
सूर सुता समुझावति जननी, सकुचति नहिँ मुसुकाति ।।३५।।

अर्थ—दूसरे के घर क्षण-क्षण क्यों जाती हो। घर में माता फटकार कर सीख देती हैं कि तुम तनिक भी नहीं डरती हो। राधा-कृष्ण और कृष्ण-राधा यही चर्चा ब्रज में व्याप्त हो गयी है, इससे (मुझे) अत्यधिक लाज लगती है। अब गोकुल का जाना छोड़ दो, अपयश से (तुम) नहीं अघाती हो। तुम श्रेष्ठ वृषभानु की बेटी हो, उन (कृष्ण) की जाति-पाँति का कुछ ठीक नहीं है। सूरदास कहते हैं कि माता पुत्री को समझाती हैं। इससे राधा सकुचाती नहीं (बल्कि) मुसकाती है।। 35 ।।

खेलन कौं मैं जाउँ नही ?
और लरिकिनी घर घर खेलति, मोही कौं पै कहति तुही।
उनकैं मातु पिता नहिँ कोई, खेलत डोलतिँ जही तही।
तोसी महतारी बहि जाइ न, मैं रैहौं तुमहीं बिनुहीं।
कबहूँ मोकौं कछू लगावति, कबहूँ कहति जनि जाहु कही।
सूरदास बातैं अनखौहीं, नाहिँन मो पै जाति सही ।।३६।।

अर्थ—(राधा कहती है) मैं खेलने न जाऊँ ? और लड़कियाँ घर-घर खेलती हैं, किन्तु तुम मुझे ही कहती हो। (क्या) उनके माता-पिता नहीं हैं, जहाँ-तहाँ खेलती डोलती हैं। तुम्हारी जैसी माँ मर जायँ, मैं तुम्हारे बिना ही रहूँगी। कभी मुझे कुछ लगाती हो, कभी कहती हो कहीं खेलने मत जाओ। सूरदास कहते हैं। (राधा कहती है) यह क्रोध दिलाने वाली बात मुझसे सही नहीं जाती ।। 36 ।।

मनही मन रीझति महतारी।
कहा भई जौ बाढ़ि तनक गई, अबही तौ मेरी है बारी।
झूठैं हीं यह बात उड़ी है, राधा-कान्ह कहत नर नारी।
रिस की बात सुता के मुख की, सुनत हँसति मनही मन भारी।
अब लौं नहीं कछू इहिँ जान्यौ, खेलत देखि लगावैं गारी।
सूरदास जननी उर लावति, मुख चूमति पोंछतिं रिस टारी ।।३७।।

अर्थ—मन-ही-मन माता रीझती हैं। क्या हुआ जो तनिक बढ़ गयी, अभी तो मेरी लड़की का बचपन ही है। यह बात झूठ ही उड़ गयी है और नर और नारी राधा और कृष्ण का नाम

व्यर्थ ही लगाते हैं। वे पुत्री के मुख की क्रोध की बातें सुनकर मन-ही-मन बहुत हँसती हैं। अब तक इसके विषय में लोगों ने कुछ नहीं जाना, केवल खेलते देखकर आरोप लगाते हैं। सूरदास कहते हैं कि माता (राधा को) हृदय से लगाती हैं और क्रोध दूर कर पोंछती तथा मुख चूमती हैं।। 37।।

सुता लए जननी समुझावति।
संग बिटिनिअनि कैं मिलि खेलौ, स्याम-साथ सुनि-सुनि रिस पावति।
जातैं निंदा होइ आपनी, जातैं कुल कौं गारो आवति।
सुनि लाड़िली कहति यह तोसैं, तोकों यातैं रिस करि धावति।
अब समुझी मैं बात सबनि की, झूठैं ही यह बात उड़ावति।
सूरदास सुनि सुनि ये बातैं, राधा मन अति हरष बढ़ावति।।३८।।

अर्थ—बेटी को लेकर माता समझाती हैं कि लड़कियों के साथ मिलकर खेलो। कृष्ण के साथ (खेलने की बात) सुनकर क्रोध आता है। जिससे अपनी निंदा हो और कुल को गाली आती हो (उसे नहीं करना चाहिए)। सुनो प्यारी बेटी यह तुमसे कहती हूँ, तेरी ओर इसी से क्रोध करके दौड़ती हूँ। अब मैं सबकी बात समझ गयी। (सब) लोग झूठ ही (कृष्ण और तुम्हारे बारे में) बात उड़ाते हैं। सूरदास कहते हैं कि ये बातें सुन-सुनकर राधा अपने मन में हर्षित होती है।। 38।।

राधा बिनय करत मनहीं मन, सुनहु स्याम अंतर के जामी।
मातु-पिता कुल-कानिहिं मानत, तुमहिं न जानत हैं जग स्वामी।
तुम्हारौ नाउ लेत सकुचत हैं, ऐसैं ठौर रही हौं आनी।
गुरु परिजन की कानि मानियौ, बारंबार कही मुख बानी।
कैसे संग रहौं विमुखनि कैं, यह कहि-कहि नागरि पछितानी।
सूरदास-प्रभु कैं हिरदै धरि, गृह-जन देखि-देखि मुसुकानी।।३९।।

अर्थ—राधा मन-ही-मन निवेदन करती है कि हे अंतर की बात जानने वाले कृष्ण सुनो!—माता और पिता तो कुल की मर्यादा को मानते है, (इसी से) संसार के स्वामी तुमको (जानकर भी) नहीं जानते (अर्थात् भुला देते हैं)। मैं ऐसे स्थान पर रह रही हूँ जहाँ तुम्हारा नाम लेते सकुचाती हूँ। (तुमने) बार-बार अपने मुख से यह बात कही कि गुरुजन की मर्यादा मानो। (लेकिन) भगवान् से विमुख (लोगों) के साथ कैसे रहूँ; यह कहकर नागरि राधा पछताती है। सूरदास कहते हैं कि प्रभु को हृदय में धरकर घर के लोगों को देख-देखकर (राधा) मुसकायी।। 39।।

राधा जल बिहरति सखियन सँग।
ग्रीव-प्रजंत नीर मैं ठाढ़ीं, छिरकति जल अपनैं अपनैं रँग।

मुख भरि नीर परसपर डारतिँ, सोभा अतिहिँ अनूप बढ़ी तब ।
मनहु चंद-गन सुधा गँडूषनि, डारति हैँ आनंद भरे सब ।
आईँ निकसि जानु कटि लौँ सब, अँजुरिन तैँ लै लै जल डारतिँ ।
मानहु सूर कनक-बल्ली जुरि, अमृत-बूँद पवन-मिस झारतिँ ।।४०।।

अर्थ—राधा सखियों के साथ जल में विहार करती है। गले तक पानी में खड़ी अपने आप में मगन पानी छिड़कती है। मुँह में भरकर आपस में पानी डालती हैं त ब अत्यधिक अनुपम शोभा बढ़ जाती है, मानो चन्द्रमा के समूह आनन्द से भरकर अपने मुख से अमृत के कुल्ले डाल रहे हों (इसी प्रकार गोपियाँ आनन्द से भरकर जल डालती हैं)। पुनः जाँघ तथा कमर तक पानी में सब निकलकर अंजुलियों से जल डालने लगीं। सूरदास कहते हैं कि मानो सोने की लतायें जुड़कर हवा के बहाने अमृत के बूँदों की झड़ी लगाती हैं।। 40।।

जमुना-जल बिहरति ब्रज-नारी ।
तट ठाढ़े देखत नँद-नंदन, मधुरि मुरलि कर धारी ।
मोर-मुकुट, स्रवननि मनि कुंडल, जलज-माल उर भाजत ।
सुंदर सुभग स्याम तन नव घन, बिच बग पाँति बिराजत ।
उर बनमाल सुमन बहु भाँतिनि, सेत, लाल, सित पीत ।
मनहुँ सुरसरी तट बैठे सुक, बरन बरन तजि भीत ।
पीतांबर कटि तट छुद्रावलि, बाजति परम रसाल ।
सूरदास मनु कनकभूमि ढिग, बोलत रुचिर मराल ।।४१।।

अर्थ—यमुना के जल में ब्रज की स्त्रियाँ बिहार करती हैं। तट पर खड़े कृष्ण हाथ में मधुर मुरली लिए हुए देखते हैं (सिर पर) मोर मुकुट, कानों में मणि का कुंडल और वक्षस्थल पर मोती की माला शोभित है। (माला ऐसे शोभित है जैसे) सुन्दर तथा सुभग कृष्ण के शरीर रूपी नये बादल के बीच बगुलों की पंक्ति शोभित हो। वक्षस्थल की वनमाला में सफेद, लाल, पीले तथा उज्ज्वल अनेक तरह के फूल हैं, मानो गंगा के किनारे भय छोड़कर तरह-तरह के रंगों के तोते बैठे हों। कमर पर पीताम्बर है तथा करधनी अत्यन्त आनन्ददायक ध्वनि करती है। सूरदास कहते हैं कि मानो सोने की भूमि के पास रुचिपूर्वक हंस बोल रहे हैं।। 41 ।।

चितवनि रोकै हूँ न रही ।
स्याम सुंदर सिंधु-सनसुख, सरित उमँगि बही ।
प्रेम-सलिल-प्रवाह भँवरनि, मिति, न कबहुँ लही ।
लोभ-लहर-कटाच्छ, घूँघट-पट करार ढही ।
थके पल पथि, नाव धीरज परति नहिँन गही ।
मिली सूर सुभाव स्यामहिँ, फेरिहू न चही ।।४२।।

अर्थ—(गोपी की) दृष्टि रोकने पर भी न रुकी। श्याम सुन्दर रूपी समुद्र की ओर (दृष्टि रूपी) नदी उमगकर बह चली। प्रेम रूपी जल के प्रवाह की भँवरों (आँख की भौंहों) (कृष्ण से) की गहराई का अनुमान कभी (सुख) नहीं मिला। (मिलन) के लोभ तथा (आँख की) कटाक्ष रूपी लहर से घूँघट रूपी किनारा ढह गया। पलक रूपी पथिक थक गये। धीरज की नाव सम्हाली नहीं जाती। सूरदास कहते हैं कि यह दृष्टि स्वभावतः कृष्ण में मिल गयी, फिर वापस हो कर भी नहीं देखा (मुड़कर भी नहीं देखा)।। 42।।

हमहिँ कह्यौ हौं स्याम दिखावहु।
देखहु दरस नैन भरि नीकैं, पुनि-पुनि दरस न पावहु।
बहुत लालसा करति रही तुम, वे तुम कारन आए।
पूरी साध मिली तुम उनकौं, यातैं हमहिँ भुलाए।
नीकैं सगुन आजु ह्याँ आईं, भयौ तुम्हारौ काज।
सुनहु सूर हमकौं कछु दैहौ, तुमहिँ मिले ब्रजराज।।४३।।

अर्थ—हमसे (तुमने) कहा कि (हमें) कृष्ण को दिखाओ। अब सुन्दर (कृष्ण) को आँख भरकर देखो। बार-बार दर्शन नहीं पाओगी। तुम बहुत अभिलाषा करती रही। तुम्हारे ही कारण वह (यहाँ) आये हैं। तुम उनको मिल गयी जिससे-तुम्हारी इच्छा पूरी हो गयी, इसी से तुमने हम लोगों को भुला दिया। अब शुभ अवसर (सगुन) था कि यहाँ आ गई जिससे तुम्हारा काम हो गया। सूरदास कहते हैं कि सखी राधा से कहती है, तुमको कृष्ण मिल गये अब हमको भी कुछ दोगी?।। 43।।

राधा चलहु भवनहिँ जाहिँ।
कबहिँ की हम जमुना आईं, कहहिँ अरु पछिताहिँ।
कियौ दरसन स्याम कौ तुम, चलौगी की नाहिँ।
बहुरि मिलिहौ चीन्हि राखहु, कहत, सब मुसुकाहिँ।
हम चलीं घर तुमहुँ आवहु, सोच भयौ मन माहिँ।
सूर राधा सहित गोपी, चलीं ब्रज-समुहाहिँ।।४४।।

अर्थ—राधा चलो घर चलें। हम लोग कब की यमुना आई हैं। सखियाँ (ऐसा) कहती और पछताती हैं। तुमने कृष्ण का दर्शन कर लिया (अब) चलोगी कि नहीं फिर मिलोगी, पहचान रखो (ऐसा) कहकर सब सखियाँ हँसती हैं। हम घर चलती हैं तुम भी आओ। (यह सुनकर राधा को) मन में सोच हो गया। सूरदास कहते हैं कि राधा सहित गोपियाँ ब्रज की ओर (सम्मुख) चलीं।। 44।।

कहि राधा हरि कैसे हैं।
तेरैं मन भाए की नाहीं की सुंदर, की नैसे हैं।
की पुनि हमहिँ दुराव करौगी, की कैहौ वै जैसे हैं।
की हम तुमसौं कहति रहीं ज्यौं, साँच कहौ की तैसे हैं।

नटवर-वेष काछनी काछे, अंगनि रति-पति-सै से हैं।
सूर स्याम तुम नीकैं देखे, हम जानत हरि ऐसे हैं ।।४५।।

अर्थ—कहो राधा कृष्ण कैसे हैं ? तुम्हारे मन को अच्छे लगे कि नहीं। सुन्दर हैं कि बुरे हैं। फिर हमसे छिपाव करोगी, कि कहोगी कि वह जैसे हैं (होंगे) या हम तुमसे जैसा कहती थीं, सच्ची कहो वैसे हैं (कि नहीं)। नटवर वेष पर काछनी पहने (कृष्ण के) अंग सैकड़ों कामदेव के समान हैं, सूरदास कहते हैं कि (सखियाँ कहती हैं) तुमने अच्छी तरह से देखा (या नहीं) हम तो जानती ही हैं कि कृष्ण इस तरह (सुन्दर) हैं।। 45।।

स्याम सखि नीकैं देखे नाहिं।
चितवत ही लोचन भरि आए, बार-बार पछिताहिं।
कैसेहुँ करि इकटक मैं राखति, नैंकहिं मैं अकुलाहिं।
निमिष मनौं छवि पर रखवारे, तातैं अतिहिं डराहिं।
कहा करैं इनकौ कह दूषन, इन अपनी सी कीन्ही।
सूर स्याम-छवि पर मन अटक्यौ, उन सब सोभा लीन्ही ।।४६।।

अर्थ—हे सखी कृष्ण को अच्छी तरह देखा नहीं, देखते ही आँखें भर आयीं और (मैं) बार-बार पछताने लगी। किसी तरह मैं (आँखों को) एकटक रखती लेकिन वे जल्दी ही आकुल हो जाती थीं। मानो निमिष शोभा की रखवाली कर रहे हों, उसी से अत्यधिक डरते हों। इनको दोष देकर क्या करें, इन्होंने तो अपना सा किया। सूरदास कहते हैं कि (राधा कहती है) मन कृष्ण की छवि पर अटक गया किन्तु उन (नेत्रों ही) ने सब शोभा ले ली ।। 46।।

राधा का अनुराग

पुनि-पुनि कहति हैं ब्रज नारि।
धन्य बड़ भागिनी राधा, तेरैं बस गिरिधारि।
धन्य नंद-कुमार धनि तुम, धन्य तेरी प्रीति।
धन्य दोउ तुम नवल जोरी, कोक कलानि जीति।
हम विमुख, तुम कृष्ण सँगिनी, प्रान इक, द्वै देह।
एक मन, इक बुद्धि, इक चित, दुहुँनि एक सनेह।
एक छिनु बिनु तुमहिं देखैं, स्याम धरत न धीर।
मुरलि मैं तुम नाम पुनि पुनि, कहत हैं बलबीर।
स्याम मनि तैं परखि लीन्हौं, महा चतुर सुजान।
सूर के प्रभु प्रेमहीं बस, कौन तो सरि आन ।।४७।।

अर्थ—बार-बार ब्रज की स्त्रियाँ कहती हैं कि बड़े भाग्यवाली राधा तू धन्य है, क्योंकि कृष्ण तुम्हारे वश में हैं। कृष्ण धन्य हैं, तुम धन्य हो तथा तुम्हारी प्रीति धन्य है। काम की कलाओं को जीतने वाली तुम दोनों की नयी जोड़ी धन्य है। हम (कृष्ण से) विमुख हैं, तुम कृष्ण की संगिनी हो, (तुम दोनों का) प्राण एक है और शरीर दो है। एक ही मन, एक ही बुद्धि, एक चित्त तथा

दोनों का एक ही स्नेह है। बिना तुम्हें देखे कृष्ण एक भी क्षण धैर्य नहीं धरते हैं। कृष्ण मुरली में तुम्हारा नाम बार-बार कहते हैं। महा चतुर, सुजान कृष्ण ने मन से परख लिया। सूरदास कहते हैं कि कृष्ण प्रेम ही के वश में हैं। (राधा) तुम्हारे समान और कौन है ? ।। 47 ।।

राधा परम निर्मल नारि।
कहति हौं मन कर्मना करि, हृदय-दुविधा टारि।
स्याम कौं इक तुहीं जान्यौ, दुराचारिनि और।
जैसें घट पूरन न डोलै, अध भरौ डगडौर।
धनी धन कबहूँ न प्रगटै, धरै ताहि छपाइ।
तैं महानग स्याम पायौ, प्रगटि कैसैं जाइ।
कहति हौं यह बात तोसौं, प्रगट करिहौं नाहिँ।
सूर सखी सुजान राधा, परसपर मुसुकाहिँ ।।४८।।

अर्थ—राधा परम स्वच्छ स्त्री है। मैं मन और कर्म से दुविधा टालकर कहती हूँ। कृष्ण को केवल तुम्हीं ने जाना और (स्त्रियाँ तो) दुराचारिणी हैं। जैसे भरा हुआ घड़ा हिलता डुलता नहीं किन्तु आधा भरा (घड़ा) डगमगाता रहता है। धनी धन को कभी प्रकट नहीं करता, उसे छिपाकर रखता है, उसी तरह तुमने महामणि कृष्ण को पाया है, उसे प्रकट कैसे किया जाय। मैं तुमसे यह बात कहती हूँ कि (तुम) इसे प्रकट नहीं करोगी। सूरदास कहते हैं कि सखी तथा सुजान राधा आपस में मुसकाती हैं।। 48 ।।

तैं ही स्याम भले पहिचाने।
साँची प्रीति जानि मनमोहन, तेरेहिँ हाथ बिकाने।
हम अपराध कियौ कहि तुमसौं, हमही कुलटा नारि।
तुमसौं उनसौं बीच नहीं कछु, तुम दोऊ बर-नारि।
धन्य सुहाग भाग है तेरौ, धनि बड़भागी स्याम।
सूरदास-प्रभु से पति जाकैं, तोसी जाकैं बाम ।।४९।।

अर्थ—तुमने ही कृष्ण को भली-भाँति पहचाना। कृष्ण सच्चा प्रेम जानकर तेरे ही हाथ बिक गये। हमने तुमसे कहकर अपराध किया क्योंकि हम कुलटा स्त्री हैं। तुममें और उन (कृष्ण) में कुछ अन्तर नहीं है, तुम दोनों पति-पत्नी हो। तुम्हारा सुहाग तथा भाग्य धन्य है, तथा बड़े भाग्य वाले कृष्ण धन्य हैं। सूरदास कहते हैं कि (सखी कहती है) कृष्ण जैसे जिसके पति हैं और तुम जैसी जिसकी पत्नी है (उसका भाग्य) निश्चय ही सराहनीय है।। 49 ।।

राधा स्याम की प्यारी।
कृष्न पति सर्वदा तेरे, तू सदा नारी।
सुनत बानी सखी-मुख की, जिय भयौ अनुराग।
प्रेम-गदगद, रोम पुलकित, समुझि अपनौ भाग।

प्रीति परगट कियौ चाहैं, बचन बोलि न जाइ।
नंद-नंदन काम-नायक, रहे नैननि छाइ।
हृदय तैं कहुँ टरत नाहीं, कियौ निहचल बास।
सूर प्रभु-रस भरी राधा, दुरत नहीं प्रकास ।।५०।।

अर्थ—राधा कृष्ण की प्यारी है। कृष्ण सदा तुम्हारे पति हैं तथा तू सदा उनकी स्त्री है। सखी के मुँह से वाणी सुनकर हृदय में प्रेम हुआ। अपने भग्य को समझकर (वह) प्रेम से गद्‌गद् हो गयी तथा (उसके) रोम पुलकित हो गये। प्रेम प्रकट करना चाहती है लेकिन कुछ कहा ही नहीं जाता। काम के नायक कृष्ण आँखों मे छा गये। हृदय में कहीं टलते नहीं वहाँ निश्चित रूप से बस गये। सूरदास कहते हैं कि कृष्ण के प्रेम से भरी राधा के हृदय का उल्लास छिपता नहीं।। 50।।

जौ बिधना अपबस करि पाऊँ।
तो सखि कह्यौ होइ कछु तेरौ, अपनी साध पुराऊँ।
लोचन रोम-रोम-प्रति माँगौं, पुनि-पुनि त्रास दिखाऊँ।
इकटक रहैं पलक नहिं लागैं, पद्धति नई चलाऊँ।
कहा करौं छवि-रासि स्यामघन, लोचन द्वै नहिं ठाऊँ।
एते पर ये निमिष सूर सुनि, यह दुख काहि सुनाऊँ ।।५१।।

अर्थ—यदि ब्रह्मा को अपने वश में कर पाऊँ तो सखी तुम्हारा कहना कुछ होगा और मैं अपनी इच्छा पूरी कर पाऊँ। प्रत्येक रोम में, लोचन में माँगू और उन आँखों को बार-बार भयभीत करूँ कि वे एकटक देखती रहें तथा पलक न भाँजे। इस तरह नयी परिपाटी चला दूँ। क्या करूँ कृष्ण रूप की राशि हैं और इन दोनों आँखों में स्थान कहाँ है। सूरदास कहते हैं कि (राधा सखी से कहती है) सुनो (सखी) इतने पर इन आँखों में पलक झपकने से निमिष होता है, इसका दुःख किससे कहूँ।। ।51।।

कहि राधिका बात अब साँची।
तुम अब प्रगट कही मो आगैं, स्याम-प्रेम-रस माँची।
तुमकौं कहाँ मिले, नँद-नंदन, जब उनकैं रँग राँची।
खरिक मिले, की गोरस बेंचत, की जब बिषहर बाँची।
कहै बनै छाँड़ौ चतुराई, बात नहीं यह काँची।
सूरदास राधिका सयानी, रूप-रासि-रस-खाँची ।।५२।।

अर्थ—राधा अब सच्ची बात कहो। अब तुमने मेरे आगे प्रकट रूप से कहा कि तुम कृष्ण के प्रेम रस में डूबी हो। तुमको कृष्ण कहाँ मिले, जब से उनके रंग में रंग गयी। गायों के बाँधे जाने के स्थान पर मिले थे, कि गोरस बेचते समय, या जब साँप (के काटने) से (उनके बचाने पर) बची थी। अब कहते ही के बनेगा चतुराई छोड़िये, यह बात कच्ची नहीं है। सूरदास कहते हैं कि सयानी राधा (कृष्ण के) रूप की राशि के रस के खिंची है (अन्तिम रूप सौन्दर्य के आनन्द से आकर्षित हुई है)।। 52।।

कब री मिले स्याम नहिँ जानौँ।
तेरी सौँ करि कहति सखी री, अजहूँ नहिँ पहिचानौँ।
खरिक मिले, की गोरस बेँचत, की अबहीँ, की कालि।
नैननि अंतर होत न कबहूँ, कहति कहा री आलि।
एकौ पल हरि होत न न्यारैँ, नीकैँ देखे नाहिँ।
सूरदास-प्रभु टरत न टारैँ, नैननि सदा बसाहिँ ।।५३।।

अर्थ—कृष्ण कब मिले थे, मैं नहीं जानती। सखी, तुम्हारी सौगन्ध लेकर कहती हूँ कि अब भी नहीं पहचानती हूँ। पशुओं के बाड़े में मिले थे, कि गोरस बेंचते समय, कि अभी मिले या कल। निगाह से अलग कभी अलग होते ही नहीं, सखी तू क्या कहती है। एक भी पल कृष्ण अलग नहीं हो रहे हैं, (क्योंकि उनको) अच्छी तरह से देख ही नहीं पाई। सूरदास कहते हैं कि (राधा कहती है) कृष्ण नयनों में बस गये हैं, टालने से टलते नहीं ।। 53 ।।

स्याम मिले मोहिँ ऐसैँ माई। मैँ जल कौँ जमुना तट आई ।।
औचक आए तहाँ कन्हाई। देखत ही मोहिनी लगाई ।।
तबही तैँ तन-सुरति गँवाई। सूधैँ मारग गई भुलाई ।।
बिनु देखैँ कल परै न माई। सूर स्याम मोहिनी लगाई ।।५४।।

अर्थ—सखी मुझे कृष्ण ऐसे मिले। मैं यमुना के किनारे जल भरने के लिए गयी थी। वहाँ अचानक कृष्ण आ गये। देखते ही मोहिनी लगा दी। तभी से शरीर की सुध खो दी। (मैं) सीधे मार्ग में भूल गयी। सूरदास कहते हैं कि (राधा कहती है) हे सखी तब से बिना देखे चैन नहीं पड़ती। (क्योंकि) कृष्ण ने मोहिनी लगा दी है।। ।54।।

तबही तैँ हरि हाथ बिकानी। देह-गेह-सुधि सबै भुलानी ।।
अंग सिथिल भए जैसैँ पानी। ज्यौँ-त्यौँ करि गृह पहुँची आनी ।।
बोले तहाँ अचानक बानी। द्वारैँ देखे स्याम बिनानी ।।
कहा कहौँ सुनि सखी सयानी। सूर स्याम ऐसी मति ठानी ।।५५।।

अर्थ—तभी से मैं कृष्ण के हाथ बिक गयी। शरीर और घर सब कुछ भूल गयी। शरीर पानी की तरह शिथिल हो गया। जैसे-तैसे घर पहुँच पायी। वहाँ से अचानक (कृष्ण) वाणी बोले। (तब) मैंने द्वार पर विज्ञानी कृष्ण को देखा। सुनो सयानी सखी क्या कहूँ, कृष्ण ने बुद्धि से ऐसा दृढ़ संकल्प किया।। 55।।

जा दिन तैँ हरि दृष्टि परे री।
ता दिन तैँ मेरैँ इन नैननि, दुख सुख सब बिसरे री।
मोहन अंग गुपाल लाल के, प्रेम-पियूष भरे री।
बसे उहाँ मुसुकानि-बाँह लैँ, रचि रुचि भवन करे री।
पठवति हौँ मन, तिनहिँ मनावन, निसदिन रहत अरे री।
ज्यौँ ज्यौँ जतन, कहति उलटावति, त्यौँ त्यौँ उठत खरे री।

पचिहारी समुझाइ नीच-उँच, पुनि-पुनि पाँइ परे री।
सो सुख सूर कहाँ लौं बरनौं, इक टक तैं न टरे री ।।५६।।

अर्थ—जिस दिन से कृष्ण दिखाई पड़े उसी दिन से मेरी इन आँखों का दुःख-सुख सब भूल गया। गोपाल कृष्ण के मोहने वाले अंगों के प्रेम का अमृत इन आँखों में भर गया है। इन नेत्रों ने कृष्ण की मुस्कान का आश्रय लेकर वहाँ रुचिपूर्वक बना-सँवार कर अपना घर कर लिया है। मन को उन्हें मनाने के लिए भेजती हूँ, (क्योंकि) वे (वहाँ) रात-दिन अड़े रहते हैं। ज्यों-ज्यों यत्न करके वापस करवाती हूँ, त्यों-त्यों वे और तेज हो जाते थे। बार-बार पैर पकड़कर, बार-बार ऊँचा-नीचा समझाकर हार गयी। सूरदास कहते हैं (राधा कहती है) उस सुख का वर्णन कहाँ तक करूँ, (वे आँखें) एक टक से (कभी) टली नहीं ।। 56 ।।

जब तैं प्रीति स्याम सौं कीन्हों।
ता दिन तैं मेरैं इन नैननि, नैंकहुँ नींद न लीन्ही।
सदा रहै मन चाक चढ़चौ, सों और न कछू सुहाइ।
करत उपाइ बहुत मिलिबे कौं, यहै बिचारत जाइ।
सूर सकल लागति ऐसीयै, सो दुख कासौं कहियै।
ज्यौं अचेत बालक कौ बेदन, अपनैं ही तन सहियै ।।५७।।

अर्थ—जिस दिन से कृष्ण से प्रेम किया, उसी दिन से मेरी इन आँखों ने किंचित् नींद नहीं ली। मन सदा चाक पर चढ़ा रहता है, इसी से और कुछ अच्छा नहीं लगता। सदा मिलने का उपाय करती हूँ, यह विचारती जाती हूँ । सूरदास कहते हैं कि (राधा कहती है) यह सब कुछ ऐसा लगता है कि इस दुःख को किससे कहा जाय। अचेत बालक के दुःख की तरह इसे अपने ही शरीर में सहते रहना है।। 57 ।।

ना जानौं तबहीं तैं मोकौं, स्याम कहा धौं कीन्हौ री।
मेरी दृष्टि परी जा दिन तैं, ज्ञान ध्यान हरि लीन्हौ री।
द्वारैं आइ गए औचक हीं, मैं आँगन ही ठाढ़ी री।
मनमोहन-मुख देखि रही तब, काम-बिथा तनु बाढ़ी री।
नैन-सैन दै दै हरि मो तन, कछु इक भाव बतायौ री।
पीतांबर उपरैना कर गहि, अपनैं सीस फिरायौ री।
लोक-लाज, गुरुजन की संका, कहत न आवै बानी री।
सूर स्याम मेरैं आँगन आए, जात बहुत पछितानी री ।।५८।।

अर्थ—मालुम नहीं तभी से कृष्ण ने मुझे क्या कर दिया। मेरी निगाह जिस दिन से पड़ी उसी दिन से इन्होंने (मेरा) ज्ञान, ध्यान सब कुछ हर लिया। वे अचानक ही द्वार पर आ गये, मैं आँगन में खड़ी थी। मनमोहन के मुख को देखकर शरीर में काम की पीड़ा बढ़ गयी। उन्होंने आँखों से इशारा करके मेरी ओर कुछ एक भाव प्रकट किया। पीताम्बर के उत्तरीय को हाथ से पकड़कर अपने सिर के चारों ओर फिरा लिया (मानों घूँघट निकाल लिया)। लोक की लाज

तथा गुरुजनों की शंका से वाणी कहीं नहीं जाती। सूरदास कहते हैं कि (राधा कहती है) कृष्ण मेरे आँगन आये (उनको) जाते हुए जानकर मैं बहुत पछतायी।। 58।।

मैं अपनौ मन हरत न जान्यौ।
कीधौं गयौ संग हरि कैं वह, कीधौं पंथ भुलान्यौ।
कीधौं स्याम हटकि है राख्यौ, कीधौं आपु रतान्यौ।
काहे तैं सुधि करी न मेरी, मोपै कहा रिसान्यौ।
जबहीं तैं हरि ह्याँ ह्वै निकसे, बैरु तबहिं तैं ठान्यौ।
सूर स्याम सँग चलन कह्यौ मोहिं, कह्यौ नहीं तब मान्यौ।।५९।।

अर्थ—मैंने अपने मन को हरते हुए नहीं जाना। वह कृष्ण के साथ गया कि (कहीं) रास्ते में भूल गया। उसे कृष्ण ने रोक रखा है या वह कृष्ण पर स्वयं रत हो गया है। उसने मेरा ख्याल किस कारण से नहीं किया, मुझ पर क्यों नाराज हो गया। जब से कृष्ण यहाँ से निकले तभी से इनसे शत्रुता ठान ली। सूरदास कहते हैं कि (राधा कहती है) (मन ने) कृष्ण के साथ चलने के लिए मुझसे कहा, तब मैंने (उसका) कहना नहीं माना।। 59।।

स्याम करत हैं मन की चोरी।
कैसें मिलत आनि पहलैं हीं, कहि-कहि बतियाँ भोरी।
लोक-लाज की कानि गँवाई, फिरति गुड़ी बस डोरी।
ऐसैं ढंग स्याम अब सीख्यौ, चोर भयौ चित कौ री।
माखन की चोरी सहि लीन्हीं, बात रही वह थोरी।
सूर स्याम भयौ निडर तबहिं तैं, गोरस लेत अँजोरी।।६०।।

अर्थ—कृष्ण मन की चोरी करते हैं। पहले ही आकर कैसे भोली बातें कह-कह कर मिलते हैं। लोक-लाज की मर्यादा गँवाकर, डोरी के वश में हुई पतंग की तरह फिरती हूँ। अब कृष्ण ने ऐसा ढंग सीख लिया है कि वे चित्त के चोर हो गये हैं। माखन की चोरी सह ली क्योंकि वह थोड़ी-सी बात थी। सूरदास कहते हैं कि (राधा कहती है) कृष्ण तभी से ढीठ हो गये, जब से वे गोरस छीन झपटकर ले लेते थे।। 60।।

माई कृष्ण-नाम जब तैं स्रवन सुन्यौ है री, तब तैं भूली
री मौन बावरी सी भई री।
भरि भरि आवैं नैन, चित न रहत चैन बैन नहिं सूधौ
दसा औरहिं ह्वै गई री।
कौन माता, कौन पिता, कौन भैनी, कौन भ्राता, कौन ज्ञान,
कौन ध्यान, मनमथ हई री।
सूर स्याम जब तैं परे री मेरी डीठि, बाम, काम, धाम,
लोक-लाज, कुल-कानि नई री।।६१।।

अर्थ—सखी, कृष्ण के नाम को जब से मैंने इन कानों से सुना है तभी से भूली हुई, घर में बावली-सी हो गई हूँ। आँखें भर-भर आती हैं, चित्त् में चैन नहीं रहता, वाणी शुद्ध नहीं है, (शरीर की) दशा कुछ और ही हो गयी है। कौन माता, कौन पिता, कौन बहन, कौन भाई, कैसा ज्ञान, कैसा ध्यान,(सब भूल गया) है और कामदेव से घायल हो गयी हूँ। कृष्ण जब से मेरी दृष्टि में पड़े हैं, स्त्री-धर्म, काम-काज, घर-गृहस्थी, लोक-लाज, कुल-मर्यादा सब कुछ मैंने भुला दिया है।। ।61।।

राधा तैँ हरि कैँ रँग राँची।
तो तैँ चतुर और नहिँ कोऊ, बात कहौँ मैँ साँची।
तैँ उनकौ मन नहीँ चुरायौ, ऐसी है तू काँची।
हरि तेरौ मन अबहिँ चुरायौ, प्रथम तुहीँ है नाँची।
तुम अरु स्याम एक हौ दोऊ, बाकी नाहीँ बाँची।
सूर स्याम तेरैँ बस, राधा, कहति लोक मैँ खाँची ।।६२।।

अर्थ—राधा तू कृष्ण के रंग में रँग गयी। तुमसे चतुर और कोई नहीं है, मैं सच्ची बात कहती हूँ। तुमने उनका मन नहीं चुराया, तू ऐसी कच्ची है। कृष्ण ने तुम्हारा मन अभी चुराया है, तुम पहले ही खुशी के मारे स्थिर न रही । तुम और कृष्ण एक हो इसमें कुछ शेष नहीं है। सखी कहती है—हे राधा मैं लकीर खींचकर कहती हूँ कि कृष्ण तुम्हारे वश में हैं।। 62।।

तुम जानति राधा है छोटी।
चतुराई अँग-अंग भरी है, पूरन-ज्ञान, न बुधि की मोटी।
हमसौँ सदा दुराव कियौ इहिँ, बात कहै मुख चोटी-पोटी।
कबहुँ स्याम तैँ नैँकु न बिछुरति, किये रहति हमसौँ हठ ओटी।
नँद नंदन याही कैँ वस हैँ, बिबस देखि बेँदी छबि-चोटी।
सूरदास-प्रभु वै अति खोटे, यह उनहूँ तैँ अतिहीँ खोटी ।।६३।।

अर्थ—तुम जानती हो कि राधा छोटी है, किन्तु इसके अंग-अंग में चतुरता भरी है; यह पूर्ण ज्ञानी है, बुद्धि की मोटी नहीं। चिकनी चुपड़ी बातें करके इसने हमसे छिपाव किया है। यह कभी भी कृष्ण से तनिक भी नहीं बिछुड़ती, हम से हठ पूर्वक छिपाव किये रहती है। कृष्ण इसी के वश में हैं, वेदी और चोटी की छवि देखकर (कृष्ण) विवश हैं। सूरदास कहते हैं (सखियाँ कहती हैं) कि कृष्ण बहुत खोटे हैं, यह (राधा) उनसे भी खोटी है।। 63।।

सुनहु सखी राधा सरि को है।
जो हरि हैँ रतिपति मनमोहन, याकौँ मुख सो जोहै।
जैसे स्याम नारि यह तैसी, सुंदर जोरी सोहै।
यह द्वादस वहऊ दस द्वै कौ, ब्रज-जुबतिनि मन मोहै।

मैं इनकौं घटि बढ़ि नहिं जानति, भेद करै सो को है।
सूर स्याम नागर, यह नागरि, एक प्रान तन दो है।।६४।।

अर्थ—सुनो सखी राधा के समान कौन है। जो कृष्ण कामदेव के भी मन को मोहित करने वाले हैं वह भी इसके मुख को देखते हैं। जैसे कृष्ण हैं, वैसे ही यह स्त्री है। इन दोनों की सुंदर जोड़ी शोभित होती है। यह बारह (वर्ष) की है, वह भी बारह (वर्ष) के ही हैं और ब्रज की युवतियों के मन मोहते हैं। मैं इनको कम ज्यादा नहीं समझती, भेद करने वाला कौन है। सूरदास कहते हैं कि (सखियाँ कहती हैं) कृष्ण नागर (हैं) और यह नागरी (है)। प्राण एक है, (केवल) शरीर दो हैं।। 64।।

राधा नँद-नंदन अनुरागी।
भय चिंता हिरदै नहिं एकौ, स्याम रंग-रस पागी।
हरद चून रँग, पय पानी ज्यौं, दुबिधा दुहुँ की भागी।
तन-मन-प्रान समर्पण कीन्हौ, अंग-अंग रति खागी।
ब्रज-बनिता अवलोकन करि-करि, प्रेम-बिबस तनु त्यागी।
सूरदास प्रभु सौं चित्त लाग्यौ, सोवत तैं मनु जागी।।६५।।

अर्थ—राधा कृष्ण से अनुराग रखने वाली है। हृदय में भय और चिन्ता एक भी नहीं है, कृष्ण के रंग के रस में (वह) पग गयी है। दोनों की द्वैतता दूर हो गयी, जैसे हल्दी चूने से मिलकर तथा दूध पानी से मिलकर (एक हो जाते हैं) (वैसे ही वे दोनों हो गये)। उसने अपने तन, मन, प्राण (सब) को समर्पण कर दिया है, और उसके अंग-अंग में रति व्याप्त (अड़) हो गयी है। व्रज की स्त्रियों ने उसे देख-देखकर प्रेम के कारण विवश होकर शरीर त्याग दिया। सूरदास कहते हैं कि (राधा का) चित्त कृष्ण से लग गया, (वह) मानो सोते से जग गयी है।। 65।।

आँखिनि मैं बसै, जिय मैं बसै, हिय मैं बसत निसि दिवस प्यारौ।
तन मैं बसै, मन मैं बसै, रसना हूँ मैं बसै नंदवारौ।
सुधि मैं बसै, बुधिहू मैं बसै, अंग-अंग बसै मुकुटवारौ।
सूर बन बसै, घरहु मैं बसै, संग ज्यौं तरंग जल न न्यारौ।।६६।।

अर्थ—रात दिन प्यारे आँखों में बसते हैं, प्राण में बसते हैं, हृदय में बसते हैं। कृष्ण तन में बसते हैं, मन में बसते हैं और जीभ में भी बसते हैं। मुकुट वाले (कृष्ण) स्मृति, बुद्धि और अंग-अंग में बसते हैं। सूरदास कहते हैं कि (राधा कहती है) वन में बसते हैं,घर में बसते हैं। मेरे साथ से वे उसी तरह से अलग नहीं हैं जैसे जल से तरंग (पृथक् नहीं है)।। 66।।

उपहास

तुम कुल बधू निलज जनि ह्वै हौ।
यह करनी उनही कौं छाजै, उनकैं संग न जैहौ।

राधा-कान्ह-कथा ब्रज-घर-घर, ऐसैं जनि कहवैहौ।
यह करनी उन नई चलाई, तुम जनि हमहिँ हँसैहौ।
तुम ही बड़े महर की बेटी, कुल जनि नाउँ धरैहौ।
सूर स्याम राधा की महिमा, यहै जानि सरमैहौ।।६७।।

अर्थ—तुम कुल वधू होकर निर्लज्ज मत होना। यह कार्य उन्हीं (कृष्ण) के उपयुक्त है, (तुम) उनके साथ मत जाना। राधा और कृष्ण की कथा ब्रज के घर-घर में इस प्रकार मत चलवाओ। उन्होंने यह नयी करतूत चलायी है, तुम हमारी हँसी मत कराओ। तुम बड़े महर की बेटी हो, कुल का नाम मत धराओ। सूरदास कहते हैं कि (सखियाँ) कहती हैं कृष्ण और राधा (इन दोनों के नाम) की महिमा जानकर ही शर्म करो।। 67।।

यह सुनि कै हँसि मौन रहीं री।
ब्रज उपहास कान्ह-राधा कौ, यह महिमा जानी उनहीं री।
जैसी बुद्धि हृदय है इनकैं, तैसीयै मुख बात कहीं री।
रवि कौ तेज उलूक न जानै, तरनि सदा पूरन नभहीं री।
विष को कीट बिषहिँ रुचि मानै, कहा सुधा रसहीं री।
सूरदास तिल-तेल-सवादी, स्वाद कहा जानै घृतहीं री।।६८।।

अर्थ—यह सुनकर (राधा) हँसकर मौन रह गयी। ब्रज में कृष्ण और राधा के उपहास की महिमा वे ही जानते हैं। उनकी जैसी बुद्धि है और जैसा हृदय है, वैसे ही मुख से बात कहते हैं। सूर्य के तेज को उल्लू नहीं जानता, लेकिन सूर्य (की किरणें) सदा आकाश में व्याप्त हैं। विष के कीड़ों को विष ही रुचिकर होता है, अमृत के रस से उनका क्या प्रयोजन। सूरदास कहते हैं कि तिल के स्वादी घी के स्वाद को क्या जानें।। 68।।

सहसा भेंट

इततैं राधा जाति जमुन-तट, उततैं हरि आवत घर कौं।
कटि काछनी, वेष नटवर कौ, बीच मिली मुरलीधर कौं।
चितै रही मुख-इंदु मनोहर, वा छबि पर वारति तन कौं।
दूरिहु तैं देखत ही जाने, प्राननाथ सुंदर घन कौं।
रोम पुलक, गदगद बानी कहि, कहाँ जात चोरे मन कौं।
सूरदास-प्रभु चोरन सीखे, माखन तैं चित-बित-धन कौं।।६९।।

अर्थ—इधर से राधा यमुना के तट पर जाती है उधर से कृष्ण घर की तरफ आते हैं। कमर में काछनी पहने हुए नटवर के वेष वाले मुरलीधर कृष्ण को वह बीच में मिल गयी। वह चंद्रमा के समान मुख को देखकर उसकी मनोहर छवि पर शरीर को न्योछावर कर देती है। दूर से देखते ही (राधा) प्राणनाथ सुन्दर कृष्ण को जान गयी। पुलकित रोम से (राधा) गद्गद्

वाणी बोली कि (हे कृष्ण) मन को चुराकर कहाँ जा रहे हो। सूरदास कहते हैं कि (राधा कहती है) माखन को चुराने से तुम चित्त रूपी धन-सम्पदा को चुराना सीख गये।। 69 ।।

भुजा पकरि ठाढ़े हरि कीन्हे।
बाँह मरोरि जाहुगे कैसें, मैं, तुम नीकैं चीन्हे।
माखन-चोरी करत रहे तुम, अब भए मन के चोर।
सुनत रही मन चोरत हैं हरि, प्रगट लियौ मन मोर।
ऐसे ढीठ भए तुम डोलत, निदरे ब्रज की नारि।
सूर स्याम मोहूँ निदरौगे, देहुँ प्रेम की गारि।।७०।।

अर्थ—भुजा पकड़कर (कृष्ण को राधा ने) खड़ा कर दिया। (और कहा) बाँह मरोड़ कर (तुम) कैसे जाओगे। मैंने तुम्हें अच्छी तरह पहचान लिया है। (पहले) तुम माखन की चोरी करते रहे, (अब) मन के चोर हो गए हो। (मैं) सुनती रही कि कृष्ण मन को चुराते है। (आज) प्रकट हो तुमने मेरा मन चुरा लिया। तुम ऐसे धृष्ट हो कि ब्रज की स्त्रियों का निरादर करते डोलते हो। सूरदास कहते हैं (राधा कहती है) यदि हमारा निरादर करोगे तो मैं प्रेम की गाली दूँगी।। 70 ।।

यह बल केतिक जादौ राइ।
तुम जु तमकि कै मो अबला सौं, चले बाहँ छुटकाइ।
कहियत हो अति चतुर सकल अंग, आवत बहुत उपाइ।
तो जानौं जौ अब एकौ छन, सकौ हृदय तैं जाइ।
सूरदास स्वामी श्रीपति कौं, भावत अंतर भाइ।
सहि न सके रति-वचन, उलटि हँसि लीन्ही कंठ लगाइ।।७१।।

अर्थ—हे यादवों के राजा यह कितना बल है जो तुम मुझ अबला (नारी) की बाँह छुड़ाकर चल पड़े। (तुम) कहते हो मैं समस्त अंगों से बहुत चतुर हूँ और (मुझे) बहुत से उपाय आते हैं। हम इसे तब जानेंगी जब एक भी क्षण के लिए मेरे हृदय से चले जाओ। सूरदास कहते हैं कि लक्ष्मीपति कृष्ण को अन्तर का भाव (बहुत) भाता है। वे रति के वचन को सह न सके और लौटकर उन्होंने (कृष्ण ने) हँसकर (राधा को) गले से लगा लिया।। 71 ।।

कुल की लाज अकाज कियौ।
तुम बिनु स्याम सुहात नहीं कछु, कहा करौं अति जरत हियौ।
आपु गुप्त करि राखी मोकौं, मैं आयसु सिर मानि लियौ।
देह-गेह सुधि रहति बिसारे, तुम तैं हितु नहिं और बियौ।
अब मोकौं चरननि तर राखौ, हँसि नँद-नंदन अंग छियौ।
सूर स्याम श्रीमुख की बानी, तुम पै प्यारी बसत जियौ।।७२।।

अर्थ—कुल की लाज ने कार्य में (काफी) विघ्न डाला। कृष्ण तुम्हारे बिना मुझे कुछ अच्छा नहीं लगता। क्या करूँ (मेरा) हृदय अत्यधिक जल ता रहा है। आपने मुझे गुप्त करके रखा

और मैंने आपकी आज्ञा मान ली। मैं शरीर तथा घर का ख्याल भुलाये रहती हूँ। तुमसे भिन्न (मेरा) और दूसरा कोई हितैषी नहीं है। अब मुझे चरणों के नीचे रखो। (इसके बाद) कृष्ण ने हँसकर (राधा के) अंग को छुआ। सूरदास कहते हैं कि कृष्ण ने सुन्दर मुख से कहा, प्यारी तुम्हीं पर मेरे प्राण बसते हैं।। 72।।

मातु पिता अति त्रास दिखावति।
भ्राता मोहिं मारन कौं, धिरवै, देखें मोहिं न भावति।
जननी कहति बड़े की बेटी, तोकौं लाज न आवति।
पिता कहैं कैसी कुल उपजी, मनहीं मन रिस पावति।
भगिनी देख देति मोहिं गारी, काहैं कुलहिं लजावति।
सूरदास-प्रभु सौं यह कहि-कहि, अपनी विपति जनावति।।७३।।

अर्थ—माता- पिता अत्यधिक भय दिखाते हैं। भाई मुझे मारने की धमकी देते हैं, यह देखकर मुझे (कुछ) भाता नहीं। माता कहती हैं बड़े की बेटी होकर तुम्हें लाज नहीं आती। पिता कहते हैं कि कैसी (लड़की) कुल में पैदा हो गयी। इससे मन-ही-मन क्रोध आता है। बहन देखकर मुझे गाली देती है कि क्यों कुल को लजावती हो। सूरदास कहते हैं कि कृष्ण से यह कह-कहकर (राधा) अपनी विपत्ति प्रकट करती है।। 73।।

सुंदर स्याम कमल-दल-लोचन।
बिमुख जननि की संगति कौं दुख, कब धौं करिहौ मोचन।
भवन मोहिं भाठी सौं लागत, मरति सोचहीं सोचन।
ऐसी गति मेरी तुम आगैं, करत कहा जिय दोचन।
धिक वे मातु-पिता, धिक भ्राता, देत रहत मोहिं खोचन।
सूर स्याम मन तुमहिं, लगान्यौ, हृदय-चून-रँग-रोचन।।७४।।

अर्थ—कमल के दल के समान आँख वाले सुन्दर कृष्ण विमुख माताओं की संगति के दुःख से मुझे कब छुड़ाओगे। घर मुझे भट्ठी के समान लगता है, (मैं) सोच-सोचकर ही मरती हूँ। तुम्हारे आगे मेरा ऐसा हाल है, (तुम) जी में दुविधा क्यों करते हो। उन माता-पिता को धिक्कार है तथा (उस) भाई को धिक्कार है जो (सदैव) हमें कोसते रहते हैं। सूरदास कहते हैं कि (राधा कहती है) हे कृष्ण हमारा तुम्हीं से मन लग गया है, (हम तुम्हारे रंग में) हल्दी और चूने के (रंग की तरह रंग गये हैं) मिल जाने से रोचना (लाल) के रंग में रंजित हो गये हैं।। 74।।

कुल की कानि कहाँ लगि करिहौं।
तुम आगैं मैं कहौं जु साँची, अत काहू नहिं डरिहौं।
लोग कुटुँब जग के जे कहियत, पेला सबहिं निदरिहौं।
अब यह दुख सहि जात न मोपै, विमुख बचन सुनि मरिहौं।
आपु सुखी तौ सब नीके हैं, उनके सुख कह सरिहौं।
सूरदास प्रभु चतुरसिरोमनि, अबकैं हौं कछु लरिहौं।।७५।।

अर्थ—कुल की मर्यादा (का ध्यान) कहाँ तक करूँगी। तुम्हारे आगे सच्ची बात कहती हूँ कि अब किसी को नहीं डरूँगी। घर, संसार के लोग जो (कुछ) कहते हैं उन्हें बलात् (हठपूर्वक) निरादर कर दूँगी। अब यह दुःख मुझसे नहीं सहा जाता। विमुख वचन सुन-सुनकर मर जाऊँगी। अगर आप सुखी है तो सब ठीक (ही) है। उनके सुख को पूरा कर डालूँगी। सूरदास कहते हैं (राधा कहती है) कि अबकी बार मैं (भी) कुछ लडूँगी।। 75।।

प्राननाथ हो मेरी सुरति किन करौ।
मैं जु दुख पावति हौं, दीनद्याल, कृपा करौ, मेरी कामदंद-दुख
औ बिरह हरौ।
तुम बहु रमनी रमन सो जानति हौं, याही के जु धोखैं
हौ मौसौं काहैं लरौ।
सूरदास-स्वामी तुम हौ अंतरजामी सुनो मनसा बाचा मैं
ध्यान तुम्हरौई धरौ ॥७६॥

अर्थ—हे प्राणनाथ मेरी याद क्यों नहीं करते जो मैं दुःख पाती हूँ। दीनदयाल (मुझपर) कृपा करो, मेरी काम-पीड़ा, दुःख तथा विरह को हरो। यह समझ कर कि मैं जानती हूँ कि तुम अनेक रमणियों के साथ रमण करने वाले हो, मुझसे झगड़ा क्यों करते हो। सूरदास कहते हैं (राधा कहती है) कृष्ण तुम अन्तर्यामी हो। (ऐसा मैंने) सुना है। (इसलिए) मन और वाणी से मैं तुम्हारा ही ध्यान करती हूँ।। ।76।।

हौं या माया ही लागी तुम कत तोरत।
मेरौ तौ जिय तिहारे चरननि ही मैं लाग्यौ, धीरज क्यौं रहै रावरे
मुख मोरत।
कोऊ लै बनाइ बातैं, मिलवति तुम आगैं, सोई किन आइ
मोसौं अब है जोरत।
सूरदास-पिय, मेरे तौ तुमहिं हो जु जिय, तुम बिनु देखैं मेरौ

अर्थ—मैं तो आपकी इस माया (प्रेम) में ही लग गई (पग गई हूँ), उसे आप क्यों तोड़ते हैं (नष्ट करते हैं) मेरा तो हृदय तुम्हारे चरणों में ही लग गया है। तुम्हारे मुख मोड़ लेने पर मुझे धीरज़ किस प्रकार रहे। कोई बातें बनाकर तुम्हारे आगे (इधर-उधर) जोड़कर कहती हैं वही (लोग) आकर अब हमसे जोड़ती हैं। सूरदास कहते हैं (राधा कहती है) कि मेरे तो प्राण तुम ही हो तुम्हें बिना देखे मेरा हृदय कुरेदता है।। 77।।

बिहँसि राधा कृष्न अंक लीन्ही।
अधर सौं अधर जुरि, नैन सौं नैन मिलि, हृदय सौं हृदय
लगि, हरष कीन्ही।

कंठ भुज-भुज जोरि, उछँग लीन्ही नारि, भुवन-दुख टारि,
सुख दियौ भारी।
हरषि बोले स्याम, कुन्ज-बन धन-धाम, तहाँ हम तुम संग
मिलैं प्यारी।
जाहु गृह परम धन, हमहुँ जैहैं सदन, आइ कहुँ पास मोहिं
सैन दैहौ।
सूर यह भाव दै, तुरतहीं गवन करि, कुंज-गृह सदन तुम जाइ रैहौ ।।७८।।

अर्थ—हँस कर कृष्ण ने राधा को गोद में ले लिया। ओंठ से ओंठ, आँख से आँख मिलाकर, हृदय से हृदय लगाकर हर्षित किया। कंठ से भुजा जोड़कर नागरि (राधा) को गोद में ले लिया। घर के दुःखों को टालकर बहुत सुख दिया। खुश होकर कृष्ण बोले कि घने कुंज वन के कुटीर में हम तुम प्यारी साथ मिलें। हे परमधन (राधा) घर जाओ, हम भी घर जायेंगे, पास में आकर मुझे कोई इशारा दे देना। सूरदास कहते हैं कि यह भाव देकर उन्होंने तुरन्त ही गमन किया और कहा कि तुम कुंज-गृह रूपी घर में आकर रहना ।। 78 ।।

ब्याज मिलन

सुनि री मैया काल्हिही, मोतिसरी गँवाई।
सखिनि मिलै जमुना गई, धौं उनहिं चुराई।
कीधौं जलही मैं गई, यह सुधि नहिं मेरैं।
तब तैं मैं पछितातिहौं, कहति न डर तेरैं।
पलक नहीं निसि कहूँ लगी, मोहिं सपथ तिहारी।
इहि डर तैं मैं आजुही, अति उठी सवारी।
महरि सुनत चकित भई, मुख ज्याब न आवै।
सूर राधिका गुन भरी, कोउ पार न पावै ।।७९।।

अर्थ—सुनो री माता। कल मैंने मोतियों की माला गँवा दी। मैं सखियों से मिल ने के लिए यमुना गयी थी, शायद उन्होंने ही चुरा लिया। न जाने जल ही में डूब गयी, मुझे याद नहीं है। तभी से मैं पछताती हूँ, तुम्हारे डर से तुमसे कहती नहीं हूँ। रात में तनिक भी पलक नहीं लगी, मुझे तुम्हारी कसम है। इसी डर से आज मैं सबेरे हो उठ पड़ी। महरि यह सुनकर चकित हो गयीं। उनके मुख से उत्तर नहीं निकला। सूरदास कहते हैं कि राधा गुण से भरी है, (इसका) कोई पार नहीं पाता।। 79 ।।

सुनि राधा अब तोहिं न पत्यैहौं।
और हार चौकी हमेल अब, तेरैं कंठ न नैहौं।
लाख टकटकी हानि करी तैं, सो जब तोसौं लैहौं।
हार बिना ल्याएँ लड़बौरा, घर नहिं पैठन दैहौं।

जब देखौंगो वहै मोतिसरि, तबहीं तौ सचु पैहौं ।
नातरु सूर जन्म भरि तेरो, नाउँ नहों मुख लैहौं ।।८०।।

अर्थ—सुनो राधा अब तुम पर विश्वास नहीं करूँगी। हार, चौकी, हमेल (कुछ भी) तेरे गले में नहीं डालूँगी। तुमने लाख टका की हानि की है, वह जब तुमसे लूँगी। (तभी और आभूषण पहनने को दूँगी।) हे अनाड़ी, हार बिना लाए (तुम्हें) घर में नहीं बैठने दूँगी। जब वही मोती का हार देखूँगी तभी सत्य मानूँगी। सूरदास कहते हैं कि (माता कहती है) नहीं तो जन्म भर तुमसे मुँह से नहीं बोलूँगी।। 80 ।।

जैहै कहाँ मोतिसरि मोरी ।
अब सुधि भई लई वाही नैं, हँसति चली बृषभानु-किसोरी ।
अबहीं मैं लीन्हे आवति हौं, मेरैं सँग आवै जानि को री ।
देखौं धौं कहा करिहौं बाकौं, बड़े लोग सीखत हैं चोरी ।
मौकौं आजु अबेर लागि है, ढढौंगी घर-घर ब्रज खोरी ।
सूर चली निधरक ह्वै सब सौं, चतुर राधिका बातनि भोरी ।।८१।।

अर्थ—मेरी मोती की माला कहाँ जायेगी। अब ख्याल हो गया। उसी ने ले लिया है। (यह कहकर) हँसती हुई राधा चली। अभी मैं लिये आती हूँ मेरे साथ कोई मत आये। देखो (पकड़ने पर) उसका क्या करूँगी, बड़े लोग (भी) चोरी सीखते हैं। आज मुझे देर लगेगी, (क्योंकि) ब्रज की गलियों में घर-घर (उसे) ढूढूँगी। सूरदास कहते हैं चतुर राधिका बातों से भुलाकर सबसे निधड़क होकर चली।। 81 ।।

नंद-महर घर कें पिछवारैं राधा आइ बतानी ।
मनौ अंब-दल-मौर देखि कें, कुहुकी कोकिल बानी ।
झूठेहिं नाम लेति ललिता कौं, काहैं जाहु परानी ।
वृन्दावन-मग जाति अकेलो, सिर लै दही-मथानी ।
मैं बैठी परखति ह्याँ रैहौं, स्याम तबहिं तिहिं जानी ।
कोक-कला-गुन आगरि नागरि, सूर चतुरई ठानी ।।८२।।

अर्थ—नंद महर के घर के पीछे राधा ने आकर बातें की, मानो आम के कोमल पत्ते और बौर को देखकर कोयल कुहकी हो। झूठे ही ललिता का नाम लेती है कि क्यों भागी जा रही हो। बृन्दावन के मार्ग पर सिर पर दही और मथानी लिये अकेली चली जा रही है। मैं बैठकर यहाँ परखती रहूँगी। कृष्ण तभी उसे जान गये। सूरदास कहते हैं की काम-कला के गुणों में श्रेष्ठ राधा ने चतुराई ठानी।। 82 ।।

सैन दै नागरी गई बन कौं ।
तबहिं कर-कौर दियौ डारि, नहिं रहि सकैं, ग्वाल जेंवत तजे, मोह्यौ उनकौं ।

चले अकुलाइ बन धाइ, ब्याई गाइ देखिहौं जाइ, मन हरष
कीन्हौ।
प्रिया निरखति पंथ, मिलैं कब हरि कंत, गए इहिं अंत, हँसि
अंक लीन्हो।
अतिहिं सुख पाइ, अतुराइ मिले धाइ, दोउ मनौ अति रंक, नव-
निधहिं पाई।
सूर प्रभु की प्रिया, राधिका अति नवल, नवल नँदलाल के, मनहिं
भाई ॥८३॥

अर्थ—इशारा देकर नागरि राधा बन को गयी। तभी उसने (कृष्ण ने) हाथ का कौर रख दिया। अब उनके लिये रुकना सम्भव नहीं था। कृष्ण ने ग्वालों को भी मोह लिया और उन्हें भोजन करते छोड़ दिया। मन में हर्ष करके, आकुल होकर वन को दौड़े कि ब्याई गाय देखूँगा। प्रिया रास्ता निहारती थी कि कंत कृष्ण (कब) मिलेंगे, इसी बीच वे पहुँचे और उन्होंने हँसकर उसे गोद में ले लिया। अत्यधिक सुख पाकर दोनों आतुर होकर दौड़कर मिले जैसे दरिद्र को खजाना मिल गया हो। सूरदास कहते हैं कि कृष्ण की प्रिया राधा अत्यधिक सुन्दर है और सुन्दर कृष्ण के मन भा गयी है।। 83।।

दीजै कान्ह काँधे कौ कंबर।
नान्हीं नान्हीं बूँदनि बरषन लागी, भीजत कुसुमी अंबर।
बार-बार अकुलाइ राधिका, देखि मेघ-आडंबर।
हँसि हँसि रीझि बैठि रहे दोऊ, ओढ़ि सुभग पीतंबर।
सिव सनकादिक नारद-सारद, अंत न पावै तुंबर।
सूर स्याम-गति लखि न परति कछु, खात ग्वाल सँग संबर ॥८४॥

अर्थ—हे कृष्ण कन्धे का कम्बल दीजिए। नन्हीं-नन्हीं बूँदें बरसने लगीं, जिससे कुसुभी रंग का वस्त्र भीगता है। बादलों की उमड़-घुमड़ देखकर राधा बार-बार आकुल हो गयी। हँस-हँस कर तथा रीझकर दोनों (एक साथ) पीतांबर ओढ़कर बैठ गये। शिव, सनकादि, नारद, शारद, और तुंबर (कृष्ण का) अंत नहीं पाते। सूरदास कहते हैं कि कृष्ण की गति कुछ भी दिखाई नहीं देती जो कि ग्वालों के साथ रास्ते का भोजन खा रहे हैं।। 84।।

कान्ह कह्यौ बन रैनि न कीजै, सुनहु राधिका प्यारी।
अति हित सौं उर लाइ कह्यौ, अब भवन आपनैं जा री।
मातु-पिता जिय जानै न कोऊ, गुप्त-प्रीति रस भारी।
कर तैं कौर डारि मैं आयौ, देखत दोउ महतारी।
तुम जैसी मोहिं प्यारी लागति, चंद चकोर कहा री।
सूरदास स्वामी इन बातनि, नागरि रिझई भारी ॥८५॥

अर्थ—अत्यन्त प्रेम से हृदय से लगाकर कृष्ण ने कहा कि (हे) राधिका प्यारी सुनो वन में रात मत करो। अब अपने घर चली जाओ। गुप्त प्रीति के बड़े रस को माता-पिता कोई मन में जानने न पावे। दोनों माताओं को देखते मैं हाथ से कौर डालकर चल दिया। तुम जैसे मुझे प्रिय लगती हो (उसके आगे) चकोर, और चन्द्रमा क्या हैं। सूरदास कहते हैं कि कृष्ण ने इन बातों से राधा को बहुत रिझा लिया।। 85।।

मैं बलि जाउँ कन्हैया की।
करतैं कौर डारि उठि धायौ, बात सुनी बन गैया की।
धौरी गाय आपनी जानी, उपजी प्रीति लवैया की।
तातैं जल समोइ पग धोवति, स्याम देखि हित मैया की।
जो अनुराग जसोदा कैं उर, मुख की कहनि कन्हैया की।
यह सुख सूर और कहुँ नाहीं, सौंह करत बल भैया की।।८६।।

अर्थ—मैं कृष्ण पर निछावर जाती हूँ। (जब उन्होंने) वन में गाय (के ब्याने) की बात सुनी तो वे हाथ से कौर डालकर उठकर दौड़े। अपनी धौरी गाय जानकर लाने वाले के प्रति प्रीति पैदा हुई। उसी से गर्म और ठंडा पानी मिलाकर पैर धोती हैं। कृष्ण माता के हित को देखकर अपने मुख से यह कहते हैं कि जो प्रेम यशोदा के हृदय में है वह सुख और कहीं नहीं है। (यह मैं) बलभद्र की सौगंध करके कहता हूँ।। 86।।

राधा अतिहिं चतुर प्रवीन।
कृष्न कौं सुख दै चली हँसि, हंस-गति कटि छीन।
हार कैं मिस इहाँ आई, स्याम मनि-कैं काज।
भयौ सब पूरन मनोरथ, मिले श्रीब्रजराज।
गाँठि-आँचर छोरि कै, मोतिसरी लीन्ही हाथ।
सखी अवति देखि राधा, लई ताकौं साथ।
जुबति बूझति कहाँ नागरि, निसि गई इक जाम।
सूर ब्यौरौ कहि सुनायौ, मैं गई तिहिं काम।।८७।।

अर्थ—राधा अत्यधिक चतुर तथा प्रवीण है। कृष्ण को सुख देकर क्षीण कमर वाली (राधा) हँसकर, हंस की चाल से चली। श्याम रूपी मणि के लिए हार का बहाना करके यहाँ आई थी। कृष्ण के मिलने पर उसकी सब मनोकामना पूरी हो गयी। आँचल की गाँठ छोड़कर मोतियों की माला हाथ में ले ली। सखी को आती हुई देखकर उसको साथ में ले लिया। युवतियाँ पूछती हैं कि एक पहर रात गये कहाँ गयी थी ? सूरदास कहते हैं कि राधा ने सब व्यौरा कह सुनाया (और कहा कि) मैं उसी काम से गई थी।। 87।।

करति अवसेर बृषभानु-नारी।
प्रात तैं गई, बासर गयौ बीति सब, जाम निसि गई, धौं कहाँ बारी।
हार कैं त्रास मैं कुँवरि त्रासी बहुत, तिहिं डरनि अजहूँ नहिं सदन आई।
कहाँ मैं जाउँ, कह धौं रही रूसि कैं, सखिनि सौं कहति कहूँ मिलि माई।
हार बहि जाइ, अति गइ अकुलाइ कैं, सुता कैं नाउँ इक वहै मेरैं।
सूर यह बात जौ सुनैं अबही महर, कहैं मोहिं ये ढंग तेरें ॥८८॥

अर्थ— वृषभानु की स्त्री चिन्ता करती हैं। राधा प्रातःकाल से गयी है। दिन बीत गया, एक पहर रात भी बीत गयी, बेटी पता नहीं कहाँ है। हार के खोने के भय से मैंने बेटी को बहुत डराया, उसी के डर से अब तक घर नहीं आयी। मैं कहाँ जाऊँ, पता नहीं कहाँ रुठकर चली गयी। सखियों से पूछती हैं कि वह कहीं मिली थी? हार बह जाय। वह अत्यधिक आकुल होकर गयी है। लड़की के नाम पर मेरे वही अकेली (ही तो) है। सूरदास कहते हैं कि (राधा की माँ कहती हैं) यह बात अभी महर सुनेंगे तो कहेंगे कि तेरा यही ढंग है।। ८८।।

राधा डर डराति घर आई।
देखति हीं कीरति महतारी, हरषि कुँवरि उर लाई।
धीरज भयौ सुता-माता जिय, दूरि गयौ तनु-सोच।
मेरी कौं मैं काहैं त्रासी, कहा कियौ यह पोच।
लै री मैया हार मोतिसरी, जा कारन मोहिं त्रासी।
सूर राधिका के गुन ऐसे, मिलि आई अविनासी ॥८९॥

अर्थ—राधा डरती-डरती घर आई। देखते ही कीर्ति माँ ने खुश होकर राधा को हृदय से लगा लिया। बेटी और माता के (दोनों के) हृदय में धीरज हुआ। मैंने (अपनी) लड़की को क्यों डराया और इसने क्या बुरा कार्य किया ? (राधा कहती है) मैया यह मोतियों का हार लो जिसके कारण तुमने मुझे डराया था। सूरदास कहते हैं कि राधा के गुण ऐसे हैं (जो कि) अविनाशी (कृष्ण) से मिलकर चली आयी।। 89।।

परम चतुर बृषभानु-दुलारी।
यह मति रची कृष्न मिलिबे की, परम पुनीत महा री।
उत सुख दियौ नंद-नंदन कौं, इतहिं हरष महतारी।
हार इतौ उपकार करायौ, कबहूँ न उर तैं टारी।
जे सिव-सनक-सनातन दुर्लभ, ते बस किये कुमारी।
सूरदास-प्रभु-कृपा अगोचर, निगमनि हू तैं न्यारी ॥९०॥

अर्थ—वृषभानु की दुलारी (राधा) परम चतुर है। कृष्ण से मिलने के लिए उसने यह परम पवित्र युक्ति (चाल) रची। उधर कृष्ण को सुख दिया, इधर माता को हर्ष दिया। हार ने इतना उपकार किया, इसलिए उसे कभी वक्षस्थल से नहीं टालती। जो शिव, सनक तथा सनातन को दुर्लभ हैं उन्हें राधा ने वश में कर लिया है। सूरदास कहते हैं कि प्रभु की कृपा अगोचर है तथा वेदों से भी न्यारी है।। 90।।

प्रीति के बस्य ये हैं मुरारी।
प्रीति के बस्य नटवर सुभेषहिं धरयौ, प्रीति बस करज गिरिराज धारी।
प्रीति के बस्य ब्रज भए माखन चोर, प्रीति बस्य दाँवरि बँधाई।
प्रीति के बस्य गोपी-रमन नाम प्रिय, प्रीति बस्य जमल तरु मोच्छदाई।
प्रीति-बस नंद-बंधन बरुन-गृह गए, प्रीति के बस्य बन-धाम कामी।
प्रीति के बस्य प्रभु सूर त्रिभुवन बिदित, प्रीति बस सदा राधिका स्वामी ।।९१।।

अर्थ—कृष्ण प्रेम के वश में हैं। उन्होंने प्रेम के वश में होकर नटवर वेष धारण किया, प्रेम के वश होकर गोवर्द्धन पर्वत को धारण किया है। प्रेम के वश में होकर ब्रज में माखन चोर हुए। प्रेम के वश होकर अपने को रस्सी में बँधाया। प्रेम के वश में होने के कारण गोपी-रमण नाम प्रिय हो गया है। प्रेम के वश में होकर यमलार्जुन को मोक्ष दिया। प्रीति के वश में होकर नन्द के बन्धन तथा वरुण के घर गये। प्रीति वश वन और घर में कामी बने। सूरदास कहते हैं कि कृष्ण प्रेम के वश में हैं, यह तीन लोक में प्रसिद्ध है। राधिका के स्वामी सदा प्रेम के वश में हैं।। 91।।

भ्रम

आजु सखी अरुनोदय मेरे, नैननि कौं धोख भयौ।
की हरि आजु पंथ गहिँ गवने, स्याम जलद की उनयौ।
की बग पाँति भाँति, उर पर की, मुकुत-माल बहु मोल।
कीधौं मोर मुदित ह्वै नाचत, की बरह-मुकुट की डोल।
की घनघोर गम्भीर प्रात उठि, की ग्वालनि की टेरनि।
की दामिनी कौंधति चहुँ दिसि, की सुभग पीत पट फेरनि।
की बनमाल लाल-उर राजति, की सुरपति-धनु चारु।
सूरदास-प्रभु-रस भरि उमँगी, राधा कहति बिचारु ।।९२।।

अर्थ—सखी आज सूर्य निकलने के समय मेरी आँखों को धोखा हो गया। मेरे इस रास्ते से कृष्ण गुजरे कि श्याम बादल झुक गये। बगुले की पंक्ति की तरह की वक्ष पर बहुमूल्य मोती की माला है। पता नहीं प्रसन्न होकर मोर नाचते हैं कि मोर मुकुट डोल रहा है। न जाने प्रातः घनघोर बादल की गरज उठती है कि ग्वालों की पुकार है। चारों ओर बिजली कौंधती है कि

सुन्दर पीताम्बर फहर रहा है। हृदय पर सुन्दर बनमाला विराज रही है कि सुन्दर इन्द्र धनुष हैं। सूरदास कहते हैं कि कृष्ण के रस से उमंगकर राधा विचार कर कहती है।। 92।।

राधिका हृदय तैं धोख टारौ।
नंद के लाल देखे प्रात-काल तैं, मेघ नहिं स्याम तनु-छबि बिचारौ।
इंद्र-धनु नहीं बन दाम बहु सुमन के, नहीं बग पाँति बर मोति माला।
सिखी वह नहीं सिर मुकुट सीखंड पछ, तड़ित नहिं पीत पट-छवि रसाला।
मंद गरजन नहीं चरन नूपुर-सबद, भोरही आजु हरि गबन कीन्हौ।
सूर-प्रभु भामिनी भवन करि गबन, मन रवन दुख के दवन जानि लीन्हौ ।।९३।।

अर्थ—राधा हृदय से धोखा मिटा दो। तुमने प्रातःकाल कृष्ण को देखा था, मेघ को नहीं। कृष्ण के शरीर की शोभा के विषय में विचार तो करो। इन्द्र का धनुष नहीं है बहुत से फूलों वाली वनमाला है। बगुलों की पंक्ति नहीं है बल्कि श्रेष्ठ मोती की माला है। वह मोर नहीं बल्कि सिर पर मोर के पखों का मुकुट है। बिजली नहीं पीताम्बर की सुन्दर छवि है। मन्द गरजन नहीं चरण के नुपुरों का शब्द है। आज प्रातः काल ही कृष्ण ने गमन किया। सूरदास कहते हैं कि भामिनी अपने घर जाओ, तुमने मन को आकर्षित करने वाले, दुःख को दमन करने वाले कृष्ण को जान लिया है।। 93।।

एक निष्ठा

धन्य धन्य बृषभानु-कुमारी।
धनि माता, धनि पिता तिहारे, तोसी जाई बारी।
धन्य दिवस, धनि निसा तबहिं की, धन्य घरी, धनि जाम।
धन्य कान्ह तेरैं बस जे हैं, धनि कीन्हे बस स्याम।
धनि मति, धनि रति, धनि तेरौ हित, धन्य भक्ति, धनि भाउ।
सूर स्याम पति धन्य नारि तू, धनि-धनि एक सुभाउ ।।९४।।

अर्थ—वृषभानु की बेटी (राधा) धन्य-धन्य है। तुम्हारे माता और पिता धन्य हैं जिन्होंने तुम्हारी जैसी बेटी पैदा की। व ह दिन धन्य है, तब की रात धन्य है, घड़ी पहर (सब) धन्य है (जब तेरा जन्म हुआ)। कृष्ण धन्य हैं जो तुम्हारे वश में हैं। तुम धन्य हो जिसने कि कृष्ण को वश में किया है। तेरी बुद्धि, रति, हित, भक्ति भाव सब धन्य हैं। सूरदास कहते हैं कि कृष्ण पति तू नारी (दोनों) धन्य हो। एक स्वभाव वाले (तुम दोनों) धन्य हो ।। 94।।

तोहिं स्याम हम कहाँ दिखावैं।
तुमतैं न्यारे रहत कहुँ न वै, नैकुँ नहीं बिसरावैं।

एक जीव देहो द्वै राखी, यह कहि कहि जु सुनावैं।
उनकी पटतर तुमकौं दीजै, तुम पटतर वै पावैं।
अमृत कहा अमृत-गुन प्रगटै, सो हम कहा बतावैं।
सूरदास गूँगे कौ गुर ज्यौं, बूझति कहा बुझावैं ।।९५।।

अर्थ—हम तुमको कृष्ण कहाँ दिखावें। वे कहीं भी तुमसे अलग नहीं रहते और (तुम्हें) तनिक भी नहीं भुलाते। एक जीव तथा दो शरीर को रचना की है, यह कह-कह कर सुनाते हैं। उनकी उपमा तुमको दी जाय तथा तुम्हारी उपमा उनको प्राप्त हो। अमृत कैसे अमृत गुण प्रकट करता है, उसे हम कैसे बतायें। सूरदास कहते हैं कि गूँगे के गुड़ के समान पूछने पर कैसे समझाया जाय।। 95।।

सुनि राधा यह कहा बिचारै।
वै तेरैं तू उनकैं रंग, अपनो मुख क्यौं न निहारै।
जो देखौ तौ छाँह आपनी, स्याम-हृदै ह्याँ छाया।
ऐसी दशा नंद-नंदन की, तुम दोउ निर्मल काया।
नीलांबर स्यामल तनु की छबि, तुम छबि पीत सुबास।
घन-भीतर दामिनी प्रकाशित, दामिनि घन-चहुँ पास।
सुन री सखी बिलख कहौं तोसौं, चाहति हरि कौ रूप।
सूर सुनहु तुम दोउ सम जोरी, एक स्वरूप अनूप ।।९६।।

अर्थ—सुनो राधा यह विचार क्यों करती हो। वह तुम्हारे रंग में तुम उनके रंग मे (रंग गयी हो), अपने मुख को क्यों नहीं निहारती हो। जो दखो तो अपनी छाया (देखो), कृष्ण का हृदय यहाँ छाया है। ऐसी दशा श्रीकृष्ण की है। तुम दोनों निर्मल शरीर (वाले) हो। नीले आकाश के समान श्यामल कृष्ण का शरीर है और तुम्हारी पीली सुगन्धित छवि है। बादल के भीतर (जैसे) बिजली प्रकाशित हो या बिजली बादल के चारों तरफ (छायी) हो। सुनो री सखी ताड़ करके तुमसे बात कहती हूँ (तुम) कृष्ण के रूप को चाहती हो। सूरदास कहते हैं कि (सखी कहती है) तुम दोनों समान जोड़ी तथा एक अनुपम स्वरूप वाले हो ।। 96।।

पिय तेरैं बस यौं री माई।
ज्यौं संगहिं सँग छाँह देह-बस, प्रेम कह्यौ नहिं जाई।
ज्यौं चकोर बस सरद चंद्र कैं, चक्रवात बस-भान।
जैसैं मधुकर कोमल कोस-बस, त्यौं बस स्याम सुजान।
ज्यौं चातक बस स्वाँति बूंद कैं, तन कैं बस ज्यौं जीय।
सूरदास-प्रभु अति बस तेरैं, समुझ देखि धौं हीय ।।९७।।

अर्थ—सखी! प्रिय कृष्ण यों तुम्हारे वश में हैं जैसे साथ-ही-साथ रहने वाली छाया शरीर के वश में रह ती है। (तुम दोनों का) प्रेम कहा नहीं जा सकता है (अकथनीय है)। जैसे चकोर शरद् ऋतु के चन्द्रमा के वश में रहता है, चक्रवाक सूर्य के वश में है और भ्रमर कमल के फूलों

(बँधी हुई कली) के वश में रहता है वैसे ही कृष्ण (तुम्हारे) वश में हैं। जैसे चातक स्वाँती नक्षत्र के (बादलों के) बूँद के वर्ष में रहता है तथा शरीर के वश में प्राण है। सूरदास कहते हैं कि (वैसे) कृष्ण तुम्हारे अत्यधिक वश में हैं, निश्चय ही यह हृदय को देखकर समझ लो।। 97।।

लघुमान लीला

मैं अपनैं जिय गर्व कियौ।
वै अंतरजामी सब जानत, देखत ही उन चरचि लियौ।
कासौं कहौं मिलावै को अब, नैंकु न धीरज धरत जियौ।
वै तौ निठुर भये या बुधि सौं, अहंकार फल यहै दियौ।
तब आपुन कौं निठुर करावति,प्रीति सुमिरि भरि लेति हियौ।
सूर स्याम प्रभु वै बहु नायक, मो सी उनकैं कोटि तियौ ।।९८।।

अर्थ—मैंने अपने मन में गर्व किया। वे अन्तर्यामी सब जानते हैं, देखते ही उन्होंने अनुमान कर लिया। किससे कहूँ अब कौन मिलाये, हृदय तनिक भी धैर्य नहीं धरता। वे तो इस बुद्धि से निष्ठुर हो गये और अहंकार का यही फल दिया। तब अपने को निष्ठुर कहती हूँ, जब उनका प्रेम से स्मरण करके हृदय भर आता है। सूरदास कहते हैं (राधा कहती है) वे बहुत सी स्त्रियों के नायक हैं हमारे समान उनकी हजारों स्त्रियाँ हैं।। 98।।

महा बिरह-बन माँझ परी।
चकित भई ज्यौं चित्र-पूतरी, हरि मारग बिसरी।
सँग बटपार गर्व जब देख्यौ, साथी छोड़ि पराने।
स्याम-सहर-अँग-अंग-माधुरी, तहँ वै जाइ लुकाने।
यह बन माँझ अकेली ब्याकुल, सम्पति गर्व छँड़ायौ।
सूर स्याम-सुधि टरति न उर तैं,यह मनु जीव बचायौ ।।९९।।

अर्थ—(मैं) महान् विरह वन के बीच पड़ गयी। चित्र की पुतली के समान (मैं) चकित हो गयी और कृष्ण रूपी मार्ग भूल गयी। संग में वटपाररूपी गर्व को देखकर साथी छोड़कर भाग गये। श्याम रूपी शहर की अंग-अंग की मधुरिमा में वे जाकर छिप गये। इस वन में अकेली व्याकुल हूँ। गर्व ने सम्पत्ति को छीन लिया। सूरदास कहते हैं कि (राधा कहती है) हृदय से स्मृति टलती नहीं, मानो इसी ने जीव बचा दिया।। 99।।

राधा-भवन सखी मिलि आईं।
अति ब्याकुल सुधि-बुधि कछु नाहीं, देह दसा बिसराईं।
बाँह गही तिहिं बूझन लागीं, कहा भयौ री माई।
ऐसी बिबस भईं तू काहैं, कहौ न हमहिं सुनाई।
कालिहिं और बरन तोहिं देखी, आजु गई मुरझाई।
सूर स्याम देखे की बहुरौ, उनहिं ठगौरी लायी ।।१००।।

अर्थ—राधा के घर सखियाँ मिलने आईं। (राधा) अत्यन्त व्याकुल है तथा उसके होश-हवास कुछ नहीं है, (यहाँ तक कि) अपने शरीर की दशा (भी) भूल गयी है। (सखियाँ) बाँह पकड़ कर पूछने लगीं—सखी तुम्हें क्या हुआ ? ऐसी विवश तुम क्यों हो गयी हो ? मुझे सुनाकर कहो ! कल तेरा और ही रंग देखा था, आज (क्यों) मुरझा गयी हो? सूरदास कहते हैं कि (सखियाँ कहती हैं) क्या कृष्ण को देखा है, कि फिर उन्होंने जादू कर दिया।। 100।।

अब मैं तोसौं कहा दुराऊँ।
अपनी कथा, स्याम की करनी, तो आगैं कहि प्रगट सुनाऊँ।
मैं बैठी ही भवन आपनैं, आपुन द्वार दियौ दरसाऊँ।
जानि लई मेरे जिय की उन, गर्व-प्रहारन उनकौं नाऊँ।
तबहीं तैं ब्याकुल भई डोलति, चित्त न रहै कितनौ समुझाऊँ।
सुनहु सूर ग्रह बन भयो मोकौं, अब कैसें हरि दरसन पाऊँ ॥१०१॥

अर्थ—अब मैं तुमसे क्या छिपाऊँ। अपनी कथा और कृष्ण की करतूत तुम्हारे आगे प्रत्यक्ष सुनाती हूँ। मैं अपने घर बैठी थी, वे स्वयं द्वार पर दिखाई दिये। उन्होंने मेरे मन की बात जान ली। 'गर्व के प्रहारक' उनका नाम (ही) है। तभी से व्याकुल होकर फिरती हूँ, कितना ही मन को समझाती हूँ वह नहीं मानता (चैन नहीं मिलता)। सूरदास कहते हैं कि (राधा सखियों से कहती है) घर मेरे लिए वन हो गया है अब कैसे कृष्ण का दर्शन प्राप्त करूँ।। 101।।

हमरी सुरति बिसारी बनवारी, हम सरबस दै हारी।
पै न भए अपने सनेह बस, सपने हूँ गिरधारी।
वै मोहन मधुकर समान सखि, अनबन बेली-चारी।
ब्याकुल बिरह व्यापी दिन-दिन हम, नीर जु नैननि ढारी।
हम तन मन दै हाथ बिकानी, वै अति निठुर मुरारी।
सूर स्याम बहु रमनि रमन, हम इक ब्रत, मदन-प्रजारी ॥१०२॥

अर्थ—हमारी स्मृति कृष्ण ने भुला दी। मैं सर्वस्व देकर हार गयी। तब भी कृष्ण स्वप्न में भी अपने स्नेह के वश नहीं हुए। सखी वह मोहन भ्रमर के समान है जो असंख्य लताओं पर विचरण करने वाले हैं। व्याकुल हो मैं दिन-प्रति-दिन विरह से व्याप्त हो रही हूँ और आँखों से आँसू ढुलकाती हूँ। मैं तन-मन (उनके) हाथ देकर बिक गयी। वे कृष्ण अत्यधिक निष्ठुर हैं। सूरदास कहते हैं (राधा कहती है) कि वह बहुत-सी स्त्रियों के साथ रमण करने वाले हैं, मैं एकव्रता काम की अग्नि में जली हुई हूँ।। 102।।

मैं अपनी सी बहुत करी री।
मोसौं कहा कहति तू माई, मन कैं सँग मैं बहुत लरी री।
राखौं हटकि, उतहिं कौ धावत, बाकी ऐसियै परनि परी री।
मोसौं बैर करै रति उनसौं, मोकौं राख्यौ द्वार खरी री।

अजहूँ मान करौं, मन पाऊँ, यह कहि इत-उत चितै डरी री।
सुनहु सूर पाँचनि मत एकै, मैं री मोही रही परी री ।।१०३।।

अर्थ—मैंने अपना सा बहुत (कुछ) किया। सखी मुझसे तू क्या कहती है, मन के साथ मैंने बहुत लड़ाई लड़ी। हठ करके उसे रोकती हूँ, वह उधर ही दौड़ता है फिर उसकी ऐसी आदत पड़ गयी है। मुझसे शत्रुता करता है उनसे प्रेम करता है, मुझे द्वार पर खड़ी रखता है। अब भी मान करूँ यदि मन को पा जाऊँ। यह कहकर इधर-उधर देखकर भयभीत हुई। सूरदास कहते हैं (राधा कहती है) (सखियों) सुनो ये पाँचों इन्द्रियाँ एक ही विचार रखती हैं। मैं ही मोह में पड़ कर खड़ी रह गयी अथवा मोह से आविर्भूत होकर पड़ी रहती हूँ।। 103।।

भूलि नहीं अब मान करौं री।
जातैं होइ अकाज आपनौ, कहैं बृथा मरौं री।
ऐसे तन मैं गर्व न राखौं, चिंतामनि बिसरौं री।
ऐसी बात कहै जो कोऊ, ताकैं संग लरौं री।
आरजपंथ चलैं कह सरिहै, स्यामहिं संग फिरौं री।
सूर स्याम जउ आपु, स्वारथी, दरसन नैन भरौं री ।।१०४।।

अर्थ—अब भूल कर भी मान नहीं करूँगी। जिससे अपना अनिष्ट होता है, क्यों व्यर्थ मरूँ। ऐसे शरीर में गर्व नहीं रखूँगी, (न तो) चिन्तामणि को भूलूँगी। ऐसी बात जो कोई करेगा उसके साथ लड़ूँगी। आर्य पथ (श्रेष्ठ मार्ग) पर चलने से क्या कल्याण होगा ? (इससे) कृष्ण के साथ घूमूँगी। सूरदास कहते हैं (राधा कहती है) कि कृष्ण भले ही स्वयं स्वार्थी हों किन्तु उनका दर्शन करके नेत्रों को (रस से) भर लूँगी।। 104।।

माई मेरौ मन पिय सौं यौं लाग्यौ, ज्यौं सँग लागी छाँहि।
मेरौ मन पिय जीव बसत हैं, पिय जिय मो मैं नाहि।
ज्यौं चकोर चंदा कौं निरखत, इत-उत दृष्टि न जाइ।
सूर स्याम बिनु छिन-छिन जुग सम, क्यौं करि रैन बिहाइ ।।१०५।।

अर्थ—सखी मेरा मन प्रिय (कृष्ण) से ऐसा लगा है जैसे साथ में छाया लगी रहती है। मेरा मन प्रिय के प्राण में बसता है, लेकिन प्रियतम का जीव मुझमें नहीं (बसता है)। जैसे चकोर चन्द्रमा को देखता है, उसकी इधर-उधर दृष्टि नहीं जाती। सूरदास कहते हैं कि (राधा कहती है) कृष्ण के बिना क्षण-क्षण युग के समान लगता है फिर (वियोग) की रात कैसे बीते।। 105।।

अद्‌भुत एक अनूपम बाग।
जुगल कमल पर गज बर क्रीड़त, तापर सिंह करत अनुराग।
हरि पर सरवर, सर पर गिरिवर, गिर पर फूले कंज-पराग।
रुचिर कपोत बसत ता ऊपर, ता ऊपर अमृत फल लाग।

फल पर पुहुप, पुहुप पर पल्लव, ता पर सुक, पिक, मृद मद काग।
खंजन, धनुष चंद्रमा ऊपर, ता ऊपर एक मनिधर नाग।
अंग-अंग प्रति और-और छवि, उपमा ताकौं करत न त्याग।
सूरदास प्रभु पियौ सुधा-रस, मानौ अधरनिं के बड़ भाग ॥१०६॥

अर्थ—एक अद्भुत तथा अनुपम बाग है। दो कमलों (चरणों) के ऊपर श्रेष्ठ-हाथी (जाँघ) खेलते हैं। उस पर सिंह (कमर) अनुराग करता है। सिंह पर सरोवर (नाभि प्रदेश) है, सरोवर के ऊपर पहाड़ (पयोधर) हैं, उस पर पराग युक्त कमल (कंचुकी के बेल-बूटे) फूले हैं। उसके ऊपर रुचिकर कबूतर (गला) बसता है, उसमें अमृत का फल (ठुड्ढी) लगा है। फल के ऊपर फूल (तिल) है, फूल के ऊपर पल्लव (अधर) हैं। उस पर तोता (नाक), कोयल (वाणी), मृग (कस्तूरी बेंदी), कौआ (बालों के पट्टे) (शोभित) हैं। खंजन (नेत्र), धनुष (भौंहें), चन्द्रमा (मस्तक) उसके ऊपर एक भणिधर सर्प (मणि जटित आभूषण सहित वेणी) है। प्रति अंग में अधिक-से-अधिक शोभा है, उपमा उनका त्याग नहीं करती। सूरदास कहते हैं कि हे कृष्ण, अमृत रस पान करो, मानो (तुम्हारे) ओठों का बड़ा सौभाग्य है।। 106।।

भुज भरि लई हिरदय लाइ।
बिरह ब्याकुल देखि बाला, नैन दोउ भरि आइ।
रैनि बासर बीच मैं, दोऊ गए मुरझाइ।
मनौ बृच्छ तमाल बेली, कनक सुधा सिचाइ।
हरष डहडह मुसुकि फूले, प्रेम फलनि लगाइ।
काम मुरझनि बेली तरु की, तुरत ही बिसराइ।
देखि ललिता मिलन वह, आनंद उर न समाइ।
सूर के प्रभु स्याम स्यामा, त्रिबिध ताप नसाइ ॥१०७॥

अर्थ—भुजा से भरकर हृदय से लगा लिया। विरह से व्याकुल स्त्री को देखकर दोनों नेत्र (आँसू से) भर आये। रात-दिन के बीच में ही दोनों मुरझा गये। मानो तमाल के वृक्ष की स्वर्ण लता अमृत से सिंचकर, हर्ष से हरी- भरी होकर, मुस्करा कर फूल गयी और उसमें प्रेम के फल लग गये। काम-पीड़ा से मुरझायी हुई तरु-लता ने तुरन्त अपनी आकुलता (मुरझनि) को भुला दिया। उस मिलन को देखकर ल लिता के हृदय में आनन्द नहीं स माता। सूरदास कहते हैं कृष्ण ने प्रिया के विविध ताप को नष्ट कर दिया।। 107।।

ललित प्रेम-बिबस भई भारी।
वह चितवनि, वह मिलनि परस्पर, अति सोभा वर नारी।
इकटक अंग-अंग अवलोकति, उत बस भए बिहारी।
वह आतुर छबि लेत देत वै, इक तैं इक अधिकारी।

ललिता संग सखिनि सों भाषति, देखौ छवि पिय-प्यारी।
सुनहु सूर ज्यौं होम अगिनि घृत, ताहूँ तैं यह न्यारी ।।१०८।।

अर्थ—ललिता अत्यधिक प्रेम से विवश हो गयी। वह दृष्टिपात, वह परस्पर का मिलन, (वह) श्रेष्ठ नारी की अत्यधिक शोभा (सब सराहनीय है)। एक निगाह से (कृष्ण के) अंग-अंग को देखती है, उधर कृष्ण वश में हो गये हैं। वे आतुर होकर शोभा का आदान-प्रदान करते हैं। वे एक-से-एक बढ़कर हैं। ललिता सखियों के साथ बातचीत करती है कि प्रिय और प्यारी की शोभा देखो। सूरदास कहते हैं कि (ललिता कहती है) ज्यों होम की अग्नि में घी हो, उससे भी यह निराली है।। 108।।

राधहिं मिलेहुँ प्रतीति न आवति।
जदपि नाथ बिधु बदन बिलोकत, दरसन कौ सुख पावति।
भरि-भरि लोचन रूप-परम-निधि, उरमैं आनि दुरावति।
बिरह-बिकल मति दृष्टि दुहूँ दिसि,सँचि सरघा ज्यौं धावति।
चितवत चकित रहत चित अंतर, नैन निमेष न लावति।
सपनौ आहि कि सत्य ईस यह, बुद्धि वितर्क बनावति।
कबहुँक करति बिचार कौन हौं, को हरि कैं हिय भावति।
सूर प्रेम की बात अटपटी, मन तरंग उपजावति ।।१०९।।

अर्थ— राधा को (कृष्ण से) मिलने पर भी विश्वास नहीं आता है। यद्यपि वह कृष्ण के चन्द्र बदन को देखकर दर्शन का सुख पाती है। आँखों के रूप की परम निधि भरकर हृदय में ले आकर छिपाती है। विरह से व्याकुल बुद्धि (वाली राधा) की दृष्टि दोनों दिशाओं में है, जैसे मधु इकट्ठा करके मधुमक्खी दौड़ती है। चकित दृष्टि से चित्र के अन्तर में देखती रहती है। क्षण भर भी आँख नहीं लगाती। बुद्धि में तर्क-वितर्क करती है कि हे ईश्वर यह सत्य है या स्वप्न है। कभी विचार करती है कि मैं कौन हूँ, और कौन कृष्ण के हृदय को भाती है। सूरदास कहते हैं कि प्रेम की अटपटी बात मन में तरंग उत्पन्न करती है।। 109।।

स्याम भए राधा बस ऐसें।
चातक स्वाँति, चकोर चंद ज्यौं, चक्रवाक रवि जैसें।
नाद कुरंग, मीन जल की गति, ज्यौं तनु कैं बस छाया।
इकटक नैन अंग-छवि मोहे, थकित भए पति जाया।
उठैं उठत बैठैं बैठत हैं, चलैं चलत सुधि नाहीं।
सूरदास बड़भागिनि राधा, समुझि मनहिं मुसुकाहीं ।।११०।।

अर्थ—कृष्ण ऐसे राधा के वश में हो गये हैं जैसे चातक स्वाँति (के बूँद) के, चकोर चन्द्रमा के, चक्रवाक सूर्य के वश में रहता है। जैसे शब्द के वश में मृग, जल की गति के वश में मछली और शरीर के वश में छाया रहती है। एकटक नेत्र अंग की छवि पर मोहित हो गये हैं, वे पति (के नेत्र) पत्नी (की छवि) देखते-देखते थकित हो गये। (राधा के उठने पर उठते हैं,

बैठने पर बैठते हैं, चलने पर चलते हैं, (उन्हें) कुछ स्मरण नहीं रहता। सूरदास कहते हैं कि राधा बड़ी भाग्यवाली है, (यह) समझ कर मन ही (मन) मुस्कराती है।। 110।।

निरखि पिय-रूप तिय चकित भारी।
किधौं वै पुरुष मैं नारि, की वै नारि मैं ही हौं तन सुधि बिसारी।
आपु तन चितै सिर मुकुट कुंडल स्रवन, अधर मुरली, मालबन बिराजै।
उतहिं पिय-रूप सिर माँग बेनी सुभग, भाल बेंदी-बिंदु महा छाजै।
नागरी हठ तजौ, कृपा करि मोहिं भजौ, परी कह चूक सो कहौ प्यारी।
सूर नागरी प्रभु-बिरह-रस मगन भई, देखि छवि हँसत गिरिराजधारी ॥१११॥

अर्थ—प्रिय के रूप को देखकर स्त्री (राधा) चकित हो गयी। (वह सोचती है) वह पुरुष हैं, मैं नारी हूँ कि वे नारी हैं, मैं (पुरुष) हूँ: मैं अपने शरीर की स्मृति भूल चुकी हूँ। अपने शरीर को देखकर उसे लगता है, उसके सिर पर मुकुट, कानों में कुंडल, ओंठ में मुरली, (उर पर) वनमाल विराजती है। उधर प्रिय इस रूप में दिखाई देते हैं—सिर पर माँग, सुन्दर वेणी, मस्तक पर बेंदी का बिन्दु बहुत सुशोभित है। (राधा कहती है) नागरी हठ छोड़ो, कृपा करके मुझको भजो, कहो प्यारी किस चूक में पड़ गयी हो। सूरदास कहते हैं कि (राधा) प्रभु के विरह रस में मगन हो गयी, (इस) छवि को देखकर कृष्ण हँसते हैं।। 111 ।।

कृष्ण गोपिका

नँद-नंदन तिय-छवि तनु काछे।
मनु गोरी साँवरी नारि दोउ, जाति सहज मै आछे।
स्याम अंग कुसुमी नई सारी, फल गुंजा की भाँति।
इत नागरि नीलांबर पहिरे, जनु दामिनी घन काँति।
आतुर चले जात बन धामहिं, मन अति हरष बढ़ाए।
सूर स्याम वा छवि कौं नागरि, निरखति नैन चुराए ॥११२॥

अर्थ—कृष्ण अपने शरीर पर स्त्री का रूप सँवारे हैं। मानो गोरी और साँवली दोनों स्त्रियाँ अच्छी तरह से सहजता से चली जा रही हैं। गुंजा फल की तरह कृष्ण के शरीर पर कुसुमी रंग की साड़ी है। इधर राधा नीलाम्बर पहने हैं, जैसे बादलों में बिजली की कांति हो। मन में अत्यन्त हर्ष बढ़ाकर, चतुर होकर वन के कुंज-गृह में चले जा रहे हैं। सूरदास कहते हैं कि उस

छवि को नागरि (राधा) नैन चुराकर देखती जाती है।। 112।।

स्याम स्यामा कुंज बन आवत।
भुज भुज कण्ठ परस्पर दीन्हैं, यह छवि उनही पावत।
इततैं चन्द्रावली जाति ब्रज, उततैं ये दोउ आए।
दूरिहिं तैं चितवति उनही तन, इक टक नैन लगाए।
एक राधिका दूसरि को है, याकौं नहिं पहिचानौं।
ब्रज-बृषभानु-पुरा-जुवतिनि कौं, इक-इक करि मैं जानौं।
यह आई कहूँ और गाँव तैं, छवि साँवरी सलोनी।
सूर आजु यह नई बतानो, एकौ अँग न बिलोनी ।।११३।।

अर्थ—राधा और कृष्ण कुंज वन में आते हैं। परस्प र भुजा एक दूसरे के कंठ से लगाये हुए हैं। यह शोभा वे ही पाते हैं (अन्यत्र उपमा नहीं है)। इधर से चन्द्रावली ब्रज को जा रही थी, उधर से ये दोनों आ गये। दूर ही से उन्हीं की ओर एकटक लगाकर नैनों से निहारती है। एक तो राधिका है दूसरी कौन है, इसे पहचानती नहीं हूँ। (क्योंकि) मैं तो ब्रज और वृषभानु नगर की एक-एक युवती को जानती हूँ। यह साँवरी सलोनी छवि वाली किसी और गाँव से आई है (क्या)? सूरदास कहते हैं (चन्द्रावली कहती है) यह नई (स्त्री) दिखलाई दी जिसका एक भी अंग लावण्यविहीन नहीं है।। 113।।

यह बृषभानु-सुता वह को है।
याकी सरि जुवती कोउ नाहीं, यह त्रिभुवन-मन मोहै।
अति आतुर देखन कौं आवति, निकट जाइ पहिचानौं।
ब्रज मैं रहति किधौं कहुँ औरै, बूझे तैं तब जानौं।
यह मोहिनी कहाँ तैं आई, परम सलोनी नारी।
सूर स्याम देखत मुसुक्यानी, करी चतुरई भारी ।।११४।।

अर्थ—यह वृषभानु की बेटी (राधा) है, परन्तु वह कौन है। इसके समान और कोई स्त्री नहीं है, यह तीनों लोक के मन को मोहने वाली है (त्रिभुवन मोहनी है)। अत्यन्त आतुर होकर इसे देखने के लिए आ रही हूँ, निकट जाकर पहचानूँ। ब्रज में रहती है कि कहीं और पूछने पर जानूँगी। यह परम सलोनी मोहनी स्त्री कहाँ से आ गई। सूरदास कहते हैं कि (राधा) कृष्ण को देखकर मुसकरायी और (कहा) कि भारी चतुरता की है।। 114।।

कहि राधा ये को है री।
अति सुंदरी साँवरी सलोनी, त्रिभुवन-जन-मन-मोहै री।
और नारि इनकी सरि नाहीं, कहौ न हम-तन जोहै री।
काकी सुता, बधू है काकी, जुवती धौं है री।

जैसी तुम तैसी है गेऊ, भलो बनो तुमसौं री।
सुनहु सूर अति चतुर राधिका, येइ चतुरनि को गौ है री ।।११५।।

अर्थ—कहो राधा यह कौन है। (यह) अत्यधिक सुन्दर, साँवली, सलोनी तीनों लोक के मन को मोहती है और कोई स्त्री इसके समान नहीं है। इससे कह दो हमारी ओर न देखे, (यह) किसकी पुत्री है, किसी की स्त्री है अथवा यह नवयुवती है। जैसी तुम हो वैसे ही यह भी है। तुम्हारे समान अच्छी बनी हुई है। सूरदास कहते हैं कि (सखी कहती है) राधिका अत्यधिक चतुर है, यही चतुरों की चाल है।। 115।।

मथुरा तैं ये आई है।
कछु सम्बन्ध हमारौ इनसौं, तातैं इनहिं बुलाई है।
ललिता संग गई दधि बेंचन, उनहीं इनहिं चिन्हाई है।
उहै सनेह जानि री सजनी, आजु मिलन हम आई है।
तब ही की पहिचानि हमारी, ऐसी सहज सुभाई है।
सूरदास मोहिं आवत देखी, आपु संग उठि धाई है ।।११६।।

अर्थ—(यह) मथुरा से आई है। हमारा इसका कुछ सम्बन्ध है, इसी से इसे बुलाया है। ललिता के साथ दही बेचने गयी थी, उसने ही इसे पहचनवा दिया। उसी स्नेह को जानकर सखी, यह हमसे मिलने आई है। तभी की हमारी इसकी पहचान है। यह ऐसे ही सहज स्वभाव वाली है। सूरदास कहते हैं कि (राधा कहती है) मुझे देखकर स्वयं उठकर साथ दौड़ी चली आई।। 116।।

इनकौं ब्रजहीं क्यौं न बुलावहु।
की बृषभानु पुरा, की गोकुल; निकटहिं आनि बसावहु।
येउ नवल नवल तुनहूँ हौ, मोहन कौं दोउ भावहु।
मोकौं देखि कियौ अति घूंघट, काहैं न लाज छुड़ावहु।
यह अचरज देख्यौ नहिं कबहूँ, जुवतिहिं जुहति दुरावहु।
सूर सखी राधा सौं पुनि पुनि, कहति जु हमहिं मिलावहु ।।११७।।

अर्थ—इनको ब्रज में क्यों नहीं बुला लेती हो। वृषभानुपुर या गोकुल (कहीं) निकट लाकर बसा लो। यह भी नवल है और तुम भी, दोनों मोहन (कृष्ण) को अच्छी ल गोगी। मुझे देखकर इसने अत्यधिक घूँघट कर लिया, इसकी लाज क्यों नहीं दूर करती हो। यह आश्चर्य कभी नहीं देखा कि युवती ही युवती को छिपाये। सूरदास कहते हैं कि सखी राधा से बार-बार कहती है कि हमें (इससे) मिलाओ।। 117।।

मथुरा मैं बस बास तुम्हारौ ?
राधा तैं उपकार भयौ यह, दुर्लभ दरसन भयौ तुम्हारौ।
बार-बार कर गहि निरखति, घूंघट-ओट करौ किन न्यारौ।
कबहुँक पर परसति कपोल छुइ, चुटकि लेति ह्या हमहिं निहारौ।

कछु मैं हूँ पहिचानति तुमकौं, तुमहिं मिलाऊँ नंद-दुलारी।
काहें कौं तुम सकुचति हौ जू, कहौ काह है नाम तुम्हारौ।
ऐसी सखी मिली तोहिं राधा, तौ हमकौं काहै न बिसारौ।
सूरदास दम्पति मन जान्यौ, यातैं कैसें होत उबारौ ।।११८।।

अर्थ—बस मथुरा में ही तुम्हारा निवास है। राधा के द्वारा यह उपकार हुआ कि तुम्हारा दुर्लभ दर्शन हो गया। बार-बार हाथ पकड़ कर देखती है (और कहती है) घूँघट की ओट को दूर क्यों नहीं करती हो। कभी कपोल (गाल) छूकर हाथ छूती है फिर चुटकी लेती है कि मेरी तरफ देखो। मैं तुमको कुछ पहचान रही हूँ, तुम्हें कृष्ण से मिला दूँगी। तुम क्यों संकोच करती हो, कहो तुम्हारा क्या नाम है? राधा तुम ऐसी सखी पाकर हम जैसी सखियों को क्यों न भूल जाओ। सूरदास कहते हैं कि कृष्ण और राधा दोनों मन में जान गये कि अब इससे कैसे उबार हो।। 118।।

ऐसी कुँवरि कहाँ तुम पाई।
राधा हूँ तें नख-सिख सुंदरि, अब लौं कहाँ दुराई।
काकी नारि, कौन की बेटी, कौन गाउँ तैं आई।
देखि सुनी न ब्रज, वृन्दावन, सुधि-बुधि हरति पराई।
धन्य सुहाग भाग याकौ, यह जुवतिनि की मनभाई।
सूरदास-प्रभु हरिषि मिले हँसि, लै उर कंठ लगाई ।।११९।।

अर्थ—तुम ऐसी कुमारी (कुंवरि) कहाँ पा गई। राधा से भी इसके नखशिख सुन्दर हैं, (ऐसे अंगों को) अब तक कहाँ छिपाये थी। किसकी स्त्री है, किसकी बेटी है और किस गाँव से आई है। ब्रज और वृन्दावन में (तुम्हें) न तो देखा है, न सुना है। (तुम) दूसरे की स्मृति और बुद्धि दोनों हरती हो। इसका सुहाग और भाग्य दोनों धन्य है जो कि इन युवतियों के मन को भा गयी। सूरदास कहते हैं कि कृष्ण हँसकर गले से लगाकर मिल गये।। 119।।

नँद-नंदन हँसे नागरी-मुख चितै, हरिषि चंद्रावलि कंठ लाई।
बाम भुज रवनि, दच्छिन भुज सखी पर, चले बन धाम सुख
कहि न जाई।
मनौ बिबि दामिनि, बीच नव घन सुभग, देखि छवि काम रति-
सहित लाजै।
किधौं कंचन-लता, बीच सुतमाल तरु, भामिनिनि बीच
गिरिधर बिराजै।
गए गृहकुंज, अलिगुंज, सुमननि पुंज, देखि आनंद भरे सूर स्वामी।
राधिका-रवन, जुवती-रवन, मन-रवन निरखि छवि होत मन-
काम कामी ।।१२०।।

अर्थ—कृष्ण नागरि के मुख को देखकर हँसे और हर्षित होकर उन्होंने चंद्रावली को गले से लगा लिया। बायीं भुजा राधा पर और दाहिनी सखी पर रखकर वन की ओर चले। (यह) शोभा कही नहीं जा सकती (अकथनीय है)। कृष्ण मानो दो बिजलियों के बीच सुन्दर नवीन बादल हों। इस छवि को देखकर रति सहित काम लज्जित होते हैं। मानो कंचन की ल ताओं के बीच सुन्दर तमाल का वृक्ष हो, ऐसे ही (दोनों) स्त्रियों के बीच कृष्ण शोभित हैं। वे कुंज-गृह में गये और भ्रमर के गुंजार तथा पुष्पों के पुंज को देखकर आनन्द से भर गये। सूरदास कहते हैं कि राधिका-रमण, युवती-रमण, मनरमण (कृष्ण) की छवि को देखकर काम के मन में भी कामेच्छा उत्पन्न हो गयी।। 120।।

मान लीला

मोहिँ छुवौ जनि दूर रहौ जू।
जाकौँ हृदय लगाइ लयौ है, ताकी बाँह गहौ जू।
तुम सर्वज्ञ और सब मूरख, सो रानी अरु दासी।
मैँ देखत हिरदय वह बैठी, हम तुमकौँ भइ हाँसी।
बाँह गहत कछु सरम न आवति, सुख पावति मन माहीँ।
सुनहु सूर मो तन यह इकटक, चितवति, डरपति नाहीँ।।१२१।।

अर्थ—मुझे छुओ मत दूर रहो। जिसको हृदय से लगाया हो उसी की बाँह पकड़ो। तुम सर्वज्ञ हो और सब मूर्ख हैं? वह रानी है और सब दासी हैं? मै देखती हूँ कि वह हृदय में बैठी है, मैं तुम्हारे लिए हँसी की पात्री हूँ।। बाँह पकड़ते कुछ लाज नहीं आती, (ऊपर से) मन में सुख पाती है। सूरदास कहते हैं कि (राधा कहती है) यह मेरी ओर एकटक देखती है और डरती नहीं।। 121।।

कहा भई धनि बाबरी, कहि तुमहिँ सुनाऊँ।
तुम तैँ को है भावती, जिहिँ हृदय बसाऊँ।
तुमहिँ स्रवन, तुम नैन हौ, तुम प्रान-अधारा।
बृथा क्रोध तिय क्यौँ करौ, कहि बारम्बारा।
भुज गहि ताहि बतावहू, जेहि हृदय बतावति।
सूरज प्रभु कहै नागरी, तुम तैँ को भावति।।१२२।।

अर्थ—प्रिया तुम क्या पागल हो गयी हो, तुम्हें कैसे कहकर सुनाऊँ। तुमसे अधिक प्रिय लगने वाली और कौन है जिसे (अपने) हृदय में बसा लूँ। तुम ही श्रवण हो, तुम ही नेत्र हो और तुम ही प्राण का आधार हो। बार-बार कहकर, हे स्त्री, क्रोध क्यों करती हो। भुजा पकड़कर उसे बताओ जिसे हृदय में बताती हो। सूरदास कहते हैं कि कृष्ण नागरि (राधा) से कहते हैं कि तुमसे अधिक कौन मुझे अच्छी लगती है।। 122।।

पियहिँ निरखि प्यारी हँसि दीन्हौ।
रीझे स्याम अंग-अँग निरखत, हँसि नागरि उर लीन्हौ।

आलिंगन दै अधर दसत खँडि, कर गहि चिबुक उठावत।
नासा सौं नासा लै जोरत, नैन नैन परसावत।
इहिं अंतर प्यारी उर निरख्यौ, झझकि भई तब न्यारी।
सूर स्याम मोकौं दिखरावत, उर ल्याए धरि प्यारी ।।१२३।।

अर्थ—प्रिय को देखकर प्यारी ने हँस दिया। कृष्ण अंग-अंग देखकर रीझ गये, हँसकर उन्होंने नागरि (राधा) को हृदय से लगा लिया। आलिंगन देकर, अधरों पर दाँतों के चिह्न देकर, हाथ से ठुड्ढी पकड़कर उठाते हैं। नाक से नाक जोड़ते हैं, नेत्र से नेत्र स्पर्श कराते हैं। इसी बीच प्यारी ने वक्ष स्थल को देखा और तब झिझककर अलग हो गयीं। सूरदास कहते हैं कि मुझे दिखाते हुए कृष्ण ने प्यारी को पकड़कर हृदय से लगा लिया।। 123।।

मान करौ तुम और सवाई।
कोटि करौ एकै पुनि ह्वै हौ, तुम अरु मोहन माई।
मोहन सो सुनि नाम स्रवनहीं, मगन भई सुकुमारी।
मान गयौ, रिस गई तुरतहीं, लज्जित भई मन भारी।
धाइ मिली दूतिका कंठ सौं, धन्य-धन्य कहि बानी।
सूर स्याम बन धाम जानिकै, दरसन कौं अतुरानी ।।१२४।।

अर्थ—अब तुम सवाया (और अधिक) मान करो। हजारों यत्न करो, तुम और मोहन अन्ततः एक ही होंगे। मोहन का नाम कान से सुनकर सुकुमारी राधा प्रसन्न हो गयी। मान समाप्त हो गया, तुरन्त ही क्रोध चला गया, मन में अत्यधिक लज्जित हुई। धन्य-धन्य की वाणी कहकर, दौड़कर दूती के गले से लिपट गयी। सूरदास कहते हैं कि कृष्ण को कुंज वन में जाकर (राधा) दर्शन के लिए आतुर हो गयी।। 124।।

चलौ किन मानिनि कुंज-कुटीर।
तुव बिनु कुँवर कोटि बनिता तजि, सहत मदन की पीर।
गद्गद स्वर संभ्रम अति आतुर, स्रवत सुलोचन नीर।
क्वासि क्वासि बृषभानु नंदिनी, बिलपत बिपिन अधीर।
बंसी बिसिष, माल ब्यालावलि, पंचानन पिक कीर।
मलयज गरल, हुतासन मारुत, साखामृगरिपु चीर।
हिय मैं हरषि प्रेम अति आतुर, चतुर चली पिय तीर।
सुनि भयभीत बज्र के पिंजर, सूर सुरति-रनधीर ।।१२५।।

अर्थ—मानिनी कुंज-कुटीर क्यों नहीं चलती। तुम्हारे बिना कृष्ण हजारों स्त्रियों को छोड़कर काम-पीड़ा सह रहे हैं। गद्गद् स्वर तथा भ्रम के साथ आतुर होकर आँखों से आँसू गिराते हैं। वृषभानु की बेटी (राधा) कहाँ है, कहाँ है (कहकर) वे वन में विलाप कर रहे हैं ? (उनके लिए) वंशी बाण, माला सर्प, कोयल तथा तोता सिंह, मलयज विष, वायु अग्नि, चीर शाखामृग (बन्दर) के शत्रु (काँटा) के समान हो गए हैं। यह सुनकर काम क्रीड़ा में धैर्य धारण करने

वाली राधा का कठोर मन भय विह्वल हो गया और वे चतुर (राधा) हिय में हर्षित तथा प्रेम से आतुर होकर प्रिय के पास चली।। 125।।

स्याम नारि कैं बिरह भरे।
कबहुँक बैठत कुंज द्रुमनि तर, कबहुँक रहत खरे।
कबहुँक तनु की सुरति बिसारत, कबहुँक तनु सुधि आवत।
तब नागरि के गुनहिं बिचारत, तेई गुन गनि गावत।
कहूँ मुकुट, कहुँ मुरलि रही गिरि, कहुँ कटि पीत पिछौरी।
सूर स्याम ऐसी गति भीतर, आइ दूतिका दौरी ।।१२६।।

अर्थ—कृष्ण नारी (राधा) के विरह से आकुल हैं। कभी कुंज के वृक्षों के नीचे बैठते हैं, कभी खड़े रहते हैं। कभी उन्हें शरीर की स्मृति भूल जाती है, कभी शरीर की स्मृति आ जाती है। तब नागरि (राधा) के गुणों का विचार करते हैं, उसी के गुणों का गुणगान करते हैं। कहीं मुकुट, कहीं मुरली तथा कहीं पीताम्बर तथा पिछौरी गिर गयी है। सूरदास कहते हैं कि ऐसी अवस्था में दूती दौड़ती हुई आई।। 126।।

धनि बृषभानु-सुता-बड़ भागिनि।
कहा निहारति अंग-अंग-छबि, धन्य स्याम-अनुरागिनि।
और त्रिया नख-शिख सिँगार सजि, तेरैं सहज न पूरैं।
रति, रम्भा, उरबसी, रमा सी, तोहिं निरखि मन झूरैं।
ये सब कंत सुहागिनि नाहीं, तू है कंत-पियारी।
सूर धन्य तेरी सुन्दरता, तोसी और न नारी ।।१२७।।

अर्थ—बड़े भाग्यवाली वृषभानु की बेटी (राधा) धन्य हो। अंग-अंग की शोभा को क्या देखती हो। श्याम की अनुरागिनी (तुम) धन्य हो। अन्य स्त्रियाँ नख से शिख तक श्रृंगार करके तुम्हारे सहज (सौंदर्य) की बराबरी नहीं कर सकतीं। तुम रति, रंभा, उर्वशी के समान हो, तुम्हें देखकर मन झुलस जाता है। ये सब कंत (कृष्ण) की सुहागिनी नहीं हैं तुम्हीं कृष्ण को प्यारी हो। सूरदास कहते हैं कि तुम्हारी सुन्दरता धन्य है, तुम्हारे समान और कोई नहीं है।। 127।।

सँग राजति बृषभानु कुमारी।
कुंज सदन कुसुमनि सेज्या पर, दम्पति सोभा भारी।
आलस भरे मगन रस दोऊ, अंग-अंग प्रति जोहत।
मनहुँ गौर स्यामल ससि नव तन, बैठे संमुख सोहत।
कुंज भवन राधा-मनमोहन, चहूँ पास ब्रजनारी।
सूर रहीं लोचन इकटक करि, डारतिं तन मन वारी ।।१२८।।

अर्थ—कृष्ण के साथ राधा शोभित हैं। कुंज-सदन में कुसुम की शय्या पर दम्पति की अत्यधिक शोभा है। आलस्य से भरे दोनों रस-मग्न हैं, तथा एक-दूसरे के अंग की ओर देखते

हैं। मानों गोरे और श्याम चन्द्रमा नवीन शरीर धारण कर सम्मुख बैठे हैं। सूरदास कहते हैं कि वे निर्निमेष नेत्रों से उन पर अपना तन मन न्यौछावर कर डालती हैं।। 128।।

खण्डिता प्रकरण

काहे कौं कहि गए आइहैं, काहैं झूठी सौंहैं खाए।
ऐसे मैं नहिं जाने तुमकौं, जे गुन करि तुम प्रकट दिखाए।
भली करी यह दरसन दीन्हे, जनम जनम के ताप नसाए।
तब चितए हरि नैंकु तिया-तन, इतनैहिं सब अपराध छमाए।
सूरदास सुन्दरी सयानी, हँसि लीन्हे पिय अंकम लाए।।१२९।।

अर्थ—क्यों कहा था कि आयेंगे और क्यों झूठी सौगंध खाई थी। मैं तुम्हें ऐसा नहीं जानती थी, (मेरे लिए ये अपरचित थे) जिन गुणों को तुमने प्रत्यक्ष दिखाया। अच्छा किया कि यह दर्शन दिया और जन्म-जन्म के ताप को नष्ट कर दिया। तब कृष्ण ने तनिक प्रिया की ओर देखा, इतने में ही सब अपराधों की क्षमा माँग ली। सूरदास कहते हैं कि सुन्दर सयानी राधा ने हँस कर प्रिय को अंक में ले लिया।। 129।।

धीर धरहु फल पावहुगे।
अपनेहीं सुख के पिय चाँड़े, कबहूँ तौ बस आवहुगे।
हम सौं कहत और की औरै, इन बातनि मन भावहुगे।
कबहुँ राधिका मान करैगी, अन्तर बिरह जनावहुगे।
तब चरित्र हमहीं देखैंगी, जैसैं नाच नचावहुगे।
सूर स्याम अति चतुर कहावत, चतुराई बिसरावहुगे।।१३०।।

अर्थ—धीरज धरो फल पाओगे। अपने ही सुख से प्रबल लालसा वाले कभी तो वश में आओगे। हमसे [illegible] का और कहते हो, इन्हीं बातों से मन को अच्छे लगोगे। कभी राधा मान करेगी तथा विरह का अन्तर जताओगे। तब जैसा नाच नचाओगे उस चरित्र को हम ही देखेंगी। सूरदास कहते हैं कि कृष्ण तुम बहुत चतुर हो, उस समय चतुरता भुला दोगे।। 130।।

मैं हरि सौं हो मान कियौ री।
आवत देखि आन बनिता-रत, द्वार कपाट दियौ री।
अपनैं हीं कर साँकर सारी, संधिहिं सन्धि सियौ री।
जौ देखौं तो सेज सुमूरति, काँप्यौ रिसनि हियौ री।
जब झुकि चली भवन तैं बाहरि, तब हठि लौटि लियौ री।
कहा कहौं कछु कहत न आवै, तहँ गोविंद बियौ री।
बिसरि गई सब रोष, हरष मन, पुनि फिरि मदन जियौ री।
सूरदास प्रभु अति रति नागर, छलि मुख अमृत पियौ री।।१३१।।

अर्थ—मैंने कृष्ण से मान किया। दूसरी स्त्री में रत कृष्ण को आते देखकर द्वार के किवाड़ बन्द कर दिये। अपने ही हाथ से सभी जंजीरों को तथा छिद्रों को बन्द कर दिया। पर जब देखती हूँ तो सेज पर सुन्दर मर्ति वाले कृष्ण दिखाई दिये। क्रोध से मेरा हृदय काँप गया। जब क्रुद्ध होकर भवन से बाहर चली तब हठकर (अपने को) लौटा लिया। क्या कहूँ कुछ कहा नहीं जाता। वहाँ दूसरे गोविन्द थे। सब क्रोध भूल गयी, मन हर्षित हो गया। फिर काम की इच्छा जी गयी। सूरदास कहते हैं कि कृष्ण रति क्रीड़ा में अत्यधिक चतुर हैं, छलकर उन्होंने सुख का अमृत पी लिया।। 131।।

नंद-नँदन सुखदायक हैं।
नैन सैंन दै हरत नारि मन, काम काम - तनु दायक हैं।
कबहूँ रैनि बसत काहू कैं, कबहुँ भोर उठि आवत हैं।
काहू कौ मन आपु चुरावत, काहू कैं मन भावत हैं।
काहू कै जागत सगरी निसि, काहूँ बिरह जगावत हैं।
सुनहु सूर जोइ जोइ मन भावै, सोइ सोइ रँग उपजावत हैं ॥१३२॥

अर्थ—कृष्ण सुख देने वाले हैं। नेत्रों का संकेत देकर स्त्रियों के मन को हर लेते हैं। कामातुर शरीर में (और) इच्छा पैदा करते हैं। कभी (किसी के यहाँ) रात में बसते हैं, कभी प्रातः उठकर आते हैं। किसी के मन को स्वयं चुराते हैं और किसी के मन को स्वयं भा जाते हैं। किसी (के साथ) सारी रात जागते हैं, किसी के विरह को जगा देते हैं। सूरदास कहते हैं कि जो मन को अच्छा लगता है वही रंग उत्पन्न करते हैं।। 132।।

नाना रँग उपजावत स्याम। कोउ रीझति कोउ खीझति बाम ॥
काहू कैं निसि बसत बनाइ। काहू मुख छ्वै आवत जाइ ॥
बहु नायक ह्वै बिलसत आपु। जाकौ सिव पावत नहिं जापु ॥
ताकौं ब्रजनारी पति जानैं। कोउ आदरैं, कोउ अपमानैं ॥
काहू सौं कहि आवन साँझ। रहत और नागरि घर माँझ ॥
कबहुँ रैन सब संग बिहात। सुनहु सूर ऐसे नँद-तात ॥१३३॥

अर्थ—कृष्ण अनेक रंग उत्पन्न करते हैं, जिससे कोई स्त्री प्रसन्न होती है और कोई खीझती है। किसी के यहाँ रात में अच्छी तरह बसते हैं, आते-जाते किसी के मुख को छूते हैं। बहुत से नायक का रूप धर के आप विलास करते हैं। जिसे शिव तप करके नहीं पाते, उसे ब्रज की स्त्रियाँ पति रूप में जानती हैं। कोई (उनका) आदर करती हैं कोई अपमान करती हैं। सन्ध्या समय किसी से आने के लिए कह आते हैं और रहते हैं किसी और स्त्री के घर। कभी उनकी रात सबके साथ व्यतीत होती है। सूरदास कहते हैं कि कृष्ण ऐसे ही हैं।। 133।।

अब जुवतिनि सौं प्रगटे स्याम।
अरस-परस सबहिनि यह जानी, हरि लुब्धे सबहिनि कैं धाम।

जा दिन जाकै भवन न आवत, सो मन मैं यह करति विचार।
आजु गए औरहिं काहू कैं, रिस पावति, कहि बड़े लबार।
यह लीला हरि कैं मन भावत, खंडित बचन कहत सुख होत।
साँझ बोल दै जात सूर-प्रभु, ताकैं आवत होत उदोत ।।१३४।।

अर्थ—अब युवतियों के साथ कृ ष्ण प्रकट हुए। मिल-जुल कर सब ने यह जाना कि कृष्ण सब ही के घर पर लुब्ध हैं। जिस दिन जिसके घर नहीं आते उस दिन वह मन में यही विचार करती है कि आज कृष्ण (किसी) और के घर गये हैं। (वह) क्रोधित होती है और कहती है कि वह बहुत धूर्त हैं। यह लीला कृष्ण के मन को अच्छी लगने वाली है। खंडित वचन कहने पर उन्हें सुख मिलता है। सूरदास कहते हैं कि सन्ध्या समय आने को कह जाते हैं पर आते-आते सबेरा हो जाता है।। 134 ।।

राधिका गेह हरि-देह-बासी। और तिय धरनि घर तनु-प्रकासी ।।
ब्रह्म पूरन द्वितीय नहिँ कोऊ। राधिका सबै हरि सबै वोऊ ।।
दीप सौं दीप जैसैं उजारी। तैसैं हौ ब्रह्म घर-घर बिहारी ।।
खंडिता बचन हित यह उपाई। कबहुँ कहुँ जात, कहुँ नहिँ कन्हाई ।।
जन्म कौ सुफल हरि यहै पावैं। नारि रस-वचन स्रवननि सुनावैं ।।
सूर-प्रभु अनतहीं मगन कीन्हौ। तहाँ नहिँ गए जहँ बचन दान्हौ ।।१३५।।

अर्थ—राधिका का निवास-स्थान कृष्ण के शरीर में स्थित उनका हृदय है, जबकि और गोपियाँ अपने शरीर के घर-घर को प्रकाशित करती हैं। व्रह्म पूर्ण रूप से व्याप्त है, दूसरा कोई नहीं है। राधिका सब कुछ है वही कृष्ण की सब कुछ है। दीपक से जैसे दीपक जलाया जाता है वैसे ही ब्रह्म घर-घर विहार करने वाला है। खंडित (खण्डिता नायिका के उपालम्भ) वचन (सुनने) के हित से कृष्ण (ऐसा) व्यवहार करते हैं कि कभी कहीं जाते हैं (कभी) कहीं नहीं जाते। जन्म की सफलता कृष्ण को इसी में मिलती है कि स्त्रियाँ रस युक्त वचन कानों को सुनायें। सूरदास कहते हैं कि प्रभु ने अन्यत्र गमन किया, वहाँ नहीं गये जहाँ के लिए वचन दिया था।। 135 ।।

मध्यम मान

स्याम पिया सन्मुख नहिँ जोवत।
कबहुँ नैन की कोर निहारत, कबहुँ बदन पुनि गोवत।
मन-मन हँसत त्रसत तनु परगट, सुनत भावती बात।
खंडित वचन सुनत प्यारी के, पुलक होत सब गात।
यह सुख सूरदास कछु जानै, प्रभु अपने कौं भाव।
श्री राधा रिस करति, निरखि मुख, तिहिँ छवि पर ललचाव ।।१३६।।

अर्थ—कृष्ण प्रिया (राधा) के सम्मुख नहीं देखते। कभी नेत्रों की कोर को देखते हैं, कभी फिर मुख छिपाते हैं। मन-ही-मन हँसते हैं, शरीर प्रकट करने से डरते हैं। मन को अच्छी लगने वाली बात सुनते हैं। प्यारी (राधा) की खंडित वाणी सुनकर उनका समस्त शरीर पुलकित होता

है। सूरदास प्रभु के भावों को अपनाकर यह सुख कुछ-कुछ जानते हैं। श्रीराधा क्रोध करती हैं, उस (क्रोधित मुख) की छवि (भक्त तथा कृष्ण को) ललचा देने वाली है। 136।।

नैन चपलता कहाँ गँवाई ।
मोसौं कहा दुरावत नागर, नागरि रैन जगाई।
ताहीं कैं रँग अरुन भए हैं, धनि यह सुन्दरताई।
मनौ अरुन अंबुज पर बैठे, मत्त भृंग रस पाई।
उड़ि न सकत ऐसे मतवारे, लागत पलक जम्हाई।
सुनहु सूर यह अंग माधुरी, आलस भरे कन्हाई ।।१३७।।

अर्थ—नेत्रों की चंचलता कहाँ गँवा दी। नागर कृष्ण मुझसे क्यों छिपाते हो? रात में नागरि (अन्य स्त्री) ने (तुम्हें) जगाया है। उसी के रंग से (नेत्र) लाल हो गये हैं। यह सुन्दरता धन्य है। मानों लाल कमल पर बैठे मतवाले भ्रमर रस पी रहे हों। ऐसे मतवाले हो गये हैं कि उड़ नहीं सकते। पलकों में आलस (जम्हाई) लग रहा है। सूरदास कहते हैं कि (राधा कहती है) यह आलस भरे कृष्ण के अंग की मधुरिमा है।। 137।।

यह कहि कै तिय धाम गई।
रिसनि भरी नख-सिख लौं प्यारी, जोबन-गर्ब-भई।
सखी चलीं गृह देखि दसा यह, हठ करि बैठी जाइ।
बोलति नहीं मान करि हरि सौं, हरि अंतर रहे आइ।
इहिं अंतर जुबती सब आईं, जहाँ स्याम घर-द्वारैं।
प्रिया मान करि बैठि रही है, रिस करि क्रोध तुम्हारैं।
तुम आवत अतिहीं झहरानी, कहा करी चतुराई।
सुनत सूर यह बात चकित पिय, अतिहिं गए मुरझाई ।।१३८।।

अर्थ—यह कहकर प्रिया (राधा) घर गयी। यौवन गर्व से युक्त प्यारी नख से शिख तक क्रोध से भर गयी । सखियाँ इस दशा को देखकर अपने घर चलीं। राधा हठ करके बैठ गयी, कृष्ण से मान करके किसी से बोलती नहीं, इसी बीच कृष्ण आ गये। इसके बाद सभी युवतियाँ वहाँ आईं (जहाँ) कृष्ण घर के द्वार पर खड़े थे। (फिर कहने लगीं) प्रिया तुम्हारे ऊपर क्रोध कर मान करके बैठी है। तुम्हारे आते ही अत्यधिक झल्लाई, तुमने (इस समय) क्या चतुरता की। सूरदास कहते हैं यह सुनते ही चकित प्रिय कृष्ण अत्याधिक मुरझा गये।। 138।।

नैंकु निकुंज कृपा करि आइयै ।
अति रिस कृस ह्वै रही किसोरी, करि मनुहार मनाइयै।
कर कपोल अन्तर नहिं पावत, अति उसास तन ताइयै।
छूटे चिहुर बदन कुम्हिलानौ, सुहथ सँवारि बनाइयै।

इतनौ कहा गाँठि कौ लागत, जौ बातनि सुख पाइयै।
रूठेहिँ आदर देत सयाने, यहै सूर जस गाइयै ॥१३९॥

अर्थ—कृपा करके तनिक निकुंज में आइये। अत्यधिक क्रोध से किशोरी (राधा) दुर्बल हो रही है, उसे विनय पूर्वक मना लीजिए। हाथ और कपोल दोनों का अन्तर नहीं होता (अर्थात् हाथ पर कपोल रखे रहती है), अत्यधिक उच्छ्वास से शरीर को त पाती है। अपने सुन्दर हाथों से सँवारे उसके बाल छूट गये हैं, मुख कुम्हला गया है। जो बातों से ही सुख पाया जा सकता है, तो इसमें गाँठ का क्या लगता है अर्थात् क्या खर्च होता है। रूठे हुए व्यक्ति को सज्जन (श्रेष्ठ लोग) आदर देते हैं। सूरदास इसका यश गाते हैं।। 139।।

बैंठि मानिनी गहि मौन।
मनौ सिद्ध समाधि सेवत, सुरनि साधे पौन।
अचल आसन, पलक तारी, गुफा घूँघट-भौन।
रोषही कौ ध्यान धारैं, टेक टारै कौन।
अबहिँ जाइ मनाइ लीजै, अबसि कीजै गौन।
सूर के प्रभु जाइ देखौ, चित्त चौंधी जौन ॥१४०॥

अर्थ—मानिनी मौन धारण करके बैठी है। मानों सिद्ध समाधि का सेवन कर रही है और देवता प्राण वायु सिद्ध (अवरुद्ध) किए हुए हैं। वह अचल आसन पर बैठी है, पलक को लगातार रोके है (ध्यान लगाये है) घूँघट के बीच का स्थान गुफा के समान है। क्रोध पर ही ध्यान धारण किए हुए है, उसे हठ करके कौन टाल सकता है। अभी जाकर उसे मना लीजिए। (उसके पास) अवश्य गमन कीजिए। सूरदास कहते हैं कि (सखी कहती है) कृष्ण जाकर उस चिन्ता से तिलमिलायी (राधा) को अवश्य देखो।। 140।।

स्यामा तू अति स्यामहिँ भावै।
बैठत-उठत, चलत, गौ चारत, तेरौ लीला गावै।
पीत बरन लखि पीत बसन उर, पीत धातु अँग लावै।
चन्द्राननि सुनि, मोर चन्द्रिका, माथैं मुकुट बनावै।
अति अनुरागि सैनि संभ्रम मिलि, संग परम सुख पावै।
बिछुरत तोहिँ क्वासि राधा कहि, कुंज-कुंज प्रति धावै।
तेरौ चित्र लिखैं, अरु निरखैं, बासर-बिरह नसावै।
सूरदास रस-रासि-रसिक सौं, अन्तर क्यौं करि आवै ॥१४१॥

अर्थ—श्यामा (राधा) तू कृष्ण को अत्यधिक प्रिय है। बैठते, उठते, चलते, गाय चराते तुम्हारी ही लीला गाते हैं। (तुम्हारे) पीले रंग को (शरीर को) देखकर पीताम्बर हृदय से लगाते हैं, तथा पीली धातु का (शरीर पर) लेप करते हैं। (तुझे) चन्द्रमा के समान मुख वाली जानकर मोर चन्द्रिका से मस्तक का मुकुट बनाते हैं। अत्यधिक अनुराग पूर्ण इशारे तथा संभ्रम

से मिलकर साथ में परम सुख प्राप्त करते हैं। तुमसे बिछुड़ते ही 'राधा कहाँ हो' कहकर कुंज-कुंज में दौड़ते हैं। तेरा चित्र बनाते हैं और देखते हैं, इस प्रकार दिवस का विरह दूर करते हैं। सूरदास कहते हैं कि रस की राशि कृष्ण से भेद-भाव क्यों करती हो।। 141।।

राधे हरि तेरौ नाम विचारैं।
तुम्हरेइ गुन ग्रन्थित करि माला, रसनाकर सौं टारैं।
लोचन-मूँदि ध्यान धरि, दृढ़ करि, पलकन नैंकु उघारैं।
अंग अंग प्रति रूप माधुरी, उर तैं नहीं बिसारैं।
ऐसो नेम तिहारे पिय कैं, कह जिय निठुर तिहारैं।
सूर स्याम मनकाम पुरावहु, उठि चलि कहैं हमारैं।।१४२।।

अर्थ—हे राधा, कृष्ण तेरे नाम का ही विचार करते रहते हैं। तुम्हारे गुणों की माला गूँथकर वाणी रूपी हाथ से घुमाते रहते हैं। आँख मूँदकर, दृढ़ करके पलकों को तनिक भी नहीं उघाड़ते। अंग-अंग के रूप माधुर्य को तनिक भी हृदय से विस्मृत नहीं होने देते। तुम्हारे प्रिय का ऐसा नियम है, और दूसरी ओर तुम्हारा मन कितना कठोर है। सूरदास कहते हैं कि (सखी कहती है) कृष्ण की मनोकामना पूर्ण करो और हमारे कहने से उठ कर चलो ।। 142।।

कहा तुम इतनैंहि कौं गरबानी।
जीवन रूप दिवस दसही कौ, जल अँजरी कौ जानी।
तृन की अगिनि, धूम कौ मंदिर, ज्यौं तुषार-कन-पानी।
रिसहीं जरति पतंग ज्योति ज्यौं, जानत लाभ न हानी।
नरि कछु ज्ञानऽभिमान जाव दै, हैऽब कौन मति ठानी।
तन धन जानि जाम जुग छाया, भूलति कहा अयानी।
नवसै नदी चलति मरजादा, सुधियैं सिन्धु समानी।
सूर इतर ऊसर के बरषैं, थोरैंहि जल इतरानी।।१४३।।

अर्थ—इतने ही पर तुम क्यों गर्वित हो गयी हो। यह जीवन का सौंदर्य केवल दस ही दिन (कुछ ही समय) के लिए है। यह अंजुली के जल के समान है। (यह) तृण की आग, धुएँ, के मन्दिर तथा तुषारकण के पानी (की तरह क्षणिक है) क्रोध से पतंग जैसे ज्योति (आग) में जल जाता है, वह लाभ हानि नहीं जान पाता। (अतः) कुछ समझ-बूझ कर अभिमान छोड़ दे। अब कौन-सी बुद्धि ठान ली है। शरीर और धन को दो घड़ी की छाया समझो। अज्ञानी इसे क्यों भूलती हो। समतल पर प्रवाहित नदियाँ मर्यादा से चलकर सीधे समुद्र में समा जाती हैं। सूरदास कहते हैं कि (सखी कहती है) अन्यथा ऊसर में बरसने पर थोड़े ही जल से नदियाँ इतरा जाती हैं।। 143।।

रहि री मानिनी मान न कीजै।
यह जोबन अँजुरी कौ जल है, ज्यौं गुपाल माँगै त्यौं दीजै।
छिनु छिनु घटति, बढ़ति नहिं रजनी, ज्यौं ज्यौं कलाचंद्र की छीजै।
पूरब पुन्य सुकृत फल तेरौ, काहै न रूप नैन भरि पीजै।
सौंह करति तेरे पाँइनि की, ऐसी जियनि दसौ दिन जीजै।
सूर सु जीवन सफल जगत कौ, बैरी बाँधि बिबस करि लीजै ।।१४४।।

अर्थ—हे मानिनी, मान मत करो और रुककर विचार करो। यह यौवन अंजुली के जल के समान है, जैसे इसे कृष्ण माँगे उसी प्रकार इसे दे दो। ज्यों-ज्यों चन्द्र की कला क्षीण होती है रात भी घटती है, बढ़ती नहीं। तेरे पूर्व पुण्य का फल है, क्यों रूप को नेत्र भरकर नहीं पीती। तेरे चरणों की सौगन्ध करती हूँ कि ऐसी जिन्दगी यदि दस दिन भी रहे तो उत्तम है। सूरदास कहते हैं कि (सखी कहती है) वही जगत् का जीवन सफल है कि वैरी को बाँध कर विवश कर लिया जाय।। 144।।

राधा सखी देखि हरषानी।
आतुर स्याम पठाई याकौं, अन्तरगत की जानी।
वह सोभा निरखत अँग-अँग की, रही निहारि निहारि।
चकित देखि नागरि मुख वाकौ, तुरत सिँगारनि सारि।
ताहि कह्यौ सुख दै चलि हरि कों, मैं आवति हौं पाछैं।
वैसैंहि फिरी सूर के प्रभु पैं, जहाँ कुंज गृह काछैं ।।१४५।।

अर्थ—राधा सखी को देखकर हर्षित हो गयी। आतुर कृष्ण ने इसे भेजा है, (वह) मन की बात जान गयी। निहार-निहार कर वह शोभा देखती रही। नागरि (राधा) चकित होकर उसके मुख को देखकर तुरन्त श्रृंगार से सजाकर उससे कहा कि आगे चल कर कृष्ण को सुख दो मैं पीछे आ रही हूँ। सूरदास कहते हैं तुरन्त ही कृष्ण के पास उसी स्थान को वापस चली जिस कुंज-भवन में कृष्ण शोभित थे।। 145।।

हरषि स्याम तिय बाँह गही।
अपनैं कर सारी अँग साजत, यह इक साध कही।
सकुचति नारि बदन मुसुकानी, उतकौं चितै रही।
कोक-कला परिपूरन दोऊ, त्रिभुवन और नही।
कुंज-भवन सँग मिलि दोउ बैठे, सोभा एक चही।
सूर स्याम स्यामा सिर बेनी, अपनैं करनि गुही ।।१४६।।

अर्थ—हर्षित होकर कृष्ण ने प्रिया की बाँह पकड़ ली। वे अपने ही हाथ से साड़ी से अंग सजाते हैं, यह (उनकी) एक अभिलाषा थी। सकुचाती हुई राधा मुख से मुस्करायी और उधर (कृष्ण) की ओर देखती रही। दोनों काम कला से परिपूर्ण हैं। तीनों लोक में और कोई ऐसा

नहीं है। कुंज-भवन में दोनों साथ मिलकर बैठे थे। और एक मात्र शोभा को देखते थे। सूरदास कहते हैं कि कृष्ण ने राधा की वेणी अपने हाथ से गूँथी।। 146।।

खंजन नैन सुरँग रस माते।
अतिसय चारु विमल, चंचल ये, पल पिंजरा न समाते।
बसे कहूँ सोइ बात सखी कहि, रहे इहाँ किहिँ नातैँ ?
सोइ संज्ञा देखति औरासी, विकल उदास कला तैँ।
चलि-चलि जात निकट स्रवननि के, सकि ताटंक फँदाते।
सूरदास अंजन गुन अटके, नतरु कबै उड़ि जाते।।१४७।।

अर्थ—खंजन रूपी नेत्र सुन्दर रूप रस में मद मस्त हैं। अत्यधिक सुन्दर तथा विमल ये (चंचल) नेत्र पलक रूपी पिंजड़े में नहीं समाते। सखी यह नेत्र (रात) में कहीं दूसरी जगह बसे हैं। फिर बता, यहाँ ये किस नाते रहें ? अपनी चंचलता के कारण ये नेत्र उसी विचित्र संकेत (विशिष्ट मुद्रा) को देखते रहते हैं तथा (अन्य) कलाओं (सौंदर्य) से सर्वथा व्याकुल एवं उदासीन रहते हैं। जान पड़ता है कि कानों में पहने हुए ताटंक को फाँदकर चले आयेंगे। सूरदास कहते हैं कि अंजन (कृष्ण के श्याम रंग) के गुण (रस्सी) से अटके हुए हैं नहीं तो कभी के उड़ गये होते।। 147।।

धन्य धन्य बृषभानु-कुमारी, गिरिवरधर, बस कीन्हे (री)।
जोइ जोइ साध करी पिय रस की, सो सब उनकौँ दीन्हे (री।
तोसी तिया और त्रिभवन मैँ, पुरुष स्याम से नाहीँ (री)।
कोक-कला पूरन तुम दोऊ, अब न कहूँ हरि जाहीँ (री)।
ऐसे बस तुम भए परस्पर, मोसौँ प्रेम दुरावै (री)।
सूर सखी आनँद न सम्हारति, नागरि कंठ लगावै (री)।।१४८।।

अर्थ—वृषभानु कुमारी (राधा) तुम धन्य हो, (क्योंकि) तुमने गिरिधर कृष्ण को वश में कर लिया। जो प्रिय के साथ किया वह सब उनको समर्पण कर दिया। तुम्हारे समान स्त्री और कृष्ण के समान पुरुष त्रिभुवन में कोई और नहीं है। तुम दोनों काम कला से पूर्ण हो, अब कृष्ण कहीं और नहीं जायेंगे। तुम दोनो ऐसे प्रेम के वश में हो गये हो, (किन्तु) मुझसे प्रेम छिपाती हो। सूरदास कहते हैं कि सखी आनन्द नहीं सम्हाल पाती और राधा को गले से लगा लेती है।। 148।।

राधेहिँ स्याम देखी आइ।
महा मान दृढ़ाइ बैठी, चितै कापैँ जाइ।
रिसहिँ रिस भइ मगन सुन्दरि, स्याम अति अकुलात।
चकित ह्वै जकि रहे ठाढ़े, कहि न आवै बात।
देखि ब्याकुल नंद-नंदन, सखी करति बिचार।
सूर दोऊ मिलैँ जैसैँ, करौँ सोइ उपचार।।१४९।।

अर्थ—कृष्ण ने आकर राधा को देखा। वह महामान दृढ करके बैठी है (उस मान को) कौन देख सकता है? सुन्दरी क्रोध-ही-क्रोध में मग्न हो गई है, (इसे देखकर) कृष्ण अत्यधिक अकुलाते हैं। वे चकित होकर खड़े रहे। उनके मुख से बात नहीं निकलती है। कृष्ण को व्याकुल देखकर सखी विचार करती है कि ऐसा कोई उपचार करूँ कि कृष्ण और राधा दोनों मिल जाएँ।। 149 ।।

यह ऋतु रूसिबे की नाहीं।
बरषत मेघ मेदिनि कैं हित, प्रीतम हरषि मिलाहीं।
जेती बेलि ग्रीष्म ऋतु डाहीं, ते तरवर लपटाहीं।
जे जल बिनु सरिता ते पूरन, मिलन समुद्रहिं जाहीं।
जोबन धन है दिवस चारि कौ, ज्यों बदरी की छाहीं।
मैं, दंपति-रस-रीति कही है, समुझि चतुर मन माहीं।
यह चित धरि री सखी राधिका, दै दूती कौं बाहीं।
सूरदास उठि चलि री प्यारी, मेरैं सँग पिय पाहीं ।।१५०।।

अर्थ—यह रुठने की ऋतु नहीं है। बादल पृथ्वी के हित में बरस रहे हैं, (स्त्रियाँ) प्रियतम से हर्षित होकर मिल रही हैं। जितनी लतायें ग्रीष्म ऋतु में झुलस गयी थीं, वे वृक्ष से लिपट रही हैं। जो नदियाँ बिना जल की हो गयी थीं, वे जल से पूर्ण होकर समुद्र से मिलने जा रही हैं। यौवन धन केवल चार दिन का (क्षणिक) है, जैसे बादल की छाया। मैंने दम्पति के रस की रीति कह दी, हे चतुर मन में समझो और अपने चित्त में रख लो। सोच समझ कर दूती का अवलम्बन ग्रहण करो। सूरदास कहते हैं कि (सखी कहती है) हे प्यारी, मेरे साथ उठकर प्रिय के पास चलो।। 150 ।।

तोहि किन रूठन सिखई प्यारी।
नवल बैस नव नागरि स्यामा, वे नागर गिरिधारी।
सिगरी रैनि मनावति बीती, हा हा करि हौं हारी।
एते पर हठ छाँड़ति नाहीं, तू बृषभानुदुलारी।
सरद-समय-ससि-दरस समरसर, लागै उन तन भारी।
मेटहु त्रास दिखाइ बदन-बिधु, सूर स्याम हितकारी ।।१५१।।

अर्थ—प्यारी तुम्हें रुठना किसने सिखा दिया। राधा नयी उम्र की नवीन चतुर सभ्य (कृष्ण की) प्रिया है। वे (कृष्ण) नागर गिरधारी हैं। सारी रात मनाते हुए बीत गयी, विनती करके मैं हार गयी। इतने पर तू वृषभानु की लाड़िली (राधा) हठ नहीं छोड़ती। शरद के समय चन्द्र को देखकर काम का बाण उनके शरीर में जोर से लग गया है। अपने चन्द्रमा के समान मुख को दिखा कर कृष्ण के भय को मिटा दो। (यह तेरा मुख ही) कृष्ण का हित करने वाला है।। 151 ।।

हरि-मुख राधा-राधा बानी।
धरनी परे अचेत नहीं सुधि, सखी देखि अकुलानी।

बासर गयौ, रैनि इक बीती, बिनु भोजन बिनु पानी।
बाँह पकरि तब सखिनि जगायौ, धनि-धनि सारँगपानी।
ह्याँ तुम बिबस भए हौ ऐसे, ह्वाँ तौ वै बिबसानी।
सूर बने दोउ नारि पुरुष तुम, दुहुँ की अकथ कहानी ।।१५२।।

अर्थ—कृष्ण के मुख में 'राधा-राधा' की (ही) वाणी है। वे धरणी पर अचेत पड़े हैं। उन्हें (कुछ) स्मरण नहीं है। (ऐसी दशा देखकर) सखी आकुल हो गयी। दिन बीत गया, एक रात भी बीत गयी, (किन्तु) वे बिना भोजन तथा पानी के पड़े हैं। बाँह पकड़कर सखियों ने उन्हें जगाया (और कहा) सारँगपाणि तुम धन्य हो। यहाँ तुम इतने विवश हुए हो, वहाँ वे विवश हैं। सूरदास कहते हैं कि (सखियाँ कहती हैं) तुम दोनों (अनोखे) स्त्री-पुरुष बने हो, दोनों की कहानी अकथनीय है।। 152।।

सुनि री सयानी तिय, रूसिबे कौ नेम लियौ, पावस दिननि
कोऊ ऐसौ है करत री।
दिसि-दिसि घटा उठी, मिलि री पिया सौं रूठी, निडर हियौ है
तेरी नैंकु न डरत री।
चलिए री मेरी प्यारी, मोकौं मान देन हारी, प्रानहुँ तैं प्यारे पति
धीर न धरत री।
सूरदास प्रभु तोहिं, दियौ चाहै हित-बित, हँस क्यौं न मिलै तेरौ
नेम है टरत री ।।१५३।।

अर्थ—सुनो सयानी स्त्री तुमने रूठने का व्रत ले लिया है। पावस के दिनों में कोई ऐसा करता है? हर दिशा में घटाएँ उठती हैं, हे रूठी प्रिय से मिलो, तुम्हारा हृदय निडर है तनिक भी नहीं डरता। मेरी प्यारी चलो, मुझे मान देने वाली (राधा) प्राणों से भी प्रिय (कृष्ण) धैर्य नहीं धारण करते। सूरदास कहते हैं। (सखी कहती है) कि कृष्ण तुम्हें हित-वित सब देना चाहते हैं। हँस कर तू क्यों नहीं मिलती, तुम्हारा नियम टलता जा रहा है।। 153।।

बेरस कीजै नाहिं भामिनी, रस मैं रिस की बात।
हौं पठई तोहिं लेन साँवरैं, तोहिं बिनु कछु न सुहात।
हा हा करि तेरे पाइँ परति हौं, छिनु छिनु निसि घटि जात।
सूर स्याम तेरौ मग जोवत, अति आतुर अकुलात ।।१५४।।

अर्थ—हे स्त्री, क्रोध की बातों से प्रेम के प्रसंग को नीरस मत करो। मुझे कृष्ण ने तुम्हें बुलाने को भेजा है। तुम्हारे बिना (उन्हें) कुछ नहीं सुहाता है। बिनती करके मैं तुम्हारे पैरों पर पड़ती हूँ। क्षण-क्षण रात घटती जा रही है। सूरदास कहते हैं कि (सखी कहती है) कृष्ण तेरा ही रास्ता ताक रहे हैं और (वह) अत्यधिक आतुर होकर अकुलाते हैं।। 154।।

माधौ तहाँ बुलाई राधे, जमुना निकट सुसीतल छहियाँ।
आछी नीकी कुसुँभी सारी, गोरैं तन चलि हरि पिय पहियाँ।
दूती एक गई मोहिनि पै, जाइ कह्यौ यह प्यारी कहियाँ।
सूरदास सुनि चतुर राधिका, स्याम रैनि बृन्दावन महियाँ ।।१५५।।

अर्थ—कृष्ण ने राधा को यमुना के किनारे वहीं बुलाया जहाँ शीतल छाया थी। तुम अच्छी, कुसुँभी रंग की साड़ी पहनकर कृष्ण के पास चलो। एक दूती ने राधा के पास जाकर यही बात कही। सूरदास कहते हैं कि चतुर राधिका ने सुनकर (जान लिया) कृष्ण रात में वृन्दावन में हैं।। 155।।

झूँमक सारी तन गोरैं हो
जगमग रह्यौ जराइ कौ टीकौ, छबि की उठतिँ झकोरैं हो।
रत्न जटित कै सुभग तरचौना, मनहुँ जात रबि भोरैं हो।
दुलरी कंठ निरखि पिय इक टक, दृग भए रहैं चकोरैं हो।
सूरदास प्रभु तुम्हरे मिलन कौं, रीझि रीझि तृन तोरैं हो ।।१५६।।

अर्थ—झब्बेदार साड़ी गोरे शरीर पर (शोभित) है। जड़े हुए टीके जगमगा रहे हैं, छवि का झकोरा उठ रहा है। रत्न से जड़ा हुआ सुन्दर तरौना मानो प्रातः काल का सूर्य हो। दो-लड़ी की माला कण्ठ पर देखकर कृष्ण की आँखें चकोर की तरह हो गयी हैं। सूरदास कहते हैं कि तुम्हारे (राधा के) मिलन के लिए कृष्ण रीझ-रीझकर (मंगल कामना से कि कहीं नजर न लग जाय) तृण तोड़ते हैं।। 156।।

राधिका बस्य करि स्यामं पाए।
बिरह गयौ दूरि, जिय हरष हरि कै भयौ, सहस मुख निगम जिहिँ नेति गाए।
मान तजि मानिनी मैन कौ बल हरचौ, करत तनु कंत जो त्रास भारी।
कोक विद्या निपुन, स्याम स्यामा बिपुल, कुंज-गृह द्वार ठाढ़े मुरारी।
भक्त-हित-हेत अवतारि लीला करत, रहत प्रभु तहाँ निजु ध्यान जाकैं।
प्रगट प्रभु सूर ब्रजनारि कैं हित बँधे, देत मन-काम-फल संग ताकैं ।।१५७।।

अर्थ—कृष्ण ने राधा को वश में कर लिया। विरह दूर चला गया, मन में हर्ष हुआ। ये वे ही कृष्ण हैं जिन्हें सहस्रों मुख से निगम नेति-नेति कहकर गाते हैं। मान त्यागकर मानिनी (राधा) ने कामदेव के बल को हर लिया जो कृष्ण के शरीर को त्रसित कर रहा था। काम-कला में निपुण कृष्ण और राधा बार-बार (मिलते हैं)। कृष्ण कुंज-गृह के द्वार पर खड़े हैं। भक्तों के हित के लिए जो अवतार लेकर लीला करते हैं, और उन्हीं का प्रभु ध्यान रखते हैं। सूरदास कहते हैं

वही कृष्ण ब्रजनारियों के हित से बँधकर, उनके साथ उन्हें विभिन्न मनोवांछित फल दे रहे हैं।। 157।।

वसंतोत्सव

झूलत स्याम स्यामा संग।
निरखि दंपति अंग सोभा, लजत कोटि अनंग।
मंद त्रिविध समीर सीतल, अंग अंग सुगंध।
मचत उड़त सुबास सँग, मन रहे मधुकर बंध।
तैसियै जमुना सुभग जहँ, रच्यौ रंग हिँडोल।
तैसियै बृज-बधू बनि, हरि चितै लोचन कोर।
तैसोई बृन्दा-बिपिन-घन-कुंज-द्वार-बिहार।
बिपुल गोपी, बिपुल बन गृह, रवन नंदकुमार।
नित्य लीला, नित्य आनँद, नित्य मंगल गान्ह।
सूर सुर-मुनि मुखनि अस्तुति, धन्य गोपी कान्ह ।।१५८।।

अर्थ—कृष्ण प्रिया के साथ झूलते हैं। दम्पति के अंगों की शोभा देखकर हजार कामदेव लज्जित होते हैं। अंग-अंग को सुगन्धित करने वाली मन्द शीतल त्रिविध समीर (वायु) चल रही है। साथ में सुगन्धित पराग उड़ रहा है जिस पर मन रूपी भ्रमर मुग्ध हो गया है। वैसे ही यहाँ सुन्दर यमुना तट पर हिंडोला झूलने की क्रीड़ा रचायी गयी है। वैसे ही ब्रज की वधुएँ सज-सजकर कृष्ण की ओर तिरछे नेत्रों से देखती हैं, वैसे ही वृन्दावन के कुंजों के द्वारों का विहार है। बहुत सी गोपियाँ, विशाल वन-गृह तथा रमण करने वाले कृष्ण हैं। (वहाँ) नित्य लीला, नित्य आनन्द तथा नित्य मंगल-गान होता है। सूरदास कहते हैं कि देवता तथा मुनियों के मुख में नित्य स्तुति रहती है कि गोपी तथा कृष्ण धन्य हो ।। 158।।

नित्य धाम बृन्दाबन स्याम। नित्य रूप राधा ब्रज-बाम ।।
नित्य रास, जल नित्य बिहार। नित्य मान, खंडिताऽभिसार ।।
ब्रह्म-रूप येई करतार। करन हरन त्रिभुवन येइ सार ।।
नित्य कुंज-सुख नित्य हिँडोर। नित्यहिँ त्रिबिध-समीर झकोर।।
सदा बसंत रहत जहँ बास। सदा हर्ष, जहँ नहीँ उदास ।।
कोकिल कीर सदा तहँ रोर। सदा रूप मन्मथ चितचोर ।।
बिबिध सुमन बन फूले डार। उन्मत मधुकर भ्रमर अपार ।।
नव पल्लव बन सोभा एक। बिहरत हरि सँग सखी अनेक ।।
कुहू कुहू कोकिला सुनाई। सुनि सुनि नारि परम हरषाईँ ।।
बार बार सो हरिहँ सुनावतिँ। ऋतु बसंत आयौ समुझावतिँ ।।
फाग-चरित रस साध हमारैँ। खेलहिँ सब मिलि संग तुम्हारैँ।।
सुनि सुनि सूर स्याम मुसुकाने। ऋतु बसंत आयौ हरषाने ।।१५९।।

अर्थ—वृन्दावन का धाम तथा कृष्ण नित्य हैं। व्रज की स्त्रियाँ तथा राधा का रूप नित्य है। रास, जल विहार, मान, खंडित (नायिका), अभिसार सब नित्य हैं। ब्रह्मा रूप में ही कर्ता हैं, कर्ता और हर्ता यही त्रिभुवन के सार हैं। कुंज का सुख तथा हिंडोला क्रीड़ा नित्य हैं। त्रिविध समीर का झकोरा शाश्वत है। जहाँ सदा वसंत रहता है, सदा हर्ष रहता है, जहाँ उदासी नहीं है। वहाँ कोयल तथा तोते का शब्द सदैव गूँजता रहता है, चित्तचोर कामदेव तथा रूप सदा रहते हैं। वन की डालों में रंग-रंग के फूल फूलते हैं और बहुत से भ्रमर मस्त होकर घूमते रहते हैं। नव पल्लवों की एक ही शोभा रहती है और कृष्ण के साथ अनेक सखियाँ विहार करती रहती हैं। कोकिल ने कू-कू का शब्द सुनाया, सुन-सुनकर स्त्रियाँ परम हर्षित हुईं। बार-बार वे कृष्ण को सुनाती हैं और समझती हैं कि वसन्त ऋतु आ गयी। हमारे मन में फाग चरित की साध है कि हम सब मिलकर तुम्हारे साथ खेलें। सूरदास कहते हैं कि सुन-सुनकर कृष्ण मुस्कराये, वे वसन्त ऋतु (आया हुआ जानकर) हर्षित हुए।। 159।।

पिय प्यारी खेलैं जमुन तीर। भरि केसरि कुमकुम अरु अबीर।।
घसि मृगमद चंदन अरु गुलाल। रंग भीने अरगज वस्त्र माल।।
कूजत कोकिल कल हंस मोर। ललितादिक स्यामा एक ओर।।
बृन्दादिक मोहन लई जोर। बाजै ताल मृदंग रबाब घोर।।
प्रभु हँसि कै गेंदुक दइ चलाइ। मुख पट दै राधा गइ बचाइ।।
ललिता पट-मोहन गह्यौ धाइ। पीतांबर मुरली लइ छिंड़ाइ।।
हौं सपथ करौं छाँड़ौं न तोहिं। स्यामा जू आज्ञा दई मोहिं।।
इक निज सहचरि आई बसीठि। सुनी री ललिता तू भई ढीठि।।
पट छाँड़ि दियौ तब नव किसोर। छबि रीझि सूर तृन दियौ तोर।।१६०।।

अर्थ—प्रिय और प्यारी यमुना के किनारे कुमकुम केसर और अबीर भरकर खेलते हैं। मृग के मद, गुलाल और चन्दन का लेप किये हुए हैं तथा अंगराग के रंग से भीगे हैं तथा वस्त्र और माला (पहने हैं)। कोयल, हंस तथा मोर कूँज रहे हैं। ललिता आदि कृष्ण की प्रेमिकाएँ एक ओर हैं। वृन्दादि ने कृष्ण को जोर से ले (पकड़) लिया। मृदंग, रवाब (सारंगी) की घोर आवाज हो रही है। कृष्ण ने हँसकर गेंद चला दी, मुख पर (घूँघट) कपड़ा देकर राधा ने अपना मुख बचा लिया। ललिता ने दौड़कर मोहन के वस्त्र को पकड़ लिया, उसने पीतांबर तथा मुरली छीनी ली। मैं शपथ करती हूँ, कि तुम्हें छोडूँगी नहीं, क्योंकि राधा ने मुझे आज्ञा दी है। इतने में एक सहचरी दूती आ गयी और बोली कि सुना है ललिता तू ढीठ हो गयी है। तब सु लिताः ने कृष्ण के वस्त्र छोड़ दिया और रीझकर भक्त सूर ने तृण तोड़ दिया।। 160।।

तेरैं आवैंगे आजु सखी हरि, खेलन कौं फाग (री)।
सगुन सँदेसौ हौं, सुन्यौं तेरैं आँगन बोलै काग (री)।

मदनमोहन तेरैं बस माई, सुनि राधे बड़भाग (री)।
बाजत ताल मृदंग झाँझ डफ, का सोवै, उठि जाग (री)।
चोवा चंदन लै कुमकुम अरु, केसरि पैयाँ लाग (री)।
सूरदास-प्रभु तुम्हारे दरस कौं, राधा अचल सुहाग (री) ।।१६१।।

अर्थ—आज सखी तुम्हारे यहाँ कृष्ण फाग खेलने आयेंगे। मैंने सगुन का संदेशा सुना है। देखो तुम्हारे आँगन में कौवा बोल रहा है। मदनमोहन तुम्हारे वश में हैं, बड़भागिनी राधा सुनो। मृदंग, झाँझ, डफ की ताल बज रही है, तुम क्यों सोती हो। उठो, जागो। चोवा, चन्दन, कुमकुम तथा केसर लेकर उनके पैरों को छुओ। सूरदास कहते हैं कृष्ण तुम्हारे दर्शन को पाने के लिए व्याकुल हैं। राधा अचल सुहागवती हो।। 161।।

हरि सँग खेलति हैं सब फाग।
इहिं मिस करति प्रगट गोपी, उर-अंतर कौ अनुराग।
सारी पहिरि सुरँग, कसि कंचुकि, काजर दै दै नैन।
बनि बनि निकसि-निकसि भईं ठाढ़ी, सुनि माधौ के बैन।
डफ, बाँसुरी रुंज अरु महुअरि, बाजत ताल मृदंग।
अति आनंद मनोहर बानी, गावत उठति तरंग।
एक कोध गोविंद ग्वाल सब, एक कोध ब्रज-नारि।
छाँड़ि सकुच सब देति परस्पर, अपनी भाई गारि।
मिलि दस पाँच अली कृष्णहिं, गहि लावतिं अचकाइ।
भरि अरगजा अबीर कनक-घट, देति सीस तैं नाइ।
छिरकतिं सखी कुमकुमा केसरि, भुरकतिं बंदन धूरि।
सोभित है तनु साँझ-समै-घन, आए हैं मनु पूरि।
दसहूँ दिसा भयौ परिपूरन, सूर सुरंग प्रमोद।
सुर-बिमान कौतूहल भूले, निरखत स्याम-बिनोद ।।१६२।।

अर्थ—कृष्ण के साथ सब गोपियाँ फाग खेलती हैं। इसी के बहाने सब गोपियाँ हृदय के अनुराग को प्रकट करती हैं। अच्छे रंग की साड़ी पहनकर, चोली कसकर तथा नेत्रों में काजल दे-देकर सजधज कर, कृष्ण की वाणी सुनकर निकल पड़ीं। उफ, बाँसुरी, रुंज, मधुकर, मृदंग का ताल बज रहा है। अत्यधिक आनंद तथा मनोहर वाणी से गाये जाते हुए गीतों की तरंग उठ रही है। एक ओर गोविन्द तथा सभी ग्वाल हैं तथा एक ओर ब्रज की स्त्रियाँ हैं। सभी सकोच छोड़कर परस्पर अपने मन को अच्छी लगने वाली गाली दे रहे हैं। दस-पाँच सखियाँ मिलकर कृष्ण को अचानक पकड़ लाती हैं। सोने के घड़े में अंगराज तथा अबीर भरकर सिर से डाल देती हैं। सखियाँ कुमकुम, केसर तथा सिंदूर की धूल झोंकती हैं। शरीर ऐसे शोभित है, मानो

सन्ध्या के समय आकाश में बादल फैल गये हों। सूरदास कहते हैं सुन्दर रंग दशों दिशाओं में परिपूर्ण हो गया। देवतागण विमान में विस्मृत हो कृष्ण के विनोद को देखते हैं।। 162।।

नंद नँदन बृषभानु किसोरी, मोहन राधा खेलत होरी।
श्रीवृन्दावन अतिहिँ उजागर, बरद बरन नव दंपति भोरी।
एकनि कर है अगरु कुमकुमा, एकनि कर केसरि लै घोरी।
एक अर्थ सौँ भाव दिखावति, नाचति तरुनि बाल बृध भोरी।
स्यामा उतहिँ सकल ब्रज-बनिता, इतहिँ स्याम रस रूप लहौ री।
कंचन की पिचकारी छूटति, छिरकत ज्यौँ सचुपावैँ गोरी।
अतिहिँ ग्वाल दधि गोरस माते, गारी देत कहौ न करौ री।
करत दुहाई नंदराइ की, लै जु गयौ कल बल छल जोरी।
झुंडनि जोरि रही चंद्रावलि, गोकुल मैँ कछु खेल मच्चौ री।
सूरदास-प्रभु फगुआ दीजै, चिरजीवौ राधा वर जोरी ।।१६३।।

अर्थ—कृष्ण तथा राधा होली खेलते हैं। वृन्दावन अत्यधिक प्रकाशित (चहल-पहलमय) है। रंग-रंग के नवीन दम्पति किशोर खड़े हैं। एक (के) हाथ में अगरु और कुमकुम है, तो एक हाथ में लेकर केसर घोलता है। (सब) एक ही तरह का भाव दिखाते हैं। बाल, वृद्ध तथा तरुण सभी विभोर होकर नाचते हैं। उधर राधा तथा समस्त ब्रजबनितायें हैं, इधर कृष्ण रूप लाभ कर रहे हैं। सोने की पिचकारी छूट रही है, छिरकने पर सखियाँ सुखी होती हैं। ग्वाल अत्यधिक दूध तथा दही से मस्त हैं, गाली देते हुए कहना नहीं करते। नंदराय (कृष्ण) की दुहाई देते हैं जो उपाय, बल तथा छल से जोड़ी लेकर चले। चन्द्रावली आदि झुण्ड बनाकर बोलीं कि गोकुल में कुछ खेल मचा है। सूरदास कहते हैं (चन्द्रावली कहती है) प्रभु अब फगुआ (इनाम) दीजिये, राधा की श्रेष्ठ जोड़ी अनन्त काल तक जिये।। 163।।

गोकुलनाथ बिराजत डोल।
संग लिये वृषभानु-नंदिनी, पहिरे नील निचोल।
कंचन खचित लालमनि मोती, हीरा जटित अमोल।
झुलवहिँ जूथ मिलै ब्रजसुंदरि, हरषित करतिँ कलोल।
खेलतिँ हँसतिँ परस्पर गावतिँ, बोलतिँ मीठे बोल।
सूरदास स्वामी, पिय-प्यारी, झूलत हैँ झकझोल ।।१६४।।

अर्थ—कृष्ण झूले पर शोभित हैं। नीले रंग की ओढ़नी पहने हुए राधा को साथ लिये हुए हैं। (राधा) सोने से खचित लाल मणि, मोती तथा हीरे से जड़ा अमूल्य हार पहने है। ब्रज की सुन्दरियाँ मिलकर उन्हें झुलाती हैं तथा हर्षित होकर कल्लोल करती हैं। खेलती हैं, हँसती हैं तथा परस्पर मीठी बोली बोलती हैं। सूरदास कहते हैं कि कृष्ण और प्यारी राधा झूले पर झोंके के साथ झूलते हैं।। 164।।

मथुरा गमन

अक्रूर ब्रज आगमन

कंस नृपति अक्रूर बुलाये।
बैठि इकंत मंत्र दृढ़ कीन्हौ, दोऊ बंधु मँगाये।
कहूँ मल्ल, कहुँ गज दै राखे, कहूँ धनुष कहुँ वीर।
नंद महर के बालक मेरैं, करषत रहत सरीर।
उनहिँ बुलाइ बीच ही मारौं, नगर न आवन पावैं।
सूर सुनत अक्रूर कहत, नृप मन-मन मौज बढ़ावैं ।।1।।

अर्थ—राजा कंस ने अक्रूर को बुलाया। एकांत में बैठकर दृढ़ मंत्रणा करके दोनों भाइयों (कृष्ण और बलराम) को मँगाया। कहीं पर मल्ल (योद्धा), कहीं हाथी, कहीं धनुष तथा कहीं वीरों को तैनात करके रखा। (कंस ने कहा) नंद महर के पुत्र मेरे शरीर में चुभते रहते हैं; उन्हें बुलाकर बीच में ही मार डालूँ, नगर तक आने ही न पावें। सूरदास कहते हैं कि अक्रूर कंस की बातों को सुनते हैं तथा राजा कंस कहते हुए मन ही मन आनन्द बढ़ाते हैं।। 1 ।।

उत नंदहिँ सपनौ भयौ, हरि कहूँ हिराने।
बल-मोहन कोउ लै गयौ, सुनि कै बिलखाने।
ग्वाल सखा रोवत कहैं, हरि तौ कहुँ नाहीं।
संगहि सँग खेलत रहे, यह कहि पछिताहीं।
दूत एक सँग लै गयौ, बलराम कन्हाई।
कहा ठगौरी सी करी, मोहिनी लगाई।
वाही के दोउ ह्वै गए, हम देखत ठाढ़े।
सूरज प्रभु वै निठुर ह्वै, अतिहीं गए गाढ़े ।।2।।

अर्थ—उधर (मथुरा में) नन्द को स्वप्न हुआ कि कृष्ण कहीं खो गये। बलराम और मोहन को कोई ले गया यह सुनकर (सब) बिलखने लगे। ग्वाल सखा रोते हुए कहते हैं कि कृष्ण तो कहीं नहीं है। (हम)साथ-साथ खेलते रहे यह कह कहकर पछताते हैं। बलराम और कृष्ण को कोई दूत साथ ले गया। मोहनी लगाकर पता नहीं क्या जादू सा कर दिया कि दोनों उसी के हो गये, हम खड़े देखते रहे। सूरदास कहते हैं कि (ग्वाल कहते हैं) वे कृष्ण निष्ठुर होकर अत्यधिक कष्ट देकर चले गये।। 2 ।।

सुफलक-सुत हरि दरसन पायौ।
रहि न सक्यौ रथ पर सुख-ब्याकुल, भयौ वहै मन भायौ।

भू पर दौरि निकट हरि आयौ, चरननि चित्त लगायौ।
पुलक अंग, लोचन जल-धारा, श्रीपद सिर परसायौ।
कृपासिंधु करि कृपा मिले हँसि, लियौ भक्त उर लाइ।
सूरदास यह सुख सोइ जानै, कहौं कहा मैं गाइ ।।३।।

अर्थ—सुफलक पुत्र (अक्रूर) ने कृष्ण का दर्शन पाया। सुख से व्याकुल होकर रथ पर (बैठे) नहीं रह सके, वही मन को भाने वाली (बात) हुई। पृथ्वी पर दौड़कर कृष्ण के निकट आये और चरणों में चित्त लगाया। पुलकित अंगों तथा आँख में आँसू भरकर श्रीचरणों में सिर को स्पर्श कराया। कृपासिंधु कृपा करके हँसकर मिले और भक्त को हृदय से लगा लिया। सूरदास कहते हैं कि इस सुख को वही (अक्रूर) जान सकते हैं, मैं उसे गाकर क्या कहूँ।। 3।।

चलन चलन स्याम कहत, लैन कोउ आयौ।
नंद-भवन भनक सुनी, कंस कहि पठायौ।
ब्रज की नारि गृह बिसारि, ब्याकुल उठि धाईं।
समाचार बूझन कौं, आतुर ह्वै आईं।
प्रीति जानि, हेत मानि, बिलखि बदन ठाढ़ीं।
मानहु वै अति विचित्र, चित्र लिखी काढ़ीं।
ऐसी गति ठौर-ठौर, कहत न बनि आवै।
सूर स्याम बिछुरैं, दुख-बिरह काहि भावै ।।४।।

अर्थ—कोई सखी किसी सखी से कह रही है कि हे सखी, कृष्ण बारम्बार जाने की बात कह रहे हैं और उन्हें लेने के लिए मथुरा से कोई आया है। नन्द के घर में यह भनक पहुँची कि कंस ने कहकर भेजा है। ब्रज की स्त्रियाँ घर भुलाकर व्याकुल होकर दौड़ पड़ीं। समाचार जानने के लिए आतुर होकर आयीं। प्रीति जानकर, हित को मानकर बिलखते शरीर से खड़ी रह गयीं। मानों वे विचित्र चित्र में लिखी गयी हों, ब्रज में जगह-जगह ऐसी गति है कि कहते नहीं बनता। सूरदास कहते हैं कि श्याम से बिछुड़ने पर विरह का दुख किसे अच्छा लगता है।। 4।।

चलत जानि चितवहिं ब्रज-जुवती, मानहुँ लिखीं चितेरैं।
जहाँ सु तहाँ एकटक रहि गईं, फिरत न लोचन फेरैं।
बिसरि गईं गति भाँति देह की, सुनतिं न स्रवननि टेरैं।
मिलि जु गईं मानौ पै पानी, निबरहिं नहीं निबेरैं।
लागीं संग मतंग मत्त ज्यौं, घिरतिं न कैसेंहु घेरैं।
सूर प्रेम-आसा अंकुस जिय, वै नहिं इत-उत हेरैं ।।५।।

अर्थ—चलता हुआ जानकर ब्रज की युवतियाँ देखती हैं मानो चितेरे ने तस्वीर बना दी हो। जो जहाँ थीं वहीं रह गयीं, घुमाने पर भी नेत्र घूमते ही नहीं (दूसरी ओर देखती ही नहीं)। शरीर की गति को भूल गयीं, पुकारने पर भी कानों से नहीं सुनतीं। मानो दूध और पानी की

तरह मिल गयीं और विलग करने पर भी नहीं होतीं। साथ में मतवाले हाथी की तरह लग गयीं, किसी प्रकार घेरने पर भी नहीं घिरतीं। सूरदास कहते हैं कि प्रेम का आशा अंकुश (जिनके) हृदय में (चुभा रहता है) वे इधर-उधर नहीं देखती हैं।। 5।।

(मेरे) कमलनैन प्राननि तैं प्यारे।
इन्हैं कहा मधुपुरी पठाऊँ, राम कृष्न दोऊ जन बारे।
जसुदा कहै सुनौ सुफलक-सुत, मैं इन बहुत दुषनि सौं पारे।
ये कहा जानैं राज सभा कौं, ये गुरुजन बिप्रहुँ न जुहारे।
मथुरा असुर समूह बसत हैं, कर-कृपान, जोधा हत्यारे।
सूरदास ये लरिका दोऊ, इन कब देखे मल्ल-अखारे ।।६।।

अर्थ—मेरे कमल मैन, मुझे प्राणों से भी अधिक प्रिय है। बलराम-कृष्ण दोनों अभी कम उम्र के बालक हैं, इन्हें मथुरा कैसे भेजूं ? यशोदा कहती हैं हे सुफलक के पुत्र ! सुनो, मैंने इन्हें बहुत कष्ट से पाला है: ये राजसभा (की रीति) को क्या जानें, इन्हें गुरुजनों तथा विप्रों से प्रणाम करने का अभ्यास भी नहीं है। मथुरा में राक्षसों का समूह, तथा हाथ में तलवार लेने वाले, हत्यारे योद्धा बसते हैं। सूरदास कहते हैं कि ये दोनों ही लड़के हैं, इन्होंने अखाड़े के मल्ल को कब देखा है।। 6।।

जसुमति अति हीं भई बिहाल।
सुफलक सुत यह तुमहिं बूझियत, हरत हमारे बाल।
ये दोउ भैया जीवन हमरे, कहति रोहिनी रोइ।
धरनी गिरति, उठति अति व्याकुल, कहि राखत नहिं कोइ।
निठुर भए जब तैं यह आयौ, घरहूँ आवत नाहिं।
सूर कहा नृप पास तुम्हारौ, हम तुम बिनु मरि जाहिं ।।७।।

अर्थ—यशोदा अत्यधिक व्याकुल हो गयीं। सुफलक के पुत्र क्या हमारे बालकों का हरण करना, तुम्हारे लिए उचित है ? रोहिनी रोकर कहती है कि ये दोनों भाई हमारे जीवन हैं। पृथ्वी पर गिरकर अत्यधिक व्याकुल हो उठती हैं, (सोचती हैं) कि इन्हें कहकर कोई (क्यों नहीं) इन्हें कहकर कोई (क्यों नहीं) रख लेता। जब से यह (अक्रूर) आये हैं तब से (दोनों बालक) और निष्ठुर हो गये हैं, घर भी नहीं जाते। सूरदास कहते हैं (रोहिणी कहती हैं) कि नृप के पास तुम्हारा क्या काम है, हम (तो) तुम्हारे बिना मर जायेंगे ।।७।।

सुने हैं स्याम मधुपुरी जात।
सकुचनि कहि न सकत काहू सौं, गुप्त हृदय की बात।
संकित बचन अनागत कोऊ, कहि जु गयौ अधरात।
नींद न परै, घटै नहिं रजनी, कब उठि देखौं प्रात।

नंद नँदन तौ ऐसे लागै, ज्यौं जल पुरइनि पात।
सूर स्याम सँग तैं बिछुरत हैं कब ऐहैं कुसलात ।।८।।

अर्थ—सुना है कि कृष्ण मधुपुरी जा रहे हैं। संकोचवश किसी से हृदय की गुप्त बात कहती नहीं है। आधी रात को कोई आने वाली (अनागत) शंकायुक्त बात कह गया। (फलस्वरूप) नींद आती, तथा रात घटती ही नहीं, प्रातः उठकर कब (कृष्ण को) देखूँगी। कृष्ण तो ऐसे उदासीन लग रहे हैं जैसे पुरइन (कमल) के पत्ते पर जल की बूंद। सूरदास कहते हैं कि (कृष्ण) साथ से बिछुड़ रहे हैं, कब सकुशल लौट आयेंगे।। ८।।

मथुरा प्रयाण

अब नँद गाइ लेहु सँभारि।
जो तुम्हारैं आनि बिलमे, दिन चराई चारि।
दूध दही खवाइ कीन्हे, बड़े अति प्रतिपारि।
ये तुम्हारे गुन हृदय तैं, डारिहौं न बिसारि।
मातु जसुदा द्वार ठाढ़ी, चलै आँसू ढारि।
कह्यौ रहियौ सुचित सौं, यह ज्ञान गुर उर धारि।
कौन सुत, को पिता-माता, देखि हृदै बिचारि।
सूर के प्रभु गवन कीन्हौ, कपट कागद फारि।।६।।

अर्थ—नन्द अब गाय सम्हाल लो। जो तुम्हारे यहाँ आकर ठहरे, चार दिन गाय चरा दिया। आपने दूध, दही खिलाकर अत्यधिक प्रेम से पालन किया। तुम्हारे ये गुण हृदय से विस्मृत नहीं करूँगा। माता यशोदा द्वार पर खड़ी हैं, आँखों से आँसू दुलक रहे हैं (कृष्ण ने) कहा यह महान् ज्ञान हृदय में धारण करके स्वस्थ चित्त से रहना। कौन पुत्र है, कौन माता-पिता है इसे हृदय में विचार कर देखना। सूरदास कहते हैं कि कपट के कागज को फाड़कर कृष्ण ने प्रस्थान किया।। ९।।

जबहीं रथ अक्रूर चढ़े।
तब रसना हरि नाम भाषि कै, लोचन नीर बढ़े।
महरि पुत्र कहि सोर लगायौ, तरु ज्यौं धरनि लुटाइ।
देखतिँ नारि चित्र सी ठाढ़ीं, चितये कुँवर कन्हाइ।
इतनैहि मैं सुख दियौ सबनि कौं, दीन्हीं अवधि बताइ।
तनक हँसे, हरि मन जुवतिन कौं, निठुर ठगौरी लाइ।
बोलतिँ नहीं रहीं सब ठाढ़ी, स्याम-ठगीं ब्रज नारी।
सूर तुरत मधुबन पग धारे, धरनी के हितकारी ।।१०।।

अर्थ—जैसे ही अक्रूर रथ पर चढ़े, (उन्होंने) वाणी से कृष्ण का नामोच्चारण किया और (उनकी) आँखों में आँसू बढ़ गये। महरि (यशोदा) ने 'पुत्र-पुत्र' कहकर शोर मचाया, (वह) वृक्ष के समान पृथ्वी पर गिर पड़ीं। नारियाँ चित्रवत् खड़ी होकर देखती हैं, कृष्ण ने (भी उनकी

ओर) देखा। इतने में ही सब को सुख प्रदान किया और (लौटने की) अवधि बता दी। कृष्ण युवतियों के मन पर निष्ठुर जादू डालकर थोड़ा हँसे। कृष्ण से ठगी हुई स्त्रियाँ बोलती नहीं, सभी खड़ी रह गयीं। सूरदास कहते हैं कि पृथ्वी के हितकारी (कृष्ण) ने मधुपुर की ओर कदम बढ़ाये।। 10।।

रहीं जहाँ सो तहाँ सब ठाढ़ीं।
हरि के चलत देखियत ऐसी, मनहु चित्र लिखि काढ़ी।
सूखे बदन, स्रवति नैननि तैं, जल-धारा उर बाढ़ी।
कंधनि बाँह धरे चितवतिं मनु, द्रुमनि बेलि दव दाढ़ी।
नीरस करि छाँड़ो सुफलक सुत, जैसें दूध बिनु साढ़ी।
सूरदास अक्रूर कृपा तैं, सहीं बिपति तन गाढ़ी ।।११।।

अर्थ—जो जहाँ थीं वे वहीं खड़ी रह गयीं। कृष्ण के चलते समय ऐसी जान पड़ती हैं मानो (वे) चित्र की तस्वीरें हों। सूखे मुख, नेत्रों के स्रवित होने से हृदय पर जल की धारा बढ़ गयी। कन्धे पर बाँह रखे हुए (वे) ऐसी जान पड़ती हैं मानो दावाग्नि से दग्ध वृक्षों पर लता हो। सुफलक के सुत ने उन्हें रसहीन करके छोड़ दिया जैसे मलाई-रहित दूध हो। सूरदास कहते हैं कि अक्रूर की कृपा से उन्होंने गहन दुख सहन किया।। 11।।

बिछुरत श्री ब्रजराज आजु, इनि नैननि की परतीति गई।
उड़ि न गए हरि संग तबहिं तैं, ह्वै न गए सखि स्याममई।
रूप रसिक लालची कहावत, सो करनी कछुवै न भई।
साँचे क्रूर कुटिल ये लोचन, वृथा मीन-छवि छीन लई।
अब काहैं जल-मोचत, सोचत, समौ गए तैं सूल नई।
सूरदास याही तैं जड़ भए, पलकनिहूँ हठि दगा दई ।।१२।।

अर्थ—कृष्ण से बिछुड़ते ही इन नेत्रों का विश्वास नहीं रह गया। तब ये कृष्ण के साथ उड़ नहीं गये और न श्याममय ही हो गये। ये रूप रस से लालची कहे जाते थे, किन्तु उस (प्रकार की) करणी कुछ नहीं दिखाई पड़ी। सचमुच ये नेत्र क्रूर और कुटिल हैं, व्यर्थ ही (इन नेत्रों ने) मछली की शोभा छीन ली है। अब (ये नेत्र) क्यों जल छोड़ते हैं तथा चिन्तित होते हैं। (संयोग का) समय बीत जाने के कारण (इन्हें) नई पीड़ा (हो रही है)। सूरदास कहते हैं कि इसी से ये जड़ हो गये हैं, पलकों ने भी हठ करके धोखा दे दिया (गिरना बन्द कर दिया)।। 12।।

आजु रैनि नहिँ नींद परी।
जागत गिनत गगन के तारे, रसना रटत गोबिंद हरी।
वह चितवनि, वह रथ की बैठनि, जब अक्रूर की बाँह गही।
चितवति रही ठगी सी ठाढ़ी, कहि न सकति कछु काम दही।

इते मान ब्याकुल भइ सजनी, आरज पंथहुँ तैं बिडरी ।
सूरदास-प्रभु जहाँ सिधारे, कितिक दूर मथुरा नगरी ॥१३॥

अर्थ—आज रात में नींद नहीं आयी। जागती हुई आकाश के तारे गिनती रही, जीभ गोविंद कृष्ण रटती रही। जब अक्रूर की बाँह (कृष्ण ने) पकड़ी, (उस समय की) वह दृष्टि, वह रथ पर बैठना, (कितना निष्ठुर था)। (तब) हम ठगी सी खड़ी रहीं, तथा काम से दग्ध कुछ कह न सकी। हे सखी ! इतना अधिक व्याकुल हो गयी कि आर्यपथ से भी अलग हो गयी। सूरदास कहते हैं कि कृष्ण जहाँ गये वहाँ से मथुरा नगरी कितनी दूर है।। 13।।

री मोहिँ भवन भयानक लागै, माई स्याम बिना।
काहि जाइ देखौं भरि लोचन, जसुमति कैं अँगना।
को संकट सहाइ करिबै कौं, मेटै बिघन घना।
लै गयौ क्रूर अक्रूर साँवरौ, ब्रज कौ प्रानधना।
काहि उठाइ गोद करि लीजै, करि करि मन मगना।
सूरदास मोहन दरसन बिनु, सुख सम्पति सपना ॥१४॥

अर्थ—हे सखी ! कृष्ण के बिना मुझे घर भयानक लगता है। यशोदा के आँगन जाकर किसे भर-निगाह (जी भी कर) देखूँ। संकट (के समय) कौन सहायता करे (तथा) घने विघ्नों को मिटा दे। निर्दयी अक्रूर ब्रज के प्राणधन को लेकर चला गया। किसे उठाकर मन को प्रसन्न कर करके गोद में ले लें। सूरदास कहते हैं कि मोहन के दर्शन के बिना सुख-सम्पत्ति स्वप्न के

कहा हौं ऐसे ही मरि जैहौं ।
इहिँ आँगन गोपाल लाल कौ, कबहुँ कि कनिया लैहौं ।
कब वह मुख बहुरौ देखौंगी, कह वैसो सचुपैहौं ।
कब मोपै माखन माँगैंगे, कब रोटी धरि दैहौं ।
मिलन आस तन-प्रान रहत हैं, दिन दस मारग ज्वैहौं ।
जौ न सूर अइहैं इते पर, जाइ जमुन धँसि लैहौं ॥१५॥

अर्थ—क्या मैं ऐसे ही मर जाऊँगी ? इस आँगन में गोपाल लाल को कभी गोद में लूँगी ? वह सुख कहाँ पाऊँगी ? कब मुझसे मक्खन मागेंगे, कब रोटी पर (मक्खन) रखकर दूँगी। मिलने की आशा से शरीर में प्राण रुके हैं। दस दिन तक रास्ता देखूँगी। सूरदास कहते हैं कि इस बीच यदि नहीं आयेंगे तो (हम गोपियाँ) जाकर यमुना में धँस जायेंगी।।15।।

मथुरा प्रवेश तथा कंस-वध

बूझत हैं अक्रूरहिँ स्याम ।
तरनि किरनि महलनि पर झाईं, इहै मधुपुरी नाम ।

स्रवननि सुनत रहत है जाकौ, सो दरसन भए नैन।
कंचन कोटि कँगूरनि की छबि, मानी बैठे मैन।
उपवन बन्यौ चहूँधा पुर के, अतिहीं मोकौं भावत।
सूर स्याम बलरामहिं पुनि पुनि, कर पल्लवनि दिखावत ॥१६॥

अर्थ—अक्रूर से कृष्ण पूछते हैं। (जहाँ) महलों पर सूर्य की किरणें छायी हैं (क्या) इसी का नाम मधुपुरी है। कानों से जिसे सुनता रहा उसका नेत्रों से दर्शन हो गया। सोने के महल के कंगूरों की शोभा ऐसी है मानो कामदेव बैठे हों। पुर के चारों ओर बने उपवन मुझे अत्यधिक रुचिकर लगते हैं। सूरदास कहते हैं कि कृष्ण कर-पल्लवों से बलराम को बार-बार दिखाते हैं।। 16।।

मथुरा हरषित आजु भई।
ज्यौं जुवती पति आवत सुनि कै, पुलकित अंग मई।
नवसत साजि सिँगार सुंदरी, आतुर पंथ निहारति।
उड़ति धुजा तनु सुरति बिसारे, अंचल नहीं सँभारति।
उरज प्रगट महमनि पर कलसा, लसति पास बन सारी।
ऊँचे अटनि छाज की सोभा, सीस उचाइ निहारी।
जालरंध्र इकटक मग जोवति, किंकिन कंचन दुर्ग।
बेनी लसति कहाँ छबि ऐसी, महलनि चित्रे उर्ग।
बाजत नगर बाजने जहँ तहँ, और बजत घरियार।
सूर स्याम बनिता ज्यौं चंचल, पग नूपुर झनकार ॥१७॥

अर्थ—मथुरा आज हर्षित हो गयी, जैसे पति को आता सुनकर युवती के अंग पुलकित हो जाते हैं। सोलह श्रृंगार सजाकर सुन्दरी आतुर होकर पथ निहारती है। उड़ती हुई ध्वजा (ऐसी ज्ञात होती है) जैसे विस्मृत होकर अपने अंचल को नहीं सम्हालती! महलों पर रखे गये कलस (रूपी) स्तन प्रत्यक्ष हो गये तथा पास के वन (रूपी) साड़ी शोभित है। ऊँची छतें छज्जे शोभित हैं, (जैसे छज्जे के रूप में मथुरा रूपी नारी) सिर ऊँचा करके पथ निहार रही है। झरोखे की जालियों में एकटक रास्ता देखती हैं। कंचन के दुर्ग (नगर सुन्दरी) की किंकिणी हैं। महलों पर के चित्रित साँप चोटी के समान शोभित हैं और जगह ऐसी छवि कहाँ है। नगर में जहाँ-तहाँ बाजे तथा घड़ियाल बजते हैं। सूरदास कहते हैं मानों यह कृष्ण की चंचल पत्नी है जिसके पग के नूपुरों की झनकार हो रही है।। 17।।

मथुरा पुर मैं सोर पर्‌यौ।
गरजत कंस बंस सब साजे, मुख कौ नीर हर्‌यौ।
पीरौ भयौ, फेफरी अधरनि, हिरदय अतिहि डर्‌यौ।
नंद महर के सुत दोउ सुनि कै, नारिनि हर्ष भर्‌यौ।

कोउ महलनि पर कोउ छज्जनि पर, कुल लज्जा न करचौ।
कोउ धाईं पुर गलिन गलिन ह्वै, काम-धाम बिसरचौ।
इंदु बदन नव जलद सुभग तनु, दोउ खग नयन करचौ।
सूर स्याम देखत पुर-नारी, उर-उर प्रेम भरचौ।।१८।।

अर्थ—मथुरा नगर में शोर मच गया। अपने वंश सहित सुसज्जित कंस गरज रहा है, किन्तु (उसका) मुख सूख गया है, (वह) (भय) से पीला पड़ गया, अधरों पर पपड़ी पड़ गयी, (और) (वह) हृदय से अत्यधिक डरा (है)। (दूसरी ओर) नन्द महर के दोनों पुत्रों के विषय में सुनकर नारियों को हर्ष हुआ। कोई महलों पर, कोई छज्जों पर (आकर देखने लगीं), उन्होंने कुल की लज्जा नहीं की। कोई पुर की गली-गली से होकर दौड़ पड़ीं तथा धाम का काम सब कुछ भूल गया। नये बादल के समान सुन्दर शरीर वाले कृष्ण के चन्द्र-मुख हेतु पुर की नारियों ने अपने दोनों नेत्रों को (चकोर) पक्षी बना लिया। सूरदास कहते हैं कि अपने-अपने हृदय में प्रेम भरकर पुर की नारियाँ कृष्ण को देखती हैं।। 18।।

ढोटा नंद कौ यह री।
नाहिँ जानति बसत ब्रज मैं, प्रगट गोकुल री।
धरचौ गिरिवर बाम कर जिहिँ, सोइ है यह री।
दैत्य सब इनहीं सँहारे, आपु-भुज-बल री।
ब्रज-घरनि जो करत चोरी, खात माखन री।
नंद-घरनी जाहिँ बाँध्यौ, अजिर ऊखल री।
सुरभि-ठान लिये बन तैं आवत, सबहिँ गुन इन री।
सूर-प्रभु ये सबहि लायक, कंस डरै जिन री।।१९।।

अर्थ—यही नन्द के पुत्र हैं। जानती नहीं कि (यही) ब्रज में बसते हैं तथा गोकुल में प्रकट हुए हैं। बायें हाथ से जिन्होंने गिरवर को धारण किया यह वही है। अपनी भुजाओं के बल से इन्होंने सारे दैत्यों का संहार किया। ब्रज के घरों में जो चोरी करते हैं तथा माखन खाते हैं। नन्द की स्त्री ने जिन्हें आँगन में ऊखल से बाँधा था। गायों का समूह लेकर वन से आते हैं, इनमें सभी गुण हैं। सूरदास कहते हैं कि ये सब (कुछ करने) योग्य हैं, और कंस जिनसे डरता है।। 19।।

भए सखि नैन सनाथ हमारे।
मदनगोपाल देखतहिँ सजनी, सब दुख सोक बिसारे।
पठये हे सुफलक-सुत गोकुल, लैन सो इहाँ सिधारे।
मल्ल जुद्ध प्रति कंस कुटिल मति, छल करि इहाँ हँकारे।
मुष्टिक अरु चानूर सैल सम, सुनियत हैं अति भारे।
कोमल कमल समान देखियत, ये जसुमति के बारे।

होवे जीति विधाता इनकी, करहु सहाइ सवारे।
सूरदास चिर जियहू दुष्ट दलि, दोऊ नंद-दुलारे ।।२०।।

अर्थ—हे सखि ! हमारे नेत्र सफल हो गये। मदन गोपाल को देखते ही (हमने) सारे दुख-शोक भुला दिये। इन्हें लेने के लिए अक्रूर को (कंस ने) गोकुल भेजा था, इसी से यहाँ आये हैं। कुटिल-बुद्धि कंस ने मल्ल युद्ध के लिए छल करके (इन्हें) यहाँ बुलाया है। सुनती हूँ मुष्टिक और चानूर पर्वत के समान अत्यन्त भारी हैं। ये यशोदा के बालक कोमल कमल के समान दिखाई देते हैं। हे विधाता ! शीघ्र सहायता करो ताकि इनकी ही जीत हो। सूरदास कहते हैं कि दुष्टों का नाश करके नन्द के दोनों पुत्र बहुत समय तक जिएँ।। 20 ।।

धनुषसाला चले नँदलाला।
सखा लिए संग प्रभु रंग नाना करत, देव नर कोउ न लखि सकत ख्याला।
नृपति के रजक सौं भेंट मग में भई, कह्यौ दै बसन हम पहिरि जाहीं।
बसन ये नृपति के जासु की प्रजा तुम, ये बचन कहत मन डरत नाहीं।
एक ही मुष्टिका प्रान ताके गए, लए सब बसन कछु सखनि दीन्हे।
आइ दरजी गयौ बोलि ताकौं लयौ, सुभग अँग साजि उन विनय कीन्हे।
सुनि सुदामा कह्यौ गेह मम अति निकट, कृपा करि तहाँ हरि चरन धारे।
धोइ पद-कमल पुनि हार आगैं धरे, भक्ति दै, तासु सब काज सारे।
लिए चंदन बहुरि आनि कुब्रिजा मिली, स्याम अँग लेप कीन्हौ बनाई।
रीझि तिहिँ रूप दियौ, अँग सूधौ कियौ, बचन सुभ भाषि निज गृह पठाई।
पुनि गए तहाँ जहँ धनुष, बोले सुभट, हौंस जनि मन करौ बन-बिहारी।
सूर प्रभु छुवत धनु टूटि धरनी परयौ, सोर सुनि कंस भयौ भ्रमित भारी।।२१।।

अर्थ—साथ में मित्रों को लेकर अनेक क्रीड़ाएँ करते हुए कृष्ण धनुष-शाला को चले, देवता या मनुष्य कोई (उनके इस) खेल को देख (समझ) नहीं सकता। रास्ते में राजा (कंस के) धोबी से भेंट हुई। (कृष्ण ने उससे) कहा कि हमें वस्त्र दो (जिन्हें) पहनकर हम जाएँ। (धोबी ने कहा) यह वस्त्र राजा के हैं जिनकी तुम प्रजा हो, यह वचन कहते हुए (तुम) डरते नहीं हो ! एक ही मुष्टिका (मुक्के) में उसके प्राण चले गये तथा उससे सब वस्त्र (कृष्ण ने) ले लिये, कुछ मित्रों को दे दिये। दरजी आया और (उसने) उनके सुन्दर अंग को सजाकर विनय की। फिर सुदामा ने कहा कि मेरा घर अत्यन्त निकट है, कृपा करके कृष्ण वहाँ गये। (सुदामा ने) चरण-कमल धोये (तथा) फिर हार (अहार) आगे रखा। (कृष्ण ने) अपनी भक्ति देकर उसके सब कार्य सिद्ध कर दिये। फिर आगे चंदन लिए कुब्जा मिली, उसने भली प्रकार कृष्ण के अंगों

पर लेप की। (कृष्ण ने) रीझ कर उसे रूप प्रदान किया तथा अंग सीधा कर दिया और शुभ वचन कहकर घर भेजा। फिर वहाँ गये जहाँ धनुष था। सुभटों ने कहा कि हे बनबिहारी ! (धनुष तोड़ने) का हौसला मत करो। सूरदास कहते हैं कि छूते ही धनुष टूटकर पृथ्वी पर जा पड़ा, शोर सुनकर कंस बहुत भ्रमित हुआ।। 21 ।।

सुनिहि महावत बात हमारी।
बार-बार संकर्षन भाषत, लेत नाहिँ ह्याँ तैँ गज टारी।
मेरौ कह्यौ मानि रे मूरख, गज समेत तोहिँ डारौँ मारी।
द्वारैँ खरे रहे हैँ कबके, जनि रे गर्व करहि जिय भारी।
न्यारौ करि गयंद तू अजहूँ, जान देहि कै आपु सँभारी।
सूरदास प्रभु दुष्ट निकंदन, धरनी भार उतारनकारी।।२२।।

अर्थ—महावत हमारी बात सुनो ! बार-बार संकर्षण (बलराम) कहते हैं, यहाँ से (हाथी को) हटा क्यों नहीं लेता। मूर्ख ! मेरा कहना मानो, नहीं तो हाथी सहित तुम्हें मार डालूँगा। कब से (कृष्ण) द्वार पर खड़े हैं, (यह) जानकर भी तू मन में अत्यधिक गर्व करता है। अभी तू हाथी को अलग कर, या तो जाने दे या प्राण देने के लिए सँभल जा। सूरदास कहते हैं कि (कृष्ण) दुष्टों के नाशक तथा पृथ्वी का भार उतारने वाले हैं।। 22 ।।

तब रिस कियौ महावत भारि।
जौ नहिँ आज मारिहौँ इनकौँ, कंस डारिहै मारि।
आँकुस राखि कुम्भ पर करष्यौ, हलधर उठे हँकारि।
धायौ पवनहुँ तैँ अति आतुर, धरनी दंत खँभारि।
तब हरि पूँछ गह्यौ दच्छिन कर, कँबुक फेरि सिर वारि।
पटक्यौ भूमि, फेरि नहिँ मटक्यौ, लीन्हौ दंत उपारि।
दुहुँ कर दुरद दसन इक इकछबि, सो निरखतिँ पुरनारि।
सूरदास प्रभु सुर सुखदायक, मारचौ नाग पछारि।।२३।।

अर्थ—तब महावत ने अत्यधिक क्रोध किया। जो इन्हें आज मार नहीं डालता तो कंस (मुझे) मार डालेगा। (उसने) अंकुश दोनों कुम्भों पर रखकर खींचा (चुभोया) (इस पर) बलराम ललकार उठे। (तब) दाँतों से पृथ्वी को कंपित करके (वह हाथी) पवन से भी अधिक तीव्रता से दौड़ा। तब कृष्ण ने दाहिने हाथ से पूँछ पकड़ी। हाथी को सिर के चारों ओर फिरा कर पृथ्वी पर पटक दिया, फिर वह हिला-डुला नहीं तथा (तब) (कृष्ण ने) उसके दाँत उखाड़ लिये। दोनों दाँत एक-एक हाथ में शोभित हैं जिन्हें नगर की स्त्रियाँ देख रही हैं। सूरदास कहते हैं कि प्रभु देवताओं को सुख देने वाले हैं। उन्होंने हाथी को पछाड़कर मारा।। 23 ।।

एई सुत नंद अहीर के।
मारचौ रजक बसन सब लूटे, संग सखा बल बीर के।

काँधे धरि दोऊ जन आए, दंत कुबलयापीर के।
पसुपति मंडल मध्य मनौ, मनि छीरधि नीरधि नीर के।
उड़ि आए तजि हंस मात मनु, मानसरोवर तीर के।
सूरदास प्रभु ताप निवारन, हरन संत दुःख पीर के ।।२४।।

अर्थ—नन्द अहीर के पुत्र ये ही हैं। बलराम तथा मित्रों के साथ धोबी को मारकर (इन्होंने) सब वस्त्र लूट लिये। कुबलयापीड़ (हाथी) के दाँतों को कन्धे पर रखकर दोनों भाई आये। पशुपति मंडल के बीच मानो क्षीर सागर की मणि हो, मानो मतवाले हंस होकर मानसरोवर के तीर को छोड़कर उड़ आये हों। सूरदास कहते हैं कि कृष्ण ताप का निवारण करने वाले, (तथा) सन्तों के दुख और पीड़ा को हरने वाले हैं।। 24।।

सुनौ हो बीर मुष्टिक चानूर सबै, हमहिँ नृप पास नहिँ जान दैहौ।
घरि राखे हमैँ, नहीँ बूझे तुम्हैँ, जगत मैँ कहा उपहास लैहौ।
सबै यहै कैहै भजौं मत तुम पै है, नंद के कुँवर दोउ मल्ल मारे।
यहै जस लेहुगे, जान नहिँ देहुगे, खोजहीँ परे अब तुम हमारे।
हम नहीँ कहैँ तुम मनहिँ जौ यह बसी, कहत हौ कहा तौ करौ तैसी।
सूर हम तन निरखि देखियै आपुकौँ, बात तुम मनहिँ यह बसी नैसी ।।२५।।

अर्थ—मुष्टिक, चानूर, सभी वीरों सुनो ! क्या मुझे राजा के पास नहीं जाने दोगे ? मुझे घेरकर खड़े हो, (मैं) तुम्हें (कुछ) नहीं समझता, (तुम) जगत् में हँसे जाओगे, सभी यही भली बात तुमसे कहेंगे (कि) नन्द के पुत्रों ने दोनों मल्लों को मार डाला। (तुम) यही यश लोगे और जाने नहीं दोगे, तुम मेरे पीछे ही पड़ गये हो। तुम्हारे मन में जो यही बसा है तो हम (कुछ) नहीं कहेंगे। (मल्लों ने कहा) क्या कहते हो, जैसा करना हो करो। सूरदास कहते हैं (मल्ल कृष्ण से कहते हैं) कि हमारी तरफ देखकर अपने को देखो ! तुम्हारे मन में (हम से भिड़ने की) यह बुरी बात बस गयी है।। 25।।

गह्यौ कर स्याम भुज मल्ल अपने धाइ, झटकि लीन्हौ तुरत पटकि धरनी।
भटकि अति सब्द भयौ,खटक नृप के हियैँअटकि प्राननि परचौ चटक करनी।
लटकि निरखन लग्यौ, मटक सब भूलि गइ, हटक करि देउँ इहै लागी।
झटकि कुंडल निरखि, अटक ह्वै कै गयौ, गटकि सिल सौँ रह्यौ मीच जागी।
मल्ल जे जे रहे सबै मारे तुरत, असुर जोधा सबै तेउ सँहारे।
धाइ दूतनि कह्यौ, मल्ल कोउ न रह्यौ, सूर बलराम हरि सब पछारे ।।२६।।

अर्थ—मल्ल ने दौड़कर अपनी भुजा से कृष्ण का हाथ पकड़ लिया। (कृष्ण ने) तुरन्त झटककर (हाथ छुड़ा लिया), (और) (उसे) धरती पर पटक दिया। घोर शब्द से (राजा) भ्रमित हुआ, राजा (कंस) के हृदय में खटका पैदा हुआ, चटक कर प्राण उलझ गये। लटक कर (झुककर) (वह मल्ल) देखने लगा, सारी गति भूल गई, यही लगा कि (इन्हें) रोक दूं।

(कृष्ण के) कुंडल की झटक (हिलना) देखकर वह अटक सा (स्तब्ध सा) रह गया, (मानो) शिला सी गटक गया हो, उसकी भृत्यु (मानो) जग गई हो (कृष्ण ने) जो जो मल्ल थे सभी को तुरन्त मारा, सभी असुर, योद्धाओं का संहार कर दिया। दौड़कर दूतों ने (कंस से) कहा, कि कोई शेष नहीं रहा, शूरवीर बलराम, कृष्ण ने सभी को पछाड़ दिया।। 26।।

नवल नंदनंदन रंगभूमि राजैं।
स्याम तन, पीत पट मनौ घन मैं तड़ित, मोर के पंख माथैं बिराजैं।
स्रवन कुंडल झलक मनौ चपला चमक, दृग अरुन कमल दल से बिसाला।
भौंह सुंदर धनुष, बान सम सिर तिलक, केस कुंचित सोह भृंग माला।
हृदय बनमाल, नूपुर चरन लाल, चलत गज चाल, अति बुधि बिराजै।
हंस मानौ मानसर अरुन अंबुज सुभर, निरखि आनंद करि हरषि गाजैं।
कुबलया मारि चानूर मुष्टिक पटकि, बीर दोउ कंस गज-दंत धारे।
जाइ पहुँचे तहाँ कंस बैठ्यौ जहाँ, गए अवसान प्रभु के निहारे।
ढाल तरवारि आगैं धरी रहि गई, महल कौ पंथ खोजत न पावत।
लात कैं लगत सिर तैं गयौ मुकुट गिरि, केस गहि लै चले हरि खसावत।
चारि भुजा धारि तेहिं चारु दरसन दियौ, चारि आयुध चहूँ हाथ लीन्हे।
असुर तजि प्रान निरवान पद कौं गयौ, विमल मति भई प्रभु रूप चीन्हे।
देखि यह पुहुप वर्षा करी सुरनि मिलि, सिद्ध गंधर्व जय धुनि सुनाई।
सूर प्रभु अगम महिमा न कछु कहि परति, सुरनि की गति तुरत असुर पाई।।२७।।

अर्थ—नवल कृष्ण रंग-भूमि में सुशोभित हैं। श्याम शरीर पर पीताम्बर मानो बादल में बिजली हो, मोर के पंख मस्तक पर विराज रहे हैं। श्रवण के कुंडल मानो बिजली की चमक हों। आँखें लाल कमलदल के समान विशाल हैं। भौंह सुन्दर धनुष के समान हैं। सिर का तिलक बाण के समान है। कुंचित बाल भौंरों की माला (पंक्ति) के समान है। हृदय पर वनमाला, लाल चरणों में नूपुर, गज के समान चाल तथा अत्यधिक बुद्धि विराजित है। (अत्यन्त बुद्धिमान है) हंस मानो कमल से भरे मानसरोवर को देखकर आनन्द से हर्षित होकर बोल रहे हैं। कुवलय (हाथी) को मारकर, मुष्टिक को पटककर दोनों वीर कंधे पर हाथी के दाँत धरण किये हुए हैं। वहाँ जाकर पहुँचे जहाँ कंस बैठा था। देखते ही सबके होश उड़ गये। ढाल-तलवार आगे रखी रह गयी, महल का रास्ता खोजे नहीं पाते। पैर लगते ही सिर से मुकुट खिसक गया। बाल पकड़कर कृष्ण घसीटते हुए ले चले। चार भुजा धारण करके, चारों हाथों में चार अस्त्र लिये उसे सुन्दर दर्शन दिये। असुर ने प्राण तजकर निर्वाण पद को प्राप्त किया तथा प्रभु का रूप पहचान कर उसकी बुद्धि विमल हो गयी। यह देखकर देवताओं ने मिलकर फूलों की वर्षा की

तथा सिद्ध और गंधर्वों ने जय-जयकार की ध्वनि सुनाई। सूरदास कहते हैं कि कृष्ण की अगम महिमा के विषय में कुछ नहीं कहा जा सकता। देवताओं की स्थिति असुर पा गया।। 27।।

उग्रसेन कौं दियौ हरि राज।
आनँद मगन सकल पुरबासी, चँबर डुलावत श्री ब्रजराज।
जहाँ तहाँ तैं जादव आए, कंस डरनि जे गए पराइ।
मागध सूत करत सब अस्तुति, जै जै जै श्री जादवराइ।
जुग जुग बिरद यहै चलि आयौ, भए बलि के द्वारैं प्रतिहार।
सूरदास प्रभु अज अबिनासी, भक्तन हेत लेत अवतार ।।२८।।

अर्थ—कृष्ण ने उग्रसेन को राज्य दे दिया। समस्त पुरवारी आनन्द से मगन होकर कृष्ण के चामर डुलाते हैं। जो यादव कंस के डर से इधर-उधर भाग गये थे वे आ गये। मागध, बन्दी सभी स्तुति करते हैं कि श्री यादवराय की जय हो, जय हो। युग-युग से यही यश चला आया कि कृष्ण बलि के द्वार पर प्रतिहारी बने थे। सूरदास कहते हैं कि कृष्ण अजन्मा अविनासी हैं तथा भक्तों के लिए अवतार लेते हैं।। 28।।

तब बसुदेव हरषित गात।
स्याम रामहिँ कंठ लाए, हरषि देवै मात।
अमर दिवि दुंदुभी दीन्हीं, भयौ जै जैकार।
दुष्ट दलि सुख दियौ संतनि, के बसुदेव कुमार।
दुख गयौ बहि हर्ष पूरन, नगर के नर-नारि।
भयौ पूरब फल सँपूरन, लह्यौ सुत दैत्यारि।
तुरति बिप्रनि बोलि पठये, धेनु कोटि मँगाइ।
सूर के प्रभु ब्रह्मपूरन, पाइ हरषे राइ ।।२६।।

अर्थ—तब वसुदेव ने हर्षित शरीर से कृष्ण और बलराम को गले से लगा लिया। देवकी माता हर्षित हो गयीं। देवताओं ने आकाश में जय-जयकार करके दुंदुभी बजायी। दुष्टों का नाश करके इन वसुदेव पुत्र (कृष्ण) ने सन्तों को सुख दिया। दुख बह गया, नगर के नर-नारी हर्ष से पूर्ण हो गये। (वसुदेव) के पूर्व जन्म का पुण्य फलित हुआ, दैत्यों के शत्रु कृष्ण को प्राप्त किया। हजारों गाय मँगाकर ब्राह्मणों को (देने के लिए) बुला भेजा। सूरदास कहते हैं कि पूर्ण ब्रह्म कृष्ण को पाकर (वसुदेव आदि) हर्षित हो गये।। 29।।

बसुद्यौ कुल-ब्यौहार बिचारि।
हरि हलधर कौं दियौ जनेऊ, करि षटरस ज्यौनारि।
जाके स्वास-उसाँस लेत मैं, प्रगट भये श्रुति चार।
तिन गायत्री सुनी गर्ग सौं, प्रभु गति अगम अपार।
बिधि सौं धेनु बहु बिप्रनि, सहित सर्वऽलंकार।
जदुकुल भयौ परम कौतूहल, जहँ तहँ गावतिं नार।

मातु देवकी परम मुदित ह्वै, देति निछावरि वारि।
सूरदास की यहै आसिषा, चिर जियौ नंदकुमार ॥३०॥

अर्थ—वसुदेव ने कुल के व्यवहार को विचार कर छः प्रकार के रसों से युक्त भोजन कराके कृष्ण और हलधर को जनेऊ दिया। जिनके साँस तथा उच्छ्वास लेने से चारों वेद प्रकट हुए उन्होंने ही गर्ग से गायत्री (मंत्र) पढ़ी। प्रभु की गति अगम और अपार है। सभी आभूषणों के साथ विधि-पूर्वक ब्राह्मणों को बहुत सी गायें प्रदान की गयीं। यदुकुल अत्यधिक प्रसन्न हुआ, जहाँ तहाँ स्त्रियाँ गाती हैं। माता देवकी अत्यधिक प्रसन्न होकर उतार कर (धन को कृष्ण-बलराम सिर के चारों घुमा कर) निछावर देती हैं। सूरदास ने यही आशीष दी (कि) नन्द कुमार चिरकाल तक जीवित रहें।। 30।।

कुबरी पूरब तप करि राख्यौ।
आए स्याम भवन ताही कैं, नृपति महल सब नाख्यौ।
प्रथमहिं धनुष तोरि आवत हे, बीच मिली यह धाइ।
तिहिं अनुराग बस्य भए ताकैं, सो हित कह्यो न जाइ।
देव काज हरि आवन कहि गए, दीन्हौ रूप अपार।
कृपा दृष्टि चितवतहीं श्री भइ, निगम न पावत पार।
हम तैं दूरि दीन के पाछैं ऐसे दीनदयाल।
सूर सुरनि करि काज तुरतहीं, आवत तहाँ गोपाल ॥३१॥

अर्थ—कुबरी ने पूर्व जन्म तय कर रखा था। कृष्ण ने राजा के समस्त महलों को नष्ट किया और उसी के भवन आये। प्रथम ही धनुष तोड़कर आते थे। (हे) (यह) बीच में ही दौड़ कर मिल गयी। उसी अनुराग के कारण उसके वश में हो गये, यह स्नेह कहते नहीं बनता। (कृष्ण जी) देव कार्य करके (उससे) आने के लिये कह गये थे, (उन्होंने) उसे अपार रूप दे दिया। कृपा की दृष्टि से देखते ही शोभा छा गयी, निगम पार नहीं पाते। अहंकार से दूर तथा दीन के पीछे रहने वाले (कृष्ण) ऐसे ही दीन दयालु हैं। सूरदास कहते हैं कि देवताओं के कार्य को करके गोपाल वहाँ तुरन्त ही आये।। 31।।

कियौ सुर-काज गृह चले ताकैं।
पुरुष औ नारि कौ भेद भेदा नहीं, कुलिन अकुलीन अवतरयौ काकैं।
दास दासी कौन, प्रभु निप्रभु कौन है, अखिल ब्रह्मांड इक रोम जाकैं।
भाव साँचौ हृदय जहाँ, हरि तहाँ है, कृपा प्रभु की माथ भाग वाकैं।
दास दासी स्याम भजनहु तैं जिये, रमा सम भई सो कृष्नदासी।
मिली वह सूर प्रभु प्रेम चंदन चरचि, कियौ जप कोटि, तप कोटि कासी ॥६२॥

अर्थ—देवताओं का कार्य करके उसके घर चले उसके (कृष्ण-ब्रह्म) लिए पुरुष और स्त्री

का भेद नहीं, कुलीन या अकुलीन किसके यहाँ अवतरित नहीं हुए हैं। दासी, या दास कौन है, या प्रभु तथा दास निप्रभु कौन है (कृष्ण-ब्रह्म के लिए यह सब भेद-भाव कुछ महत्व नहीं रखता हैं)। जिसके एक रोम के बराबर अखिल ब्रह्मांड है। जहाँ जिस हृदय में सच्चा भाव है कृष्ण जी वही हैं । जिसके मस्तक पर प्रभु की कृपा है वही भाग्यशाली है। दास-दासी कृष्ण के भजन से जीवित रहते हैं। वह कृष्ण दासी अब लक्ष्मी के समान हो गयी। सूरदास कहते हैं कि वह प्रेम रूपी चन्दन लगाकर सूर के प्रभु से मिली (उसके प्रेम से) उसने कोटि जप तथा काशी में किये जाने वाले कोटि तप कों कर डाला। (अर्थात् इतना फल प्राप्त कर लिया)।। 32।।

मथुरा दिन-दिन अधिक बिराजै।
तेज प्रताप राइ केसौ कैं, तीनि लोक पर गाजै।
पग पग तीरथ कोटिक राजैं, मधि विश्रांति बिराजै।
करि अस्नान प्रात जमुना कौ, जनम मरन भय भाजै।
बिट्ठल बिपुल बिनोद बिहारन, ब्रज कौ बसिबौ छाजै।
सूरदास सेवक उनहीं कौ, कृपा सु गिरिधर राजै ।।३३।।

अर्थ—मथुरा दिन प्रतिदिन अधिक शोभित हो रही है। राजा कृष्ण का तेज (तथा) प्रताप तीनों लोकों में घोषित हो रहा है। पग-पग पर करोड़ों तीर्थ शोभित हैं, (तथा) मध्य में विश्रांति विराज रही है। प्रातः यमुना का स्नान करने पर जन्म मरण का भय भाग जाता है। विट्ठल की अनेक विनोद की क्रीड़ास्थलियों में रहना अच्छा लगता है। सूरदास उन्हीं के सेवक हैं, कृष्ण की कृपा (उन पर) राज कर रही है।। 33।।

नन्द का ब्रज प्रत्यागमन

बेगि ब्रज कौं फिरिए नँदराइ।
हमहिं तुमहिं सुत तात कौ नातौ, ओर परचौ है आइ।
बहुत कियौ प्रतिपाल हमारौ, सो नहिं जी तैं जाइ।
जहाँ रहैं तहँ तहाँ तुम्हारे, डारचौ जनि बिसराइ।
जननि जसोदा भेंटि सखा सब, मिलियौ कण्ठ लगाइ।
साधु समाज निगम जिनके गुन, मेरैं गनि न सिराइ।
माया मोह मिलन अरु बिछुरन, ऐसैं ही जग छाइ।
सूर स्याम के निठुर बचन सुनि, रहे नैन जल छाइ ।।३४।।

अर्थ—नन्दराय ! शीघ्र ही ब्रज को वापस चले जाइये। हमारा तुम्हारा पुत्र और पिता का सम्बन्ध अन्त को आ गया है। (तुमने) हमारा बहुत पोषण किया है, वह मन से नहीं जाता। जहाँ-जहाँ रहूँगा वहाँ-वहाँ तुम्हारा ही रहूँगा, (इसे) भुला मत देना। माता यशोदा और सखाओं से भेंटकर कंठ लगाकर मिलना। जिनके गुणों की साधु-समाज तथ वेदों ने (बताया है) वे मेरे द्वारा गिनने से समाप्त होने वाले नहीं हैं। माया, मोह, मिलन और वियोग इन्हीं में संसार

नष्ट होता है। सूरदास कहते हैं कि कृष्ण के निष्ठुर वचन सुनकर (नन्द के) के नेत्रों में आँसू छा गये।। 34।।

नंद बिदा होइ घोष सिधारौ।
बिछुरन मिलन रच्यौ बिधि ऐसौ, यह संकोच निवारौ।
कहियौ जाइ जसोदा आगैं, नैंन नीर जनि ढारौ।
सेवा करी जानि सुत अपनौ, कियौ प्रतिपाल हमारौ।
हमैं तुम्हैं अन्तर कछु नाहीं, तुम जिय ज्ञान बिचारौ।
सूरदास प्रभु यह बिनती है, उर जनि प्रीति बिसारौ।।३५।।

अर्थ—हे नन्द ! विदा होकर गाँव को प्रस्थान करो। वियोग और मिलन ब्रह्मा ने इसी तरह रचा है, इस संकोच का निवारण करो (भूल जाओ)। यशोदा के आगे जाकर कहना कि नेत्रों से जल न ढुलकायें। अपना पुत्र समझकर उन्होंने हमारी सेवा की तथा हमारा प्रतिपालन किया। हममें तुममें कुछ भी अन्तर नहीं है, तुम मन में ज्ञान का विचार करो। सूरदास के प्रभु की यह विनती है कि हृदय से प्रेम को भुला न देना।। 35।।

गोपालराइ हौं न चरन तजि जैहौं।
तुमहिं छाँड़ि मधुबन मेरे मोहन, कहा जाइ ब्रज लैहौं।
कैहौं कहा जाइ जसुमति सौं, जब सन्मुख उठि ऐहै।
प्रात समय दधि मथत छाँड़ि कै, काहि कलेऊ दैहै।
बारह बरस दियौ हम ढीठौ, यह प्रताप बिनु जाने।
अब तुम प्रगट भए बसुद्यौ-सुत, गर्ग बचन परमाने।
रिपु हति काज सबै कत कीन्हौ, कत आपदा बिनासी।
डारि न दियौ कमल कर तैं गिरि, दबि मरते ब्रजवासी।
बासर संग सखा सब लीन्हे, टेरि न धेनु चरैहौ।
क्यौं रहिहैं मेरे प्रान दरस बिनु, जब संध्या नहिं ऐहौ।
ऊरध स्वाँस चरन गति थाकी, नैन नीर भरआइ।
सूर नंद बिछुरत की वेदनि, मो पै कही न जाइ।।३६।।

अर्थ—हे गोपाल राय ! मैं चरण तजकर नहीं जाऊँगा। मेरे मोहन तुम्हें मथुरा में छोड़कर ब्रज में जाकर क्या लूँगा। यशोदा जब सम्मुख उठकर आयेंगी तो उनसे क्या कहूँगा। प्रातःकाल दही के मन्थन को छोड़कर किसे कलेवा देंगी। बारह वर्ष तक हमने (तुम्हारे) इस प्रताप को बिना जाने तुमसे धृष्टता की। अब तुम वसुदेव के पुत्र के रूप में प्रकट हुए हो, गर्ग के वचनों को (तुमने) (अपने असाधारण कृत्यों द्वारा) प्रमाणित कर दिया। शत्रुओं को मार कर सभी कार्यों को क्यों किया और आपदाएँ क्यों नष्ट कीं। कमल-कर से पर्वत को डाल क्यों न दिया (जिससे) सब ब्रजवासी मर जाते। (अब) दिन में सभी सखाओं को लेकर पुकार-पुकार कर

गायें नहीं चराओगे। जब शाम को नहीं आओगे तो दर्शन के बिना मेरे प्राण कैसे रहेंगे। (नन्द के) ऊर्ध्व उच्छ्वास (आने लगे), चरण की गति थकित हो गयी तथा नेत्रों में आँसू भर आये। आँखों में पानी आ जाने के कारण धूमिल दिखने लगा। सूरदास कहते हैं कि नन्द के बिछुड़ते समय की वेदना मुझसे कही नहीं जाती।। 36।।

(मेरे) मोहन तुमहिँ बिना नहिँ जैहौँ।
महरि दौरि आगे जब ऐहै, कहा ताहिँ मैं कैहौँ।
माखन मथि राख्यौ ह्वै है, तुम हेत, चलौ मेरे बारे।
निठुर भए मधुपुरी आइ कै, काहैँ असुरनि मारे।
सुख पायौ बसुदेव देवकी, अरु सुख सुरनि दियौ।
यहै कहत नँद गोप सखा सब, बिदरन चहत हियौ।
तब माया जड़ता उपजाई, निठुर भए जदुराइ।
सूर नंद परमोधि पठाए, निठुर ठगौरी लाइ।।३७।।

अर्थ—(मेरे) मोहन! तुम्हारे बिना मैं नहीं जाऊँगा। यशोदा दौड़कर जब आगे आयेगी तो उससे मैं क्या कहूँगा। माखन मथकर तुम्हारे लिये रखा होगा, मेरे बालक! (तुम) चलो। मधुपुरी आकर निष्ठुर हो गये हो; असुरों को (तुमने) क्यों मारा। वसुदेव देवकी ने सुख प्राप्त किया और देवताओं को (तुमने) सुख दिया। सब गोप सखा तथा नन्द यही कहते हैं कि अब हृदय फटना चाहता है। तब कृष्ण ने माया की जड़ता उत्पन्न कर दी (तथा) वे स्वयं निष्ठुर हो गये। सूरदास कहते हैं कि निष्ठुर जादू द्वारा नन्द को समझा कर भेज दिया।। 37।।

उठे कहि माधौ इतनी बात।
जिते मान सेवा तुम कीन्हौ, बदलौ दयौ न जात।
पुत्र हेत प्रतिपार कियौ तुम, जैसैं जननी तात।
गोकुल बसत हँसत खेलत मोहिँ, द्यौस न जान्यौ जात।
होहु बिदा घर जाहु गुसाईँ, माने रहियौ नात।
ठाढ़ौँ थक्यौ उतर नहिँ आवै, लोचन जल न समात।
भए बल-हीन खीन तन कंपित, ज्यौँ बयारि बस पात।
धकधकात हिय बहुत सूर उठि, चले नंद पछितात।।३८।।

अर्थ—कृष्ण ये बातें कह उठे। "तुमने जितनी अधिक (मेरी) सेवा की उसका बदला नहीं दिया जा सकता। पुत्र समझ कर तुमने माता-पिता की तरह पालन-पोषण किया। गोकुल में रहते, हँसते- खेलते मुझे दिन (बीतता) नहीं जान पड़ता था। हे गोसाईं (पूज्य) विदा होकर घर जाइये, सम्बन्ध मानते रखियेगा।" खड़े-खड़े (नन्द) थकित हो गये, कुछ उत्तर नहीं आता तथा आँखों में जल (आँसू) नहीं समाते थे, (नन्द) बलहीन तथा क्षीण हो गये। शरीर काँपने लगा जैसे हवा के वश में पत्ता हो। सूरदास कहते है कि नन्द का हृदय बहुत धधकता है तथा वह पछताते हुए चल पड़े।। 38।।

बार-बार मग जोवति माता । ब्याकुल बिनु मोहन बल-भ्राता ।।
आवत देखि गोप नंद साथा । बिबि बालक बिनु भई अनाथा ।।
धाई धेनु बच्छ ज्यौं ऐसैं । माखन बिना रहे धौं कैसैं ।।
ब्रज-नारी हरषित सब धाईं । महरि जहाँ-तहँ आतुर आईं ।।
हरषित मातु रोहिनी आई । उर भरि हलधर लेउँ कन्हाई ।।
देखे नन्द गोप सब देखे । बल मोहन कौं तहाँ न पेखे ।।
आतुर मिलन-काज ब्रज नारी । सूर मधुपुरी रहे मुरारी ।।३९।।

अर्थ—बार-बार माता रास्ता निहारती है और मोहन तथा उनके भाई बलराम के बिना व्याकुल होती है। गोपों को नन्द के साथ आते देखकर तथा (उनके साथ) दोनों बालकों को न (देख) अनाथ (असहाय) हो गयीं। गाय जैसे बछड़े को देखकर दौड़ती है, वैसे ही यशोदा दौड़ीं और पूछा कि कृष्ण मक्खन के बिना कैसे रहते हैं ? ब्रज की स्त्रियाँ हर्षित होकर दौड़ीं जहाँ-तहाँ से ग्वालिनें आतुर होकर आयीं। माता रोहिणी हर्षित होकर आयीं कि कृष्ण और बलराम को हृदय से लगा लूँ। उन्होंने नन्द को देखा, सब गोपों को देखा, लेकिन कृष्ण और बलराम को वहाँ नहीं देखा। मिलने के लिये ब्रज की नारियाँ आतुर हैं, (किन्तु) सूरदास कहते हैं कि कृष्ण तो मधुपुरी में ही रुक गये।। 39।।

उलटि पग कैसैं दीन्हौ नंद ।
छाँड़े कहाँ उभै सुत मोहन, धिक जीवन मतिमंद ।
कै तुम धन-जोबन-मद माते, कै तुम छूटे बंद ।
सुफलक-सुत बैरी भयौ हमकौं, लै गयौ आनँदकंद ।
राम कृष्न बिन कैसैं जीजै, कठिन प्रीति कै फंद ।
सूरदास मैं भई अभागिन, तुम बिनु गोकुलकंद ।।४०।।

अर्थ—(यशोदा कहती हैं) हे नन्द ! तुमने उलट कर पग कैसे रखा (अर्थात् तुम प्रत्यावर्तित कैसे हुए) ? दोनों मनमोहन पुत्रों को कहाँ छोड़ दिया? मन बुद्धि वाले ! तुम्हारा जीवन धिक्कार है ! क्या तुम धन-यौवन के मद से मत्त हो अथवा क्या तुम बन्दीगृह से छूटे हो। अक्रूर हमारे बैरी हो गये, जो आनन्दकंद कृष्ण को ले गये। बलराम और कृष्ण के बिना कैसे जीवित रहें, प्रीति का फंदा बहुत मजबूत है। सूरदास कहते हैं कि गोकुल चन्द तुम्हारे बिना मैं अभागिन हो गयी हूँ।। 40।।

दोउ ढोटा गोकुल-नायक मेरे ।
काहैं नंद छाँड़ि तुम आए, प्रान-जिवन सब केरे ।
तिनकैं जात बहुत दुख पायौ, रोर परो इहिं खेरे ।
गोसुत गाइ फिरत हैं दहुँ दिसि, वै न चरैं तृन घेरे ।

सूत मागध बदत बिरदनि, बरनि, बसुद्यौ तात।
राज-भूषन अंग भ्राजत, अहिर कहत लजात।
मातु पितु बसुदेव दैवै, नंद जसुमति नाहिँ।
यह सुनत जल नैन ढारत, मीँजि कर पछताहिँ।
मिली कुबिजा मलै लै कै, सो भई अरधंग।
सूर प्रभु बस भए ताकैँ, करत नाना रंग।।४६।।

अर्थ—ग्वालों ने जाकर ऐसा कहा। श्रेष्ठ वंश के कहलाकर कृष्ण मधुपुरी के राजा हो गये। सूत, मागध, पिता वसुदेव का वर्णन करके यशगान करते हैं। अगों में राजसी भूषण शोभित रहता है, (अब) अहिर कहने से लज्जित होते हैं। माता-पिता देवकी और वसुदेव हैं, नन्द तथा यशोदा नहीं। यह सुनते ही नेत्रों से जल गिराते हैं तथा हाथ मलकर पछताते हैं। कुब्जा चंदन लेकर कृष्ण से मिली और वह अर्धांगिनी हो गयी। प्रभु कृष्ण उसके वश होकर नाना प्रकार की क्रीड़ायें करतें हैं।। 46।।

कैसैँ री यह हरि करिहैँ।
राधा कौँ तजिहैँ मनमोहन, कहा कंस दासी धरिहैँ।
कहा कहति वह भइ पटरानी, वै राजा भए जाइ उहाँ।
मथुरा बसत लखत नहिँ कोऊ, को आयौ को रहत कहाँ।
लाज बेँचि कूबरी बिसाही, संग न छाँड़त एक घरी।
सूर जाहि परतीति न काहू, मन सिहात यह करनि करी।।४७।।

अर्थ—यह (कर्म) कृष्ण कैसे करेंगे, क्या राधा को छोड़ देंगे और कंस की दासी को स्वीकार कर लेंगे ? कैसे कहती हो कि पटरानी हो गयी, जहाँ वे कृष्ण राजा हो गये। मथुरा में रहते हुए किसी को देखते नहीं थे कि कौन आया। कौन रहता है। लाज बेचकर कुबरी ने खरीद लिया, एक घड़ी भी साथ नहीं छोड़ती। सूरदास कहते हैं (गोपियाँ कहती हैं) कि जिसका किसी को विश्वास नहीं, (उस कुब्जा ने) ऐसी करनी की कि मन में ईर्ष्या होती है।। 47।।

कुबिजा नहिँ तुम देखी है।
दधि बेचन जब जाति मधुपुरी, मैँ नीकैँ करि पेषी है।
महल निकट माली की बेटी, देखत जिहिँ नर-नारि हँसैँ।
कोटि बार पीतरि जौ दाहौ, कोटि बार जो कहा कसैँ।
सुनियत ताहि सुन्दरी कीन्ही, आपु भए ताकौँ राजी।
सूर मिलै मन जाहि जाहि सौँ, ताकौ कहा करै काजी।।४८।।

अर्थ—कुबरी को क्या तुमने नहीं देखा ? दही बेचने के लिये जब मधुपुरी जाती थी। (उसी समय) मैंने उसे अच्छी तरह देखा था। (वह) महल के निकट माली की बेटी है जिसे देखकर नर-नारी हँसते हैं। करोड़ों बार यदि (कोई) पीतल तपाये (और उसे) करोड़ों बार कोई

(कसौटी पर) कसे तो क्या ? (पीतल की रेखा तपाये सोने जैसी सुन्दर रेखा क्या कसौटी पर बना सकती है ?)। सुनती हूँ कि उसे सुन्दरी कर दिया और स्वयं उस पर मुग्ध हो गये। सूरदास कहते हैं (गोपियाँ कहती हैं) कि जिसका जिससे मन मिल जाय उसका काजी क्या कर सकता है ?।। 48।।

कोटि करौ तनु प्रकृति न जाइ।
ए अहीर वह दासी पुर की, बिधिना जोरी भली मिलाइ।
ऐसेन कौं मुख नाउँ न लीजै, कहा करौं कहि आवत मोहिं।
स्यामहिं दोष किधौं कुबिजा कौ, यहै कहौ मैं बूझति तोहिं।
स्यामहिं दोष कहा कुबिजा कौ, चेरी चपल नगर उपहास।
टेढ़ी टेकि चलति पग धरनी, यह जानै दुख सूरजदास ।।४६।।

अर्थ—करोड़ों उपाय (कोई) करे, शरीर का स्वभाव नहीं जाता। यह अहीर और वह नगर की दासी, ब्रह्मा ने अच्छी जोड़ी मिलायी। ऐसे लोगों का तो मुख से नाम नहीं लेना चाहिएं, क्या करूँ मुझे कहना ही पड़ता है। कृष्ण का दोष है या कुब्जा का, यही कहो मैं तुमसे पूँछती हूँ। कृष्ण का ही दोष है, कुब्जा का क्या, वह चपल दासी तो नगर में उपहास योग्य है ही। वह टेढ़े अंग वाली पृथ्वी पर पैर टेक कर चलती है। यह दुख (स्पष्ट ही) सूरदास जानते हैं।। 49।।

कंस बध्यौ कुबिजा कैं काज।
और नारि हरि कौं न मिली कहुँ, कहा गँवाई लाज।
जैसैं काग हंस की संगति, लहसुन संग कपूर।
जैसैं कंचन काँच बराबरि, गेरू काम सिंदूर।
भोजन साथ सूद्र बाम्हन के, तैसौ उनकौ साथ।
सुनहु सूर हरि गाइ चरैया, अब भए कुबिजानाथ ।।५०।।

अर्थ—कुब्जा के लिए ही (कृष्ण) ने कंस का बध किया ! कृष्ण को कहीं और कोई स्त्री न मिली, लज्जा कैसे गँवा दी। जैसे कौवा हंस के साथ, लहसुन के साथ कपूर, जैसे सोना काँच के बराबर हो, गेरू सिन्दूर का काम (करे), शूद्र ब्राह्मण के साथ भोजन करे वैसा ही उनका (कृष्ण और कुब्जा का) साथ है। सूरदास कहते हैं कि गाय चराने वाले हरि अब कुब्जा-पति हो गये हैं।। 50।।

वै कह जानैं पीर पराई।
सुंदर स्याम कमल-दल लोचन, हरि हलधर के भाई।
मुख मुरली सिर मोर पखौवा, बन बन धेनु चराई।
जे जमुना जल रंग रँगे हैं, अजहुँ न तजत कराई।
वहई देखि कूबरी भूले, हम सब गईं बिसराई।
सूरज चातक बूँद भई है, हेरत रहे हिराई ।।५१।।

अर्थ—वे दूसरे की पीड़ा क्या जानें ! वे कमल-दल के समान नेत्र वाले श्याम सुन्दर हलधर के भाई हैं। मुख पर मुरली तथा सिर पर मोर के पंख (रखकर) वे वन-वन गाय चराते थे। जिन्होंने यमुना के जल में अनेक क्रीड़ायें की, जिनकी कालिमा आज भी नहीं गयी। वे ही

कुबरी को देखकर मोह गये और (उन्होंने) हम सबको भुला दिया। सूरदास कहते हैं कि (हमारी मति) चातक की बूँद (जैसी) (अलभ्य) हो गयी है। उसे खोजते-खोजते हम अपने को ही खो बैठे।। 51 ।।

तब तैं मिटे सब आनंद।
या ब्रज के सब भाग संपदा, लै जु गए नँदनंद।
विह्वल भई जसोदा डोलति, दुखित नंद उपनंद।
धेनु नहीं पय स्रवतिं रुचिर मुख, चरतिं नहीं तृण कंद।
विषम बियोग दहत उर सजनी, बाढ़ि रहे दुख दंद।
सीतल कौन करै री माई, नाहिँ इहाँ ब्रजचंद।
रथ चढ़ि चले गहे नहिँ काहू, चाहि रहीं मतिमंद।
सूरदास अब कौन छुड़ावै, परे बिरह कैं फंद ।।५२।।

अर्थ—तब से सब आनन्द मिट गये। इस ब्रज की समस्त भाग्य सम्पत्ति कृष्ण लेकर चले गये। विह्वल होकर यशोदा घूमती फिरती हैं, नन्द और उपनन्द दुःखी हैं। गायें (थनों से) दूध नहीं छोड़तीं, रुचिर मुख से घास-फूस नहीं चरतीं। हे सखी ! विषम-वियोग हृदय को जला रहा है, दुख और द्वन्द्व की वृद्धि हो गयी है। हे सखी ! (हृदय को) कौन शीतल करे, क्योंकि ब्रज के चन्द्रमा (कृष्ण) यहाँ नहीं हैं। (जब) (वे) रथ पर चढ़कर चले (तो) किसी ने उन्हें नहीं पकड़ा (रोका); अब (हम) मंदी मति (उन्हीं को) देख रही हैं। सूरदास कहते है (गोपियाँ कहती हैं) अब हमें विरह के फन्दे से कौन छुड़ाये।। 52 ।।

इक दिन नंद चलाई बात।
कहत सुनत गुन राम कृष्न कै, ह्वै आयौ परभात।
वैसैंहि भोर भयौ जसुमति को, लोचन जल न समात।
सुमिरि सनेह बिहरि उर अंतर, ढरि आवत ढरि जात।
जद्यपि वै बसुदेव देवकी, हैं निज जननी तात।
बार एक मिलि जाहु सूर प्रभु, धाई हू कैं नात ।।५३।।

अर्थ—एक दिन नन्द ने बात चलायी। कृष्ण और बलराम के गुण को कहते-सुनते सवेरा हो गया। वैसे ही यशोदा को भी सबेरा हो गया उनकी आँखों में आँसू नहीं समाते। स्नेह का स्मरण करने से उनका हृदय फट जाता है और (आँसू) ढल आता है और ढल जाता है। यद्यपि वे वसुदेव-देवकी तेरे माता-पिता हैं, लेकिन कृष्ण एक बार धाय के नाते ही (आकर) मिल जाओ।। 53 ।।

चूक परी हरि की सेवकाई।
यह अपराध कहाँ लौं बरनौं, कहि कहि नंद महर पछिताई।

कोमल चरन-कमल कंटक कुस, हम उन पै बन गाइ चराई।
रंचक दधि कै काज जसोदा, बाँधे कान्ह उलूषन लाई।
इंद्र-प्रकोप जानि ब्रज राखे, बरुन फाँस तैं मोहिं मुकराई।
अपने तन-धन-लोभ कंस-डर, आगैं कै दीन्हे दोउ भाई।
निकट बसत कबहुँ न मिलि आयौ, इते मान मेरी निठुराई।
सूर अजहुँ नातौ मानत हैं, प्रेम सहित करैं नंद-दुहाई ॥५४॥

अर्थ—कृष्ण की सेवा में चूक हो गयी। इस अपराध का कहाँ तक वर्णन करूँ: ऐसा कह कर महर नंद पछताते हैं। कोमल चरण-कमल (वाले कृष्ण) से हमने कुश, कंटक से युक्त वन में गाय चरवाया। तनिक से दही के कारण यशोदा ने उन्हें ओखली से लाकर बाँधा। इन्द्र के प्रकोप को जानकर (कृष्ण ने) व्रज की रक्षा की, वरुण के फन्दे से मुक्त किया। अपने तन-धन के लोभ से तथा कंस के डर से दोनों भाइयों को (कंस के) आगे कर दिया। निकट ही तो थे, (किन्तु) इतनी बड़ी निष्ठुरता हममें थी कि कभी मिल नहीं आया। सूरदास कहते हैं कि (कृष्ण) अभी भी नाता मानते हैं, प्रेम सहित नन्द की दुहाई देते (रहते) हैं।। 54।।

लै आवहु गोकुल गोपालहिं।
पाइँनि परि क्यौं हूँ बिनती करि, छल बल बाहु बिसालहिं।
अब की बार नैंकु दिखरावहु, नंद आपने लालहिं।
गाइनि गनत ग्वार गोसुत सँग, सिखवत बैन रसालहिं।
जद्यपि महाराज सुख संपति, कौन गनै मनि लालहिं।
तदपि सूर वै छिन न तजत हैं, वा घुँघची की मालहिं ॥५५॥

अर्थ—कृष्ण को गोकुल ले जाओ। पाँव पड़कर, विनती करके, छल से (या) बलपूर्वक किसी प्रकार विशाल भुजाओं (वाले) (कृष्ण को) (ले जाओ)। अब की बार हे नन्द ! तनिक अपने लाल को दिखा दो। ग्वाल-बछड़ों के साथ गाय की गिनती करते थे तथा रसयुक्त वाणी (सबको) सिखाते थे। यद्यपि वे सुख-सम्पत्ति के महाराज हैं, (उनके यहाँ) मणि और लालों की गिनती कौन करे: फिर भी वे (कृष्ण) घुंघची की माला कभी नहीं त्यागते।। 55।।

हौं तौ माई मथुरा ही पै जैहौं।
दासी ह्वै बसुदेव राइ की, दरसन देखत रैहौं।
राखि राखि एते दिवसनि मोहिं, कहा कियौ तुम नीकौ।
सोऊ तौ अक्रूर गए लै, तनक खिलौना जी कौ।
मोहिं देखि कै लोग हसैंगे, अरु किन कान्ह हँसै।
सूर असीस जाई दैहौं, जनि न्हातहु बार खसै ॥५६॥

अर्थ—सखी ! मैं तो मथुरा ही जाऊँगी। वसुदेव राजा की दासी होकर (कृष्ण) को देखती रहूँगी। इतने दिनों मुझे रख-रखकर मेरी कौन सी भलाई तुमने की। उन्हें तो अक्रूर लेकर गये,

जो तनिक प्राणों के लिये खिलौने (बहलाने वाले) थे। मुझे देखकर लोग हँसी करेंगे और कृष्ण (ही) क्यों न हँसे। सूरदास कहते हैं (गोपी कहती है) कि जाकर कृष्ण को आशीर्वाद दूँगी कि नहाते समय भी उनका (कोई) बाल बाँका न हो।। 56।।

पंथी इतनी कहियौ बात।
तुम बिनु इहाँ कुँवर वर मेरे, होत जिते उतपात।
बकी अधासुर टरत न टारे, बालक बनहिँ न जात।
ब्रज पिंजरी रुधि मानौ राखे, निकसन कौँ अकुलात।
गोपी गाइ सकल लघु दीरघ, पीत बरन कृस गात।
परम अनाथ देखियत तुम बिनु, केहिँ अवलंबै तात।
कान्ह कान्ह कै टेरत तब धौँ, अब कैसैँ जिय मानत।
यह व्यवहार आजु लौँ है ब्रज, कपट नाट छल ठानत।
दसहूँ दिसि तैँ उदित होत हैँ, दावानल के कोट।
आखिनि मूँदि रहत सनमुख ह्वै, नाम-कवच दै ओट।
ए सब दुष्ट हते हरि जेते, भए एकहीँ पेट।
सत्वर सूर सहाइ करौ अब, समुझि पुरातन हेट।।५७।।

अर्थ—पथिक ! जाकर इतनी (बात) कहना कि हे श्रेष्ठ कुँवर! तुम्हारे बिना यहाँ बड़ा उत्पात होता है। बकासुर तथा अघासुर टाले नहीं टलते, (जिसके कारण) बालक वन नही जाते। ब्रज रूपी पिंजड़े में मानो (वे) घेर कर रखे गये हैं तथा निकलने के लिये अकुलाते हैं। गोपी-गाय सभी छोटे बड़े पीले वर्ण के (तथा) दुबले हो गये हैं। तुम्हारे बिना सब परम अनाथ जान पड़ते हैं, हे तात ! (वे) किसका अवलंब ग्रहण करें। तब तो कान्ह-कान्ह कहकर पुकारते थे, अब जी कैसे माने। यह व्यवहार आज तक ब्रज में है, (शत्रु) कपट तथा छल का नाटक ठानते हैं। दशों दिशाओं से दावाग्नि का समूह उदित होता है। सम्मुख होकर नाम रूपी कवच का ओट ग्रहण करके, आँखें बन्द करके (सब) रह जाते हैं। एक ही पेट से ये सब दुष्ट उत्पन्न (हुए थे) जिन्हें हरि ने नष्ट किया था। सूरदास कहते हैं कि (गोपी कहती है) पुराने प्रेम का स्मरण कर कृष्ण शीघ्र सहायता करो।। 57।।

सँदेसौ देवकी सौँ कहियौ।
हौँ तौ धाइ तिहारे सुत की, मया करत ही रहियौ।
जदपि टेव तुम जानतिँ उनकी, तऊ मोहिँ कहि आवै।
प्रात होत मेरे लाल लड़ैतै, माखन रोटी भावै।
तेल उबटनौ अरु तातौ जल, ताहि देखि भजि जातै।
जोइ जोइ माँगत सोइ सोइ देती, क्रम क्रम करि कै न्हाते।

सूर पथिक सुनि मोहिं रैनि दिन, बढ़चौ रहत उर सोच।
मेरौ अलक लड़ैतौ मोहन, ह्वै है करत सँकोच ।।५८।।

अर्थ—देवकी से यह संदेश कहना। मैं तो तुम्हारे पुत्र की धाय ही हूँ, किन्तु (तुम) प्रेम करते ही रहना। यद्यपि तुम उनकी जिद जानती हो तो भी मुझे कहना ही पड़ रहा है कि प्रातः होते ही मेरे लाल को माखन-रोटी ही अच्छी लगती है। तेल उबटन तथा गर्म जल देखकर भाग जाते थे। जो-जो माँगते थे वही-वही देती थी, (तब कहीं) क्रम-क्रम (कठिनाई) से नहलाती थी। सूरदास कहते हैं (यशोदा कहती हैं) कि पथिक सुनो! मेरे हृदय में दिन-रात (इस बात का) सोच बढ़ता है कि मेरा दुलारा पुत्र संकोच करता होगा।। 58।।

मेरे कुँवर कान्ह बिनु सब कुछ, वैसैहिं धर्‌यौ रहै।
को उठि प्रात होत लै माखन, को कर नेति गहै।
सूने भवन जसोदा सुत के, गुन गुनि सूल सहै।
दिन उठि घर घेरत ही ग्वारिनि, उरहन कोउ न कहै।
जो ब्रज मैं आनंद हुतौ, मुनि मनसा हू न गहै।
सूरदास स्वामी बिनु गोकुल, कौड़ी हू न लहै ।।५९।।

अर्थ—मेरे कुँवर कृष्ण के बिना सब कुछ वैसे ही रखा रहता है। प्रातः उठकर कौन माखन ले और हाथ में रई की रस्सी ग्रहण करे। पुत्र से शून्य घर में (पुत्र की) याद करके यशोदा दुख सहती हैं। दिन में उठकर ग्वालिनियाँ घर घेरती थीं, (किन्तु) अब कोई शिकायत नहीं करता। ब्रज में जो आनन्द था उसे मुनि मन भी नहीं सोच पाते। सूरदास कहते हैं (यशोदा कहती हैं) कि कृष्ण के बिना गोकुल कौड़ी के बराबर आनन्द भी नहीं देता।। 59।।

गोपी विरह

चलत गुपाल कैं सब चले।
यह प्रीतम सौं प्रीति निरंतर, रहे न अर्ध पले।
धीरज पहिल करी चलिबैं की, जैसी करत भले।
धीर चलत मेरे नैननि देखे, तिहिं छिनि आँसु हले।
आँसु चलत मेरी बलयनि देखे, भए अंग सिथिले।
मन चलि रह्यौ हुतौ पहिलैं ही, चले सबै बिमले।
एक न चलै प्रान सूरज प्रभु, अस लेहु साल सले ।।६०।।

अर्थ—कृष्ण के चलते समय सभी (अंग) चल पड़े। प्रीतम से निरंतर प्रीति के कारण (कोइ) आधे पल भी नहीं रुके। चलने के लिए धैर्य ने पहल की: जैसे भले आदमी करते हैं नेत्रों ने धैर्य को जाते देखा तो उसी क्षण (नेत्रों से) आँसू बहने लगे, आँसुओं के चलते ही मेरे बलयों (चूड़ियों) ने देखा, और (वे भी) अंग में शिथिल हो गये (कलाइयों के पतली पड़ जाने के कारण चूड़ियाँ भी हाथ से गिर गईं!) मन तो पहले ही चल चुका था; (इस प्रकार) सभी

पवित्र लोग चले गये। सूरदास कहते हैं (कि) (यद्यपि) बिना छेद किये हुए (अ-सालेहु) (अर्थात् अत्यन्त कठोर जड़ पदार्थ भी) (कृष्ण के विरह की) पीड़ा (साल) से बिंध गये (द्रवीभूत हो गये), (किन्तु) अकेले प्राण ही (अभी तक) नहीं चले (अर्थात् प्राणों का अन्त अभी नहीं हुआ !)।। 60।।

करि गए थोरे दिन की प्रीति।
कहँ वह प्रीति कहाँ यह बिछुरनि, कहँ मधुबन की रीति।
अब की बेर मिलौ मनमोहन, बहुत भई बिपरीति।
कैसैं प्रान रहत दरसन बिनु, मनहु गए जुग बीति।
कृपा करहु गिरिधर हम ऊपर, प्रेम रह्यौ तन जीति।
सूरदास प्रभु तुम्हरे मिलन बिनु, भईं भुस पर की भीति।।६१।।

अर्थ—(कृष्ण) थोड़े दिन का प्रेम करके चले गये। कहाँ वह प्रेम और कहाँ यह वियोग, और कहाँ मधुवन का व्यवहार (ये सब आश्चर्य उत्पन्न करने वाले हैं)। अब की बार कृष्ण फिर मिलो क्योंकि हमारी दशा बहुत विपरीत हो गयी है। प्राण दर्शन के बिना कैसे रहते हैं, (लगता है) मानो युग बीत गया हो। कृष्ण हम पर कृपा करो क्योंकि प्रेम ने (हमारे शरीर पर) विजय पा ली है। सूरदास कहते हैं (गोपियाँ कहती हैं) कि कृष्ण ! तुम्हारे मिलन के बिना हम भूसे पर की दीवार के समान हो गयी हैं।। 61।।

प्रीति करि दीन्ही गरैं छुरी।
जैसैं बधिक चुगाइ कपट-कन, पाछैं करत बुरी।
मुरली मधुर चेप काँपा करि, मोर चंद्र फँदवारि।
बंक बिलोकनि लगी, लोभ बस, सकी न पंख पसारि।
तरफत छाँड़ि गए मधुबन कौं, बहुरि न कीन्ही सार।
सूरदास प्रभु संग कल्पतरु, उबटि न बैठी डार।।६२।।

अर्थ—प्रेम करके गले में छूरी लगा दी। जिस प्रकार बधिक कपट रूपी दाने चुगाकर (पकड़ लेने) के बाद बुरी (गत) बनाता है। (वैसे ही कृष्ण ने) मुरली तथा मधुर ध्वनि को क्रमश। लासा तथा बाँस की तीली बनाकर, (मुकुट के) मोर-चन्द्र के फंदे को डाल दिया। (हम लोग) लोभ वश टेढ़ी चितवन रूपी लग्गी (के कारण) पंखों को फैला न सकीं (अर्थात् हिल-डुल न सकीं)। फिर (कृष्ण) (हमें फँसाकर) तड़पती हुई छोड़कर मथुरा चले गये और फिर स्मरण नहीं किया। सूरदास कहते हैं (गोपियाँ कहती हैं) कि प्रभु संग रूपी कल्पतरु को छोड़कर हम उलटकर उस डाल पर न बैठ सकीं।। 62।।

नाथ अनाथनि की सुधि लीजै।
गोपी, ग्वाल, गाइ, गोसुत सब, दीन मलीन दिनहिं दिन छीजै।
नैननि जलधारा बाढ़ी अति, बूड़त ब्रज किन कर गहि लीजै।
इतनी बिनती सुनहु हमारी, बारक हूँ पतिया लिखि दीजै।

चरन कमल दरसन नव नवका, करुनासिंधु जगत जस लीजै ।
सूरदास प्रभु आस मिलन की, एक बार आवन ब्रज कीजै ।।६३।।

अर्थ—स्वामी ! (हम) अनाथों की याद कीजिये। गोपी, ग्वाल, गाय, बछड़े सभी दीन, मलिन हो गये हैं तथा दिन प्रति दिन क्षीण होते जा रहे हैं। नैनों में जल धारा इतनी बढ़ गयी है कि डूबते हुए ब्रज का हाथ पकड़ कर क्यों नहीं रक्षा कर लेते ? इतनी ही हमारी बिनती सुन लो, (कम से कम) एक बार पत्र तो लिख दीजये। नवीन चरण कमल के दर्शन रूपी नयी नौका देकर हे करुणा के सागर ! जग में यश लीजिए ! सूरदास कहते हैं कि (गोपियाँ कहती हैं) कि मिलन की आशा (अभी विद्यमान है)। एक बार ब्रज आगमन तो कीजिए।। 63।।

देखियत कालिंदी अति कारी ।
अहौ पथिक कहियौ उन हरि सौं, भयी बिरह जुर जारी ।
गिरि-प्रजंक तैं गिरति धरनि धसि, तरँग तरफ तन भारी ।
तट बारू उपचार चूर, जल-पूर प्रस्वेद पनारी ।
बिगलित कच कुस काँस कुल पर, पंक जू काजल सारी ।
भौंर भ्रमत अति फिरति भ्रमित गति, निसि दिन दीन दुखारी ।
निसि दिन चकई पिय जु रटति है, भई मनौ अनुहारी ।
सूरदास-प्रभु जो जमुना गति, सो गति भई हमारी ।।६४।।

अर्थ—यमुना अत्यन्त काली दिखाई देती है। हे पथिक ! उस हरि से कहना कि (यमुना) विरह के ज्वर में जल गयी है। पर्वत रूपी पलंग से (यह) पृथ्वी पर गिरती है तथा उसके तन में तरंग रूपी भारी तड़पन होती है। तट की बालू का चूर्ण ही उपचार का चूर्ण है, (यमुना की) जल-धारा ही निकलने वाला पसीना है। तट पर के कुस तथा काँश उसके विखरे हुए केश हैं। पंक (कीचड़) ही (काली) मैली साड़ी है। भौंरे भ्रमित होकर इधर-उधर फिरते रहते हैं। (यही यमुना की भ्रमित मन की दशा है) वह दुखी होकर इधर-उधर (घूमती है) दिवारात्रि चकई जो 'पी-पी' की रट लगाती रहती है, वह मानो उसकी अन्तर्व्यथा सूचित करती है (प्रियतम-प्रियतम की रट लगाने वाली मुद्रा घोषित कर रही है) सूरदास कहते हैं (गोपियाँ कहती हैं) कि जो यमुना की दशा है वैसी ही हमारी भी दशा हो गई है।। 64।।

परेखौ कौन बोल कौ कीजै ।
ना हरि जाति न पाँति हमारी, कहा मानि दुख लीजै ।
नाहिँन मोर-चन्द्रिका माथैं, नाहिँन उर बरमाल ।
नहिँ सोभित पहुँपनि के भूषन, सुन्दर स्याम तमाल ।
नंद-नँदन गोपी-जन-बल्लभ, अब नहिँ कान्ह कहावत ।
बासुदेव, जादवकुल-दीपक, बन्दी जन बरनावत ।

बिसरयौ सुख नातौ गोकुल कौ, और हमारे अंग।
सूर स्याम वह गई सगाई, वा मुरली कैं संग ॥६५॥

अर्थ—उनकी किस बात का पश्चात्ताप किया जाये। कृष्ण हमारी जाति-पाँति के तो हैं नहीं, (हम) क्या समझकर दुखी हों। न तो उनके सिर पर मयूर चन्द्रिका वाला मुकुट है, न हृदय पर वनमाल है। तमाल (वृक्ष) (जैसे) श्याम सुन्दर पर पुष्पों के आभूषण शोभित नहीं हैं। अब कृष्ण-नन्द नन्दन तथा गोपीजन-बल्लभ नहीं कहे जाते हैं। (अब वे) बन्दी जनों से वासुदेव के पुत्र तथा यादव कुल के दीपक के रूप में वर्णित किये जाते हैं। उन्होंने गोकुल के सुख-सम्बन्धों को तथा हमारे अंगों को भुला दिया। सूरदास कहते हैं (गोपियाँ कहती हैं) कि मुरली के साथ हमारी श्याम सगाई समाप्त हो गयी।। 65।।

अब वै बातैं उलटि गईं।
जिन बातनि लागत सुख आली, तेऊ दुसह भईं।
रजनी स्याम स्याम सुन्दर सँग, अरु पावस की गरजनि।
सुख समूह की अवधि माधुरी, पिय रस बस की तरजनि।
मोर पुकार गुहार कोकिला, अलि गुंजार सुहाई।
अब लागति पुकार दादुर सम, बिनही कुँवर कन्हाई।
चन्दन चन्द समीर अगिन सम, तनहिँ देत दव लाई।
कालिन्दी अरु कमल कुसुम सब, दरसन ही दुखदाई।
सरद बसंत सिसिर अरु ग्रीषम, हिम-रितु की अधिकाई।
पावस जरैं सूर के प्रभु बिनु, तरफत रैन बिहाई ॥६६॥

अर्थ—(गोपियाँ कहती हैं) अब वे सभी बातें उलटी हो गईं। हे सखी! जिन बातों से सुख मिलता था वे भी दुःसह हो गयीं। पावस की गरज तथा श्याम सुन्दर के साथ काली रात (अब तो भयावह है)। प्रेमाभिभूत होकर प्रिय की डाँट मधुर सुख-पुंज की सीमा (थी)। (उस समय की) मोर की पुकार तथा कोयल की कूक तथा भ्रमर का गुंजन अब कृष्ण के विरह में मेढक की (कर्कश) आवाज के समान जान पड़ती है। चंदन, चन्द्रमा (तथा) (शीतल) समीर आग के समान तन में दावाग्नि लगा देते हैं। यमुना और कमल पुष्प सर्व दर्शन से ही दुखदायी लगते हैं। शरद, बसन्त, शिशिर और ग्रीष्म (आदि में) हिम ऋतु की ही अधिकता है। पावस भी कृष्ण के बिना जलता हुआ प्रतीत होता है, तड़पते हुए ही रात बिताती हूँ।। 66।।

मिलि बिछुरन की बेद न न्यारी।
जाहि लगै सोई पै जानै, बिरह-पीर अति भारी।
जब यह रचना रची बिधाता, तबहीं क्यौं न सँभारी।
सूरदास-प्रभु काहैं जिवाई, जनमत ही किन मारी ॥६७॥

अर्थ—(प्रिय से) मिलकर बिछुड़ने की वेदना अनोखी है। विरह की भारी पीड़ा जिसे लगती है वही जानता है। जब यह रचना ब्रह्मा ने रची तो उसे उसी समय क्यों नहीं सम्हाला। सूरदास कहते हैं (गोपियाँ कहती हैं) कि प्रभु ने क्यों जिलाया, जन्म होते ही क्यों नहीं मार डाला।। 67।।

मधुबन तुम क्यौं रहत हरे।
बिरह बियोग स्याम सुन्दर के, ठाढ़े क्यौं न जरे।
मोहन बेनु बजावत द्रुम तर, साखा टेकि खरे।
मोहे थावर अरु जड़ जंगम, मुनि जन ध्यान टरे।
वह चितवनि तू मन न धरत है, फिरि फिरि पुहुप धरे।
सूरदास प्रभु बिरह दवानल, नख सिख लौं न जरे।।६८।।

अर्थ—मधुवन! तुम कैसे हरे रहते हो। कृष्ण के वियोग की पीड़ा से तुम खड़े-खड़े क्यों नहीं जल गये। कृष्ण तुम्हारे नीचे शाखा को पकड़कर खड़े होते थे तथा वंशी बजाते थे जिससे स्थावर तथा जंगम सभी मोहित हो जाते थे और मुनियों का ध्यान टूट जाता था। वह दृष्टि तू मन में नहीं लाता, तू बार-बार पुष्प धारण करता है। सूरदास कहते हैं कि प्रभु (कृष्ण) के विरह रूपी दावाग्नि से तुम नख-शिख तक जल क्यों नहीं गये।। 68।।

बहुरी देखिबौ इहिं भाँति।
असन बाँटत खात बैठे, बालकन की पाँति।
एक दिन नवनीत चोरत, हौं रहौ दूरि जाइ।
निरखि मम छाया भजे, मैं दौरि पकरे धाइ।
पोंछि कर मुख लई कनियाँ, तब गई रिस भागि।
वह सुरति जिय जाति नाहीं, रहे छाती लागि।
जिन घरनि वह सुख बिलोक्यौ, ते लगत अब खान।
सूर बिनु ब्रजनाथ देखे, रहत पापी प्रान।।६९।।

अर्थ—फिर (कभी) (क्या) इस तरह देखूँगी? बालकों की पंक्ति में (कृष्ण) भोजन बाँटकर खाते हैं। एक दिन मक्खन चुराते समय, मैं जाकर छिप गयी। मेरी छाया देखकर (कृष्ण) भगे, मैंने दौड़कर पकड़ लिया। हाथ से मुख पोंछकर (उन्हें) गोद में ले लिया, तब क्रोध समाप्त हो गया। वह स्मृति जी से जाती नहीं, सदैव छाती से लगी रहती है। जिन घरों में उस सुख को देखा था वे अब काट खाते हैं। सूरदास कहते हैं कि कृष्ण को देखे बिना पापी प्राण कैसे रहते हैं।। 69।।

कब देखौं इहिं भाँति कन्हाई।
मोरनि के चँदवा माथे पर, काँध कामरी लकुट सुहाई।
बासर के बीतैं सुरभिन सँग, आवत एक महाछवि पाई।
कान अँगुरिया घालि निकट पुर, मोहन राग अहीरी गाई।

क्यौं हूँ न रहत प्रान दरसन बिनु, अब किस जतन करै री माई।
सूरदास स्वामी नहिं आए, बदि जु गए अवध्यौऽब भराई ।।७०।।

अर्थ—इस तरह कृष्ण को कब देखूँगी। (कृष्ण के) मस्तक पर मोरों के चँदवा, कन्धे पर कमरी तथा (हाथ में) लकुटी शोभित हो। दिन बीतने पर गायों के साथ आते हुए एक महाछवि पाते थे। कान में अंगुली डालकर कृष्ण गाँव के निकट अहोरी राग गाते थे। प्राण दर्शन के बिना कैसे भी नहीं रहते, अब सखी क्या यत्न करें। सूरदास के स्वामी (कृष्ण) जो अवधि निश्चित कर गये थे, वह भी पूरी हो रही है, (लेकिन) वे आये नहीं।। 70।।

गोपालहिं पावौं धौं किहिं देस।
सिंगी मुद्रा कर खप्पर लै, करिहौं जोगिनि भेस।
कंथा पहिरि बिभूति लगाऊँ, जटा बँधाऊँ केस।
हरि कारन गोरखहिं जगाऊँ, जैसैं स्वाँग महेस।
तन मन जारौं भस्म चढ़ाऊँ, बिरहा के उपदेस।
सूर स्याम बिनु हम हैं ऐसी, जैसैं मनि बिनु सेस ।।७१।।

अर्थ—गोपाल को किस देश में प्राप्त करूँ। श्रृंगी, मुद्रा और हाथ में खप्पर लेकर योगिनी का वेष बनाऊँ। भगवा पहन कर भस्म लगाऊँगी और बालों की जटा बना लूँगी। कृष्ण के लिए गोरख को जागउँगी जैसे शंकर जी का स्वांग (रचित होता है।) तन-मन जलाकर भस्म चढ़ाऊँगी, विरह का उपदेश (सुनूँगी)। सूरदास कहते हैं कि कृष्ण के बिना हम उसी तरह हैं जैसे मणि बिना सर्प हो।। 71।।

फिरि ब्रज बसौ गोकुलनाथ।
अब न तुमहिं जगाइ पठवैं, गोधननि के साथ।
बरजैं न माखन खात कबहूँ, दह्यौ देत लुटाइ।
अब न देहिं उराहनौ, नँद-घरनि आगैं जाइ।
दौरि दावरि देहिं नहिं, लकुटी जसोदा पानि।
चोरी न देहिं उघारिककै, औगुन न कहिहैं आनि।
कहिहैं न चरननि देन जावक, गुहन बेनी फूल।
कहिहैं न करन सिंगार कबहूँ, बसन जमुना कूल।
करिहैं न कबहूँ मान हम, हठिहैं न माँगत दान।
कहिहैं न मृदु मुरली बजावन, करन तुमसौं गान।
देहु दरसन नंद-नंदन, मिलन की जिय आस।
सूर हरि के रूप कारन, मरत लोचन प्यास ।।७२।।

अर्थ—कृष्ण फिर ब्रज में निवास करो। अब तुम्हें जगाकर गायों के साथ नहीं भेजेंगी। मक्खन खाते हुए (तथा) दही लुढ़काने में कभी रोकेंगी नहीं। अब यशोदा के आगे जाकर शिकायत नहीं करेंगी। अब दौड़कर यशोदा के हाथ में रस्सी (तथा) लकुटी नहीं देंगी। चोरी का

उद्घाटन नहीं करेंगी तथा दूसरों से अवगुण का कथन नहीं करेंगी। (तुम से) चरणों में महावर लगाने को तथा वेणी में फूल गूथने को नहीं कहेंगी। कभी श्रृंगार करने की तथा यमुना के किनारे बसने को नहीं कहेंगी। हम कभी मान नहीं करेंगी तथा दान माँगने का हठ नहीं करेंगी। तुमसे मधुर मुरली बजाने (तथा) गाने को नहीं कहेंगी। हे नन्द-नन्दन दर्शन दीजिये क्योंकि प्राणों में मिलने की आशा पल रही है। सूर कहते हैं कि हरि के रूप के कारण नेत्र प्यासे मरते हैं।। 72।।

काहैं पीठि दई हरि मोसौं।
तुमही पीठि भावते दीन्हीं, कौर कहा कहि कोसौं।
मिलि बिछुरे की पीर सखी री, राम सिया पहिचाने।
मिलि बिछुरे की पीर सखी री, पय पानो उर आने।
मिलि बिछुरे की पीर कठिन है, कहैं न कोऊ मानै।
मिलि बछुरे की पीर सखी री, बिछुरयौ होइ सो जानै।
बिछुरे रामचंद्र औ दसरथ, प्रान तजे छिन माहीं।
बिछुरयौ पात गिरयौ तरुवर तैं, फिरि न लगै उहि ठाहीं।
बिछुरयौ हंस काय घटहूँ तैं, फिरि न आव घट माहीं।
मैं अपराधिनि जीवत बिछुरी, बिछुरयौ जीवत नाहीं।
नाद कुरंग मीन जल बिछुरे, होइ कीट जरि खेहा।
स्याम बियोगिनि अतिहिं सखी री, भई साँवरी देहा।
गरजि गरजि बादर उनये हैं, बूंदनि बरषत मेहा।
सूरदास कहु कैसैं निबहैं, एक ओर कौ नेहा।।७३।।

अर्थ—कृष्ण हमसे क्यों विमुख हो गये। ये प्रिय ! (भावते) तुम्हीं ने पीठ दी है। (बताओ) और किसे कोसूँ? हे सखी ! मिलकर बिछुड़ने की पीड़ा को राम तथा सीता ने पहचाना था। सखी ! मिलकर बिछुड़ने की पीड़ा को दूध तथा पानी ने मनोगत किया है। मिलकर बिछुड़ने की पीड़ा कठिन है, कहने से कोई मानता नहीं है। मिलकर बिछुड़ने की पीड़ा को वही जान सकता है जो वियोगी हुआ हो। राम चन्द्र और दशरथ बिछुड़े थे, (दशरथ ने) क्षण भर में प्राण छोड़ दिया। वृक्ष से बिछुड़ा हुआ पत्ता फिर उस वृक्ष से नहीं लगता। शरीर रूपी घट से अलग हुआ प्राण फिर उस 'घट' में नहीं आता। मैं अपराधिनी जीती हुई बिछुड़ गयी, (परन्तु) वियोगी जीवित नहीं रहता। नाद से कुरंग, जल से मछली (तथा) कीट (पतिंगा) बिछुड़ने पर जल कर भस्म हो जाते हैं। हे सखी ! कृष्ण की वियोगिनी अत्यन्त साँवली हो गयी है। गरज-गरज कर बादल उमड़े हैं (तथा) बूँदे बरसाते हैं। सूरदास कहते हैं (गोपी कहती है) कि एक तरफा स्नेह से कैसे निर्वाह हो।। 73।।

बारक जाइयौ मिलि माधौ।
को जानै तन छूट जाइगौ, सूल रहै जिय साधौ।

पहुनैहुँ नंद बबा के आवहु, देखि लेउँ पल आधौ।
मिलैं ही मैं विपरीत करी बिधि, होत दरस कौ बाधौ।
सो सुख शिव सनकादि न पावत, जो सुख गोपिन लाधौ।
सूरदास राधा बिलपति है, हरि कौ रूप अगाधौ ।।७४।।

अर्थ—कृष्ण ! एक बार (तो) मिल जाइये। कौन जानता है कि शरीर (कब) छूट जायेगा, मन में (मिलन की) लालसा की शूल बनी ही रह जाय। नन्द बाबा के अतिथि के रूप में ही चले आओ, एकाध पल देख लूँ। मिलते ही विधाता ने विपरीत किया (जिससे) दर्शन की बाधा उपस्थित हो गयी। वह सुख शिवसनकादि नहीं पाते जो सुख गोपियों को उपलब्ध था। सूरदास कहते हैं कि कृष्ण के अगाध रूप की याद करके राधा विलाप करती है।। 74।।

सखी इन नैननि तैं घन हारे।
बिनहीं रितु बरषत निसि बासर, सदा मलिन दोउ तारे।
ऊरध स्वास समीर तेज अति, सुख अनेक द्रुम डारे।
बदन सदन करि बसे बचन खग, दुख पावस के मारे।
दुरि दुरि बूँद परत कंचुकि पर, मिलि अंजन सौं कारे।
मानौ परनकुटी सिव कीन्ही, बिबि मूरति धरि न्यारे।
घुमरि घुमरि बरषत जल छाँड़त, डर लागत अँधियारे।
बूड़त ब्रजहिं सूर को राखै, बिनु गिरिवरधर प्यारे ।।७५।।

अर्थ—सखी ! इन नेत्रों से बादल हार गये। ये बिना ऋतु के ही दिन-रात बरसते रहते हैं, दोनों तारे (पुतलियाँ) सदा मलिन रहते हैं। ऊर्ध्व साँस रूपी तेज वायु ने सुख रूपी अनेक वृक्षों को उखाड़ डाला। पावस के दुख के कारण वचन रूपी पक्षी मुख रूपी सदन में बस गये हैं। कंचुकी (चोली) पर अंजन से मिली हुई काली बूँदे आँखों से विलग होकर टपकती हैं। ऐसा लगता है मानो शिव ने दो अद्‌भुत्‌ मूर्तियाँ धारण करके पर्णकुटी बना ली हो। घुमड़-घुमड़ कर बरसते हुए बादल जल छोड़ते हैं, अँधेरे में भय लगता है। सूरदास कहते हैं कि डूबते हुए ब्रज को प्यारे कृष्ण के बिना कौन बचाये ?।। 75।।

निसि दिन बरषत नैन हमारे।
सदा रहति बरषा रितु हम पर, जब तैं स्याम सिधारे।
दृग अंजन न रहत निसि बासर, कर कपोल भए कारे।
कंचुकि-पट सूखत नहिं कबहूँ, उर बिच बहत पनारे।
आँसू सलिल सबै भइ काया, पल न जात रिस टारे।
सूरदास प्रभु यहै परेखौ, गोकुल काहैं बिसारे ।।७६।।

अर्थ—हमारे नेत्र रात-दिन बरसते रहते हैं। जब से कृष्ण गये तब से हम पर सदा वर्षा ऋतु छायी रहती है। आँखों में अंजन दिन-रात नहीं रहता, (जिससे) हाथ (तथा) कपोल काले

हो गये हैं। चोली का वस्त्र कभी सूखता नहीं है (क्योंकि) उर के बीच से नाला बहता है। (लगता है) सारा शरीर अश्रु-जल हो गया है जो पल भर भी क्रोध करने पर बहने से नहीं रोका जा सकता। सूरदास कहते हैं कि हे प्रभु (कृष्ण) यही पश्चात्ताप (दुख) है कि आपने गोकुल को क्यों भुला दिया ?।। 76।।

हरि दरसन कौं तरसति अँखियाँ।
झाँकति झखतिं झरोखा बैठी, कर मीड़तिं ज्यौं मखियाँ।
बिछुरी बदन-सुधानिधि-रस तैं लगतिं नहीं पल पँखियाँ।
इकटक चितवतिं उड़ि न सकतिं, जनु थकित भईं लखि सखियाँ।
बार-बार सिर धुनतिं बिसूरतिं, बिरह ग्राह जनु भखियाँ।
सूर सुरूप मिलै तैं जीवहिं, काट किनारे नखियाँ ।।७७।।

अर्थ—आँखें कृष्ण के दर्शन के लिये तरसती हैं। झरोखे पर बैठकर देखती हैं, पश्चात्ताप करतीं हैं तथा पछताती हैं (मानो ये) मधु-मक्खियाँ हों। मुख रूपी अमृत निधि (चन्द्रमा) के रस से बिछुड़कर पलक रूपी पर भी नहीं लगते (गिरते)। एकटक देखती रहती हैं, और उड़ नहीं सकती हैं, मानो सखियाँ देखकर थकित हो गयी हैं। बार-बार सिर धुनकर पश्चात्ताप करती हैं, मानो विरह रूपी ग्राह के द्वारा भक्षण कर ली गयी हों। सूरदास कहते हैं कि (नेत्रों के कोर रूपी) किनारों को फाँद कर (कृष्ण के) स्वरूप से जा मिलें तभी जीवित रह सकती हैं।। 77।।

(मेरे) नैना बिरह की बेलि बई।
सींचत नैन-नीर के सजनी, मूल पताल गई।
बिगसित लता सुभाइ आपनैं, छाया सघन भई।
अब कैसैं निरवारौं सजनी, सब तन पसरि छई।
को जानै काहू के जिय की, छिन छिन होत नई।
सूरदास स्वामी के बिछुरैं, लागी प्रेम जई ।।७८।।

अर्थ—मेरे नेत्रों ने विरह की लता बो दी है। नेत्र के जल (आँसू) से सींची जाती। (उस लता) की जड़ पाताल तक चली गयी। लता अपने स्वभाव से विकसित हुई और उसकी छाया सघन हो गयी। सखी, अब उसका निवारण कैसे करूँ (क्योंकि) वह सारे शरीर पर फैलकर छा गयी है। किसी के जी की बात कौन जानता है, (विरह रूपी लता) क्षण-क्षण नवीन होती है। सूरदास कहते हैं कि कृष्ण के बिछुड़ने से उसमें प्रेम की बतिया भी लग गई।। 78।।

ब्रज बसि काके बोल सहौं।
इन लोभी नैननि के काजैं, परबस भइ जो रहौं।
बिसरि लाज गइ सुधि नहिं तन की, अब धौं कहा कहौं।
मेरे जिय मैं ऐसी आवति, जमुना जाइ बहौं।

इक बन ढूंढ़ि सकल बन ढूंढ़ौं, कहूँ न स्याम लहौं।
सूरदास-प्रभु तुम्हरे दरस कौं, इहिं दुख अधिक दहौं ।।७९।।

अर्थ—ब्रज में बसकर किस-किसके ताने सुनूँ ? इन लोभी नेत्रों के कारण, दूसरे के वश में हुई रहती हूँ। लज्जा विस्मृत हो गयी, शरीर की सुध नहीं रही, अब क्या करूँ ? मेरे मन मे यही आता है कि यमुना में जाकर बह जाऊँ। एक बन में खोजा, (तथा) समस्त बन में खोजा लेकिन कृष्ण को कहीं नहीं पाती हूँ। सूरदास कहते हैं (गोपियाँ कहती हैं) कि हे कृष्ण ! तुम्हारे दर्शन के लिए इस दुख से अधिक दग्ध हो रही हूँ।। 79 ।।

हो, ता दिन कजरा मैं दैहौं।
जा दिन नंद-नँदन के नैननि, अपने नैन मिलैहौं।
सुनि री सखी यहै जिय मेरैं, भूलि न और चितैहौं।
अब हठ सूर यहै ब्रत मेरौ, कौंकिर खै मरि जैहौं ।।८०।।

अर्थ—हे (सखी) मैं उसी दिन काजल दूँगी जिस दिन कृष्ण के नयनों से अपने नयन मिलाऊँगी। सखी, सुनो ! मेरे मन मे यही है (कि) भूलकर भी दूसरे की तरफ नहीं देखूँगी। सूर कहते हैं कि हठ पूर्वक मेरा व्रत (है) (कि) मैं हीरे की कनी (चाट कर) मर जाऊँगी।। 80 ।।

देखि सखी उत है वह गाउँ।
जहाँ बसत नँदलाल हमारे, मोहन मथुरा नाउँ।
कालिंदी कैं कूल रहत हैं, परम मनोहर ठाउँ।
जौं तन पंख होइँ सुनि सजनी, अबहिँ उहाँ उड़ि जाउँ।
होनी होइ होइ सो अबही, इहिँ ब्रज अन्न न खाउँ।
सूर नंद-नंदन सौं हित करि, लोगनि कहा डराउँ ।।८१।।

अर्थ—देखो सखी, उस तरफ है वह गाँव, जहाँ हमारे नन्द लाल बसते हैं तथा जिस (गाँव) का सुन्दर नाम मथुरा है। (वे कृष्ण) मथुरा के किनारे रहते हैं जो स्थान परम मनोहर है। हे सखी ! यदि मेरे पंख होते तो अभी ही उड़कर चली जाती। जो होना हो अभी हो जाये, इस ब्रज का अन्न नहीं खाऊँगी। सूरदास कहते हैं कि कृष्ण से प्रेम करके लोगों से क्यों डरूँ।। 81 ।।

लिखि नहिँ पठवत हैं द्वै बोल।
द्वै कौड़ी के कागद मसि कौ, लागत है बहु मोल ?
हम इहि पार, स्याम पैलें तट, बीच बिरह कौ जोर।
सूरदास प्रभु हमरे मिलन कौं, हिरदै कियौ कठोर ।।८२।।

अर्थ—(कृष्ण) दो बात लिखकर (भी) नहीं भेजते। दो कौड़ी के कागज और स्याही का (उन्हें) बहुत मूल्य लगता है ? हम इस तरफ हैं, कृष्ण दूसरी तरफ हैं, बीच में विरह का जोर

है। सूरदास कहते हैं कि (कृष्ण) ने हमसे मिलने के विषय में (अपने हृदय) का कठोर कर लिया है।। 82।।

सुपनैं हरि आए हौं किलकी।
नींद जु सौति भई रिपु हमकौं, सहि न सकी रति तिल की।
जौ जागौं तौ कोऊ नाहीं, रोके रहति न हिलकी।
तन फिरि जरनि भई नख सिख तैं, दिया बाति जनु मिलकी।
पहिली दसा पलटि लीन्ही है, त्वचा तचकि तनु पिलकी।
अब कैसैं सहि जाति हमारी, भई सूर गति सिल की।।८३।।

अर्थ—स्वप्न में कृष्ण आये। मैं किलक उठी (प्रसन्न हो गयी)। सौति नींद हमारे लिये शत्रु हो गयी, (वह) पल भर का प्रेम न सह सकी। जब जगी (तो देखा) कि कहीं कोई नहीं है; हिचकियाँ रोकने से भी नहीं रुकतीं। शरीर में फिर नख से शिख तक जलन होने लगी मानो दीपक और बत्ती तेज हो गयी हो। पहले की दशा बदल ली है, (शरीर की) खाल तप्त होकर पीली पड़ गयी है। अब हमसे कैसे सहा जाय। सूरदास कहते हैं कि मेरी दशा शिला के समान (जड़) हो गयी है।। 83।।

पिय बिनु नागिनि कारी रात।
जौ कहुँ जामिनि उबति जुन्हैया, डसि उलटि ह्वै जात।
जंत्र न फुरत मंत्र नहिँ लागत, प्रीति सिरानी जात।
सूर स्याम बिनु बिकल बिरहिनी, मुरि मुरि लहरैं खात।।८४।।

अर्थ—प्रिय (कृष्ण) के बिना काली रात नागिन के समान हो गयी है। यदि कहीं रात में ज्योत्सना उदित हो जाती है तो (यह रात) मानो डसकर उलटी हो जाती है। यन्त्र स्फुरित (प्रभावकारी) नहीं होता, मन्त्र नहीं कारगर होता, प्रीति नष्ट होती जाती है। सूरदास कहते हैं कि कृष्ण के बिना विरहिणी मुड़-मुड़कर (साँप काटे व्यक्ति की भाँति) (विष की) लहरें लेती हैं।। 84।।

मोकौं माई जमुना जम ह्वै रही।
कैसैं मिलौं स्यामसुंदर कौं, बैरिनि बीच बही।
कितकि बीच मथुरा अरु गोकुल, आवत हरि जु नहीं।
हम अबला कछु मरम न जान्यौ, चलत न फेंट गही।
अब पछिताति प्रान दुख पावत, जाति न बात कही।
सूरदास प्रभु सुमिरि-सुमिरि गुन, दिन-दिन सूल सही।।८५।।

अर्थ—सखी! मेरे लिए यमुना यम हो गयी है। कृष्ण से कैसे मिलूँ, यह बैरी (यमुना) बीच में बह रही है। मथुरा और गोकुल के बीच कितना अन्तर है ही जो कृष्ण नहीं आते। हम (बेचारी) अबला ने कुछ मर्म नहीं जाना, चलते समय (उनका) दुपट्टा नहीं पकड़ लिया अब

पश्चात्ताप करती हूँ, प्राण दुख पाते हैं। (कोई) बात कही नहीं जाती। सूरदास कहते हैं (गोपियाँ कहती हैं) कि प्रभु के गुणों का स्मरण कर करके दिन-दिन दुख सहती हूँ।। ८५।।

नैन सलोने स्याम, बहुरि कब आवहिंगे।
वै जो देखत राते राते, फूलनि फूली डार।
हरि बिनु फूलझरी सी लागत, झरि झरि परत अँगार।
फूल बिनन नहिँ जाउँ सखी री, हरि बिनु कैसे फूल।
सुनि री सखि मोहिँ राम दुहाई, लागत फूल त्रिसूल।
जब मैं पनघट जाउँ सखी री, वा जमुना कैं तीर।
भरि-भरि जमुना उमड़ि चलति है, इन नैंननि कैं नीर।
इन नैंननि कैं नीर सखी री, सेज भई घरनाउँ।
चाहति हौं ताही पै चढ़ि कै, हरि जू कैं ढिग जाउँ।
लाल पियारे प्रान हमारे, रहे अधर पर आइ।
सूरदास प्रभु कुंज-बिहारी, मिलत नहीं ज्यौं धाइ।।८६।।

अर्थ—सुन्दर नेत्रों वाले कृष्ण कब आयेंगे। वे जो फूलों से फूली हुई डालें लाल-लाल दिखाई देती हैं (वे) कृष्ण के बिना फुलझड़ी सी लगती हैं, मानो अंगारे झड़-झड़ पड़ते हों। हे सखी! फूल इकट्ठा करने नहीं जाऊँगी, हरि के बिना फूल कैसे (लगते हैं)? सुनो सखी मैं राम की दुहाई देकर कहती हूँ फूल मुझे त्रिशूल की तरह लगते हैं। जब मैं उस यमुना के किनारे पनघट पर जाती हूँ तो इन नेत्रों के आँसुओं से भरभर कर यमुना उमड़ पड़ती है। इन नेत्रों के जल के लिए सेज घट नाव (घन्नई-घड़ों की नाव), हो गयी है। मैं चाहती हूँ कि उसी पर चढ़कर कृष्ण के पास जाऊँ। प्यारे लाल, हमारे प्रिय प्राण (कृष्ण) अधरों पर आ गये हैं, कुंज बिहारी कृष्ण दौड़कर मिलते क्यों नहीं।। ८६।।

प्रीति करि काहू सुख न लह्यौ।
प्रीति पतंग करी पावक सौं, आपै प्रान दह्यौ।
अलि-सुत प्रीति करी जल-सुत सौं, संपुट माँझ गह्यौ।
सारँग प्रीति करी जु नाद सौं, सन्मुख बान सह्यौ।
हम जौ प्रीति करी माधव सौं, चलत न कछू कह्यौ।
सूरदास प्रभु बिनु दुख पावत, नैननि नीर बह्यौ।।८७।।

अर्थ—प्रेम करके किसी ने सुख प्राप्त नहीं किया। पतंग ने दीपक से प्रेम किया, (फलस्वरूप) अपने प्राण को जला दिया। भ्रमर ने कमल से प्रेम किया और उसमें अपने को बन्द करवा लिया। मृग ने नाद से प्रेम किया जिसके कारण उसे सम्मुख हो (बहेलिये का) बाण सहना पडा। हमने जो कृष्ण से प्रेम किया तो उन्होंने चलते समय कुछ नहीं कहा। सूरदास कहते

है (गोपियाँ कहती हैं) (कि) कृष्ण के बिना दुःख पाती हूँ और नेत्रों से आँसू बहते हैं।। 87।।

प्रीति तौ मरिबौऊ न बिचारै।
निरखि पतंग ज्योति-पावक ज्यौं, जरत न आपु सँभारै।
प्रीति कुरंग नाद मन मोहित, बधिक निकट ह्वै मारै।
प्रीति परेवा उड़त गगन तैं, गिनत न आपु सँभारै।
सावन मास पपीहा बोलत, पिय पिय करि जु पुकारै।
सूरदास-प्रभु दरसन कारन, ऐसी भाँति बिचारै।।८८।।

अर्थ—प्रेम तो मरने का विचार नहीं करता। पतंग अग्नि की ज्योति (लौ) को देखकर जलने से अपने को नहीं रोक पाता। मृग नाद के प्रेम से मोहित (होता है—उसके समीप चला जाता है) (और) बहेलिया (उसके) पास जाकर (उसे) मार देता है। प्रेम के कारण ही कबूतर आकाश से गिरते हुए अपने आपको सम्हाल नहीं पाता। सावन के महीने में पपीहा बोलता है। पिय-पिय कहकर पुकारता है। सूरदास कहते हैं कि प्रभु के दर्शन के कारण ऐसा ढंग विचार करना है।। 88।।

जनि कोउ काहू कै बस होहि।
ज्यौं चकई दिनकर बस डोलत, मोहिं फिरावत मोहि।
हम तौ रीझि लट्टू भई लालन, महा प्रेम तिय जानि।
बंधन अवधि भ्रमतिं निसि-बासर, को सुरझावत आनि।
उरझे संग अंग अंगनि प्रति, बिरह बेलि की नाई।
मुकुलित कुसुभ नैन निद्रा तजि, रूप सुधा सियराई।
अति आधीन-हीन-मति ब्याकुल, कहँ लौं कहौं बनाई।
ऐसी प्रीति-रीति रचना पर, सूरदास बलि जाई।।८९।।

अर्थ—कोई किसी के वश में न हो। जैसे चकई सूर्य के वश में डोलती है (वैसे ही) (कृष्ण) मोहकर मुझे घुमाते हैं। हम तो पत्नी पर महाप्रेम समझकर कृष्ण पर रीझ गयी। (लेकिन अब) अवधि के बन्धन में रात-दिन भ्रमित हैं, आकर उसे कौन सुलझाये। विरह रूपी लता की तरह (हमारे) अंग (कृष्ण) के अंगों से उलझ गये। हमारे नेत्र निद्रा त्याग कर अधखिले फूल के समान हो गये हैं। और उनके सौन्दर्य रूपी अमृत से ही शीतल हो सकते हैं। हीन बुद्धि वाले (ये) अत्यन्त (पर) आधीन होकर व्याकुल (हैं), कहाँ तक बना कर कहें। ऐसी प्रीति की रीति की बनावट (अर्थात् प्रेम-पद्धति) पर सूरदास (अपने को) न्योछावर करते हैं।। 89।।

हरि परदेस बहुत दिन लाए।
कारी घटा देखि बादर की, नैननि नीर भरि आए।
बीर बटाऊ पंथी हौ तुम, कौन देस तैं आए।
यह पाती हमरी लै दीजौ, जहाँ साँवरे छाए।

दादुर मोर पपीहा बोलत, सोवत मदन जगाए।
सूर स्याम गोकुल तैं बिछुरै, आपुन भए पराए ।।९०।।

अर्थ—कृष्ण ने परदेश में बहुत दिन लगा दिये। बादल की काली घटा देखकर नेत्रों में जल भर आया। हे वीर पथिक ! तुम (तो) (यात्रा करने वाले) पंथी हो, (बताओ) किस देश से आये हो ? हमारी यह पत्रिका लेकर कृष्ण को (वहीं) देना जहाँ वे छा गये हैं (रह रहे हैं)। मेढक, मोर, (तथा) पपीहा बोलकर सोते हुए काम को जगा दते हैं। सूरदास कहते हैं कि कृष्ण गोकुल से विछुड़ कर स्वयं पराये हो गये (दूसरों के कहलाने लगे)।। 90।।

ये दिन रूसिबे के नाहीं।
कारौ घटा पौन झकझोरै, लता तरुन लपटाहीं।
दादुर मोर चकोर मधुप पिक, बोलत अंमृत बानी।
सूरदास प्रभु तुम्हरे दरस बिनु, बैरनि रितु नियरानी ।।९१।।

अर्थ—ये दिन रुठने योग्य नहीं। काली घटाओं को पवन झकझोरता है (तथा) लतायें वृक्षों से लिपटती हैं। दादुर मोर, पपीहा भ्रमर (तथा) कोयल अमृत (मय) वाणी बोलते हैं। सूरदास कहते हैं कि हे प्रभु ! (कृष्ण) तुम्हारे दर्शन के बिना, बैरी (वर्षा) ऋतु निकट आ गयी है।। 91।।

अब बरषा कौ आगम आयौ।
ऐसे निठुर भए नँद-नंदन, संदेसौ न पठायौ।
बादर घेरि उठे चहूँ दिसि तैं, जलधर गरजि सुनायौ।
एकै सूल रही मेरैं जिय, बहुरि नहीं ब्रज छायौ।
दादुर मोर पपीहा बोलत, कोकिल सब्द सुनायौ।
सूरदास के प्रभु सौं कहियौ, नैननि है झर लायौ ।।९२।।

अर्थ—अब वर्षा आने का समय आ गया। कृष्ण ऐसे निष्ठुर हो [illegible] ी नहीं भेजा। बादल चारों दिशाओं से घेर उठे, बादलों ने गरज सुनायी। मेरे जी में एक ही दुख रह गया कि फिर से ब्रज में नहीं आये। दादुर, मोर, पपीहा, बोलते हैं, (तथा) कोयल ने शब्द सुनाया। सूरदास के प्रभु (कृष्ण) से कहना कि नेत्रों ने (भी) झड़ी लगा दी है।। 92।।

सँदेसनि मधुबन कूप भरे।
अपने तौ पठवत नहिं मोहन, हमरे फिरि न फिरे।
जिते पथिक पठए मधुबन कौं, बहुरि न सोध करे।
कै वै स्याम सिखाइ प्रमोधे, कै कहुँ बीच मरे।
कागद गरे मेघ, मसि खूटी, सर दव लागि जरे।
सेवक सूर लिखन कौ आँधौ, पलक कपाट अरे ।।९३।।

अर्थ—संदेशों से मधुवन के कुयें भर गये। कृष्ण अपने संदेश तो भेजते (ही) नहीं, हमारे संदेशों का उत्तर (भी) नहीं देते। जितने पथिकों को मधुवन भेजा उन्होंने लौटकर (कोई) खबर न दी। या तो कृष्ण ने उन्हें सिखा-पढ़ा कर समझा दिया अथवा वे बीच में (रास्ते में ही) मर गयें। बादलों के कारणं कागज गल गये, स्याही समाप्त हो गयी, सरकण्डे जंगल की आग में जल गये। लिखने वाला सेवक सूर अन्धा (है), (उसके) पलक (रूपी) किवाड़े बन्द हैं (सूर ज्ञान रहित है) (तभी तो पत्रोत्तर नहीं आ पाता!)।। 93।।

ब्रज पर बदरा आए गाजन।
मधुबन को पठए सुनि सजनी, फौज मदन लाग्यौ साजन।
ग्रीवा रंध्र नैन चातक जल, पिक मुख बाजे बाजन।
चहुँदिसि तैं तन बिरहा घेरचौ, कैसैं पावति भाजन।
कहियत हुते स्याम पर पीरक, आए संकट काजन।
सूरदास श्रीपति की महिमा, मथुरा लागे राजन।।९४।।

अर्थ—व्रज पर बादल गरजने आ गये। (कृष्ण को) मधुवन गया हुआ सुन कर कामदेव (बादलों की) फौज सजाने लगा। 'ग्रीवा-रंध्र-नैन' (झींगुर ?) (तथा) पपीहा जल (के लिये पुकारने लगे), कोयल के मुख से बाजे बजने लगे। चारों दिशाओं से शरीर को विरह ने घेर लिया। (मैं) कैसे भगने पाऊँ ? कृष्ण पर-पीड़क (पराई पीड़ा को समझने वाले) कहे जाते थे। (किन्तु) आज संकट के (समय) काम न आए। सूरदास कहते हैं कि कृष्ण की महिमा (को तो देखिये), (वे) (अब) मथुरा में राज्य करने लगे।। 94।।

बहुरि हरि आवहिंगे किहि काम।
रितु बसंत अरु ग्रीषम बीते, बादर आए स्याम।
छिन मंदिर छिन द्वारैं ठाढ़ी, यौं सूखति हैं घाम।
तारै गनत गगन के सजनी, बीतैं चारौ जाम।
औरौ कथा सबै बिसराई, लेत तुम्हारौ नाम।
सूर स्याम ता दिन तैं बिछुरे, अस्थि रहै कै चाम।।९५।।

अर्थ—कृष्ण यदि फिर लौट भी आये (तो) क्या प्रयोजन सिद्ध होगा ? बसन्त ऋतु और ग्रीष्म बीत गया, (अब) काले बादल आ गए। (बेचैनी से) (गोपियाँ) क्षण भर घर में तथा क्षण भर द्वार पर खड़ी (होती हैं), इस तरह धूप में सूखती हैं। हे सखी ? आकाश के तारे गिनते हुए चारों याम (पहर) बीत जाते हैं, (सभी) बातें (कथाएँ) भुलाकर (केवल) तुम्हारा कृष्ण का नाम लेती हैं। सूरदास कहते हैं कि जिस दिन से कृष्ण बिछुड़े हैं (शरीर की दुर्बलता इतनी बढ़ती जा रही है) (कि) (शरीर में) या तो हड्डियाँ ही (कंकाल-मात्र) रह जायेगा या फिर चमड़ा ही (रह) जायेगा।। 95।।

किधौं घन गरजत नहिँ उन देसनि ।
किधौं हरि हरषि इंद्र हठि बरजे, दादुर खाए सेषनि ।
किधौं उहिँ देस बगनि मग छाँड़े, धरनि न बूँद प्रबेसनि ।
चातक मोर कोकिला उहिँ बन, बधिकनि बधे बिसेषनि ।
किधौं उहिँ देस बाल नहिँ झूलतिँ, गावतिँ सखि न सुदेसनि ।
सूरदास प्रभु पथिक न चलहीं, कासौं कहौं सँदेसनि ।।९६।।

अर्थ—या तो उन देशों में बादल (ही) नहीं गरजते। या फिर कृष्ण ने हर्षित होकर इन्द्र को वर्जित कर दिया है, (और) मेढकों को सर्पों ने खा लिया । या तो उन देशों में बगुलों ने रास्ता छोड़ दिया है। (और) घरों में बूँदें नहीं प्रवेश करतीं। (या तो) उस वन में वहाँ पपीहों, मोरों, तथा कोयलों को बधिकों ने विशेष रूप से बध कर दिया है। या तो उस देश में बालिकायें झूला नहीं झूलतीं, (उनकी) सहेलियाँ उत्तम स्थानों में (बैठकर) (झूले के) गीत नहीं गातीं। सूरदास कहते हैं कि पथिक तो चल ही नहीं रहे हैं, (अब किससे संदेश) कहूँ।। 96।।

आजु घन स्याम की अनुहारि ।
आए उनइ साँवरे सजनी, देखि रूप की आरि ।
इंद्र धनुष मनु पीत बसन छवि, दामिनि दसन बिचारि ।
जनु बगपाँति माल मोतिनि की, चितवति चित्त निहारि ।
गरजत गगन गिरा गोबिंद मनु, सुनत नयन भरे बारि ।
सूरदास गुन सुमिरि स्याम के, बिकल भईं ब्रजनारि ।।९७।।

अर्थ—आज बादल कृष्ण के तुल्य (ही) हैं। हे सखी रूप की प्रतिद्वन्द्विता तो देख ! आज साँवले (बादल) (श्यामल कृष्ण जैसे) ही छा गये हैं। इन्द्र धनुष मानों पीताम्बर की छवि है, बिजली को कृष्ण के दाँत समझो। बगुले की पंक्ति मानों मोतियों की माला है। चित्त उसे देखकर देखता (ही रहता) है। गरजता हुआ बादल मानों गोविन्द की वाणी है, जिसे सुनते ही नेत्रों में आँसू भर जाते हैं। सूरदास कहते हैं कि कृष्ण के गुणों का स्मरण करके ब्रज की स्त्रियाँ बेचैन हो गयीं।। 97।।

हमारे माई मोरवा बैर परे ।
घन गरजत बरज्यौ नहिँ मानत, त्यौं त्यौं रटत खरे ।
करि करि प्रगट पंख हरि इनके, लै लै सीस धरे ।
याही तैं न बदत बिरहिनि कौं, मोहन ढीठ करे ।
को जानै काहे तैं सजनी, हमसौं रहत अरे ।
सूरदास परदेस बसे हरि, ये बन तैं न टरे ।।९८।।

अर्थ—हे सखी ! मोर हमारे वैर पड़े हैं (मोरों ने हम से शत्रुता ठान ली है)। (ये) मना करने पर भी नहीं मानते। (ज्यों-ज्यों) बादल गरजते हैं त्यों-त्यों (ये) तेजी से बोलते हैं। कृष्ण ने इनके पंखों को लेकर शीश पर धारण किया। इसी से ये विरहिणियों को गिनते नहीं, कृष्ण ने इन्हें ढीठ कर दिया । हे सखी, कौन जाने (ये) हमसे न जाने क्यों अड़े (भिड़े) रहते हैं।

सूरदास कहते हैं कि (जब से) कृष्ण परदेश में बस गये ये वन से नहीं टलते।। 98।।

बहुरि पपीहा बोल्यौ माई।
नीँद गई चिता चित बाढ़ी, सुरति स्याम की आई।
सावन मास मेघ की बरषा, हौं उठि आँगन आई।
चहूँ दिसि गगन दामिनी कौंधति, तिहिँ जिय अधिक डराई।
काहूँ राग मलार अलाप्यौ, मुरलि मधुर सुर गाई।
सूरदास बिरहिनि भइ ब्याकुल, धरनि परी मुरझाई ।।९९।।

अर्थ—हे सखी ! पपीहा फिर बोल उठा। (मेरी नींद चली गयी,) चित्त में चिन्ता बढ़ गयी और कृष्ण का स्मरण हो आया। सावन मास के मेघ की वर्षा में मैं उठकर आँगन में आई। आकाश के चारों दिशाओं में बिजली कौंधती है जिससे जी बहुत डरता है। किसी ने मुरली के मधुर स्वर में गाकर मलार राग अलापा। सूरदास कहते हैं कि विरहिणी व्याकुल होकर पृथ्वी पर मूर्छित हो कर गिर पड़ीं।। 99।।

सखी री चातक मोहिँ जियावत।
जैसैंहि रैनि रटति हौं पिय पिय, तैसैंहि वह पुनि गावत।
अतिहिँ सुकंठ, दास प्रीतम कैं, तारू जीभ न लावत।
आपुन पियत सुधा-रस अंमृत, बोलि बिरहिनी प्यावत।
यह पंछी जु सहाइ न होतौ, प्रान महा दुख पावत।
जीवन सुफल सूर ताही कौ, काज पराए आवत ।।१००।।

अर्थ—हे सखी ! चातक मुझे जीवित रखता है। जैसे ही मैं रात में पिय पिय रटती हूँ वैसे ही वह फिर (गाता है)। अत्यधिक सुन्दर कण्ठ से प्रियतम के विरह के कारण जीभ को तालू से नहीं लगाता। (अर्थात् लगातार रटता रहता है)। स्वयं अमृत रस पीता है तथा बोलकर विरहिणियों को पिलाता है। यह पक्षी यदि सयहायक न होता तो प्राण बहुत दुःख पाते। सूरदास कहते हैं कि उसी का जीवन सफल है (जो) दूसरों के काम आता है।। 100।।

कोकिल हरि कौ बोल सुनाउ।
मधुबन तैं उपटारि स्याम कौं, इहिँ ब्रज कौं लै आउ।
जरा जस कारन देत सयाने, तन मन धन सब साज।
सुजस बिकात बचन के बदलैं, क्यौं न बिसाहतु आज।
कीजै कछु उपकार परायौ, इहै सयानौ काज।
सूरदास पुनि कहँ यह अवसर, बिनु बसन्त रितुराज ।।१०१।।

अर्थ—हे कोयल ! कृष्ण को (अपने) बोल सुना। मधुबन से उठाकर (हटाकर) कृष्ण को यहाँ ब्रज में ले आओ। जिस यश के कारण सज्जन लोग तन-मन, धन (तथा) सब सज्जा दे

देते हैं वही सुयश बोल के बदले में बिक रहा है उसे आज क्यों नहीं खरीद लेती। कुछ दूसरों का परोपकार कीजिये, यही बुद्धिमानों का कर्तव्य है। सूरदास कहते हैं कि ऋतुराज बसन्त के बिना (बसन्त बीत जाने पर) फिर ऐसा अवसर कहाँ (कब) (मिलेगा) ।। 101 ।।

अब यह बरषौ बीति गई ।
जनि सोचहि, सुख मानि सयानी, भली रितु सरद भई ।
फुल्ल सरोज सरोवर सुन्दर, नव बिधि नलिनि नई ।
उदित चारु चन्द्रिका किरन, उर अंतर अंमृत मई ।
घटी घटा अभिमान मोह मद, तमिता तेज हई ।
सरिता संजम स्वच्छ सलिल सब, फाटी काम कई ।
यहै सरद संदेस सूर सुनि, करुना कहि पठई ।
यह सुनि सखी सयानी आईं, हरि-रति अवधि हई ।।१०२।।

अर्थ—अब यह वर्षा भी बीत गयी। हे चतुर (सखी) ! सोच मत करो, सुख मानो, उत्तम शरद ऋतु आ गयी। सरोवर में कमल फूल गये, नये रूप में कमलिनी नवीन हो गयी। हृदय के अन्दर अमृत से भरी हुई चन्द्र-किरण उदित हो गई। अभिमान तथा मोद मद की घटा घट गई, (और) तीव्र रात्रिपन (घना अन्धकार) नष्ट हो गया। नदी संयमित तथा स्वच्छ जल वाली हो गयी। उसकी काम रूपी काई (किनार अथवा दोष) फट गई। शरद ने यही सन्देश करुणा करके (कृष्ण ने कह) भेजा है। कृष्ण की रति की अवधि समाप्त हो गयी, यह सुनकर सयानी सखी आ गयीं ।। 102 ।।

सरद समै हू स्याम न आए ।
को जानै काहे तैं सजनी, किहिँ बैरिनि बिरमाए ।
अमल अकास कास कुसुमिति छिति, लच्छन स्वच्छ जनाए ।
सर सरिता सागर जल-उज्ज्वल, अति कुल कमल सुहाए ।
अहि मयंक, मकरंद कंज अलि, दाहक गरल जिवाए ।
प्रीतम रंग संग मिलि सुंदरि, रचि सचि सींचि सिराए ।
सूनी सेज तुषार जमत चिर, बिरह सिन्धु उपजाए ।
अब गइ आस सूर मिलिबे की, भए ब्रजनाथ पराए ।।१०३।।

अर्थ—शरद समय में भी कृष्ण नहीं आये। (हे सखी!) कौन जाने क्यों (नहीं आए), (शायद) किसी वैरिनी ने उन्हें रोक लिया हो। आकाश स्वच्छ हो गया, पृथ्वी पर काँस पुष्पित हो गये, स्वच्छता के लक्षण जान पड़ने लगे। सरोवर, नदी तथा समुद्र का जल उज्ज्वल हो गया तथा कमल समूह अत्यन्त शोभित हुए। हे सखी, सर्प रूपी, चन्द्रमा ने कुमुदिनियों में विष रूप दाहक मकरन्द उत्पन्न कर रखा है। [विरहिणियों को चन्द्रमा सर्पवत् और कुमुदिनी पुष्प का मकरन्द विष के तुल्य प्रतीत होता है] अन्य सुन्दरियों ने प्रियतम के साथ रंग-रेलियाँ करके

(आनन्द रस) रचाकर (तथा) सजाकर (हृदय) को सींचकर शीतल कर लिया। (किन्तु) (मेरी) सूनी सेज पर अधिक समय से तुषार जमा रहता है, (तथा) मेरे हृदय में विरह का सागर उत्पन्न हो गया है। सूरदास कहते हैं कि अब कृष्ण से मिलने की आशा चली गई, ब्रजनाथ पराये हो गये।। 103।।

दूरि करहि बीना कर धरिबौ।
रथ थाक्यौ, मानौ मृग मोहे, नाहिँन होत चंद्र कौ ढरिबौ।
बीतै जाहि सोइ पै जानै, कठिन सु प्रेम पास कौ परिबौ।
प्राणनाथ संगहिँ तैँ बिछुरे, रहत न नैन नीर कौ झरिबौ।
सीतल चंद अगिन सम लागत, कहिए धीर कौन बिधि धरिबौ।
सूर सु कमलनयन के बिछुरैँ, झूठौ सब जतननि कौ करिबौ।।१०४।।

अर्थ—वीणा का हाथ में धारण करना दूर करो (क्योंकि, वीणा के सुन्दर नाद को सुनकर) चन्द्रमा का रथ थक गया, मानों (रथ के) मृग मोहित हो गये, (फलस्वरूप) चन्द्रमा अस्त होता ही नहीं। जिस पर (मुसीबत) पड़ती है वही जानता है, प्रेम पाश का पड़ना बहुत कठिन है (जो छुड़ाने पर भी छूटता नहीं)। प्राणनाथ साथ से बिछुड़ गए, नेत्रों से आँसू गिरना रुकता ही नहीं, शीतल चन्द्रमा अग्नि के समान लगता है, कहो धीर किस प्रकार धारण किया जाय? सूरदास कहते हैं (कि) कमल-नैन (कृष्ण) से बिछुड़ने पर सभी यत्नों का करना व्यर्थ है।। 104।।

कोउ माई बरजै री या चंदहिँ।
अहि हीँ क्रोध करत है हम पर, कुमुदिनि कुल आनन्दहिँ।
कहाँ कही बरषा रबि तमचुर, कमल बलाहक कारे।
चलत न चपल रहत थिर कै रथ, बिरहिनि के तन जारे।
निंदतिँ सैल उदधि पन्नग कौं, श्रीपति कमठ कठोरहिँ।
देतिँ असीस जरा देवी कौँ, राहु केतु किन जोरहिँ।
ज्यौँ जल-हीन मीन तन तलफतिँ, ऐसी गति ब्रजबालहिँ।
सूरदास अब आनि मिलावहु, मोहन मदन गुपालहिँ।।१०५।।

अर्थ—हे सखी! कोई इस चन्द्रमा का मना करे। यह कमलिनियों के समूह को (तो) आनन्द देता है, (किन्तु) मुझ पर अत्यधिक क्रोध करता है। वर्षा, सूर्य, मुर्गा, कमल, (तथा) काले बादल (बलाहक) (न जाने) कहाँ (गये), कोई कहे या बतावे (तो) (इनमें किसी के होने पर चन्द्रमा अदृश्य हो जाता)। यह चालाक (चपल) चलता नहीं, (बल्कि) रथ रोककर स्थिर रहता है, (तथा) विरहिणियों के शरीर को जलाता है। सर्पों को, सागर को, (मन्दराचल) पर्वत को, विष्णु को, (तथा) कठोर कच्छप को, (गोपियाँ) निन्दित करती हैं, (क्योंकि इन्हीं लोगों ने समुद्र मथ कर चौदह रत्न निकाले थे जिसमें से चन्द्रमा एक है)। वे जरा देवी को आशीष देती हैं, (वे) राहु तथा केतु को क्यों नहीं जोड़ देतीं (ताकि वे चन्द्रमा को ग्रस लें) जैसे जल से

रहित मछली का शरीर तड़पता है वैसी ही दशा ब्रजबालाओं की है। सूरदास कहते हैं कि अब मोहन मदन गोपाल को लाकर मिलाओ।। 105।।

माई मोकौं चंद लग्यौ दुख दैन।
कहँ वै स्याम कहाँ वै बतियाँ, कहँ वै सुख की रैन।
तारे गनत गनत हौं हारी, टपकन लागे नैन।
सूरदास प्रभु तुम्हरे दरस बिनु, बिरहिनि कौं नहिँ चैन ।।१०६।।

अर्थ—हे सखी ! मुझे चन्द्रमा दुःख देने लगा। कहाँ वे कृष्ण और कहाँ वे बातें तथा कहाँ वे सुख की रातें ! तारे गिनते-गिनते मैं (तो) हार गयी, नेत्रों से (आँसू टपकने लगे। सूरदास कहते हैं (कि) (हे कृष्ण !) तुम्हारे दर्शन के बिना विरहिणियों को चैन नहीं।। 106।।

अब या तनहिँ राखि कह कीजै।
सुनि री सखी स्याम सुंदर बिनु, बाँटि विषम विष पीजै।
कै गिरिऐ गिरि चढ़ि सुनि सजनी, सीस संकरहि दीजै।
कै दहिऐ दारुन दावानल, जाइ जमुन धँसि लीजै।
दुसह बियोग बिरह माधौ के, को दिन ही दिन छीजै।
सूर स्याम प्रीतम बिनु राधे, सोचि सोचि कर मीजै ।।१०७।।

अर्थ—अब इस शरीर को रख कर क्या किया जाय ? हे सखी सुनो ! कृष्ण के बिना विषम विष पीसकर पी लिया जाय। हे सखी ! या तो पर्वत पर चढ़कर गिर जायँ (कूद पड़ें)—या शंकर को सिर (चढ़ा) दिया जाय, या तो दारुण दावानल में जल जाइये या यमुना में डूब जायँ। कृष्ण के दुःसह वियोग में कौन दिन प्रति दिन क्षीण हो। सूरदास कहते हैं प्रियतम के बिना राधा (पुरानी बातें) सोच-सोचकर हाथ मलती हैं।। 107।।

काहे कौं पिय पियहिँ रटति हौ, पिय कौ प्रेम तेरौ प्रान हरैगौ।
काहे कौं लेति नयन जल भरि भरि, नैन भरै कैसैं सूल टरैगौ।
काहें कौं स्वास उसास लेति हौ, बैरो बिरह कौ दवा बरैगौ।
छार सुगंध सेज पुहुपावलि, हार छुवैं, हिय हार जरैगौ।
बदन दुराइ बैठि मंदिर मैं, बहुरि निसापति उदय करैगौ।
सूर सखी अपने इन नैननि, चंद चितै जनि चंद जरैगौ ।।१०८।।

अर्थ—'पिय पिय' कहकर क्यों रहती हो, प्रिय का प्रेम तुम्हारे प्राण हर लेगा। नेत्रों में जल क्यों भर-लेती हो, नेत्रों को भरने से हृदय की शूल (पीड़ा) कैसे मिटेगी। श्वास-प्रश्वास क्यों लेती हो, (इससे) वैरी विरह की दावाग्नि जल उठेगी। (शीतलता देने वाली) छाल सुगन्ध (तथा) शैया के पुष्प (तथा) हार छूने से हृदय की हड्डियाँ (हाड़) जल उठेगी। मुख को

छिपाकर घर में बैठो, (नहीं तो) पुन। चन्द्रमा का उदय हो जायगा। सूरदास कहते हैं, हे सखी ! अपने इन नेत्रों से चन्द्रमा को मत देख, (नहीं तो) चन्द्रमा (स्वयं) जल जायेगा।। 108।।

बिछुरे री मेरे बाल-सँघाती।
निकसि न जात प्रान ये पापी, फाटति नाहिँन छाती।
हौं अपराधिनि दही मथति ही, भरी जोबन मदमाती।
जो हौं जानति हरि कौ चलिबौ, लाज छाँड़ि सँग जाती।
ढरकत नीर नैन भरि सुंदरि, कछु न सोह दिन-राती।
सूरदास प्रभु दरसन कारन,सखियनि मिलि लिखि पाती।।१०९।।

अर्थ—हे (सखी)! मेरे बचपन के साथी (कृष्ण) बिछुड़ गये। यह छाती फटती नहीं, ये पापी प्राण निकल नहीं जाते। मै अपराधिनी यौवन से मस्त होकर दही ही मथती थी (रही) यदि मैं कृष्ण का चलना जानती (तो) लाज छोड़कर साथ चली जाती। सुन्दरी के नेत्रों में आँसू भरकर ढलक्ते हैं, (उसे) दिन-रात कुछ (भी) नहीं सोहता। सूरदास कहते हैं (कि) प्रभु (कृष्ण) के दर्शन के लिये सखियों से मिलकर पत्र लिखा।। 109।।

एक द्यौस कुंजनि मैं माई।
नाना कुसुम लेइ अपनैं कर, दिए मोहिँ सो सुरति न जाई।
इतने मैं घन गरजि वृष्टि करी, तनु भीज्यौ मो भई जुड़ाई।
कंपत देखि उड़ाइ पीत पट, लै करुनामय कण्ठ लगाई।
कहँ वह प्रीति रीति मोहन की, कहँ अब धौं एती निठुराई।
अब बलवीर सूर प्रभु सखि री, मधुबन बसि सब रति बिसराई।।११०।।

अर्थ—हे सखी ! एक दिन कुंजों में (कृष्ण) ने अपने हाथ से अनेक प्रकार के कुसुम लेकर मुझे दिये वह स्मृति मन मे नहीं जाती। इतने में ही बादलों ने गरजकर वृष्टि की; (परिणामस्वरूप) (मेरा) तन भीग गया। मुझे शीतलता का अनुभव हुआ। (मुझे) काँपती हुई देखकर करुणामय (कृष्ण) ने मुझे पीताम्बर ओढ़ा दिया तथा अपने गले से लगा लिया। कहाँ कृष्ण की वह प्रेम की रीति और कहाँ इतनी निष्ठुरता। सूरदास कहते हैं (कि) हे सखी ! मधुवन में बसकर अब बलराम के भाई ने समस्त प्रेम को भुला दिया।। 110।।

मेरे मन इतनी सूल रही।
ये बतियाँ छतियाँ लिखि राखी, जे नँदलाल कही।
एक द्यौस मेरैं गृह आए, हौं ही मथत दही।
रति माँगत मैं मान कियौ सखि, सो हरि गुसा गही।
सोचति अति पछिताति राधिका, मुरछित धर धरनि ढही।
सूरदास प्रभु के बिछुरे तैं बिथा न जाति सही।

अर्थ—मेरे मन में इतना दुःख शेष रह गया। उन बातों को छाती में लिख रखा जिन्हें नन्दलाल ने कहा था। एक दिन (कृष्ण) हमारे घर आये, मैं दही मथ रही थी। हे सखि ! रति माँगने पर मैंने मना किया, जिससे कृष्ण नाराज हो गये। राधिका बहुत सोचती है तथा पश्चात्ताप करती हुई मूर्छित होकर पृथ्वी पर गिर जाती है। सूरदास कहते हैं (कि) प्रभु (कृष्ण) के बिछुड़ने से दुःख सहा नहीं जाता।। 111।।

हरि कौ मारग दिन प्रति जोवति।
चितवत रहत चकोर चंद ज्यौं, सुमिरि-सुमिरि गुन रोवति।
पतियाँ पठवति मसि नहिँ खूँटति, लिखि-लिखि मानहु धोवति।
भूख न दिन निसि नींद हिरानी, एकौ पल नहिँ सोवति।
जे जे बसन स्याम सँग पहिरे, ते अजहूँ नहिँ धोवति।
सूरदास प्रभु तुम्हरे दरस बिनु, बृथा जनम सुख खोवति ।।११२।।

अर्थ—हरि केच मार्ग को दिन-प्रतिदिन देखती रहती हूँ। चकोर जैसे चन्द्रमा को (देखता है) वैसे ही (मैं) (कृष्ण को) देखती रहती हूँ, (तथा) (उनके) गुणों का स्मरण करके रोती हूँ। पत्र भेजते-भेजते स्याही समाप्त नहीं होती, जैसे (मैं) लिख-लिखकर मानों उसे (आँसुओं) से धोती जाती हूँ। दिन में भूख नहीं लगती, रात में नींद गायब हो जाती है; एक क्षण भी नहीं सोती। जिन-जिन वस्त्रों को कृष्ण के साथ पहना था उन्हें आज भी नहीं धोती। सूरदास कहते हैं कि हे प्रभु ! (कृष्ण) तुम्हारे दर्शन के बिना व्यर्थ ही जन्म के सुख को खोती हूँ।। 112।।

इहिँ दुख तन तरफत मरि जैहैं।
कबहुँ न सखी स्याम-सुंदर घन, मिलिहैं आइ अंक भरि लैहैं ?
कबहुँ न बहुरि सखा सँग ललना, ललित त्रिभंगी छबिहिँ दिखैहैं ?
कबहुँ न बेनु अधर धरि मोहन, यह मति लै लै नाम बुलैहैं ?
कबहुँ न कुंज भवन सँग जैहैं, कबहुँ न दूती लैन पठैहैं ?
कबहुँ न पकरि भुजा रस बस ह्वै, कबहुँ न पग परि मान मिटैहैं ?
याही तैं घट प्रान रहत हैं, कबहुँक फिरि दरसन हरि दैहैं ?
सूरदास परिहरत न यातैं, प्रान तजैं नहिँ प्रिय ब्रज ऐहैं ।।११३।।

अर्थ—शरीर के तड़पते (तड़पते) इस दुःख से (मैं) मर जाऊँगी। हे सखी! कभी बादल के समान श्याम कृष्ण (क्या) कभी मिलेंगे नहीं (और) आकर हृदय से लगा लेंगे ? हे सखी ! क्या कभी मित्रों के साथ ललित त्रिभंगी छवि दिखायेंगे ? क्या कभी कृष्ण होठों पर बंशी रखकर इस तरह नाम लेकर (हमें) बुलायेंगे ? क्या कभी कुंज भवन (हमारे) साथ नहीं जायेंगे, कभी दूती को लेने के लिये नहीं भेजेंगे ? क्या कभी (प्रेम) रस के वश में होकर भुजा पकड़कर और) पैर पड़कर मान नहीं मिटायेंगे ? इसी शरीर में प्राण रहते हैं कि कभी फिर कृष्ण दः देंगे। सूरदास कहते हैं कि (हम) (प्राण) इसलिये नहीं छोड़तीं (कि) कृष्ण ब्रज में फि आयेंगे।। 113।।

सबै सुख लै जु गए ब्रजनाथ।
बिलखि बदन चितवतिँ मधुबन तन,हम न गईं उठि साथ।
वह मूरति चित तैं बिसरति नहिँ, देखि साँवरे गात।
मदन गोपाल ठगौरी मेली, कहत न आवै बात।
नंद-नँदन जु बिदेस गवन कियौ, बैसी मीँजतिँ हाथ।
सूरदास प्रभु तुम्हरैं बिछुरे, हम सब भईं अनाथ ॥११४॥

अर्थ—कृष्ण सभी सुखों को लेकर चले गये (गोपियाँ) बिलखते मुख से मधुवन की ओर देखती हैं कि हम उठकर साथ (क्यों) नहीं गयीं। श्याम-शरीर को देखने के बाद (उनकी) वह मूर्त्ति चित्त से विस्मृत नहीं होती। मदन गोपाल (कृष्ण) ने जादू डाल दिया (जिससे) बात नहीं कही जाती। कृष्ण ने (जबसे) विदेश गमन किया (तभी) से बैठी हुई (हम) हाथ मलती रहीं। सूरदास कहते हैं कि तुम्हारे वियोग से हम सब अनाथ हो गयीं।। 114।।

करिहौ मोहन कहूँ सँभारि, गोकुल-जन-सुखहारे।
खग, मृग, तृन, बेली वृन्दावन, गैया ग्वाल बिसारे।
नंद जसोदा मारग जोवैं, निसि दिन दीन दुखारे।
छिन छिन सुरति करत चरननि की, बाल बिनोद तुम्हारे।
दीन दुखी ब्रज रह्यौ न परि है, सुन्दर स्याम ललारे।
दीनानाथ कृपा के सागर, सूरदास-प्रभु प्यारे ॥११५॥

अर्थ—गोकुल के जनों के सुख के हरण करने वाले मोहन! कभी हमारी याद (देख-देख करोगे?) पक्षी, मृग, तृण, लता, वृन्दावन, गाय, तथा ग्वाल सभी को (तुमने) भुला दिया। नन्द (तथा) यशोदा रात-दिन दुाखी होकर मार्ग देखते रहते हैं। क्षण-क्षण तुम्हारे चरणों (तथा) तुम्हारे बाल-विनोद का स्मरण करते हैं। हे सुन्दर श्याम! दीन-दुखी (होकर) ब्रज में नहीं रहा जायगा। सू्रदास कहते हैं (कि) हे प्रिय! (आप तो) दीननाथ (हैं) (तथा) कृपा के सागर (हैं)।। 115।।

उनकौं ब्रज बसिबौ नहिँ भावै।
ह्वाँ वै भूप भए त्रिभुवन के, ह्याँ कत ग्वाल कहावै।
ह्वाँ वै छत्र सिँहासन राजत, को बछरनि सँग धावै।
ह्वाँ तौ बिबिध वस्त्र पाटंबर, को कमरी सचु पावै।
नंद जसोदा हूँ कौ बिसरयौ, हमरी कौन चलावै।
सूरदास प्रभु निठुर भए री, पातिहु लिखि न पठावै ॥१६॥

अर्थ—उन (कृष्ण) को ब्रज में बसना अच्छा नहीं लगता। वहाँ वे तीनों लोकों के राजा हुए हैं, यहाँ (रहकर) ग्वाल क्यों कहलायें। वहाँ वे राज (छत्र) (के नीचे) सिंहासन पर शोभित हैं

कौन यहाँ रहकर बछड़ों के साथ दौड़े। वहाँ तो विविध प्रकार के वस्त्र तथा पाटंबर (रेशमी कपड़ें) हैं, (यहाँ) कमरी से कौन संतोष पाये ? (उन्होंने) जब नन्द और यशोदा को (भी) भुला दिया तो हमारी बात कौन चलाये ? सूरदास कहते हैं कि हे सखी ! कृष्ण तो (इतने निष्ठुर हो गये हैं कि) पत्र भी लिखकर नहीं भेजते।। 116।।

उद्धव संदेश

उद्धव को ब्रज भेजना

अंतरजामी कुँवर कन्हाई।
गुरु गृह पढ़त हुते जहँ विद्या, तहँ ब्रज-बासिन की सुधि आई।
गुरु सौं कह्यौ जोरि कर दोऊ, दछिना कहौ सो देउँ मँगाई।
गुरु-पतनी कह्यौ पुत्र हमारे, मृतक भये सो देहु जिवाई।
आनि दिए गुरु-सुत जमपुर तैं, तब गुरुदेव असीस सुनाई।
सूरदास प्रभु आइ मधुपुरी, ऊधौ कौं ब्रज दियौ पठाई ।।1।।

अर्थ—कुँवर कृष्ण अन्तर्यामी हैं। गुरु के घर ज हाँ विद्या पढ़ते थे, वहीं ब्रजवासियों का उन्हें स्मरण हो आया। गुरु से दोनों हाथ जोड़कर (कृष्ण ने) कहा कि जो दक्षिणा कहिए उसे मँगा दूँ। गुरु की पत्नी ने कहा कि हमारा पुत्र मृतक हो गया है, उसे जीवित कर दो। (कृष्ण ने) गुरु के पुत्र को यमपुर से ला दिया, तब गुरुदेव ने (विद्याध्ययन की समाप्ति पर) आशीर्वाद दिया। सूरदास कहते हैं (तत्पश्चात् कृष्ण ने) मधुपुरी आकर उद्धव को ब्रज के लिए भेज दिया।।1।।

जदुपति जानि उद्धव रीति।
जिहिं प्रगट निज सखा कहियत, करत भाव अनीति।
विरह दुख जहँ नाहिं-नैकहुँ, तहँ न उपजै प्रेम।
रेख, रूप न बरन जाकैं, इहिं धर्‌यौ वह नेम।
त्रिगुन तन करि लखत हमकौं, ब्रह्म मानत और।
बिना गुन क्यौं पुहुमि उधरै, यह करत मन डौर।
बिरस रस के मंत्र कहिऐ, क्यौं चलै संसार।
कछु कहत यह एक प्रगटत, अति भर्‌यौ अँहकार।
प्रेम भजन न नैंकु याकौं, जाइ क्यौं समुझाइ।
सूर प्रभु मन यहै आनी, ब्रजहिं देउ पठाइ ।।2।।

अर्थ—यदुपति (कृष्ण ने) उद्धव की रीति (स्वभाव, विचार) को जानकर कि जिसे (कृष्ण को) प्रकट रूप से अपना मित्र कहता है, उसी के प्रति नीति विरुद्ध (अमैत्री प्रेम एवं सगुण का उपहासादि) आचरण करता है। (कृष्ण कहते हैं) जहाँ विरह का तनिक भी दुःख नहीं है वहाँ प्रेम उत्पन्न ही नहीं होता। रेखा (लक्षण), रूप (आकृति) और वर्ण जिसके (ये सब) नहीं हैं उसने (उद्धव ने) इसी नियम को धारण किया है। उद्धव मुझको त्रिगुणायुक्त शरीरी समझता है साथ ही, ब्रह्म किसी और को मानता है। मन में यह उपाय सोचते हैं कि बिना गुण के पृथ्वी क

उद्धार कैसे हो। विरक्त रस के मन्त्र से यह संसार कैसे चल सकता है। अत्यधिक अहंकार से भरकर (जो) कुछ कहता है (उसमें) अपने को अद्वैतवादी रूप में प्रकट करता है। प्रेम और भजन का भाव तो इसमें लेश मात्र भी नहीं है, इसे कैसे समझाया जाय। सूरदास कहते हैं कि कृष्ण ने मन में यही सोचा कि इसे ब्रज भेज दूँ।।2।।

संग मिलि कहौं कासौं बात।
यह तौ कहत जोग की बातैं, जामैं रस जरि जात।
कहत कहा पितु मातु कौन के, पुरुष नारि कह नात।
कहाँ जसोदा सी है मैया, कहाँ नंद सम तात।
कहँ बृषभानु-सुता सँग कौ सुख, वह बासर वह प्रात।
सखी सखा सुख नहिँ त्रिभुवन मैं, नहिँ बैकुंठ सुहात।
वै बातैं कहिये किहिँ आगैं, यह सुनि हरि पछितात।
सूरदास प्रभु व्रज महिमा कहि, लिखी बदत बल भ्रात।।३।।

अर्थ—साथ मिलकर किससे यह बात कहूँ। यह तो योग की बात कहता है जिसमें (प्रेम) रस जल जाता है। कहता है कि किसके कौन माता-पिता हैं तथा पुरुष-नारी से कैसा नाता है? (कृष्ण सोचते हैं कि समस्त उपर्युक्त कथन असत्य हैं क्योंकि) कहाँ यशोदा के समान माता है तथा कहाँ नन्द के समान पिता हैं। कहाँ वह राधा के साथ सुख तथा कहाँ (मिलन के) दिन तथा प्रातः। सखी तथा सखा का सुख संसार में अन्यत्र नहीं है (यहाँ तक कि) मुझे बैकुंठ भी नहीं सुहाता। उन बातों को किसके आगे कहा जाय यह सुनकर कृष्ण पछताते हैं। सूरदास कहते हैं कि कृष्ण व्रज की महिमा को लिखकर बलभद्र भाई से कहते हैं।।3।।

तबहिँ उपँग-सुत आइ गए।
सखा सखा कछु अंतर नाहीं, भरि भरि अंक लए।
अति सुन्दर तन स्याम सरीखो, देखत हरि पछिताने।
ऐसे वै वैसी बुधि होती, ब्रज पठऊँ मन आने।
या आगैं रस-कथा प्रकासौं, जोग-कथा प्रगटाऊँ।
सूर ज्ञान याकौ दृढ़ करिकै, जुवतिन्ह पास पठाऊँ।।४।।

अर्थ—तभी उपंग के पुत्र (उद्धव) आ गये। मित्र और मित्र के बीच कोई अन्तर नहीं है, अतः वे भर-भरकर गले से लग गये। अत्यधिक सुन्दर श्याम के समान शरीर को देखकर कृष्ण पछताने लगे। ऐसे श्याम शरीर उद्धव की उसी प्रकार की (संसक्ति एवं आसक्ति से परिपूर्ण) बुद्धि होती, मन में विचार किया कि इसे (इसके निमित्त) व्रज भेज दूँ। इसके आगे प्रेम की कथा प्रकाशित करूँ, तदनन्तर योग की कथा प्रकट करूँ। सूरदास कहते हैं कि (कृष्ण सोचते हैं कि) इसके ज्ञान को दृढ़ करके युवतियों से पास भेजूँ।।4।।

हरि गोकुल की प्रीति चलाई ।
सुनहु उपँग-सुत मोहिँ न बिसरत, ब्रज बासी सुखदाई ।
यह चित होत जाउँ मैं अबही, इहाँ नही मन लागत ।
गोपी ग्वाल गाइ बन चारन, अति दुख पायौ त्यागत ।
कहँ माखन-रोटी, कहँ जसुमति, जे वहु कहि-कहि प्रेम ।
सूर स्याम के बचन हँसत सुनि, थापत अपनौ नेम ।।५।।

अर्थ—कृष्ण ने गोकुल की प्रेम चर्चा चला दी। (कृष्ण ने कहा) उद्धव सुनो, सुखदायी व्रजवासी मुझे भूलते नहीं। यह मन में आता है कि मैं अभी ही चला जाऊँ क्योंकि यहाँ मन नहीं लगता। गोपी-ग्वाल तथा गायों का चराना छोड़ते हुए मैंने अत्यधिक दुःख पाया। कहाँ माखन रोटी, कहाँ यशोदा माता जो प्रेमपूर्वक कहती थीं (लाल) खाओ। सूरदास कहते हैं कि कृष्ण के वचन सुनकर (उद्धव) हँसते हैं तथा अपने नियम को स्थापित करते हैं।। 5।।

जदुपति लख्यौ तिहिँ मुसुकात ।
कहत हम मन रही जोई, भई सोई बात ।
बचन परगट करन कारन, प्रेम कथा चलाइ ।
सुनहु ऊधौ मोहिँ ब्रज कौ, सुधि नही बिसराइ ।
रैनि सोवत, दिवस जागत, नाहिँनै मन आन ।
नंद-जसुमति, नारि-नर-ब्रज, तहाँ मेरौ प्रान ।
कहत हरि सुनि उपँग सुत यह, कहत हौं रस रीति ।
सूर चित तैं टरति नाहीं, राधिका की प्रीति ।।६।।

अर्थ—कृष्ण ने उन्हें मुस्कराते हुए देख लिया। (फिर कृष्ण) कहते (सोचते) हैं कि मेरे मन में जो बात थी वही हुई। (इसी को) वाणी से स्पष्ट कराने के निमित्त प्रेम कथा चलाई। हे ऊधो मुझे व्रज की स्मृति नहीं भूलती। रात में सोते (समय), दिन में जागते (समय) मन में और कुछ (आता) ही नहीं। जहाँ नन्द-यशोदा तथा व्रज के नर-नारी हैं वहीं मेरे प्राण (भी) हैं। कृष्ण कहते हैं, हे उपंग के पुत्र (उद्धव) सुनो ? रस की रीति कहता हूँ कि राधिका की प्रीति चित्त से टलती नहीं।। 6।।

सखा सुनि एक मेरी बात ।
वह लता गृह संग गोपिन, सुधि करत पछितात ।
बिधि लिखी नहिँ टरत क्यौं हूँ, यह कहत अकुलात ।
हँसि उपँग-सुत बचन बोले, कहा हरि पछितात ।
सदा हित यह रहत नाहीं, सकल मिथ्या जात ।
सूरप्रभु एक यह सुनौ मोसौं, एक ही सौं नात ।।७।।

अर्थ—हे सखा! मेरी एक बात सुनो। गोपिकाओं के साथ उस लता-गृह का स्मरण करते हुए पीड़ा होती है। भाग्य का लिखा किसी भी तरह टलता नहीं यह कहते हुए (कृष्ण) व्याकुल

होते हैं। (यह सुनकर) उपंग पुत्र (उद्धव) ने कहा कि आप दुखी क्यों होते हैं! यह प्रेम सम्बन्ध निरन्तर नहीं रहता है, सब मिथ्या हो जाता है। सूरदास कहते हैं कि (उद्धव कहते हैं) कृष्ण वह मुझसे सुनो कि एक ही (तत्व) है तथा एक (ब्रह्म ही से) नाता है।।7।।

जब ऊधौ यह बात कही।
तब जदुपति अति ही सुख पायौ, मानी प्रगट सही।
श्री मुख कह्यौ जाहु तुम ब्रज कौं, मिलहु जाइ ब्रज-लोग।
मो बिन, बिरह भरीं ब्रजबाला, जाइ सुनावहु जोग।
प्रेम मिटाइ ज्ञान परब्रोधहु, तुम हौ पूरन ज्ञानी।
सूर उपँग-सुत मन हरषाने, यह महिमा इन जानी।।८।।

अर्थ—जब उद्धव ने यह बात कही, तब कृष्ण ने अत्यन्त सुख पाया (उन्होंने अपनी कल्पना को) प्रत्यक्ष सत्य माना। श्री मुख कृष्ण ने कहा कि तुम ब्रज को जाओ-तथा ब्रज के लोगों से जाकर मिलो। मेरे बिना ब्रज-बालायें बिरह से भरी हैं उन्हें जाकर योग सुनाओ। प्रेम मिटाकर ज्ञान का प्रबोधन करो क्योंकि तुम पूर्ण ज्ञानी हो। सूरदास कहते हैं कि (कृष्ण से) इस महिमा को जानकर उद्धव मन-ही-मन हर्षित हुए।।8।।

ऊधौ तुम यह निश्चय जानौ।
मन, बच, क्रम मैं तुमहिं पठावत, ब्रज कौं तुरत पलानौ।
पूरन ब्रह्म अकल अबिनासी, ताके तुम हौ ज्ञाता।
रेख न रूप जाति कुल नाहीं, जाके नहिं पितु माता।
यह मत दै गोपिनि कौं आवहु, बिरह नदी मैं भासत।
सूर तुरत तुम जाइ कहौ यह, ब्रह्म बिना नहिं आसत।।९।।

अर्थ—उद्धव! तुम यह निश्चित जानो कि मैं तुम्हें मनसा, वाचा, कर्मणा भेजता हूँ, तुम शीघ्र ही ब्रज को प्रस्थान कर दो। अकल, अविनाशी, पूर्ण ब्रह्म के तुम ज्ञाता हो तथा जिस (ब्रह्म) के रेख, रूप, जाति, कुल तथा जिसके पिता-माता कोई भी नहीं हैं। यह मत विरह नदी में डूबती (प्रतीत होती) हुई गोपियों को दे आओ। सूरदास कहते हैं कि (कृष्ण कहते हैं उद्धव) तुम जाकर यह कहो कि ब्रह्म के बिना (किसी का भी) अस्तित्व नहीं है।।9।।

ऊधौ मन अभिमान बढ़ायौ।
जदुपति जोग जानि जिय साँचौ, नैन अकास चढ़ायौ।
नारिनि पै मोकौं पठवत हैं, कहत सिखावन जोग।
मन ही मन अप करत प्रसंसा, यह मिथ्या सुख-भोग।
आयसु मानि लियौ सिर ऊपर, प्रभु आज्ञा परमान।
सूरदास प्रभु गोकुल पठवत, मैं क्यौं कहौं कि आन।।१०।।

अर्थ—उद्धव ने मन में अभिमान बढ़ा लिया। कृष्ण के हृदय में योग की सच्चाई को जानकर, नेत्रों को आकाश पर चढ़ा लिया। नारियों के पास मुझे (कृष्ण) भेजते हैं तथा योग सिखाने के लिए कहते हैं। स्वयं मन-ही-मन प्रशंसा करते हैं कि यह सुख-भोग मिथ्या है। प्रभु की आज्ञा को प्रमाण मानकर आज्ञा को शिरोधार्य कर लिया। सूरदास कहते हैं कि (ऊधो कहते हैं) कृष्ण मुझे गोकुल भेजते हैं मैं अन्य कैसे हूँ (अर्थात् उनका एक अंश ही हूँ)।। 10।।

तुम पठवत गोकुल कौं जैहौं।
जौ मानिहैं ब्रह्म की बातैं, तो उनसौं मैं कैहौं।
गदगद बचन कहत मन प्रफुलित, बार बार समुझैहौं।
आजु नहीं जो करौं काज तुव, कौन काज पुनि लैहौं।
यहु मिथ्या संसार सदाई, यह कहिकै उठि ऐहौं।
सूर दिना द्वै ब्रज-जन सुख दै, आइ चरन पुनि गैहौं ।।११।।

अर्थ—तुम्हारे भेजने पर गोकुल को जाऊँगा। यदि वे ब्रह्म (सम्बन्धी बातें) मानेंगी तो उनसे मैं कहूँगा। (उद्धव) मन में प्रफुल्लित होकर गद्गद् वाणी से कहते हैं कि उन्हें (गोपियों को) बार-बार समझाऊँगा। आज यदि आपका कार्य नहीं करता हूँ तो फिर किस काम आऊँगा। यह संसार सदा मिथ्या है यह कहकर वापस आ जाऊँगा। सूरदास कहते हैं कि (उद्धव कहते हैं) ब्रज के निवासियों को दो चार दिन सुख देकर, आकर फिर आपका चरण ग्रहण करूँगा।। 11।।

तुरत ब्रज जाहु उपँग-सुत आज।
ज्ञान बुझाइ खबरि दै आवहु, एक पंथ द्वै काज।
जब तैं मधुबन कौं हम आए, फेरि गयौ नहिं कोइ।
जुबतिनि पै ताही कौं पठवौं, जो तुम लायक होइ।
इक प्रवीन अरु सखा हमारे, ज्ञानी तुम सरि कौन।
सोइ कीजौ जातैं ब्रज-बाला, साधन सीखैं पौन।
श्रीमुख स्याम कहत यह बानी, ऊधौ सुनत सिहात।
आयसु मानि सूर प्रभु जैहौं, नारि मानिहैं बात ।।१२।।

अर्थ—उपंग के पुत्र उद्धव आज शीघ्र ही ब्रज़ को जाओ। ज्ञान समझाकर खबर (भी) दे आओ। (इसी तरह) एक पंथ दो कार्य हो जाएगा। जब से मधुबन से मैं आया तब से फिर कोई वहाँ नहीं गया। युवतियों के पास उसी को भेजूँ जो तुम्हारे समान हो। एक तो प्रवीण और मित्र हो (दूसरे) तुम्हारे समान दूसरा कौन ज्ञानी है। वही कीजिए जिससे ब्रज बालायें पवन का साधन (प्राण वायु रोकने की क्रिया) सीख जायें। श्रीमुख कृष्ण यह वाणी कहते हैं, ऊधौ इसे सुनकर प्रसन्न होते हैं। (फिर उद्धव कहते हैं) प्रभु की आज्ञा मानकर जाऊँगा (और निश्चित ही) नारियाँ मेरी बात मानेंगी।। 12।।

हलधर कहत प्रीति जसुमति की।
कहा रोहिनी इतनी पावै, वह बोलनि अति हित की।
एक दिवस हरि खेलत मो सँग, झगरौ कीन्हौ पेलि।
मोकौं दौरि गोद करि लीन्हौ, इनहिं दियौ कर ठेलि।
नंद बबा तब कान्ह गोद करि, खीझन लागे मोकौं।
सूर स्याम नान्हौं तेरौ भैया, छोह न आवत तोकौं ।।१३।।

अर्थ—हलधर यशोदा के प्रेम की बात कहते हैं। प्रेम भरी बोल को रोहिणी कैसे सुन पाये। (बलराम कहते हैं) एक दिन कृष्ण ने मेरे साथ खेलते हुए जबरदस्ती मुझसे झगड़ा कर लिया। (रोहिणी) ने दौड़कर मुझे गोद में ले लिया और इन्हें ठेल दिया। सूरदास कहते हैं कि नंद बाबा कृष्ण को गोद में लेकर मुझ पर खीझने लगे कि तेरा छोटा भाई है, तुझे दया नहीं आती।। 13।।

जसुमति करति मोकौं हेत।
सुनौ ऊधौ कहत बनत न, नैन भरि-भरि लेत।
दुहुँनि कौ कुसलात कहियौ, तुमहिं भूलत नाहिं।
स्याम हलधर सुत तुम्हारे, और के न कहाहिं।
आइ तुमकौं धाइ मिलिहैं, कछुक कारज और।
सूर हमकौं तुम बिना सुख, कौ नाहीं कहुँ ठौर ।।१४।।

अर्थ—यशोदा मुझको स्नेह करती हैं। हे उद्धव, सुनो ! कहते नहीं बनता, नेत्र (आँसू) से भर-भर आते हैं। दोनों की कुशल कहना और (कहना कि) तुम्हें भूल नहीं रहे हैं। कृष्ण और बलराम तुम्हारे ही पुत्र हैं (वे) और किसी के नहीं कहलाते। कुछ कार्य और हैं (उसको पूरा करने के बाद) आकर तुमसे दौड़कर मिलेंगे। सूरदास कहते हैं (कृष्ण कहते हैं) कि तुम्हारे बिना हमें किसी भी स्थान पर सुख नहीं मिलता।। 14।।

तीन पाती तथा संदेश

स्याम कर पत्री लिखी बनाइ।
नंद बाबा सौं बिनै, कर जोरि जसुदा माइ।
गोप ग्वाल सखान कौं, हिल-मिलन कंठ लगाइ।
और ब्रज-नर नारि जे हैं, तिनहिं प्रीति जनाइ।
गोपिकनि लिखि जोग पठयो, भाव जानि न जाइ।
सूर प्रभु मन और यह कहि, प्रेम लेत दिढ़ाइ ।।१५।।

अर्थ—कृष्ण ने एक हस्त-पत्र लिखकर तैयार किया। नंद बाबा से विनय करके तथा यशोदा माता से हाथ जोड़कर (प्रणाम लिखा)। गोप तथा ग्वाल सखाओं को हिल-मिलकर कंठ से लगाया और ब्रज के नर-नारी जो हैं उनको प्रीति जनाकर गोपियों के लिए योग लिखकर भेजा जिनका भाव जाना नहीं जा सकता। सूरदास कहते हैं कि प्रभु ने मन से यह कहकर प्रेम को और दृढ़ कर लिया।। 15।।

ऊधौ जात ब्रजहिँ सुने।
देवकी बसुदेव सुनि कै, हृदै हेत गुने।
आपु सौँ पाती लिखी, कहि धन्य जसुमति नंद।
सुत हमारे पालि पठए, अति दियौ आनंद।
आइकै मिलि जात कबहुँ न, स्याम अरु बलराम।
इहौ कहत पठाइहौँ अब, तबहिँ तन बिस्राम।
बाल-सुख सब तुमहिँ लूटचौ, मोहिँ मिले कुमार।
सूर यह उपकार तुम तैँ, कहत बारंबार।।१६।।

अर्थ—(देवकी और वसुदेव ने) उद्धव को ब्रज जाते हुए सुना। देवकी और वसुदेव ने (यह समाचार) सुनकर हृदय से प्रेम (का सम्बन्ध) समझा। स्वयं उन्होंने यशोदा तथा नंद को धन्यवाद देते हुए पत्र लिखा (जिन नंद तथा यशोदा ने) हमारे पुत्र को पालकर अत्यधिक आनंद दिया। (वे वही कहा करते हैं) कृष्ण और बलराम आकर कभी मिल नहीं जाते। अब इसे भी कहकर भेजूँगा तभी शरीर को आराम मिलेगा कि समस्त बाल-सुख तो तुमने लूटा मुझे तो कुमारावस्था में मिले। सूरदास कहते हैं (देवकी तथा वसुदेव) कहते हैं यह उपकार तुमसे बार-बार कहता हूँ।। 16।।

हस पर काहैँ झुकतिँ ब्रजनारी।
साझे भाग नहीँ काहू कौ, हरि की कृपा निनारी।
कुबिजा लिख्यौ संदेस सबनि कौ, अरु कीन्ही मनुहारी।
हौँ तौ दासी कंसराइ की, देखौ मनहिँ बिचारी।
फलनि माँझ ज्यौँ करुइ तोमरी, रहत घुरे पर डारी।
अब तौ हाथ परी जंत्री के, बाजत राग दुलारी।
तनुतैँ टेढ़ी सब कोउ जानत, परसि भई अधिकारी।
सूरदास स्वामी करुनामय, अपने हाथ सँवारी।।१७।।

अर्थ—गोपियाँ हम पर क्यों झुंझलाती हैं। कृष्ण की कृपा अनोखी है, उसमें किसी के साझा का अंश नहीं है। कुबरी ने सबको संदेश लिखा और मनुहार किया कि मैं कंस राजा की दासी हूँ मन में विचार करके देखो। फलों में कड़वी लौकी जो घूरे पर पड़ी रहती है अब तो वह यंत्री के हाथ पड़कर प्रिय राग अलापती है। (मैं) शरीर से टेढ़ी थी इसे सब लोग जानते हैं किन्तु कृष्ण का स्पर्श करके (भक्ति भाव की) अधिकारिणी बन गयी। सूरदास कहते हैं (कि कुबरी कहती है) करुणामय कृष्ण ने अपने हाथ से (हमें) सम्हाल दिया।। 17।।

सुनियत ऊधौ लए सँदेसौ, तुम गोकुल कौँ जात।
पाछैँ करि गोपनि सौँ कहियौ, एक हमारी बात।
मातु पिता कौ नेह समुझि कै, स्याम मधुपुरी आए।
नाहिँन कान्ह तुम्हारे प्रीतम, ना जसुदा के जाए।

देखौ बूझि आपने जिय मैं, तुम धौं कौन सुख दीन्हे ।
ये बालक तुम मत्त ग्वालिनी, सबै मूँड़ करि लीन्हे ।
तनक दही माखन के कारन, जसुदा त्रास दिखावै ।
तुम हँसि सब बाँधन कौं दौरी, काहू न दया न आवै ।
जो बृषभानु-सुता उत कीन्हो, सो सब तुम जिय जानौ ।
ताहीं जाल तज्यौ ब्रज मोहन, अब काहैं दुख मानौ ।
सूरदास प्रभु सुनि-सुनि बातैं, रहे भूमि सिर नाए ।
इत कुबिजा उत प्रेम गोपिकनि, कहत न कछु बनि आए ।।१८।।

अर्थ—सुनो ऊधो, तुम संदेश लेकर गोकुल जा रहे हो, गोपियों को पीछे करके उनसे मेरी एक बात कहना। माता पिता का स्नेह समझकर कृष्ण मधुपुरी चले आये। कृष्ण तुम्हारे प्रियतम नहीं रह गये न तो यशोदा से उत्पन्न (पुत्र)। अपने हृदय में सोचकर देखो कि तुम्हें उन्होंने कौन-सा सुख दिया। यह बालक (कृष्ण) और तुम मत्त ग्वालिनि सबको (कृष्ण ने) सिर चढ़ा दिया। तनिक दही तथा मक्खन के लिए यशोदा भय दिखाती। तुम सब हँसकर उन्हें बाँधने को दौड़ी और किसी को (उस समय) दया न आयी। राधा ने जो उस तरह (व्यवहार) किया वह सब तुम जानती हो। उसी से कृष्ण ने जाल को त्याग दिया अब क्यों दुखी हो रही हो। सूरदास कहते हैं कि प्रभु ये बातें सुनकर भूमि की ओर सिर झुकाये रहे। इधर कुब्जा और उधर गोपियों का प्रेम (इस द्विविधा के बीच) कुछ कहते नहीं बनता।। 18।।

तब ऊधौ हरि निकट बुलायौ ।
लिखि पाती दोउ हाथ दई तिहिँ, औ मुख बचन सुनायौ ।
ब्रजवासी जावत नारि नर, जल थल द्रुम बन पात ।
जो जिहिँ बिधि तासौं तैसैंही, मिलि कहियौ कुसलात ।
जो सुख स्याम तुमहिँ तैं पावत, सो त्रिभुवन कहुँ नाहिँ ।
सूरदास प्रभु दइ सौंह आपुनी, समुझत ही मन माहिँ ।।१९।।

अर्थ—तब कृष्ण ने उद्धव को निकट बुलाया। (कृष्ण ने) पत्र लिखकर दोनों हाथ से उन्हें दिया और मुख से वचन सुनाया। ब्रजवासी नर-नारी से लेकर जल, थल, वृक्ष, वन के पत्ते तक से जो जिस तरह हैं उनसे उसी तरह से मिलकर कुशल कहना कि जो सुख कृष्ण तुमसे पाते हैं वह त्रिभुवन में कहीं नहीं है। सूरदास कहते हैं कि कृष्ण ने अपनी सौगंध दी कि मन में समझते हो (कि नहीं)।। 19।।

पहिलैं प्रनाम नंदराइ सौं ।
ता पाछैं मेरौ पालागन, कहियौ जसुमति माइ सौं ।
बार एक तुम बरसाने लौं, जाइ सबै सुधि लीजौ ।
कहि वृषभानु महर सौं मेरो, समाचार सब दीजौ ।

श्रीदामाऽदि सकल ग्वालनि कौं, मेरौ कौतौ भेंटयौ।
सुख संदेस सुनाइ सबनि कौं, दिन दिन कौ दुख मेटयौ।
मित्र एक मन बसत हमारैं, ताहि मिलैं सुख पाइहौ।
करि करि समाधान नीकी बिधि, मोकौं माथौ नाइहौ।
डरपहु जनि तुम सबन कुंज मैं, हैं तहँ के तरु भारी।
वृन्दाबन मति रहति निरंतर, कबहुँ न होत निनारी।
ऊधौ सौं समुझाइ प्रगट करि, अपने मन की बीती।
सूरदास स्वामी सौ छल सौं, कही सकल ब्रज-प्रीती।।२०।।

अर्थ—पहले नंदराय से प्रणाम उसके बाद यशोदा माता से मेरी पालागन (पाँव लगना) कहना। एक बार तुम बरसाने तक जाकर सभी की खबर लेना। वृषभानु महर से कहकर मेरा सब समाचार देना। श्रीदामा आदि समस्त ग्वालों को मेरी तरफ से भेंटना। सबको सुख का संदेश सुनाकर दिन-दिन के दुख को मिटा देना। मेरा एक मित्र मन में बसता है, उससे मिलकर सुख पाओगे। अच्छी तरह से समाधान करके मुझको मस्तक झुकाना। सघन कुंज में तुम डरना नहीं क्योंकि वहाँ के वृक्ष बड़े-बड़े हैं। वृन्दावन सम्बन्धी बुद्धि निरंतर बनी रहती है वह (कृष्ण की स्मृति से) कभी अलग नहीं होती। सूरदास कहते हैं कि कृष्ण ने उद्धव के सामने अपने मन की बीती बातें समझा कर प्रकट किया तथा सैकड़ों छल से समस्त ब्रज के प्रेम को कहा।। 20।।

ऊधौ इतनी कहियो जाइ।
हम आवैंगे दोऊ भैया, मैया जनि अकुलाइ।
याकौ बिलग बहुत हम मान्यौ, जो कहि पठयौ धाइ।
वह गुन हमकौं कहा बिसरिहै, बड़े किए पय प्याइ।
अरु जब मिल्यौ नंद बाबा सौं, तब कहियौ समुझाइ।
तौ लौं दुखी होन नहिं पावैं, धौरी धूमरि गाइ।
जद्यपि इहाँ अनेक भाँति सुख, तदपि रह्यौ नहिं जाइ।
सूरदास देखौं ब्रजवासिनि, तबहीं हियौ सिराइ।।२१।।

अर्थ—ऊधौ इतना जाकर कहना कि हम दोनों भाई आयेंगे, माता आकुल न हों। हमें इसका विशेष दुःख है कि तुमने अपने को धाय (माता के स्थान पर) की संज्ञा दे दी। वह गुण हमें कैसे भूलेगा जो कि हमें दूध पिलाकर बड़ा किया और जब नन्द बाबा से मिलना तो उनसे समझाकर कहना कि तब तक धौरी धूमर गायें दुखी न होने पावें (जब तक मैं न लौटूँ)। यद्यपि यहाँ पर अनेक प्रकार का सुख है, तिस पर भी रहा नहीं जाता। सूरदास कहते हैं कि (कृष्ण कहते हैं) ब्रजवासियों को देखूँगा तभी हृदय शीतल होगा।। 21।।

नीकैं रहियो जसुमति मैया।
आवैंगे दिन चारि पाँच मैं, हम हलधर दोउ भैया।

नोई, बेंत, बिषान, बाँसुरी, द्वार अबेर सबेरैं।
लै जनि जाइ चुराइ राधिका, कछुक खिलौना मेरैं।
जा दिन तैं हम, तुमतैं बिछुरे, कोउ न कहत कन्हैया।
उठि न सबेरे कियौ कलेऊ, साँझ न चाषी धैया।
कहिये कहा नन्द बाबा सौं, जितौ निठुर मन कीन्हौ।
सूरदास पहुँचाइ मधुपुरी, फेरि न सोधौ लीन्हौ॥२२॥

अर्थ—यशोदा माता अच्छी तरह से रहियेगा। चार-पाँच दिन में हम और हलधर दोनों भाई आयेंगे। नोई, बेंत, सींग का बाजा, बाँसुरी तथा मेरे कुछ अन्य खिलौनों को राधा अबेर-सबेर चुरा न ले जाए। जिस दिन से हम तुमसे अलग हुए तब से कोई कन्हैया नहीं कहता है। (तबसे) सबेरे उठकर कलेवा नहीं किया न तो शाम को फेनेदार धारोष्ण दूध चक्खा। नन्दबाबा से कहना कि कितने निष्ठुर मन हो गये, हमें मधुपुरी पहुँचाकर पुर खोज-खबर नहीं ली।। 22।।

गहरु जनि लावहु गोकुल जाइ।
तुमहिं बिना ब्याकुल हम ह्वै हैं, जदुपति करी चतुराइ।
अपनौ ही रथ तुरँत मँगायौ, दियौ तुरत पलनाइ।
अपने अंग अभूषन करि-करि, आपुन ही पहिराइ।
अपनौ मुकुट पितंबर अपनौ, देत सबै सुख पाइ।
सूर स्याम तदरूप उपँगसुत, भृगुपद एक बचाइ॥२३॥

अर्थ—गोकुल जाकर (वहाँ) विलम्ब न लगाना क्योंकि तुम्हारे बिना हम व्याकुल हो जायेंगे (इस तरह) कृष्ण ने चतुरता बरती। उन्होंने तुरन्त ही अपना रथ मँगाकर घोड़ों पर जीन कसवा दिया। अपने अंग के आभूषणों को यथा-स्थान अपने हाथ से पहनाकर, अपने (हाथ से) अपना मुकुट, पीताम्बर देते हुए सभी सुख प्राप्त किया। सूरदास कहते हैं कि भृगुपद (के चिह्न) को छोड़कर उद्धव कृष्ण के समान रूप हो गये।। 23।।

उद्धव ब्रज आगमन—

जबहिं चले ऊधौ मधुबन तैं, गोपिनि मनहिं जनाइ गई।
बार-बार अलि लागे स्रवननि, कछु दुख कछु हिय हर्ष भई।
जहँ तहँ काग उड़ावन लागी, हरि आवत उड़ि जाहिं नहीं।
समाचार कहि जबहिं मनावतिं, उड़ि बैठत सुनि औचकहीं।
सखी परस्पर यह कहो बातैं, आजु स्याम कै आवत हैं।
किधौ सूर कोऊ ब्रज पठयौ, आजु खबरि कै पावत हैं॥२४॥

अर्थ—जब उद्धव मधुबन से चले तो गोपियों के मन में (यह बात) जान पड़ गई। बार-बार कान के पास भ्रमर लगने लगे तथा उन्हें हृदय में कुछ-दुख तथा कुछ हर्ष हुआ। जहाँ-तहाँ वे कौए उड़ाने लगीं। (यह कहने पर कि) कृष्ण आ रहे हैं (वे) उड़ते नहीं। समाचार (आ रहा

है) यह कहकर जब मनाती हैं तो इसे सुनते ही अचानक उड़कर पुनः बैठ जाते हैं। सखियाँ परस्पर बातें करती हैं कि आज कृष्ण आ रहे हैं (क्या)? सूरदास कहते हैं (वे कहती हैं) कि या तो उन्होंने किसी (संदेश देने वाले) व्यक्ति को ब्रज भेजा है या आज उनका संदेशा मिलेगा।। 24।।

आजु कोउ नीकी बात सुनावै।
कै मधुबन तैं नन्द लाड़िलौ, कैऽब दूत कोउ आवै।
भौंर एक चहुँदिसि तैं ऊड़ि-उड़ि, कानन, लगि-लगि गावै।
उत्तम भाषा ऊँचे चढ़ि-चढ़ि, अंग-अंग सगुनावै।
भामिनि एक सखी सौं बिनवै, नैन नीर भरि आवै।
सूरदास कोऊ ब्रज ऐसौ, जो ब्रजनाथ मिलावै।।२५।।

अर्थ—प्रतीत होता है कि आज कोई अच्छी बात सुनाएगा ? मधुबन से नन्द के लाडले (कृष्ण, बलराम) या कोई दूत अभी आयेगा। एक भ्रमर चारों दिशाओं से उड़-उड़कर कानों के पास लग लगकर गाता है, वह उत्तम भाषा तथा ऊँचे (स्वर) पर चढ़-चढ़कर अंग-अंग को सकुनमय बना रहा है। एक स्त्री एक सखी से विनय करती है और उसकी आँखों में आँसू भर आते हैं। सूरदास कहते हैं कि (वह कहती है) कि कोई ब्रज में ऐसा व्यक्ति है जो ब्रजनाथ (कृष्ण) से मिला दे।। 25।।

तौ तू उड़ि न जाइ रे काग।
जौ गुपाल गोकुल, कौं आवैं, तौ ह्वै है बड़भाग।
दधि ओदन भरि दोनौ दैहौं, अरु अंचल की पाग।
मिलि हौं हृदय सिराइ स्त्रवन सुनि, मेटि बिरह के दाग।
जैसैं मातु पिता नहिं जानत, अंतर कौ अनुराग।
सूरदास प्रभु करैं कृपा जब, तब तैं देह सुहाग।।२६।।

अर्थ—तो हे काग तुम उड़ जाओ, यदि कृष्ण गोकुल को आ जायें तो तुम्हारा बड़ा भाग होगा। दधि और चावल से भरकर दोना दूँगी तथा अंचल की पगड़ी दूँगी। कान से सुनकर हृदय को शीतल करके मिलूँगी, विरह के दाग को मिटा दो। जैसे माता पिता अन्तर के अनुराग को नहीं जानते। सूरदास कहते हैं कि जब कृष्ण कृपा करते हैं तभी से शरीर का सौभाग्य है।। 26।।

है कोउ वैसी ही अनुहारि।
मधुबन तन तैं आवत सखि री, देखौ नैन निहारि।
वैसोइ मुकुट मनोहर कुंडल, पीत बसन रुचिकारि।
वैसैंहिं बात कहत सारथि सौं, ब्रज तन बाहँ पसारि।
केतिक बीच कियौ हरि अंतर, मनु बीते जुग चारि।
सूर सकल आतुर अकुलानी, जैसैं मीन बिनु बारि।।२७।।

अर्थ—कोई उन्हीं (कृष्ण) के समान रूप वाला मधुबन से आता है, सखी नेत्रों से निहार

कर देखो। वैसे ही मुकुट, मनोहर कुंडल तथा (वैसे ही) रुचिकर पीतांबर है। ब्रज की ओर हाथ पसार कर सारथी से वैसी ही बात कह रहा है। कृष्ण ने हम लोगों से कितने समय तक अन्तर रखा। मानों चारों युग बीत गये। सूरदास कहते हैं कि वे सभी इतनी व्याकुल हो गयीं जैसे जल के बिना मछली (व्याकुल रहती हैं)।। 27 ।।

घर घर इहै सब्द पर्‌यौ।
सुनत जसुमति धाइ निकसी, हरष हियौ भर्‌यौ।
नन्द हरषित चले आगैं, सखा हरषित अंग।
झुंड झुंडनि नारि हरषित, चलीं उदधि तरंग।
गाइ हरषित ते स्रवतिँ थन, चौंकरत गौ बाल।
उमँगि अंग न मात कोऊ, बिरध तरुनऽरु बाल।
कोउ कहत बलराम नाहीं, स्याम रथ पर एक।
कोउ कहत प्रभु सूर दोऊ, रचित बात अनेक ।।२८।।

अर्थ—घर-घर में यही शब्द पड़ गया (फैल गया)। सुनते ही, हर्ष से भरी हुई यशोदा निकलकर दौड़ पड़ीं। आगे हर्षित होकर नन्द चले तथा हर्षित अंग वाले सखा (चले)। स्त्रियों के झुंड हर्षित होकर समुद्र की तरंग की तरह चल पड़ा। गायें हर्षित होकर थनों से दूध स्रवित करती हैं तथा गाय के बछड़े चिल्लाने लगे। वृद्ध, तरुण और बालक किसी के शरीर में उमंग नहीं समाती। कोई कहता है कि बलराम नहीं हैं। रथ पर कृष्ण अकेले हैं। सूरदास कहते हैं कि कोई कहता है कि कृष्ण और बलराम दोनों हैं इस तरह अनेक बात रचते हैं।। 28 ।।

कोउ माई आवत है तनु स्याम।
वैसै पट वैसिय रथ बैठनि, वैसीयै उर दाम।
जो जैसैं तैसैं उठि धाईं, छाँड़ि सकल गृह काम।
पुलक रोम गदगद तेहीं छन, सोभित अँग अभिराम।
इतने बीच आइ गए ऊधौ, रहीं ठगी सब बाम।
सूरदास प्रभु ह्याँ कत आवैं, बँधे कुबिजा-रस दाम ।।२६।।

अर्थ—हे सखी ! कोई श्याम शरीर वाले (कृष्ण) आ रहे हैं। वैसा ही वस्त्र है, वैसे ही रथ पर बैठे हैं तथा वैसे ही वक्ष स्थल पर माला है। जो जैसे थीं, वैसे ही समस्त घर के कामों को छोड़कर दौड़ पड़ीं। उसी क्षण पुलक, रोमांच, आह्लाद से उनका सुंदर शरीर शोभित हो उठा इतने ही बीच उद्धव आ गये (उन्हें देखकर) सभी युवतियाँ ठगी सी रह गयीं। सूरदास कहते हैं (वे कहती हैं) भला ? कृष्ण यहाँ क्यों आयें वे तो कुब्जा के रस-रूपी डोर (आनन्द सूत्र) में बँध गये हैं।। 29 ।।

जबहिं कह्यौ ये स्याम नहीं।
परीं मुरछि धरनी ब्रजबाला, जो जहँ रही सु तहीं।

सपने की रजधानी ह्वै गइ, जो जागी कछु नाहीं।
बार-बार रथ ओर निहारहिं, स्याम बिना अकुलाहीं।
कहा आइ करिहैं ब्रज मोहन, मिली कूबरी नारी।
सूर कहत सब ऊधौ आए, गईं काम सर मारी ॥३०॥

अर्थ—जब (किसी ने) कहा कि ये कृष्ण नहीं हैं तो जो ब्रजबालायें जहाँ थीं, वहीं मूर्छित होकर पृथ्वी पर गिर पड़ीं। उन्हें जगने पर कुछ नहीं दिखाई दिया (उनकी सारी कल्पना) स्वप्न की राजधानी के समान हो गयी। बार-बार रथ की ओर निहारती हैं तथा कृष्ण के बिना पछताती हैं। कृष्ण आकर क्या करेंगे क्योंकि उन्हें कुब्जा जैसी स्त्री मिल गयी है। सूरदास कहते हैं (सब कहती हैं कि) उद्धव आ गये (यह देखकर) ब्रजबालायें काम के बाण से हत हो उठीं।। 30।।

भली भई हरि सुरति करी।
उठौ महरि कुसलात बूझिए, आनँद उमँग भरी।
भुजा गहे गोपी परबोधति, मानहु सुफल घरी।
पाती लिखि कछु स्याम पठायौ, यह सुनि मनहिं ढरी।
निकट उपँगसुत आई तुलाने, मानौ रूप हरी।
सूर स्याम कौ सखा यहै री, स्रवननि सुनी परी ॥३१॥

अर्थ—अच्छा (ही) हुआ कृष्ण ने याद किया। महरि, उठकर आनन्द तथा उमंग भरकर कुशल पूछिए। भुजा पकड़कर गोपियाँ प्रबोधन देती हैं कि यह अवसर सफल समझो। कृष्ण ने पत्र लिखकर भेजा है वह सुनकर (गोपियाँ) मन में खिंच गयी। उद्धव निकट आ गये। मानो उनका रूप कृष्ण का रूप ही हो। सूरदास कहते हैं कि गोपियों के कान में यह बात पड़ी कि कृष्ण के मित्र यही हैं।। 31।।

निरखत ऊधौ कौं सुख पायौ।
सुन्दर सुलज सुबंस देखियत, यातैं स्याम पठायौ।
नीकैं हरि संदेस कहैगौ, स्रवन सुनत सुख पैहै।
यह जानति हरि तुरत आइहैं, यह कहि हृदै सिरैहै।
घेरि लिए रथ पास चहूँधा, नन्द गोप ब्रजनारी।
महर लिवाइ गए निज मंदिर, हरषित लियौ उतारी।
अरघ देत भीतर तिहिं लीन्हौ, धनि-धनि दिन कहि आज।
धनि धनि सूर उपँगसुत आए, मुदित कहत ब्रजराज ॥३२॥

अर्थ—उद्धव को देखकर (सब लोगों ने) सुख प्राप्त किया। सुंदर, लज्जालु तथा सुवंश दिखाई देता है; (शायद) इसी से कृष्ण ने इन्हें भेजा है। ये कृष्ण का सुन्दर उपदेश कहेंगे तथा कानों से सुनकर सुख पाऊँगी। यह जानती हूँ कि कृष्ण तुरन्त आयेंगे। यह कहकर हृदय को शीतल करेंगे। रथ को चारों ओर से नन्द, गोप तथा ब्रजनारियों ने घेर लिया। महर नन्द हर्षित होकर (रथ से) उतार कर अपने घर ले गये। अर्घ्य देते हुए तथा 'आज का दिन धन्य-धन्य है'

यह कहते हुए अन्दर ले गये। सूरदास कहते हैं कि प्रसन्न होकर ब्रजराज (नंद) कहते हैं कि उद्धव का आगमन धन्य-धन्य है।। 32।।

कबहुँ सुधि करत गुपाल हमारी ।
पूछत पिता नंद ऊधौ सौं, अरु जसुदा महतारी ।
बहुतै चूक परी अनजानत, कहा अबकैं पछिताने ।
बासुदेव घर भीतर आए, मैं अहीर करि जाने ।
पहिलैं गर्ग कह्यौ हुतौ हमसौं, संग दुःख गयौ भूल ।
सूरदास स्वामी के बिछुरैं, रति दिवस भयौ सूल ।।३३।।

अर्थ—पिता नंद तथा माता यशोदा उद्धव से पूछते हैं कि कृष्ण कभी हमारी भी याद करते हैं ? अनजाने में बहुत बड़ी भूल हो गयी, अब पछताने से क्या होता है। वासुदेव (कृष्ण) घर के अन्दर आये, उन्हें मैंने अहीर करके जाना। पहले गर्ग ने मुझसे कहा था लेकिन साथ में दुःख भूल गया था। सूरदास कहते हैं कि कृष्ण से बिछुड़ने पर (यशोदा और नंद के लिए) रात-दिन दुःखकारी हो गया।। 33।।

कह्यौ कान्ह सुनि जसुदा मैया ।
आवहिंगे दिन चारि पाँच मैं, हम हलधर दोउ भैया ।
मुरली बेंत विषान हमारौ, कहूँ अबेर सबेरौ ।
मति लै जाइ चुराइ राधिका, कछुक खिलौना मेरौ ।
जा दिन तैं हम तुम सौं बिछुरे, काहु न कह्यौ कन्हैया ।
प्रात न कियौ कलेऊ कबहूँ, साँझ न पय पियौ धैया ।
कहा कहौं कछु कहत न आवै, जननी जौ दुख पायौ ।
अब हमसौं बसुदेव देवकी, कहत आपनौ जायौ ।
कहिऐ कहा नन्द बाबा सौं, बहुत निठुर मन कीन्हौ ।
सूर हमहिं पहुँचाइ मधुपुरी, बहुरि न सोधौ लीन्हौ ।।३४।।

अर्थ—हे यशोदा माता ! सुनो, कृष्ण ने कहा (है) कि हम तथा हलधर दोनों भाई चार-पाँच दिन में आयेंगे, मुरली, बेंत, सींग का बाजा तथा मेरा कुछ अन्य खिलौना देर-सबेर राधा चुरा न ले जाय। जिस दिन से हम तुमसे बिछुड़ गये, उस दिन से किसी ने (मुझे) कन्हैया नहीं कहा। (मैंने) कभी भी प्रातः कलेवा नहीं किया तथा शाम को धारोष्ण दूध नहीं पिया। क्या कहूँ कुछ कहते नहीं बनता, माता ने जो दुख पाया (वह अकथ्य है)। अब मुझे वसुदेव तथा देवकी अपना पुत्र कहते हैं। नंद बाबा से कहना कि उन्होंने क्यों मन को बहुत निष्ठुर कर लिया। हमें मधुपुरी पहुँचाकर फिर कभी खोज-खबर न ली।। 34।।

हमतैं कछु सेवा न भई ।
धोखैं ही धोखैं जु रहे हम, जाने नाहिं त्रिलोकमई ।

चरन पकरि कर बिनती करिबौ, सब अपराध क्षमा कीबै।
ऐसौ भाग होइगौ कबहूँ, स्याम गोद पुनि मैं लीबैं।
कहै नन्द आगैं ऊधौ के, एक बेर दरसन दीबे।
सूरदास स्वामी मिलि अबकैं, सबै दोष निज गत कीबे ।।३५।।

अर्थ—हमसे कुछ (भी) सेवा न हो सकी। हम धोखे ही धोखे में रह गये, त्रिलोकमय कृष्ण को जान भी नहीं पाये। (उनका) चरण पकड़कर विनती करूँगा तथा सभी अपराधों के लिए क्षमा मागूँगा। ऐसा (भी) भाग्य कभी होगा कि कृष्ण को पुनः गोद में लूँगा। नंद उद्धव से कहते हैं कि एक बार (कृष्ण) दर्शन दे देंगे। सूरदास कहते हैं कि (नंद कहते हैं) कृष्ण से मिलकर अबकी बार अपने मन का सारा दोष (स्वीकार या प्रकट) कर लूँगा।। 35 ।।

ऊधौ कहौ साँची बात
दधि, मह्यौ नवनीत माधव, कौन के घर खात।
किन सखा सँग संग लीन्हे, गहे लकुटी हाथ।
कौन की गैयाँ चरावत, जात को धौं साथ।
कौन गोपी कूल-जमुना, रहत गहि-गहि घाट।
दान हठ कै लेत कापै, रोक किनकी बाट।
कौन ग्वालनि साथ भोजन, करत किनतैं बात।
कौन कैं माखन चुरावन, जाति उठिकै प्रात।
इतौ बूझत माइ जसुमति, परी मुरछित गात।
सूरदास किसोर मिलवहु, मेटि हिय की तात ।।३६।।

अर्थ—उद्धव ! सच्ची बात कहो। कृष्ण दही, मट्ठा, तथा मक्खन किसके घर खाते हैं ? किन-किन मित्रों को साथ लेकर, हाथ में लकुटी ग्रहण करते हैं। यमुना के तट पर किस गोपी के घाट को रोकते हैं। हठ करके किससे दान लेते हैं तथा किसकी राह रोकते हैं। किस ग्वालिन के साथ भोजन करते हैं तथा किसके साथ बात करते हैं। यह सब पूछती हुई माता मूर्छित शरीर होकर गिर पड़ीं। सूरदास कहते हैं (यशोदा कहती हैं) हृदय के सन्ताप को दूर (करने के निमित्त) मुझे किशोर (कृष्ण) से मिलाओ।। 36 ।।

उद्धव का गोपियों को पाती देना

ब्रज घर-घर सब होति बधाई।
कंचन कलस दूब दधि रोचन, लै वृन्दावन आई।
मिली ब्रजनारि तिलक सिर कीनौ, करि प्रदच्छिना तासु।
पूछत कुसल नारि-नर हरषत, आए सब ब्रज-बासु।
सकसकात तन धकधकात उर, अकबकात सब ठाढ़े।
सूर उपँग-सुत बोलत नाहीं, अति हिरदै ह्वै गाढ़े ।।३७।।

अर्थ—ब्रज में घर-घर में बधाई होती है। सोने के कलश पर दूध-दधि का तिलक लेकर (ब्रजनारियाँ) आयीं। (उद्धव से) मिलकर ब्रज स्त्रियों ने (उनके) सिर पर तिलक करके (उनकी) प्रदक्षिणा की। नर-नारी (उनसे) कुशल पूछते हुए हर्षित हो रहे हैं, (वहाँ) सभी ब्रजवासी आ गये। (इस समय) उद्धव शंकित होते हैं, उनका हृदय धड़कने लगता है, (इससे) सभी लोग भौंचक्के खड़े रहे। सूरदास कहते हैं कि उद्धव हृदय से अत्यधिक अविभूत होकर बोलते नहीं।। 37।।

ऊधौ कहौ हरि-कुसलात।
कह्यौ आवन किधौं नाहीं, बोलिऐ मुख बात।
एक छिन जुग जात हमकौं, बिनु सुने हरि प्रीति।
आपु आए कृपा कीन्ही, अब कहौ कछु नीति।
तब उपंग-सुत सबनि बोले, सुनौ श्रीमुख जोग।
सूर सुनि सब दौरि आईं, हटकि दीन्हौ लोग ।।३८।।

अर्थ—उद्धव, कृष्ण का कुशल (समाचार) कहिए। (कृष्ण ने) आने को कहा है कि नहीं, मुख से बात (तो) निकालिये ? कृष्ण का प्रेम सुने बिना एक क्षण हमारे लिए युग के समान जाता है। आप ने आकर कृपा की, अब कुछ नीति (समाचार) कहिए। तब उद्धव ने सबसे कहा कि अब श्रीमुख (कृष्ण का) योग (संदेश) सुनो। सूरदास कहते हैं कि सुनकर सब दौड़ पड़ीं तथा अन्य लोगों को रोक दिया।। 38।।

गोपी सुनहु हरि संदेस।
गए संग अक्रूर मधुबन, हत्यौ कंस नरेस।
रजक मार्‌यौ बसन पहिरे, धनुष तोर्‌यौ जाइ।
कुबलया, चानूर, मुष्टिक, दिए धरनि गिराइ।
मातु पितु के बंद छोरे, बासुदेव कुमार।
राज दीन्हौ उग्रसेनहिँ, चौँर निज कर ढार।
कह्यौ तुमकौं ब्रह्म ध्यावन, छाँड़ि विषय बिकार।
सूर पाती दई लिखि मोहिँ, पढ़ौ गोप-कुमारि ।।३९।।

अर्थ—गोपियों, कृष्ण का सन्देश सुनो ! अक्रूर के साथ (कृष्ण) मधुबन गये, और (वहाँ) राजा (कंस) का वध किया। धीबी को मारा तथा वस्त्र पहनकर, जाकर (कृष्ण ने) धनुष तोड़ा। कुबलय, चानूर तथा मुष्टिक को पृथ्वी पर गिरा दिया। वसुदेव के पुत्र (कृष्ण ने) माता-पिता के बन्धन को छुड़ाया। अपने हाथ से चँवर ढालकर उग्रसेन को राज्य दिया। तुमको विषय-विकार छोड़कर ब्रह्म का ध्यान करने को कहा है। सूरदास कहते हैं कि (उद्धव कहते हैं) हमको पत्र लिखकर दिया है, गोप-कुमारियों उसे पढ़ो।। 39।।

पाती मधुबन ही तैं आई।
सुन्दर स्याम आपु लिखि पठई, आइ सुनी री माई।

अपने अपने गृह तैं दौरी, लै पाती उर लाई।
नैननि निरख निमेष न खंडित, प्रेम-तृषा न बुझाई।
कहा करौं सूनौ यह गोकुल, हरि बिनु कछु न सुहाई।
सूरदास ब्रज कौन चूक तैं, स्याम सुरति बिसराई ।।४०।।

अर्थ—पत्र मधुबन से ही आया है। सुन्दर श्याम (कृष्ण) ने स्वयं लिखकर भेजा है, सखियों आकर सुनो ! (गोपियों ने) अपने-अपने घर से दौड़कर, पत्र को लेकर छाती से लगा लिया। नेत्रों से बिना पलक भाँजे देखती हुई उनकी (गोपियों की) प्रेम की तृष्णा नहीं बुझती। सूने गोकुल को ग्रहण करके हम क्या करें। कृष्ण के बिना कुछ सुहाता नहीं। सूरदास कहते हैं (गोपियाँ कहती हैं) ब्रज-निवासियों की कौन-सी भूल के कारण (इनकी) कृष्ण ने स्मृति भुला दी।। 40।।

निरखतिं अंक स्याम सुन्दर के, बार-बार लावतिं लै छाती।
लोचन जल कागद मसि मिलि कै, ह्वै गइ स्याम स्याम जू की पाती।
गोकुल बसत नंदनंदन के, कबहुँ बयारि न लागी ताती।
अरु हम उती कहा कहैं ऊधौ, जब सुनि बेनु नाद सँग जाती।
उनकैं लाड़ बदति नहिं काहू, निसि दिन रसिक-रास-रस राती।
प्रान-नाथ तुम कबहि, मिलौगे, सूरदास प्रभु बाल-सँघाती ।।४१।।

अर्थ—श्याम सुन्दर (कृष्ण) के (द्वारा लिखे गये) अक्षरों को देखती हैं और (पत्र को) बार-बार छाती से लगाती हैं। आँख के आँसू तथा कागज की स्याही मिल कर कृष्ण की पत्री काली हो गयी। गोकुल में नंदनंदन (कृष्ण) के रहते हुए हमें तप्त हवा तक कभी भी नहीं लगी, और उसे कैसे कहें, जब बंशी के नाद को सुनकर (हम) उनके साथ चली जाती थीं उनके स्नेह में रमी हुई हम किसी से बात तक नहीं करती थीं, और निरन्तर कृष्ण के रास-रास में रमित रहती थीं। सूरदास कहते हैं कि (गोपियाँ कहती हैं) बालपन के साथी तुम कब मिलोगे।। 41।।

पाती मधुबन तैं आई।
ऊधौ हरि के परम सनेही, ताकैं हाथ पठाई।
कोउ पढ़ति, कोउ धरति नैन पर, काहूँ हृदै लगाई।
कोउ पूछति फिरि फिरि ऊधौ कौं, आपुन लिखी कन्हाई ?
बहुरौ दई फेरि उधौ कौं, तब उन बाँचि सुनाई।
मन मैं ध्यान हमारौ राख्यौ, सूर सदा सुखदाई ।।४२।।

अर्थ—पत्री मधुबन से आई है। उधो कृष्ण के परम स्नेही हैं, उन्हीं के हाथ से भेजा है। कोई पढ़ती हैं, कोई नेत्रों पर रखती हैं तथा कोई हृदय से लगाती हैं। कोई पुनः-पुनः उद्धव से पूछती हैं कि क्या कृष्ण ने इसे अपने हाथ से ही लिखा है। फिर उद्धव को पत्र दिया तब उन्होंने उसे पढ़कर सुनाया। सूरदास कहते हैं (गोपियाँ कहती हैं) मन में हमारा भी ध्यान रखा, वही हमारे लिए सदैव सुख देने वाला है।। 42।।

लिखि आई ब्रजनाथ की छाप ।
ऊधौ बाँधे फिरत सीस पर, बाँचत आवैं ताप ।
उलटी रीति नंदनंदन की, घर-घर भयौ संताप ।
कहियौ जाइ जोग आराधैं, अविगत अकथ अमाप ।
हरि आगैं कुबिजा अधिकारिनि, को जीवै इहिं दाप ।
सूर सँदेस सुनावन लागे, कहौ कौन यह पाप ।।४३।।

अर्थ—ब्रजनाथ (कृष्ण) की छाप वाली लिखी (पत्री) आई। ऊधो उसे सिर पर बाँधे घूम रहे हैं तथा उसे पढ़ने पर उत्ताप आ जाता है। नंद-नंदन (कृष्ण) की यह उल्टी रीति (तो देखिए), घर-घर संताप हो गया। (कृष्ण ने कहा है कि) जाकर कहना (कि गोपियाँ) योग की आराधना करें (जो) अविगत, अकथ तथा जो मापने योग्य (असीमित) नहीं है। (कृष्ण की) कुब्जा अधिकारिणी है, इस ताप (दुःख) से कौन जी सकता है। सूरदास कहते हैं (उद्धव) संदेश सुनाने लगे, (गोपियाँ कहती हैं) (हमारा) कौन-सा पाप है (कृष्ण ने जिसके कारण ऐसा संदेश भेजा है)।। 43 ।।

कोउ ब्रज बाँचत नाहिंन पाती ।
कत लिखि-लिखि पठवत नँद-नंदन, कठिन बिरह की काँती ।
नैन सजल कागद अति कोमल, कर अँगुरी अति ताती ।
परसैं जरैं, बिलोकैं भीजै, दुहूँ भाँति दुख छाती ।
को बाँचै ये अंक सूर प्रभु, कठिन मदन-सर-घाती ।
सब सुख लै गए स्याम मनोहर, हमकौं दुख दै थाती ।।४४।।

अर्थ—ब्रज में कोई पत्र पढ़ता नहीं है। (गोपियाँ कहती हैं) कृष्ण कठिन विरह की कटारी (यह पत्री) क्यों लिख-लिखकर भेजते हैं। (हमारे) नेत्र आँसू से भरे हैं, कागज अत्यन्त कोमल है, हाथ की अंगुली अत्यन्त गर्म है। स्पर्श करने से (कागज) जल जायेगा, देखने से भीग जायेगा, दोनों तरह से हृदय में दुख होता है। इस पत्र को कौन पढ़े, हम लोग कठिन काम-बाण से आहत हो गयीं। कृष्ण हमको थाती के रूप में दुख देकर सभी सुख लेकर चले गये।। 44 ।।

ऊधौ कहा करैं लै पाती ।
जौ लौं मदनगुपाल न देखैं, बिरह जरावत छाती ।
निमिष निमिष मोहिं बिसरत नाहीं, सरद सुहाई राती ।
पीर हमारी जानत नाहीं, तुम हौ स्याम सँघाती ।
यह पाती लै जाहु मधुपुरी, जहँ वै बसैं सुजाती ।
मन जु हमारे उहाँ लै गए, काम कठिन सर घाती ।
सूरदास प्रभु कहा चहत हैं, कोटिक बात सुहाती ।
एक बेर मुख बहुरि दिखावहु, रहैं चरन रज-राती ।।४५।।

अर्थ—उद्धव ! पत्र लेकर क्या करें ? जब तक कृष्ण को नहीं देखतीं, विरह छाती को जलाता है। (कृष्ण मुझे) पल-पल नहीं भूलते, (न तो) वह शरद ज्योत्सना की रात भूल ती है। तुम कृष्ण के साथी होकर हमारी पीड़ा नहीं जानते हो। यह पत्र लेकर मधुपुर जाओ जहाँ वे अपने स्वजातियों के साथ रहते हैं। जो मेरा मन वहाँ लेकर चले गये, हम काम के कठिन बाण से घायल हो गयीं। सूरदास कहते हैं (गोपियाँ कहती हैं) कृष्ण क्या अब भी पूर्व जैसी अच्छी लगने वाली करोड़ों प्रेम चर्चायें सुनना चाहते हैं ? एक बार फिर मुख दिखा दो क्योंकि हम चरण की रज में अनुरक्त रहती हैं।। 45 ।।

भ्रमर गीत

इहिँ अन्तर मधुकर इक आयौ।
निज स्वभाव अनुसार निकट ह्वै, सुन्दर शब्द सुनायौ।
पूछन लागीं ताहि गोपिका, कुबिजा तोहिँ पठायौ।
कौधौं सूर स्याम सुन्दर कौं, हमैं सँदेसौं लायौ ।।४६।।

अर्थ—इसी बीच एक भ्रमर आया। अपने स्वभाव के अनुसार निकट होकर सुन्दर शब्द सुनाया। गोपियाँ उससे पूछने लगीं कि कुबरी ने तुमको भेजा है (क्या), या तुम हमारे लिए श्याम सुन्दर का सन्देश ले आये हो।। 46 ।।

(मधुप तुम) कहौ कहाँ तैं आए हौ ।
जानति हौं अनुमान आपनै, तुम जदुनाथ पठाए हौ ।
बैसेइ बसन, बरन तन सुंदर, वेइ भूषन सजि ल्याए हौ ।
लै सरबसु सँग स्याम सिधारे, अब का पर पहिराए हौ ।
अहो मधुप एकै मन सबकौ, सु तौ उहाँ लै छाए हौ ।
अब यह कान सयान बहुरि ब्रज, ता कारन उठि धाए हौ ।
मधुबन की मानिनी मनोहर, तहीं जात जहँ भाए हौ ।
सूर जहाँ लौं स्याम गात हैं, जानि भले करि पाए हौ ।।४७।।

अर्थ—भ्रमर, कहो तुम कहाँ से आये हो। अपने अनुमान से जानती हूँ कि तुम कृष्ण के द्वारा भेजे गये हो। वैसे ही वस्त्र हैं, शरीर का रंग भी सुन्दर है तथा उन्हीं आभूषण से सजाए गए हो। सर्वस्व लेकर कृष्ण चले गये, अब किसे ले जाने के लिए भेजे गए हो। मधुप, सबके एक ही मन है जिसको (कृष्ण) लेकर वहाँ छाए हैं। अब यह कौन चतुराई है कि उनके (कृष्ण के) कारण पुनः ब्रज में उठकर दौड़े आए हो। मधुबन की नारियाँ सुंदर हैं, आप वहीं क्यों नहीं चले जाते जहाँ अच्छे लगते हैं (प्रिय हो)। सूरदास कहते हैं जहाँ तक श्याम शरीर वाले हैं, उन्हें हमने अच्छी तरह से जान लिया है।। 47 ।।

रहु रे मधुकर मधु मतवारे ।
कौन काज या निरगुन सौं, चिर जीवहु कान्ह हमारे ।
लोटत पीत पराग कीच मैं, बीच न अंग सम्हारे ।
बारम्बार सरक मदिरा कौ, अपरस रटत उघारे ।

तुम जानत हौ वैसी ग्वारिनि, जैसे कुसुम तिहारे।
घरी पहर सबहिनि बिरमावत, जेते आवत कारे।
सुंदर बदन कमल-दल लोचन, जसुमति नंद-दुलारे।
तन मन सूर अरपि रहीं स्यामहिं, का पै लेहिं उधारे ॥४८॥

अर्थ—मधु (शराब) में मस्त रहने वाले हे मधुकर! इस निर्गुण से क्या मतलब है, हमारे कृष्ण बहुत समय तक जीवित रहें। पीले मकरंद के कीचड़ में लोटते हो तथा बीच में अंग नहीं सम्हालते। बार-बार मदिरा के नशे में रस-विरुद्ध बातें बकते हो। तुम जानते हो कि ग्वालिनियाँ वैसी ही हैं, जैसे तुम्हारे कुसुम हैं। जो घड़ी-पहर के लिए सभी काले लोगों (भ्रमरों) को बिरमाते हैं। हम सुन्दर मुख, कमल के समान नेत्र वाले कृष्ण को तन-मन अर्पित कर चुकी हैं। अब पुनः निर्गुण को अर्पण करने के लिए तन-मन किससे उधार लें।। 48 ।।

मधुकर हम न होहिं वै बेलि।
जिन भजि तजि तुम फिरत और रँग, करन कुसुम-रस केलि।
बारे तैं बर बारि बढ़ी हैं, अरु पोषी पिय पानि।
बिनु पिय परस प्रात उठि फूलत, होति सदा हित हानि।
ये बेली बिरहीं बृंदावन, उरझीं स्याम तमाल।
प्रेम-पुहुप-रस-बास हमारे, बिलसत मधुप गोपाल।
जोग समीर धीर नहिं डोलतिं, रूप डार दृढ़ लागीं।
सूर पराग न तजतिं हिय तैं, श्री गुपाल अनुरागीं ॥४९॥

अर्थ—मधुकर हम उन लताओं के समान नहीं हैं जिन्हें छोड़कर भाग जाते हो और दूसरे रंग में रंगकर अन्य कुसुम के साथ केलि (क्रीड़ा) करने के लिए फिर जाते हो। बचपन से ही उपवन में पानी पीकर पुष्ट हुई हैं, और (प्रियतम) के हाथों द्वारा पोषित हुई हैं। ये प्रिय के बिना स्पर्श के प्रातः फूल उठती हैं, जिससे सदा हित की हानि होती है! वृन्दावन की ये विरहिणी लताएँ (गोपिकाएँ) श्याम तमाल से उलझ गयी हैं। प्रेम रूपी पुष्प के रस से हमारे (भ्रमर) गोपाल कृष्ण बिलसते हैं। रूप की डालियों में दृढ़ता पूर्वक लगी हैं (उलझ गई हैं), जो योग की हवा से हिलती नहीं हैं। सूरदास कहते हैं (गोपियाँ कहती हैं) निरन्तर श्री गोपालकृष्ण में अनुरक्त हम हृदय से पराग नहीं त्यागती हैं।। 49 ।।

उद्धव गोपी संवाद

पहला संवाद

सुनौ गोपी हरि कौ संदेस।
करि समाधि अंतरगति ध्यावहु, यह उनकौ उपदेस।
वै अविगत अविनासी पूरन, सब-घट रहे समाइ।
तत्व ज्ञान बिनु मुक्ति नहीं है, वेद पुराननि गाइ।

सगुन रूप तजि निरगुन ध्यावहु,इक चित इक मन लाइ।
वह उपाइ करि बिरह तरौ तुम, मिलै ब्रह्म तब आइ।
दुसह सँदेस सुनत माधौ कौ, गोपी जन बिलखानी।
सूर बिरह की कौन चलावै, बूड़तिँ मनु बिनु पानी ।।५०।।

अर्थ—गोपियों, कृष्ण का संवाद सुनो ! समाधि लगाकर अन्तर में ध्यान करो, यही उनका संदेश है। वे अविगत, अविनाशी, पूर्ण तथा सभी घट में व्याप्त हैं। वेद तथा पुराणों में गाया गया है कि तत्व-ज्ञान के बिना मुक्ति नहीं मिलती। चित्त में (एकाग्र मन से) यह (विचार) लाकर, सगुण रूप को त्यागकर, निर्गुण का ध्यान करो। वही उपाय करो जिससे विरह को तर जाओ, तब ब्रह्म आकर मिल जायेगा।। कृष्ण के दुसह संदेश को सुनकर गोपियाँ बिलखने लगीं। सूरदास कहते हैं कि विरह को कौन चलाये वे मानों बिना पानी के डूब रही हों।। 50।।

परी पुकार द्वार गृह-गृह तैँ, सुनौ सखी इक जोगी आयौ।
पवन सधावन, भवन छुड़ावन, रवन-रसाल, गोपाल पठायौ।
आसन बाँधि,परम ऊरध चित,बनत न तिनिहिँ कहा हित ल्यायौ।
कनक बेलि, कामिनी ब्रजबाला, जोग जगिनि दहिबे कौँ धायौ।
भव-भय हरन, असुर मारन हित, कारन कान्ह मधुपुरी छायौ।
ब्रज मैँ जादव एकौ नाहीँ, काहैँ उलटौ जस बिथरायौ।
सुथल जु स्याम धाम मैँ बैठैँ, अबलनि प्रति अधिकार जनायौ।
सूर बिसारी प्रीति साँवरे, भली चतुरता जगत हँसायौ ।।५१।।

अर्थ—घर-घर के द्वार से पुकार मच गयी कि सखियों सुनो ! एक योगी आया है। पवन (प्राणायाम) सिद्ध करने के लिए तथा भवन छुड़ाने के लिए रमण करने वाले रसाल कृष्ण ने भेजा है। आसन लगाकर, चित्त को ऊर्ध्वमुख करना उन्हें (श्रीकृष्ण को) शोभा नहीं देता। उन्हें योग से क्यों इस प्रकार का प्रेम हो गया ? सोने की लता (के समान) ब्रजबालाओं को योग की अग्नि पर दग्ध करने के लिए दौड़कर (आये हैं)। संसार के दुख को हरने वाले, असुरों को मारने के लिए कृष्ण मधुपुरी में रह गये। ब्रज में एक भी यादव नहीं, उलटे यश को क्यों बिखरा दिये। सुन्दर स्थल तथा भवन में बैठे कृष्ण अबलाओं के प्रति अपना अधिकार जमा दिये। सूरदास कहते हैं कि (गोपियाँ कहती हैं) साँवले कृष्ण प्रीति को विस्मृत कर गए, अपने इस भले चातुर्य से संसार में परिहास करा दिया।। 51।।

देन आए ऊधौ मत नीकौ।
आवहु री मिलि सुनहु सयानी, लेहु सुजस कौ टीकौ।
तजन कहत अंबर आभूषन, गेह नेह सुत ही कौ।
अंग भस्म करि सीस जटा धरि, सिखवत निरगुन फीकौ।

मेरे जान यहै जुवतिनि कौ, देत फिरत दुख पी कौ।
ता सराप तैं भयौ स्याम तन, तउ न गहत डर जी कौ।
जाकी प्रकृति परी जिय जैसी, सोच न भली बुरी कौ।
जैसैं सूर ब्याल रस चाखैं, मुख नहिं होत अमी कौ ।।५२।।

अर्थ—उद्धव सुन्दर मत देने को आये हैं। चतुर सखियों आओ, सब मिलकर सुनो तथा सुयश का टीका लो। (उधो), वस्त्र, आभूषण तथा घर, स्नेह और पुत्र को भी छोड़ने को कहते हैं। अंग में भस्म लगाने की, सिर पर जटा धारण करने की तथा फीके निर्गुण की सीख देते हैं। मेरी समझ में ये युवतियों को इसी प्रकार दुख देते फिरते हैं। उसी शाप से ये काले शरीर वाले हो गये हैं, तब भी हृदय में डर नहीं ग्रहण करते। जिसका जैसा स्वभाव होता है, वह भी वैसा ही हो जाता है, उसे भले- बुरे की सोच नहीं रहती है। सूरदास कहते हैं कि (गोपियाँ कहती हैं) सर्प अमृत रस को कितना भी चखे किन्तु उसका मुख अमृतमय नहीं होता।। 52।।

प्रकृति जो जाकैं अंग परी।
स्वान पूँछ कोउ कोटिक लागै, सूधि कहूँ न करी।
जैसैं काग भच्छ नहिं छाँड़ै, जनमत जौन घरी।
धोए रंग जात नहिं कैसेहुँ, ज्यौं कारी कमरी।
ज्यौं अहि डसत उदर नहिं पूरत, ऐसी धरनिं धरी।
सूर होइ सो होइ सोच नहिं, तैसेइ एऊ री ।।५३।।

अर्थ—जिसके शरीर का जैसा स्वभाव हो गया है, (वह) वैसा ही रहता है। कुत्ते की पूँछ को कोई लाख प्रयत्न करे लेकिन उसे सीधी नहीं कर सकता। जैसे कौवा जिस घड़ी जन्म लेता है, उसी घड़ी से अभच्छ्य नहीं त्यागता। जैसे काली कमरी का रंग धोने से नहीं जाता है। जैसे साँप के डसने से कभी उसकी उदरपूर्ति (संतोष) नहीं होती, किन्तु डसने की उसने ऐसी टेक पकड़ ली है। सूरदास कहते हैं कि (गोपियाँ कहती हैं) जो होना हो उसकी चिंता नहीं, वैसे ही ये (उद्धव) भी हैं।। 53।।

समुझि न परति तिहारी ऊधौ।
ज्यौं त्रिदोष उपजैं जक लागत, बोलत बचन न सूधौ।
आपुन कौ उपचार करौ अति, तब औरनि सिख देहु।
बड़ौ रोग उपज्यौ है तुमकौं, भवन सबारैं लेहु।
ह्वाँ भेषज नाना भाँतिन के, अरु मधु-रिपु से बैद।
हम कातर डरपतिं अपनैं सिर, यह कलंक है खेद।
साँची बात छाँड़ि अलि तेरी, झूठी को अब सुनिहै।
सूरदास मुक्ताहल भोगी, हंस ज्वारि क्यौं चुनिहै ।।५४।।

अर्थ—उद्धव ! तुम्हारी (बात) समझ में नहीं आती। जैसे बात-पित्त तथा कफ के समन्वय से एक जक उत्पन्न हो जाती है, वैसे ही तुम शुद्ध (सीधी) बात नहीं बोलते हो। (पहले), अपना

उपचार करो तब औरों को सीख दो। तुमको कोई बड़ा रोग उत्पन्न हो गया है, शीघ्र ही घर के लिए रवाना हो जाओ: वहाँ अनेक प्रकार की दवाइयाँ तथा कृष्ण जैसा वैद्य है। हम कातर होकर डरती हैं कि कहीं अनिष्ट का कलंक हमारे सिर पर न मढ़ा जाय, इसका हमें खेद (भी) है। सच्ची बात को छोड़ कर भ्रमर तुम्हारी बात कौन सुनेगा ? सूरदास कहते हैं कि (गोपियाँ कहती हैं) मुक्ताफल का भोगी हंस ज्वार (अन्न) को क्यों चुनेगा।। 54।।

ऊधौ हम आजु भईं बड़ भागी।
जिन अँखियन तुम स्याम बिलोके, ते अँखिया हम लागीं।
जैसैं सुमन बास लै आवत, पवन मधुप अनुरागी।
अति आनंद होत है तैसैं, अंग-अंग सुख रागी।
ज्यौं दरपन मैं दरस देखियत, दृष्टि परम रुचि लागी।
तैसैं सूर मिले हरि हमकौं, बिरह-बिथा तन त्यागी ।।५५।।

अर्थ—उद्धव ! आज हम बड़ी भाग्यशालिनी हो गयीं, क्योंकि जिन आँखों से तुमने कृष्ण को देखा था. वे आँखें हमारे शरीर को लग गयीं (देखा)। जैसे भौंरे के प्रिय सुमन की गंध हवा ले आती है, वैसे ही तुम्हें देखकर अत्यधिक आनन्द हो रहा है तथा अंग-अंग सुख में रंग गया (है) जैसे शीशे में दर्शन करने से दृष्टि परम रुचिकर लगती है, वैसे ही कृष्ण हमको मिले, हमारे शरीर ने विरह की व्यथा को त्याग दिया।। 55।।

(अलि हौं) कैसैं कहौं हरि के रूप रसहिं।
अपने तन मैं भेद बहुत बिधि, रसना जानै न नैन दसहिं।
जिन देखे ते आहिं बचन बिनु, जिनहिं बचन दरसन न तिसहिं।
बिनु बानी ये उमँगि प्रेम जल, सुमिरि-सुमिरि वा रूप जसहिं।
बार-बार पछितात यहै कहि, कहा करौं जो बिधि न बसहिं।
सूर सकल अंगनि की यह गति, क्यौं समुझावैं छपद पसुहिं ।।५६।।

अर्थ—(भ्रमर हम) कृष्ण के रूप रस को कैसे कहें ? अपने (ही) शरीर में अनेक प्रकार के भेद हैं, क्योंकि जीभ, नेत्रों की दशा को नहीं जानती। जिसने देखा वे वचन (वाणी) रहित हैं, जिनके वचन हैं उन्हें दृष्टि नहीं है (देखने में असमर्थ हैं)। बिना वाणी (के नेत्रों में) उस रूप-यश का स्मरण कर-कर के प्रेम जल उमड़ता रहता है। बार-बार यही कहकर पछताती हूँ, क्या करूँ विधाता से वश नहीं है। सूरदास कहते हैं कि (गोपियाँ कहती हैं) समस्त अंगों की यही गति है, इस मूर्ख (पशु) भ्रमर को कैसे समझायें।। 56।।

हम तौ सब बातनि सचु पायौ।
गोद खिलाइ पिवाइ देह पय, पुनि पालनै झुलायौ।
देखति रही फनिग की मनि ज्यौं, गुरुजन ज्यौं न भुलायौ।
अब नहिं समुझति कौन पाप तैं, बिधना सो उलटायौ।

विनु देखैं पल-पल नहिँ छन-छन, ये ही चित ही चायौ।
अवहिँ कठोर भए ब्रजपति-सुत, रोवत मुँह न धुवायौ।
तब हम दूध दही के कारन, घर-घर बहुत खिझायौ।
सो अव सूर प्रगट ही लाग्यौ, योगऽरु ज्ञान पठायौ ।।५७।।

अर्थ—हमने तो सभी बातों में सुख प्राप्त किया। (कृष्ण को) गोद में खिलाकर, अपने शरीर का (स्व-स्तन का) दूध पिलाकर फिर झूले पर झुलाया। सर्प की मणि की तरह (उन्हें) देखती रही तथा अभिभावक की तरह उपेक्षित नहीं किया। अब नहीं समझती हूँ कि किस पाप से विधाता ने वह (सब कुछ) उलट दिया। बिना देखे पल-पल, क्षण-क्षण नहीं (बीतता); यही (देखने की) इच्छा (चित्त में) बनी रहती है। अब कृष्ण कठोर हो गये हैं तथा रोते हुए हमें मुँह नहीं धुवाते। (आश्वस्त नहीं करते) तब तो हमें दूध-दही के कारण घर-घर में बहुत खिझाया, वह सब अब प्रत्यक्ष ही हो गया (उन्होंने) योग और ज्ञान भेज दिया।। 57।।

मधुकर कहिए काहि सुनाइ।
हरि बिछुरत हम जिते सहे दुख, जिते बिरह के घाइ।
बरु माधौ मधुबन हीं रहते, कत जसुदा कैं आए।
कत प्रभु गोप-बेष ब्रज धरि कैं, कत ये सुख उपजाए।
कत गिरि धरयौ, इंद्र मद मेटयौ, कत बन रास बनाए।
अब कहा निठुर भए अबलनि कौं, लिखि लिखि जोग पठाए।
तुम परबीन सबै जानत हौ, तातैं यह कहि आई।
अपनी को चालै सुनि सूरज, पिता जननि. बिसराई ।।५८।।

अर्थ—मधुकर किसको सुनाकर कहें। हरि से बिछुड़ते हुए हमने जितना दुख सहा तथा जितने विरह के घाव हुए (वे सब अकथनीय) हैं। अच्छा होता कृष्ण मधुवन में ही रहते, यशोदा के यहाँ क्यों आये। कृष्ण क्यों गोप का वेष धारण कर के ब्रज में इतने सुखों को उपजाया। किसलिए इन्होंने पर्वत को धारण किया तथा इन्द्र के गर्व को मिटाया तथा किसलिए रास रचाया। अब अबलाओं के प्रति कैसे निष्ठुर हो गये और लिख-लिखकर योग भेजा है। तुम प्रवीण हो, उसी से यह कह दिया। सूरदास कहते हैं (गोपियाँ कहती हैं) कि हमारी कौन चलाये (कृष्ण ने) अपने पिता-माता को ही भुला दिया।। 58।।

दूसरा संवाद

जानि करि बावरी जनि होहु।
तत्व भजे वैसी ह्वै जैहौ, पारस परसैं लोहु।
मेरौ बचन सत्य करि मानौ, छाँड़ौ सबकौ मोहु।
तौ लगि सब पानो की चुपरो, जौ लगि अस्थित दोहु।

अरे मधुप ! बातैं ये ऐसी, क्यौं कहि आवतिं तोह।
सूर सुबस्ती छाड़ि परम सुख, हमैं बतावत खोह ।।५९।।

अर्थ—जानकर पागल मत बनो। तत्व का भजन करने से वैसी (तत्ववत्) हो जाओगी जैसे पारस पत्थर को स्पर्श करके लोहा सोना हो जाता है। मेरी बात को सत्य मानो तथा सभी मोह को छोड़ दो। तब तक सब पानी की चुपड़ी है जब तक द्वैत भाव स्थित है। (गोपियाँ उत्तर देती हैं) अरे मधुप ऐसी बातें तुमसे कैसे कही जा रही हैं। तुम सुन्दर निवास तथा परम सुख को छोड़कर हमें कन्दरा में योगासन के लिए स्थान बता रहे हो।। 59।।

ऊधौ हरि गुन हम चकडोर।
गुन सौं ज्यौं भावै त्यौं फेरौ, यहै बात कौ ओर।
पैंड़ पैंड चलियै तो चलियै ऊबट रपट पाइ।
चकडोरी की रीति यहै फिरि, गुन हीं सौं लपटाइ।
सूर सहज गुन ग्रन्थि हमारैं, दई स्याम उर माहिं।
हरि के हाथ परै तौ छूटै, और जतन कछु नाहिं ।।६०।।

अर्थ—उद्धव हम कृष्ण (के गुण) रूपी डोर के साथ घूमने वाली लट्टू हैं। उस गुण (डोरी) से जैसे चाहो वैसा फिरा दो, यही इस बात का अन्त है। रास्ते-रास्ते चलिये तो ठीक है, कुराह चलने से पद छिल जाते हैं। लट्टू का यही गुण है कि नाचने के बाद यह फिर गुण (डोरी) से ही लिपट जाता है। सूरदास कहते हैं कि (गोपियाँ कहती हैं) कृष्ण ने हमारे हृदय में गुण (की डोरी) की सहज-गाँठ लगा दी है। कृष्ण के हाथ में पड़ने पर ही छूट सकती है और अन्य कोई उपाय नहीं है।। 60।।

उलटी रीति तिहारी ऊधौ, सुनै सो ऐसी को है।
अलप बयस अबला अहीरि सठ, तिनहिं जोग कत सोहै।
बूची खुभी, आँधरी काजर, नकटी पहिरै बेसरि।
मुड़ली पटिया पारौ चाहै, कोढ़ी लावै केसरि।
बहिरी पति सौं मतौ करै तौ, तैसोइ उत्तर पावै।
सो गति होइ सबै ताकी जो, ग्वारिनि जोग सिखावै।
सिखई कहत स्याम की बतियाँ, तुमकौं नाहीं दोष।
राज काज तुम तैं न सरैगो, काया अपनी पोष।
जाते भूलि सबै मारग मैं, इहाँ आनि का कहते।
भली भई सुधि रही सूर, नतु मोह धार मैं बहते ।।६१।।

अर्थ—उद्धव तुम्हारी उल्टी रीति को यहाँ कौन (गोपी) है जो सुन सकती है। अल्प आयु वाली, बुद्धिहीन, अबला अहीर की स्त्रियों को योग कैसे शोभित होगा। बूची (कान रहित) को खुभी (कान का आभूषण), अन्धी को काजल तथा नकटी बेसर पहने (यह ठीक नहीं है) बाल रहित स्त्री माँग काढ़ना चाहे तथा कोढ़ी केसर का लेप करे तथा बहरी स्त्री पति से यदि परामर्श

करे तो उसे उत्तर भी उसी प्रकार मिलेगा (उसे निराश होना पड़ेगा)। उसकी ये सभी गतियाँ होंगी जो ग्वालिनों को योग सिखाता है। (तुम) कृष्ण की सिखायी बात कर रहे हो इसलिए तुम्हें दोष नहीं है। (कृष्ण तुमसे) राज्य-कार्य नहीं चलेगा, अपने शरीर का पालन करो। सूरदास कहते हैं (गोपियाँ कहती हैं) (कृष्ण) मार्ग में सब कुछ भूल जाते, यहाँ आकर क्या कहते ! अच्छा ही हुआ ख्याल बना रहा नहीं तो मोह की धारा में बह जाते।। 61 ।।

अँखियाँ हरि दरसन की प्यासी।
देख्यौ चाहतिँ कमलनैन कौं, निसि-दिन रहतिँ उदासी।
आए ऊधौ फिरि गए आँगन, डारि गए गर फाँसी।
केसरि तिलक मोतिनि की माला, बृन्दावन के बासी।
काहू के मन की कोउ जानत, लोगनि के मन हाँसी।
सूरदास-प्रभु तुम्हरे दरस कौं, करवट लैहौं कासी।।६२।।

अर्थ—आँखें कृष्ण के दर्शन के लिए प्यासी हैं। कमल नयन (कृष्ण को) देखना चाहती हैं इसीलिए दिन-रात उदास रहती हैं। हे उद्धव, वृन्दावन के वासी (श्री कृष्ण) केसर का तिलक लगाए हुए और मोतियों की माला पहने हुए एक दिन हमारे आँगन में आए और गले में फाँसी देकर (वियोग की असह्य पीड़ा देकर) चले गये। किसी के मन को कोई जानता है ? लोगों के मन में हँसी ही रहती है। सूरदास कहते हैं कि (गोपियाँ कहती हैं) कृष्ण तुम्हारे दर्शन के लिए काशी में करवट (व्रत) ले लूँगी।। 62 ।।

जब तैं सुंदर बदन निहार्‌यौ।
ता दिन तैं मधुकर मन अटक्यौ,बहुत करी निकरै न निकार्‌यौ।
मातु,पिता,पति,बंधु सुजन नहिँ, तिनहूँ कौ कहिबौ सिर धार्‌यौ।
रही न लोक लाज मुख निरखत, दुसह क्रोध फीकौ करि डार्‌यौ।
ह्वै बौ होइ सु होइ कर्मबस, अब जी कौ सब सोच निवार्‌यौ।
दासी भई जु सूरदास प्रभु, भलौ पोच अपनौ न बिचार्‌यौ।।६३।।

अर्थ—जब से सुन्दर मुख को निहारा, उसी दिन से (हे) भ्रमर मन उलझ गया, निकलने का बहुत प्रयास किया, लेकिन निकला नहीं। माता, पिता, भाई तथा स्वजनों का भी कहना स्वीकार नहीं किया। कृष्ण का मुख देखते ही लोक-लज्जा नहीं रही (नष्ट हो गई), अब मन की सभी चिन्ताएँ दूर कर दी क्योंकि कृष्ण की जो दासी हो गयी उसने अपना अच्छा-बुरा कुछ भी विचार नहीं किया।। 63 ।।

और सकल अंगनि तैं ऊधौ, अँखियाँ अधिक दुखारी।
अतिहिँ परातिँ सिरातिँ न कबहूँ, बहुत जतन करि हारी।
मग जोवत पलकौ नहिँ लावतिँ, बिरह बिकल भईं भारी।
भरि गइ बिरह बयारि दरस बिनु, निसि दिन रहतिँ उघारी।

ते अलि अब ये ज्ञान सलाकैं, क्यौं सहि सकतिं तिहारी।
सूर सु अंजन आँजि रूप रस, आरति हरहु हमारी ।।६४।।

अर्थ—उद्धव समस्त अंगों की अपेक्षा आँखें अधिक दुखी हैं। वे अत्यधिक पीड़ा करती हैं। बहुत यत्न करके हार गयी लेकिन वे शीतल नहीं होतीं। रास्ता देखते हुए पलकें भी नहीं लगतीं तथा विरह से अत्यधिक व्याकुल हो गईं। दर्शन के बिना उनमें विरह की हवा भर गयी है। इसलिए रात-दिन खुली रहती हैं। हे भ्रमर ! (उद्धव) अब तुम्हारे ज्ञान की शलाका वे कैसे सह सकती हैं। सूरदास कहते हैं (गोपियाँ कहती हैं) सुन्दर रूप रस के अंजन को इनमें आँजकर हमारे दुख को दूर करो।। 64।।

उपमा नैन एक न रही।
कवि जन कहत कहत सब आये, सुधि कर नाहि कही।
कहि चकोर बिधु मुख बिनु जीवत, भ्रमर नहीं उड़ि जात।
हरि-मुख कमल कोष बिछुरे तैं ठाले कत ठहरात।
ऊधौ बधिक ब्याध ह्वै आए, मृग सम क्यौं न पलात।
भागि जाहिं बन सघन स्याम मैं, जहाँ न कोऊ घात।
खंजन मन-रंजन न होहिं ये, कबहुँ नहीं अकुलात।
पंख पसारि न होत चपल गति, हरि समीप मुकुलात।
प्रेम न होइ कौन बिधि कहियै, झूठैं हीं तन आड़त।
सूरदास मीनता कछू इक, जल भरि कबहुँ न छाँड़त ।।६५।।

अर्थ—आँखों की किसी से समानता नहीं रह गयी। कवि लोग कहते आये लेकिन (किसी ने) सोच कर नहीं कहा। (इन्हें) चकोर कहा जाय (किन्तु यह भी उचित नहीं है) (क्योंकि ये कृष्ण मुख रूपी चन्द्रमा को देखे बिना जीवित रहती हैं। भ्रमर भी नहीं है नहीं तो उड़ जाते क्योंकि कृष्ण रूपी कमल कोश के बिछुड़ जाने पर व्यर्थ क्यों ठहरे रहते ? उद्धव वधिक तथा व्याध के समान आये हैं, ये मृग के समान भाग क्यों नहीं जाते ? श्याम रूपी सघन वन में भाग जाँय, जहाँ कोई भय नहीं है। ये मन के अच्छे लगने वाले खंजन पक्षी भी नहीं हैं क्योंकि ये कभी आकुल नहीं होते तथा पंख पसार कर ये चंचल गति नहीं होते, और न ही कृष्ण के आगे मुकुलित ही होते हैं। किस तरह कहा जाय इन्हें प्रेम नहीं है, ये व्यर्थ शरीर को रोके हैं। सूरदास कहते हैं (गोपियाँ कहती हैं) इनमें मछली के गुण कुछ मात्रा में हैं। क्योंकि जल-भरना कभी नहीं छोड़ते ।। 65।।

ऊधो अँखियाँ अति अनुरागी।
इकटक मग जोवतिं अरु रोवतिं, भूलेहुँ पलक न लागी।
बिनु पावस पावस करि राखी, देखत हौ बिदमान।
अब धौं कहा कियौ चाहत हौ, छाँड़ौ निरगुन ज्ञान।

तुम हौ सखा स्याम सुंदर के, जानत सकल सुभाइ।
जैसैं मिलैं सूर के स्वामी, सोई करहु उपाइ ॥६६॥

अर्थ—उद्धव, आँखें अत्यन्त अनुरक्त हैं। टकटकी लगाकर रास्ता देखती हैं, भूल से भी पलक नहीं लगती। पावस ऋतु के बिना ही (आँसू की वर्षा करके) पावस बना दिया है (तुम) इसे प्रत्यक्ष देख रहे हो। अब क्या करना चाहते हो। निर्गुण ज्ञान को छोड़ दो। तुम श्याम सुन्दर के मित्र हो, समस्त स्वभाव को जानते हो। सूरदास कहते हैं (गोपी कहती है) कि कृष्ण जैसे भी मिल जायँ, वैसा उपाय करो।। 66 ।।

सब खोटे मधुबन के लोग।
जिनके संग स्याम सुंदर सखि, सीखे हैं अपजोग।
आए हैं ब्रज के हित ऊधौ, जुवतिनि कौ लै जोग।
आसन, ध्यान नैन मूँदे सखि, कैसैं कढ़ै बियोग।
हम अहीरि इतनी का जानैं, कुबिजा सौं संजोग।
सूर सुवैद कहा लै कीजै, कहैं न जानै रोग ॥६७॥

अर्थ—मधुबन के सभी लोग खोटे (बुरे, दुष्ट) हैं, सखी जिनके साथ कृष्ण ने बुरा योग (दुखद योग शास्त्र की बातें) सीखा है। उद्धव ब्रज में युवतियों को योग लेकर आए हैं। आसन, ध्यान तथा आँखें बन्द करने से वियोग कैसे दूर हो (निकल) सकता है। हम अहीर की लड़कियाँ इतना क्या जानें कि (कृष्ण का) कुबरी से संयोग हुआ है। सूरदास कहते हैं (गोपियाँ कहती हैं) सुन्दर वैद्य कहाँ तक (प्रयास करे) बिना कहे रोग को नहीं जानता।। 67 ।।

मधुबन लोगनि को पतिआइ।
मुख औरै अंतरगति औरै, पतियाँ लिखि पठवत जु बनाइ।
ज्यौं कोइल सुत-काग जियावै, भाव भगति भोजन जु खवाइ।
कुहुकि कुहुकि आऐं बसंत रितु, अंत मिलैं अपने कुल जाइ।
ज्यौं मधुकर अंबुज-रस चाख्यौ, बहुरि न बूझे बातैं आइ।
सूर जहाँ लगि स्याम गात हैं, तिनसौं कीजै कहा सगाइ ॥६८॥

अर्थ—मधुबन के लोगों पर कौन विश्वास करे ? मुख में (कुछ) और है, हृदय में कुछ और तथा पत्र में कुछ और (बनाकर) लिखकर भेजते हैं। जैसे कोयल के पुत्र को भाव, भक्ति तथा भोजन करा के कौआ जिलाता है, किन्तु बसन्त ऋतु आने पर अन्त में कुहुक-कुहुक कर जाकर अपने कुल से मिल जाता है। जैसे भ्रमर कमल रस को चखकर फिर आकर बातें नहीं पूछता है। सूरदास कहते हैं (गोपियाँ कहती हैं) जहाँ तक साँवले शरीर वाले हैं, उनसे कैसे सम्बन्ध किया जाय।। 68 ।।

आए जोग सिखावन पाँडे।
परमारथी पुराननि लादे, ज्यौं बनजारे टाँड़े।

हमरे गति-पति कमल-नयन की, जोग सिखैं ते राँड़े।
कहौ मधुप कैसे समाहिंगे, एक म्यान दो खाँड़े।
कहु षट्पद कैसैं, खैयतु है, हाथिन कै सँग गाँड़े।
काकी भूख गई बयारि भषि, बिना दूध घृत माँड़े।
काहे कौं झाला लै मिलवत, कौन चोर तुम डाँड़े।
सूरदास तीनौ नहिं उपजत, धनिया, धान कुम्हाँड़े ।।६९।।

अर्थ—आज पाण्डेय (पंडित) योग सिखाने आये हैं। (व्यावसायिक) सामग्रियों से लदे हुए बैल की तरह परामर्श तथा पुराणों को लादे हैं। हमारी गति (सम्बन्ध) कमल-नेत्र (कृष्ण) रति से है योग सीखने वाली (कुब्जा जैसी कोई अन्य पतिहीन) वेश्यायें ही है। मधुप कहो, एक म्यान में दो तलवार कैसे समा सकती हैं। हे भ्रमर, बताओ, हाथियों के साथ ईख के टुकड़े कैसे खाये जा सकते हैं ? दूध-घृत और मीठी रोटी के बिना किसकी भूख हवा खाकर पूरी हुई है। क्यों अनर्गल बकवास करते हो, तुम कौन ऐसे चोर हो जिसे (झूठ बोलने के कारण) दण्डित किया जायेगा। सूरदास कहते हैं (गोपियाँ कहती हैं) कि धनिया, धान और कुम्हड़ा तीनों एक समान भूमि पर नहीं उत्पन्न होते।। 69 ।।

तीसरा संवाद

ज्ञान बिना कहुँवै सुख नाहीं।
घट घट ब्यापक दारु अगिनि ज्यौं, सदा बसै उर माहीं।
निरगुन छाँड़ि सगुन कौं दौरतिं, सुधौं कहौ किहिं पाहीं।
तत्व भजौ जो निकट न छूटै, ज्यौं तनु तैं परछाहीं।
तिहि तैं कहौ कौंन सुख पायौ, जिहिं अब लौं अवगाहीं।
सूरदास ऐसैं करि लागत, ज्यौं कृषि कीन्हे पाहीं ।।७०।।

अर्थ—ज्ञान के बिना कहीं भी सुख नहीं है। काठ में गुप्त अग्नि की भाँति वह घट-घट में व्याप्त है तथा हृदय में सदा निवास करता है। निर्गुण को छोड़कर सगुण की ओर दौड़ती हो वह तो, कहो किसके पास है। शरीर से निकट परछाईं की भाँति उस निकटतम (आत्मब्रह्म) की उपासना करो वह (सन्निकट) छूटने (योग्य) नहीं है। उनसे क्या-क्या सुख पाया जिनका (जिन कृष्ण का) अब तक अवगाहन (अनुगमन) किया। सूरदास कहते हैं कि (उद्धव कहते हैं) यह ऐसे ही लगता है, जैसे पाही (जोत से दूर बाहर की हुई खेती) में की गई खेती।। 70 ।।

ऊधौ कही सु फेरि न कहिए।
जौ तुम हमैं जिवायौ चाहत, अनबोले ह्वै रहिऐ।
प्रान हमारे घात होत है, तुम्हरे भाऐं हाँसी।
या जोवन तैं मरन भलौ है, करवट लैहैं कासी।

पूरब प्रीति सँभारि हमारी, तुमकौं कहन पठायौ।
हम तौ जरि बरि भस्म भईं तुम, आनि मसान जगायौ।
कै हरि हमकौं आनि मिलावहु, कै लै चलिये साथैं।
सूर स्याम बिनु प्रात तजति हैं, दोष तुम्हारे माथैं ।।७१।।

अर्थ—उद्धव, (जो तुमने) कहा (उसे) फिर न कहिए। यदि हमें जिलाना चाहते हो तो बिना बोले ही रहिए। हमारे प्राण पर आघात हो रहा है, तुम्हारे लिये परिहास है। इस जीवन से मरना ही अच्छा है (अतः) काशी में करवट व्रत ले,लेंगी। हमारी पूर्व प्रीति को सम्हाल कर तुम्हें (कृष्ण ने) कहने भेजा है। हम तो जल बलकर भस्म हो गयीं और तुम श्मशान (पर बैठकर मृत व्यक्ति की) सिद्धि कर रहे हो। या तो कृष्ण को हमसे मिला दीजिए या हमें साथ ले चलिए। सूरदास कहते हैं (गोपियाँ कहती हैं) कृष्ण के बिना प्राण छोड़ती हूँ, दोष तुम्हारे मस्तक पर है।। 71।।

घर ही के बाढ़े रावरे।
नाहिन मीत-वियोग बस परे, अनब्यौंगे अलि बावरे।
बरु मरि जाइ चरैं नहिं तिनुका, सिंह को यहै स्वभाव रे।
स्रवन सुधा-मुरली के पोषे, जोग जहर व खवाब रे।
ऊधौ हमहिं सीख कह दैहौ, हरि बिनु अनत न ठाँव रे।
सूरदास कहा लै कीजै, थाही नदिया नाव रे ।।७२।।

अर्थ—आप घर ही में शेखी मारने वाले हैं। मित्रता और वियोग के वश में न हीं पड़े हो अतः मूर्ख अलि (उद्धव) अभी अनुभवहीन हो। चाहे मर जाय, लेकिन तिनका नहीं चरता, सिंह का यही स्वभाव है। मुरली के अमृत रस से पोषित कानों को योग का जहर न खिलाओ। उद्धव ! हमें क्या शिक्षा दोगे, कृष्ण के बिना अन्यत्र स्थान नहीं है। सूरदास कहते हैं (गोपियाँ कहती हैं) कि थाही हुई नदी (ऐसी नदी पैदल पार किया जा सकता है) के लिए नाव लेकर क्या किया जाए।। 72।।

हमकौं हरि की कथा सुनाउ।
ये आपनी ज्ञान गाथा अलि, मथुरा ही लै जाउ।
नागरि नारि भलैं समझैंगी, तेरौ बचन बनाउ।
पा लागौं ऐसी इन बातनि, उनहीं जाइ रिझाउ।
जौ सुचि सखा स्याम सुंदर कौ, अरु जिय मैं सति भाउ।
तौ बारक आतुर इन नैननि, हरि मुख आनि दिखाउ।
जौ कोउ कोटि करै कैसिहुँ बिधि, बल विद्या व्यवसाउ।
तउ सुनि सूर मीन कौं जल बिनु, नाहिँ न और उपाउ ।।७३।।

अर्थ—हमको कृष्ण की कथा सुनाओ। अलि (उद्धव) ये अपनी ज्ञान गाथा मथुरा ही ले जाओ। सभ्य स्त्रियाँ तुम्हारे वचन की बनावट (भंगिमा) को अच्छी तरह समझेंगी (हम) तुम्हारे

चरण लगती हैं, इस प्रकार की बातों से उन्हें ही रिझाओ। यदि कृष्ण के पवित्र मित्र हो तथा मन में सत्य भाव है तो बेचारे इन आतुर नेत्रों को कृष्ण का मुख लाकर दिखाओ। सूरदास कहते हैं (गोपियाँ कहती हैं) बल, विधि,विद्या तथा व्यवसाय से कोई हजार प्रयत्न करे तब भी मछली के लिए जल के अलावा कोई अन्य उपाय नहीं है।। 73।।

ऊधौ बानी कौन ढरैगौ, तोसौं उत्तर कौन करैगौ।
या पांती के देखत हीं अब, जल सावन कौ नैन ढरैगौ।
बिरह-अगिनि तन जरत निसा-दिन, करहिँ छुवत तुव जोग जरैगौ।
नैन हमारे सजल हैं तारे, निरखत ही तेरौ ज्ञान गरैगौ।
हमहिँ वियोगऽरु सोग स्याम कौ, जोग रोग सौं कौन अरैगौ।
दिन दस रहौ जु गोकुल महियाँ, तब तेरौ सब ज्ञान मरैगौ।
सिंगी सेल्ही भसमऽरु कंथा, कहि अलि काके गरैं परैगौ।
जे ये लट हरि सुमननि गूँधी, सीस जटा अब कौन धरैगौ।
जोग सगुन लै जाहु मधुपुरी, ऐसैं निरगुन कौन तरैगौ।
हमहिँ ध्यान पल छिन मोहन कौं, बिन दरसन कछुवै न सरैगौ।
निसि दिन सुमिरन रहत स्याम कौ, जोग अगिनि मैं कौन जरैगौ।
कैसहुँ प्रेम नेम मोहन कौं, हित चित तैं हमरैं न टरैगौ।
नित उठि आवत जोग सिखावन, ऐसी बातनि कौन भरैगौ।
कथा तुम्हारी सुनत न कोऊ, ठाढ़े ही अब आप ररैगौ।
बादिहिँ रटत उठत अपने जिय, को तोसौं बेकाज लरैगौ।
हम अँग अंग स्याम रँग भीनो, को इन बातनि सूर डरैगौ ।।७४।।

अर्थ—उद्धव ! (तुम्हारी) बात से कौन ढलेगा तथा तुमसे उत्तर (प्रत्युत्तर) कौन करेगा। इस पत्री को देखते ही नेत्र सावन के जल (की तरह पर्याप्त आँसू) बहायेंगे। रात-दिन विरह की अग्नि से शरीर जल रहा है, हाथ से छूते ही तुम्हारा योग जल जायेगा। हमारे नेत्र के तारे जल से भरे हैं, देखते ही तुम्हारा ज्ञान गल जायेगा। हमें वियोग तथा कृष्ण के विछोह का दुख है, योग रोग में कौन अड़ेगा। यदि दस दिन (कुछ दिन) गोकुल में रहो तो तुम्हारा सारा ज्ञान मृत हो जायेगा। श्रृंगी, योगी की माला, भस्म, कथरी (गुदड़ी) ये सब किसके गले लगेगा। जिनके इन बालों को कृष्ण ने फूलों से गूँथा था, वे अब सिर पर जटा कैसे धरेंगी। अपने सुन्दर (गुण से भरे) योग को मथुरा ले जाओ, ऐसे निर्गुण से कौन तरेगा। हमें हमेशा कृष्ण का ध्यान रहता है, बिना दर्शन के कुछ भी सिद्ध नहीं होगा। रात दिन कृष्ण का स्मरण रहता है, योग अग्नि में कौन जलेगा। किसी भी प्रकार से कृष्ण का प्रेम, नियम तथा स्नेह मेरे चित्त से नहीं टलेगा। नित्य उठकर योग सिखाने आते हो, ऐसी बातों से कौन प्रसन्न होगा। तुम्हारी कथा को कोई सुनता नहीं, खड़े (खड़े) आप व्यर्थ बकेंगे। अपने मन से तुम व्यर्थ ही रटते हो, बिना कार्य तुमसे

कौन लड़ेगा। हम अंग-अंग से कृष्ण रंग में डूबी हैं, सूरदास (कहते हैं) तुम्हारी इन बातों से कौन डरेगा।। 74।।

ऊधौ तुम ब्रज की दसा बिचारौ।
ता पाछैं यह सिद्ध आपनी, जोग कथा बिस्तारौ।
जा कारण तुम पठए माधौ, सो सोचौ जिय माहीं।
केतिक बोच विरह परमारथ, जानत हौ किधौं नाहीं।
तुम परवीन चतुर कहियत हौ, संतत निकट रहत हौ।
जल बूड़त अवलंब फेन कौ, फिरि फिर कहा गहत हौ।
वह मुसकान मनोहर चितवनि, कैसैं उर तैं टारौं।
जोग जुक्ति अरु मुक्ति परम निधि, वा मुरली पर वारौं।
जिहिं उर कमल-नयन जु बसत हैं, तिहिं निरगुन क्यौं आवै।
सूरदास सो भजन बहाऊँ, जाहि दूसरौ भावै।।७५।।

अर्थ—उद्धव, तुम ब्रज की दशा का विचार करो। उसके बाद अपनी इस सिद्ध योग कथा का विस्तार करो जिस लिए कृष्ण ने तुमको भेजा है उसे मन में सोचो। विरह और परमार्थ में कितना अन्तर है शायद उसे तुम नहीं जानते। तुम प्रवीण तथा चतुर कहलाते हो, संतों के निकट रहते हो। जल में डूबते हुए फेन का सहारा कैसे लिया जा सकता है। वह मुस्कान तथा मनोहर चितवन हृदय से कैसे टालूँ। योग की युक्ति तथा मुक्ति की परम निधि को उस मुरली पर न्योछावर करती हूँ। जिसके हृदय में कमल के समान नेत्र वाले (कृष्ण) बसते हैं उसे निर्गुण क्यों आये। सूरदास कहते हैं (गोपियाँ कहती हैं) उस भजन को बहा दूँ (नष्ट कर दूँ), जिसे दूसरा अच्छा लगता (जिस भजन में दूसरे का गुण-गान हो) है।। 75।।

ऊधौ हरि काहे के अंतरजामी।
अजहुँ न आइ मिलत इहिं अवसर, अवधि बतावत लामी।
अपनी चोप आइ उड़ि बैठत, अलि ज्यौं रस के कामी।
तिनकौ कौन परेखौ कीजै, जे हैं गरुड़ के गामी।
आई उघरि प्रीति कलई सी, जैसी खाटी आमी।
सूर इते पर अनखनि मरियत, ऊधौ पीवत मामी।।७६।।

अर्थ—उद्धव! कृष्ण किसलिए अन्तर्यामी हैं। आज भी इस अवसर पर आकर नहीं मिलते और लम्बी अवधि बताते हैं। अपनी इच्छा से रस का लोभी भ्रमर उड़कर आ बैठता है, वैसे ही कृष्ण का क्या भरोसा किया जाय जो गरुड़ पर चलने वाले हैं। जैसे खट्टी अमिया के संसर्ग से कलई उघर आती है, उसी प्रकार (तुम्हारे संदेश भिजवाने से) कृष्ण की प्रीति का रंग उद्घाटित हो गया है। सूरदास कहते हैं कि इतने पर भी हम दुख से मरती हैं और उद्धव तुम इसे स्वीकार नहीं करते हो! ।। 76।।

निरगुन कौन देस कौ बासी ?
मधुकर कहि समुझाइ सौँह दै, बूझतिँ साँचि न हाँसी।
को है जनक, कौन है जननी, कौन नारि, को दासी ?
कैसौ बरन भेष है कैसौ, किहिँ रस मैँ अभिलाषी ?
पावैगौ पुनि कियौ आपनौ, जो रे करैगौ गाँसी।
सुनत मौन ह्वै रह्यौ बावरौ, सूर सबै मति नासी।।७७।।

अर्थ—निर्गुण किस देश का निवासी है ? मधुकर (उद्धव) सौगंध देकर कहकर समझाओ, मैं सच्चाई से पूछती हूँ, हँसी नहीं है। (उसका) कौन पिता है; कौन माता है; कौन स्त्री है तथा कौन दासी है। कैसा रंग है, कैसा वेष है, किस रस की अभिलाषा करता है। यदि छल-छंद करते हो तो अपने किये का फल पाओगे। सूरदास कहते हैं, बावले से उद्धव सुनते ही चुप रह गये, उनकी सभी बुद्धि नष्ट हो गयी।। 77।।

कहियौ ठकुराइति हम जानी।
अब दिन चारि चलहु गोकुल मैँ, सेवहु आइ बहुरि रजधानी।
हमकौँ हौँस बहुत देखन की, संग लियैँ कुबिजा पटरानी।
पहुनाई ब्रज कौ दधि माखन, बड़ौ पलँग अरु तातौ पानी।
तुम जनि डरौ ऊखल तौ तोरयौ, दाँवरिहू अब भई पुरानी।
वह बल कहाँ जसोमति कैँ कर, देह रावरैँ सोच बुढ़ानी।
सुरभी बाँटि दई ग्वालनि कौँ, मोर-चन्द्रिका सबै उड़ानी।
सूर नंद जू के पालागौँ, देखहु आइ राधिका स्यानी।।७८।।

अर्थ—(उद्धव उनसे) कहना कि हमने (तुम्हारा) प्रभुत्व जान लिया। अब (दो) चार दिन के लिए गोकुल चलो फिर आकर राजधानी का सेवन करना। हम को साथ में कुब्जा रानी को लिए हुए (कृष्ण को) देखने की बड़ी इच्छा है। ब्रज के दही-मक्खन का आतिथ्य, बड़ा पलंग और गर्म पानी (तुम्हें प्राप्त होगा)। तुम डरना मत ऊखल तो तोड़ दिया और उसकी रस्सी भी पुरानी हो गयी है। यशोदा के शरीर में वह बल कहाँ है और साथ ही, (क्योंकि) तुम्हारे सोच में बुड्ढी भी हो गयी हैं। गायों को ग्वालों को बाट दिया तथा सभी मोर चन्द्रिकाएँ उड़ गयीं। सूरदास कहते हैं (गोपियाँ कहती हैं) (कृष्ण आकर) नंद के चरण लगें तथा आकर सयानी राधा को देखें।। 78।।

सुनि सुनि ऊधौ आवति हाँसी।
कहँ वै ब्रह्मादिक के ठाकुर, कहाँ कंस की दासी।
इंद्रादिक की कौन चलावै, संकर करत खवासी।
निगम आदि बंदीजन जाके, सेष सीस के बासी।
जाकैँ रमा रहति चरननि तर, कौन गनै कुबिजा सी।
सूरदास-प्रभु दृढ़ करि बाँधे, प्रेम-पुंज की पासी।।७९।।

अर्थ—उद्धव ! सुन-सुनकर हँसी आती है। कहाँ वे (कृष्ण) ब्रह्मादि के स्वामी कहाँ वह

कंस की दासी (कुब्जा)। इन्द्रादि की कौन चलाये शंकर भी (कृष्ण की) चाकरी करते हैं। निगम आदि जिसके बन्दीजन हैं तथा शेष के सिर के नीचे निवास है। लक्ष्मी जिनके चरणों के नीचे रहती हैं, कुब्जा जैसी (स्त्री) की गणना कौन करे ? सूरदास कहते हैं (गोपियाँ कहती हैं) प्रेम पुंज के पाश में उसने (कृष्ण को) दृढ़ता से बाँध लिया।। 79।।

काहे कौं गोपीनाथ कहावत।
जौ मधुकर वै स्याम हमारे, क्यौं न इहाँ लौं आवत।
सपने कौ पहिचानि मानि जिय, हमहिं कलंक लगावत।
जो पै कृष्न कूबरी रीझे, सोइ किन बिरद बुलावत।
ज्यौं गजराज काज के औरै, औरै दसन दिखावत।
ऐसैं हम कहिवे सुनिबे कौं, सूर अनत बिरमावत।।८०।।

अर्थ—(कृष्ण) क्यों गोपीनाथ कहलाते हैं ? यदि वे कृष्ण हमारे हैं तो उद्धव उन्हें यहाँ क्यों नहीं ले आते। मन में स्वप्न का परिचय मानकर हमें कलंक लगाते हैं। (यदि) कृष्ण कुबरी से रीझ गये हैं, तो उन्हें इस विरद से क्यों बुलाया जाता है ? जैसे हाथी के दाँत काम के लिए और होते हैं दिखाने के लिए और, वैसे ही हम कहने-सुनने के लिए हैं (कृष्ण तो) अन्यत्र (कुब्जादि के पास) रमते हैं।। 80।।

साँवरौ साँवरी रैनि कौ जायौ।
आधी राति कंस के त्रासनि, बसुद्यौ गोकुल ल्यायौ।
नंद पिता अरु मातु जसोदा, माखन नहीं खवायौ।
हाथ लकुट कामरि काँधे पर, बछरुन साथ डुलायौ।
कहा भयौ मधुपुरी अवतरे, गोपीनाथ कहायौ।
ब्रज बधुअनि मिलि साँट कटीली, कपि ज्यौं नाच नचायौ।
अब लौं कहाँ रहे हो ऊधौ, लिखि-लिखि जोग पठायौ।
सूरदास हम यहै परेखौ, कुबरी हाथ बिकायौ।।८१।।

अर्थ—श्याम काली रात के पैदा हैं। कंस के भय से आधी रात में वसुदेव के द्वारा गोकुल ले आये गये। पिता नन्द तथा माता यशोदा ने माखन तथा मट्ठा खिलाया। उन्होंने हाथ में लाठी तथा कंधे पर कमरी रखकर बछड़ों के साथ घुमाया। मधुपुरी में जन्म लेने से तथा गोपीनाथ कहलाने से क्या होता है ? ब्रज की वधुओं ने कँटीली साँटी लेकर (कृष्ण को) बन्दर की तरह नाच नचाया। अब तक उद्धव तुम कहाँ थे (जो आज कृष्ण ने) लिख-लिखकर योग भेजा है। सूरदास कहते हैं (गोपियाँ कहती हैं) अब तो हमें यही पश्चात्ताप है कि (कृष्ण) कुबरी के हाथ बिक गये।। 81।।

जोग ठगौरी ब्रज न बिकैहै।
मूरी के पातनि के बदलैं, को मुक्ताहल देहै।

यह ब्यौपार तुम्हारौ ऊधौ, ऐसैं ही धरयौ रैहै।
जिन पै तैं लै आए ऊधौ, तिनहिँ के पेट समैहै।
दाख छाँड़ि जै कटुक निबौरी, को अपने मुख खैहै।
गुन करि मोही सूर साँवरैं, को निरगुन निरबैहै ।।८२।।

अर्थ—योग की ठगमाया यहाँ नहीं बिकेगी। मूली के पत्तों के बदले, मुक्ताहल कौन देगा। उद्धव! तुम्हारी यह व्यापार (की सामग्री) ऐसे ही रखी रह जायेगी। जिनसे लाये हो उन्हीं के पेट में यह समायेगी। द्राक्ष (अंगूर) छोड़कर कटु निम्ब फल कौन अपने मुख में डालेगा। सूरदास कहते हैं (गोपियाँ कहती हैं) हम कृष्ण के गुणों को समझ कर उन पर मोहित हुई हैं अतः हम निर्गुण से निर्वाह कैसे कर सकती हैं ?।। 82।।

मीठी बातनि मैं कहा लीजै।
जौ पै वै हरि होहिँ हमारे, करन कहैं सोइ कीजै।
जिन मोहन अपनैं कर काननि, करनफूल पहिराए।
तिन मोहन माटी के मुद्रा, मधुकर हाथ पठाए।
एक दिवस बेनी बृन्दावन, रचि पचि बिबिध बनाइ।
ते अब कहत जटा माथे पर, बदलौ नाम कन्हाइ।
लाइ सुगन्ध बनाइ आभूषन, अरु कीन्ही अरधंग।
सो वै अब कहि-कहि पठवत हैं, भसम चढ़ावन अंग।
हम कहा करैं दूरि नँद-नंदन, तुम जु मधुप मधुपाती।
सूर न होहिँ स्याम के मुख की, जाहु न जारहु छाती ।।८३।।

अर्थ—मीठी बातों में क्या (मजा) लिया जाय। जो यदि वे कृष्ण हमारे (ही) हैं तो (जो) करने के लिए कहते हैं वही कीजिए। जिन मोहन ने अपने हाथों से कान में कर्णफूल पहनाये, उन्हीं मोहन ने उद्धव के हाथ से मिट्टी की मुद्रा भेजी है। जिन्होंने एक दिन वृन्दावन में विविध प्रकार से रच-रचकर वेणी गूँथी, वही अब मस्तक पर जटा धारण करने को कहते हैं, (इस तरह) उनका 'कन्हाइ' नाम बदल दो। कृष्ण सुगंधित (पुष्प) लाकर, आभूषण बनाकर (हमें) अर्धांगिनी (पत्नी) बनाया। वही अब अंगों पर भस्म चढ़ाने के लिए कह-कह भेजते हैं। हम क्या करें कृष्ण दूर हैं तुम मधु पर गिरने (पतित होने) वाले भ्रमर ठहरे ! ये बातें कृष्ण के मुख की नहीं हैं, जाओ (हमारी) छाती न जलाओ।। 83।।

ऊधौ तुम हौ निकट के बासी।
यह निरगुन लै तिनहिँ सुनावहु, जे मुड़िया बसैं कासी।
मुरलीधरन सकल अंग सुन्दर, रूप सिंधु की रासी।
जोग बटोरे लिए फिरत हौ, ब्रजवासिन की फाँसी।

राजकुमार भलै हम जाने, घर मैं कंस की दासी।
सूरदास जदुकुलहिं लजावत, ब्रज मैं होति है हाँसी ।।८४।।

अर्थ—उद्धव तुम पास के रहने वाले हो। यह निर्गुण लेकर उन्हें सुनाओ जो सिर मुड़ाये हुए (संन्यासी) काशी में बसते हैं। मुरली धरने वाले (कृष्ण के) समस्त अंग सुन्दर हैं (वह) रूप-सिंधु की राशि हैं। (तुम) योग बटोरकर लिए फिरते हो (जो) ब्रजवासियों के लिए फाँसी के समान है। राजकुमार (कृष्ण) को हम भलीभाँति जानती हैं, (तथा उनके) घर में (जो) कंस की दासी (कुबरी) है (वह भी ज्ञात है)। सूरदास कहते हैं (गोपियाँ कहती हैं) (कृष्ण) यदुकुल को लज्जित करते हैं, तथा ब्रज में हँसी होती है।। 84।।

जा दिन तैं गोपाल चले।
ता दिन तैं ऊधौ या ब्रज के, सब स्वभाव बदले।
घटे अहार बिहार हरष हित, सुख सोभा गुन गान।
ओज तेज सब रहित सकल बिधि, आरति असम समान।
बाढ़ी निसा, बलय आभूषन, उर-कंचुकी उसास।
नैननि जल अंजन अंचल प्रति, आवन अवधि की आस।
अब यह दसा प्रगट या तन की, कहियौ जाइ सुनाइ।
सूरदास प्रभु सो कीजौ जिहिं, बेगि मिलहिं अब आइ ।।८५।।

अर्थ—जिस दिन से गोपाल गये, उसी दिन से उद्धव, इस ब्रज का सब स्वभाव बदल गया। आहार, विहार, हर्ष, स्नेह, सुख, शोभा, गुणगान (सब कुछ) घट गया। सब तरह से ओज-तेज सबसे रहित हो गये तथा सभी समान रूप से आर्त्त तथा अव्यवस्थित हैं। रात बढ़ गयी, केयूर-कंकण आदि तथा अन्य आभूषण (बड़े पड़ गये)। वक्ष पर कंचुकियाँ और उसासें बढ़ गईं। नेत्रों का जल अंजन को आँचल की ओर (बहा ले जाता है) केवल आने की अवधि की आशा है। प्रत्यक्ष ही इस शरीर की दशा को जाकर सुनाकर कहना। सूरदास कहते हैं (गोपियाँ ऊधो से कहती हैं) कृष्ण से कुछ ऐसा उपाय कीजिएगा ताकि अब तो शीघ्र आकर मिल जाएँ।। 85।।

हम तौ कान्ह केलि की भूखी।
कहा करैं लै निर्गुन तुम्हरौ, बिरहिनि बिरह बिदूषी।
कहियै कहा यहै नहिं जानत, कहाँ जोग किहि जोग।
पालागौं तुमही, सेवा पुर, बसत बावरे लोग।
चंदन, अभरन, चीर चारु बर, नेकु आप तन कीजै।
दंड, कमंडल, भसम, अधारी, तब जुवतिनि कौं दीजै।
सूर देखि दृढ़ता गोपिन की, ऊधौ दृढ़ ब्रत पायौ।
करी कृपा जदुनाथ मधुप कौं, प्रेमहिं पढ़न पठायौ ।।८६।।

अर्थ—हम तो कृष्ण के (साथ) क्रीड़ा (करने) की भूखी हैं। (इम) विरहिणियाँ विरह से दुखी होकर तुम्हारे निर्गुण को लेकर क्या करें? क्या कहें हम यही नही जानतीं; बताइए योग किस योग्य है। तुम्हारे पैर पकड़कर कहती हूँ, कि तुम्हारे ही समान उस पुरी में बावरे लोग बसते हैं। यदि आप तनिक चन्दन, आभूषण, श्रेष्ठ सुन्दर चीर अपने शरीर पर धारण करें तो तब युवतियों को दंड-कमंडल, भस्म तथा अधारी (काठ के डंडे में लगे हाथ टेकने की हत्थी) आदि दीजिए। सूरदास कहते हैं गोपियों की दृढ़ता देखकर उद्धव ने दृढ़ ब्रत प्राप्त किया। कृष्ण ने कृपा की जो कि मधुप (उद्धव) को प्रेम (का पाठ) पढ़ने को भेजा।। 86।।

चौथा संवाद

गोपी सुनहु हरि संदेस।
कह्यौ पूरन ब्रह्म ध्यावहु, त्रिगुन मिथ्या भेष।
मैं कहौं सो सत्य मानहु, सगुन डारहु नाखि।
पंच त्रय-गुन सकल देही, जगत ऐसौ भाषि।
ज्ञान बिनु नर-मुक्ति नाहीं, यह विषय संसार।
रूप-रेख, न नाम जल-थल, बरन अबरन सार।
मातु-पितु कोउ नाहिँ नारी, जगत मिथ्या लाइ।
सूर सुख-दुख नहीं जाकैं, भजौ ताकौं जाइ।।८७।।

अर्थ—गोपी कृष्ण का संदेश सुनो। (उन्होंने) कहा है, पूर्ण ब्रह्म का ध्यान करो, त्रिगुणात्मक सृष्टि का रूप मिथ्या है। मैं जो कहता हूँ उसे सत्य मानो, सगुण को नष्ट कर डालो। समस्त जीव पाँच तत्व तथा तीन गुण (से बने हैं) संसार को ऐसा कहो। ज्ञान के बिना मुनष्य की इस विषय युक्त संसार से मुक्ति नहीं है। जिसकी रूप-रेखा नहीं है तथा जल-थल में न तो नाम है, वर्ण-अवर्ण ही सार तत्व है (उसके) माता, पिता तथा कोई स्त्री नहीं (वह) संसार को मिथ्या बनाया है। सूरदास कहते हैं (ऊधो कहते हैं) जिसके सुख-दुःख दोनों नहीं हैं उसे जाकर भजो।। 87।।

ऐसी बात कहौ जनि ऊधौ।
कमलनैन की कानि करति हैं, आवत बचन न सूधौ।
बातनि ही उड़ि जाहिँ और ज्यौं, त्यौं नाहीं हम काँची।
मन, बच, कर्म सोधि एकै मत, नंद-नँदन रँग राँची।
सो कछु जतन करौ पालागौं, मिटै हियै की सूल।
मुरलीधरहिँ आनि दिखरावहु, ओढ़े पीत दुकूल।
इनहीं बातनि भए स्याम तनु, मिलवत हौ गढ़ि छोलि।
सूर बचन सुनि रह्यौ ठगौसौ, बहुरि न आयौ बोलि।।८८।।

अर्थ—उद्धव, ऐसी बात मत कहो। कमल नेत्र कृष्ण की मर्यादा रखती हूँ, नहीं तो मुँह से सीधी बात न निकलती (गाली आती) बातों से जो उड़ जाते हैं, वैसे हम कच्ची नहीं हैं।

मन-वचन, कर्म से शोधकर (जाँचकर) एक मत से कृष्ण के रंग में रँगी हैं। पैर पड़ती हूँ, तुम कुछ ऐसा यत्न करो जिससे हृदय का दुःख मिट जाय। पीताम्बर ओढ़े हुए कृष्ण को लाकर दिखा दो। इन्हीं बातों से (उद्धव तुम) साँवले शरीर वाले हो गए जो बना सँवारकर झूठी बात मिलाते हो। सूरदास कहते हैं उद्धव इन बचनों को सुनकर ठगे से रह गये फिर बात नहीं फूटी।। 88।।

फिरि फिरि कहा बनावत बात।
प्रातकाल उठि खेलत ऊधौ, घर-घर माखन खात।
जिनकी बात कहत तुम हमसौं, सो है हमसौं दूरि।
ह्याँ हैं निकट जसोदा-नंदन, प्रान सजीवन भूरि।
बालक संग लिऐं दधि चोरत, खात खवावत डोलत।
सूर सीस नीचौ कत नावत, अब काहैं नहिँ बोलत ।।८९।।

अर्थ—बार-बार क्यों बात बनाते हो। हे उद्धव! (कृष्ण) (हमारी समझ से वहीं हैं) जो प्रातःकाल उठकर खेलते हैं तथा घर-घर माखन खाते हैं। जिन (निर्गुण) की बात हम से कहते हो, वे हमसे बहुत दूर हैं। यहाँ तो प्राणों की संजीवनी मूल यशोदा-नंदन निकट हैं। वे बालकों को साथ लिए दही चुराते हैं, खाते-खिलाते घूमते हैं। सूरदास कहते हैं (गोपियाँ कहती हैं) उद्धव, सिर नीचे क्यों नमित करते हो, अब क्यों बोलते नहीं ?।। 89।।

फिरि-फिरि कहा सिखावत मौन।
बचन दुसह लागत अलि तेरे, ज्यौं पजरे पर लौन।
सृंगी, मुद्रा, भस्म, त्वचा-मृग, अरु अवराधन पौन।
हम अबला अहीरि सठ मधुकर, धीर जानहिँ कहिँ कौन।
यह मत जाइ तिनहिँ तुम सिखवहु, जिनहिँ आजु सब सोहत।
सूरदास कहुँ सुनी न देखी, पोत सूतरी पोहत ।।९०।।

अर्थ—बार-बार क्यों मौन (साधने की) शिक्षा देते हो ! भ्रमर (उद्धव) तुम्हारे वचन दुसह लगते हैं जैसे जले पर नमक। श्रृंगी, मुद्रा, भस्म, मृग-छाला और प्राणायाम की आराधना हम अहीर की निर्बुद्ध अबलायें इसे धारण करना क्या जानें, तुम्ही बताओ। यह मत तुम उन्हें सिखाओ, जिन्हें आज सब अच्छा लगता है। सूरदास कहते हैं (गोपियाँ कहती हैं) सुतली से मोती पिरोते हुए, न तो हमने कहीं सुना है, न देखा है।। 90।।

ऊधौ हमहिँ न जोग सिखैयै।
जिहिँ उपदेस मिलैं हरि हमकौं, सो ब्रत नेम बतैयै।
मुक्ति रहौ घर बैठी आपने, निर्गुन सुनि दुख पैयै।
जिहिँ सिर केस कुसुम भरि गूँदे, कैसैं भस्म चढ़ैयै।

जानि जानि सब मगन भई हैं, आपुन आपु लखैयै।
सूरदास-प्रभु सुनहु नवौ निधि, बहुरि कि इहिं ब्रज अइयै ।।९१।।

अर्थ—उद्धव ! हमें योग न सिखाइये। जिस उपदेश से कृष्ण हमको मिलें वही व्रत तथा नियम बताइए। मुक्ति अपने घर बैठी रहे तथा निर्गुण को सुनकर दुःख पाती हूँ। जिस सिर पर के बालों को फूलों से गूँथा उसमें भस्म कैसे चढ़ाया जाय। जान-जानकर सब मगन हुई हैं, (कृष्ण) अपने आपको दिखाइए। सूरदास कहते हैं (गोपियाँ कहती हैं) हे नवों निधि (कृष्ण) सुनो, लौटकर फिर क्या इस ब्रज में आइयेगा।। 91 ।।

मधुकर स्याम हमारे ईस।
तिनकौ ध्यान धरैं निसि बासर, औरहिं नवै न सीस।
जोगिनि जाइ जोग उपदेसहु, जिनके मन-दस-बीस।
एकै चित एकै वह मूरति, तिन चितवतिं दिन तीस।
काहें निरगुन ग्यान आपनौ, जित कित डारत खीस।
सूरदास-प्रभु नंद-नँदन बिनु, हमरे को जगदीस ।।९२।।

अर्थ—भ्रमर (उद्धव) ! कृष्ण हमारे ईश्वर हैं। उनका रात-दिन ध्यान करती हूँ अन्य के आगे सिर नहीं झुकाती। जाकर योगिनियों को उपदेश दीजिए, जिनके दस-बीस मन हैं। हमारे एक ही चित्त है वह कृष्ण की (अद्वितीय) एक मूर्ति है, उसे ही तीसों दिन (सदा) (मन) देखता रहता है। तुम अपने निर्गुण ज्ञान को इधर-उधर क्यों नष्ट किये देते हो। सूरदास कहते हैं (गोपियाँ कहती हैं) कृष्ण के बिना हमारे कौन जगदीश हैं।। 92 ।।

सतगुरु चरन भजे बिनु विद्या, कहु कैसैं कोउ पावै।
उपदेसक हरि दूरि रहे तैं, ज्यौं हमरे मन आवै।
जो हित कियौ तौ अधिक करहिं किन, आपुन आनि सिखावैं।
जोग बोझ तैं चलि न सकैं तौ, हमही क्यौं न बुलावैं।
जोग ज्ञान मुनि नगर तजे बरु, सघन गहन बन धावैं।
आसन मौन नेम मन संजम, बिपिन मध्य बनि आवैं।
आपुन कहैं करैं कछु औरै, हम सबहिनि डहकावैं।
सूरदास ऊधौ सौं स्यामा, अति संकेत जनावैं ।।९३।।

अर्थ—सतगुरु के चरण की सेवा के बिना कहो, कोई कैसे विद्या प्राप्त करता है उपदेशक कृष्ण के दूर रहने से उपदेश क्योंकर (उपदेश) मेरे मन में आवे। जैसा हित (उन्होंने) किया वैसा कौन करेगा, (किन्तु यदि वास्तव में सीख देना ही हो तो) स्वयं आकर सिखा दें। योग के बोझ से यदि चल नहीं सकते तो हमें ही क्यों नहीं बुला लेते। योग के ज्ञान के लिए मुनियों द्वारा नगर छोड़कर वनों में ध्यान किया जाता है। आसन, मौन, नियम, मन का संयम वन के बीच ही

सिद्ध होते हैं। आप (कृष्ण) की कथनी-करनी में भिन्नता है, वे हम सबको बहका रहे हैं। सूरदास कहते हैं कि राधा उद्धव को (यह तथ्य) अत्यधिक संकेत से समझाती है।। 93।।

ऊधौ मन नहिँ हाथ हमारे।
रथ चढ़ाइ हरि संग गए लै, मथुरा जबहिँ सिधारे।
नातरु कहा जोग हम छाँड़हिँ, अति रुचि कै तुम ल्याए।
हम तौ झँखति स्याम की करनी, मन लै जोग पठाए।
अजहूँ मन अपनौ हम पावैँ, तुम तैँ होइ तो होइ।
सूर सपथ हमैँ कोटि तिहारी, कही करैँगी सोइ।।९४।।

अर्थ—उद्धव! मन हमारे (हाथ) वश में नहीं है। कृष्ण ने जब मथुरा के लिए प्रस्थान किया तो रथ पर चढ़ाकर उसे भी (मन को भी) साथ लेते गये, नहीं तो हम योग को कैसे छोड़तीं, जिसे तुम अत्यधिक चाव से लाये हो। हम तो कृष्ण की करनी पर झुंझलाती हैं जोकि मन को लेकर बदले में योग भेज दिया। अब भी यदि हम अपना मन पा जायँ, यदि आपसे कुछ सम्भव हो सके तो सूरदास कहते हैं (गोपियाँ कहती हैं) हमें तुम्हारी हजारों सौगन्ध है, (उसके बाद) जो कहोगे वही करूँगी।। 94।।

ऊधौ मन न भए दस बीस।
एक हुतौ सो गयौ स्याम सँग, को अवराधै ईस।
इंद्री सिथिल भई केसव बिनु, ज्यौँ देही बिनु सीस।
आसा लागि रहति तन स्वासा, जीवहिँ कोटि बरीस।
तुम तौ सखा स्याम सुंदर के, सकल जोग के ईस।
सूर हमारैँ नंद-नँदन बिनु, और नहीँ जगदीस।।९५।।

अर्थ—उद्धव! हमारे दस बीस (अनेक) मन नहीं हुए। एक था वह कृष्ण के साथ चला गया, अब (निर्गुण) ईश्वर की आराधना कौन करे। कृष्ण के बिना इन्द्रियाँ शिथिल हो गयीं, जैसे बिना सिर के देह। आशा से ही शरीर में श्वास आती जाती है (साँस लगी है), (आशा में ही) सैकड़ों वर्ष जीवित रहूँगी। तुम तो कृष्ण के मित्र हो तथा समस्त योग के स्वामी हो। सूरदास कहते हैं (गोपियाँ कहती हैं) कि कृष्ण के सिवाय हमारे कोई जगदीश (आराध्य) नहीं हैं।। 95।।

इहिँ उर माखन चोर गड़े।
अब कैसैँ निकसत सुनि ऊधो, तिरछैँ ह्वै जु अड़े।
जदपि अहीर जसोदा-नंदन, कैसैँ जात छँड़े।
ह्वाँ जादौपति प्रभु कहियत हैँ, हमैँ न लगत बड़े।
को बसुदेव देवकी नंदन, को जानै को बूझै।
सूर नंद-नंदन के देखत, और न कोऊ सूझै।।९६।।

अर्थ—यहाँ हृदय में माखन चोर कृष्ण गड़े हैं। ऊधो, अब वे कैसे निकल सकते हैं क्योंकि (वे) तिरछे होकर अड़ गये हैं। यद्यपि कृष्ण अहीर हैं (फिर भी) कैसे छोड़े जा सकते हैं। वहाँ

वे यादव पति स्वामी कहलाते हैं लेकिन हमें बड़े नहीं लगते। कौन देवकी वसुदेव (की बात करे), कौन जाने तथा कौन समझे। सूरदास कहते हैं (गोपियाँ कहती हैं) कृष्ण को देखते और मुझे अन्य कोई नहीं सूझता।। 96।।

मन मैं रह्यौ नाहिंन ठौर।
नंद-नंदन अछत कैसैं, आनियै उर और।
चलत चितवत दिवस जागत, स्वप्न सोवत राति।
हृदय तैं वह मदन मूरति, छिन न इत उत जाति।
कहत कथा अनेक ऊधौ, लोग लोभ दिखाइ।
कह करौं मन प्रेम पूरन, घट न सिंधु समाइ।
स्याम गात सरोज आनन, ललित मृदु मुख हास।
सूर इनकैं दरस कारन, मरत लोचन प्यास।।६७।।

अर्थ—मन में स्थान अवशिष्ट (बचा) नहीं है। कृष्ण के रहते हुए हृदय में किसी और को कैसे लाया जाय? चलते, देखते, दिन में जागते, स्वप्न तथा रात में सोते हृदय से वह कामदेव तुल्य (कृष्ण की) मूर्ति क्षण भर भी इधर-उधर नहीं जाती। उद्धव! लोग लालच दिखाकर अनेक कथायें कहते हैं लेकिन क्या करूँ, मन प्रेम से पूर्ण है और घड़े में सागर समा (भी) नहीं सकता। श्याम शरीर, कमलमुख, ललित तथा मधुर हँसी के दर्शन के लिए प्यासे मरते हैं।। 97।।

मधुकर स्याम हमारे चोर।
मन हरि लियौ तनक चितवनि मैं, चपल नैन की कोर।
पकरे हुते हृदय उर अंतर, प्रेम प्रीत कैं जोर।
गए छँड़ाइ तोरि सब बंधन, दै गए हँसनि अँकोर।
चौंकि परीं जागत निसि बीती, दूर मिल्यौ इक भौंर।
सूरदास प्रभु सरबस लूट्यौ, नागर नवल-किसोर।।६८।।

अर्थ—मधुकर (उद्धव)! कृष्ण हमारे (मन) को चुराने वाले हैं। चंचल नयनों के कोर से, क्षणिक निगाह से मेरे मन को चुरा लिया। हृदय के अन्दर प्रेम के बल से उन्हें पकड़ रखा था। हँसी का घूस (अस्थायी सुख) देकर, सारे बंधनों को छुड़ाकर तथा (बंधनों को) तोड़कर मुक्त हो गए। इसके बाद चौंक कर जग पड़ी तथा रात जागते ही बीत गयी, बाद में दूर पर एक भ्रमर (उद्धव) मिला। सूरदास कहते हैं (गोपियाँ कहती हैं) चतुर नवल किशोर कृष्ण सर्वस्व लूट ले गये।। 98।।

सब दिन एकहिं से नहिं होतैं।
तब अलि ससि सीरौ अब तातौ, भयो बिरह जरि मो तैं।
तब षट मास रास-रस-अंतर, एकहु निमिष न जाने।
अब औरै गति भई कान्ह बिनु, पल पूरन जुग माने।

कह मति जोग ज्ञान साखा श्रुति, ते किन कहे घनेरे।
अब कछु और सुहाइ सूर नहिँ, सुमिरि स्याम गुनि केरे ।।९९।।

अर्थ—सभी दिन एक से नहीं होते। उद्धव ! तब चन्द्रमा शीतल लगता था, अब विरह-ज्वर में तप्त हो गया है। छह महीना रास रस के बीच (साथ) एक क्षण के समान भी नहीं लगता था, अब कृष्ण के बिना और ही दशा हो गयी। एक पल पूर्ण युग के समान मानती हूँ। (इस समय) योग, ज्ञान, वेद की शाखाओं में बुद्धि लगाने से क्या होता है तथा उनका घना उपदेश भी व्यर्थ है। सूरदास कहते हैं (गोपियाँ कहती हैं) कृष्ण के गुणों का स्मरण करने कें सिवाय कुछ सुहाता नहीं है।। 99।।

सखी री स्याम सबै इक सार।
मीठे बचन सुहाए बोलत, अंतर जारनहार।
भँवर कुरंग काक अरु कोकिल, कपटिन की चटसार।
कमलनैन मधुपुरी सिधारे, मिटि गयौ मङ्गलचार।
सुनहु सखी री दोष न काहू, जो बिधि लिख्यौ लिलार।
यह करतूति उनहिँ की नाहीँ, पूरब बिबिध बिचार।
कारी घटा देखि बादर की, सोभा देति अपार।
सूरदास सरिता सर पोषत, चातक करत पुकार।।१००।।

अर्थ—सखी सभी साँवले (लोग) एक समान हैं। (ऊपर) से सुहाने वाला मीठा वचन बोलते हैं, किन्तु अंतर में जलाने वाले होते हैं। भँवर, कुरग, (मृग), कौवा और कोयल सब कपटियों की पाठशाला (के सदस्य) हैं। कमल के समान आँख वाले कृष्ण मथुरा चले गये, सारे मंगलाचार मिट गये। सखी सुनो ! किसी का दोष नहीं है जो भाग्य में लिखा होता है (वही होता है)। यह कार्य उन्हीं का ही नहीं है, विविध प्रकार से पूर्व निर्धारित विचार हैं। बादल की काली घटा देखो तो वह अपार शोभा देती है। सूरदास कहते हैं (गोपियाँ कहती हैं) कि वह घटा नदी तथा तालाब को तो (जल से) पोषित (पूर्ण) करती है। लेकिन पपीहा पुकार ही करता रह जाता है।। 100।।

बिलग जनि मानौ ऊधौ कारे।
वह मथुरा काजर की ओबरि, जे आवैँ ते कारे।
तुम कारे सुफलक सुत कारे कारे कुटिल सँवारे।
कमलनैन की कौन चलावै, सबहिनि मैँ मनियारे।
मानौ नील माट तैँ काढ़े, जमुना आइ पखारे।
तातैँ स्याम भई कालिंदी, सूर स्याम गुन न्यारे ।।१०१।।

अर्थ—उद्धव ! काले लोगों को अलग मत मानो । वह मथुरा काजल की कोठरी है, (वहाँ) से जो आता है वही काला होता है। तुम काले हो, सुफलक के पुत्र अक्रूर काले थे तथा कुटिल साँवले (कृष्ण काले हैं)। कमल नेत्र (कृष्ण) के लिए क्या कहा जाय, सभी में चमकीले हैं। (बढ़कर हैं) मानो वे (कृष्ण) नील के घड़े से काढ़े गये हैं तथा यमुना में आकर (शरीर) को धो

लिया, इसी से यमुना काली हो गयी हैं। सूरदास कहते हैं (गोपियाँ कहती हैं) कृष्ण के गुण अनोखे हैं।। 101।।

ऊधौ भली भई ब्रज आए।
बिधि कुलाल कीन्हे काँचे घट, ते तुम आनि पकाए।
रँग दीन्हौ हो कान्ह साँवरैं, अँग-अँग चित्र बनाए।
यातैं गरे न नैन नेह तैं, अवधि अटा पर छाए।
ब्रज करि अँवा जोग ईंधन करि, सुरति आनि सुलगाए।
फूँक उसास बिरह प्रजरनि सँग, ध्यान दरस सियराए।
भरे सँपूरन सकल प्रेम-जल, छुवन न काहू पाए।
राज काज तैं गए सूर प्रभु, नंद-नँदन कर लाए।।१०२।।

अर्थ—अच्छा हुआ उद्धव ! ब्रज चले आये। तुमने ब्रह्मा रूपी कुम्हार से बनाये गये कच्चे (शरीर रूपी) घड़े को आकर पका दिया तथा कृष्ण के साँवले रंग में रंग दिया तथा अंग-अंग में चित्र (कृष्ण के रूप चित्र) का निर्माण कर दिया। अवधि-रूपी अटारी के छाये हुए होने के कारण नेत्राश्रुओं के प्रवाह से गलने नहीं पाते। ब्रज को आँवा बनाकर, योग का ईंधन लगाकर स्मृति की आग सुलगा दी। विरह की ज्वालाओं के साथ उच्छ्वास (रूपी) हवा से फूँक दिया तथा दर्शन के ध्यान से शीतल कर दिया। सब (सम्पूर्ण घट) प्रेम के जल से भर गया है उसे कोई छूने नहीं पाता। सूरदास कहते हैं। (गोपियाँ कहती हैं) कृष्ण राज्य कार्य से चले गये। उद्धव ने कृष्ण के समान हाथ लगाकर (सँवार) दिया।। 102।।

जौ पै हिरदै माँझ हरी।
तौ कहि इती अवज्ञा उनपै, कैसैं सही परी।
तब दावानल दहन न पायौ, अब इहिं बिरह जरी।
तब तैं निकसि नंद-नंदन हम, सीतल क्यौं न करी।
दिन प्रति नैन इंद्र जल बरषत, घटत न एक घरी।
अति ही सीत भीत तन भींजत, गिरि अंचल न धरी।
कर-कंकन दरपन लै देखौ, इहिं अति अनख भरी।
क्यौं अब जियहिं जोग सुनि सूरज, बिरहिनि बिरह भरी।।१०३।।

अर्थ—जो (यदि) कृष्ण हृदय के अन्दर हैं, तो कहो उन पर इतनी अवज्ञा कैसे सही जाती। तब दावानल ले नहीं जलने पाए, अब विरह से जली (जा रही हूँ), हृदय से निकल कर कृष्ण ने हमें शीतल क्यों नहीं किया। दिन प्रति दिन नेत्र रूपी इन्द्र जल बरसाते हैं एक भी घड़ी घटते नहीं; अत्यधिक शीतलता से भय युक्त शरीर भीगता है लेकिन (कृष्ण) अंचल रूपी पर्वत को धारण नहीं करते। हाथ के कंकण को दर्पण लेकर देखा, यह शरीर झुंझलाहट से मृत हो गया है। सूरदास कहते हैं (गोपियाँ कहती हैं) विरह से भरी विरहिणियाँ योग को सुनकर कैसे जीवित रहें।। 103।।

ऐसौ जोग न हम पै होइ।
आँखि मूँदि कह पावैं ढूँढ़े, अँधरे ज्यौं टकटोइ।
भसम लगावन कहत जु हमकौ, अंग कुंकमा धोइ।
सुनि कै बचन तुम्हारे ऊधौ, नैना आवत रोइ।
कुंतल कुटिल मुकुट कुंडल छबि, रही जु चित मैं पोइ।
सूरज प्रभु बिनु प्रान रहैं नहिँ, कोटि करौ किन कोइ।।१०४।।

अर्थ—हमसे ऐसा योग नहीं हो सकता। आँख मूँदकर अन्धे की तरह टटोल कर किसे ढूँढ़कर प्राप्त करूँ। अंग के कुंकुम को धोकर जो हमको भस्म लगाने को कहते हो तो उद्धव तुम्हारे वचन को सुनकर हमारे नेत्र रो-रोकर रक्तिम हो गए हैं। कृष्ण के घुँघराले बालों की लट तथा मुकुट और कुंडल की शोभा चित्त में पिरोयी है। सूरदास कहते हैं (गोपियाँ कहती हैं) कृष्ण के बिना प्राण नहीं रह सकते चाहे कोई सैकड़ों उपाय करे।। 104।।

हमसौं उनसौं कौन सगाई।
हम अहीर अबला ब्रजवासी, वै जदुपति जदुराई।
कहा भयौ जु भए जदुनंदन, अब यह पदवी पाई।
सकुच न आवत घोष बसत की, तजि ब्रज गए पराई।
ऐसे भए उहाँ जादौपति, गए गोप बिसराई।
सूरदास यह ब्रज कौ नातौ, भूलि गए बलभाई।।१०५।।

अर्थ—हमसे और उन (कृष्ण) से क्या सम्बन्ध है? हम अहीर की लड़की ब्रजवासी अबला हैं वे यदुराय तथा युदपति हैं। यदुनंदन होने से क्या होता है, (उन्हें) यह पदवी (अभी हाल में) मिली है। उन्हें ब्रज छोड़कर पराये गाँव में बसते संकोच नहीं आता। ऐसे ही वहाँ यादव पति हो गये और गोपों को भुलाकर चले गये। सूरदास कहते हैं कि (गोपियाँ कहती हैं) इस ब्रज के नाते को कृष्ण भूल गये।। 105।।

तौ हम मानैं बात तुम्हारी।
अपनौ ब्रह्म दिखावहु ऊधौ, मुकुट पितांबर धारी।
मनिहैं तब ताकौ सब गोपी, सहि रहिहैं बरु गारी।
भूत समान बतावत हमकौं डारहु स्याम बिसारी।
जे मुख सदा सुधा अँचवत हैं, ते विष क्यौं अधिकारी।
सूरदास-प्रभु एक अंग पर, रीझि रहीं ब्रजनारी।।१०६।।

अर्थ—उद्धव! हम तुम्हारी बात तभी मान सकती हैं जब मुकुट तथा पीताम्बर को धारण किये हुये अपने ब्रह्म को दिखा दो। तब सभी गोपियाँ उसी के सम्बन्ध में कहेंगी बल्कि यहाँ तक कि गाली भी सह लेंगी। भूत की तरह हमें ब्रह्म की बात बताते हो और कहते हो कि कृष्ण को भूल जाओ। जो मुँह सदा अमृत का पान करता है वह विष का अधिकारी कैसे हो सकता है।

सूरदास कहते हैं (गोपियाँ कहती हैं) कृष्ण के एक ही अंग पर ब्रज की स्त्रियाँ रीझ गयी हैं।। 106।।

ऊधौ जोग बिसरि जनि जाहु ।
बाँधौ गाँठि छूटि परिहै कहुँ, फिरि पाछैं पछिताहु ।
ऐसौ बहुत अनूपम मधुकर, मरम न जानै और ।
ब्रज बनितनि के नहीं काम की, है तुम्हरेई ठौर ।
जौ हित करि पठयौ मनमोहन, सो हम तुमकौं दीनौ ।
सूरदास ज्यौं बिप्र नारियर, करहीं बंदन कीनौ ।।१०७।।

अर्थ—उद्धव ! योग को भूल न जाओ। (योग की) बँधी हुई गाँठ कहीं छूट न पड़े, जिससे फिर पीछे पछताना पड़े। मधुकर (यह योग) ऐसा अनुपम है, जिसका मर्म कोई और नहीं जानता। यह ब्रज की स्त्रियों के लायक नहीं है, इसके लिए तुम्हारे ही पास स्थान है। जिसे स्नेह-पूर्वक कृष्ण ने भेजा है उसे हमने तुमको दे दिया। सूरदास कहते हैं (गोपियाँ कहती हैं) ब्राह्मण के द्वारा दिये गये नारियल की तरह उसकी वन्दना मैंने हाथ से ही कर ली।। 107।।

ऊधौ काहे कौं भक्त कहावत ।
जु पै जोग लिखि पठयौ हमकौ, तुमहुँ न भस्म चढ़ावत ।
शृङ्गी मुद्रा भस्म अधारी, हमहीं कहा सिखावत ।
कुबिजा अधिक स्याम की प्यारी, ताहिँ नहीं पहिरावत ।
यह तौ हमकौं तबहिँ न सिखयौ जब तैं गाइ चरावत ।
सूरदास प्रभु कौं कहियौ अब, लिखि-लिखि कहा पठावत ।।१०८।।

अर्थ—ऊधो ! तुम किसलिए (कृष्ण) के भक्त कहलाते हो, जो (कृष्ण ने) हमको योग लिखकर भेजा है तथा तुम भी भस्म चढ़ाते हो (भस्म चढ़ाने की बात करते हो)। श्रृंगी, मुद्रा, भस्म तथा अधारी हम ही को क्यों सिखाते हो। कुबरी कृष्ण को अधिक प्यारी है उसे क्यों नहीं पहनाते हो (सिखाते हो)। यह बात कृष्ण ने हमें उस समय नहीं सिखायी जब गाय चराते थे। सूरदास कहते हैं (गोपियाँ कहती हैं) कृष्ण से कहना (अब) लिख-लिखकर (योग) क्यों भेजते हैं।। 108।।

(ऊधौ) ना हम बिरहिनि ना तुम दास ।
कहत सुनत घट प्रान रहत हैं, हरि तजि भजहु अकास ।
बिरही मीन मरै जल बिछुरैं, छाँड़ि जियन की आस ।
दास भाव नहिँ तजत पपीहा, बरषत मरत पियास ।
पंकज परम कमल मैं बिहरत, बिधि कियौ नीर निरास ।
राजिव रवि कौ दोष न मानत, ससि सौं सहज उदास ।
प्रगट प्रीति दसरथ प्रतिपाली, प्रीतम कैं बनवास ।
सूर स्याम सौं दृढ़ ब्रत राख्यौ, मेटि जगत उपहास ।।१०९।।

अर्थ—उद्धव ! न तो हम विरहिणी हैं न तो तुम (कृष्ण) के दास हो। कहते सुनते शरीर में प्राण रहता है, कृष्ण को छोड़कर शून्य को भजो। विरही मछली जल से बिछुड़ने पर जीने की आशा छोड़कर मर जाती है। पपीहा दास भाव को नहीं छोड़ता, पानी बरसते हुए भी प्यास से मरता है। (यद्यपि) कमल (पंकज) अत्यधिक (परम) जल (कमल) में विहार करता है (प्रस्फुटित होता है) और विधाता ने उसे जल (नीर) से निराश कर दिया अर्थात् किरणों से जल को सोख लेता है, (तथापि) कमल सूर्य का दोष नहीं मानता, किन्तु चन्द्रमा से सहज ही उदास हो जाता है। दशरथ ने प्रियतम राम को बनवास देकर (प्राण देकर) प्रत्यक्ष प्रेम का पालन किया (गोपियाँ कहती हैं) हमने जगत् का उपहास मिटाकर कृष्ण से दृढ़ व्रत रखा।। 109।।

ऊधौ लै चल लै चल।
जहँ वै सुन्दर स्याम बिहारी, हमकौं तहँ लै चल।
आवन-आवन कहि गए ऊधौ, करि गए हमसौं छल।
हृदय की प्रीति स्याम जू जानत, कितिक दूरि गोकुल।
आपुन जाइ मधुपुरी छाए, उहाँ रहे हिलि मिल।
सूरदास स्वामी के बिछुरैं, नैननि नीर प्रबल।।११०।।

अर्थ—जहाँ कृष्ण बिहारी हैं ऊधो वहीं हमको ले चलो। कृष्ण आने के लिये कह गये, किन्तु हमसे छल ही कर गये। हृदय की प्रीति (यदि) कृष्ण जानते होते तो गोकुल कितनी दूर है (ही) (आ सकते थे)। स्वयं जाकर मथुरा में छा गये वहाँ हिल-मिल कर रहने लगे। सूरदास कहते हैं (गोपियाँ कहती हैं) कृष्ण के बिछुड़ने से नेत्रों से प्रबल आँसू बह रहे हैं।। 110।।

गुप्त मते की बात कहौं, जो कहौ न काहू आगैं।
कै हम जानैं कै हरि तुमहूँ, इतनी पावहिं माँगैं।
एक बेर खेलत बृन्दावन, कंटक चुभि गयौ पाइ।
कंटक सौं कंटक लै काढ़यौ, अपनैं हाथ सुभाइ।
एक दिवस बिहरत बन भीतर, मैं जु सुनाई भूख।
पाके फल वै देखि मनोहर, चढ़े कृपा करि रूख।
ऐसी प्रीति हमारी उनकी, बसतैं गोकुल बास।
सूरदास प्रभु सब बिसराई, मधुबन कियौ निवास।।१११।।

अर्थ—रहस्य की बात कहती हूँ, जिसे किसी के आगे मत कहना। या तो हम जानें या तुम यही (एक) हमारी माँग (हमें) मिले। एक बार वृन्दावन में खेलते हुए पाँव में कंटक चुभ गया। (कृष्ण ने) अपने सुन्दर हाथ से कंटक लेकर कंटक को काढ़ा। एक दिन वन में घूमते हुए मैंने जो भूख सुनाया तो (कृष्ण) पके हुए मनोहर फल को देखकर पेड़ पर चढ़ गये। गोकुल में रहते

हुए हमारी उनकी ऐसी प्रीति थी। सूरदास कहते हैं (गोपियाँ कहती हैं) कृष्ण ने मधुबन में निवास करते ही सब कुछ भुला दिया।। 111।।

ऊधौ जौ हरि हितू तुम्हारे।
तौ तुम कहियौ जाइ कृपा करि, ए दुख सबै हमारे।
तन तरिवर उर स्वास पवन मैं, बिरह दवा अति जारे।
नहिं सिरात नहिं जात छार ह्वै, सुलगि-सुलगि भए कारे।
जद्यपि प्रेम उमँगि जल सींचे, बरषि-बरषि घन हारे।
जौ सींचे इहिं भाँति जतन करि, तौ एतैं प्रतिपारे।
कीर कपोत कोकिला चातक, बधिक बियोग बिडारे।
क्यौं जीवैं इहिं भाँति सूर प्रभु, ब्रज के लोग बिचारे ॥११२॥

अर्थ—उद्धव ! यदि कृष्ण तुम्हारे हितैपी हैं तो उनसे जाकर कृपा करके कहना हमारे दुख इस प्रकार हैं। शरीर रूपी वृक्ष में साँस रूपी पवन ने विरह की दावाग्नि को अत्यधिक प्रज्वलित कर दिया। न तो (शरीर) शीतल होता है न जलकर राख हो जाता है बल्कि सुलग-सुलग कर काला हो गया है। यद्यपि प्रेम ने उमग कर जल बरसाया तथा (आँखें रूपी बादल) बरस-बरस कर हार गये। जो इतने यत्न पूर्वक इसे सींचा तो (किसी तरह से) बचा पायी। वियोग रूपी वधिक ने तोता, कबूतर, कोयल, चातक आदि को भगा दिया। सूरदास कहते हैं (गोपियाँ कहती हैं) इस प्रकार बेचारे ब्रज के लोग कैसे जीवित रहें।। 112।।

बिलग हम मानैं ऊधौ काकौ।
तरसत रहे बसुदेव देवकी, नहिं हित मातु पिता कौ।
काके मातु पिता को काकौ, दूध पियौ हरि जाकौ।
नंद जसोदा लाड़ लड़ायौ, नाहिं भयौ हरि ताकौ।
कहियौ जाइ बनाइ बात यह, को हित है अबला कौ।
सूरदास प्रभु प्रीति है कासौं, कुटिल मीत कुबिजा कौ ॥११३॥

अर्थ—उद्धव, हम किस-किस बात का बुरा माने। (कृष्ण) वसुदेव तथा देवकी के लिये तरसते रहे (यशोदा नन्द) माता-पिता के हित को नहीं माना। कौन उनका माता-पिता है (माता-पिता वही है) जिनका कृष्ण ने दूध पिया है। नन्द तथा यशोदा ने कृष्ण को लाड़ प्यार किया लेकिन कृष्ण उनके नहीं हुए। जाकर कृष्ण से बात बनाकर कहना (हम) अबलाओं का (उनसे) क्या हित है। सूरदास कहते हैं (गोपियाँ कहती हैं) कुब्जा के कुटिल मित्र कृष्ण को किससे प्रेम है।। 113।।

जीवन मुख देखे कौ नीकौ।
दरस, परस दिन राति पाइयत, स्याम पियारे पी कौ।
सूनौ जोग कहा लै कीजै, जहाँ ज्यान है जी कौ।
नैननि मूँदि मूँदि कह देखौं, बँधौ ज्ञान पोथी कौ।

आछे सुन्दर स्याम हमारे, और जगत सब फीकौ।
खाटे मही कहा रुचि मानै, सूर खवैया घी कौ ।।११४।।

अर्थ—जीवन (तुल्य कृष्ण का) सुन्दर मुख देखने के लिए है। प्यारे कृष्ण का दर्शन तथा स्पर्श दिन रात पाती हूँ। सुनो योग लेकर क्या करूँ जहाँ प्राण की भी हानि है। नैन मूँद-मूँदकर क्या देखूँ तथा ज्ञान की पोथी से कैसे बँधूँ। हमारे कृष्ण अच्छे तथा सुन्दर हैं और संसार में सभी फीके हैं। (गोपियाँ कहती हैं) घी के खाने वाले को खट्टा मट्ठा कैसे रुचिकर होगा।।114।।

अपने सगुन गोपालहिँ माई, इहिँ बिधि काहैं देति।
ऊधौ की इन मीठी बातनि, निर्गुन कैसैं लेति।
धर्म, अर्थ, कामना सुनावत, सब सुख मुक्ति समेति।
काकी भूख गई मन लाड़ू, सो देखहु चित चेति।
जाकौ मोक्ष बिचारत बरनत, निगम कहत हैं नेति।
सूर स्याम तजि को भुस फटकै, मधुप तुम्हारे हेति ।।११५।।

अर्थ—सखी अपने सगुण गोपाल को इस प्रकार कैसे दूँ। ऊधो की इन मीठी बातों से निर्गुण को कैसे लूँ! धर्म, अर्थ तथा सब सुखों सहित मुक्ति की इच्छा (की बात) सुनाते हैं। मन में विचार करके देखो मन के लड्डू से किसकी भूख जाती है। जिस मोक्ष को विचारते तथा वर्णन करते निगम उसे नेति-नेति कहते हैं। सूरदास कहते हैं (गोपियाँ कहती हैं) कृष्ण को छोड़कर (उद्धव) तुम्हारे लिये कौन भूसा फटके।।115।।

पाँचवाँ संवाद

वे हरि सकल ठौर के बासी।
पूरन ब्रह्म अखंडित मंडित, पंडित मुनिन बिलासी।
सप्त पताल ऊरध अध पृथ्वी, तल नभ बरुन बयारी।
अभ्यंतर दृष्टी देखन कौं, कारन रूप मुरारी।
मन, बुधि चित, अहंकार दसेंद्रिय, प्रेरक थंभनकारी।
ताकैं काज वियोग बिचारत, ये अबला-ब्रजनारी।
जाकौं जैसौ रूप मन रुचै, सो अपबस करि लीजै।
आसन बैसन ध्यान धारना, मन आरोहन कीजै।
षट दल अठ द्वादस दल निरमल, अजपा जाप जपाली।
त्रिकुटी संगम ब्रह्म द्वार भिदि, यौं मिलिहैं बनमाली।
एकादस गीता श्रुति साखी, जिहिँ बिधि मुनि समुझाए।
ते सँदेस श्रीमुख गोपिनि कौ, सूर सु मधुप सुनाए ।।११६।।

अर्थ—वे कृष्ण सब जगह के निवासी (सर्वव्यापी) हैं। पूर्ण ब्रह्म अखंड रूप से शोभित तथा पंडित तथा मुनि लोगों को विलसित करने वाला है। सात पाताल, पृथ्वी के उर्ध्व और अध

(ऊपर और नीचे) नभ, तल तथा वरुण (जल) और वायु के कारण रूप मुरारी (कृष्ण को) देखने के लिए अन्तर दृष्टि की आवश्यकता है। मन, बुद्धि, चित्त, अंहकार तथा दसों इन्द्रियों को प्रेरित तथा स्तम्भित करने वाले कृष्ण के लिये ये अबला नारियाँ वियोग का विचार करतीं। जिसको जैसा रूप रुचिकर हो उसे ही अपने बस में कर लो। आसन पर बैठो तथा ध्यान धारण करो तथा मन का आरोहण कीजिए। छः दल कमल, आठ दल कमल, निर्मल बारह दल (पर ध्यान) तथा अजपा जाप करो। त्रिकुटी के संगम तथा ब्रह्म द्वार को भेदकर वनमाली (कृष्ण से) मिलो। जिस तरह से सब मुनियों ने समझाया है, उसके लिये ग्यारह गीता साक्षी है। श्रीमुख (कृष्ण के) संदेश को ऊधो ने इस प्रकार गोपियों को सुनाया।। 116।।

ऊधौ हमरी सौं तुम जाहु।
यह गोकुल पूनौ कौ चंदा, तुम ह्वै आए राहु।
ग्रह के ग्रसे गुसा परगास्यौ, अब लौं करि निरबाहु।
सब रस लै नँदलाल सिधारे, तुम पठए बड़ साहु।
जोग बेचि कै तंदुल लीजै, बीच बसेरे खाहु।
सूरदास जबहीं उठि जैहौ, मिटिहै मन कौ दाहु ।।११७।।

अर्थ—ऊधो हमारी कसम तुम चले जाओ। यह गोकुल पूर्णिमा की चन्द्रमा है तुम राहु होकर आये हो। ग्रह ग्रसे हम गोपियों को क्रोध दिलाते हो, अब तक उसका निर्वाह किया, सब रस लेकर कृष्ण चले गये फिर बड़े सज्जन ने तुमको भेजा। योग बेचकर चावल खरीद लो जिसे रास्ते के बसाव (टिकाव) में खाना। सूरदास कहते हैं (गोपियाँ कहती हैं) जब तुम उठकर जाओगे तभी हृदय की दाह मिटेगी।। 117।।

ऊधौ मौन साधि रहे।
जोग कहि पछितात मन-मन, बहुरि कछु न कहे।
स्याम कौं यह नहीं बूझै, अतिहि रहे सिखाइ।
कहा मैं कहि-कहि लजानौ, नार रह्यौ नवाइ।
प्रथम ही कही बचन एकै, रह्यौ गुरु करि मानि।
सूर प्रभु मोकौं पठायौ, यहै कारन जानि ।।११८।।

अर्थ—उद्धव ने चुप्पी साध ली। योग कहकर मन-ही-मन में पछताते हैं फिर कुछ नहीं कहा। कृष्ण के लिये यह उचित नहीं था, यह सोचकर क्रुद्ध हुए। पहले तो मैं व्यर्थ ही कह-कहकर लज्जित हुआ तथा (ऊधो) गर्दन झुका ली ! सूरदास कहते हैं पहले एक ही वचन (सिद्धान्त अद्वैत) कहकर तथा मुझे गुरुवत् सम्मान देकर प्रभु ने मुझे भेजा, उसका यही कारण जान पड़ता है (मुझे मूर्ख बनाने के लिए ही इस प्रकार से कृष्ण ने भेजा यही रहस्य की बात मालूम पड़ती है)।। 118।।

मधुकर भली करी तुम आए।
वै बातैं कहि कहि या दुख मैं, ब्रज के लोग हँसाए।

मोर मुकुट मुरली पीतांबर, पठवहु सौंज हमारी।
आपुन जटाजूट, मुद्रा धरि, लीजै भस्म अधारी।
कौन काज बृन्दावन कौ सुख, दही भात की छाक।
अब वै स्याम कूबरी दोऊ, बने एक ही ताक।
वै प्रभु बड़े सखा तुम उनके, जिनकैं सुगम अनीति।
या जमुना जल कौ सुभाव यह, सूर बिरह की प्रोति।।११९।।

अर्थ—उद्धव, तुम अच्छा किये जो चले आये। इस दुख में उन बातों को कह-कह कर ब्रज के लोगों को हँसाया। मोर पंख का मुकुट, मुरली, पीतांबर आदि मेरे सामान को भेज दो। अपने जटा, जूट, मुद्रा, भस्म, अधारी आदि को अपने पास ही रखो। (कृष्ण को) वृन्दावन के सुख से तथा दही-भात के छाक से क्या मतलब है ! अब वे कृष्ण तथा कुबरी दोनों एक समान हैं। वे स्वामी हैं तुम उनके बड़े मित्र हो जिनकी अनीति सुगम ही है। विरह का प्रेम यमुना के जल के समान (गत्यात्मक—अस्थिर) है।। 119।।

काहे कौं रोकत मारग सूधौ।
सुनहु मधुप निरगुन कंटक तैं, राजपंथ क्यौं रूँधौ।
कै तुम सिखि पठए हौ कुबिजा, कह्यौ स्याम घनहूँ धौं।
वेद पुरान सुमृति सब ढूँढ़ौ, जुवतिनि जोग कहूँ धौं।
ताकौ कहा परेखौ कीजै, जानै छाँछ न दूधौ।
सूर मूर अक्रूर गयौ लै, ब्याज निबेरत ऊधौ।।१२०।।

अर्थ—सीधा मार्ग क्यों रोकते हो। उद्धव, सुनो निर्गुण काँटे से राजपथ क्यों अवरुद्ध करते हो। क्या तुम कुबरी के द्वारा सिखाकर भेजे गये हो या कृष्ण ने भी कहा है। वेद, पुराण, स्मृति सब कुछ ढूँढ़ डालो कहीं युवतियों के लिए योग (का विधान) है उनकी बातों को कैसे बुरा माना जाय जो दूध तथा मट्ठा जानता ही नहीं है (जो इतना मूर्ख है कि दूध और मट्ठे का अन्तर नहीं जानता)। सूरदास कहते हैं (गोपियाँ कहती हैं) अक्रूर (कृष्णधन) ले गये तथा उद्धव, तुम ब्याज वसूलने आये हो।। 120।।

ऊधौ कोउ नाहिंन अधिकारी।
लै न जाहु यह जोग आपनौ, कत तुम होत दुखारी।
यह तौ बेद उपनिषद मत है, महा पुरुष ब्रतधारी।
हम अबला अहीरि ब्रज-बासिनि, नाहीं परत सँभारी।
को है सुनत कहत हौ कासौं, कौन कथा बिस्तारी।
सूर स्याम कैं संग गयौ मन, अहि काँचुली उतारी।।१२१।।

अर्थ—उद्धव ! यहाँ (योग) का कोई अधिकारी नहीं है। तुम अपने योग को (क्यों) ले नहीं जाते तुम दुखी क्यों होते हो। यह तो वेद तथ उपनिषदों का मत है तथा ब्रतधारी महापुरुषों के लिए (उपयुक्त) है। हम ब्रजनिवासिनियों तथा अबला अहीरिनों से (यह लोग) सम्हाला नहीं जाता। किससे कहते हो तुम्हारे कथा के विस्तार को कौन सुनता है। सूरदास कहते हैं (गोपियाँ

कहती हैं) मन तो कृष्ण के साथ चला गया और साँप केचुली की (तरह) इस शरीर को छोड़ गया।। 121।।

वै बातैं जमुना-तीर की।
कबहुँक सुरति करत हैं मधुकर, हरन हमारे चीर की।
लीन्हे बसन देखि ऊँचे द्रुम, रबकि चढ़न बलबीर की।
देखि-देखि सब सखी पुकारतिँ, अधिक जुड़ाई नीर की।
दोऊ हाथ जोरि करि माँगैं, ध्वाई नंद अहीर की।
सूरदास प्रभु सब सुख दाता, जानत हैं पर पीर की।।१२२।।

अर्थ—यमुना के किनारे की चीरहरण सम्बन्धी बातों की क्या कभी कृष्ण याद करते हैं ? वस्त्र को लेकर कृष्ण उत्साहपूर्वक ऊँचे वृक्ष पर चढ़ गये। जल से शीतल हुई सखियाँ (कृष्ण को) देख देखकर पुकारती थीं। नन्द अहीर की दोहाई देकर तथा दोनों हाथ जोड़कर अपने वस्त्र माँगती हैं। सूर के प्रभु कृष्ण सब को सुख देने वाले हैं तथा वे पराई पीड़ा को जानने वाले हैं।। 122।।

प्रेम न रुकत हमारे बूतैं।
किहिँ गयंद बाँध्यौ सुनि मधुकर, पदुम नाल के काँचे सूतैं ?
सोवत मनसिज आनि जगायौ, पठै सँदेस स्याम के दूतैं।
बिरह-समुद्र सुखाइ कौन बिधि, रंचक जोग अगिनि कै लूतैं।
सुफलक सुत अरु तुम दोऊ मिलि, लीजै मुकुति हमारें हूतैं।
चाहतिँ मिलन सूर के प्रभु कौं, क्यौं पतियाहिँ तुम्हारे धूतैं।।१२३।।

अर्थ—हमारे बल से प्रेम रुक नहीं सकता। ऊधो कहो कमल नाल के कच्चे धागे से किसने हाथी को बाँधा है। कृष्ण ने दूत भेजकर प्रसुप्त काम-व्यथा को जगा दिया। हम लोगों का विरह समुद्र आपकी थोड़ी-सी योगाग्नि की लपट से कैसे सूख सकता है ? अक्रूर तथा तुम दोनों मिलकर हमारी ओर से भी मुक्ति लीजिए। (गोपियाँ कहती हैं) हम कृष्ण से मिलना चाहती हैं तुम्हारे जैसे धूर्त पर कैसे विश्वास करें।। 123।।

ऊधौ सुनहु नैकु जो बात।
अबलनि कौं तुम जोग सिखावत, कहत नहीं पछितात।
ज्यौं ससि बिना मलीन कुमुदिनी, रवि बिनुहीं जलजात।
त्यौं हम कमलनैन बिनु देखे, तलफि-तलफि मुरझात।
जिन स्रवननि मुरली सुर आँचयौ, मुद्रा सुनत डरात।
जिन अधरनि अमृत फल चाख्यौ, ते क्यौं कटु फल खात।
कुंकुम चंदन घसि तन लावतिँ, तिहिँ न बिभूति सुहात।
सूरदास प्रभु बिनु हम यौं हैं, ज्यौं तरु जीरन पात।।१२४।।

अर्थ—उद्धव ! तनिक (हमारी) बात तो सुनो ! अबलाओं को तुम योग सिखाते हो (यह कहते) तुम पश्चात्ताप नहीं करते हो। जैसे चन्द्रमा के बिना कुमुदिनी और सूर्य के बिना कमल वैसे ही कमल के समान नेत्र वाले कृष्ण को देखे बिना तड़प-तड़प कर मुरझाती हैं। जिन कानों से मुरली के स्वर को सुना है (उन्हीं कानों से) मुद्रा सुनते डर लगती है। जिन अधरों से मधुर फल चखा है वे क्यों कड़वे फल को खायें। कुँकुम, चन्दन को घिस कर शरीर में लगाती थीं। (उस) शरीर को भस्म नहीं सुहाती है। (गोपियाँ कहती हैं) हम कृष्ण के बिना वैसे ही हैं जैसे जीर्ण पत्तों वाला वृक्ष।। 124।।

ऊधौ जोग जोग हम नाहीँ।
अबला सार-ज्ञान कह जानैँ, कैसैँ ध्यान धराहीँ।
तेई मूँदन नैन कहत हौ, हरि मूरति जिन माहीँ।
ऐसी कथा कपट की मधुकर, हमतैँ सुनी न जाहीँ।
स्रवन चीरि सिर जटा बँधावहु, ये दुख कौन समाहीँ।
चंदन तजि अँग भस्म बतावत, बिरह-अनल अति दाहीँ।
जोगी भ्रमत जाहि लगि भूले, सो तौ है अप माहीँ।
सूर स्याम तैँ न्यारी न पल छिन, ज्यौँ घट तैँ परछाहीँ।।१२५।।

अर्थ—उद्धव, योग के योग्य हम नहीं हैं। अबलाएँ तत्व ज्ञान क्या जानें तथा कैसे ध्यान धरें। (तुम) उन्हीं नेत्रों को मूँदने को कहते हो जिनमें कृष्ण की मूर्ति है। मधुकर (ऊधो) ऐसी कपट कथा हमसे सुनी नहीं जाती। कानों को फाड़कर सिर पर जटा बँधाते हो यह दुख कहाँ समाये। विरह की अग्नि से अत्यधिक दग्ध शरीर में चन्दन को त्यागकर भस्म लगाने को कहते हो। योगी जिसके लिए भ्रमित हैं वह अपने ही भीतर है। सूरदास कहते हैं (गोपियाँ कहती हैं) कृष्ण से हम क्षण भर भी अलग नहीं हैं जैसे शरीर से परछायीं अलग नहीं है।। 125।।

हम तौ नंद-घोष के बासी।
नाम गुपाल जाति कुल गोपक, गोप गुपाल उपासी।
गिरिवर धारी गोधन चारी, बृन्दावन अभिलाषी।
राजा नंद जसोदा रानी, सजल नदी जमुना सी।
मीत हमारे परम मनोहर, कमलनैन सुख रासी।
सूरदास-प्रभु कहौँ कहाँ लौँ, अष्ट महा-सिधि दासी।।१२६।।

अर्थ—हम नन्द के गाँव की रहने वाली हैं। हम गिरिवर धारी, गाय चराने वाले, वृन्दावन के अभिलाषी ग्वाल जाति के गोपाल कृष्ण की उपासना करने वाली हैं। राजा नन्द तथा रानी यशोदा तथा यमुना के समान जल युक्त सुन्दर नदी से (यह स्थान शोभित है) सुख की राशि

कमलवत् नेत्र वाले कृष्ण हमारे परम मनोहर मित्र हैं। सूरदास कहते हैं। (गोपियाँ कहती हैं) कहाँ तक कहूँ (मैं) अष्ट महासिद्ध (कृष्ण की) दासी हूँ।। 126।।

यह गोकुल गोपाल उपासी।
जे गाहक निगु ̐न के ऊधौ, ते सब बसत ईस-पुर कासी।
जद्यपि हरि हम तजि अनाथ करि, तदपि रहतिँ चरननि रस रासी।
अपनी सीतलता नहिँ छाँड़त, जद्यपि बिधु भयौ राहु-गरासी।
किहिँ अपराध जोग लिखि पठवत, प्रेम भगत तैँ करत उदासी।
सूरदास ऐसी को बिरहिनि, माँगि मुक्ति छाँड़ै गुन रासी।।१२७।।

अर्थ—उद्धव, यह गोकुल गोपाल का भक्त है। जो निर्गुण के ग्राहक हैं वे शंकर की पुरी काशी में बसते हैं। यद्यपि कृष्ण ने हमें अनाथ करके छोड़ दिया तो भी चरणों के रस में अनुरक्त रहती हूँ। चन्द्रमा राहु से ग्रसित होने पर भी अपनी शीतलता को नहीं छोड़ता। किस अपराध के कारण योग लिखकर भेजते हैं और प्रेम-भक्ति से उदासीन करते हैं। सूरदास कहते हैं (गोपियाँ कहती हैं) कि ऐसी कौन विरहिणी है जो मुक्ति माँग कर गुण राशि (श्री कृष्ण चद्र) को त्याग दें।। 127।।

ऐसौं सुनियत द्वै बैसाख।
देखतिं नहीँ ब्यौँत जीवे कौ, जतन करौ कोउ लाख।
मृगमद मलय कपूर कुमकुमा, केसर मलियै साख।
जरत अगिनि मैँ ज्यौँ घृत नायौ, तन जरि ह्वै है राख।
ता ऊपर लिखि जोग पठावत, खादु नीम, तजि दाख।
सूरदास ऊधौ की बतियाँ, सब उड़ि बैठीँ ताख।।१२८।।

अर्थ—ऐसा सुना जाता है कि इस बार दो वैशाख (अतिरिक्त मास) पड़ गया है। जीने का कोई उपाय नहीं देखती हूँ चाहे कोई लाख प्रयत्न करे। मृगमद (कस्तूरी), मलय, कपूर तथा कुंकुम और केशर जो मले गये वे सब इसके साक्षी हैं, लेकिन यह सब जलती हुई अग्नि में जैसे घी डाल दिया गया हो, शरीर जलकर भस्म हो गया। उसके ऊपर योग लिख कर भेजते हैं और अंगूर को छोड़कर नीम खाने को (कहते हो)। सूरदास कहते हैं उद्धव की सभी बातें उड़कर ताख पर बैठ गयीं।। 128।।

इहिँ विधि पावस सदा हमारैँ।
पूरब पवन स्वास उर ऊरध, आनि मिले इकठारैँ।
बादर स्याम सेत नैननि मैँ, बरसि आँसु जल ढारै।
अरुन प्रकास पलक दुति दामिनि, गरजनि नाम पियारैँ।
चातक दादुर मोर प्रकट ब्रज, बसत निरंतर धारैँ।
ऊधव ये तब तैँ अटके ब्रज, स्याम रहे हित टारैँ।
कहिऐ काहि सुनै कत कोऊ, या ब्रज के ब्यौहारैँ।
तुमही सौँ कहि-कहि पछितानी, सूर बिरह के धारैँ।।१२९।।

अर्थ—इस प्रकार सदा हमारे (साथ) वर्षा ऋतु है। हृदय के ऊपर साँस रूपी पुरवा हवा आकर एक स्थान पर मिलती है। आँखों की काली तथा सफेद पुतलियों रूपी बादल आँसू जल बरसाते हैं। (आँखों की) ललाई का प्रकाश तथा पलक रूपी बिजली की चमक है तथा कृष्ण के नाम की गर्जना है। चातक, मेढक, मोर, ब्रज में आकर निरन्तर बसते हैं। ऊधो, ये सब तभी से ब्रज में अड़ गए हैं, किससे कहा जाय तथा ब्रज के इस व्यवहार को सुनता ही कौन है। सूरदास कहते हैं(गोपियाँ कहती हैं) कि तुम्हीं से कहकर पछतायी (रूप) विरह को कौन धारण करे।। 129।।

ऊधौ कोकिल कूजत कानन।
तुम हमकौं उपदेश करत हौ, भस्म लगावन आनन।
औरौ सिखी सखा सँग लै लै, टेरत चढ़े पखानन।
बहुरौ आइ पपीहा कैं मिस, मदन हनत निज बानन।
हमतौ निपट अहीरि बावरी, जोग दीजिऐ जानन।
कहा कथत मौसी के आगैं, जानत नानी नानन।
तुम तौ हमैं सिखावन आए, जोग होइ निरवानन।
सूर मुक्ति कैसैं पूजति है, वा मुरली के तानन।।१३०।।

अर्थ—उद्धव, जंगल में कोयल कूकती है। तुम हमको मुख पर भस्म लगाने का उपदेश करते हो। मोर अपने मित्रों को लेकर पहाड़ों पर चढ़कर टेरते हैं। फिर पपीहा के बहाने आकर कामदेव अपने बाणों से हनता है। हम तो बिल्कुल बावली अहीर की लड़कियाँ हैं अतः योग की शिक्षा ज्ञानियों को दीजिये। मौसी के आगे नानी-नाना की क्या बात करते हो (वह तो उन्हें जानती ही है)। तुम तो हमें सिखाने आये हो कि योग से निर्वाण होगा किन्तु मुक्ति मुरली की तानों से कैसे बराबरी कर सकती है।। 130।।

हमतैं हरि कबहूँ न उदास।
रास खिलाइ पिलाइ अधर रस, क्यौं बिसरत ब्रज बास।
तुमसौं प्रेम कथा कौं कहिबौ, मनौ काटिबौ घास।
बहिरौ तान-स्वाद कह जानै, गूँगौ बात मिठास।
सुनि री सखी बहुरि हरि ऐहैं, वह सुख वहै बिलास।
सूरदास ऊधौ अब हमकौं, भए तेरहौं मास।।१३१।।

अर्थ—कृष्ण हमसे कभी उदास नहीं थे। रास खेला कर तथा ओठों का रस पिलाकर ब्रज का निवास क्यों भूलते हैं। तुमसे प्रेम कथा कहना मानो घास काटना है। बहरा तान के आस्वाद को क्या जाने तथा गूँगा बात की मिठास क्या जाने। सखी सुनो, कृष्ण फिर आयेंगे फिर वही सुख तथा विलास होगा। सूरदास कहते हैं (गोपियाँ कहती हैं) अब हमको (कृष्ण को देखते-देखते) तेरह महीने हो गये। (कृष्ण के आने की अवधि बीत गई)।। 131।।

आयौ घोष बड़ो ब्यौपारी ।
खेप लादि गुरु ज्ञान जोग की, ब्रज मैं आनि उतारी ।
फाटक दै कै हाटक माँगत, भोरौ निपट सुधारी ।
धुरही तैं खोटौ खायौ है, लिये फिरत सिर भारी ।
इनकैं कहे कौन डहकावै, ऐसी कौन अनारी ।
अपनौ दूध छाँड़ि को पीवै, खारे कूप कौ बारी ।
ऊधौ जाहु सबारैं ह्याँ तैं, बेगि गहरु जनि लावहु ।
मुख माँगौ पैहौ सूरज प्रभु , साहुहिं आनि दिखावहु ।।१३२।।

अर्थ—गाँव में एक बड़ा व्यापारी आया है। भारी ज्ञान रूपी खेप (सामान) लादकर ब्रज में लाकर उतारा है। फटकन देकर सोना माँगता है, वह सीधा और भोला है। शुरू से ही व्यापार में घाटा हुआ है। अतः वह सिर पर भारी बोझ लेकर घूम रहा है। इसके कहने से कौन बहकेगा ऐसा कौन मूर्ख है। अपने दूध को छोड़कर खारे कुँयें का पानी कौन पियेगा। ऊधो यहाँ से शीघ्र ही चले जाओ, विलम्ब मत करो। कृष्ण रूपी साहू को ले आकर दिखा दो, मुँह माँगा मिलेगा।। 132।।

ऊधौ जोग कहा है कीजतु ।
ओढ़ियत है कि बिछैयत है, किधौं खैयत है किधौं पीजत ।
कीधौं कछू खिलौना सुंदर, की कछु भूषन नीकौ ।
हमरे नंद-नँदन जो चहियतु, मोहन जीवन जी कौ ।
तुम जु कहत हरि निगुन निरंतर, निगम नेति है रीति ।
प्रकट रूप की रासि मनोहर, क्यौं छाँड़े परतीति ।
गाइ चरावन गए घोष तैं, अबहीं हैं फिरि आवत ।
सोई सूर सहाइ हमारे, बेनु रसाल बजावत ।।१३३।।

अर्थ—उद्धव, योग का क्या किया जाय। ओढ़ा जाय, या बिछाया जाय: खाया जाय कि पिया जाय। क्या यह कोई सुन्दर खिलौना है कि कोई सुन्दर आभूषण है ? हम कृष्ण को चाहती हैं तथा मोहन प्राणों को जीवित रखने वाले हैं। तुम जो कहते हो कि ब्रह्म (कृष्ण) निर्गुण हैं तथा निगम उसके विषय में नेति की रीति का (प्रतिपादन करते हैं) (हमने) प्रत्यक्ष कृष्ण के रूप राशि को देखा है, इससे हमारा मन विश्वास क्यों छोड़े। गाँव (वह) गाय चराने गए हैं तथा अभी आते होंगे। सूरदास कहते हैं (गोपियाँ कहती हैं) वही हमारे सहायक हैं, (वह) रसयुक्त बंशी बजाने वाले हैं।। 133।।

अपने स्वारथ के सब कोऊ ।
चुप करि रहौ मधुप रस-लंपट, तुम देखे अरु ओऊ ।
जो कछु कह्यौ कह्यौ चाहत हौ, कहि निरवारौ सोऊ ।
अब मेरैं मन ऐसियै षटपद, होनी होउ सु होऊ ।

सब कत रास रच्यौ बृन्दावन, जौ पै ज्ञान हुतोऊ।
लीन्हे जोग फिरत जुवतिनि मैं, बड़े सुपत तुम दोऊ।
छुटि गयौ मान परेखौ रे अलि, हृदै हुतौ वह जोऊ।
सूरदास प्रभु गोकुल बिसरयौ, चित चिंतामनि खोऊ ।।१३४।।

अर्थ—सब कोई अपने स्वार्थ के (साथी) हैं। रस के लंपट मधुप (भ्रमर) चुप रहो। तुम्हें और उन्हें (दोनों को) देख लिया। जो कुछ कहा तथा कहना चाहते हो उसे भी कहकर छुट्टी लो। भ्रमर (ऊधो) मेरे मन में ऐसा है, जो होना हो, हो जाय। जब ज्ञान (की बात करना था) तो वृन्दावन में रास क्यों रचाया ? युवतियों में योग लिये फिरते हो तुम दोनों बड़े बुद्धिमान (प्रतिष्ठा सम्पन्न) हो। हृदय में जो भरोसा था, वह भी छूट गया। चित्त की कामना पूर्ति करने वाली मणि को खोकर कृष्ण ने गोकुल को भुला दिया।। 134।।

मधुकर प्रीति किये प्रछितानी।
हम जानी ऐसैंहिं निबहैगी, उन कछु औरै ठानी।
वा मोहन कौं कौन पतीजै, बोलत मधुरी बानी।
हमकौं लिखि लिखि जोग पठावत, आपु करत रजधानी।
सूनी सेज सुहाइ न हरि बिनु, जागति रैनि बिहानी।
जब तैं गवन कियौ मधुबन कौं, नैननि बरषत पानी।
कहियौ जाइ स्याम सुंदर कौ, अन्तरगत की जानी।
सूरदास प्रभु मिलि कै बिछुरे, तातैं भईं दिवानी ।।१३५।।

अर्थ—मधुकर, प्रेम करके हमने पश्चात्ताप किया। हमने समझा कि ऐसे निर्वाह होगा लेकिन कृष्ण ने मन में कुछ और ही ठान रखा था। उस कृष्ण का कौन विश्वास करे जो मधुर वाणी बोलने वाले हैं, हमको लिख लिखकर योग भेजते हैं तथा स्वयं राजधानी (का भोग) करते हैं। कृष्ण के बिना सूनी सेज अच्छी नही लगती तथा जागते हुए रात बीतती है। जब से कृष्ण मधुबन को गये, नेत्रों से जल बरसता रहता है। अन्तरगत की बात जाकर कृष्ण से कहना। सूरदास कहते हैं (गोपियाँ कहती हैं) कृष्ण से मिलकर बिछुड़ गयीं, उसी से दीवानी हो गयीं।। 135।।

हमारैं हरि हारिल की लकरी।
मनक्रम बचन नंद-नंदन उर, यह दृढ़ करि पकरी।
जागत सोवत स्वप्न दिवस-निसि, कान्ह-कान्ह जकरी।
सुनत जोग लागत है ऐसौ, ज्यौं करुई ककरी।
सु तौ ब्याधि हमकौं लै आए, देखी सुनी न करी।
यह तौ सूर तिनहिं लै सौंपौ, जिनके मन चकरी ।।१३६।।

अर्थ—कृष्ण हमारे लिए हारिल की लकड़ी के समान है। मन,कर्म, वचन तथा हृदय से मैंने कृष्ण को दृढ़तापूर्वक पकड़ा है। जागते, सोते, स्वप्न में तथा दिन रात कृष्ण-कृष्ण की रट (धुन)

लगी रहती है। योग सुनते हुए ऐसा लगता है जैसे कड़वी ककड़ी है। तुम ऐसी व्याधि ले आये जिसे हमने न तो देखा है, न सुना है, न किया है। सूरदास कहते हैं (गोपियाँ कहती हैं) यह तो उन्हें सौंपो जिनके मन चंचल हैं।। 136।।

कहा होत जो हरि हित चित धरि, एक बार ब्रज आवते।
तरसत ब्रज के लोग दरस कौं, निरखि निरखि सुख पावते।
मुरली सब्द सुनाहत सबहिनि, हरते तन की पीर।
मधुरे बचन बोलि अमृत मुख, बिरहिनि देते धीर।
सब मिलि जग जस गावत उनकौ, हरष मानि उर आनत।
नासत चिन्ता ब्रज बनितनि की, जनम सुफल करि जानत।
दुरी दुरा कौ खेल न कोऊ, खेलत है ब्रज महियाँ।
बाल दसा लपटाइ गहत हे, हँसि-हँसि हमरी बहियाँ।
हम दासी बिनु मोल की उनकी, हमहिँ जु चित्त बिसारी।
इत तैं उन हरि रमि रहे अब तौ, कुबिजा भई पियारी।
हिय मैं बातैं समुझि-समुझि कै, लोचन भरि-भरि आए।
सूर सनेही स्याम प्रीति के, ते अब भए पराए।।१३७।।

अर्थ—यदि कृष्ण स्नेह को चित्त् में धरकर ब्रज में एक बार आ जाते तो क्या होता। ब्रज के लोग दर्शन के लिए तरसते हैं, (वे) उनके मुख को देख-देखकर सुख पाते। (कृष्ण) सब को मुरली का शब्द सुनाते तथा सभी की पीड़ा हरते। (कृष्ण आकर) मुख से अमृत तुल्य मधुर वचन बोलकर विरहिनियों को धीरज देते। सब संसार मिल कर उनका यश गाता तथा हर्षित होकर हृदय से लगाते। (कृष्ण आकर) ब्रज की स्त्रियों की चिन्ता का नाश करते (तो) वे अपने जन्म को सफल करके जानतीं। ब्रज के बीच कोई छिपा-छिपी का खेल नहीं खेलता। बालकपन में हँस-हँस कर हमारी बाँह पकड़ते थे। हम उनकी बिना मूल्य की दासी हैं हमें क्यों भुला दिया। यहाँ से कृष्ण वहाँ रम रहे (अब) तो कुबरी प्यारी हो गयी। हृदय में बातें समझ-समझकर आँख में पानी भर-भर आता है। सूरदास कहते हैं (गोपियाँ कहती हैं) कृष्ण प्रेम के स्नेही थे, वे अब पराये हो गये।। 137।।

मधुकर आपुन होहिँ बिराने।
बाहर हेतु हितू कहवावत, भीतर काज सयाने।
ज्यौं सुक पिंजर माहिँ उचारत, ज्यौं ज्यौं कहत बखाने।
छूटत हीं उड़ि मिलै अपुन कुल, प्रीति न पल ठहराने।
जद्यपि मन नहिँ तजत मनोहर, तद्यपि कपटी जाने।
सूरदास प्रभु कौन काज कौं, माखी मधु लपटाने।।१३८।।

अर्थ--मधुकर, (वे) अपने बिराने हैं। बाहर से तो हितैषी कहलाते हैं किन्तु भीतर से (अपने कार्य) के लिए (काफ़ी चतुर) श्रेष्ठ हैं। जैसे तोता जब पिंजड़े में रहता है तो वही उच्चारण करता है, जो-जो कहने वाला (जिलाने वाला) कहता है, किन्तु वह छूटते ही उड़कर अपने परिवार में मिल जाता है, उसमें (पुरानी) प्रीति पल भर भी नहीं ठहरती। यद्यपि मन उन मनोहर (कृष्ण को) नहीं त्यागता फिर भी जान गयी वे कपटी हैं। सूरदास कहते हैं (गोपियाँ कहती हैं) मक्खी मधु से किसलिए लिपटी रहती हैं।। 138।।

हरि तैं भली सुपति सीता कौ।
जाकैं बिरह जतन ए कीन्हे, सिंधु कियौ बीता कौ।
लंका जारि सकल रिपु मारे, देख्यौ मुख पुनि ताकौ।
दूत हाथ उन लिखि जु पठायौ, ज्ञान कह्यौ गीता कौ।
तिनकौ कहा परेखौ कीजै, कुबिजा के मीता कौ।
चढ़े सेज सातौं सुधि बिसरी, ज्यौं पीता चीता कौ।
करि अति कृपा जोग लिखि पठयौ, देखि डराईं ताकौ।
सूरजदास प्रीति कह जानैं, लोभी नवनीता कौ ।।१३९।।

अर्थ--कृष्ण से अच्छे तो सीता के सुन्दर पति (राम) थे। जिन्होंने (सीता के विरह में) ऐसा यत्न किया कि सिन्धु को एक बीता के अन्दर (शीघ्र ही नाप) कर डाला। उन्होंने लंका को जलाकर समस्त शत्रुओं को मार डाला तथा फिर (सीता) उनके मुख को देखा। दूत के हाथ में जो (कृष्ण ने) गीता का ज्ञान लिखकर भेजा है, कुब्जा के मित्र कृष्ण का कैसे विश्वास किया जाय। सेज पर चढ़ते ही शराबी (पीता) के चित्त (चीता) के समान सभी स्मृतियाँ भूल गयीं। अत्यधिक कृपा करके योग लिख कर भेजा है कि उसे देखकर मैं डर गयी। सूरदास कहते हैं (गोपियाँ कहती हैं) मक्खन के लोभी (श्रीकृष्ण) प्रेम को क्या जानें।। 139।।

ऊधौ क्यौं बिसरत वह नेह।
हमरैं हृदय आनि नँद-नंदन, रचि रचि कीन्हे गेह।
एक दिवस गई गाइ दुहावन, वहाँ जु बरष्यौ मेह।
लिए उढ़ाइ कामरी मोहन, निज करि म्रानी देह।
जब हमकौं लिखि-लिखि पठवत हैं, जोग जुगुति तुम लेहु।
सूरदास बिरहिनि क्यौं जीवैं, कौन सयानप एहु ।।१४०।।

अर्थ--उद्धव, वह स्नेह कैसे भूलें। कृष्ण ने हमारे हृदय में आकर रच-रचकर (उसे अपना) घर बनाया। एक दिन गाय दुहाने गयी वहाँ जब बादल बरसा तो कृष्ण ने कमरी ओढ़ा दी तथा (हमारे) शरीर को अपना करके जाना। अब हमें लिख- लिख कर भेजते हैं कि तुम योग की युक्ति लो। सूरदास कहते हैं (गोपियाँ कहती हैं) इससे विरहिणी कैसे जिये तथा यह कौन सा सयानापन है।। 140।।

ऊधौ मन माने की बात।
दाख छुहारा छाँड़ि अमृत-फल, बिषकीरा बिष खात।
ज्यौं चकोर कौं देइ कपूर कोउ, तजि अंगार अघात।
मधुप करत घर कोरि काठ मैं, बँधत कमल के पात।
ज्यौं पतंग हित जानि आपनौ, दीपक सौं लपटात।
सूरदास जाकौ मन जासौं, सोई ताहि सुहात।।१४१।।

अर्थ—ऊधो मन की रुचि की बात है। विष खाने वाला (साँप) अंगूर तथा छोहारा छोड़कर विष खाता है। (जैसे) चकोर को यदि कोई कपूर दे तो उसे त्याग कर वह अंगार से ही तृप्त होता है। भ्रमर काठ में छेद करता है तथा कमल के पंखुड़ियों में बँधता है। जैसे पतंग अपना हित जानकर ही दीपक से लपटता है। सूरदास कहते हैं (गोपियाँ कहती हैं) कि जिसका मन जिससे (लग गया है) वही उसको अच्छा लगता है।। 141।।

इहिं डर बहुरि न गोकुल आए।
सुनि री सखी हमारी करनी, समुझि मधुपुरी छाए।
अधरातक तैं उठि सब बालक, मोहिं टेरैंगे आइ।
मातु पिता मोकौं पठवैंगे, बनहिं चरावन गाइ।
सूने भवन आइ रोकैंगी, दधि चोरत नवनीत।
पकरि जसोदा पै लै जैहैं, नाचहु गावहु गीत।
ग्वारिनि मोहिं बहुरि बाँधैगी, कै तव बचन सुनाइ।
वै दुख सूर सुमिरि मन ही मन, बहुरि सहै को जाइ।।१४२।।

अर्थ—इस डर से फिर गोकुल नहीं आये। सखी सुनो हमारी करनी समझकर (कृष्ण) मधुपुरी में छा गये। आधी रात के लगभग उठकर सभी बालक आकर मुझे पुकारेंगे। माता-पिता मुझे गाय चराने भेजेंगे। खाली घर में मक्खन चुराते हुए मुझे स्त्रियाँ रोकेंगी। वे पकड़कर यशोदा के पास ले जायँगी तथा (कहेंगी) कि नाचो तथा गीत गाओ। छल के वचन सुनाकर ग्वालिनियाँ मुझे फिर बाँधेंगी। सूरदास कहते हैं (गोपियाँ कहती हैं) उन दुखों को मन-ही-मन स्मरण कर (कृष्ण सोचते हैं) फिर उन्हें सहने कौन जाय।। 142।।

जौ कोउ बिरहिनि कौ दुख जानै।
तौ तजि सगुन साँवरी मूरति, कत उपदेसै ज्ञानै।
कुमुद चकोर मुदित बिधु निरखत, कहा करै लै भानै।
चातक सदा स्वांति कौ सेवक, दुखित होत बिनु पानै।
भौंर, कुरंग, काग, कोइल कौं, कबिजन कपट बखानैं।
सूरदास जौ सरबस दीजै, कारे कृतहि न मानैं।।१४३।।

अर्थ—यदि कोई विरहिणी के दुख को समझे तो व ह सगुण साँवली मूर्ति को छोड़कर ज्ञान का उपदेश कैसे देगा। कमलिनी और चकोर चन्द्रमा को देखकर प्रसन्न होते हैं, वे सूर्य को लेकर क्या करें। चातक सदैव स्वाति के बूँद का सेवक है, वह (उसके) पान के बिना दुखी होता है। भौंर, मृग, कौआ, कोयल आदि को कवि लोग कपटी कहते हैं। सूरदास कहते हैं (गोपियाँ कहती हैं) यदि काले लोगों को सर्वस्व दे दिया जाय तो भी वे उपकार को नहीं मानते।। 143।।

ऊधौ सुधि नाहीं या तन की।
जाइ कहौ तुम कित हौ भूले, हमऽब भईं बन-बन की।
इक बन ढूँढ़ि सकल बन ढूँढ़े, बन बेलि मधुबन की।
हारि परीं बृन्दावन ढूँढ़त, सुधि न मिली मोहन की।
किए विचार उपचार न लागत, कठिन बिथा भई मन की।
सूरदास कोउ कहै स्याम सौं, सुरति करैं गोपिनि की।।१४४।।

अर्थ—उद्धव, (हमें) इस शरीर का स्मरण नहीं है। तुम क्यों भूले हो, जाकर कृष्ण से कहो कि हम वन-वन की (ढूँढ़ने वाली) हो गयी हैं। इन समस्त वनों को ढूँढ़ा तथा मधुवन की (समस्त) वन लताओं को ढूँढ़ा । वृन्दावन में ढूँढ़ते (ढूँढ़ते) हार गयीं परन्तु कृष्ण की कोई खबर नहीं मिली। विचार करने पर (भी) कुछ उपचार नहीं सूझता, जिससे मन में कठिन पीड़ा हो गयी है। सूरदास कहते हैं (गोपियाँ कहती हैं) कोई कृष्ण से कहे कि (वह) गोपियों का ख्याल करें।। 144।।

लरिकाईं कौ प्रेम कहौ अलि कैसैं छूटत।
कहा कहौं ब्रजनाथ चरित, अंतरगति लूटत।
वह चितवनि वह चाल मनोहर, वह मुसकानि मंद-धुनि गावनि।
नटवर-भेष नंद-नंदन कौ, वह बिनोद, वह बन तैं आवनि।
चरन कमल की सौंह करति हौं, यह सँदेस मोहिं विषसौं लागत।
सूरदास पल मोहिं न बिसरति, मोहन मूरति सोवत जागत।।१४५।।

अर्थ—अलि (उद्धव) कहो बचपन की प्रीति कैसे छूटे। ब्रजनाथ (कृष्ण) के चरित्र को कैसे कहूँ वह (चरित्र) अंतर को लूटने वाला है। वह दृष्टि, वह मनोहर चाल, वह मुस्कान, वह मंद ध्वनि से गाया जाने वाला गान, नटवर वेष, वह कृष्ण का विनोद तथा वन से वह आगमन (ये सब हृदयहारी हैं) कृष्ण के चरण कमलों की कसम लेकर कहती हूँ यह संदेश मुझे विष जैसा लगता है। सूरदास कहते हैं (गोपियाँ कहती हैं) (वह) मोहनी मूर्ति हमें सोते-जागते कभी नहीं भूलती।। 145।।

उद्धव हृदय परिवर्तन तथा गोपी सन्देश

मैं ब्रजबासिन की बलिहारी।
जिनके संग सदा क्रीड़त हैं, श्री गोबरधन-धारी।

किनहूँ कैं घर माखन चोरत, किनहूँ कैं सँग दानी।
किनहूँ कैं सँग धेनु चरावत, हरि की अकथ कहानी।
किनहूँ कैं सँग जमुना कैं तट, बंसी टेरि सुनावत।
सूरदास बलि-बलि चरननि की, यह सुख मोहिं नित भावत ।।१४६।।

अर्थ—मैं व्रजवासियों की बलि जाता हूँ जिनके साथ गोवर्धनधारी कृष्ण सदा खेलते हैं। (वह) किन्हीं के साथ माखन चुराते हैं, किन्हीं के साथ दान (लीला) करते हैं। किन्हीं के साथ (वह कृष्ण) गाय चराते हैं। इस प्रकार कृष्ण की कहानी अकथनीय है। किन्हीं के साथ (कृष्ण) यमुना तट पर गाय चराते हैं तथा बंशी की टेर सुनाते हैं। सूरदास कहते हैं (ऊधो कहते हैं) कृष्ण के चरणों पर बलिहारी हूँ तथा यह सुख हमें सदैव भाता है।। 146।।

हौं इन मोरनि की बलिहारी।
जिनकी सुभग चंद्रिका माथै, धरति गोबरधनधारी।
बलिहारी वा बाँस-बंस की, बंसी सी सुकुमारी।
सदा रहति है कर जु स्याम कैं, नैकहुँ होति न न्यारी।
बलिहारी वा गुंज-जाति की, उपजी जगत उज्यारी।
सुन्दर हृदय रहत मोहन कैं, कबहूँ टरत न टारी।
बलिहारी कुल सैल सरित जिहिं, कहत कलिंद-दुलारी।
निसि-दिन कान्ह अंग आलिंगन, आपुनहूँ भई कारी।
बलिहारी बृन्दावन भूमिहिं, सुतौ भाग की सारी।
सूरदास प्रभु नाँगे पाइनि, दिन प्रति गैया चारी ।।१४७।।

अर्थ—मैं इन मोरों की बलिहारी (होता) हूँ जिनकी सुन्दर चन्द्रिका कृष्ण मस्तक पर धारण करते हैं। बाँस के कुल की बलिहारी है, जिसकी सुकुमारी बंशी सदा कृष्ण के हाथों में रहती है तथा क्षण भर के लिए भी अलग नहीं होती। उस गुंज जाति की बलिहारी है जो कि उज्ज्वल संसार में उत्पन्न हुई है। (वह) कृष्ण के सुन्दर हृदय पर रहती तथा कभी टाले नहीं टलती। पर्वत समूह तथा 'सरिता' जिसे यमुना कहते हैं, उसकी बलिहारी है। रात-दिन कृष्ण के अंग आलिंगन से स्वयं भी काली हो गयी। वृन्दावन की भूमि की बलिहारी है क्योंकि वह भाग्य की भरी पूरी है, जहाँ कृष्ण ने नंगे पाँव प्रतिदिन गाय चराया।। 147।।

हम पर हेत किये रहिबौ।
या ब्रज कौ ब्यौहार सखा तुम, हरि सौं सब कहिबौ।
देखे जात आपनी अँखियनि, या तन को दहिबौ।
तन की बिथा कहा कहौं तुमसौं, यह हमकौं सहिबौ।
तब न कियौ प्रहार प्राननि कौ, फिरि फिरि क्यौं चहिबौ।
अब न देह जरि जाइ सूर इमि, नैननि कौ बहिबौ ।।१४८।।

अर्थ—हम पर स्नेह किए रहना। सखा तुम इस ब्रज के सब व्यवहार को कृष्ण से कहना। (तुम) अपनी आँख से इस शरीर का जलना देखे जा रहे हो। तुमसे शरीर व्यथा क्या कहूँ यह हमको सहना होगा। तब तो प्राणों का प्रहार (त्याग) नहीं किया, अब बार-बार चाहने से क्या होता है। सूरदास कहते हैं (गोपियाँ कहती हैं) अब तो इन नेत्रों के बहते रहने से शरीर भी नहीं जल जाता।। 148।।

स्वामी पहिलौ प्रेम सँभारौ ।
ऊधौ जाइ चरन गहि कहियै, जी तैं हित न उतारौ ।
जो तुम मधुबन राज काज भए, गोकुल हम न अधारौ ।
कमल नयन सो चैन न देखौ, नित उठि गोधन चारौ ।
ये ब्रज लोग मया के सेवक, तिनसौं क्यौं न बिहारौ ।
सूरदास प्रभु एक बार मिलि, सकल बिरह दुख टारौ ।।१४९।।

अर्थ—स्वामी (कृष्ण) पूर्व प्रेम (की प्रतिष्ठा) सम्हालो। उद्धव, जाकर चरण पकड़कर कहना कि हृदय से स्नेह दूर न करें। जो तुम मधुबन के राजकार्य को (धारण कर लिए) (अब) गोकुल में हमारे लिए (कोई) आश्रय नहीं है। कमल नयन को देखे बिना चैन नहीं है, (निवेदन है) नित उठकर गाय चराओ। ये ब्रज के लोग प्रेम के सेवक हैं उनके साथ विहार क्यों नहीं करते। सूरदास कहते हैं (गोपियाँ कहती हैं) एक बार मिलकर विरह के दुख को टाल दो।। 149।।

इतनी बात अलि कहियौ हरि सौं, कब लगि यह मन दुख मैं गारैं ।
पथ जोहत तन कोकिल बरन भइँ, निसि नींद पिय पियहिं पुकारैं ।
जा दिन तैं बिछुरे नँद-नंदन, अति दुख दारुन क्यौं निरबारैं ।
सूरदास प्रभु बिनु यह बिपदा, काकौ दरसन देखि बिसारैं ।।१५०।।

अर्थ—अलि (उद्धव) कृष्ण से इतना कहना कि कब तक इस शरीर को विरह में गलाऊँ (नष्ट करूँ) पथ देखते (देखते) शरीर कोयल के रंग का हो गया। पिय-पिय पुकारते हुए हमें रात में नींद नहीं आती। जिस दिन से कृष्ण बिछुड़े तभी से अत्यन्त दारुण दुख का निवारण नहीं होता। सूरदास कहते हैं (गोपियाँ कहती हैं) प्रभु के बिना यह विपत्ति किसके दर्शन से दूर करूँ।। 150।।

ऊधौ जू, कहियौ तुम हरि सौं, जाइ हमारे हिय कौ दरद ।
दिन नहिँ चैन, रैनि नहिँ सोवति, पावक भई जुन्हाई सरद ।
जबतैं लै अक्रूर गए हैं, भई बिरह तन बाइ छरद ।
काम प्रबल जाके अति ऊधौ, सोचत भइ जस-पीत हरद ।
सखा प्रबीन निरंतर हरि के, तातैं कहति हैं खोलि परद ।
ध्यावतिँ रूप दरस तजि हरि कौ, सूर मूरि बिनु होतिँ मुरद ।।१५१।।

अर्थ—उद्धव, तुम जाकर कृष्ण से हमारे हृदय के दर्द को कहना। दिन में चैन नहीं है तथा रात में नींद नहीं आती। शरद की ज्योत्सना अग्नि की तरह हो गयी। जब से अक्रूर गये हैं,

विरह की तप्त वायु से शरीर क्षरित हो गया है। उद्धव जिसके (शरीर में) प्रबल काम (व्याप्त) है, सोचते हुए शरीर पीली हल्दी के समान हो गया है, आप कृष्ण के सदा के प्रवीण मित्र हैं इसलिए परदा खोलकर (बिना किसी रोक टोक के) कहती हूँ। कृष्ण के रूप के दर्शन को त्यागकर (पुनः उसी का) ध्यान करती हूँ, अब, (कृष्ण रूपी) संजीवनी (जड़ी) के बिना हम मुर्दा हो गयी हैं।। 151 ।।

ऊधौ इक पतिया हमरौ लीजै।
चरन लागि गोबिंद सौं कहियौ, लिखौ हमारौ दीजै।
हम तौ कौन रूप गुन आगरि, जिहिं गुपाल जू रीझैं।
निरखत नैन-नीर भरि आए, अरु कंचुकि पट भीजैं।
तलफत रहतिं मीन चातक ज्यौं, जल बिनु तृषा न छीजै।
अति ब्याकुल अकुलातिं बिरहिनी, सुरति हमारी कीजै।
अँखियाँ खरी निहारतिं मधुबन, हरि-बिनु ब्रज विष पीजै।
सूरदास-प्रभु कबहिं मिलैंगे, देखि देखि मुख जीजै ।।१५२।।

अर्थ—उद्धव हमारा एक पत्र लीजिए। (कृष्ण के) चरण लगाकर कहना और हमारा लिखा हुआ देना। हम कौन रूप गुण में अग्रणी हैं जोकि कृष्ण रीझें। देखते ही गोपियों के नेत्र में आँसू भर आये और कंचुक का वस्त्र भीगता है। हम (गोपियाँ) मछली तथा चातक की तरह तलफती रहती हैं, जल के बिना (कृष्ण के रूप रस के बिना) प्यास नहीं बुझती। (हम) विरहिणियाँ व्याकुल होकर अकुलाती हैं (कृष्ण) हमारी स्मृति कीजिए। आँखें खड़ी (एकटक) मधुबन को निहारती हैं। कृष्ण के बिना (हम) ब्रज में विष पी लूँगी। सूरदास कहते हैं (गोपियाँ कहती हैं) कृष्ण कब मिलेंगे जिनके मुख को देख-देखकर जिऊँगीं।। 152।।

हम मति हीन कहा कछु जानैं, ब्रजबासिनी अहीर।
वै जु किसोर नवल नागर तन, बहुत भूप की भीर।
बचन की लाज सुरति करि राखौ, तुम अलि इतनी कहियौ।
भली भई जौ दूत पठायौ, इतनी बोल निबहियौ।
एक बार तौ मिलौ कृपा करि, जौ अपनौ ब्रज जानौ।
यहै रीति संसार सबनि की, कहा रंक कह रानौ।
हम अनाथ तुम नाथ गुसाईं, राखौ, क्यौं नहिं सोई।
घट रित ब्रज पै आनि पुकारैं, सूरदास अब कोई ।।१५३।।

अर्थ—हम अहीर (जाति की) ब्रजवासिनियाँ हीन बुद्धि की होने के कारण कैसे कुछ समझें। वे तो किशोर तथा नवल सभ्य, नागर (नागरिक हैं) तथा राजा के रूप में बड़ी जिम्मेदारी को वहन करने वाले हैं इसलिए हे भ्रमर (उद्धव) उनसे कहना कि वचन की लाज को स्मरण रखेंगे। अच्छा हुआ जो कि आपने दूत भेजा (कम से कम) इतनी प्रतिज्ञा तो निभायी। यदि ब्रज को अपना समझो तो कम से कम एक बार तो कृपा करके मिल जाओ। चाहे गरीब हो चाहे धनी

सारी दुनियाँ की यही रीति है। हम अनाथ हैं तथा कृष्ण तुम नाथ हो इसलिए आप उस यश की रक्षा क्यों नहीं करते। छहों ऋतुयें ब्रज में आकर पुकारती हैं कि अब कोई (विरहिणियों को सहारा देने वाला) है।। 153।।

नंद-नँदन सौं इतनी कहियौ।
जद्यपि ब्रज अनाथ करि डार्‌यौ, तद्यपि सुरति किये चित रहियौ।
तिनका तोर करहु जनि हम सौं, एक बास की लाज निबहियौ।
गुन औगुननि दोष नहिं कीजतु, हम दासिनि की इतनी सहियौ।
तुम बिनु प्रान कहा हम करिहैं, यह अवलंब न सुपनेहु लहियौ।
सूरदास पाती लिखि पठई, जहाँ प्रीति तहँ ओर निबहियौ।।१५४।।

अर्थ—कृष्ण से इतना कहना यद्यपि ब्रज को अनाथ कर डाले तब भी चित्त में स्मरण रखिएगा। हमसे सम्बन्ध विच्छेद मत कीजिए। एक (साथ) निवास की लाज का निर्वाह करिये। गुण तथा अवगुण का दोष (ग्रहण न) करना, हम दासियों (के इतने अपराध को) सहना। तुम्हारे बिना हम प्राण को क्या करेंगी यदि स्वप्न में भी यह (प्राण) आपका अवलम्ब नहीं प्राप्त करेगा। सूरदास कहते हैं कि (गोपियों ने) पत्र लिखकर भेजा (तथा निवेदन किया) जहाँ प्रीति है (वहाँ) उसका अन्त तक निर्वाह भी होना चाहिए।। 154।।

बिनु गुपाल बैरिन भईं कुंजैं।
तब वै लता लगति तन सीतल, अब भईं विषम ज्वाल की पुंजैं।
वृथा बहति जमुना, खग बोलत, बृथा कमल-फूलनि अलि गुंजैं।
पवन, पान, घनसार, सजीवन, दधि-सुत किरनि भानु भईं भुंजैं।
यह ऊधौ कहियौ माधौ सौं, मदन मारि कीन्हीं हम लुंजैं।
सूरदास प्रभु तुम्हरे दरस कौं, मग-जोवत अँखियाँ भईं घुंजैं।।१५५।।

अर्थ—कृष्ण के बिना सभी कुंज (वन) शत्रु हो गये। तब ये लतायें अत्यधिक शीतल लगती थीं अब विषम ज्वाला पुंज (के समान) हो गयी हैं। यमुना व्यर्थ बहती है, पक्षी (व्यर्थ) बोलते हैं तथा भ्रमर का गूँजना और कमल का खिलना सब व्यर्थ है। पवन, पानी, कपूर, सजीवन (सब दुखकर हो गये) तथा चन्द्रमा की किरणें सूर्य की किरणों के समान (तप्त होकर) भूनती हैं। हे उद्धव कृष्ण से कहना कि काम ने मार कर हमें लुंज कर दिया है। सूरदास कहते हैं (गोपियाँ कहती हैं) कि कृष्ण तुम्हारे दर्शन के लिए रास्ता देखते-देखते आँखें घुँघची की भाँति रक्त हो गयी हैं।। 155।।

ऊधौ इतनो कहियौ बात।
मदन गुपाल बिना या ब्रज मैं, होन लगे उतपात।
तृनावर्त,बक, बकी, अघासुर, धैनुक फिरि-फिर जात।
ब्योम, प्रलंब, कंस केसी इत, करत जिअनि को घात।

काली काल-रूप दिखियत हैं, जमुना जलहिं अन्हात।
बरुन फाँस फाँस्यौ चाहत है, सुनियत अति मुरझात।
इंद्र आपने परिहँस कारन, बार-बार अनखात।
गोपी, गाइ, गोप, गोसुत सब, थर-थर काँपत गात।
अंचल फारति जननि जसोदा, पाग लिये कर तात।
लागौ बेगि गुहारि सूर प्रभु, गोकुल बैरिनि घात ।।१५६।।

अर्थ—उद्धव, इतनी बात कहना की मदन गोपाल (कृष्ण) के बिना ब्रज में उत्पात होने लगा। तृणावर्त, बक-बकी, अघासुर तथा धेनुक (आदि राक्षस) घूम-घूम कर लौट जाते हैं। व्योमासुर, प्रलम्बन तथा कंस, केसी यहाँ जीने की घात लगाये हैं। यमुना के जल में स्नान करते समय काली मृत्यु के समान दिखाई देता है। वरुण अपने पाश में फँसाना चाहता है, सुनकर हम अत्यन्त मुरझाती हैं। इन्द्र अपने परिहास के कारण बार-बार क्रुद्ध होता है। गोपी, गाय, गोप, सभी बछड़े शरीर से थर-थर काँपते हैं। माता यशोदा अंचल फाड़ती हैं तथा पिता हाथ में पाग लेकर (तुम्हारी आशा देखते हैं) गोकुल में शत्रुओं का आघात हो रहा है इसलिए हे कृष्ण शीघ्र ही पुकार सुनो।। 156।।

ऊधौ इतनी कहियौ जाइ।
अति कृसगात भईं ये तुम बिनु, परम दुखारी गाइ।
जल समूह बरषतिं दोउ अँखियाँ हूँकति लीन्हैं नाउँ।
जहाँ जहाँ गो दोहन कीन्हो, सूँघतिं सोई ठाउँ।
परतिं पछार खाइ छिन ही छिन, अति आतुर ह्वै दीन।
मानहु सूर काढ़ि डारी हैं, बारि मध्य तैं मीन ।।१५७।।

अर्थ—उद्धव, जाकर इतना कहना कि परम दुखी गायें तुम्हारे बिना अत्यधिक दुर्बल शरीर वाली हो गयी हैं। इनकी आँखों से बहुत जल बरसता रहता है तथा तुम्हारा नाम लेते हुँकारती हैं। (आपने) जहाँ-जहाँ गोदोहन किया था उन-उन स्थानों को सूँघती है। अत्यधिक आतुर तथा दीन होकर क्षण-क्षण वे (मूर्छा से) पछाड़ खा जाती हैं। (उनकी दशा ऐसी है) मानों जल के बीच से मछली निकाल ली गयी हो।। 157।।

अति मलीन बृषभानु-कुमारी।
हरि स्रम-जल भींज्यौ उर-अंचल, तिहिं लालच न धुवावति सारी।
अध मुख रहति अनत नहिं चितवति, ज्यौं गथ हारे थकित जुवारी।
छूटे चिकुर बदन कुम्हिलाने, ज्यौं नलिनी हिमकर की मारी।
हरि सँदेस सुनि सहज मृतक भइ, इक बिरहिनि, दूजे अलि जारी।
सूरदास कैसैं करि जीवैं, ब्रज बनिता बिन स्याम दुखारी ।।१५८।।

अर्थ—राधा अत्यधिक मलिन हो गयी हैं। कृष्ण के सात्विक प्रेम जनित श्रम जल (पसीना) से हृदय स्थल का अंचल भीग गया था (उसे सुरक्षित रखने की) लालच से साड़ी को धुलाती नहीं हैं। वह सदैव मुख नीचे किये रहती हैं तथा दाँव में हारे हुये जुवारी की तरह अन्यत्र नहीं

देखती हैं। उनके बाल छूट कर (बिखर) गये हैं। शरीर हिम से आहत कमलिनी की तरह कुम्हला गया है। कृष्ण के संदेश को सुनकर वह सहज की मृतक (तुल्य) हो गयीं क्योंकि एक तो वह विरहिणी थी तथा दूसरे भ्रमर (उद्धव के) द्वारा जला दी गयी। सूरदास कहते हैं (गोपियाँ कहती हैं) कि दुखी ब्रज बनितायें कृष्ण के बिना कैसे जीवित रहें।। 158।।

ऊधौ तिहारे पा लागति हौं, बहुरिहुँ इहिं ब्रज करबी भाँवरी।
निसि न नींद भोजन नहिं भावै, चितवत मग भइ दृष्टि झाँवरी।
वहै बृन्दाबन, वहै कुंज-घन, वहै जमुना, वहै सुभग साँवरी।
एक स्याम बिनु कछू न भावै, रटति फिरतिं ज्यौं बकति बावरी।
चलि न सकति मग डुलत धरत-पग, आवति बैठत उठत ताँवरी।
सूरदास-प्रभु आनि मिलावहु, जग मैं कीरति होइ रावरी।।१५९।।

अर्थ—उद्धव, तुम्हारे पैर लगती हूँ, पुनः (कृष्ण का समाचार लेकर) इस ब्रज में चक्कर लगाइएगा क्योंकि उनके बिना रात में नींद नहीं आती, खाना अच्छा नहीं लगता; रास्ता निहारते दृष्टि झुलस गयी। वही वृन्दावन है, वही घना कुंज, वही यमुना तथा वही सुन्दर राधा है किन्तु कृष्ण के बिना कुछ भी अच्छा नहीं लगता। बावली की तरह (कृष्ण का नाम) रटती फिरती हूँ। रास्ता नहीं चल पाती, कदम रखते पैर हिलता है। उठते बैठते चक्कर आता है। सूरदास कहते हैं (गोपियाँ कहती हैं) उद्धव कृष्ण को लाकर मिला दो संसार में तुम्हारा बश होगा।। 159।।

पूर्ण परिवर्तन तथा यशोदा संदेश

अब अति चकितवंत मन मेरौ।
आयौ हौं निरगुन उपदेसन, भयौ सगुन कौ चेरौ।
जो मैं ज्ञान कह्यौ गीता कौं, तुमहिं न परस्यौ नेरौ।
अति अज्ञान कछु कहत न आवै, दूत भयौ हरि केरौ।
निज जन जानि मानि जतननि तुम, कीन्हौ नेह घनेरौ।
सूर मधुप उठि चले मधुपुरी, बोरि जोग कौ बेरौ।।१६०।।

अर्थ—अब मेरा मन अत्यधिक चकितवान् हो गया। निर्गुण का उपदेश देने आये थे किन्तु सगुण के सेवक हो गये। मैंने गीता का जो ज्ञान कहा उसने तुम्हें निकट से स्पर्श नहीं किया। कृष्ण के दूत होते हुए अत्यधिक अज्ञान के कारण मुझसे कुछ कहते नहीं बनता। अपना आदमी (स्वजन) जानकर तथा सयत्न आदर देकर तुम लोगों ने घना स्नेह किया। सूरदास कहते हैं कि योग का बेड़ा डुबाकर उद्धव मधुपुरी के लिए रवाना हुए।। 160।।

ऊधौ पा लागति हौं कहियौ, स्यामहिं इतनी बात।
इतनी दूर बसत क्यौं बिसरे, अपने जननी-तात।

जा दिन तैं मधुपुरी सिधारे, स्याम मनोहर गात।
ता दिन तैं मेरे नैन पपीहा, दरस प्यास अकुलात।
जहँ खेलन के ठौर तुम्हारे, नन्द देखि मुरझात।
जौ कबहूँ उठि जात खरिक लौं, गाइ दुहावन प्रात।
दुहत देखि औरनि के लरिका,प्रान निकसि नहिँ जात।
सूरदास बहुरो कब देखौं, कोमल कर दधि-खात ।।१६१।।

अर्थ—उद्धव, तुम्हारे पैरों पर पड़ती हूँ कृष्ण से इतनी बात कहना। इतनी (ही) दूर पर रहते हुए अपने माता-पिता को क्यों भुला दिया। जिस दिन से साँवले मनोहर शरीर वाले कृष्ण ने मथुरा के लिए प्रस्थान किया उसी दिन से मेरे नेत्र रूपी पपीहा दर्शन की प्यास से अकुलाते हैं। तुम्हारे खेलने के जो स्थान हैं उन्हें देखकर नंद मुरझाते हैं। जब कभी उठकर प्रातः बाड़े में गाय दुहाने जाती हूँ तब दूसरों के लड़कों को गाय दुहाते हुए देखकर (सोचती हैं कि) मेरे प्राण निकल क्यों नहीं जाते। सूरदास कहते हैं (यशोदा कहती हैं) कोमल हाथों से दही खाते हुए फिर कब देखूँगी।। 161।।

तब तुम मेरैं काहे कौं आए।
मथुरा क्यौं न रहे जदुनंदन, जौ पै कान्ह देवकी जाए।
दूध, दही काहे कौं चोरयौ, काहे कौं बन बच्छ चराए।
अघ अरिष्ट, काली फनि काढ़यौ,बिष जलतैं सब सखा जिवाए।
पय पीवत हरे प्रान पूतना, सदा किए जसुमति के भाए।
सूरदास लोगनि के भुरए, काहैं कान्ह, अब होत पराए ।।१६२।।

अर्थ—तब तुम मेरे यहाँ क्यों आये। यदि तुम देवकी से उत्पन्न हुए (पुत्र) थे तो मथुरा में ही क्यों नहीं रहे। (तुमने) दूध दही क्यों चुराया तथा वन में बछड़ों को क्यों चराया। तुमने क्यों अधासुर, अरिष्ट और काली सर्प को निकालकर विषाक्त जल से सखाओं को जिलाया। दूध पीते हुए पूतना के प्राणों को हर लिया तथा सदैव यशोदा को भाने वाले अभीष्ट कार्यों को किया। सूरदास कहते हैं कि (यशोदा कहती हैं) लोगों के बहकाने से कृष्ण अब क्यों पराये हो रहे हो।। 162।।

(मोहन) अपनी गैयाँ घेरि लै।
बिडरी जातिँ काहु नहिँ मानतिँ, नैंकु मुरली की टेर दै।
धौरी, धूमरि, पीरी, काजरि, बन-बन फिरती पीय।
अपनी जानि कै आनि सँभारहु, धरौ चेत अब जीय।
तुम हौ जग जीवनि प्रतिपालक, निठुराई नहिँ कीजै।
ग्वालरु बाल बच्छ गौ बिलखत, सूर सु दरसन दीजै ।।१६३।।

अर्थ—मोहन अपनी गायों को घेर (एकत्रित कर) लो। सब बिखरी जा रही हैं कोई मानती नहीं, जरा मुरली की आवाज (टेर) तो करो। प्रिय कृष्ण धवली, धुमली, पीली, काली गायें

वन-वन घूमती हैं। अब अपनी समझ कर आकर सम्हालो तथा मन में चेतनता (जिम्मेदारी) धारण करो। तुम जग के जीवों के प्रतिपालक हो निष्ठुरता मत कीजिये। ग्वाल-बाल, बछड़े तथा गायें बिलखती हैं। सूरदास कहते हैं (यशोदा कहती हैं) कृष्ण उन्हें दर्शन दीजिए।। 163।।

तब तैं छीन सरीर सुबाहु।
आधौ भोजन सुबल करत हैं, सब ग्वालनि उर दाहु।
नंद गोप पिछवारे डोलत, नैननि नीर प्रवाहु।
आनँद मिट्यौ मिटी सब लीला, काहू मन न उछाहु।
एक बेर बहुरौ ब्रज आवहु, दूध पतूखी खाहु।
सूर सपथ गोकुल जौ पैठहु, उलटि मधुपुरी जाहु।।१६४।।

अर्थ—तब से सुबाहु (नाम से तुम्हारे मित्र) का शरीर क्षीण हो रहा है। सुबल (नामक मित्र भी) आधा (पेट) भोजन करता है (इस तरह) सभी ग्वालों के हृदय में पीड़ा (जलन) है। नंद तथा गोप नैनों में आँसू का प्रवाह लिये पिछवाड़े घूमते रहते हैं (तुम्हारे चले जाने से) सारा आनन्द तथा समस्त लीला मिट गयी, किसी के भी मन में उत्साह नहीं है। एक बार फिर ब्रज आओ तथा पत्ते के दोने में दूध पियो। सूरदास कहते हैं (यशोदा कहती हैं) कि सौगन्ध है जब कि तुम्हें गोकुल में अधिक देर तक पैठना (रुकना) पड़े (शीघ्र ही) लौटकर मधुपुरी चले जाना।। 164।।

कहियौ जसुमति की आसीस।
जहाँ रहौ तहँ नंद लाड़िलौ, जीवौ कोटि बरीस।
मुरली दई दोहनी घृत भरि, ऊधौ धरि लइ सीस।
यह तौ घृत उनही सुरभिनि कौ, जे प्यारी जगदीस।
ऊधौ चलत सखा मिलि आए, ग्वाल बाल दस-सीस।
अबकैं यह ब्रज फेरि बसावहु, सूरदास के ईस।।१६५।।

अर्थ—यशोदा का आशीर्वाद कहियेगा। नंद के प्यारे (कृष्ण) जहाँ (भी) रहें वहीं हजारों वर्ष तक जीवित रहें। मुरली तथा दोहनी भर कर घृत दिया और ऊधो ने सिर पर रख लिया। यह घृत उन्हीं गायों का है जो कृष्ण को प्रिय थीं। ऊधो के चलते हुए दशों दिशाओं से ग्वाल तथा सखा मिलने आये (यशोदा कहती हैं) कृष्ण एक बार इस ब्रज को फिर से बसाओ।। 165।।

उद्धव मथुरा प्रत्यागमन तथा कृष्ण उद्धव संवाद

ऊधौ जब ब्रज पहुँचे जाइ।
तबकी कथा कृपा करि कहियै, हम सुनिहैं मन लाइ।
बाबा नंद, जसोदा मैया, मिले कौन हित आइ?
कबहूँ सुरति करत माखन की, किधौं रहे बिसराइ।

गोप सखा दधि-भात खात बन, अरु चाखते चखाइ।
गऊ बच्छ मुरली सुनि उमड़त, अब जु रहत किहिँ भाइ।
गोपिन गृह ब्यवहार बिसारे, मुख सन्मुख सुख पाइ।
पलट ओट निमि पर अनखातीँ, यह दुख कहाँ समाइ।
एक सखी उनमैं जो राधा, लेति मनहिँ जु चुराइ।
सूर स्याम यह बार बार कहि, मनहीँ मन पछिताइ ।।१६६।।

अर्थ—उद्धव जब ब्रज आ पहुँचे (तब कृष्ण ने कहा) तब की (गोकुल पहुँचने की) कथा कृपा करके कहिये हम मन लगाकर सुनेंगे। बाबा नंद तथा यशोदा माता किस तरह (कितने स्नेह से) आकर मिले। कभी माखन का स्मरण करते हैं कि भुला दिये। गोप मित्र वन में दही-चावल खाते थे तथा चखाकर चखते थे। गाय तथा बछड़े मुरली (की ध्वनि) सुनकर उमड़ते थे अब किस तरह रहते हैं। मुख के सामने (दर्शन) सम्मुख सुख पाकर गोपियाँ घर के व्यवहार को भुला देती थीं। क्षण भर के लिए पलक की ओट होने पर दुःखी होती थीं अब यह दुख उनसे कैसे सहा जाता है। उनमें राधा नाम की जो एक सखी है जो मन को चुरा लेती थी (उसकी क्या दशा है)। सूरदास कहते हैं कि कृष्ण बार-बार यह कहकर मन-ही-मन पछताते हैं।। 166।।

जब मैं इहाँ तैं जु गयौ।
तब ब्रजराज सकल गोपी जन, आगैं होइ लयौ।
उतरे जाइ नंद बाबा कैं, सबहीं सोध लह्यौ।
मेरी सौं मोसौं साँची कहि, मैया कहा कह्यौ?
बारंबार कुसल पूछी मोहिँ, लै लै तुम्हरौ नाम।
ज्यौं जल तृषा बढ़ी चातक चित, कृष्न-कृष्न बलराम।
सुन्दर परम बिचित्र मनोहर, यह मुरली दै घाली।
लई उठाइ सुख मानि सूर प्रभु, प्रीति आनि उर साली ।।१६७।।

अर्थ—(उद्धव उत्तर देते हैं) जब मै यहाँ से गया तब ब्रजराज (नंद) तथा समस्त गोपीजन आगे हो लिये। (हम) नंद बाबा (के घर जाकर) उतरे तथा सभी बातों को समझा (कृष्ण कहते हैं कि) मेरी सौगंध मुझसे सच कहो, माता ने क्या कहा। (ऊधव कहते हैं) (माता ने) तुम्हारा नाम ले लेकर बार-बार मुझसे कुशल पूछा। जैसे पपीहे के मन में जल की तृष्णा होती है वैसे कृष्ण-कृष्ण तथा बलराम (रटती रहती हैं) उन्होंने परम सुन्दर तथा विचित्र मनोहर मुरली दी है। सूरदास कहते हैं (कि कृष्ण ने) सुख मानकर मुरली उठा ली उनके मन में प्रेम की भावना (चुभ) गयी।। 167।।

सुनियै ब्रज की दसा गुसाईं।
रथ की धुजा पीत-पट भूषन, देखत ही उठि धाईं।
जो तुम कही जोग की बातैं, सो हम सबै बताईं।
श्रवन मूँदि गुन-कर्म तुम्हारे, प्रेम मगन मन गाईं।

औरौ कछू सँदेस सखी इक, कहत दूरि लौं आई।
हुतौ कछू हमहूँ सौं नातौ, निपट कहा बिसराई।
सूरदास प्रभु बन विनोद करि, जे तुम गाइ चराई।
ते गाई अब ग्वाल न घेरत, मानौ भईं पराई ।।१६८।।

अर्थ—गोस्वामी ब्रज की दशा सुनिये। (गोपियाँ) रथ की ध्वजा तथा पीला वस्त्र और भूषण देखकर उठकर दौड़ पड़ीं। जो तुमने योग की बातें कही थीं उन सबको हमने बताया। (उन्होंने) कान मूँदकर मन को मगन करके तुम्हारे गुण और कर्म का गान किया। एक सखी कुछ दूसरा ही संदेश कहते हुए दूर तक चली आई और कहा हमसे भी कुछ नाता था लेकिन हमें बिलकुल ही कैसे भुला दिया। सूरदास कहते हैं (ऊधो कहते हैं) वन में विनोद करके तुमने जिन गायों को चराया था उन गायों को ग्वाल नहीं घेरते मानो वे पराई हो गई हैं।। 168।।

ब्रज के बिरही लोग दुखारे।
बिन गोपाल ठगे से ठाढ़े, अति दुर्बल तन कारे।
नंद जसोदा मारग जोवति, निसि-दिन साँझ सकारे।
चहुँ-दिसि कान्ह-कान्ह कहि टेरत, अँसुवन बहत पनारे।
गोपी, ग्वाल, गाइ, गो सुत सब, अतिहीं दीन बिचारे।
सूरदास-प्रभु बिनु यौं देखियत, चंद बिना ज्यौं तारे ।।१६९।।

अर्थ—ब्रज के विरही लोग दुखित हैं। बिना गोपाल के सब ठगे से खड़े रहे तथा वे शरीर से अत्यन्त दुर्बल तथा काले हो गये हैं। रात-दिन संध्या सबेरे नन्द और यशोदा मार्ग देखते हैं। चारों दिशाओं में कान्ह-कान्ह कहकर पुकारती हैं तथा आँसुओं से परनाले बहते हैं। गोपी, ग्वाल, गाय तथा बछड़े (आदि) बेचारे अत्यन्त दीन हैं। सूरदास कहते हैं कि कृष्ण के बिना वे वैसे ही हैं जैसे तारों के बिना चन्द्रमा।। 169।।

सुनहु स्याम वै सब ब्रज-बनिता, बिरह तुम्हारैं भईं बावरी।
नाहीं बात और कहि आवति, छाँड़ि जहाँ लगि कथा रावरी।
कबहुँ कहतिं हरि माखन खायौ, कौन बसै या कठिन गाँव री।
कबहुँ कहतिं हरि ऊखल बाँधे, घर-घर ते लै चलौ दाँवरी।
कबहुँ कहतिं ब्रजनाथ बन गए, जोवत-मग भई दृष्टि झाँवरी।
कबहुँ कहतिं वा मुरली महियाँ, लै-लै बोलत हमरौ नाँवरी।
कबहुँ चहतिं ब्रजनाथ साथ तैं, चंद उयौ है इहै ठाँवरी।
सूरदास प्रभु तुम्हरे दरस बिनु, अब वह मूरति भई साँवरी ।।१७०।।

अर्थ—कृष्ण सुनो ब्रज की वे सब स्त्रियाँ तुम्हारे विरह से बावली हो गयी हैं। आपकी कथा छोड़कर उन्हें कोई और बात नहीं सूझती। कभी कहती हैं कृष्ण मक्खन खा गये, इस कठिन गाँव में कौन बसे। कभी कहती हैं कृष्ण ऊखल में बाँधे गये थे घर-घर से दाँवरी ले चलो। कभी कहती हैं कि कृष्ण बन गये, रास्ता जोहते दृष्टि झुलस गयी। कभी कहती हैं उस मुरली में

हमारा नाम ले लेकर पुकारते हैं। कभी कहती हैं ब्रजनाथ के साथ चन्द्रमा इस स्थान पर उदित होता है। सूरदास कहते हैं (गोपियाँ कहती हैं) कृष्ण तुम्हारे दर्शन के बिना, अब वह (राधा) साँवली मूर्ति जैसी हो गयी है।। 170।।

फिरि ब्रज बसौ नंदकुमार।
हरि तिहारे बिरह राधा, भई तन जरि छार।
बिनु अभूषन मैं जु देखी, परी है बिकरार।
एकई रट रटत भामिनि, पीव पीव पुकार।
सजल लोचन चुअत उनकैं, बहति जमुना धार।
बिरह अगिनि प्रचंड उनकैं, जरे हाथ लुहार।
दूसरी गति और नाहीं, रटति बारंबार।
सूर प्रभु कौ नाम उनकैं, लकुट अंध अधार।।१७१।।

अर्थ—नन्द कुमार ब्रज में फिर से बसो। कृष्ण, तुम्हारे विरह में राधा जलकर राख हो गयी। मैंने उन्हें बिना आभूषण के देखा है वह व्याकुल पड़ी है (उस) स्त्रीं को एक ही रट लगी रहती है तथा पीव-पीव पुकारती है। उनके सजल नेत्रों से आँसू चूता है जो कि यमुना की (धारा के समान बहती है) विरह की प्रचंड अग्नि लोहार के हाथ पड़ी (लौह सामग्री की तरह) जलती है। उसकी और कोई दूसरी गति नहीं है। वह बार-बार (कृष्ण का नाम) रटती है। सूरदास कहते हैं (गोपियों ने कहा है) कि कृष्ण स्वामी हैं तथा उनकी लकुटी अन्धों का आधार है।। 171।।

ब्रज तैं द्वै रितु पै न गई।
ग्रीषम अरु पावस प्रवीन हरि, तुम बिनु अधिक भई।
ऊर्ध उसास समीर नैन घन, सब जल जोग जुरे।
बरषि प्रगट-कीन्हे दुख दादुर, हुते जो दूरि दुरे।
बिषम बियोग जु बृष दिनकर सम,हित अति उदौ करै।
हरि-पद बिमुख भए सुनि सूरज, को तन ताप हरै।।१७२।।

अर्थ—ब्रज से दो ऋतुयें नहीं गयीं। हे चतुर कृष्ण तुम्हारे बिना ग्रीष्म और वर्षा (की ऋतुयें) संबर्धित (अधिक टिकाऊ) हो गयी हैं। ऊर्ध्व उच्छ्वास ही पवन है तथा नेत्र बादल हैं। जल की वर्षा के लिए सभी योग एकत्रित हो गये हैं। बरसकर (इसने) दुख रूपी मेढ़क को पैदा कर दिया जो कि दूर छिपे हुये थे। विषम वियोग जो ग्रीष्म ऋतु के वृष नक्षत्र के सूर्य के समान हैं हृदय में उदित कर दिया। सूरदास कहते हैं (ऊधो कहते हैं कि गोपियों ने कहा है) कृष्ण चरण विमुख हो गये हैं शरीर के ताप को कौन हरे।। 172।।

दिन दस घोष चलहु गोपाल।
गाइनि की अवसेरि मिटावहु, मिलहु आपने ग्वाल।

नाचत नहीं मोर ता दिन तैं, रटत न बरषा-काल।
मृग दुबरे तुम्हरे दरसन बिनु, सुनत न बेनु रसाल।
बृन्दावन हरचौ होत न भावत, देख्यौ स्याम तमाल।
सूरदास मैया अनाथ है, घर चलियै नँदलाल ।।१७३।।

अर्थ—कृष्ण दस दिन के लिए गाँव चलो। गायों की बेचैनी मिटाओ तथा (साथी) ग्वालों से मिलो। (जिस दिन से आप आये) उसी दिन से मोर नहीं नाचते हैं। तथा वर्षा की ऋतु के लिए रट नहीं लगाते। तुम्हारे दर्शन के बिना हिरन दुर्बल हो गये हैं तथा रसयुक्त बंशी नहीं सुनते। वृन्दावन को हरा होना नहीं भाता मैंने श्यामल तमाल वृक्षों को देखा। सूरदास कहते हैं (ऊधो कहते हैं) माता यशोदा अनाथ हैं इसलिए हे नन्द लाल घर चलिए।। 173।।

ऊधौ भलौ ज्ञान समुझायौ।
तुम मोसौं अब कहा कहत हौ, मैं कहि कहा पठायौ।
कहवावत हौ बड़े चतुर पै, उहाँ न कछु कहि आयौ।
सूरदास ब्रजबासिन कौ हित, हरि हिय माहँ दुरायौ ।।१७४।।

अर्थ—उद्धव, तुमने अच्छा ज्ञान सिखाया। तुम मुझसे क्या कहते हो और मैंने तुम्हें क्या कहकर भेजा था। तुम बहुत चतुर कहलाते हो लेकिन वहाँ कुछ कहते नहीं बना। सुरदास कहते हैं (कृष्ण कहते हैं) ब्रजवासियों के लिए (तुमने) कृष्ण को हृदय में छिपा लिया।। 174।।

मैं समुझाई अति अपनौ सौ।
तदपि उन्हैं परतीति न उपजी, सबै लख्यौ सपनौ सौ।
कही तुम्हारी सबै कही मैं, और कही कछु अपनी।
स्रवननि बचन सुनत भइ उनकैं, ज्यौं घृत नाएँ अगनी।
कोऊ कही बनाइ पचासक, उनकी बात जु एक।
धन्य-धन्य ब्रजनारि बापुरी, जिनकी और न टेक।
देखत उमग्यौ प्रेम इहाँ कौ, धरै रहे सब ऊलौ।
सूर स्याम हौं रह्यौं थक्यौ सौ, ज्यौं मृग चौका भूलौ ।।१७५।।

अर्थ—मैंने अपना जैसा उन्हें खूब समझाया तिस पर भी उनमें विश्वास नहीं उत्पन्न हुआ। (उन्होंने) सब कुछ स्वप्न के समान देखा। तुम्हारे समस्त कथन को कहा तथा कुछ अपना भी कहा। कानों से वचन सुनते ही उनकी (क्रोधाग्नि या विरहाग्नि) वैसी ही हो गयी जैसे अग्नि में घी डाला जाय। कोई पचास बात बना कर कहो लेकिन उनकी टेक केवल एक बात पर है। बेचारी ब्रज की स्त्रियाँ धन्य-धन्य हैं जिनकी (कृष्ण के सिवाय) कोई और टेक नहीं है। देखते ही यहाँ का प्रेम उमग गया किन्तु उमंग को धारण किये रहीं। सूरदास कहते हैं (ऊधो कहते हैं) मैं तो चकित सा खड़ा रहा जैसे मृग चौकड़ी भूल गया हो।। 175।।

बातैं सुनहु तौ स्याम सुनाऊँ।
जुबतिनि सौं कहि कथा जोग की, क्यौं न इतौ दुख पाऊँ।
हौं पचि एक कहौं निरगुन की, ताहू मैं अटकाऊँ।
वै उमड़ैं बारिधि के जल ज्यौं, क्यौं हूँ थाह न पाऊँ।
कौन कौन कौ उत्तर दीजै, तातैं भज्यौ अगाऊँ।
वै मेरे सिर पटिया पारैं, कंथा काहि उढ़ाऊँ।
एक आँधरौ, हिय की फूटी, दौरत पहिरि खराऊँ।
सूर सकल षट दरसन वै, हौं बारहखरी पढ़ाऊँ ।।१७६।।

अर्थ—कृष्ण (यदि) बातें सुनो तो सुनाऊँ। युवतियों से योग की कथा कहकर क्यों न इतना दुख पाऊँ। मैं फिर निर्गुण की एक कथा कहता तो उसी में उलझ जाता। वे (गोपियाँ) समुद्र के जल की तरह उमड़ती हैं, उसका थाह कैसे पा सकता हूँ। किसके-किसके (प्रश्न का) उत्तर देता इसीलिए आगे ही भाग आया। वे (गोपियाँ) मेरे सिर में पाटी (माँग) काढ़ती हैं कंथा किसको उढ़ाया जाय (मेरी तो वहाँ वैसी स्थिति थी) जैसे कोई एक तो अन्धा हो दूसरे हृदय की आँखे फूट गई हों तीसरे वह खड़ाऊं पहन कर दौड़े। सूरदास कहते हैं (ऊधो कहते हैं) वे गोपियाँ छहो दर्शन में पारंगत हैं मैं उन्हें बारह खड़ी (कैसे) पढ़ाऊँ।। 176।।

कहिबे मैं न कछू सक राखी।
बुद्धि बिबेक अनुमान आपनैं, मुख आई सो भाषी।
हौं मरि एक कहौं पहरक मैं, वै पल माहिं अनेक।
हारि मानि उठि चल्यौ दीन ह्वै, छाँड़ि आपनी टेक।
हौं पठयौ कतहीं बे काजैं, सठ भूरख जु अयानौं।
तुमहिं बूझ बहुतै बातनि की, उहाँ जाहु तौ जानौं।
श्री मुख के सिखए ग्रंथादिक, ते सब भए कहानी।
एक होइ तौ उत्तर दीजै, सूर सु मठी उफानी ।।१७७।।

अर्थ—कहने में मैंने कुछ भी बाकी नहीं रखा। अपने बुद्धि,विवेक तथा अनुमान से जो कुछ आया मैंने कहा। मैं (जर) मर कर एक प्रहर में एक कहता लेकिन वे एक पल में अनेक कहती थीं। (अन्ततः) हार मानकर अपनी टेक छोड़कर दीन होकर चल पड़े। शठ, मूर्ख, अज्ञानी हमको बिना कार्य के वहाँ भेज दिया। तुम्हें बहुत बातों का ज्ञान (बूझ) है, किन्तु वहाँ जाओ तो समझें (कि तुम बुद्धिमान हो) श्री मुख आपके द्वारा ग्रन्थादि की बताई बातें सब कहानी मात्र रह गयीं। एक होती तो उत्तर भी देता वे एक समूह (मूठी) के रूप में उमड़ पड़ी।। 177।।

कोऊ सुनत न बात हमारी।
मानैं कहा जोग जादवपति, प्रगट प्रेम ब्रजनारी।

कोऊ कहतिँ हरि गए कुंज बन, सैन धाम वै देत।
कोऊ कहतिँ इन्द्र बरषा तकि, गिरि गोबर्धन लेत।
कोऊ कहतिँ नाग काली सुनि, हरि गए जमुना तीर।
कोऊ कहतिँ अघासुर मारन, गए संग बलबीर।
कोऊ कहतिँ ग्वाल बालनि सँग, खेलत बनहिँ लुकाने।
सूर सुमिरि गुन नाथ तुम्हारे, कोऊ कह्यौ न माने ॥१७८॥

अर्थ—कोई हमारी बात नहीं सुनती। हे यादव पति वे योग को क्यों मान्यता दें क्योंकि (कृष्ण) से ब्रजनारियों का प्रत्यक्ष (स्पष्ट) प्रेम है। कोई कहती हैं कि कृष्ण जंगल गये हैं, और घर में इशारा करते हैं। कोई कहती हैं कि इन्द्र की वर्षा को देख कर गोवर्धन पर्वत को लेते हैं। कोई कहती हैं काली नाग (की पुकार) सुनकर कृष्ण यमुना के तट पर गये हैं। कोई कहती हैं अघासुर को मारने के लिए बलराम के साथ गये हैं। कोई कहती हैं कि ग्वाल बालों के साथ वन में छिपकर खेलते हैं। सूरदास कहते हैं (ऊधो कहते हैं) तुम्हारे गुणों का स्मरण करके कोई कहना नहीं मानतीं।। 178।।

माधौ जू कहा कहौं उनकी गति।
देखत बनै कहत नहिँ आवै, अति प्रतीति तुम तैं रति।
जद्यपि हौं षट मास रह्यो ढिग, लही नहीं उनकी मति।
तासौं कहौं सबै एकै बुधि, परमोधी नहिँ मानति।
तुम कृपालु करुनामय कहियत, तातैं मिलत कहा छति।
सूरदास प्रभु सोई कीजै, जातैं तुम पावहु पति ॥१७९॥

अर्थ—कृष्ण उनकी गति कैसे कहूँ। देखते बनता है किन्तु कहते नहीं बनता उनका तुममें अत्यधिक विश्वास और प्रेम है। यद्यपि मैं छह महीना आपके पास रहा लेकिन उन जैसी बुद्धि प्राप्त नहीं की। इसी से कहता हूँ कि वे सभी एक जैसी बुद्धि वाली हैं समझाने पर मानती नहीं। तुम कृपाल तथा करुणामय कहलाते हो इसलिए उनसे मिलने में कोई हानि नहीं। सूरदास कहते हैं (ऊधो कहते हैं) कृष्ण आप वही कीजिए जिससे आपको प्रतिष्ठा मिले।। 179।।

ब्रज मैं एकै धरम रह्यौ।
स्रुति सुमृति औ बेद पुराननि, सबै गोविंद कह्यौ।
बालक वृद्ध तरुन अबलनि कौ, एक प्रेम निबह्यौ।
सूरदास प्रभु छाँड़ि जमुन जल, हरि की सरन गह्यौ ॥१८०॥

अर्थ—ब्रज में एक ही धर्म व्याप्त था। श्रुति, स्मृति, वेद, पुराण सभी (उनके लिए) गोविन्द की ही बात कहते। बालक, वृद्ध, तरुण तथा अ बलाओं के एक प्रेम का एक समान निर्वाह हो रहा है। सूरदास कहते हैं (उद्धव कहते हैं) वे लोग यमुना जल छोड़कर कृष्ण की शरण को ग्रहण किए हैं।। 180।।

तब तैं इन सबहिनि सचु पायौ।
जब तैं हरि संदेस तुम्हारौ, सुनत ताँवरौ आयौ।
फूले ब्याल दुरे ते प्रगटे, पवन पेट भरि खायौ।
खोले मृगनि चौक चरननि के, हुतौ जु जिय बिसरायौ।
ऊँचे बैठि बिहंग सभा मैं, सुक बनराइ कहायौ।
किलकि-किलकि कुल सहित आपनैं, कोकिल मंगल गायौ।
निकसि कंदराहू तैं केहरि, पूँछ मूड़ पर ल्यायौ।
गहवर तैं गजराज आइकै, अंगहिं गर्व बढ़ायौ।
अब जनि गहरु करहु हो मोहन, जौ चाहत हौ ज्यायौ।
सूर बहुरि ह्वै है राधा कौं, सब बैरिनि कौ भायौ ।।१८१।।

अर्थ—जब से कृष्ण (उन्होंने) तुम्हारा संदेश (सुना) सुनते ही मूर्छा आ गई तब से इन सबों ने सन्तोष पाया। (राधा के अंग के सभी उपमानों को सुख प्राप्त हुआ) सर्प प्रफुल्लित होकर छिपाव से प्रकट हो गये तथा पेट भर कर पवन का भक्षण किया। मृगों ने चरणों की चौकड़ी, जिसे भूल बैठे थे, शुरू कर दी। पक्षियों की सभा में ऊंचे बैठा तोता बनराज कहलाया। अपने परिवार के साथ किलक-किलक कर कोयल ने मंगल गाया। कन्दरा से सिंह भी निकलकर पूँछ को सिर पर लगाने लगा। गह्वर से हाथी ने भी आकर अपने शरीर में गर्व को बढ़ा लिया। अब यदि जिलाना चाहते हो तो कृष्ण देर मत करो नहीं तो फिर राधा की (वही दशा) होगी जैसा सभी बैरियों को इच्छित है।। 181 ।।

माधौ जू मैं अतिही सचु पायौ।
अपनौ जनि सँदेस ब्याज करि, ब्रज जन मिलन पठायौ।
छमा करौ तौ करौं बीनती, उनहिं देखि जौ आयौ।
श्रीमुख ग्यान पंथ जौ उचरचौ, सो पै कछु न सुहायौ।
सकल निगम सिद्धांत जन्म क्रम, स्यामा सहज सुनायौ।
नहिं स्रुति सेष, महेस प्रजापति, जो रस गोपिनि गायौ।
कटुक-कथा लागी मोहिं मेरी, वह रस सिंधु उम्हायौ।
उत तुम देखे और भाँति मैं, सकल तृषा जु बुझायौ।
तुम्हरी अकथ कथा तुम जानौ, हम जन नाहिं बसायौ।
सूर स्याम सुन्दर यह सुनि कै, नैननि नीर बहायौ ।।१८२।।

अर्थ—माधव (कृष्ण) मैंने जो अत्यधिक सुख पाया (उसका कारण) आपने अपने माध्यम से संदेश के बहाने ब्रज के लोगों से मिलने भेजा था। क्षमा करो तो (वह सब) निवेदित करूँ जिसे ब्रज में देख आया हूँ। श्री मुख (आपने जो ज्ञान सिखाया था) उस ज्ञान पंथ का उच्चारण किया लेकिन वह उन्हें अच्छा नहीं लगा। जन्मान्तरों के कर्म द्वारा प्राप्त होने वाले समस्त वेदों के सिद्धान्त (प्रेम और भक्ति) को राधा ने सहज भाव से सुना दिया। किन्तु जिस रस का गान

गोपियों ने किया श्रुति, शेष, महेश, ब्रह्मा आदि किसी ने नहीं गाया। मुझे ही मेरी कथा कटु लगी। वहाँ रस की सिंधु में नहा लिया। वहाँ मैंने तुम्हें और ही तरह देखा तथा अपनी समस्त प्यास बुझा ली। तुम्हारी अकथ कथा तुम्हारे द्वारा ही जानी जा सकती है हम लोगों के बस की नहीं है। सूरदास कहते हैं कि कृष्ण ने यह सब सुनकर आँखों से आँसू बहा दिये।। 182।

ब्रज मैं संभ्रम मोहिँ भयौ।
तुम्हरी ज्ञान सँदेसौ प्रभु जू, सबै जू भूलि गयौ।
तुमही सौं बालक किसोर बपु, मैं घर-घर प्रति देख्यौ।
मुरलीधर घनस्याम मनोहर, अद्भुत नटवर पेख्यौ।
कौतुक रूप ग्वाल बृंदनि सँग, गाइ चरावन जात।
साँझ प्रभातहिँ गो दोहन मिस, चोरी माखन खात।
नँद-नंदन अनेक लीला करि, गोपिनि चित्त चुरावत।
वह मुख देखि जु नैन हमारे, ब्रह्म न देख्यौ भावत।
करि करुना उन दरसन दीन्हौं, मैं पचि जोग बह्यौ।
छन मानहु षट्मास सूर प्रभु, देखत भूलि रह्यौ ।।१८३।।

अर्थ—मुझे व्रज में भ्रम हो गया था (इसलिए) तुम्हारे समस्त ज्ञान संदेश को भूल गया। तुम्हारे समान ही किशोर शरीर वाला बालक मैंने हर घर में देखा। (वहाँ) मुरलीधर मनोहर घनश्याम तथा अद्भुत नटवर को देखा। ग्वालों के साथ क्रीड़ा करते तथा गायें चराते हुए (कृष्ण रूप) को देखा। सन्ध्या तथा प्रातः गाय दुहने के बहाने चोरी से मक्खन खाते (कृष्ण को) देखा। अनेक क्रीड़ा करके गोपियों के मन को चुराते हैं। उस सुख को देखने के बाद मेरे नेत्रों को ब्रह्म की ओर देखना अच्छा नहीं लगता। कृपा करके उन लोगों ने दर्शन दिया मैं तो योग में ही बह गया। हे कृष्ण, उन्हें देखते मैं ऐसा भूल गया कि (मेरे लिए) छः मास मानो एक क्षण के समान हो गया हो (बीत गया हो)।। 183।।

ब्रज मैं एक अचंभौ देख्यौ।
मोर मुकुट पीतांबर धारे, तुम गाइनि सँग पेख्यौ।
गोप बाल सँग धावत तुम्हरें, तुम घर घर प्रति जात।
दूध दहीऽरु मही लै डारत, चोरी माखन खात।
गोपी सब मिलि पकरतिँ तुमकौं, तुम छुड़ाइ कर भागत।
सूर स्याम नित प्रति यह लीला, देखि देखि मन लागत ।।१८४।।

अर्थ—मैंने व्रज में एक आश्चर्य देखा। (मैंने) मोर मुकुट और पीताम्बर धारण किये हुए तुम्हें गायों के साथ देखा। गोप बालक सामूहिक रूप में तुम्हारी (तुम्हारे घर की ओर) ओर दौड़ते हैं (फिर) तुम (उनके साथ) प्रत्येक घर में जाते हो। (तुम) दूध, और दही लेकर पृथ्वी पर ढरकाते हो, तथा चोरी का माखन खाते हो। सब गोपियाँ मिलकर तुमको पकड़ती हैं। तुम

छुड़ाकर भागते हो। सूरदास (ऊद्धव के शब्दों) में कहते हैं कि (ब्रज में) नित्य प्रति (तुम्हारी) सब लीला देख-देख करके मन रम जाता है।। 184।।

श्रीकृष्ण वचन

सुनि ऊधौ मोहिं नैकु न बिसरत, वै ब्रजबासी लोग।
तुम उनकौं कछु भली न कीन्ही, निसि दिन दियौ वियोग।
जउ बसुदेव-देवकी मथुरा, सकल राज-सुख भोग।
तद्यपि मनहिं बसत बंसी बट, बन जमुना संजोग।
वै उत रहत प्रेम अवलंबन, इत तें पठयौ जोग।
सूर उसाँस छाँड़ि भरि लोचन, बढ़यौ बिरह ज्वर सोग ।।१८५।।

अर्थ—उद्धव, सुनो मुझे वे ब्रजवासी जन तनिक भी नहीं भूलते। तुमने उनका कुछ भला नहीं किया, रात-दिन, वियोग (की शिक्षा) दिया। यद्यपि वसुदेव तथा देवकी के मथुरा में समस्त राजभोग है, फिर भी मन से बंशी वट वन और मथुरा से संयुक्त रहता हूँ। वे वहाँ प्रेम के आधार पर जीते हैं किन्तु (मैंने यहाँ) से योग भेजा। सूरदास कहते हैं कृष्ण ने उच्छ्वास छोड़कर आँखों को आँसू से भर लिया तथा (उनका) विरह ज्वर और बढ़ गया।। 185।।

ऊधौ मोहिं ब्रज बिसरत नाहीं।
बृन्दावन गोकुल बन उपवन, सघन कुंज की छाहीं।
प्रात समय माता जसुमति अरु, नंद देखि सुख पावत।
माखन रोटी दह्यौ सजायौ, अति हित साथ खवावत।
गोपी ग्वाल बाल सँग खेलत, सब दिन हँसत सिरात।
सूरदास धनि-धनि ब्रजबासी, जिनसौं हित जदुनाथ ।।१८६।।

अर्थ—उद्धव, मुझे ब्रज भूलता नहीं। वृन्दावन, गोकुल वन, उपवन तथा सघन कुंजों की छाया (नहीं भूलती) प्रातःकाल माता यशोदा तथा नंद को देखकर सुख पाता था। वे माखन रोटी तथा सजाव (थक्केदार) दही को अत्यधिक स्नेह से खिलाते थे। गोपी तथा ग्वाल-बाल के साथ खेलता था तथा सारा दिन हँसते हुए बीत जाता था। सूरदास कहते हैं कि ब्रज के निवासी धन्य-धन्य हैं जिनसे कृष्ण का प्रेम है।। 186।।

ऊधौ मोहिं ब्रज बिसरत नाहीं।
हंस सुता की सुंदर कगरी, अरु कुंजनि की छाहीं।
वै सुरभी, वै बच्छ दोहनी, खरिक दुहावन जाहीं।
ग्वाल-बाल मिलि करत कुलाहल, नाचत गहि गहि बाहीं।
यह मथुरा कंचन की नगरी, मनि मुक्ताहल जाहीं।
जबहिं सुरति आवति वा सुख की, जिय उमगत तन नाहीं।
अनगन भाँति करी बहु लीला, जसुदा नंद निबाहीं।
सूरदास प्रभु रहै मौन ह्वै, यह कहि कहि पछिताहीं ।।१८७।।

अर्थ—ऊधो मुझे ब्रज भूलता नहीं। यमुना की सुन्दर कगार और कुंजों की छाया तथा वे गायें तथा वे बछड़े, जिन्हें बाड़े में दुहाने जाते थे हमें नहीं भूलते। ग्वाल बाल सब के साथ मिलकर कोलाहल करते थे तथा गला पकड़कर नाचते थे। यह मथुरा सोने की नगरी है जहाँ मणि तथा मुक्ताफल है किन्तु जब उस सुख की याद आती है तो मन उमगता है तथा शरीर (की चेत) नहीं रहती। ब्रज में अनेक लीला की, नंद तथा यशोदा ने सब कुछ निबाहा। सूरदास कहते हैं कि कृष्ण चुप हो गये और यह कहकर पछताते हैं।। 187।।

जो जन ऊधौ मोहिं न बिसारत, तिहिं न बिसारौं एक घरी।
मेटौं जनम जनम के संकट, राखौं सुख आनंद भरी।
जो मोहिं भजै भजौं मैं ताकौं, यह परिमिति मेरे पाइँ परी।
सदा सहाइ करौं वा जन की, गुप्त हुती सो प्रगट करी।
ज्यौं भारत भरुही के अंडा, राखे गज के घंट तरी।
सूरजदास ताहि डर काकौ, निसि बासर जो जपत हरी।।१८८।।

अर्थ—उद्धव, जो लोग मुझे नहीं भुलाते उन्हें एक घड़ी भी नहीं भुलाता। (उनके) जन्म-जन्म के संकट को मिटा दूँगा तथा सुख और आनन्द से भरा रखूँगा। जो मुझे भजता है मैं उसे भजता हूँ यह मर्यादा मेरे पैर पड़ गयी है। उस आदमी की सदा सहायता करता हूँ जो बात गुप्त थी उसे प्रत्यक्ष कर देता हूँ। जैसे महाभारत में टिटहरी के अण्डे को हाथी के घण्टे के नीचे बाँधा (वैसी ही) सूरदास कहते हैं कि उसे किसका डर है जो दिन कृष्ण को जपता है।। 188।।

———

द्वारिका चरित

द्वारिका प्रयाण

बार सत्तरह जरासंध, मथुरा चढ़ि आयौ।
गयौ सो सब दिन हारि, जात घर बहुत लजायौ।
तब खिस्याइ कै कालजवन, अपनैं सँग ल्यायौ।
हरि जु कियौ बिचार, सिंधु तट नगर बसायौ।
उग्रसेन सब लै कुटुंब, ता ठौर सिधायौ।
अमर पुरी तैं अधिक, तहाँ सुख लोगनि पायौ।
कालजवन मुचुकुंदहिं सौं, हरि भसम करायौ।
बहुरि आइ भरमाइ, अचल रिपु ताहि जरायौ।
जरासिंधु हू ह्याँ तैं पुनि, निज देस सिधायौ।
गए द्वारिका स्याम राम, जस सूरज गायौ ।।१।।

अर्थ—जरासंध सत्रह बार मथुरा पर चढ़ आया। लेकिन सब दिन (हर बार) हार गया और घर जाते हुए बहुत लजाया। तब खीझकर वह कालयवन को अपने साथ लाया। हरि ने विचार किया (और) उन्होंने समुद्र के किनारे (एक) नगर बसाया। उग्रसेन सारा परिवार लेकर उस स्थान को चले गये। वहाँ (पर) लोगों ने अमरपुरी से अधिक सुख पाया। मुचुकुंद के द्वारा हरि ने कालयवन को भस्म करा दिया। फिर आकर (और) भ्रमित करके उस अचल शत्रु को जलाया। जरासिंधु यहाँ से फिर अपने देश चला गया। श्याम और बलराम द्वारिका गये। सूरदास ने (उनके) यश का गान किया है।।1।।

रुक्मिणी परिणय

हरि हरि हरि सुमिरन करौ। हरि चरनारबिंद उर धरौ।
हरि सुमिरन जब रुकमिनि कर्‌यौ। हरि करि कृपा ताहि तब बर्‌यौ।
कहौं सो कथा सुनौ चित लाइ। कहै सुनै सो रहै सुख पाइ।
कुंडिनपुर को भीषम राइ। बिस्नु भक्ति कौ तिहिं चित चाइ।
रुक्म आदि ताके सुत पाँच। रुकमिनि पुत्री हरि रँग राँच।
नृपति रुक्म सौं कह्यौ बनाइ। कुँवरि जोग बर श्री जदुराइ।

रुक्म रिसाइ पिता सौं कह्यौ। जदुपति ब्रज जो चोरत मह्यौ।
रुक्मनि कौं सिसुपालहिं दीजै। करि विवाह जग मैं जस लीजै।
यह सुनि नृप नारी सौं कह्यौ। सुनि ताकौं अंतरगत दह्यौ।
रुक्म चँदेरी बिप्र पठायौ। ब्याह काज सिसुपाल बुलायौ।
सो बारात जोरि तहँ आयौ। श्री रुकमिनि के मन नहिं भायौ।
कह्यौ मेरे पति श्री भगवान। इनहिं बरौं कै तजौं परान।
यह निहचै करि पत्री लिखी। बोल्यौ बिप्र सहज इक सखी।
पाती दै कह्यौ बचन सुनाइ। हरि को दै कहियौ या भाइ।
भीषम सुता रुकमिनी बाम। सूर जपति निसि दिन तुव नाम ।।२।।

अर्थ—हरि का स्मरण करो (तथा) हरि के चरणरूपी कमल को हृदय में धारण करो। जब रुक्मणि ने हरि का स्मरण किया (तब) हरि ने कृपा करके उसका वरण किया। उसी कथा को कहता हूँ, मन लगाकर सुनो; जो (इस कथा को) कहता-सुनता है वह सुख पाता है। कुंडिनपुर के भीष्म राजा के मन में विष्णु-भक्ति का चाव था। रुक्म आदि उसके पाँच पुत्र थे। हरि के रंग में रंगी रुक्मिणी (उसकी) एक पुत्री थी। नृपति ने रुक्म से भली-भाँति कहा (कि) कुमारी (रुक्मिणी) के योग्य वर यदुराय (कृष्ण) हैं। रुक्म ने क्रोधित होकर पिता से कहा कि ब्रज में दही चुराता था (यह) यदुपति ! रुक्मिणी को शिशुपाल को दीजिए (तथा) विवाह करके जग में यश लीजिए। यह सुनकर राजा ने स्त्री (पत्नी) से कहा, सुनकर उसका हृदय जल गया। रुक्म ने विप्र को चँदेरी भेजा (तथा) विवाह के लिए शिशुपाल को बुलाया। वह बारात जोड़कर वहाँ आया, (लेकिन) श्री रुक्मिणी के मन को (यह) अच्छा नहीं लगा। उसने कहा कि मेरे पति श्री भगवान् (हैं); उनको बरूँगी या प्राण छोड़ दूँगी। यह निश्चय करके (उसने) पत्र लिखा (तथा) सहज ही एक सखी से ब्राह्मण को बुलाया। पत्रिका देकर (यह) बचन सुनाकर कहा (कि) (पत्रिका) हरि को देकर इस प्रकार कहना (कि) भीष्म की पुत्री रुक्मिणी रात-दिन तुम्हारा नाम भजती है।।2।।

द्विज पाती दै कहियौ स्यामहिं।
कुंडिनपुर की कुँवरि रुकमिनी, जपति तिहारे नामहिं।
पालागौं तुम जाहु द्वारिका, नंद-नँदन के धामहिं।
कंचन, चीर-पटंबर दैहौं, कर कंचन जु इनामहिं।
यह सिसुपाल असुचि अज्ञानी, हरत पराई बामहिं।
सूर स्याम प्रभु तुम्हरौ भरोसौ, लाज करौ किन नामहिं ।।३।।

अर्थ—हे द्विज ! पत्रिका देकर श्याम से कहना कि कुंडिनपुर की कुमारी रुक्मिणी तुम्हारे नाम को जपती है। (मैं) पाँव लगती हूँ तुम कृष्ण के धाम द्वारिका जाओ। मैं तुम्हें सोना, चीर-पटंबर (रेशमी वस्त्र) दूँगी (तथा) हाथ का कंगन इनाम में दूँगी। यह शिशुपाल अपवित्र

तथा अज्ञानी है, पराई स्त्रियों को हरता है। सूर के प्रभु हे स्याम ! आप (अपने) नाम की लाज क्यों नहीं करते।। 3।।

द्विज कहियौ जदुपति सौं बात।
बेद बिरुद्ध होत कुंडिनपुर, हंस के अंस काग नियरात।
जनि हमरे अपराध बिचारहु, कन्या लिख्यौ मेटि गुरु तात।
तन आतमा समरप्यौ तुमकौं, उपजि परी तातैं यह बात।
कृपा करहु उठि बेगि चढ़हु रथ, लगन समै आवहु परभात।
कृष्न सिंह बलि धरी तुम्हारी, लैबे कौं जंबुक अकुलात।
तातैं मैं द्विज बेगि पठायौ, नेम धरम मरजादा जात।
सूरदास सिसुपाल पानि गहै, पावक रचौं करौं अपघात।।४।।

अर्थ—हे ब्राह्मण ! कृष्ण से (यह) बात कहना कि कुंडिनपुर में वेद के विरुद्ध (आचरण) हो रहा है; हंस के भाग को (लेने के लिए) कौआ नजदीक आ रहा है। हमारे अपराध पर ध्यान न दो (कि) कन्या ने गुरु तथा पिता की (आज्ञा की) अवहेलना करके पत्र लिखा है। (मैंने) तन तथा आत्मा तुम्हें सौंप दी है, इसलिए यह बात (स्थिति) उत्पन्न हो गयी है। कृपा करो (और) उठकर शीघ्र रथ पर चढ़ो, (तथा) लग्न के समय प्रातः आओ। हे कृष्ण ! सिंह की बलि तुम्हारे लिए रखी (सुरक्षित) है; (उसे) लेने के लिए श्रृगाल अकुला रहा है। इसी से मैंने ब्राह्मण को शीघ्र ही भेजा, क्योंकि (मेरी) नियम, धर्म तथा मर्यादा जा रही है। सूरदास कहते हैं (रुक्मिणी कहती है) (कि) (यदि) शिशुपाल मेरा हाथ ग्रहण करता है (पाणिग्रहण करता है) (तो) अग्नि रचूँगी (तथा) आत्म हत्या कर लूँगी।। 4।।

सुनत हरि रुकमिनि कौ संदेस।
चढ़ि रथ चले बिप्र कौं संग लै, कियौ न गेह प्रवेस।
बारंबार बिप्र कौं पूछत, कुँवरि बचन सो सुनावत।
दीनबंधु करुना निधान सुनि, नैन नीर भरि आवत।
कह्यौ हलधर सौं आवहु दल लै, मैं पहुँचत हौं धाइ।
सूरज प्रभु, कुंडिनपुर आए, बिप्र सो जाइ सुनाइ।।५।।

अर्थ—रुक्मिणी का संदेश सुनते ही हरि रथ पर चढ़कर (तथा) ब्राह्मण को साथ लेकर चले, (सुनने के बाद) (अपने) घर में प्रवेश नहीं किया। बार-बार ब्राह्मण से पूछते हैं, (वह) कुँवरि रुक्मिणी की बात सुनाता है। सुनकर दीनबन्धु करुणानिधान (कृष्ण की) आँखों में आँसू भर आते हैं! (उन्होंने) बलराम से कहा (कि) सेना लेकर आओ मैं दौड़कर पहुँचता हूँ। सूरज के प्रभु कुंडनिपुर आ गये, ब्राह्मण ने जाकर यह (समाचार) सुनाया।। 5।।

रुकमिनि देवी-मंदिर आई।
धूप दीप पूजा-सामग्री, अली संग सब ल्याई।

रखवारी कौं बहुत महाभट, दीन्हे रुक्म पठाई।
ते सब सावधान भए चहुँ दिसि, पंछी तहाँ न जाई।
कुँवरि पूजि गौरी बिनती करी, वर देउ ज़ादवराई।
मैं पूजा कीन्ही इहिं कारन, गौरी सुनि मुसकाई।
पाइ प्रसाद अंबिका-मंदिर, रुकमिनि बाहर आई।
सुभट देखि सुन्दरता मोहे, धरनि गिरे मुरझाई।
इहिं अंतर जादौपति आए, रुकमिनि रथ बैठाई।
सूरज प्रभु पहुँचे दल अपनैं, तब सुभटनि सुधि पाई ।।६।।

अर्थ—रुक्मिणी देवी मंदिर में आई। धूप, दीप तथा पूजा की समस्त सामग्री सखियाँ साथ में लाईं। रुक्म ने रखवाली के लिए बहुत से बड़े वीरों को भेज दिया। वे सभी वहाँ सावधान हो गये, वहाँ पक्षी भी नहीं जा पाता था। कुँवरि ने पूजा करके पार्वती से (यह) विनती की कि (मुझे) कृष्ण को वर के रूप में दें। मैंने इसीलिए पूजा की (है)। (यह) सुनकर गौरी मुस्करायीं! अंबिका के मन्दिर में प्रसाद (वरदान) पाकर रुक्मिणी बाहर आई। (वहाँ के सुभट (उसकी) सुन्दरता देखकर मोहित हो गए (और) पृथ्वी पर मूर्छित होकर गिर पड़े। इसी बीच कृष्ण (वहाँ) गए तथा (उन्होंने) रुक्मिणी को रथ पर बिठा लिया। सूरज के प्रभु (कृष्ण) अपनी सेना में (जब) पहुँच गये तब (रुक्म द्वारा तैनात) सुभटों में खबर पायी (कि रुक्मिणी हरण हो गया)।। 6।।

आवहु री मिलि मंगल गावहु।
हरि रुकमिनी लिए आवत हैं, यह आनँद जदुकुलहिं सुनावहु।
बाँधहु बन्दनवार मनोहर, कनक कलस भरि नीर धरावहु।
दधि अच्छत फल फूल परम रुचि, आँगन चंदन चौक पुरावहु।
कदली जूथ अनूप किसल दल, सुरँग सुमन लै मंडल छावहु।
हरद दूब केसर मग छिरकहु, भेरी मृदँग निसान बजावहु।
जरासंध सिसुपाल नृपति तैं, जीते हैं उठि अरघ चढ़ावहु।
बल समेत तन कुसल सूर प्रभु, आए हैं आरती बनावहु ।।७।।

अर्थ—(हे सखियों!) आओ, (सब) मिलकर मंगल (गीत) गाओ। हरि रुक्मिणी को लेकर आ रहे हैं। यह आनन्द यदुकुल को सुनाओ। मनोहर वंदनवार बाँधो (तथा) सोने के कलश (घड़े) में जल भर कर रखवाओ। दही, अक्षत, परम रुचिकर फल, फूलों के द्वारा आँगन में चौक पुरवाओ। केले के समूहों, अनुपम किशलय दलों (तथा) सुन्दर रंग के फूलों में मंडप छवाओ। रास्ते में हल्दी दूब (तथा) केसर छिड़को; नगाड़ों (भेरी), मृदंग तथा ढोल (निशान) बजाओ। जरासंध शिशुपाल नृप से (कृष्ण) जीत गये हैं। उठकर अर्घ्य (पूजन सामग्री) चढ़ाओ। बलराम सहित सूर के प्रभु (कृष्ण) शरीर से कुशलता-पूर्वक आये हैं। (उनकी) आरती सजाओ ।। 7।।

बलभद्र ब्रज यात्रा

स्याम राम के गुन नित गाऊँ। स्याम राम हीं सौं चित लाऊँ।
एक बार हरि निज पुर छए। हलधर जी बृन्दावन गए।
रथ देखत लोगनि सुख पाए। जान्यौ स्याम राम दोउ आए।
नन्द जसोमति जब सुधि पाई। देह गेह की सुरति भुलाई।
आगैं ह्वै लैबे कौं धाए। हलधर दौरि चरन लपटाए।
बल कौं हित करि गरैं लगाए। दै असीस बोले या भाए।
तुम तौ भली करी बलराम। कहाँ रहे मन मोहन स्याम।
देखौ कान्हर की निठुराई। कबहूँ पाती हू न पठाई।
आपु जाइ ह्वाँ राजा भए। हमकौं बिछुरि बहुत दुख दए।
कहौ कबहुँ हमरी सुधि करत। हम तौ उन बिनु बहु दुख भरत।
कहा करैं ह्वाँ कोउ न जात। उन बिनु पल पल जुग सम जात।
इहिं अन्तर आए सब ग्वार। भेंटे सबनि जथा ब्यौहार।
नमस्कार काहूँ कौ कियौ। काहू कौं अंकम भरि लियौ।
पुनि गोपी जुरि मिलि सब आईं। तिन हित साथ असीस सुनाईं।
हरि सुधि करि सुधि बुधि बिसराई। तिनकौ प्रेम कह्यौ नहिँ जाई।
कोउ कहै हरि ब्याही बहु नार। तिनकौ बढ़यौ बहुत परिवार।
उनकौं यह हम देतिँ असीस। सुख सौं जीवैं कोटि बरीस।
कोउ कहै हरि नाहीं हम चीन्हौ। बिनु चीन्हैं उनकौं मन दीन्हौ।
निसि दिन रोवत हमैं बिहाइ। कहौ करैं अब कहा उपाइ।
कोउ कहै इहाँ चरावत गाइ। राजा भए द्वारिका जाइ।
काहे कौं वै आवैं इहाँ। भोग बिलास करत नित उहाँ।
कोउ कहै हरि रिपु छै किए। अरु मित्रनि कौ बहु सुख दिए।
बिरह हमारौ कहँ रहि गयौ। जिन हमकौं अति हीं दुख दयौ।
कोउ कहै जे हरि की रानी। कौन भाँति हरि कौं पतियानी।
कोऊ चतुर नारि जो होइ। करै नहीं पतिआरौ सोइ।
कोउ कहै हम तुम कत पतियाईं। उनकैं हित कुल लाज गवाईं।
हरि कछु ऐसौ टोना जानत। सबकौं मन अपनैं बस आनत।
कोउ कहै हरि हम सब बिसराईं। कहा कहैं कछु कह्यौ न जाई।
हरिकौं सुमिरि नयन जल ढारैं। नैंकु नहीं मन धीरज धारैं।
यह सुनि हलधर धीरज धारि। कह्यौ आइहैं हरि निरधारि।
जब बल यह संदेस सुनायौ। तब कछु इक मन धीरज आयौ।
बल तहँ बहुरि रहे द्वै मास। ब्रज बासिनि सौं करत बिलास।
सब सौं मिलि पुनि निजपुर आए। सूरदास हरि के गुन गाए ।।८।

अर्थ—श्याम (और) बलराम के गुणों को नित्य गाता हूँ (तना) श्याम और बलराम में ही चित्त लगाता हूँ। एक बार (जब) हरि अपने पुर (मथुरा) में छाये थे (विद्यमान थे) हलधर जी वृन्दावन गये (आये) रथ देखते ही (वृंदावन) के लोगों ने सुख पाया, समझा (कि) श्याम और बलराम दोनों आये हैं। नंद (तथा) यशोदा ने जब खबर पायी तो उन्होंने (प्रसन्नता से) (अपने) शरीर तथा घर की स्मृति भुला दी। दोनों आगे होकर लेने को दौड़े। हलधर दौड़कर (उनके) चरणों से लिपट गये (नंद यशोदा ने) बलराम को स्नेह-पूर्वक गले से लगाया, (और) आशीर्वाद देकर इस प्रकार बोले। बलराम ! तुमने तो अच्छा किया (आ गए), लेकिन मनमोहन श्याम कहाँ रह गये ! कृष्ण की निष्ठुरता (तो) देखो, कभी पत्र भी नहीं भेजा। स्वयं तो वहाँ जाकर राजा हो गए, (लेकिन) बिछुड़कर हमको बहुत दुख दिया। कहो, श्याम कभी ह मारा स्मरण करते हैं। हम तो उनके बिना बहुत दुख भोगते हैं। क्या करें। (यहाँ से) वहाँ कोई जाता नहीं, उनके बिना पल-पल युग के समान बीतता है। इसी बीच सभी ग्वाल आये (तथा) सबों ने यथाविधि भेंट की (बलराम ने) किसी को नमस्कार किया, किसी को गले लगाया। फिर सब गोपियाँ मिलकर आईं, उन्होंने प्रेमपूर्वक मंगल कामनाएँ कीं। हरि का स्मरण करके (गोपियों की) सुध-बुध भूल गयी। उनके प्रेम को कहा नहीं जाता। कोई कहती हैं (कि) हरि ने बहुत-सी स्त्रियों से विवाह कर लिया है, (तथा) उनका परिवार बहुत बढ़ गया है ! उनको हम यह आशीर्वाद देती हैं (कि) (वे) सुखपूर्वक करोड़ों वर्ष जियें। कोई कहती हैं (कि) हरि ने हमें पहचाना नहीं; बिना पहचाने (हमने) (उन्हें) मन दे दिया। हमारा (समय) रात-दिन रोते ही व्यतीत होता है। कहो अब क्या उपाय करें। कोई कहती हैं (कि) गाय चराते थे द्वारिका जाकर राजा हो गये ! वे यहाँ क्यों आयें, वहाँ नित्य भोग- विलास करते हैं। कोई कहती हैं कि हरि ने शत्रुओं का नाश किया (तथा) मित्रों को बहुत सुख दिया। हमारा विरह कहाँ रह गया, जिन्होंने हमें बहुत दुख दिया। कोई कहती हैं (कि) जो हरि की रानी हैं (उन्होंने) हरि पर कैसे विश्वास किया ? यदि कोई चतुर स्त्री होती तो उन पर विश्वास न करती। कोई (आपस में) कहती हैं (कि) हमने-तुमने (उन पर) कैसे विश्वास किया; उनके लिए (अपने) कुल की लाज गँवा दी। हरि कुछ ऐसा टोना जानते हैं (जिससे) सबके मन को अपने वश में कर लेते हैं। कोई कहती हैं (कि) हरि ने हम सब को भुला दिया, क्या कहें, कुछ कहा नहीं जाता ! हरि का स्मरण करके नयनों में जल ढालती हैं। मन, तनिक भी धीरज नहीं मानता। यह सुनकर हलधर ने धीरज धर कर कहा कि हरि निश्चित आयेंगे। जब बलराम ने यह संदेश सुनाया तब मन में थोड़ा सा धीरज आया ! बलराम वहाँ दो महीने रहे (तथा) ब्रजवासियों से विलास करते रहे। सब से मिलकर फिर अपने पुर (मथुरा) आये, सूरदास ने (इस प्रकार) हरि का गुणगान किया।।४।।

सुदामा चरित

कंत सिधारौ मधुसूदन पै, सुनियत हैं वे मीत तुम्हारे।
बाल-सखा अरु बिपति बिभंजन, संकट हरन मुकुंद मुरारे।
और जु अतिसय प्रीति देखियै, निज तन मन की प्रीति बिसारे।
सरबस रीझि देत भक्तनि कौं, रंक नृपति काहूँ न बिचारे।
जद्यपि तुम संतोष भजत हौ, दरसन सुख तैं होत जु न्यारे।
सूरदास प्रभु मिले सुदामा, सब सुख दै पुनि अटल न टारे।।९।।

अर्थ—(सुदामा की स्त्री कहती है) हे पति ! मधुसूदन (कृष्ण) के पास जाओ, सुनती हूँ वे तुम्हारे मित्र हैं ! (वे तुम्हारे) बाल मित्र हैं; मुकुंद मुरारी विपत्तियों के भंजक (तथा) संकट हरने वाले हैं। और जो (जहाँ) अतिशय प्रेम देखते हैं तो (वहाँ) अपने तन-मन की प्रीति (भी) भुला देते हैं। रीझ कर भक्तों को सर्वस्व देते हैं, (वे) दरिद्र (और) नृपति किसी का विचार नहीं करते। यद्यपि तुम संतोष धारण करते हो, (और) (वहाँ न जाकर) दर्शन सुख से वंचित होते हो (फिर भी) सूरदास (कहते हैं) (कि) प्रभु (कृष्ण) से सुदामा मिलने पर सब सुख देकर (उससे) मिले, फिर वह सुख अटल (होगा), नहीं टाला (सदैव प्राप्त हुआ) ।।९।।

सुदामा सोचत पंथ चले।
कैसैं करि मिलिहैं मोहिं श्रीपति, भए तब सगुन भले।
पहुँच्यौ जाइ राजद्वारे पर, काहूँ नहिँ अटकायौ।
इत उत चितै धँस्यौ मंदिर मैं, हरि कौ दरसन पायौ।
मन मैं अति आनंद कियौ हरि, बाल-मीत पहिचान।
धाए मिलन नगन पग आतुर, सूरज प्रभु भगवान।।१०।।

अर्थ—सुदामा रास्ते में सोचते हुए चले (कि) श्रीपति (कृष्ण) हमसे कैसे मिलेंगे, तब (उस समय) अच्छे सगुन हुये। (सुदामा) राजद्वार पर जा पहुँचे, कहीं भी रोक नहीं हुई। इधर-उधर देखकर मन्दिर (महल) में प्रविष्ट हुए। (और) हरि (कृष्ण) का दर्शन पाया। बचपन के साथी को पहचान कर हरि ने मन में अत्यधिक आनंद माना (प्रसन्न हुए)। आतुर होकर नंगे पाँव (ही) मिलने के लिए सूरज के प्रभु भगवान दौड़े।। 10।।

दूरहिं तैं देख्यौ बलवीर।
अपने बालसखा जु सुदामा, मलिन बसन अरु छीन सरीर।
पौढ़े हे परजक परम रुचि, रुकमिनि चौंर डुलावति तीर।
उठि अकुलाइ अगमने लीन्हें, मिलत नैन भरि आए नीर।
निज आसन बैठारि स्याम-घन, पूछी कुसल कह्यौ मति धीर।
ल्याए हौ सु देहु किन हमकौं, कहा दुरावन लागे चीर।

दरस परस हम भए सभागे, रही न मन मैं एकहु पीर।
सूर सुमति तंदुल चाबत हीं, कर पकरचौ कमला भई धीर ।।११।।

अर्थ—बलराम के भाई (कृष्ण) ने दूर से ही मलिन वस्त्र तथा क्षीण शरीर वाले अपने बाल मित्र सुदामा को देखा । परम रुचिकर पलंग पर लेटे थे, पास में (बैठी) रुक्मिणी चमर डुला रही थीं। (कृष्ण ने) आकुल होकर (तथा) उठकर (सुदामा की) अगवानी की, मिलते ही (उनके) नेत्र जल से भर आये। (उसे) अपने आसन पर बिठा कर कृष्ण ने कुशल पूछी; धीर मति (सुदामा ने) बताया। (कृष्ण ने कहा) (कि) जो कुछ लाये हो उसे हमको क्यों नहीं देते, वस्त्र में क्या छिपाने लगे ? हम दर्शन (तथा) स्पर्श से सौभाग्यशाली हो गये, मन में एक भी पीड़ा नहीं रही। सूरदास (कहते हैं) (कि) सुमति (कृष्ण) को चावल चबाते देख कमला ने धीर (अधीर) होकर हाथ पकड़ लिया।।11।।

ऐसी प्रीति की बलि जाउँ।
सिंहासन तजि चले मिलन कौं, सुनत सुदामा नाउँ।
कर जोरे हरि बिप्र जानि कै, हित करि चरन पखारे।
अंकमाल दै मिले सुदामा, अर्धासन बैठारे।
अर्धंगी पूछति मोहन सौं, कैसे हितू तुम्हारे।
तन अति छीन मलीन देखियत, पाउँ कहाँ तैं धारे।
संदीपन कैं हमऽरु सुदामा, पढ़े एक चटसार।
सूर स्याम की कौन चलावै, भक्तनि कृपा अपार ।।१२।।

अर्थ—ऐसी प्रीति की (मैं) बलि जाता हूँ। सुदामा का नाम सुनकर (कृष्ण) सिंहासन छोड़कर मिलने चले। हरि ने (सुदामा को) ब्राह्मण जानकर हाथ जोड़े (उसे प्रणाम किया), (तथा) स्नेहपूर्वक चरण धोये। गले लगाकर सुदामा से मिले तथा अर्धासन (आधे आसन) पर (उसे) बिठाया। अर्धांगिनी ने कृष्ण से पूछा (कि) ये कैसे तुम्हारे मित्र हुए ? (इनका) शरीर अत्यन्त क्षीण है, मलिन दिखाई देते हैं, ये कहाँ से पधारे हैं ? (कृष्ण ने उत्तर दिया) हम और सुदामा संदीपन (ऋषि) के शिष्य हैं। एक ही पाठशाला में पढ़ते थे। सूरदास (कहते हैं) (कि) कृष्ण की (बात) कौन चलाये भक्तों पर (इनकी) अपार कृपा (रहती है)।।12।।

गुरु-गृह हम जब बन कौं जात।
जोरत हमरे बदलैं लकरी, सहि सब दुख निज गात।
एक दिवस बरषा भई बन मैं, रहि गए ताहीं ठौर।
इनकी कृपा भयौ नहिं मोहिं श्रम, गुरु आए भऐं भोर।
सो दिन मोहिं बिसरत न सुदामा, जौ कीन्हौ उपकार।
प्रति उपकार कहा करौं सूरज, भाषत आप मुरार ।।१३।।

अर्थ—गुरु के घर (से) जब हम वन जाते थे, (तब) हमारे बदले (ये) सब दुख सहकर लकड़ी जोड़ते (एकत्र करते) थे। एक दिन वन में वर्षा हुई, (हम लोग) उसी स्थान पर रह गये। इनकी कृपा से मुझे श्रम नहीं हुआ, प्रातः होने पर गुरु (के घर) आये। उस दिन सुदामा ने जो उपकार किया वह मुझे भूलता नहीं ! मुरारि (कृष्ण) स्वयं कहते हैं कि प्रत्युपकार (बदले) (के रूप) में क्या करूँ ? ।। 13 ।।

सुदामा गृह कौं गमन कियौ ।
प्रगट बिप्र कौं कछु न जनायौ, मन मैं बहुत दियौ ।
वेई चीर कुचील वहै विधि, मोकौं कहा भयौ ।
धरिहौं कहा जाय तिय आगैं, भरि भरि लेत हियौ ।
सो संतोष मानि मन ही मन, आदर वहुत लियौ ।
सूरदास कीन्हे करनी बिनु, को पतियाइ बियौ ।।१४।।

अर्थ—सुदामा ने घर के लिए प्रस्थान किया। प्रकट रूप में विप्र को कुछ नहीं बताया, (लेकिन) मन में बहुत दिया। (सुदामा सोचते हैं) वहीं मैले वस्त्र, वही विधि मुझे हुआ ही क्या (क्या मिला) ? पत्नी के आगे जाकर क्या रखूँगाः (सुदामा का) हृदय (दुख) से भर-भर आता था। (सुदामा ने) मन-ही-मन इस (बात पर) संतोष किया (कि) (कृष्ण ने) बहुत आदर से (मुझे) लिया (मेरा बहुत आदरपूर्वक स्वागत किया)। सूरदास (कहते हैं) (कि) करणी किये बिना दूसरा कौन विश्वास करेगा। (सुदामा सोचते हैं कि कृष्ण के अतिरिक्त दूसरा ऐसा कौन है जो मुझ जैसे अकर्मण्य का विश्वास कर इतना आदर देगा) ।। 14 ।।

सुदामा मंदिर देखि डरचौ ।
इहाँ हुती मेरी तनक मड़ैया, को नृप आनि छरचौ ।
सीस धुनै दोऊ कर मीँड़ै, अंतर सोच परचौ ।
ठाढ़ी तिया जु मारग जोवै, ऊँचै चरन धरचौ ।
तोहिँ आदरचौ त्रिभुवन कौ नायक, अब क्यौं जात फिरचौ ।
सूरदास प्रभु की यह लीला, दारिद दुःख हरचौ ।।१५।।

अर्थ—(घर लौटने पर) सुदामा मंदिर (अपना घर) देखकर डर गया ! यहाँ मेरी छोटी सी मड़इया थी, किस नृप ने आकर छल किया (छीन लिया)। (वे) सिर घुमाते हैं, दोनों हाथ मलते हैं, मन के भीतर सोचने लगे। चरणों को ऊँचा करके (ऊँचे स्थान पर खड़ी होकर) स्त्री खड़ी हुई मार्ग जोह रही है (उसने कहा) त्रिभुवन के नायक ने आदर दिया अब (घर से) क्यों वापस जाते हो ! सूरदास (कहते हैं) (कि) यह प्रभु (कृष्ण) की लीला है कि (उन्होंने) (समस्त) दुख-दरिद्रता को हर लिया ।।१५।।

हौं फिरि बहुरि द्वारिका आयौ ।
समुझि न परी मोहिँ मारग की, कोउ बूझौ न बतायौ ।

कहिहैं स्याम सत्त इन छाँड्यौ, उतौ राँक ललचायौ।
तृन की छाहँ मिटी निधि माँगत, कौन दुखनि सौं छायौ।
सागर नहीं समीप कुमति कैं, बिधि कह अंत भ्रमायौ।
चितवत चित्त बिचारत मेरौ, मन सपनैं डर छायौ।
सुरतरु, दासी, दास, अस्व, गज, बिभौ बिनोद बनायौ।
सूरज प्रभु नँद-सुवन मित्र ह्वै, भक्तनि लाड़ लड़ायौ ॥१६॥

अर्थ—(अपनी मड़ैया के स्थान पर सोने का आवास बना देखकर भौंचक्का सुदामा सोचता है।) क्या मैं लौटकर फिर द्वारिका आ गया ! (लगता है) मार्ग की (स्थिति) मुझे समझ नहीं पड़ी। न किसी से (मैंने) पूछा, न किसी ने (स्वयमेव) बताया। (मुझे पुनः आया देख) कृष्ण कहेंगे (कि) इन्होंने सत्य छोड़ दिया, वहाँ (यह) दरिद्री था, (तभी तो) ललचा गया, (लौट आया)। ऐश्वर्य माँगने पर तृण की छाया भी मिट गयी (कृष्ण के पास समृद्धि के लालच से गया, लौटा तो फूस का छप्पर भी गायब) उसे कितनी कठिनाई से मैंने छाया था। (मुझ) कुमति के लिये समीप में सागर (भी) नहीं (कि जाकर डूब मरूँ), अन्त में विधाता ने मुझे क्यों भरमाया ? (कहाँ पहुँचा दिया)। (सोने का आवास) देखते हुए चित्त में सोचता है: मन में स्वप्न का (सा) डर छा गया (मैं डरा, कहीं सपना तो नहीं देख रहा हूँ !) (यहाँ तो) वैभव का कौतुक बना है—(जहाँ मड़ैया थी वहाँ अब) कल्पवृक्ष, दासी, घोड़े, हाथी (हैं) सूरज (कहते हैं) (कि) नन्द के प्रभु (कृष्ण) मित्र होकर (अनुकूल होने पर), (इसी प्रकार) भक्तों का लाड़ लड़ाया करते हैं (उन पर प्रेम का प्रदर्शन किया करते हैं) ॥ 16 ॥

कहा भयौ मेरौ गृह माटी कौ।
हौं तौ गयौ गुपालहिं भेंटन, और खरच तंदुल गाँठी कौ।
बिनु ग्रीवा कल सुभग न आन्यौ, हुतौ कमंडल दृढ़ काठी कौ।
घुनौ बाँस जुत बुनो खटोला, काहु कौ पलँग कनक पाटी कौ।
नूतन छीरोदक जुवती पै, भूषन हुतौ न लोह माटी कौ।
सूरदास प्रभु कहा निहोरौ, मानत रंक त्रास टाटी कौ ॥१७॥

अर्थ—मेरे मिट्टी के घर का क्या हुआ? (वह कहाँ चला गया !) मैं तो गोपाल से भेंट करने गया था और (मैंने) गाँठ के (अपने पास के) (चावल) भी खर्च किए (गवाँ दिए)। बिना गले का टूटा घड़ा (कलसु भगन ?) (मैं) लाया (था) कड़ी लकड़ी (काठ) का कमंडल (मेरे पास) था (तथा) घुने हुए बाँस का बिना हुआ खटोला (जहाँ) था (उसी घर में अब) सोने की पाटी वाला किसी का पलंग (पड़ा) है। (जिस) युवती (पत्नी) के पास लोहे (अथवा) मिट्टी के आभूषण न थे (उसी के पास अब) नये रेशमी वस्त्र हैं। सूरदास के प्रभु से क्या प्रार्थना करूँ?

(जिस) दरिद्री को झोपड़ी (टाटी) का कष्ट है (जिसके पास झोपड़ी भी नहीं है) उसे भी (प्रभु) अंगीकार करते हैं (उसकी चिन्ता भी उन्हें रहती है) ।। 17 ।।

भूलौ द्विज देखत अपनौ घर ।
औरहिँ भाँति रची रचना रुचि, देखतही उपज्यौ हिरदै डर ।
कै वह ठौर छुड़ाइ लियौ किहुँ, कोऊ आइ बस्यौ समरथ नर ।
कै हौं भूलि अनतहीं आयौ, यह कैलास जहाँ सुनियत हर ।
बुध-जन कहत दुबल घातक बिधि, सौ हम आज लही या पटतर ।
ज्यौं नलिनी बन छाँड़ि बसै जल, दाहै हेम जहाँ पानी-सर ।
पाछै तैं तिय उतरि कह्यौ पति, चलिए द्वार गह्यौ कर सौं कर ।
सूरदास यह सब हित हरि कौ, द्वारैं आइ भयौ जु कलपतर ।।१८।।

अर्थ—ब्राह्मण (सुदामा) अपना घर देखकर भ्रमित हो गया (वहाँ तो) और ही तरह की रुचिकर रचना रची थी, जिसे देखते ही (सुदामा के) हृदय में डर उत्पन्न हुआ। या तो किसी ने यह स्थान (उसका पुराना घर) छीन लिया (और) (वहाँ पर) आकर कोई समर्थ व्यक्ति बस गया (किसी बलवान् ने कब्जा कर लिया) या तो मैं भूल कर अन्यत्र (ही) आ गया (हूँ), यह (कहीं) कैलाश तो नहीं है जहाँ शिव (का निवास) सुना जाता है। बुद्धिमान लोग कहते हैं कि विधाता दुर्बलों का घातक है उसका नमूना आज पा लिया (देखा)। जैसे कमलिनी बन छोड़कर जल में बसती है, (लेकिन) जहाँ (वहाँ) पानी के तालाब में (भी) उसे हिम दग्ध करता है ! पीछे से (सुदामा की) पत्नी उतरकर आयी (और) हाथ-से-हाथ पकड़कर पति से बोली (कि) दरवाजे (घर) के (भीतर) चलिए। सूरदास (कहते हैं) (कि) यह सब हरि का स्नेह है (जिसके फलस्वरूप द्वार पर आकर कल्पवृक्ष लग गया है।) ।। 18 ।।

कैसैं मिले पिय स्याम सँघाती ।
कहियै कंत कौन बिधि परसे, बसन कुचील छीन अति गाती ।
उठिकै दौरि अंक भरि लीन्हौ, मिलि पूछी इत-उत कुसलाती ।
पटतैं छोरि लिए कर तंदुल, हरि समीप रुकमिनी जहाँ ती ।
देखि सकल तिय स्याम-सुँदर गुन, पट दै ओट सबै मुसक्यातीं ।
सूरदास प्रभु नवनिधि दीन्ही, देतें और जो तिय न रिसातीं ।।१९।।

अर्थ—हे प्रिय !—मित्र साथी श्याम कैसे मिले। हे पति ! कहिये, (कृष्ण ने) मैले वस्त्रों वाले तुम्हारे अत्यन्त क्षीण शरीर को कैसे स्पर्श किया ? सुदामा ने कहा (कृष्ण ने) उठकर-दौड़कर (मुझे) गले लगाया, (तथा) मिलकर यहाँ-वहाँ की (सबकी) कुशलता पूछी। वस्त्र से खोलकर हाथ में चावल ले लिया, जहाँ (वहाँ) हरि के पास (ही) रुक्मिनि भी थी। (उस समय) सभी स्त्रियाँ श्याम सुन्दर (कृष्ण) के गुणों को देखकर वस्त्र की ओट में

मुसकराती थीं। सूरदास (कहते हैं) (कि) प्रभु (कृष्ण) ने नव-निधियाँ दीं, (वे) और भी देते यदि (उनकी) पत्नी (रुक्मिणी) नाराज न होतीं ।। 19 ।।

हरि बिनु कौन दरिद्र हरै।
कहत सुदामा सुनि सुन्दरि, हरि मिलन न मन बिसरै।
और मित्र ऐसी गति देखत, को पहिचान करै।
बिपति परैं कुसलात न बूझै, बात नहीं बिचरै।
उठि भेटें हरि तंदुल लीन्हे, मोहिं न बचन फुरै।
सूरदास लछि दई कृपा करि, टारी निधि न टरै ।।२०।।

अर्थ—हरि के बिना दरिद्रता कौन दूर करे ? सुदामा कहते हैं (कि) हे सुन्दरी, सुनो ! हरि का मिलना मन से भूलता नहीं। (मेरी) जैसी गति देखकर दूसरे मित्र क्या मुझे पहचानते ? विपत्ति पड़ने पर (कोई) कुशलता (भी) नहीं पूछते (तथा) बातचीत (भी) नहीं करते। हरि (कृष्ण) ने उठकर भेंट (और) चावल ले लिया मुझसे (तो) वचन तक स्फुरित नहीं हुआ (मैं तो बोल भी न पाया)। सूरदास (कहते हैं) (कि) (कृष्ण ने) कृपा करके (इतनी) लक्ष्मी (सम्पत्ति) दी, कि (वह) निधि टाले नहीं टलती (खर्च करने पर भी समाप्त नहीं होती) ।। 20 ।।

ब्रजनारी पथिक संवाद

तब तैं बहुरि न कोऊ आयौ।
वहै जु एक बेर ऊधौ सौं, कछु संदेसौ पायौ।
छिन-छिन सुरति करत जदुपति की, परत न मन समुझायौ।
गोकुलनाथ हमारैं हित लगि, लिखि हूँ क्यौं न पठायौ।
यहै बिचार करौं धौं सजनी, इती गहरु क्यौं लायौ।
सूर स्याम अब बेगि न मिलहू, मेघनि अम्बर छायौ ।।२१।।

अर्थ—(जब से कृष्ण गए) तब से (वहाँ से) लौटकर कोई नहीं आया। वहीं एक बार ऊधो से (हमने) कुछ संदेश पाया था। हर क्षण यदुपति (कृष्ण) की स्मृति करती हूँ, मन समझाते नहीं बनता। गोकुलपति (कृष्ण) ने हमारे हित के लिए लिखकर भी (पत्र) नहीं भेजा। हे सखी ! यही विचार करती (रहती) हूँ (कि) इतना विलम्ब क्यों किया। सूर के स्याम (कृष्ण) अब शीघ्र (ही) (क्यों) नहीं मिलते, (अब तो) आकाश में बादल छा गये हैं ।। 21 ।।

बहुरौ हो ब्रज बात न चाली।
वहै सु एक बेर ऊधौ कर, कमल नयन पाती दै घाली।
पथिक तिहारे पा लागति हौं, मथुरा जाहु जहाँ बनमाली।
कहियौ प्रगट पुकारि द्वार ह्वै, कालिंदी फिरि आयौ काली।
तब वह कृपा हुती नँदनंदन, रुचि रुचि रसिक प्रीति प्रतिपाली।
माँगत कुसुम देखि ऊँचे द्रुम, लेत उछंग गोद करि आली।

जब वह सुरति होति उर अंतर, लागत काम बान की भाली।
सूरदास प्रभु प्रीति पुरातन, सुमिरत दुसह सूर उर साली ।।२२।।

अर्थ—हे (पथिक) ! फिर (कृष्ण) ब्रज की बात नहीं चलायी। वही एक बार कमल नेत्र (कृष्ण) ने उद्धव के हाथ पत्रिका देकर भेजी थी। हे पथिक ! तुम्हारे पैर लगती हूँ; मथुरा जाओ जहाँ वनमाली (कृष्ण) हैं। द्वार पर से प्रत्यक्ष पुकार कर कहना (कि) यमुना में (कालीदह में) पुनः काली (नाग) आ गया ! उस समय (कृष्ण की) वैसी (गहरी) कृपा थी, (उन) रसिक (कृष्ण ने) रुचि लेकर प्रेम का निर्वाह किया था। (हे सखी !) ऊँचे वृक्ष में लगे पुष्प को माँगने पर गोद में उठाकर अपने उत्संग (ऊपरी भाग, कंधों पर) बिठा लेते हैं (ताकि हम स्वयं अपने हाथ से तोड़ लें)! जब हृदय में वह स्मृति होती है (वह घटना याद आती है) तो काम के बाण की नोक (भाली) चुभती हैं। सूरदास (कहते हैं) (कि) प्रभु (कृष्ण) की प्रीति पुरानी (है) स्मरण करते ही असह्य पीड़ा (शूल) हृदय में सालती (चुभती) है।। 22 ।।

तुम्हरे देस कागद मसि खूटी।
भूख प्यास अरु नींद गई सब, बिरह लरौ तन लूटी।
दादुर मोर पपीहा बोले, अवधि भई सब झूठी।
पाछैं आइ तुम कहा करौगे, जब तन जैहै छूटी।
राधा कहति सँदेस स्याम सौं, भई प्रीति की टूटी।
सूरदास प्रभु तुम्हरे मिलन बिनु, सखी करति हैं कूटी ।।२३।।

अर्थ—(जान पड़ता है) तुम्हारे देश में कागज (और) स्याही समाप्त हो गयी। (हमारी) भूख, प्यास, नींद, सब चली गई, विरह ने शरीर को लूट लिया। दादुर, मोर (तथा) पपीहा बोलने लगे; आने की अवधि सब झूठी हो गयी। बाद में आकर तुम क्या करोगे, जब शरीर छूट जायेगा। राधा श्याम से संदेश कहती है (कि) प्रेम खंडित हो रहा है। सूरदास के प्रभु ! तुम्हारे मिलन के बिना सखियाँ (तुम्हारे विषय में) कूट करती हैं (उपहास करती हैं) ।। 23 ।।

पथिक कह्यौ ब्रज जाइ, सुने हरि जात सिंधु तट।
सुनि सब अँग भए सिथिल, गयौ नहिँ बज्र हियौ फट।
नर नारी घर-घरनि सबै, यह करति बिचारा।
मिलिहैं कैसी भाँति हमैं, अब नन्द कुमारा।
निकट बसत हुती आस, कियौ अब दूरि पयाना।
बिना कृपा भगवान, उपाइ न सूरज आना ।।२४।।

अर्थ—(किसी) पथिक ने ब्रज जाकर कहा (कि), (उसने) सुना है (कि) हरि सिंधु के तट (द्वारिका) जा रहे हैं। (वह) सुनकर (गोपियों के) सब अंग शिथिल हो गये, (किन्तु) (उनका) बज्र (सा) (कठोर) हृदय फट नहीं गया। सभी घरों में नर (तथा) नारियाँ यही विचार करती हैं (कि) अब नन्द-कुमार (कृष्ण) किस तरह मिलेंगे। (जब वे) निकट बसते थे

तो मिलने की (कुछ) आशा थी, (किन्तु) अब तो (उन्होंने) दूर प्रस्थान कर दिया। कृष्ण की कृपा के बिना सूर अब कोई दूसरा उपाय नहीं।। 24।।

नैना भए अनाथ हमारे।
मदनगुपाल उहाँ तैं सजनी, सुनियत दूरि सिधारे।
वै समुद्र हम मीन बापुरी, कैसैं जीवैं न्यारे।
हम चातक वै जलद-स्याम-घन, पियतिँ सुधा-रस प्यारे।
मथुरा बसत आस दरसन की, जोइ नैन मग हारे।
सूरदास हमकौं उलटी बिधि, मृतकहूँ, तैं पुनि मारे।।२५।।

अर्थ—गोपियाँ सोचती हैं कि हमारे नेत्र अनाथ हो गये। सुनती हूँ (कि) मदन गोपाल वहाँ से (भी) (कहीं) दूर चले गये। वे (कृष्ण) समुद्र हैं, हम बेचारी मछलियाँ हैं, (उनसे) अलग (होकर) कैसे जीवित रहें। हम चातक हैं, वे श्याम बादल हैं, (हम) प्रिय का अमृत-रस पीती रहती हैं। मथुरा में बसते हुए दर्शन की आशा थी, (किन्तु) रास्ता देखते नेत्र (अब) हार गये। सूरदास (कहते हैं) (कि) विधाता ने हमारे लिए उल्टी (स्थिति) (पैदा कर दी), मरे हुए को पुनः मारा (कृष्ण विरह) में हम मरी सी थीं, ही, विधाता को इससे संतोष न हुआ, उसने हमें मार ही डाला।। 25।।

उती दूर तैं को आवै री।
जासौं कहि संदेस पठाऊँ, सो कहि कहन कहा पावै री।
सिंधु कूल इक देस बसत है, देख्यौ सुन्यौ न मन धावै री।
तहँ नव-नगर जु रच्यौ नंद-सुत, द्वारावति पुरी कहावै री।
कंचन के बहु भवन मनोहर, रंक तहाँ नहिं त्रन छावै री।
ह्वाँ के बासी लोगनि कौं क्यौं, ब्रज कौ बसिबौ मन भावै री।
बहु बिधि करतिँ बिलाप बिरहिनी, बहुत उपायनि चित लावैं री।
कहा करौं कहँ जाउँ सूर प्रभु, को हरि पिय पै पहुँचावै री।।२६।।

अर्थ—हे सखी! उतनी दूर से (द्वारिका से) (भला) कौन आता है, जिससे कह कर (हम) (कृष्ण के पास) संदेश भेजें, वह (विधि) कहो, (हम) (अपना संदेश) कैसे कह पायें। समुद्र के किनारे एक देश बसता है। (उसे) न तो देखा है न सुना है (और) न मन (वहाँ तक) दौड़ पाता है (मन द्वारिका की कल्पना ही नहीं कर पाता) वहाँ नन्द के पुत्र (कृष्ण ने) नवीन नगर बसाया है जो द्वारिका पुरी कहलाता है वहाँ सोने के बहुत से मनोहर भवन हैं, (वहाँ) (कोई व्यक्ति) दरिद्र (ही) नहीं है (जो) तृण से घर छाये। वहाँ के निवासी लोगों को ब्रज में बसना क्यों अच्छा लगे। विरहिणियाँ बहुत प्रकार से विलाप करती हैं तथा बहुत (से) उपायों को (सोचने में) चित्त लगाती हैं। सूर के प्रभु (को पाने के लिए) क्या करें, कहाँ जायें; हरि प्रिय (कृष्ण) के पास कौन पहुँचाये।। 26।।

हौं कैसौं कै दरसन पाऊँ।
सुनहु पथिक उहिँ देस द्वारिका, जौ तुम्हरैं सँग जाऊँ।
बाहर भीर बहुत भूपनि की, बूझत बदन दुराऊँ।
भीतर भीर भोग भामिनि की, तिहिँ ठाँ काहि पठाऊँ।
बुधि बल जुक्ति जतन करि उहिँ पुर, हरि पिय पै पहुँचाऊँ।
अब बन बसि निसि कुंज रसिक बिनु, कौनैं दसा सुनाऊँ।
श्रम कै सूर जाउँ प्रभु पासहिँ, मन मैं भलैं मनाऊँ।
नव-किसोर मुख मुरलि बिना, इन नैननि कहा दिखाऊँ ।।२७।।

अर्थ—मैं कैसे कृष्ण का दर्शन पाऊँ। हे पथिक ! सुनो, यदि तुम्हारे साथ उस द्वारिका देश को चलूँ (तो) (वहाँ) बाहर (कृष्ण के प्रासाद के बाहर) बहुत से राजाओं की भीड़ (होगी); (उनके) पूछने पर (लज्जा से) मुख छिपा लूँगी। (महल के) भीतर स्त्री (पत्नी-रुक्मिणी) के सुख-विलास ("भोग") की प्रचुरता (है), उस स्थान पर किसे भेजूँ ! बुद्धि-बल (तथा) युक्तिपूर्ण यत्न करके उस नगर में हरि प्रिय (कृष्ण) के पास अपना (संदेश) (कैसे) भेजूँ। (राधिका !) अब रसिक (कृष्ण) के बिना वन में रहते हुए कुंज में रात (के समय) अपनी दशा किसे सुनाऊँ। मुरली संयुक्त नव किशोर (कृष्ण) के मुख के बिना इन नेत्रों को क्या दिखाऊँ ?।। 27 ।।

तातैं अति मरियत अपसोसनि।
मथुराहू तैं गए सखी री, अब हरि कारे कोसनि।
यह अचरज सु बड़ौ मेरैं जिय, यह छाँड़नि, वह पोषनि।
निपट निकाम जानि हम छाँड़ी, ज्यौं कमान बिन गोसनि।
इक हरि के दरसन बिनु मरियत, अरु कुबिजा के ठोसनि।
सूर सु जरनि कहा उपजो जो, दूरि होति करि ओसनि ।।२८।।

अर्थ—हे सखी ! अब मथुरा से भी काले कोसों (बहुत दूर) चले गये हैं, इसीलिए अफसोस (दुःख) से बहुत मर (बहुत कष्ट सह) रही हूँ। मेरे जी में यह बड़ा आश्चर्य है कि (कहाँ तो) (कृष्ण का) वह पालन-पोषण (करना), (और कहाँ) अब इस प्रकार छोड़ देना ! बिना धनुषकोटि (दोनों नोकों) के बिना जैसे धुनष कमान की भाँति उन्होंने हमें बिल्कुल निकम्मी समझकर छोड़ दिया है, एक तो हरि के दर्शन बिना (मैं) मरती हूँ दूसरे कुब्जा के डाह (कुढ़न से)। सूरदास कहते हैं कि गोपियाँ कह रही हैं कि जो जलन उत्पन्न हो गई क्या वह ओस से दूर हो सकती है ?।। 28 ।।

माई री कैसैं बनै हरि कौ ब्रज आवन।
कहियत है मधुबन तैं सजनी, कियौ स्याम कहुँ अनत गवन।
अगम जु पंथ दूरि दच्छिन दिसि, तहँ सुनियत सखि सिंधु लवन।
अब हरि ह्वाँ परिवार सहित गए, मग मैं मार्‍यौ कालजवन।

निकट बसत मतिहीन भईं हम, मिलिहुँ न आईं सुत्यागि भवन ।
सूरदास तरसत मन निसि दिन, जदुपति लौं लै जाइ कवन ।।२९।।

अर्थ—हे सखी ! हरि का ब्रज लौटना कैसे सम्भव हो ? सखी (लोग) कहते हैं (कि) मधुबन से श्याम ने कहीं अन्यत्र गमन किया है। जो (जहाँ का) रास्ता अगम (है), (जो) दूर दक्षिण दिशा में (स्थित है), सखी ! सुनते हैं वहाँ लवण का समुद्र है। अब हरि वहाँ परिवार सहित चले गये, (और) (वहाँ जाते समय) मार्ग में (उन्होंने) कालयवन (राक्षस) को मारा। पास बसते समय (जब कृष्ण मथुरा में ही थे), (उस समय) हमारी अक्ल मारी गई (थी), (नहीं तो) भवन त्याग कर (उनसे) मिल न आतीं। सूरदास (कहते हैं) (कि) रात-दिन मन तरसता है, यदुपति (कृष्ण) के पास तक (अब) कौन ले जाय।। 29 ।।

सुनियत कहुँ द्वारिका बसाई ।
दच्छिन दिशा तीर सागर कैं, कंचन कोट गोमती खाई ।
पंथ न चलै सँदेस न आवै, इती दूर नर कोऊ न जाई ।
सत जोजन मथुरा तैं कहियत, यह सुधि एक पथिक पै पाई ।
सब ब्रज दुखी नंद जसुदा हू, इक टक स्याम राम लव लाई ।
सूरदास प्रभु के दरसन बिनु, भई बिदित ब्रज काम दुहाई ।।३०।।

अर्थ—सुनती हूँ (कृष्ण ने) कहीं द्वारिका बसायी है। दक्षिण दिशा में सागर के किनारे (वहाँ) सोने के किले (तथा), (किलों की सुरक्षा के लिए) गोमती की नहर (बनी है), वह रास्ता नहीं चलता (उस तरफ पथिक नहीं जाते), (वहाँ से) संदेश (भी) नहीं आता (तथा), इतनी दूर कोई मनुष्य नहीं जाता। मथुरा से (वह नगरी) एक सौ योजन कहीं जाती है, यह खबर एक पथिक से (हमें) मिली। सब ब्रज (वासी) (तथा) नंद-यशोदा (भी) दुखी हैं; (वे) एकटक श्याम और बलराम में ध्यान लगाये हैं। सूरदास कहते हैं (कि) प्रभु (कृष्ण) के दर्शन के बिना ब्रज में कामदेव की दुहाई विदित हुई (कामदेव के प्रताप का डंका बज गया)।। 30 ।।

बीर बटाऊ पाती लीजौ ।
जब तुम जाहु द्वारिका नगरी, हमरे रसाल गुपालहिं दीजौ ।
रंगभूमि रमनीक मधुपुरी, रजधानी ब्रज को सुधि कीजौ ।
छार समुद्र छाँड़ि किन आवत, निर्मल जल जमुना कौ पीजौ ।
या गोकुल की सकल ग्वालिनी, देतिं असीस बहुत जुग जीजौ ।
सूरदास प्रभु हमरे कोतैं, नंद नँदन के पाइँ परीजौ ।।३१।।

अर्थ—भाई पथिक! (यह) पत्रिका लीजिए। जब तुम द्वारिका नगरी जाना तो (इसे) हमारे रसिक गोपाल को देना। (कहना कि) ब्रज की राजधानी रमणीक रंगभूमि मथुरा, की खबर (तो) लो। खारे समुद्र को छोड़कर क्यों नहीं आते; (यहाँ आकर) यमुना के स्वच्छ जल को पिएँ ! इस गोकुल की सभी ग्वालिनियाँ (तुम्हें) आशीर्वाद देती हैं (कि) बहुत युगों तक जियो।

सूरदास कहते हैं (गोपियाँ कहती हैं) (कि) (हे पथिक !) हमारी तरफ से नन्द के पुत्र (कृष्ण) के पैर पड़ना (प्रणाम करना) ।। 31 ।।

रुक्मिणी कृष्ण संवाद

रुकमिनि बूझति हैं गोपालहिं ।
कहौ बात अपने गोकुल की, कितिक प्रीति ब्रजबालहिं ।
तब तुम गाइ चरावन जाते, उर धरते बनमालहिं ।
कहा देखि रीझे राधा सौं, सुंदर नैन बिसालहिं ।
इतनी सुनत नैन भरि आए, प्रेम बिबस, नँदलालहिं ।
सूरदास प्रभु रहे मौन ह्वै, घोष बात जनि चालहिं ।।३२।।

अर्थ—रुक्मिणी कृष्ण से पूछती हैं (कि) (जरा) अपने गोकुल की बात (तो) कहो (और बताओ) ब्रज-बालाओं से (तुम्हारा) कितना प्रेम था। तब तुम गाय चराने जाते थे, हृदय पर वनमाल धारण करते थे। क्या देखकर (तुम) सुन्दर विशाल नेत्रों वाली राधा पर रीझे थे (उसकी विशेषताएँ तो बताओ)। इतना सुनकर प्रेम से विवश कृष्ण के नेत्र भर आये। सूरदास (कहते हैं कि) प्रभु (कृष्ण) मौन ही रहे। (सिर्फ यही कहा) अहीरों की बस्ती (ब्रज) की बात (चर्चा) मत चलाओ ।। 32 ।।

रुकमिनि मोहिं निमेष न बिसरत, वे ब्रजवासी लोग ।
हम उनसौं कछु भली न कीन्ही, निसि-दिन मरत वियोग ।
जदपि कनक मनि रची द्वारिका, विषय सकल संभोग ।
तद्यपि मन जु हरत बंसी-बट, ललिता कै संजोग ।
मैं ऊधौ पठयौ गोपिनि पै, दैन सँदेसौ जोग ।
सूरदास देखत उनकी गति, किहिं उपदेसै सोग ।।३३।।

अर्थ -(कृष्ण कहते हैं) हे रुक्मिणी ! मुझे क्षण भर भी ब्रजवासी-जन नहीं भूलते। हमने उनके साथ (अर्थात् उनकी) कुछ (भी) भलाई नहीं की ; (वे) रात-दिन (मेरे) वियोग में मरते हैं (दुख सहते हैं)। यद्यपि कनक तथा मणियों से द्वारिका बनी है, सुख के सभी विषय (उपकरण) (वहाँ उपलब्ध हैं), तब भी बंशी-बट (के नीचे) ललिता का संयोग (सुख) मन को हर लेता है। मैंने ऊधो को गोपियों के पास योग का संदेश देने को भेजा था। सूरदास (कहते हैं कि) उन (गोपियों के प्रेम की गति देखते हुए कौन शोक (युक्त) (योग का) उपदेश दे ? ।। 33 ।।

रुकमिनि मोहिं ब्रज बिसरत नाहीं ।
वह क्रीड़ा वह केलि जमुन तट, सघन कदम की छाहीं ।
गोप बंधुनि की भुजा कंध धरि, बिहरत कुंजनि माहीं ।
और बिनोद कहाँ लगि बरनौं, बरनत बरनि न जाहीं ।

जद्यपि सुख निधान द्वारावति, गोकुल के सम नाहीं।
सूरदास घनस्याम मनोहर, सुमिरि-सुमिरि पछिताहीं ।।३४।।

अर्थ—हे रुक्मिणी ! मुझे ब्रज भूलता नहीं। वह क्रीड़ा, यमुना तट की वह केलि, (तथा) सघन कदंब (के नीचे) की (वह) छाया (हम कैसे भूल जायँ) । गोप बन्धुओं की भुजाएं कंधों पर रखकर कुंजों (के बीच) विहार करना—और विनोद कहाँ तक वर्णन करूँ, वर्णन करने पर (भी) वर्णित नहीं हो पाते। यद्यपि द्वारिका सुख का निधान (है), (फिर भी) गोकुल के समान नहीं (है)। सूरदास (कहते हैं कि) मनोहर घनश्याम (उन्हें) स्मरण कर करके पछताते हैं।। 34।।

रुकमिनि चलौ जन्म भूमि जाहिँ।
जद्यपि तुम्हरौ विभव द्वारिका, मथुरा कैँ सम नाहिँ।
जमुना कैँ तट गाइ चरावत, अमृत जल अँचवाहिँ।
कुंज केलि अरु भुजा कंध धरि, सीतल द्रुम की छाँहिँ।
सरस सुगंध मंद मलयानिल, बिहरत कुंजन माहिँ।
जो क्रीड़ा श्री बृन्दावन मैँ, तिहूँ लोक मैँ नाहिँ।
सुरभी ग्वाल नंद अरु जसुमति, मम चित तैँ न टराहिँ।
सूरदास प्रभु चतुर सिरोमनि, तिनकी सेव कराहिँ ।।३५।।

अर्थ—हे रुक्मिणी ! चलो, (हम) जन्म-भूमि चलें। यद्यपि द्वारिका में तुम्हारा वैभव (है), (फिर भी) (वह) मथुरा की समता का नहीं (है)। (मथुरा में तो हम) यमुना के तट पर गाय चराते थे (तथा) (यमुना के) अमृत (जैसे) जल का आचमन (पान) करते थे। (वहाँ हम) कुंजों में केलि (करते थे), (अपनी) भुजाओं को (गोपियों के) कंधों पर रखकर वृक्षों की शीतल छाया में (विहार करते थे)। उत्तम सुगन्ध-युक्त मंद मलयानिल में कुंजों में घूमते थे। जो क्रीड़ाएँ बृन्दावन में (की), (वे) तीनों लोक में (प्राप्त) नहीं (है)। गायें, ग्वाल, नंद और यशोदा मेरे चित्त से नहीं टलते ; सूरदास के प्रभु चतुर शिरोमणि (हैं) उन (सब) की सेवा किया करते हैं।। 35।।

कुरुक्षेत्र में कृष्ण-ब्रजवासी भेंट

ब्रज बासिनि कौ हेतु, हृदय मैँ राखि मुरारी।
सब जादव सौँ कह्यौ, बैठि कै सभा मझारी।
बड़ौ परब रवि-ग्रहन, कहा कहौँ तासु बड़ाई।
चलौ सकल कुरुखेत, तहाँ मिलि न्हैयै जाई।
तात, मात, निज नारि लिए, हरि जू सब संगा।
चले नगर के लोग, साजि रथ तरल तुरंगा।
कुरुच्छेत्र मैँ आइ, दियौ इक दूत पठाई।
नंद जसोमति गोपि ग्वाल, सब सूर बुलाई ।।३६।।

अर्थ--व्रजवासियों के स्नेह को हृदय में रखकर मुरारी ने सभा के मध्य बैठकर सभी यादवों से कहा (कि) सूर्य-ग्रहण का बड़ा पर्व (है), उसकी बड़ाई मैं कहाँ तक करूँ। सब लोग कुरुक्षेत्र चलो, वहाँ मिलकर नहाया जाय। हरि जी, पिता-माता, अपनी पत्नी (तथा) सब (लोगों) के साथ (चले), घोड़े सजाकर नगर के लोग (भी) चल पड़े। कुरुक्षेत्र आकर (कृष्ण ने) एक दूत भेज दिया। (सूरदास कहते हैं उन्होंने) नंद-यशोदा, गोपी, ग्वालों (तथा) सभी को बुला भेजा।। 36।।

हौं इहाँ तेरेहि कारन आयौ।
मेरी सौं सुनि जननि जसोदा, मोहिं गोपाल पठायौ।
कहा भयौ जो लोग कहत हैं, देवकि माता जायौ।
खान-पान परिधान सबै सुख, तैंही लाड़ लड़ायौ।
इतौ हमारौ राज द्वारिका, मों जी कछू न भायौ।
जब-जब सुरति होति उहिं हितकी, बिछुरि बच्छ ज्यौं धायौ।
अब हरि कुरुच्छेत्र मैं आए, सो मैं तुम्हैं सुनायौ।
सब कुल सहित नंद सूरज प्रभु, हित करि उहाँ बुलायौ।।३७।।

अर्थ—(पथिक ने कहा कि) मैं यहाँ तेरे ही कारण आया हूँ ; हे माता यशोदा सुनो ! तुम्हारी सौगन्ध, मुझे गोपाल ने (ही) भेजा है। (हरि ने यह कहा है) क्या हुआ, जो लोग कहते हैं (कि) देवकी माता ने (मुझे) पैदा किया ? खान, पान वस्त्र (आदि) सभी सुखों को देकर तूने ही (मेरा) लालन-पालन किया। यहाँ द्वारिका में हमारा राज (है), (लेकिन) (वह) मेरे जी (को) कुछ भी अच्छा नहीं लगता। जब-जब (तुम्हारे) उस स्नेह की याद आती है, (गाय से) बिछुड़े हुए बछड़े की तरह (मैं) (तुम्हारे पास) दौड़ पड़ता हूँ। (पथिक ने यह भी कहा) अब हरि कुरुक्षेत्र आ गये हैं वह (समाचार) मैंने तुम्हें सुनाया। सूरज के प्रभु ने स्नेहपूर्वक समस्त कुल सहित नन्द को वहाँ बुलाया है।। 37।।

वायस गहगहात सुनि सुंदरि, बानी बिमल पूर्व दिस बोली।
आजु मिलावा होइ स्याम कौ, तू सुनि सखी राधिका भोली।
कुच भुज नैन अधर फरकत हैं, बिनहिं बात अंचल ध्वज डोली।
सोच निवारि करौ मन आनँद, मानौ भाग दसा बिधि खोली।
सुनत बात सजनी के मुख की, पुलकित प्रेम तरकि गई चोली।
सूरदास अभिलाष नंदसुत, हरषी सुभग नारि अनमोली।।३८।।

अर्थ—हे सुन्दरी ! सुनो, कौआ प्रफुल्लित हो रहा है ; (उसकी) विमल वाणी पूर्व दिशा में सुनाई पड़ी। हे भोली राधिका ! तू सुन, आज श्याम से तेरा मिलन होगा। कुच, भुजा, नेत्र, ओंठ फड़क रहे हैं ; (तथा) हवा के (ही) ध्वज (के समान) अंचल हिल रहा है। (अब) चिन्ता छोड़कर मन में आनंद करो, मानो ब्रह्मा ने (तेरी) भाग्यदशा खोल दी (तेरा भाग्योदय हो गया)। सखी के मुख की बात सुनते ही (राधा) प्रेम से पुलकित (हुई) (तथा) उसकी चोली के

बंद टूट गये। सूरदास (कहते हैं कि) नंद के पुत्र (से मिलने की) अभिलाषा से सुन्दर अनमोल स्त्री (राधा) हर्षित हो गयी।। 38।।

राधा नैन नीर भरि आए।
कब धौं मिलैं स्याम सुंदर सखि, जदपि निकट हैं आए।
कहा करौं किहिं भाँति जाहुँ अब, पंख नहीं तन पाए।
सूर स्याम सुन्दर घन दरसैं, तन के ताप नसाए।।३६।।

अर्थ—राधा के नेत्रों में पानी भर आया। यद्यपि कृष्ण निकट आ गये हैं, (किन्तु) हे सखि! श्यामसुन्दर न जाने कब मिलें। क्या करूँ किस तरह जाऊँ, शरीर में पंख (भी) (तो) नहीं हैं (कि उड़कर चली जाऊँ)। (सूरदास कहते हैं कि) श्याम सुन्दर घन (कृष्ण) के देखने से (ही) (राधा के) शरीर का ताप नष्ट होगा।। 39।।

अब हरि आइहैं जनि सोचै।
सुनु बिधुमुखी बारि नैननि तैं, अब तू काहैं मोचै।
लै लेखनि मसि लिखि अपने, संदेसहिं छाँड़ि सँकोचै।
सूर सु बिरह जनाउ करत कत, प्रबल मदन रिपु पोचै।।४०।।

अर्थ—अब हरि आयेंगे (तू) चिन्ता मत कर। हे चन्द्रमुखी सुनो, अब तू नेत्रों से जल (आँसू) क्यों गिराती है? लेखनी (तथा) स्याही लेकर अपने संदेश को संकोच छोड़कर लिख। सूरदास (कहते हैं कि) (अब) विरह शरीर में (क्यों) प्रभाव जमा रहा है, (तथा) शत्रु, नीच कामदेव (क्यों) प्रबल (होता जा रहा है)।। 40।।

पथिक, कहियौ हरि सौं यह बात।
भक्त बछल है बिरद तुम्हारौ, हम सब किए सनाथ।
प्रान हमारे संग तिहारैं, हमहूँ हैं अब आवत।
सूर स्याम सौं कहत सँदेसौ, नैनन नीर बहावत।।४१।।

अर्थ—हे पथिक! हरि से यह बात कहना कि आपका यश भक्तवत्सलता का है, (आपने) हम सबों को सनाथ कर दिया है। हमारे प्राण तुम्हारे साथ (हैं), अब हम भी आती हैं। सूरदास (कहते हैं कि) श्याम से संदेश कहती हुई (गोपियाँ) नेत्रों से नीर बहाती हैं।। 41।।

नंद जसोदा सब ब्रजवासी।
अपने-अपने सकट साजिकै, मिलन चले अबिनासी।
कोउ गावत कोउ बेनु बजावत, कोउ उतावल धावत।
हरि दरसन की आसा कारन, बिबिध मुदित सब आवत।
दरसन कियौ आइ हरि जू कौं, कहत स्वप्न कै साँचौ।
प्रेम मगन कछु सुधि न रही अँग, रहे स्याम रँग राँचौ।

जासौं जैसी भाँति चाहियै, ताहि मिले त्यौं धाइ।
देस-देस के नृपति देखि यह, प्रीति रहे अरगाइ।
उमँग्यौ प्रेम समुद्र दुहूँ दिसि, परिमिति कही न जाइ।
सूरदास यह सुख सो जानैं, जाकैं हृदय समाइ।।४२।।

अर्थ—नंद, यशोदा और सब ब्रजवासी अपनी-अपनी गाड़ियाँ सजाकर अविनाशी (कृष्ण) से मिलने चल पड़े। कोई गाता है कोई वंशी बजाता है (तथा) कोई उतावला (मस्त) होकर दौड़ता है। हरि दर्शन की आशा के लिए सभी प्रसन्न (होकर) आते हैं। (जब उन्होंने) आकर हरि जी के दर्शन किये (तब वे) कहते हैं (कि) (यह) स्वप्न (है) या वास्तविकता (है)। प्रेम में मग्न (होने के कारण) अंग की कुछ स्मृति (शेष) न रही; (वे सब) श्याम के रंग में रंग गये। जिससे ज़िस तरह उचित था उससे उसी तरह (कृष्ण) दौड़कर मिले। देश-देश के राजा यह प्रेम देखकर चुप हो गये (किंकर्तव्य हो गये)। दोनों दिशाओं से प्रेम का (ऐसा) समुद्र उमड़ा (कि) उसकी सीमा अकथनीय है। सूरदास कहते हैं (कि) इस सुख को वही जान सकता है जिसके हृदय में (यह प्रेम) समा जाय (जो मनोगत या समझ सके)।। 42।।

तेरी जीवन मूरि मिलहि किन माई।
महाराज जदुनाथ कहावत, तबहिँ हुते सिसु कुँवर कन्हाई।
पानि परे भुज धरे कमल मुख, पेखत पूरब कथा चलाई।
परम उदार पानि अवलोकत, हीन जानि कछु कहत न जाई।
फिर-फिर अब संनमुखही चितवति, प्रीतिसकुच जानी जदुराई।
अब हँसि भेंटहु कहि मोहिँ निज-जन, बाल तिहारौ नंद दुहाई।
रोम पुलक गदगद तन तीछन, जलधारा नैननि बरषाई।
मिले सु तात, मात, बाँधव सब, कुसल-कुसल करि प्रस्न चलाई।
आसन देइ बहुत करी बिनती, सुत धोखै तब बुद्धि हिराई।
सूरदास प्रभु कृपा करी अब, चितहिँ धरे पुनि करी बड़ाई।।४३।।

अर्थ—(हे सखी!) तेरी जीवन बूटी (जिलाने वाली जड़ी: कृष्ण) क्यों नहीं मिलती? (कारण यह है कि) तब (गोकुल में जब थे) तो (वे) शिशु (रूप में) "कन्हाई" (ही) थे, (किन्तु) (अब) (वे) महाराज यदुनाथ कहे जाते हैं! (कृष्ण के) हाथ पड़ने (मिलने) पर (सभी ब्रजवासियों ने) (उनकी) भुजाओं (तथा) कमल मुख का स्पर्श किया; (उन्हें) देखते (ही) पूर्व-लीलाओं की चर्चा चलाई। (वे कृष्ण के) अत्यन्त श्रेष्ठ हाथों को देखते हैं, (अपने को) हीन (छोटा) जानकर (उनसे) (संकोचवश) कुछ कहते नहीं बनता। अब (वे) बार-बार (कृष्ण के) सम्मुख ही देखते हैं; (तब) यदुराय (कृष्ण) ने (उनका) प्रेम (पूर्ण) संकोच जान लिया। (कृष्ण ने कहा) अब हँसकर मुझे अपना जन कहकर भेंटो; नंद की दुहाई देकर (तुम से) कहता हूँ (कि) मैं तुम्हारा बालक (ही) हूँ। (कृष्ण के) रोम पुलकित (हो गये), शरीर

गद्‌गद (हो गया) तथा नेत्रों से ज़ल की तेज (तीक्ष्ण) धारा बरस पड़ी। (वे) पिता-माता, तथा सभी बंधुओं से मिले (तथा) (सब से) कुशल प्रश्न की (चर्चा) की (सब से अलग अलग कुशलता की बात पूछी)। (उन्हें) आसन देकर (बिठाकर) (कृष्ण ने) बहुत विनती की (और कहा) उस समय जब हम (ब्रज में थे) तब पुत्र के भ्रम में (अर्थात् मुझे पुत्र मान लेने के कारण) (तुम्हारी) बुद्धि खो गई थी। सूरदास के प्रभु (कृष्ण) ने अब कृपा की, (नंद-यशोदा को) चित्त में धारण किया; पुनः (उनकी) प्रशंसा की।। 43।।

माधव या लगि है जग जीजत।
जातैं हरि सौं प्रेम पुरातन, बहुरि नयौ करि लीजत।
कहँ ह्वाँ तुम जदुनाथ सिंधु तट, कहँ हम गोकुल बासी।
वह बियोग, यह मिलन कहाँ अब, काल चाल औरासी।
कहँ रवि राहु कहाँ यह अवसर, बिधि संयोग बनायौ।
उहिँ उपकार आजु इन नैननि, हरि दरसन सचुपायौ।
तब अरु अब यह कठिन परम अति, निमिषहुँ पीर न जानी।
सूरदास प्रभु जानि आपने, सबहिनि सौं रुचि मानी।।४४।।

अर्थ—हे माधव ! इसीलिए संसार जीता है (संसार अभी तक स्थित है)। चूँकि हरि से (हमारा) प्रेम पुराना है (जन्म-जन्मान्तर का है), (इसलिए) (हम) (उसे) फिर नया कर लेते हैं ! कहाँ तुम सिंधु के किनारे (रहने वाले) (महाराजा) युदनाथ; (और) कहाँ हम गोकुल (गाँव) के निवासी ! कहाँ वह (महान) (दुखदायी) वियोग (और) कहाँ अब यह (अत्यन्त सुखदायक) मिलन ! (सचमुच) काल की गति विलक्षण है। कहाँ सूर्य (और) राहु (दोनों) में कोई सम्बन्ध नहीं (तथा) कहाँ (आज) यह अवसर (जब सूर्य राहु द्वारा ग्रसित हो रहा है); ब्रह्मा ने (यह) संयोग (सूर्यग्रहण) बनाया है। उसी (ब्रह्मा) की कृपा से आज (हमारे) इन नेत्रों ने कृष्ण के दर्शन पाकर सुख पाया। तब और अब (दोनों अवसरों पर) यह अत्यधिक कठिन है (आसानी से समझ में नहीं आता), (किन्तु अब तो) क्षण मात्र के लिए भी पीड़ा नहीं जान पड़ी। सूरदास के प्रभु ने (उन्हें) अपना जन (भक्त) जानकर सभी से रुचिकर व्यवहार किया (प्रेम प्रदर्शित किया)।। 44।।

राधा कृष्ण मिलन

हरि सौं बूझति रुकमिनि इनमैं, को बृषभानु किसोरी।
बारक हमैं दिखावहु अपने, बालापन की जोरी।
जाकौ हेत निरंतर लीन्हे, डोलत ब्रज की खोरी।
अति आतुर ह्वै गाइ दुहावन, जाते पर-घर चोरी।
रचते सेज स्वकर सुमननि की, नव-पल्लव पुट तोरी।
बिन देखैं ताके मन तरसैं छिन बीतै जुग कोरी।

सूर सोच सुख करि भरि लोचन, अंतर प्रीति न थोरी।
सिथिल गात मुख बचन फुरत नहिं, ह्वै जु गई मति भोरी ।।४५।।

अर्थ—हरि से रुक्मिणी पूछती हैं (कि) इसमें वृषभानु की पुत्री (राधा) कौन है ? एक बार (तो) जरा हमें अपने बचपन की जोड़ी (संगिनी) दिखाओः जिस (राधा) के प्रेम के लिए (प्रेम में मग्न) (तुम) निरन्तर ब्रज की गलियों में डोला करते थे। दूसरों के घर चोरी (करने) (तथा) बहुत आतुर होकर (ग्वालों की) गाय दुहाने जाते थे। नवीन पल्लव तोड़कर, (उनका) पुट (देकर) अपने हाथों से फूलों की सेज रचते थे। बिना देखे (तुम्हारा) मन तरसता था तथा एक क्षण युग के समान बीतता था। सूरदास (कहते हैं) (कृष्ण ने) उस सुख को सोचकर नेत्रों में आँसू भर लिए: उनके हृदय में (राधा के प्रति) कम प्रेम न था। उनका शरीर शिथिल (हो गया) मुख से बात नहीं फूटती (निकलती) थी, उनकी बुद्धि भ्रमित हो गयी।। 45।।

बूझति है रुकमिनि पिय इनमैं, को बृषभानु किसोरी।
नैंकु हमैं दिखरावहु अपनी, बालापन की जोरी।
परम चतुर जिन कीन्हे मोहन, अल्प बैस ही थोरी।
बारे तैं जिहिं यहै पढ़ायौ, बुधि बल कल बिधि चोरी।
जाके गुन गनि ग्रंथित माला, कबहुँ न उत तैं छोरी।
मनसा सुमिरन, रूप ध्यान उर, दृष्टि न इत उत मोरी।
वह लखि जुवति बृन्द मैं ठाढ़ी, नील बसन तन गोरी।
सूरदास मेरौ मन वाकी, चितवनि बंक हरयौ री ।।४६।।

अर्थ—रुक्मिणी (कृष्ण से) पूछती हैं (कि) हे प्रिय! इनमें वृषभानु की बेटी (राधा) कौन हैं ? हमें थोड़ा अपने बचपन की जोड़ी (तो) दिखाओ ! जिसने अल्पआयु ही में कृष्ण को परम चतुर बना दिया। बचपन से ही जिसने यही पढ़ाया कि बुद्धि के बल से (तथा) कल (कौतुक) के बल से चोरी (कैसे की जाय) जिसके गुणों के समूह से ग्रन्थित माला (तुमने) कभी भी हृदय से नहीं हटायी (जिसके गुण तुम कभी नहीं भूले) एकाग्रचित्त होकर (तुमने) स्मरण किया तथा हृदय में जिसके रूप का ध्यान किया। (कृष्ण ने उत्तर दिया:) वह देखो, नीले वस्त्रों (से युक्त) गोरे शरीर वाली (राधा) युवतियों के समूह में खड़ी है। सूरदास (कृष्ण) (कहते हैं) उसी की तिरछी नजर ने मेरे चित्त को हर लिया।। 46।।

हरि जू इते दिन कहाँ लगाए।
तबहिं अवधि मैं कहत न समुझी, गनत अचानक आए।
भली करी जु बहुरि इन नैननि, सुंदर दरस दिखाए।
जानी कृपा राज काजहु हम, निमिष नहीं बिसराए।
बिरहिनि बिकल बिलोकि सूर प्रभु, धाइ हृदै करि लाए।
कछु इक सारथि सौं कहि पठयौ, रथ के तुरँग छुड़ाए ।।४७।।

अर्थ—हरि जी ने इतना समय कहाँ लगा दिया ! उस समय (जब कृष्ण मथुरा गए थे कि) अवधि बताने पर मैं समझी नहीं, गिनते-गिनते (अब अवधि का हिसाब लगा रही थी कि) अचानक (हरि) आ गये। अच्छा ही किया जो (हरि ने) इन नेत्रों को (अपने) सुन्दर दर्शन दिये। (हमने आपकी) कृपा जान ली, राज-काज में (राजकाज करते हुए) भी क्षण-मात्र के लिए (भी) हमें (आपने) नहीं भुलाया। विरहिणी को विकल देखकर सूर के प्रभु (कृष्ण ने) दौड़कर (उसे) हृदय से लगा लिया। कुछ कहकर सारथी (रथ चलाने वाले) को भेज दिया (तथा) घोड़ों को छुड़ा दिया (पाँव-पैदल ही जाने का निश्चय किया)।। 47।।

हरि जू वै सुख बहुरि कहाँ।
जदपि नैन निरखत वह मूरति, फिरि मन जात तहाँ।
मुख मुरली सिर मोर पखौवा, गर घुँघचिनि कौ हार।
आगैं धेनु रेनु तन मंडित, तिरछी चितवनि चार।
राति दिवस सब सखा लिए सँग, हँसि मिलि खेलत खात।
सूरदास प्रभु इत उत चितवत, कहि न सकत कछु बात ।।४८।।

अर्थ—(किसी ने कहाः) हे हरि जी वे सुख फिर कहाँ (नसीब होंगे)। यद्यपि नयनों से (तुम्हारी) वही मूर्ति देखते हैं, (किन्तु) मन फिर वहीं चला जाता है (ब्रज की लीलाओं की ओर खिंच जाता है)। (जब आपके) मुख में मुरली, सिर पर मोर के पंख (मोर मुकुट), (तथा) गले घुँघचियों का हार (हम देखा करते थे)। आगे गायें (चलती थीं) (पीछे) धूल से शोभित (आपका) शरीर (और) सुन्दर तिरछी चितवन से आपका देखना रात-दिन (आप) सब मित्रों को साथ लिए हँस-मिलकर खेला-खाया करते थे। सूरदास के प्रभु (इन बातों को टालने या भूल जाने के लिए) इधर-उधर देखने लगेः कुछ बात कह नहीं पाते (कोई जवाब न दे पाये !) ।। 48।।

रुकमिनि राधा ऐसैं भेंटी।
जैसैं बहुत दिननि की बिछुरी, एक बाप की बेटी।
एक सुभाव एक वय दोऊ, दोऊ हरि कौं प्यारी।
एक प्रान मन एक दुहुनि कौ, तन करि दीसति न्यारी।
निज मंदिर लै गई रुकमिनी, पहुनाई बिधि ठानी।
सूरदास प्रभु तहँ पग धारे, जहँ दोऊ ठकुरानी ।।४९।।

अर्थ— रुक्मिणी तथा राधा इस प्रकार मिलीं (मानों) बहुत दिनों के बिछुड़ने के बाद एक बाप की दो बेटियाँ (हों)।। दोनों का एक ही स्वाभाव, एक ही आयु तथा दोनों कृष्ण को प्यारी हैं। दोनों एक ही प्राण (तथा) एक ही मन हैं (केवल) शरीर से (ही) भिन्न दिखाई देती हैं। रुक्मिणी (राधा को) अपने भवन ले गयीं (तथा) विधि पूर्वक (राधा का) आतिथ्य किया। सूरदास (कहते हैं कि) प्रभु (कृष्ण) वहाँ गए जहाँ दोनों ठकुराइनें (रानियाँ) थीं।।.49।।

राधा माधव, भेँट भई।
राधा माधव, माधव राधा, कीट भृङ्ग गति ह्वै जु गई।
माधव राधा के रँग राँचे, राधा माधव रंग रई।
माधव राधा प्रीति निरन्तर, रसना करि सो कहि न गई।
बिहँसि कह्यौ हम तुम नहिँ अन्तर, यह कहिकै उन ब्रज पठई।
सूरदास प्रभु राधा माधव, ब्रज-बिहार नित नई नई ।।५०।।

अर्थ—राधा और माधव से भेंट हुई। राधा-माधव और माधव-राधा हो गये, भृंग (नामक) कीड़े (के समान उन) की दशा हो गई (अर्थात् दोनों एक ही हो गये)। माधव राधा के रंग में रंग गये, राधा माधव के रंग में रंग गयी। माधव और राधा का प्रेम स्थायी (है), वाणी से (उसे) कहा नहीं जा सकता (वह अवर्णनीय है)। (कृष्ण ने) (राधा से) हँसकर कहा कि हममें तुममें अन्तर नहीं है यह कहकर उन्हें (राधा को) ब्रज भेज दिया। सूरदास के प्रभु राधा-माधव का ब्रज में नित्य नया बिहार (हुआ करता है)।। 50।।

ब्रजबासिनि सौँ कह्यौ, सबनि तैँ ब्रज-हित मेरैँ।
तुमसौँ नाहीँ दूरि रहत हौँ, निपंटहिँ नेरैँ।
भजै मोहिँ जो कोइ, भजौँ मैँ तेहिँ ता भाई।
मुकुर माहिँ, ज्यौँ रूप, आपनैँ सम दरसाई।
यह कहि कै समदे सकल, नैन रहे जल छाइ।
सूर स्याम कौ प्रेम कछु, मो पै कह्यौ न जाइ ।।५१।।

अर्थ—(कृष्ण ने) सभी ब्रजवासियों से कहा (कि) ब्रज से मेरा प्रेम है। तुम लोगों से (हम) कभी दूर नहीं रहते हैं, (मैं) बिलकुल निकट (ही) हूँ। मुझे जो (जिस भाव से) भजता हैं मैं उसे उसी भाव से भजता हूँ। जैसे शीशे में (व्यक्ति का) रूप अपने समान (ही) (अर्थात् जैसा वह रूप होता है) (वैसा ही) सब को दिखाई देता है (वैसे ही घट-घट में मैं अपना ही रूप देखता हूँ)। यह कहकर सब से (वे) मिले, (उनके) नेत्रों में जल छा गया। सूरदास (कहते हैं) (कि) श्याम का प्रेम मुझसे कुछ (भी) नहीं कहा जाता ।। 51।।

सबहिनि तैँ हित है जन मेरौ।
जनम जनम सुनि सुबल सुदामा, निबहौँ यह प्रन बेरौ।
ब्रह्मादिक इन्द्रादिक तेऊ, जानत बल सब केरौ।
एकहि साँस उसास त्रास उड़ि, चलते तजि निज खेरौ।
कहा भयौ जो देस द्वारिका, कीन्हौ दूर बसेरौ।
आपुन ही या ब्रज के कारन, करिहौँ फिरि-फिरि फेरौ।
इहाँ-उहाँ हम फिरत साधु हित, करत असाधु अहेरौ।
सूर हृदय तैँ टरत न गोकुल, अंग छुअत हौँ तेरौ ।।५२।।

अर्थ—सभी लोगों से मेरा स्नेह है। हे सुबल, सुदामा ! सुनो जन्म-जन्म तक इस प्रण के बेड़े (मर्यादा) का निर्वाह करता हूँ। (वे) ब्रह्मादि (तथा) इन्द्रादि (भी हैं), मैं (उन) सभी का बल जानता हूँ। (वे) (मेरी) एक ही साँस या उच्छ्वास के भय से अपने गाँव को छोड़कर भाग जाते हैं, जो (मैंने) दूर देश द्वारिका में निवास किया (वो) (इससे) क्या हुआ ? इस व्रज के (हित के) लिए स्वयं ही (मैं) बार-बार इसका फेरा करूँगा (अवतार लूँगा) यहाँ वहाँ मैं साधुओं के हित (भलाई) के लिए फिरता हूँ, (तथा) दुर्जनों का शिकार (नाश) करता हूँ। सूरदास कहते हैं (कृष्ण कहते हैं) (कि) तुम्हारा अंग छूकर (तुम्हारी सौगन्ध खाकर) कहता हूँ (कि) (मेरे) हृदय से गोकुल टलता नहीं (उसे मैं कभी नहीं भूलता)।। 52।।

हम तौ इतनै ही सचु पायौ।
सुंदर स्याम कमल दल-लोचन, बहुरौ दरस दिखायौ।
कहा भयौ जो लोग कहत हैं, कान्ह द्वारिका छायौ।
सुनिकै बिरह दसा गोकुल की, अति आतुर ह्वै धायौ।
रजक धेनु गज कंस मारि कै, कीन्हौ जन कौ भायौ।
महाराज ह्वै मातु पिता मिलि, तऊ न व्रज बिसरायौ।
गोपि गोपऽरु नंद चले मिलि, प्रेम समुद्र बढ़ायौ।
अपने बाल गुपाल निरखि मुख, नैननि नीर बहायौ।
जद्यपि हम सकुचे जिय अपनैं, हरि हित अधिक जनायौ।
वैसेइ सूर बहुरि नँद-नंदन, घर-घर माखन खायौ ।।५३।।

अर्थ—हमने तो इतने (से) ही सुख पाया (कि) कमल-दल के समान नेत्र वाले श्याम सुन्दरी ने फिर से दर्शन दिये। (इससे) क्या हुआ जो लोग कहते हैं (कि) कृष्ण द्वारिका चले गये। (लेकिन वे) गोकुल की विरह-दशा सुनकर अत्यधिक आतुर होकर दौड़ पड़े (और) रजक, धेनु, हाथी तथा कंस को मारकर भक्तों को भाने वाले (काम) किये। माता-पिता से मिलकर, महाराज होकर भी व्रज को नहीं भुलाया। गोपी, गोप, नन्द (जब) मिलकर चले (लौटे) (तब) प्रेम-समुद्र उमड़ आया। (उन्होंने) अपने बाल गोपालों के मुख को देखकर आँखों से आँसू बहाये। यद्यपि हम (व्रजवासियों) ने अपने मन में संकोच किया, लेकिन हरि ने अत्यधिक स्नेह दिखाया। वैसे ही (पहले के समान) कृष्ण ने पुनः घर-घर मक्खन खाया।। 53।।

———

परिशिष्ट (क)

रामचरित

रघुकुल प्रगटे हैं रघुबीर।
देस-देस तैं टीकौ आयौ, रतन कनक-मनि-हीर।
घर-घर मंगल होत बधाई, अति पुरबासिनि भीर।
आनँद-मगन भए सब डोलत, कछू न सोध सरीर।
मागध-बंदी-सूत लुटाए, गो-गयन्द-हय-चीर।
देत असीस सूर चिरजीवौ, रामचन्द्र रनधीर ॥१॥

अर्थ—रघुकुल में राम प्रकट हुए हैं। देश-देश से उपहार आये (जिनमें) रत्न, सोना), मणि तथा हीरे (आदि थे)। घर-घर में मांगलिक बधाइयाँ हो रही (गाई जा रही) हैं; पुरवासियों की अत्यधिक भीड़ (है)। सभी (लोग) आनन्द से मग्न होकर घूमते हैं, (किसी को) (अपने) शरीर का (कुछ भी) ख्याल नहीं। मागध, बन्दी तथा सूतों को गायें, हाथी, घोड़े (तथा) वस्त्र लुटाये (जा रहे हैं)। सूरदास आशीर्वाद देते हैं कि रणधीर राम (तुम) चिरकाल तक जीवित रहो।।1।।

करतल-सोभित बान धनुहियाँ।
खेलत फिरत कनकमय आँगन, पहिरे लाल पनहियाँ।
दसरथ-कौसिल्या के आगैं, लसत सुमन की छहियाँ।
मानौ चारि हंस सरवर तैं, बैठे आइ सदेहियाँ।
रघुकुल-कुमुद-चंद चिंतामनि, प्रगटे भूतल महियाँ।
आए ओप देन रघुकुल कौं, आनँद-निधि सब कहियाँ।
यह सुख तीनि लोक मैं नाहीं, जो पाए प्रभु पहियाँ।
सूरदास हरि बोल भक्त कौ, निरबाहत गहि बहियाँ ॥२॥

अर्थ—(राम के) हाथ में बाण तथा नन्हा सा धनुष शोभित है। (छोटे-छोटे) लाल जूते पहने (हुए) स्वर्णमय आँगन में (राम) खेलते फिरते हैं। दशरथ तथा कौशल्या के आगे फूलों की छाया में (वे) शोभित हो रहे हैं। (चारों बालक ऐसे जान पड़ते हैं) मानो सरोवर से सदेह चार हंस अभी-अभी आ बैठे (हों)। रघुकुल रूपी कुमुदनी के चन्द्र (की तरह) (तथा) चिन्तामणि (रूप में) (राम) पृथ्वी पर प्रकट हुए। वे रघुकुल को प्रकाश (तथा) सबको आनंद की निधि

देने आये हैं। यह सुख तीनों लोक में नहीं है जो प्रभु के पास है। सूरदास (कहते हैं कि) हरि भक्तों को बुलाकर बाँह पकड़कर (उनका) निर्वाह करते हैं।। 2।।

कर कंपै, कंपन नहिं छूटै।
राम सिया-कर परस मगन भए, कौतुक निरखि सखी सुख लूटै।
गावत नारि गारि सब दै दै, तात-भ्रात का कौन चलावै।
तव कर-डोरि छुटै रघुपति जू, जब कौसिल्या माता आवै।
पूंगीफल-जुत जल निरमल धरि, आनी भरि कुँडि जो कनक की।
खेलत जूप सकल जुवतिनि मैं, हारे रघुपति, जिती जनक की।
धरे निसान अजिर गृह मंगल, बिप्र-वेद-अभिषेक करायौ।
सूर अमित आनंद जनकपुर, सोइ सुकदेव पुराननि गायौ।।३।।

अर्थ—हाथ काँपता है (और) कंपन नहीं छूटता। राम सीता के हाथ को स्पर्श करके आनंदित (पुलकित) हो गये ! इस कौतुक को देखकर सखियाँ सुख को लूट रही हैं। नारियाँ सभी (को) गालियाँ देकर गाती हैं, पिता (तथा) भाई (की) कौन चलाए ! (स्त्रियाँ व्यंग्य करती हैं) हे रघुनन्दन कंकन के हाथ की डोरी तभी छूटेगी जब माता कौशल्या (स्वयं) आएँ। सुपारी से युक्त निर्मल जल भर कर सोने का छोटा कलश (कुंडी) लाया गया। समस्त युवतियों के बीच जुआ खेलते हुए राम हार गये, जनकपुत्री सीताजी जीत गयीं ! (स्वस्तिक आदि) मंगल चिह्न (निशान) आँगन में धरे (बनाये) गये। वेद विहित विधियों से विप्रों (ब्राह्मणों) ने अभिषेक कराया। सूरदास (कहते हैं कि) जनकपुर में अत्यधिक आनन्द है। उसे ही शुकदेव (मुनि) ने पुराणों में गाया है।। 3।।

परसुराम तेहिं औसर आए।
कठिन पिनाक कहौ किन तोर्‌यौ, क्रोधित बचन सुनाए।
बिप्र जानि रघुबीर धीर दोउ, हाथ जोरि, सिर नायौ।
बहुत दिननि कौ हुतौ पुरातन, हाथ छुअत उठि आयौ।
तुम तौ द्विज, कुल-पूज्य हमारे, हम-तुम कौन लराई ?
क्रोधवंत कछु सुन्यौ नहीं, लियौ सायक धनुष चढ़ाई।
तबहूँ रघुपति क्रोध न कीन्हौ, धनुष न बान सँभार्‌यौ।
सूरदास प्रभु रूप समुझि, बन परसुराम पग धार्‌यौ।।४।।

अर्थ—उसी समय परशुराम आ गये। (बोले) मुझे "बताओ ! कठिन धनुष को किसने तोड़ा ?" इस (प्रकार के) क्रोधित वचन (उन्होंने) सुनाये। (परशुराम) को ब्राह्मण जानकर धैर्यवान् राम ने दोनों हाथ जोड़कर सिर झुकाया (प्रणाम किया)। (राम ने कहा) धनुष बहुत दिन का पुराना था, हाथ से छूते ही उठ आया। आप तो ब्राह्मण (हैं), हमारे कुल के पूज्य: हमारे और तुम्हारे बीच लड़ाई कैसी ? क्रोध युक्त (परशुराम ने) कुछ सुना नहीं, (उन्होंने)

बाण को धनुष पर चढ़ा लिया। तब भी राम ने क्रोध नहीं किया, धनुष बाण नहीं सँभाला। सूरदास (कहते हैं कि) परशुराम प्रभु के रूप को समझ कर वन को चले गए।। 4।।

कहि धौं सखी बटाऊ को हैं ?
अद्‌भुत बधू लिये सँग डोलत, देखत त्रिभुवन मोहैं।
परम सुसील सुलच्छन जोरी, बिधि की रची न होइ।
काकी तिनकौं उपमा दीजै, देह धरे धौं कोइ।
इनमैं को पति आहिं तिहारे, पुरजनि पूछैं धाइ।
राजिव नैन मैन की मूरति, सैननि दियौ बताइ।
गईं सकल मिलि संग दूरि लौं, मन न फिरत पुर-बास।
सूरदास स्वामी के बिछुरत, भरि-भरि लेति उसास ।।५।।

अर्थ—(वन जाते हुए रामादि को देखकर ग्रामीण स्त्रियाँ आपस में पूछती हैं) हे सखी ! बताओ ये राही कौन हैं ? साथ में अद्‌भुत वधू लेकर घूमते हैं, (जिसे) देखते ही तीनों लोक मोहित हो जाते हैं। (यह) जोड़ी परम सुशील (तथा) सुलक्षण है, ब्रह्मा की बनाई हुई नहीं जान पड़ती। इनकी उपमा किससे दी जाय ! (लगता है) कोई देहधारी (देवता) हैं, ग्रामवासिनी दौड़कर (सीता से) पूछती हैं इनमें तुम्हारा पति कौन है ? (सीता ने) इशारे से बता दिया कि कमलवत् नेत्र कामदेव की मूर्ति (के समान) (व्यक्ति) (हमारे पति हैं)। (सभी स्त्रियाँ) साथ मिलकर दूर तक गयीं, (उनका) मन ग्राम में निवास की ओर नहीं फिरता था। सूरदास के स्वामी (राम) से बिछुड़ने (के कारण) ग्राम बधुएँ गम्भीर साँस (लम्बी आहें) भरकर दौड़ती हैं।। 5।।

राम धनुष अरु सायक साँधे।
सिय हित मृग पाछैं उठि धाए, वलकल बसन, फेंट दृढ़ बाँधे।
नव-घन, नील-सरोज बरन बपु, बिपुल बाहु, केहरि-फल काँधे।
इंदु बदन, राजीव नैन वर, सीस जटा सिव सम सिर बाँधे।
पालत, सृजत, सँहारत, सैंतत, अंड अनेक अवधि पल आधे।
सूर भजन-महिमा दिखरावत, इमि अति सुगम चरन आराधे ।।६।।

अर्थ—राम धनुष और बाण को साधे, वल्कल वस्त्र (पहने) तथा कमरकस को दृढ़ता से बाँधे सीता के स्नेह-वश मृग के पीछे उठकर दौड़ पड़े। नवीन बादल (तथा) नीले कमल (जैसे) (वर्ण) शरीर वाले, विशाल भुजाओं वाले (राम के) कंधे "केहरिफल"*

(वृषभ ?) (जैसे हैं)। चन्द्रवत् मुख, कमलवत् श्रेष्ठ आँखों (वाले राम) शिव के समान सिर पर जटा बाँधे हैं। आधे पल के समय में (ही) (वे) अपने ब्रह्मांडों का पालन, सृजन,

* अनेक हस्तलिखित प्रतियों में "फल" के स्थान पर "गुन" शब्द मिलता है, जिसका अर्थ होगा जिन राम के स्कंधों के गुण जिनका सीना सिंह के सीने के समान प्रशस्थ (चौड़ा) है। 'गुन' शब्द से युक्त एक अन्य पाठ भी पांडुलिपियों में प्राप्त है। विपुल बाहु छत्री गुन काँधे।

विनाश (तथा उन्हें समेट लेते) (मिटा देते) हैं। सूरदास (कहते हैं) (कि) (वे) भजन की महिमा दिखाते हैं; इस प्रकार (उनके) चरणों की आराधना करने पर (संसार से छुटकारा पाना) अत्यन्त सरल है।। 6।।

सुनहु अनुज, इहिँ बन इतननि मिलि, जानकी प्रिया हरी।
कछु इक अंगनि की सहिदानी, मेरी दृष्टि परी।
कटि केहरि, कोकिल कल बानी, ससि मुख प्रभा-धरी।
मृग मूसी नैननि की सोभा, जाति न गुप्त करी।
चंपक-बरन, चरन-कर कमलनि, दाड़िम दसन लरी।
गति मराल अरु बिंब अधर-छबि, अहि अनूप कबरी।
अति करुना रघुनाथ गुसाईँ, जुग ज्यौँ जाति घरी।
सूरदास प्रभु प्रिया प्रेम-बस, निज महिमा बिसरी ।।७।।

अर्थ—हे अनुज (लक्ष्मण)! सुनो इस वन में इतने लोगों ने मिलकर प्रिया (सीता) का हरण किया (है)। (सीता के) कुछ अंगों की निशानी मेरी नजरों में पड़ी (है)। सिंह ने कमर, कोयल ने मधुर वाणी (तथा) चन्द्रमा ने मुख की कान्ति धारण कर ली। मृग ने नेत्रों की शोभा चुरा ली, जिसे छिपाना (उससे) बन नहीं पा रहा है। चंपा ने (शरीर का) रंग, कमल ने चरण (तथा) हाथ, (और) दाँतों की लड़ियों की दाड़िम (आकार) ने (हर लिया)। हंस ने (चरणों की) गति और बिम्बाफल (कुंदरु) ने ओठों की छवि (लालिमा) तथा साँप ने अनुपम कवरी वेणी, चोटी (की छवि) (चुरा ली)। अत्यधिक करुणा युक्त राम का (एक) घड़ी समय (एक) युग के समान बीतता है। सूरदास (कहते हैं) (कि) प्रभु (राम) प्रिया (सीता) के प्रेम के कारण अपनी महिमा (भी) भूल गये।। 7।।

बिछुरी मनौ संग तैँ हिरनी।
चितवति रहत चकित चारौँ दिसि, उपजि बिरह तन जरनी।
तरुवर-मूल अकेली ठाढ़ी, दुखित राम की घरनी।
बसन कुचील, चिहुर लपिटाने, बिपति जाति नहिँ बरनी।
लेति उसास नयन जल भरि-भरि, धुकि सो परै धरि धरनी।
सूर सोच जिय पोच निसाचर, राम नाम की सरनी ।।८।।

अर्थ—मानों साथ से हरिणी बिछुड़ गयी। चकित होकर (सीता) चारों दिशाओं में देखती रहती हैं, (तथा) शरीर में विरह की जलन उत्पन्न हो गयी। वृक्ष के नीचे राम की दुखी पत्नी (सीता) अकेली खड़ी हैं। (उनके) वस्त्र मैले हैं, बाल उलझे हैं, (उनकी) विपत्ति का वर्णन नहीं किया जाता। नेत्रों में जल भर-भर कर गहरी उसाँसें लेती हैं, (कभी तो) पृथ्वी पर गिर पड़ती हैं। सूरदास (कहते हैं कि) (उनके) मन में नीच राक्षसों की चिन्ता है, (अब) केवल एक मात्र रामनाम की शरण (ही उनके लिए) (बाकी) (है)।। 8।।

सो दिन त्रिजटी, कहु कब ऐहै ?
जा दिन चरनकमल रघुपति के, हरषि जानकी हृदय लगैहै।
कबहुँक लछिमन पाइ सुमित्रा, माइ माइ कहि मोहिँ सुनैहै।
कबहुँक कृपावंत कौसिल्या, बधू-बधू कहि मोहिँ बुलैहै।
जा दिन कंचनपुर प्रभु ऐहैं, विमल ध्वजा रथ पर फहरैहै।
ता दिन जनम सफल करि मानौं, मेरी हृदय-कालिमा जैहै।
जा दिन राम रावनहिँ मारैं, ईसहिँ लै· दससीस चढ़ैहैं।
ता दिन सूर राम पै सीता, सरबस वारि बधाई दैहैं ।।९।।

अर्थ—हे त्रिजटी ! कहो वह दिन कब आयेगा? जिस दिन राम के चरण कमलों को हर्षित होकर सीता हृदय से लगायेंगी। कभी लक्ष्मण सुमित्रा को पाकर 'माँ-माँ' कहकर मुझे सुनायेंगे। कभी कृपालु कौशलया "बधू-बधू" कहकर मुझे बुलायेंगी। जिस दिन प्रभु (राम) रथ पर विमल ध्वजा फहराते हुए कंचनपुरी (लंका) आयेंगे; उसी दिन (मैं सीता) जीवन को, सफल करके मानूँगी, (और) मेरी हृदय-कालिमा (मेरा दुःख) चली जायेगी, (तथा) जिस दिन राम रावण को मारेंगे, (और) (उसके) दस सिर लेकर ईश पर चढ़ायेंगे। सूरदास (कहते हैं) उसी दिन राम पर सीता सर्वस्व निछावर कर बधाई देंगी।। 9।।

जननी, हौं अनुचर रघुपति कौ।
मति माता करि कोप सरापै, नहिँ दानव ठग मति कौ।
आज्ञा होइ देउँ कर मुँदरी, कहौं सँदेसौ पति कौ।
मति हिय बिलख करौ सिय, रघुबर हतिहैं कुल दैयत कौ।
कहौ तो लंक उखारि डारि देउँ, जहाँ पिता संपति कौ।
कहौ तौ मारि-सँहारि निसाचर, रावन करौं अगति कौ।
सागर-तीर भीर बनचर की, देखि कटक रघुपति कौ।
अबहिँ मिलाऊँ तुम्हैं सूर प्रभु, राम-रोष डर अति कौ ।।१०।।

अर्थ—हे माता ! मैं रघुपति का सेवक हूँ। माता, क्रोधित होकर (तुम) मुझे शाप न दे देना; मैं ठग बुद्धि वाला राक्षस नहीं हूँ। आज्ञा हो, तो (राम के) हाथ की मुँदरी (अँगूठी) दूँ, (और) पति का (राम का) संदेशा कहूँ। सीता ! हृदय में दुख मत करो, राम दैत्यों के कुल को मार डालेंगे। कहो (आज्ञा हो) तो लंका को उखाड़ कर (वहाँ) डाल (फेंक) दूँ जहाँ (कैलाश पर्वत पर) संपत्ति के पिता (कुबेर) हैं। कहो तो निशाचरों को मार संहार कर रावण की दुर्गति कर दूँ। सागर के किनारे बंदरों की भीड़ (है), रघुपति की (बन्दरों की) सेना को देखो। सूरदास (हनुमान जी) (कहते हैं कि) तुमसे प्रभु (राम) को अभी मिला दूँ (मिलाने की सामर्थ्य रखता हूँ), (किन्तु) (मुझे) राम के क्रोध का बड़ा डर (है) (राम की आज्ञा के बिना यदि) मैं तुम्हें राम से मिला दूँ तो मुझे यह डर लगता है कि कहीं राम नाराज न हो जायँ।। 10।।

सुनु कपि, वै रघुनाथ नही ?
जिन रघुनाथ पिनाक पिता-गृह तोरयौ निमिष मही।
जिन रघुनाथ फेरि भृगपति-गति डारी काटि तही।
जिन रघुनाथ-हाथ खर-दूषन-प्रान हरे सरही।
कै रघुनाथ तज्यौ प्रन अपनौ, जोगिन दसा गही ?
कै रघुनाथ दुखित कानन, कै नृप भए रघुकुलही।
कै रघुनाथ अतुल बल राच्छस दसकंधर डरही।
छाँड़ी नारि बिचारि पवन-सुत लंक बाग बसही।
कै हौं कुटिल, कुचील, कुलच्छनि, तजी कंत तबही।
सूरदास स्वामी सौं कहियौ अब बिरमाहिँ नही ।।११।।

अर्थ—सुनो कपि ! (क्या वे रघुनाथ (अब) नहीं हैं ? जिन रघुनाथ ने (मेरे) पिता (जनक) के घर में क्षण भर में (ही) धनुष तोड़ दिया था। जिन रघुनाथ ने भृगुपति की गति को वहीं काट कर (उन्हें) वापस भेज दिया। जिन रघुनाथ के हाथ के बाणों ने खर-दूषण के प्राण हरे (थे)। या तो राम ने अपना प्रण (भक्तों की रक्षा) छोड़ दिया, (या फिर) योगियों की दशा प्राप्त की (विरक्त हो गये)। या तो दुखी होकर राम कहीं जंगल में (घूम रहे हैं) (या फिर) (अयोध्या में) रघुकुल के राजा हो गये। या तो रघुनाथ राक्षस रावण के अतुल बल से डरते हैं तथा विचार करके उन्होंने अपनी स्त्री को त्याग दिया और कहीं लंका के बगीचे में रहते हैं। या तो मैं कुटिल, गंदी कुलक्षिणी हूँ, तभी कंत (राम) ने मुझे त्याग दिया। सूरदास के स्वामी से कहना (कि) अब (कहीं) रुके नहीं (जल्द आ जायँ)।। 11 ।।

मैं परदेसिन नारि अकेली।
बिनु रघुनाथ और नहिँ कोऊ, मातु-पिता न सहेली।
रावन भेष धरयौ तपसी कौ, कत मैं भिच्छा मेली।
अति अज्ञान मूढ़ि-मति मेरी, राम-रेख पग पेली।
बिरह-ताप तन अधिक जरावत, जैसें दव द्रुम बेली।
सूरदास प्रभु बेगि मिलावौ प्रान जात हैं खेली ।।१२।।

अर्थ—मैं परदेशी स्त्री अकेली हूँ। रघुनाथ के बिना (मेरी सहायता करने वाला) और कोई नहीं (है) न माता-पिता और ना कोई सखियाँ (हैं)। रावण ने तपस्वी का वेष धारण किया; मैंने उसे भिक्षा क्यों दी ! (मैं) बहुत अज्ञानी (हूँ) मेरी मति मंद (है), (तभी तो) राम की (बनाई हुई) रेखा (का) (मैंने) उल्लंघन किया (मैं उसके बाहर गयी)। विरह का ताप शरीर को अत्यधिक जलाता है; जैसे दावाग्नि पेड़ों (और) लताओं को (जलाती है)। सूरदास (कहते हैं) (सीता कहती हैं) (कि) प्रभु से जल्द मिलाओ, नहीं तो प्राण खेल-खेल (में ही) (व्यर्थ ही) जा रहे हैं।। 12 ।।

तब हौं नगर अयोध्या जैहौं।
एक बात सुनि निश्चय मेरी, राज्य बिभीषन देहौं।
कपि-दल जोरि और सब सेना, सागर सेतु बँधैहौं।
काटि दसौ सिर, बीस भुजा तब दसरथ सुत जु कहैहौं।
छिन इक माहिँ लंक गढ़ तोरौं, कंचन-कोट ढहैहौं।
सूरदास प्रभु कहत बिभीषन, रिपु हति सीता लैहौं ।।१३।।

अर्थ—(राम कहते हैं) तभी मैं अयोध्या जाऊँगा। मेरे निश्चय (संकल्प) की एक बात सुनो (कि) (मैं) (लंका का राज्य) विभीषण को दूँगा। कपियों का दल तथा अन्य सभी (प्रकार की) सेना जोड़कर समुद्र पर पुल बनाऊँगा। (रावण के) दसों सिरों तथा बीसों भुजाओं को काटकर (ही) दशरथ का पुत्र कहाऊँगा । एक क्षण-मात्र में (ही) लंका के किले को तोड़कर कंचन के कँगूरों को ढाह (गिरा) दूँगा। सूरदास के (राम) कहते हैं (कि) हे विभीषण ! मैं शत्रु को मार कर सीता को ले लूँगा (प्राप्त करूँगा)।। 13।।

दूसरैं कर बान न लैहौं।
सुनु सुग्रीव, प्रतिज्ञा मेरी, एकहिँ बान असुर सब हैहौं।
सिव-पूजा जिहिँ भाँति करी है, सोइ पद्धति परतच्छ दिखैहौं।
दैत्य प्रहार पाप-फल-प्रेरित, सिर माला सिव सोस चढ़ैहौं।
मनौ तूल-गन परत अगिनि-मुख, जारि जड़न जम-पंथ पठैहौं।
करिहौं नाहिँ बिलंब कछू अब, उठि रावन सम्मुख ह्वै धैहौं।
इमि दमि दुष्ट देव द्विज मोचन, लंक विभीषन, तुमकौं दैहौं।
लछिमन, सिया समेत सूर कपि, सब सुख सहित अयोध्या जैहौं।।१४।।

अर्थ—हाथ में दूसरा बाण नहीं लूँगा। सुग्रीव मेरी प्रतिज्ञा सुनो, एक ही बाण में सभी असुरों को मार डालूँगा। जिस तरह रावण ने शिव की पूजा की है उस पद्धति को प्रत्यक्ष ही दिखा दूँगा। पाप-फल से प्रेरित दैत्यों का विनाश करके (उनके) सिर की माला शिव के सिर पर चढ़ाऊँगा। जिस प्रकार रुई का समूह आग पर पड़ रहा हो, (उसी तरह इन) मूर्खों को (राक्षसों को) जलाकर यमराज (मृत्यु) के रास्ते पर भेज दूँगा। अब कुछ भी देर नहीं करूँगा, उठकर रावण के सम्मुख दौड़ पड़ूँगा (टूट पड़ूँगा) इस तरह दुष्टों का दमन करके ब्राह्मण तथा देवताओं को मुक्त करके, हे विभीषण ! लंका तुम्हें दूँगा। सूरदास (कहते हैं) (राम कहते हैं) (कि) लक्ष्मण, सीता (तथा) वानरों (आदि) सब के साथ सुख-पूर्वक अयोध्या आऊँगा।। 14।।

आजु अति कोपे हैं रन राम।
ब्रह्मादिक आरूढ़ बिमाननि, देखत हैं संग्राम।
घन तन दिव्य कवच सजि करि, अरु कर धार्‌यौ सारंग।
सुचि करि सकल बान सूधे करि, कटि-तट कस्यौ निषंग।

सुरपुर तैं आयौ रथ सजि कैं रघुपति भए सवार।
काँपी भूमि कहा अब ह्वै है, सुमिरत नाम मुरारि।
छोभित सिंधु, सेष-सिर कंपित, पवन भयौ गति पंग।
इंद्र-हँस्यौ, हर हिय बिलखान्यौ, जानि बचन कौ भंग।
धर-अंबर, दिसि-बिदिस, बढ़े अति सायक किरन-समान।
मानौ महा-प्रलय के कारन, उदित उभय षट भान।
टूटत धुजा-पताक-छत्र-रथ, चाप-चक्र-सिरत्रान।
जूझत सुभट जरत ज्यौं नवद्रुम, बिनु साखा बिनु पान।
स्रोनित छिछ उछरि आकासहिं, गज-बाजिनि-सिर लागि।
मानौ निकरि तरनि रंध्रनि तैं, उपजी है अति आगि।
परि कबंध भहराइ रथनि तैं, उठत मनौ झर जागि।
फिरत सृगाल सज्यौ सब काटत, चलत सो सिर लै भागि।
रघुपति रिस पावक प्रचंड अति, सीता स्वास समीर।
रावन-कुल अरु कुंभकरन बन, सकल सुभट रनधीर।
भए भस्म कछु बार न लागी, ज्यौं ज्वाला पट चीर।
सूरदास प्रभु आपु बाहुबल, कियौ निमिष मैं कीर ॥१५॥

अर्थ—आज युद्ध में राम अत्यधिक क्रुद्ध हैं। ब्रह्मादि विमान पर आरूढ़ होकर (राम-रावण के) संग्राम को देखते हैं। (राम के अपने) बादल (के समान) (साँवले) शरीर पर कवच सजाकर हाथ में धनुष धारण किया। समस्त बाणों को पवित्र करके (तथा) सीधा करके, कटि (कमर) में तरकस कसा। देवपुरी से सजकर रथ आया; (उस पर) राम सवार हुए। पृथ्वी काँप गयी, अब (न जाने) क्या होगा ! (सभी लोग घबड़ाकर) मुरारी के नाम का स्मरण करने लगे। सागर क्षुब्ध हो गया, शेषनाग का सिर काँपने लगा। (तथा) हवा की गति पंगु हो गयी (हवा चलना बंद हो गया)। इन्द्र हँस पड़े; शंकर जी वचन भंग होता जान हृदय में दुःखी हुए। पृथ्वी (और) आकाश (तथा) देश-विदेश में किरण के समान (तेज) बाण बहुत अधिक फैल गये; मानों महा प्रलय के कारण (समुपस्थित जानकर) दोनों षट्भानु (छः सूर्य) अर्थात् 2x6=12, द्वादश आदित्य उदित हो गये हैं ! ध्वजा, पताका, छत्र, रथ, धनुष, चक्र (पहिये) तथा सिरस्त्राण (सिर पर पहनने का टोप) टूटते हैं। जूझने वाले वीर (वैसे ही) जलते हैं जैसे दावाग्नि से बिना शाखा तथा पत्तों वाले (होकर) वृक्ष। खून के छींटे आकाश की ओर उछलकर (तथा) हाथियों (और) घोड़ों के सिर पर लग कर (ऐसा दृश्य उपस्थित करते हैं) मानों सूर्य के छिद्रों से निकलकर आग बहुत धधक रही हो। रथों से धड़ भहराकर गिरते हैं, मानों बड़ी ज्वाला उत्पन्न हुई हो। श्रृगाल घूमते हैं, (योद्धाओं के) सुसज्जित शव को काटते और सिर को

लेकर भागते हैं। राम की अति प्रचंड क्रोध रूपी आग तथा सीता की साँस रूपी समीर से रावण का कुल, कुंभकर्ण (तथा) समस्त रणधीर वीर रूपी बन (जलकर) भस्म हो गये, कुछ (भी) देर नहीं लगी जैसे ज्वाला से किवाड़े (तथा) वस्त्र (आदि) (जल जाते हैं)। सूरदास के प्रभु (राम) ने अपने बाहुबल से पलभर में (ही) (सबको) कीड़ा बना दिया।। 15।।

बैठी जननि करति सगुनौती।
लछिमन-राम मिलैं अब मोकौं, दोऊ अमोलक मोती।
इतनी कहत सुकाग उहाँ तैं हरी डार उड़ि बैठ्यौ।
अंचल गाँठि दई, दुख भाज्यौं, सुख जु आनि उर पैठ्यौ।
जब लौं हौं जीवौं जीवन भर, सदा नाम तब जपिहौं।
दधि-ओदन दोना भरि दैहौं, अरु भाइनि मैं थपिहौं।
अब कैं जौ परचौ करि पावौं, अरु देखौं भरि आँखि।
सूरदास सोने कैं पानी, मढ़ौं चोंच अरु पाँखि।।१६।।

अर्थ—माता बैठकर सगुन मनाती है, दोनों अमोल मोती राम (और) लक्ष्मण अब मुझे मिलें। इतना कहते ही वहाँ से कौवा उड़कर हरी डाल पर बैठा (माता ने) अंचल में गाँठ दे दी, (उनका) दुख भाग गया, सुख आकर हृदय में बैठ गया। (माता कौए से कहती हैं) जब तक हम जियेंगी जीवन भर सदैव तुम्हारा नाम जपूँगी। दोना भरकर दही तथा चावल दूँगी (और) भाइयों में, (अन्य पक्षियों में तुझे ही) स्थापित करूँगी (श्रेष्ठ मानूँगी)। अबकी बार यदि (इस शकुन की सत्यता का) परिचय कर पाऊँ, (इसका परीक्षण कर सकूँ) (और) (पुत्रों को) भर आँख देख पाऊँ तो सूरदास (कहते हैं) (माता कहती हैं) (कि हे कौए!) तुम्हारी चोंच और पंखों को सोने के पानी से मढ़ाऊँगी।। 16।।

हमारी जन्मभूमि यह गाउँ।
सुनहु सखा सुग्रीव-बिभीषन, अवनि अयोध्या नाउँ।
देखत बन-उपवन-सरिता-सर, परम मनोहर ठाउँ।
अपनी प्रकृति लिए बोलत हौं, सुरपुर मैं न रहाउँ।
ह्याँ के बासी अवलोकत हौं, आनँद उर न समाउँ।
सूरदास जौ बिधि न सँकोचै, तौ बैकुंठ न जाउँ।।१७।।

अर्थ—यह गाँव हमारी जन्म भूमि (है)। मित्र सुग्रीव तथा विभीषण सुनो ! यह पृथ्वी पर अयोध्या नाम (से प्रसिद्ध है)। बन, उपवन, नदी तथा सरोवर (से युक्त) यह स्थान बहुत मनोहर (है)। अपनी प्रवृत्ति के अनुरूप कहता हूँ (कि) (मैं) सुरपुर में (कभी न) रहूँ। ऐसी मेरी इच्छा है। यहाँ के निवासियों को देखते ही मेरे हृदय में आनन्द नहीं समाता। सूरदास (राम) (कहते हैं) (कि) यदि ब्रह्म का संकोच न हो तो (मैं) बैकुंठ न जाऊँ।। 17।।

बिनती किहिँ बिधि प्रभुहिँ सुनाऊँ ?
महाराज रघुबीर धीर कौं, समय न कबहूँ पाऊँ।

जाम रहत जामिनि के बीतै, तिहिं अवसर उठि धाऊँ।
सकुच होत सुकुमार नींद मैं, कैसें प्रभुहिं जगाऊँ।
दिनकर-किरनि-उदति, ब्रह्मादिक-रुद्रादिक इक ठाऊँ।
अगनित भीर अमर-मुनि-गन की, तिहिं तैंह ठौर न पाऊँ।
उठत सभा दिन मधि, सैनापति भीर देखि फिरि आऊँ।
न्हात खात सुख करत साहिबी, कैसें करि अनखाऊँ।
रजनी-मुख आवत गुन-गावत, नारद तुंबुर नाऊँ।
तुमहीं कहौ कृपानिधि रघुपति किहिं गिनती मैं आऊँ।
एक उपाय करौ कमलापति, कहौ तौ कहि समुझाऊँ।
पतित उधारन नाम सूर प्रभु, यह रुक्का पहुँचाऊँ ।।१८।।

अर्थ—प्रभु (राम) को किस प्रकार बिनती सुनाऊँ ! (विनती सुनाने के लिए) महाराज धीर रघुवीर का (खाली) समय कभी नहीं पाता हूँ। रात बीतने में एक याम (3 घंटे का समय) रह जाने पर उस समय उठकर दौड़कर (उनके पास) जाता हूँ। लेकिन संकोच होता है कि प्रभु सुकुमार नींद में हैं, (उन्हें) कैसे जगाऊँ। सूर्य की किरण उदित होते (ही) ब्रह्मादि, रुद्रादि अगणित देवता तथा मुनि गण एक जगह एकत्र हो जाते हैं, जिसे (वहाँ धँसने का) स्थान नहीं मिलता। दिन के मध्य में सभा से उठते ही सेनापतियों की भीड़ देखकर वापस चला आता हूँ। नहाते, खाते (तथा) सुख करते (समय) साहब को कैसे नाराज़ करूँ। सन्ध्या आते ही नारद (तथा) तुंबुर गुण गाते हुए आते हैं। कृपा निधि ! तुम्हीं कहो, (मैं) किस गिनती में आऊँ ! कमलापति ! एक उपाय करो। (यदि) कहो तो कहकर समझाऊँ। सूर के प्रभु (राम) का नाम "पतितों का उद्धार करने वाला" (है), यही रुक्के (कागज) पर (लिखकर) पहुँचा दूँ।।18।।

परिशिष्ट (ख)

अंतर्कथाएँ

संकेत सूचना—द्र=द्रष्टव्य। भा०=भागवत। स्कं0=स्कंध। पू०=पूर्वार्द्ध। उ०=उत्तरार्द्ध। अ०=अध्याय। सू०=सूरसागर(सभा)। प०=पद।

अंबरीष—अयोध्या के एक प्रसिद्ध वैष्णव राजा। एकादशी व्रत के पारण का समय निकलते देख व्रत खंडित होने के डर से उन्होंने दुर्वासा ऋषि को भोजन कराने के पहले ही भोजन कर लिया, जिससे क्रुद्ध होकर दुर्वासा ने इन्हें मारने के लिए कृत्या राक्षसी उत्पन्न की। परन्तु विष्णु के सुदर्शन चक्र ने उसे मार कर दुर्वासा का पीछा किया। दुर्वासा रक्षा के लिए विष्णु के पास गए, परन्तु विष्णु ने उन्हें अंबरीष के ही पास क्षमा माँगने के लिए भेज दिया। नारद ने भी उन्हें एक बार भ्रमवश क्रुद्ध होकर अंधकारावृत होने का शाप दिया था। परन्तु सुदर्शन चक्र ने अंधकार का नाश करके नारद का पीछा किया। नारद को विष्णु की शरण में पहुँचकर ही रक्षा प्राप्त हुई। देखो दुरबासा। द्र० भा०, स्कं० 9, अ० 4-5, सू०, प० 449।

अक्रूर—कंस की राज-सभा में अनिच्छा से रहने वाले एक कृष्ण-भक्त यादव जो वसुदेव के भाई भी कहे जाते हैं। जब कंस ने इन्हें धनुष-यज्ञ के अवसर पर कृष्ण-बलराम को मथुरा लाने के लिए भेजा तो इन्हें कृष्ण-दर्शन की लालसा पूर्ण होने का अवसर जान बहुत प्रसन्नता हुई। उसके बाद ये निरंतर कृष्ण के ही निकट रहे। द्र० भा०, स्कं० 10 पू०, अ० 38-39, 48-49; सू०, प० 3557-3571, 3630-3633, 4778।

अघासुर—बकासुर और पूतना का छोटा भाई एक असुर जिसे कंस ने कृष्ण को मारने के लिए ब्रज भेजा था। इसने इतने विशालकाय अजगर का रूप धारण किया कि उसका मुख पर्वत की गुफा के समान लगता था। कृष्ण के गोपसखाओं ने उसे गोचारण के समय देखा और उसके मुख की अजगर के मुख से तुलना करते हुए भी वे उसमें बछड़ों के साथ प्रविष्ट हो गए। पीछे से स्वयं श्रीकृष्ण ने जाकर अपना शरीर विस्तृत करके अघासुर का ब्रह्मांड विदीर्ण कर दिया और मृत गोपों और बछड़ों को अमृत से जिला लिया। द्र० भा०, स्कं० 10 पू०, अ० 12; सू०, प० 1049।

अजामिल (अजामील)—कन्नौज निवासी एक कुकर्मी, दासीपति ब्राह्मण जिसने दासी से उत्पन्न अपने सबसे छोटे और सबसे प्रिय पुत्र 'नारायण' का नाम लेने मात्र से यम-दूतों से छुटकारा पाया। नाम की महिमा से उसका जीवन पवित्र हो गया और उसका उद्धार हो गया। द्र० भा०, स्कं० 6, अ० 1; सू०, प० 415।

अर्जुन—पांडवों में तृतीय, श्रीकृष्ण के सबसे अधिक कृपा-पात्र जिन्हें श्रीकृष्ण ने अपना प्रिय सखा करके माना। अर्जुन ने महाभारत युद्ध में श्रीकृष्ण की विशाल सेना न लेकर केवल श्री कृष्ण की व्यक्तिगत सहायता माँगी थी। श्रीकृष्ण ने स्वयं अर्जुन के सारथी बनकर उनकी सहायता की थी तथा अर्जुन के मोह को दूर करने के लिए उन्हें गीता का उपदेश दिया था।

अहि—सर्प, परन्तु यहाँ कालियानाग के लिए प्रयुक्त। देखो काली (कालियनाग)।

इन्द्र—प्रधान वैदिक देवता जिन्हें अपदस्थ करके पुराणों ने विष्णु की महत्ता स्थापित की। कृष्ण-लीला में इस विषय का मुख्य प्रसंग गोवर्द्धन लीला है। ब्रज में इन्द्र की पूजा मिटाकर गोवर्द्धन पूजा कराने पर कुपित होकर जब इन्द्र ने घोर जलवृष्टि की, तब श्रीकृष्ण ने गोवर्द्धन पर्वत को हाथ पर धारण करके ब्रजवासियों की रक्षा की तथा इन्द्र का गर्व-प्रहार किया। इन्द्र कृष्ण की शरण में आया और उसने उनसे क्षमायाचना की। द्र० भा०, स्कं० 10 पू०, अ० 24-25; सू०, प० 1429-1501, 1591-1600।

उग्रसेन—मथुरा के युदवंशी राजा जिन्हें उनके ज्येष्ठ पुत्र कंस ने अपने श्वसुर जरासंध की सहायता से कारागार में डाल दिया था और स्वयं राजा बन बैठा था। श्रीकृष्ण ने कंस को मारकर उन्हें फिर राज्याधिकार दिलाया।

उपंग सुत (उपंग सुत)—उद्धव, उपंग नामक एक यादव के पुत्र, जो श्रीकृष्ण के सखा थे और मथुरा से उनका संदेश गोपियों के पास ले गए थे। देखो उद्धव।

ऋषि पत्नी—गौतम ऋषि की पत्नी अहल्या, भूल से अपराध हो जाने के कारण जिसे गौतम ने पत्थर हो जाने का शाप दिया था। श्रीराम की चरण-रज के स्पर्श से उसे पुनः मनुष्य शरीर मिला तथा उसका उद्धार हो गया। द्र० सू०, प० 419।

ऐरावत—इन्द्र का श्वेत रंग का हाथी जो चौदह रत्नों में एक था।

कंस—मथुरा के राजा उग्रसेन का क्षेत्रज ज्येष्ठ पुत्र जिसने अपने श्वसुर जरासंध की सहायता से पिता को कारागार में डालकर राज्य हस्तगत कर लिया था। कृष्ण को मारने के उसने अनेक असफल उपाय किए और अन्त में जब उसने धनुष-यज्ञ के बहाने कृष्ण-बलराम को मारने के लिए मथुरा बुलाया तब वह स्वयं कृष्ण के द्वारा मारा गया। द्र० भा०, स्कं० 10 पू०, अ० 1-4, 42-44; सू०, प० 622, 3652-3706।

काल जवन (कालयवन)—एक निःसंतान यवन द्वारा पाला हुआ, महर्षि गार्ग्य और गोपाली अप्सरा का पुत्र, जो इतना पराक्रमी राजा हुआ कि उसने जरांसध के साथ मथुरा पर आक्रमण करके यादवों को वहाँ से भगा दिया। श्रीकृष्ण उसके डर से हिमालय की एक गुफा में भाग गए, जहाँ मांधाता-पुत्र मुचकुन्द सो रहा था। कालयवन कृष्ण का पीछा करते हुए वहाँ पहुँचा तो उसने सोते हुए मुचकुन्द को ही कृष्ण समझकर उसे लात मारकर जगाया। मुचकुन्द ने ज्यों ही उसे नेत्र खोलकर देखा त्यों ही कालयवन भस्म हो गया। देखो मुचकुन्द। द्र० भा०, स्कं० 10 उ०, अ० 52; सू०, प० 4781।

काली(कालिय नाग)—कद्रू-पुत्र, नागों का राजा, जो गरुड के भय से अपना निवास स्थान रमणक द्वीप छोड़कर व्रज के निकट यमुना के एक दह में रहता था, जहाँ सौभरि ऋषि के शाप के कारण गरुड की गति नहीं थी। इससे काली दह (कालिय दह) का जल अत्यन्त विषैला हो गया था। श्रीकृष्ण ने उस दह में, 'सूरसागर' के अनुसार गेंद खेलने के प्रसंग में, प्रविष्ट करके कालिय को नाथ लिया। श्रीकृष्ण का प्रभुत्व जान कालिय ने उनकी स्तुति की। अन्त में उसे रमणक द्वीप में निर्भय रहने का वरदान मिल गया। देखो खगराज तथा रिषि-साप। द्र० भा०, स्कं० 10पू०, अ० 16; सू०, प० 1138-1207।

कालीदह—व्रज के निकट यमुना का एक दह जिसमें कालिय नाग रहता था। देखो काली तथा रिषि-साप।

कालीनाग (कालिया नाग)—नागों का राजा। देखो काली।

कुबलया पीर (कुवलया पीड)—हाथी के रूप में कंस का सहायक असुर, जिसे श्रीकृष्ण ने मथुरा में मल्लयुद्ध देखने जाते समय रास्ते में ही मार दिया था। द्र० भा०, स्कं० 10पू०, अ० 43; सू०, प० 3670-3678।

कुबिजा—देखो कुब्जा।

कुब्जा—कंस की एक (त्रिवक्रा) तीन जगह से टेढ़ी, किन्तु रूपवती दासी जो श्रीकृष्ण को मथुरा-प्रवेश के समय मिली और जिसने वह अंगराज जो वह कंस के लिए ले जा रही थी श्रीकृष्ण के माँगने पर उन्हें प्रेमपूर्वक भेंट किया। श्री कृष्ण ने उसका कूबर नष्ट करके उसे परम सुन्दरी बनाया। श्रीकृष्ण से वह प्रेम करने लगी तथा श्रीकृष्ण ने उसके आग्रह पर मथुरा में अपना कार्य-सिद्ध कर लेने के बाद उसके घर आने का वचन देकर उसे विदा किया। 'सूरसागर' में वर्णन है कि श्रीकृष्ण उसके प्रेम को स्वीकार करके उसके यहाँ गए। उसने भी उद्धव के हाथ राधा और गोपियों के लिए पाती दी थी। भ्रमर-गीत में गोपियों ने उसके प्रेम पर व्यंग्य किए हैं। द्र० भा०, स्कं० 10 पू०, अ० 42; सू०, प० 3668-3669, 4256-4268।

केसी (केशी)—श्रीकृष्ण को मारने के लिए कंस द्वारा भेजा हुआ एक अश्वरूपधारी

असुर जो कृष्ण द्वारा मारा गया। द्र० भा०, स्कं० 10पू०, अ० 37; सू०, प० 2014।

खगराज—गरुड पक्षी, जो विष्णु का वाहन माना जाता है और जो कश्यप की पत्नी विनता से उत्पन्न है। उनकी दूसरी पत्नी कद्रू से उत्पन्न सर्पों से इसकी जन्मजात शत्रुता है। एक बार सर्पों ने अपना भारी संहार देखकर प्रति मास बारी से एक सर्प देने का निश्चय किया, किन्तु कालीय नाग ने गर्ववश अपना हिस्सा नहीं दिया तथा गरुड से युद्ध किया। परन्तु अन्त में घायल होकर रमणक द्वीप छोड़ ब्रज में यमुना के एक गम्भीर दह में जाकर रहने लगा, जहाँ ऋषि शाप के कारण गरुड नहीं जा सकता था। देखो रिषि-साप तथा काली।

गज—हाथी (1) त्रिकूट पर्वत का एक प्रसिद्ध हाथी जो पूर्व जन्म में राजा इन्द्रद्युम्न था और अगस्त्य मुनि के शाप से पशु योनि को प्राप्त हुआ था। जलाशय में स्नान करते समय एक बार एक ग्राह द्वारा पकड़े जाने पर इसने भगवान् को सहायतार्थ पुकारा। भगवान् ने उसे ग्राहपाश से ही नहीं, पशुयोनि से भी मुक्त कर दिया। द्र० भा०, स्कं० 8, अ० 2-4; सू०, प० 429-433।

(2) कुवलया पीड। देखो कुवलया पीर।

गजराज—देखो गज।

गणिका—जीवन्ती नाम की एक वेश्या जो बिना समझे हुए भी तोते को राम नाम पढ़ाने के कारण मोक्ष पा गई।

गर्ग—यादवों के पुरोहित; जिन्हें वसुदेव ने कृष्ण का नामकरण करने के लिए गोकुल भेजा था। कृष्ण-बलराम के अन्य संस्कारों में भी गर्ग मुनि के पौरोहित्य का उल्लेख हुआ है। गर्ग ने नामकरण के ही अवसर पर कृष्ण-बलराम के अलौकिक व्यक्तित्व की सूचना दी थी।

गुरु-सुत—कृष्ण-बलराम के गुरु सांदीपिनि का पुत्र, जो प्रभास-क्षेत्र के सागर में डूब गया था और जिसे श्रीकृष्ण ने यमपुरी से लाकर गुरु-दक्षिणा में गुरु को भेंट किया था।

ग्राह—मगर, घड़ियाल, यहाँ पर उस ग्राह के लिए प्रयुक्त जिसने त्रिकूट पर्वत पर रहने वाले गजेन्द्र को सरोवर में स्नान करते समय पकड़ा था। भगवान् विष्णु ने गज की पुकार पर उसे तो संकट-मुक्त किया ही, ग्राह का सर काट कर उसे भी पशुयोनि से मुक्त कर दिया। ग्राह पूर्वजन्म में हू-हू नामक गंधर्व था जो देवल ऋषि के शाप से ग्राह हो गया था। देखो गज।

चानूर—(चाणूर)—कंस का एक असुर मल्ल, जिसे श्रीकृष्ण ने धनुष यज्ञ के अवसर पर आयोजित मल्ल-युद्ध में मारा था। पर्वू जन्म में यह मय दानव था। द्र० भा०, स्कं० 10 पू०, अ० 44; सू०, प० 3683-3695।

चौरासी—चौरासी लाख योनियाँ, जन्म-जन्मान्तर में आवागमन का चक्र।

जमलार्जुन (यमलार्जुन)—यमल और अर्जुन नामक दो वृक्ष, जो पूर्व जन्म में नल-कूबर और मणिग्रीव नामक कुबेर के दो पुत्र थे और नारद के शाप से वृक्ष हो गये थे। श्रीकृष्ण ने उलूखन-बंधन लीला में उन्हें गिराकर शाप-मुक्त किया था। द्र० भा०, स्कं० 10 पू०, अ० 9; सू०, प० 1000-1009।

तृनावर्त-(तृणावर्त)—एक असुर जो भयंकर वात-चक्र के साथ तिनके के शिशु रूप में कृष्ण को मारने आया और उन्हें ऊपर आकाश में उड़ा ले गया। कृष्ण ने उसका संहार कर महाकाय राक्षस के रुप में एक शिला पर पटक दिया।
द्र० भा०, स्कं० 10 पू०, अ० 7; सृ०, प० 694-699।

दावाग्नि—(दावाग्नि)—वह अग्नि जो वन में अपने आप प्रकट हो जाती है। यहाँ कृष्ण-लीला में वर्णित वह दावानल जिसे ब्रजवासियों के रक्षार्थ श्रीकृष्ण पी गए थे। 'भागवत' में दावानल-पान की लीला दो बार वर्णित है—एक, जब कालिय-दमन के बाद सब ब्रजवासी रात में यमुना के तट पर ही सो रहें थे, तब आधी रात को दावानल के प्रकट होने पर कृष्ण ने उसका पान करके भयातुर व्रजवासियों को आश्वस्त किया था तथा दूसरी बार गोचारण के समय उसी प्रकार उन्होंने गोपसखाओं की रक्षा की थी। द्र० भा०,स्कं० 1 पू०, अ० 17, 19; सू०, प०, 1208-1216, 1212-1233।

दावानल—देखो दावाग्नि।

दुरबासा—(दुर्वासा)—एक क्रोधी स्वभाव के ऋषि, जिन्हें राजा अम्बरीष ने एकादशीपारण पर भोजन करने के लिए निमंत्रित किया था, परन्तु पारण का समय निकल जाने के डर से ऋषि को भोजन कराने के पहले ही भोजन करके उन्हें कुपित कर दिया था। देखो अंबरीप।

दुस्सासन—(दुःशासन)—दुर्योधन का छोटा भाई, जिसने पांडवों के जुए में हार जाने पर सभा में द्रौपदी के वस्त्र खींचे थे। देखो द्रुपद-सुता।

द्रुपदसुता—(द्रौपदी)—पंजाब के राजा द्रुपद की पुत्री कृष्णा जो पाँचों पांडवों की पत्नी थी और जिसे पांडव कौरवों के साथ जुए में हार गए थे। दुःशासन ने सबके सामने उसको बलात् नग्न करने का प्रयत्न किया। परन्तु संकट में द्रौपदी ने श्रीकृष्ण को स्मरण किया। श्रीकृष्ण योगमाया से उसका वस्त्र इतना बढ़ाते गये कि दुःशासन उसे खींचते-खींचते हार गया।

द्रौपदी—देखो द्रुपद-सुता।

धेनुक—तालाब में रहने वाला एक गर्दभ रूपी असुर, जिसे बलभद्र ने पिछली टाँगे पकड़, पटककर मार डाला था। उसके साथी अन्य गंदर्भ रूपी राक्षसों ने जब आक्रमण किया तो उन्हें भी कृष्ण-बलराम ने पटक-पटककर मार डाला।
द्र० भा०, स्कं० 10 पू०, अ० 15; सू०, प० 1117।

ध्रुव—राजा उत्तानपाद और सुनीति के विष्णु-भक्त पुत्र, जो अत्यन्त बाल्यावस्था में विमाता-पुत्र उत्तम के कारण पिता द्वारा अपमानित होने पर विरक्त होकर निर्जन वन में घोर तपस्या करने चले गए। इन्द्रादि देवों के प्रयत्न करने पर भी जब इनकी तपस्या खण्डित नहीं हुई, तब भगवान् ने इन्हें ध्रुवलोक का वरदान दिया जो अटल है और समस्त लोकों, ग्रहों और नक्षत्रों का आधार है।

नामदेव—तेरहवीं-चौदहवीं शती में हुए दक्षिण भारत के एक प्रसिद्ध सन्त जिन्होंने घर में आग लग जाने पर उसे बुझाया नहीं, बल्कि बची-खुची वस्तुएँ भी उस अग्निदेव को अर्पित कर दीं। कहते हैं, भगवान् ने प्रसन्न होकर रातों-रात उनका छप्पर अपने हाथों छा दिया था।

नारद—ब्रह्मा के मानस-पुत्र, वीणा लेकर हरि कीर्तन करते हुए निरन्तर भ्रमण करने वाले श्रेष्ठ वैष्णव भक्त, जो पूर्व जन्म में किसी दासी के पुत्र थे और वेदान्ती मुनियों की सेवा करने तथा उनका जूठा भोजन करने से जिनके हृदय में पाँच वर्ष की अवस्था से ही वैराग्य पैदा हो गया था। सौभाग्य से इनकी माता भी मर गईं जिससे ये निर्जन वन में जाकर भगवान् का ध्यान करने में सफल हुए। भगवान् ने इन्हें हृदय में तो दर्शन दिए, परन्तु इस जन्म में प्रत्यक्ष दर्शन होना असम्भव बताया। फिर भी भक्ति का परम वरदान पाकर ये कालांतर में परम धाम के अधिकारी हुए। नारद भक्तों में ही नहीं, विमुखों के बीच भी विचरते हैं। कंस को उसके अन्तिम परिणाम तक पहुँचाने के लिए नारद ही बराबर उसको सलाह देते रहे।

नृग—इक्ष्वाकु वंश का एक दानी राजा, जो ब्राह्मण को दान में दी हुई गाय भूल से पुनः दूसरे ब्राह्मण को दे देने के कारण गिरगिट हो गया था और जिसे श्रीकृष्ण के स्पर्श मात्र से पुनः मनुष्य रूप मिला और जो भगवत्कृपा से श्रेष्ठ विमान पर चढ़कर दिव्य लोक चला गया।

पूतना—कंस की भेजी हुई एक राक्षसी, जो शिशु कृष्ण के प्रति वात्सल्य दिखाकर विष लगे स्तन का दूध पिलाकर उन्हें मार डालना चाहती थी, परन्तु जिसे उलटे कृष्ण ने दूध पीते-पीते मार डाला और इस तरह उसका उद्धार कर दिया। द्र० भा०, स्कं० 10 पू०, अ० 6; सू०, प० 667-673।

प्रलंब—एक असुर, जो कृष्ण-बलराम को हर ले जाने के लिए गोप रूप धारण करके वृन्दावन में गोचारण के समय गोपों के साथ मिल गया और उनके साथ खेलने लगा। खेल में हारने पर जब वह बलराम को पीठ पर लादकर ले चला तो उसका असली उद्देश्य और रूप प्रकट हुआ। बलराम ने भयंकर असुर को एक ही मुष्टि-प्रहार से मार डाला। द्र० भा०, स्कं० 10 पू०, अ० 18; सू०, प० 1222।

प्रह्लाद—एक आदर्श वैष्णव भक्त जो अपने पिता दैत्यराज हिरण्यकशिपु द्वारा सर्प से कटवाए जाने, हाथी से कुचलवाए जाने, पहाड़ से गिराए जाने तथा अग्नि में जलाए जाने, पर भी विष्णु की भक्ति से विचलित नहीं हुआ। सर्वव्यापक भगवान् ने उसकी निरन्तर रक्षा की और इसी हेतु खम्भे से नृसिंह रूप में प्रकट होकर पापी हिरण्यकशिपु का वध कर दिया।

बक, बका (बकासुर)—बगले के रूप में कृष्ण को निगलकर मारने के लिए आया एक असुर, जिसने गोचारण के समय (अपनी तीक्ष्ण चोंच से पकड़कर) कृष्ण को निगल लिया, परन्तु तालू जलने के कारण उन्हें उगलना पड़ा। कृष्ण ने उसकी चोंच को विदीर्ण कर उसे मार डाला। द्र० भा०, स्कं० 10 पू०, अ० 11; सू०, प० 1245।

बकासुर—देखो बक, बका।

बकौ—बकासुर और अघासुर की बहन पूतना। देखो पूतना।

बरुन-फांस—(वरुण-पाश)—एकादशी व्रत के बाद एक बार नन्द आसुरी बेला में ही यमुना-स्नान करने चले गए। इस पर जल-देवता वरुण का किंकर उन्हें वरुण के पास ले गया। श्रीकृष्ण को जब यह मालूम हुआ तो वे स्वयं वरुणालय जाकर पिता को पाश से छुड़ा लाए। द्र०भा०, स्कं० 10 पू०, अ० 28; सू०, प० 1602।

बलि—एक दानशील, तपस्वी और पुण्यात्मा दैत्यराज जो प्रह्लाद के पौत्र और विरोचन के पुत्र थे। अपने पुण्यबल से ये इन्द्र का पद लेने ही वाले थे कि इन्द्र की प्रार्थना पर भगवान् विष्णु ने बटुक वामन का रूप धारणकर दैत्यराज से तीन पद पृथ्वी माँग ली और फिर बृहदाकार धारण करके समस्त भूमण्डल और स्वर्ग को दो पदों से तथा स्वयं बलि के शरीर को तीसरे पद से नाप लिया। अन्त में भगवान् ने प्रह्लाद की अनुनय-विनय तथा बलि के पुण्यकृत्यों से प्रसन्न होकर उन्हें रोग-जरा मृत्युहीन सुतल में रहने का तथा इन्द्र पद प्राप्ति का वरदान दिया।

बसुद्यौ—(वसुदेव)—श्रीकृष्ण-बलराम के पिता।

बासुदेव—(वासुदेव)—भागवत (पांचरात्र या वैष्णव) धर्म के आदि देव जो प्रारम्भ में वृष्णिवंशीय सत्तवतों के पूज्य थे। 'हरिवंश' तथा पुराणों के अनुसार श्रीकृष्ण ही असली और द्वितीय वासुदेव हुए। स्वयं श्रीकृष्ण ने अन्य राजाओं (श्रृंगाल, पौंड्रक) के मिथ्या वासुदेवत्व को सिद्ध करके इसे प्रमाणित किया हो। वसुदेव के पुत्र होने के कारण भी श्रीकृष्ण वासुदेव कहलाते हैं।

बिदुर—(बिदुर)—दासी के गर्भ से उत्पन्न व्यास के औरस पुत्र तथा धृतराष्ट्र और पांडु के भाई जो अत्यन्त न्यायशील, विवेकशील और भक्त-हृदय थे। महाभारत युद्ध के पहले समझौता कराने के लिए जब कृष्ण दुर्योधन के यहाँ गये थे तब विदुर के घर ही ठहरे थे।

दुर्योधन के अभिमान भरे राजसी आतिथ्य के स्थान पर उन्हें विदुर का प्रेम भरा साग-पात का भोजन अधिक रुचा था।

विभीषण—(विभीपण)—रावण का भाई जो राक्षस कुल का होते हुए भी अत्यन्त न्यायशील, धर्मात्मा और राम-भक्त था। राम ने उसके योग-क्षेम के लिए तथा उसे लंकापति बनाने के लिए सीता को लौटाने या शक्ति बाण से आहत मरणासन्न लक्ष्मण को जिलाने से भी अधिक चिंता प्रकट की थी।

व्याध—(व्याघ)—आदिकवि वाल्मीकि जो प्रारम्भ में अनाथ ब्राह्मण बालक होने के कारण भीलों द्वारा पाले गए थे। जीव हत्या और डकैती ही इनका व्यवसाय था। इनकी स्त्री भी एक भीलनी थी। एक बार सप्तर्षियों पर डाका डालने के बाद ये 'मरा' 'मरा' जपने लगे, जो 'राम' 'राम' का मंत्र हो गया। इसी से इन्हें सद्बुद्धि मिली और इन्होंने घोर तपस्या करके उद्धार पाया।

व्योम—(व्योमासुर)—मयासुर का पुत्र एक असुर, जो एक बार पर्वत शिखरों पर 'निलायन' नामक खेल खेलते हुए गोपों में गोप बनकर मिल गया और खेल में पशु बने हुए बालकों को एक-एक करके ले जाने लगा। श्रीकृष्ण उसकी माया ताड़ गए और उन्होंने उसे दबोचकर तथा पटककर मार डाला। द्र०भा०, स्कं० 10, अ० 37; सू०, प० 2015।

ब्रह्मा—त्रिदेव में से एक परन्तु पुराणों में विष्णु की अपेक्षा उन्हें सदैव नीचा चित्रित किया गया है। विष्णु ने इन्हें नाभि-कमल से उत्पन्न करके सृष्टि रचना का भार इन्हीं को सौंपा तथा सर्वप्रथम इन्हीं को वेद का ज्ञान दिया। 'भागवत' के अनुसार सर्वप्रथम ब्रह्मा ने ही चतुश्लोकी 'भागवत्' विष्णु भगवान् के मुख से सुनी थी, वही उन्होंने अपने मानस पुत्र नारद को सुनाई तथा नारद ने उसे व्यास को सुनाया। 'भागवत' में ब्रह्मा की अपेक्षा कृष्ण की महिमा अधिक सिद्ध करने के लिए ब्रह्मा द्वारा अज्ञानवश गोचारण के अवसर पर गो-वत्स हरण का प्रसंग वर्णित है। श्रीकृष्ण ने ब्रह्मा का मोह और गर्व मिटाने के लिए हरण किस गए गो-वत्स की ही तरह नवीन गो-वत्स की सृष्टि कर ली। तब ब्रह्मा ने शरण में जाकर कृष्ण की स्तुति की। द्र० भा०, स्कं 10पू०, अ० 13-14; सू०, प० 1054-1056, 1101-1109, 1110।

भृगु—एक ऋषि, जो शिव के पुत्र कहे गये हैं। एक बार यह जानने के लिए कि त्रिदेव में सबसे बड़ा कौन है, इन्होंने तीनों का अपमान किया। ब्रह्मा और महेश तो क्रुद्ध हो गए; परन्तु जब उन्होंने विष्णु को लात मारकर सोते से जगाया, तब उन्होंने क्रोध करने के बजाय इनसे पूछा कि आपके पैर में चोट तो नहीं लगी तथा उनके पद-चिह्न को सदैव अपने वक्ष पर धारण किया। द्र० भा०, स्कं० 103, अ० 89; सू० प० 4926।

भृगु-पद—विष्णु भगवान् के वक्ष-स्थल पर स्थायी रूप से स्थापित भृगु-ऋषि का पदचिह्न। देखो भृगु।

मुचकुन्द—अयोध्या का एक प्राचीन राजा, मांधाता का पुत्र, जो देवासुर संग्राम में देवों की ओर से लड़ते-लड़ते थककर हिमालय की एक गुफा में सो गया था। कालयवन द्वारा खदेड़े जाकर श्रीकृष्ण जब उस गुफा में पहुँचे तो उन्होंने अपना पीतांबर उसे ओढ़ा दिया। पीछे से कालयवन ने आकर उसी को कृष्ण समझा और उस पर आक्रमण किया। मुचकुन्द के नेत्र खोलते ही कालयवन भस्म हो गया। देखो कालयवन।

मुष्टिक—कंस का एक असुर मल्ल जिसे धनुष-यज्ञ पर आयोजित मल्लक्रीड़ा में बलराम ने मारा था। दूसरे मल्ल, चाणूर को कृष्ण ने मारा था। देखो चानूर।

रंभा—एक अति रूपवती अप्सरा, चौदह रत्नों में से एक, जो इन्द्र-सभा की शोभा बढ़ाती है।

रजक—धोबी, यहाँ कंस का विशिष्ट धोबी, जिसे मथुरा में प्रवेश करते समय, कृष्ण ने धुले कपड़े ले जाते देखा और माँगने पर कपड़े देना अस्वीकार करने के कारण एक तमाचे के प्रहार से मार डाला। द्र० भा०, स्कं० 11 पू०, अ० 41; सू०, प० 3655-3660।

राजसूय—चक्रवर्ती सम्राट द्वारा किया जाने वाला यज्ञ, जिसमें अन्य राजागण सेवक बनते हैं। यहाँ युधिष्ठिर द्वारा किया गया राजसूय यज्ञ जिसमें श्रीकृष्ण ने अभ्यागत जनों के पैर धोने का सेवक-कार्य स्वेच्छा से ग्रहण किया था। इसी यज्ञ में सबसे पहले श्रीकृष्ण पूजे जाने पर कुपित होकर शिशुपाल ने श्रीकृष्ण को गालियाँ दी तथा श्रीकृष्ण ने सुदर्शनचक्र से उसका वध किया। इसी यज्ञ के अवसर पर अभिमानी और ईर्ष्यालु दुर्योधन ने जब भाइयों सहित प्रवेश किया तो सूखे में जल का तथा जल में सूखे का भ्रम होने से वह हास्यास्पद आचरण करने लगा, जिससे पांडव, उनकी स्त्रियाँ आदि सभी हँसने लगे तथा दुर्योधन अत्यन्त लज्जित हुआ। द्र०भा०, स्कं० 10 उ०, अ० 75-76; सू०, प० 4837-4838।

राहु—सिंहिका पुत्र, एक असुर। समुद्र-मंथन के बाद देवताओं में सम्मिलित होकर अमृत-पान करने के अपराध में विष्णु ने इसका सर काट डाला था। परन्तु अमृत के प्रभाव से वह राहु (सिर) तथा केतु (धड़) के रूप में अमर रहा। सूर्य और चन्द्रमा ने ही पहचानकर उसकी शिकायत कर दी थी, अतः वह उनसे शत्रुता मानकर उन्हें 'ग्रहण' के रूप में ग्रसता रहता है।

रिषि-साप (ऋषि-शाप)—सौभरि ऋषि का गरुड को शाप। एक बार व्रज में यमुना के एक गम्भीर दह में—जो बाद में कालियदह नाम से प्रसिद्ध हुआ—सौभरि ऋषि के रोकने पर भी गरुड ने एक भारी मच्छ खा डाला। उसके वियोग में तड़पती मछलियों के दुख से द्रवित होकर

ऋषि ने शाप दिया कि यदि गरुड़ यहाँ किसी मछली को खाएगा तो तुरन्त उसकी मृत्यु हो जायगी। कालियनाग इस रहस्य को जानता था। अतः गरुड से बचने के लिए वहीं जाकर रहता था। देखो काली तथा खगराज। द्र०भा०, स्कं 10 पू०, अ० 17।

लाखा-गृह (लाक्षा-गृह)—पांडवों के जलाने के लिए दुर्योधन ने लाख का एक घर बनवाया था परन्तु भगवत्कृपा से पांडव उससे जीवित निकल आए थे।

श्रीदामा—श्रीकृष्ण के सबसे प्रिय और प्रधान गोप-सखा जो बाल-केलि और गोचारण की लीला में सदैव उनके साथ रहे। 'सूरसागर' के अनुसार कालियदमन लीला का तत्काल कारण उस कंदुक-क्रीड़ा में आ उपस्थित होता है जिसमें श्रीकृष्ण ने श्रीदामा की गेंद कालियदह में फेंक दी थी और श्रीदामा ने वापस देने का आग्रह किया था। तभी श्रीकृष्ण गेंद लेने के लिए कालियदह में कूद पड़े थे। ब्रह्मवैवर्त पुराण (श्रीकृष्ण जन्म खण्ड) के अनुसार श्रीदामा के शाप के कारण ही राधा और कृष्ण को अवतार लेना पड़ा था।

संकर्षन (संकर्षण)—बलराम, वसुदेव के ज्येष्ठ पुत्र, जो पहले देव की के गर्भ में आए थे, परन्तु विष्णु की माया से देवकी का गर्भ संकर्पित होकर रोहिणी में स्थापित हो गया था ! इसलिए जब यह नन्द के यहाँ रोहिणी के गर्भ से उत्पन्न हुए, तब गर्ग ने इनका नाम संकर्षण रखा। ये चार व्यूहों—वासुदेव, संकर्पण, प्रद्युम्न और अनिरुद्ध—में से एक हैं जो दुष्टों का संहार करते हैं। बलराम उद्धत स्वभाव और मद्यप्रिय कहे गये हैं। हल और मूसल इनके अस्त्र हैं। इसी कारण से हलधर भी कहे जाते हैं।

सकट (शकट)—छकड़ा या गाड़ी, परन्तु यहाँ वह छकड़ा जिसे पालने में लेटे शिशु कृष्ण ने पैर से उछालकर गिरा दिया था जिससे वह चूर-चूर हो गया था और उसमें रखे दूध-दही आदि के अनेक बर्तन टूट-फूट गए थे। इस विस्मयजनक कार्य पर किसी को विश्वास हुआ, किसी को नहीं। यशोदा ने उसे ग्रहों का उत्पात समझा और स्वस्तिवाचन कराया। 'सूरसागर' में इसे भी कंस का भेजा एक असुर (शकटासुर) कहा गया है। द्र० भा०, स्कं० 10 पू०, अ० 7; सू०, प० 679-680।

सनक—सनक, सनंदन, सनातन, सनत्कुमार में से एक। ये ब्रह्मा के मानस पुत्र तथा विष्णु के परम भक्त विख्यात हैं। इन लोगों के भक्ति में निरत हो जाने के कारण ब्रह्मा को अन्य पुत्रों की उत्पत्ति करनी पड़ी थी। ये विष्णु के सभासद भी कहे जाते हैं। विष्णु के द्वारपाल जय-विजय द्वारा रोके जाने पर इन्होंने ही उन्हें असुर होने तथा तीसरे जन्म में उद्धार पाने का शाप और वरदान दिया था। इन चारों में सनत्कुमार सबसे अधिक प्रसिद्ध हैं। चारों को प्रायः सनकादि कहकर अभिहित किया जाता है।

सनकादि—देखो सनक।

सिंधु सुता—लक्ष्मी जो समुद्र मंथन के समय निकले हुए 14 रत्नों में से एक थीं।

सुक (शुक, शुकदेव)—व्यास के पुत्र, महान् पौराणिक कथाकार, जिन्होंने परीक्षित को 'भागवत' की कथा सुनाई थी। जिस समय शिव जी एकांत में उमा को विष्णुसहस्त्रनाम सुना रहे थे, एक शुक भी उसे सुन रहा था। शिव जी ने जब यह जाना तो वे शुक को मारने दौड़े। शुक आत्म-रक्षार्थ व्यास पत्नी के मुँह में चला गया और 12 वर्ष तक उनके गर्भ में रहा। इस बीच वेदव्यास ने भागवतादि की समस्त कथाएँ अपनी पत्नी को सुनाई। शुक भी सुनता रहा। भगवान् ने इसे गर्भ में ही तत्वज्ञानी और मायारहित होने का वरदान दिया था जो कथा व्यास ने शुकदेव को सुनाई, वही शुकदेव से परीक्षित ने सुनी।

सुदामा—गुरु सांदीपिनि के यहाँ श्रीकृष्ण के सहपाठी, उनके एक प्रसिद्ध बालसखा, जो एक अत्यन्त दरिद्र ब्राह्मण थे। पत्नी के बार-बार कहने पर वे अपनी दारुण दरिद्रता दूर करने की आशा में श्रीकृष्ण के यहाँ द्वारकापुरी में गए। मित्र को भेंट देने के लिए वे थोड़े से चावल ले जा सके थे, परन्तु वे उसे छिपा रहे थे। श्रीकृष्ण ने चावलों की पोटली उनसे आग्रहपूर्वक छीन ली और उसमें से दो मुट्ठी चावल फाँक लिए। तीसरी मुट्ठी भरते समय रुक्मिणी जी ने उन्हें रोक दिया। सुदामा जब लौटे तो सोचने लगे कि किसी भलाई के लिए ही श्रीकृष्ण ने मुझे यथेष्ट धन नहीं दिया। परन्तु जब घर पहुँचे तो वे चकित हो गए। उनके यहाँ अपार वैभव हो गया था। दो मुट्ठी चावल फाँककर ही भगवान् ने उन्हें लोक-परलोक की सम्पत्ति दे डाली। द्र० भा०, स्कं 10 उ०, अ० 80, 81; सू०, प० 4842-4863।

सुफलकसुत—अक्रूर। देखो अक्रूर।

हरिश्चन्द्र—सूर्यवंश के एक प्रसिद्ध सत्यप्रतिज्ञ राजा, जिनसे राजसूय-यज्ञ की दक्षिणा के बहाने विश्वामित्र ने सर्वस्व हर लिया था। उनकी दृढ़ प्रतिज्ञा की सबसे कठोर परीक्षा तब हुई जब वे एक चांडाल के क्रीतदास के रूप में श्मशान पर पहरा दे रहे थे। उसी समय उनकी पत्नी शैव्या, जो एक ब्राह्मण को बेच दी गई थी, अपने मृत पुत्र रोहिताश्व का अन्तिम संस्कार करने आई। हरिश्चन्द्र के श्मशान-कर माँगने पर जब शैव्या ने अपनी असमर्थता प्रकट की, तो इन्होंने उस कर के बदले में अपनी आधी साड़ी फाड़कर देने के लिए विवश किया। इसी समय भगवान् प्रकट हो गए।

पदानुक्रमणी

अंक पृष्ठ-संख्या के द्योतक हैं।